Revolutionen

J. M. G. Le Clézio

Revolutionen

Roman

Aus dem Französischen
von Uli Wittmann

Kiepenheuer & Witsch

Ouvrage publié avec le concours du
Ministère Français chargé de la Culture – Centre National du Livre

Die Übersetzung wurde gefördert vom
Ministère Français chargé de la Culture – Centre National du Livre

1. Auflage 2006

Titel der Originalausgabe: *Révolutions*

Aus dem Französischen von Uli Wittmann

Lektorat: Bärbel Flad

Umschlaggestaltung und -motiv: Linn-Design, Köln
Gesetzt aus der Aldus
Satz: Pinkuin Satz und Datentechnik, Berlin
Druck und Bindearbeiten: GGP Media GmbH, Pößneck
ISBN 10: 3-462-03680-7
ISBN 13: 978-3-462-03680-0

Avel aveliou oll avel
Wind, Winde, alles ist Wind

Eine geträumte Kindheit

Das Haus in der Rue Reine-Jeanne, in dem Catherine Marro wohnte, hatte eine gewisse Blütezeit erlebt, als noch zu jeder Saison ein Strom reicher Müßiggänger mit dem Zug aus Paris, London oder Moskau im Bahnhof eintraf, Leute, die nicht reich genug waren, um sich den Luxus einer Villa am Meer leisten zu können, aber Wert darauf legten, einen gewissen Lebensstandard in diesen neuen Vierteln aufrechtzuerhalten, in denen die fünfstöckigen Gebäude mit ausgebautem Dachgeschoss die kleinen Gärten und Hütten ersetzt hatten.

Das Haus trug einen Namen, der über der Haustür in goldenen Lettern auf einem azurblauen Mosaikgrund eingraviert war. Jean konnte nicht sagen, zu welchem Zeitpunkt er diesen Namen zum ersten Mal hatte lesen können, so vertraut war er ihm mit seinen fünf Silben, die diese Fassade, von der der Putz abfiel, mit einem seltsamen Klang überstrahlten. Ein Name, der Jean, wie seine Mutter Sharon sagte, zum Lachen gebracht hatte, als er noch ganz klein gewesen war und sie ihn mitgenommen hatte, um Tante Catherine zu besuchen, und den er wiederholte, als sei es ein magischer Name: La Kataviva.

Woher stammte dieser Name? Aus Afrika, glaubte Jean damals, oder von den Sunda-Inseln. Vielleicht hatte er sich auch vorgestellt, dass er all den Namen aus Mauritius glich, die in seinem Gedächtnis kreisten und die auf seinen Vater zurückgingen und durch den auf seine Großeltern, diese seltsamen, ein wenig beunruhigenden Namen wie

Tatamaka, Coromandel oder Minissy. Später erklärte ihm Tante Éléonore, die ihre beißende Ironie nie verloren hatte, dass Kataviva ganz einfach der Name eines kleinen Bahnhofs an der Strecke sei, die durch den Ural führt, und dass der Erbauer des Hauses vermutlich einer jener Aristokraten war, die sich nach der prunkvollen Zeit des heiligen russischen Reichs zurücksehnten. Deshalb leuchte der Name auf dem azurblauen Schild wie eine Ikone. Kurz gesagt, La Kataviva war eine Welt für sich.

In jedem Stockwerk gab es einen Sonderfall, der mit keinem anderen zu vergleichen war. Das Haus flößte Jean trotz des glänzenden Namens ein wenig Angst ein, der düstere Eingang und die große schmiedeeiserne verglaste Tür, die nie offen stand oder geschlossen war, sondern immer angelehnt, als würde sie von einer unsichtbaren, defekten Feder gehalten. Manchmal nutzten ein paar Clochards, die davon wussten, die Situation aus, um sich im Eingangsflur häuslich niederzulassen, und legten sich mit angezogenen Beinen auf Pappdeckel vor die Tür zur Kammer mit den Mülltonnen.

Jean fürchtete sich davor, durch den Eingangsflur zu gehen. Er hatte den Eindruck, als bliese ihm ein kalter Atem in den Nacken und als wollte ihn eine unsichtbare Hand packen, um ihn in die schwarzen Tiefen der Keller zu zerren, in die sich schon seit langem niemand mehr hinunterwagte. Er rannte schnell zur zweiten Tür, die früher zu einem Windfang mit in gotischem Stil gehaltenen Scheiben geführt hatte, die nach und nach durch gelbliches Mattglas ersetzt worden waren.

Im Erdgeschoss und in den vornehmeren Stockwerken befanden sich möblierte Wohnungen, die nichts Anrüchiges hatten, sondern nur armselig waren, und in denen Leute wohnten, die nicht länger als zwei oder drei Monate blieben und deren Namen niemand kannte. Die richtigen

Bewohner von La Kataviva wohnten in den Stockwerken darüber. Zunächst General Hamon, ein jähzorniger alter Mann, der infolge einer Kriegsverletzung während des Marokkofeldzugs das rechte Bein nachzog. Jean hatte gehört, dass er sogar Lyauteys Dolmetscher gewesen sei, aber Jean wusste nicht recht, was das bedeutete. General Hamon lebte mit einer Spanierin zusammen, einer großen dunkelhaarigen Frau, die Rüschenkleider trug, Schmachtlocken hatte, mit einer tiefen Männerstimme sprach und Jean jedes Mal, wenn er das Pech hatte, ihr im Treppenhaus zu begegnen, Furcht erregende schöne Augen machte.

In den übrigen Stockwerken wohnten gewöhnlichere Leute, ein Arzt im Ruhestand mit einer Schwäche für Whisky und eine alte Jungfer in weißen Söckchen und Sandalen; sie hieß Mademoiselle Jeannette Picot und führte zu jeder Tageszeit einen großen schmutzigweißen Hund spazieren.

Mit jeder Stufe, die Jean im Tageslicht erklomm, das durch das erhöhte Glasdach ins Treppenhaus fiel, hörte er immer deutlicher das Geräusch, das La Kataviva inzwischen in seiner Vorstellung charakterisierte und das man zunächst kaum wahrnahm, wenn man das Haus betrat; nach jedem weiteren Treppenabsatz drang dieses Geräusch stärker an sein Ohr, erfüllte sein Inneres, übertönte alle anderen Geräusche: Es war das Pfeifen des Kanarienvogels, dessen Käfig Mademoiselle Picot vor dem kleinen Küchenfenster aufgehängt hatte, das im vierten Stock auf den Treppenflur ging. Die schrille, traurige Stimme des eingesperrten Vogels gellte durch das Treppenhaus, und Jean hatte den Eindruck, dass sie ihn nach oben zog wie ein Flaschenzug, der an seinen Haaren und am Unterleib befestigt war und ihn Stufe um Stufe hinaufzerrte, während er den Kopf in den Nacken fallen ließ, die Augen starr auf das Glasdach gerichtet, dessen Sparren die Form von Andreaskreuzen hatten.

Im Treppenhaus wirkte alles sehr düster. Der Gesang von Mademoiselle Picots Kanarienvogel hallte wider wie eine übernatürliche Botschaft, die Jean vor einer Gefahr zu warnen suchte oder vielleicht auch die Armut und Einsamkeit laut zum Ausdruck brachte, worin sich die Bewohner von La Kataviva verfangen hatten, ähnlich wie der Vogel in seinem Käfig. Für Jean hatte die Stimme von Mademoiselle Picots Kanarienvogel einen Sinn, diese Stimme jagte ihm Angst ein und zog ihn gleichzeitig an, ließ ihn schneller nach oben gehen, zum fünften Stock, wo die Gendres und ihr taubstummes Pflegekind Aurore de Sommerville wohnten, und zu Tante Catherines Mansardenwohnung.

Jean ging nachmittags nach Schulschluss zu La Kataviva. Es war ihm zu einer Gewohnheit oder eher zu einem gewissen Ritual geworden. Er wusste nicht so recht, warum er Tante Catherine besuchte. Vielleicht, um nicht gleich in die bedrückende Atmosphäre der elterlichen Wohnung zurückzukehren, die sein Vater, der immer jähzorniger wurde, aufgrund einer Sklerose nicht mehr verlassen konnte.

Tante Catherine war blind, sie führte ein einsames Leben im Dachgeschoss dieses ziemlich verkommenen Wohnhauses, und Jeans Mutter sowie die anderen Familienangehörigen und sogar die Nachbarn glaubten alle, Jean sei ein braver Junge voller guter Absichten. Tante Catherine selbst stellte sich diese Frage nicht. Jean war ihr Liebling, das war alles. Für Jean war das vielleicht besser, er sah sich nicht als jemanden, der außergewöhnlich war, und hasste nichts so sehr wie Barmherzigkeit.

Catherine wusste instinktiv, wenn es Zeit war, sie spürte es an gewissen Geräuschen auf der Straße und an anderen

Anzeichen, die nur sie wahrnehmen konnte. Sie erhob sich aus ihrem Sessel und stellte tastend in der Küche die Zutaten für arme Ritter bereit: mehrere Scheiben trockenes Brot, Eier, Milch, Butter, Rohrzucker, in den sie eine Vanillestange tauchte. Sie hatte immer einen Vorrat an trockenem Brot im Schrank, Brot für die Angler, das ihr die kleine Aurore jeden Tag mitbrachte, wenn sie Einkäufe für Monsieur und Madame Gendre gemacht hatte.

Und wenn Jean zwei- oder dreimal leise an die Tür klopfte, spürte er den köstlichen Duft von Brot, das in der zuckerigen Masse schmorte. Die blinde alte Frau hatte geahnt, dass er kam, und manchmal öffnete sie schon die Tür, bevor er klopfte. Jean fragte sich, ob es nicht Mademoiselle Picots Kanarienvogel war, der ihn ankündigte, denn er zwitscherte auf eine ganz bestimmte Weise, wenn jemand die Treppe hinaufging.

Häufig war Aurore im Treppenhaus und tat so, als packe sie auf dem Flur irgendetwas in Kartons, oder sie fegte, aber Jean wusste, dass sie in Wirklichkeit da war, um ihm einen verstohlenen Blick zuzuwerfen, wenn er vorüberging. Jean spürte, wie sein Herz schneller schlug, doch nie hätte er sich eingestanden, dass er auch wegen des Mädchens auf dem Treppenflur im fünften Stock Tante Catherine besuchte.

Die Gendres waren ziemlich ungewöhnliche Leute. Sie hatten lange in Abidjan gelebt, wo Monsieur Gendre als ein etwas zweifelhafter Vermögensverwalter tätig gewesen war. Nach dem Tod von Madame Gendres älterem Bruder, General de Sommerville, waren sie nach Frankreich zurückgekehrt, und seitdem lebte Aurore bei ihnen. Aurore war dreizehn, als Jean sie zum ersten Mal bemerkt hatte, sie war klein und zart, hatte ausgesprochen asiatische Züge, langes seidig-schwarzes Haar und mandelförmige Augen. Jeans Vater hatte erzählt, Aurore sei Eurasierin und ihre Mutter eine Indochinesin, mit der Monsieur de Sommerville ein Verhältnis gehabt habe, als er in Hanoi stationiert war. Aber Jeans Mutter sagte, das sei alles bloß Gerede, in Wirklichkeit habe Monsieur de Sommerville Aurore adoptiert und sie mit nach Frankreich gebracht, als er in den Ruhestand versetzt wurde. Von General Adhémar de Sommerville war nur noch das Messingschild da, auf dem sein Name in verschnörkelten Buchstaben eingraviert, und die Visitenkarte, die noch immer am Briefkasten der Gendres befestigt war – weiß Gott warum, denn Aurore bekam nie Post. Jean bewunderte diesen Namen, vor allem in Verbindung mit Aurore. Es war ein geheimnisvoller und zugleich einfacher Name, ein Name, der Träume erweckt. Als Jean elf war, hatte er eines Tages die Visitenkarte vom Briefkasten abgenommen und sie in seinen Schulsachen versteckt, um Aurores Namen bei sich zu haben. Aber die Gendres mussten wohl einen ganzen Vorrat an Karten haben, denn sie wurde sogleich durch eine andere auf dem alten ramponierten Briefkasten ersetzt.

Tante Catherine empfing Jean immer mit dem gleichen Ritual: Sie öffnete die Tür einen Spalt, ohne eine Frage zu stellen, und kehrte in die Küche zurück, um auf die armen Ritter zu achten. Jean blieb im Flur stehen, bis sich seine Augen ans Halbdunkel gewöhnt hatten, in der Hand hielt er eine Papiertüte, in die seine Mutter etwas für die alte Tante getan hatte, Obst oder eine Dose Reis mit Tomatensoße und manchmal etwas Suppe in einem Kochgeschirr, das noch aus der Zeit stammte, als Jeans Vater in Malaysia Soldat war.

Anschließend ging Tante Catherine mit ausgestreckten Händen zu ihm zurück, bis sie ihn berührte. Sie strich ihm ganz langsam mit den Handflächen über das Gesicht, tastete mit den Fingerspitzen die Form seiner Stirn ab, die Brauen, die Augen, dann den Nasenrücken bis zu den Lippen und der Kinnspitze. Ihre Hände waren schmal, trocken und leicht, sie streiften Jeans Gesicht nur ganz zart mit einer liebkosenden Geste, die ihn erschauern ließ. Dann streckte sie ihm die Hände mit nach oben gewandten Handflächen entgegen, und Jean legte die seinen in ihre Hände, ohne ein Wort zu sagen. Jedes Mal spürte er, wie sein Herz klopfte, und das Herz der alten Frau schlug ebenfalls schneller. Das war ein langer, stiller, ein wenig dramatischer Augenblick. Tante Catherine lachte leise und zufrieden, als sei das alles nur ein Scherz gewesen. Sie sagte: »Nun, Jean, ich habe schon eine Weile auf dich gewartet, und die armen Ritter dürften inzwischen arm dran sein.« Jean ging in die Küche und setzte sich auf einen etwas wackligen Hocker, und Tante Catherine ließ zwei Scheiben goldbraun gebratenes Brot auf seinen Teller gleiten. »Komm, iss, solange sie noch heiß sind, sonst werden sie trocken.«

Sie selbst aß nicht. Sie blieb neben dem Tisch stehen, als sähe sie zu, wie er aß. Wenn er fertig war, stellte sie die Teller ins Spülbecken, ließ etwas Wasser darauf laufen und ging mit Jean ins sonnige Wohnzimmer, überließ ihm das Sofa und setzte sich mit dem Rücken zum Fenster in ihren Sessel, denn sie fürchtete sich noch vor dem Licht.

»So, nun können wir uns in Ruhe unterhalten, ja? Was hast du denn gemacht, seit ich dich zum letzten Mal gesehen habe?«

Jean suchte nach Worten, um etwas Witziges zu sagen, aber sie war schneller: »Weißt du, was ich im Radio gehört habe?« Sie sprach über die Nachrichten, die Politik, die sie abscheulich fand, über die Lage auf Mauritius, über die Partei von Gaétan Duval, dem sie nicht glauben wollte. Über die Unabhängigkeit, die sie beunruhigte: »Diese Insel hat keine Zukunft. Die Zeit der Kolonien ist vorbei.« Sie erzählte auch den Klatsch von der Straße, der von Treppenflur zu Treppenflur bis zu ihr hinaufdrang, sie beklagte sich über ihren Nachbarn, einen trunksüchtigen Busschaffner namens Candela. Wenn sie über die Leute aus dem Stockwerk unter ihr sprach, die Gendres und die kleine Aurore, erstickte ihre Stimme vor Zorn: »Eines Tages müssen sie hoffentlich Rechenschaft darüber ablegen, wie sie die Kleine behandeln, was die alles über sich ergehen lassen muss, weil sie sich nicht wehren kann, all das Geld, das die Gendres ihr gestohlen haben, und jetzt sprechen sie davon, Aurore in eine geschlossene Anstalt zu stecken!« Jean hörte mit halbem Ohr zu und blickte sich in diesem Mansardenzimmer um, in dem die Zeit stehen geblieben war wie eine Flut, die sich zurückgezogen und in den Ecken Überbleibsel zurückgelassen hat, tote Dinge, Erinnerungen an Rozilis, kostbaren Nippes aus Indien, Alben mit vergilbten Fotos, staubgeschwärzte Gemälde, unnötige Bücher.

Catherine sprach jedes Mal über ihr Lieblingsthema, die Tiere, an denen sie so sehr hing, auch wenn sie seit dem Zeitpunkt, an dem sie zu erblinden begann, darauf verzichtet hatte, selbst welche zu haben. Die Katzen und Hunde, die gestohlen und an die pharmazeutischen Labore zur Vivisektion verkauft wurden. Sie sprach über das, was man ihr erzählt hatte, über die Affen aus dem Wald von Chamarel, die ein Weißer aus Mauritius, ein entfernter Verwandter übrigens, in Käfigen züchtete, um sie an amerikanische und australische Labors zu verkaufen. »Und weißt du auch, warum für diese Affen eine solche Nachfrage besteht? Weil Mauritius eine Insel ist und die Labors sicher sind, dass die Tiere von keiner Krankheit befallen sind.« Sie ereiferte sich derart, dass sie darüber vergaß, dass sie blind war. Sie wühlte in Stapeln von Papieren, die ihr Vertreter dagelassen hatten: »Siehst du dieses arme

Tier? Dem haben sie einen Schlauch in den Bauch gesteckt, um ihm bei lebendigem Leib die Gallenflüssigkeit zu entnehmen, während es in einen Käfig gesperrt ist, mit gefesselten Pfoten, damit es sich nicht bewegt, sie haben ihm sogar einen Riemen um den Hals gelegt!«

Jean ließ den Blick über ungelenke Zeichnungen auf vervielfältigten Blättern schweifen, während Catherine mit ihren langen dünnen Fingern über die Zeichnung strich, als könne sie dadurch die Abscheulichkeit wahrnehmen. »Du bist noch jung, du musst das verhindern, du musst diesen Mann auf Mauritius aufsuchen und dafür sorgen, dass er alle Affen freilässt, versprich mir das.«

Jean versprach es, und Tante Catherines Hilflosigkeit trieb ihm Tränen in die Augen.

Dann nahte die Teestunde. Catherine hatte eine große chinesische Teekanne in einem mit scharlachrotem Satin gefütterten Weidenkorb, die noch aus der Zeit von Rozilis stammte und die, wie sie sagte, die Marros seit Urzeiten benutzt hatten. Sie nahm die Kanne nur, wenn Jean kam, es war geradezu ein Ritual.

Jean machte das Wasser in einem verbeulten Kessel auf dem unglaublich verschmutzten Gasherd heiß, auf dem die Fettreste knisternd verbrannten. Wenn der Kessel blubberte, sagte Jean: »Wassa kocht«, und dann goss Catherine das Wasser in die Teekanne auf die reichlich bemessenen, mit Vanille aromatisierten Teeblätter. Da sie keinen Kühlschrank besaß, war die Milch immer kurz davor, sauer zu werden. Außerdem hasste Catherine Milch und alle Milchprodukte. Sie roch an dem Milchrest vom Vortag, schüttete ihn ins Spülbecken und sagte: »Siehst du, Jean, das ist ekelhaft!« – wobei sie die beiden ersten Silben betonte. Normalerweise benutzte sie Milchpulver.

Trotzdem war Tante Catherines Tee unglaublich gut und aromatisch, nicht fad wie bei Éléonore oder labberig wie in den Teesalons der Innenstadt, sondern stark und kräftig, fast berauschend. Er besaß die Macht, Jean in diesem leicht stickigen, von der Herbstsonne erhellten Zimmer zum Träumen zu bringen, sobald er sich auf dem Sofa ein wenig nach hinten gleiten ließ und in einem der Wörterbücher blätterte. Tante Catherine sprach nicht, solange sie ihren Tee trank. Jean sah ihre Silhouette, die sich im Gegenlicht abzeichnete, die Sonne ließ ihr Haar, das noch immer tiefschwarz war, glänzen und die Konturen ihres Gesichts mit den hervorstehenden Wangenknochen einer Asiatin hervortreten. Dieses Bild wollte er von ihr behalten, dieses Bild, das er seit langem kannte, eine hagere alte Frau, die aufmerksam und schweigend mit aufrechten Schultern im Sessel saß, den Rücken dem Fenster zugewandt, während aus der Teekanne der Dampf in Spiralen zur Decke aufstieg. Hier in diesem Wohnzimmer hatte Jean alles über Mauritius, über die Marros und über das Haus Rozilis erfahren.

Tante Catherines Gedächtnis war unerschöpflich. Jedes Mal, wenn Jean sie besuchte, nahm sie den Faden der Erzählung wieder auf, begann immer mit dergleichen Floskel: »Früher in Rozilis, als ich so alt war wie du …« Das war vor langer Zeit. Jean hatte Mühe, die Jahre zu zählen, fünfzig, sechzig Jahre. Das war vor allen Kriegen, als die Welt noch unschuldig war. Sie sprach über die Marros, ihre Schwester Mathilde, die sie Maud nannte. Jean war der Einzige, dem sich Catherine so anvertraute. Sie hatte Jeans Vater nie etwas erzählt, dabei war er ihr leiblicher Neffe, und auch sonst niemandem. Den anderen fehlte vermutlich das Verständnis dafür. Oder sie waren es nicht wert, dass man es ihnen erzählte. Sie hatte sich für Jean entschieden, um ihre Erinnerungen an ihn weiterzugeben.

Sie verfügte über unerschöpfliche Schätze, nicht nur Worte, sondern auch Dinge, Knochenreste, Steine, polierte Teile, Überbleibsel, die sie aus den Tiefen ihrer Schubladen hervorholte, um sie ihm Stück für Stück zu zeigen, als handele es sich dabei um Schlüssel zu den Geheimnissen der Vergangenheit. Manchmal fand sie hübsche Dinge, einen kleinen Hund aus Bronze, der ihrem Vater als Briefbeschwerer gedient hatte, ein sehr fein geschnitztes großes Samenkorn aus Indien, schwer und feuerbraun. Eine stehen gebliebene Armbanduhr, ein Tintenfass mit der Aufschrift: *Für Monsieur Charles Marro von der dankbaren Bevölkerung der Insel Réunion, 1860.* Catherine erklärte dazu: »Großvater hat während der großen Epidemie die Pockenkranken im Lazarett von Boucan Canot auf Réunion und anschließend auf Mauritius behandelt.« Ein altes Fernrohr, das Jean Eudes Marro gehört hatte, dem Ersten aus der Familie Marro, der sich auf der Île de France, wie Mauritius damals noch hieß, niederließ. Catherine strich mit den Fingern über all diese Dinge, legte sie auf den Tisch neben die Teekanne, und Jean nahm sie nicht gleich in die Hand, wartete ein wenig, dann berührte er sie leicht, bis er die Wärme spürte, die sie ausstrahlten, einen fernen warmen Hauch, der von der anderen Seite der wirklichen Welt kam.

»Damals in Rozilis begann der Arbeitstag sehr früh, bei Morgengrauen, vermutlich gegen fünf, aber wir wussten es nicht so genau, weil wir keine Uhr hatten. Es wurde kein Signal gegeben, keine Glocke geläutet, um die Landarbeiter aus dem Schlaf zu holen, Großvater Charles hasste das. Er hasste alles, was an die Zeit der Sklaverei erinnerte, die Trillerpfeifen, die Sirdars, die Vorarbeiter, den Appell, den mit Namen und Foto versehenen Personalausweis, den jeder indische Arbeiter haben musste, das alles hatten die Engländer eingeführt. Großvater Charles sagte: ›Ich bin nicht Foucher.‹ Er war nicht sehr groß, aber schlank wie ich oder wie du, die Marros haben nie wie Genießer ausgesehen, er hatte einen sehr langen, mageren Hals, den Hals einer Schildkröte, das war sein Spitzname, aber das hat er nie erfahren, alle nannten ihn Torti. Maud und ich besuchten ihn, wenn wir aus der Schule kamen. Er saß immer auf der Veranda und empfing Leute aus Beau Bassin oder aus Rose Hill, Leute, die kamen, um ihn um Rat zu fragen, oder vielleicht, um sich etwas Geld zu leihen, denn er stand im Ruf, sehr großzügig zu sein, und meine Großmutter Lise beklagte sich darüber und sagte, wir würden eines Tages am Hungertuch nagen; wie du siehst, hat sie sich nicht geirrt.«

Tante Catherine hielt einen Augenblick inne, um etwas Tee zu trinken. Sie hatte auf einem Teller ein wenig Gebäck hingestellt – immer das gleiche –, das sie nie anrührte, und Jean hütete sich davor, davon zu nehmen, da er ahnte, wie trocken es war.

»Großvater Charles hat uns sehr beeindruckt. Er war schon sehr alt und hatte seinen eigenen Großvater gekannt, der während der Revolution nach Mauritius gekommen war, noch heute habe ich Mühe, mir das vorzustellen. Er siezte uns, wie es wohl früher im Umgang mit Kindern üblich war. Maud war schüchtern, sie versteckte sich hinter mir, und da sie ziemlich klein war, glaubten die meisten, sie sei vier Jahre jünger als ich, dabei waren wir wie Zwillinge, nur ein Jahr auseinander. Habe ich dir schon erzählt, dass wir beide während eines Zyklons in einer Aprilnacht geboren sind?«

Jean liebte es, das bronzene Tintenfass, das Charles Marro gehört hatte, in der Hand zu halten. Vielleicht hatte er seine Feder hineingetaucht, um seinen Freunden einen Brief zu schreiben oder um die Pläne für die Sägemühle von Ébène zu skizzieren, die mit dem Wasser des Cascades-Flusses betrieben werden sollte, bevor es zum Ruin von Rozilis kam. Jean betrachtete jeden Kratzer, jeden Tintenfleck, die in den Sockel eingravierten Buchstaben *Für Monsieur Charles Marro*, und er dachte an das, was ihm Tante Catherine erzählt hatte, an das Ende der Epidemie von 1859, als man die Leichen in große, mit Kalk gefüllte Massengräber geworfen hatte, die von Zuckerrohrfeldern umgeben waren, und an die allgemeine Panik, als die britische Armee das Viertel der Schwarzen und der Inder in Plaine Verte und in Vallée Pitot umzingelt hatte. Auf seiner Reise nach Réunion hatte Charles Lise Lerun kennen gelernt, die mit ihrem Vater aus Frankreich gekommen war, im Jahr darauf hatten sie geheiratet. Sie war erst siebzehn. Lise wurde von den Leuten Lise d'Arzano genannt, da sie aus Arzano in der Bretagne stammte.

Catherines Gedächtnis war eine Fundgrube. Sie konnte stundenlang erzählen, fast ohne eine Pause einzulegen, mit ganz sanfter Stimme, als rede sie mit sich selbst. »Damals, als es Rozilis noch gab …« Sie hatte die Hände auf die Knie gelegt, den Rücken kerzengerade, den Kopf ein wenig nach links gewandt, wie all jene, die in der Welt ihrer Vorstellung leben. Die Mansarde wurde von Klängen, Farben, Bewegungen erfüllt. »Unser Garten war sehr groß, heute würde man das einen Park nennen, aber für uns war er wie die Welt, er grenzte im Norden an die Schlucht des Flusses der Plaines Wilhelms und zog sich im Süden bis nach Ébène hin, der Wasserfall war so nah, dass man ihn hörte, wenn es windig war, und hinter Ébène begannen die Zuckerrohrfelder, so weit das Auge reichte, bis an den Horizont, mit ein paar Schornsteinen, die wie Leuchttürme in großen Abständen daraus hervorragten, Minissy, Valetta, Saint Jean, Bagatelle … Mein Vater hatte nach dem Zyklon von 92 eine Allee aus Betelpalmen anlegen lassen, die bis zur Schlucht führte, und jedes Jahr erforschten die Kinder das Gelände ein wenig weiter nach Norden, aber wir wagten uns nie zu der Stelle vor, die *Le Bout du Monde* genannt wurde, das Ende der Welt, und wo sich alle Flüsse und Wasserfälle im Wald vereinten. Im Sommer war abends alles ruhig, man konnte das Keuchen des Zuges hören, der den steilen Hang nach Moka hinaufkroch, und den Pfiff, wenn der Zug im Bahnhof von Réduit eintraf. Wenn wir das hörten, rannten Maud und ich die Palmenallee entlang, um auf die Jungen zu warten, sie waren ganz staubig vom Fußmarsch auf der Straße und kamen einer nach dem anderen, der Größe nach, an, dein Großvater Hervé, Gildas und als letzter Simon, der kaum noch gehen konnte, sie waren erschöpft vom Tragen ihrer Schulranzen und der Hitze auf der Straße, und wir beiden Mädchen vergnügten uns damit, uns hinter den Büschen zu verstecken und mit kleinen Steinen nach ihnen zu werfen, wobei wir gluckste wie die Hennen, Maud hatte Angst vor ihren Brüdern und versteckte sich hinter mir, und die Jungen wussten, dass wir da waren, auch sie warfen mit kleinen Steinen oder Samenkernen nach uns, riefen uns Schimpfwörter zu und stritten sich wie wütende Rosenstare.«

Und dann die kreolische Sprache, die Catherine nicht vergessen hatte. All diese Worte, die ihr ganz natürlich über die Lippen kamen und sich mit den armen Rittern und dem Duft des Vanilletees mischten, die Musik der Worte, die in Jean Erinnerungen aus seiner Kindheit weckten, an die Zeit, als er mit seiner Mutter nach La Kataviva kam und Tante Catherine ihm Lieder vorsang oder Ratespiele mit ihm machte, für ihn, der seine Großmutter nicht gekannt hatte, lag das alles in weiter Ferne, aber hier in diesem stickigen Dachzimmer versetzten ihn die kreolischen Worte auf die Veranda von Rozilis, als ob er dort gelebt hätte, sein gegenwärtiges Leben nur vorübergehend wäre und er eines Tages dorthin zurückkehren würde. *Dileau dibout, dileau coucé, piti batt maman, piti couma piti, li fer coné tou so puissans, li porté so noyo dihor parey coco.* Catherines Motto hieß *Napas fer narien* oder besser noch *Ki pé fer?*, das sie allen Widrigkeiten des Schicksals entgegensetzte, was ihr erlaubt hatte, unbeirrt durchs Leben zu gehen und so zu bleiben, wie sie mit zwanzig war, hager und aufrecht, ohne Illusionen, aber auch ohne Bitterkeit.

Alle hielten sie für bösartig. Sharon, Jeans Mutter, erinnerte sich daran, dass sie gezittert hatte, als Raymond

Marro sie zum ersten Mal seiner Tante vorstellte. Damals lebte Catherine noch mit Mathilde im Erdgeschoss eines Einfamilienhauses in Joinville, in Gesellschaft mehrerer Katzen, die sie von der Straße aufgelesen hatte, und des Boxers ihrer Schwester. Raymonds Großvater Jean Charles Marro lebte zu der Zeit noch, war aber durch den Ruin geschwächt und verließ sein Zimmer nicht mehr, seine Töchter versorgten ihn. Catherine war vor Sharon aufgetaucht, düster und streng, wie ein Gespenst mit stahlgrauen Augen, und hatte die junge Frau eingehend gemustert, bis diese errötete. Dann drückte sie ihr einen Kuss auf die Wange, und als sie merkte, in welcher Verfassung sie sich befand, sprach sie in sanften Worten mit ihr, es war das erste Mal, dass Jeans Vater hörte, wie sie jemandem ein Kompliment machte: »Du siehst richtig bezaubernd aus!« Anschließend wurde die Unterhaltung ziemlich angespannt, Raymond hatte von seinem Plan erzählt, in Malaysia eine Kautschukplantage anzulegen, und von seiner Absicht, sich vorzeitig in den Ruhestand versetzen zu lassen, um freie Hand zu haben, und Tante Catherine hatte darauf nur mit einem »Ach ja?« geantwortet, was vielsagend genug war. Aber all das gehörte der Vergangenheit an.

Jean hatte nie Angst vor ihr gehabt. Zwischen ihnen bestand von jeher eine Art Vertrauensverhältnis, das durch nichts erschüttert worden war. Er verlangte nichts, und sie erwartete nichts. Es war das erste Mal in ihrem Leben, dass Catherine keinerlei Verantwortung zu tragen hatte und niemand mehr unmittelbar von ihr abhing. Als sie das Augenlicht verlor, hatte sie ihre Blindheit nicht benutzt, um auf irgendjemanden Druck auszuüben, und sie hatte das Angebot ihres Neffen zurückgewiesen, sie in einem Altersheim unterzubringen, wo sie täglich Hilfe gefunden hätte. Im Übrigen bestritt sie, blind zu sein. Sie sagte: »Meine Sehkraft hat nachgelassen, das ist alles.« Sie behauptete, das Tageslicht wahrzunehmen und Umrisse zu erkennen. Manchmal verließ sie morgens in der Frühe das Haus, wenn die Straßen noch leer waren, ausgerüstet mit einem langen Bambusstab, mit dem sie sich an den Wänden und am Bordstein entlangtastete. Sie folgte den Bahngleisen bis zur Brücke und betrat ein paar Geschäfte, die sie nach der Anzahl der Schritte wiederfand, um ein paar Kleinigkeiten zu kaufen, Briefpapier, Schnürsenkel oder Garn, Dinge, die sie nicht benutzen würde. Aurore begleitete sie manchmal, wenn sie Madame Gendres Erlaubnis hatte, und hakte Catherine beim Einkaufen unter. Catherine hätte es nie geduldet, dass Jean sich um sie kümmerte. Sie wollte nicht, dass er so etwas wie Mitleid mit ihr empfand. Die Nachmittage, an denen er sie besuchte, bestanden für sie darin, mit ihm Tee zu trinken und in aller Offenheit mit ihm zu plaudern, so wie es sich unter alten Freunden geziemt. Jean gefiel es, dass jemand in so hohem Alter ihn gleichberechtigt behandelte.

Tante Catherine erwähnte im Übrigen ihre verwandtschaftlichen Bande ganz selten. Sie machte sich offensichtlich ihre Blindheit zunutze, um den Altersunterschied zu vergessen und nicht zu berücksichtigen, dass Jean ihr Großneffe war und ein enormer Altersunterschied zwischen ihnen bestand.

Wenn sie die Augen schloss, fand sie die Gefühle ihrer Kindheit wieder. Sie sprach langsam, mit einer hellen Stimme, die Jean überraschte, als stiege in dieser verwohnten alten Mansarde, fern von allem, im Herzen dieser gnadenlosen, gleichgültigen Stadt, aus den Tiefen dieses verbrauchten, faltigen Körpers einer alten Frau ein frisches Lüftchen auf, ein formbarer Hauch, unsichtbar und drollig, die unversehrte Seele des kleinen Mädchens, das barfuß mit seiner Schwester Mathilde im Garten von Rozilis hinter den Rosenstaren herrannte.

»Es gab so viele Vögel dort in Ébène, das kannst du dir gar nicht vorstellen ... Sie piepsten von morgens bis abends. Freche Vögel, hübsche gelbe kleine Vögel, Finken, knallrote Kardinäle, und *condés* genannte Vögel mit einer Haube. Sie folgten uns, wohin wir auch gingen, flogen von Ast zu Ast, vergnügten sich damit, uns herauszufordern, hielten die Katzen zum Narren. Ich hasste Katzen, weißt du, sie waren meine ärgsten Feinde, das kannst du heute kaum glauben, aber wir hielten keine Katzen in Rozilis, weil Mama Asthma hatte, und die Katzen kamen aus der Nachbarschaft wegen der vielen Vögel ... Damals kannte ich alle Vögel, ich konnte sogar ihren Gesang nachahmen, und sie antworteten mir. Ein großer roter Kardinal mit ganz schwarzem Kopf setzte sich oft auf einen Ast der Tamarinde vor dem Haus und gab einen tiefen Ton von sich, dann trillerte er ganz sanft, twirr, twirr, und anschließend sehr schrill, es hörte sich an wie ein Ruf, er öffnete kaum den Schnabel und schrie fwit, fwit, füüit, und ich antwortete ihm. Aber in Wirklichkeit wartete er auf Papa, denn an manchen Nachmittagen, wenn Papa aus der Stadt zurückkam, ging er bis zum Ende des Wegs an eine kleine Lichtung und streckte die Hand aus, in der er Hirsekörner oder etwas Guajavengelee hatte, und wartete, ohne sich zu rühren, und der Kardinal kam langsam näher, hüpfte von Zweig zu Zweig, und dann setzte er sich auf Papas Hand und fraß, ich glaube, ich habe nie etwas Schöneres gesehen, mein großer, starker Papa, und auf seiner ausgestreckten Hand dieser kleine Vogel, der die Körner aufpickte.«

Ihre Stimme war jung, fast lachend, und Jean fühlte sich dann alt und müde, als habe er seine Seele mit ihr getauscht, er fühlte sich in dieser Stadt gefangen, in diesem Trubel hupender Autos, dem Knirschen des Zuges, der in den Bahnhof einfuhr, und dieser ganzen rohen, furchtbaren Gewalt, und der Stimme von Monsieur Gendre, der Aurore anschrie, den Demütigungen im Gymnasium, der Schwüle des beginnenden Sommers, dieser ganzen schweren Last, die ihn daran hinderte, sich zu rühren und zu träumen, die ihn erdrückte. Er besuchte Tante Catherine, hörte zu, wie sie mit ihrer Kinderstimme und ihrem melodischen Akzent ihre komischen harmlosen Geschichten erzählte, endlich konnte er entfliehen und in die Welt von Rozilis eintauchen.

Jean hätte alles darum gegeben, wenn er in der Zeit von Rozilis hätte leben können, und sei es nur eine Stunde. Um nicht mehr die Zukunft vor sich zu haben, die einem alles aufsaugenden Loch glich, nicht gezwungen zu sein, größer zu werden, jemand zu sein, Erfolg zu haben, ein Mann zu sein.

All das, wovon Tante Catherine erzählte, der Vogelgesang, der endlose, bis ans »Ende der Welt« reichende Garten, durch den sie barfuß mit Mathilde gerannt war, die Schlucht, in der der Affouche-Bach floss, die vom Tau feuchten Blätter, die Tropfen auf die Lippen spritzten, und auch die Nacht, der Wind, der den Tüll hin und her bewegte, das Quaken der Frösche und das Sirren der Mücken, all das existierte, war wirklicher als die Wirklichkeit, all das war der Stoff der Ewigkeit.

»Damals in Rozilis ...«, begann Catherine, »wurden wir jeden Morgen von den Turteltauben geweckt. Ganz leise fing es an, eine, die sich in den Katappenbäumen neben dem Fenster regt, es ist noch dunkel, aber die Tauben werden schon wach, und Maud und ich bleiben regungslos im Bett liegen, um abzuwarten, was sie machen, sie bewegen sich, schütteln die Flügel, und eine gibt ein leises Gurren von sich, urruh, urruh, eine andere antwortet ihr irgendwo im Dunkeln, u-urruh-u, dann eine andere und noch eine ganz in der Nähe, direkt vorm Fenster, so nah, dass ich den Eindruck habe, sie an meiner Wange zu fühlen, ich spüre die Wärme ihrer Federn, ihr sanftes Gurren wird ganz laut, und mit einem Schlag beginnen sie alle gleichzeitig zu gurren, das hört sich an wie das an- und abschwellende Geräusch eines Motors, und dazu noch das Rascheln ihrer Flügel, sodass man ein Gewitter und Wind zu hören glaubt, und dann wird es allmählich hell ...«

Tante Catherine saß immer kerzengerade in ihrem Sessel, den Kopf ein wenig zur Seite geneigt, und Jean hatte den Eindruck, dass sie, getragen von ihrem Gedächtnis, in der grauen Luft des Zimmers schwebte.

»Diese Musik mag ich am liebsten, ich höre sie noch, ich liege im Bett, ich betrachte das offene Fenster mit dem Moskitonetz, das sich leicht im Wind hin und her bewegt, und Maud, die trotz des Lärmens der Turteltauben wieder eingeschlafen ist, sie hat keine Angst mehr, wenn ich ihre Hand halte, es hört sich an wie Musik, die vom Himmel kommt, ein ununterbrochenes Raunen und von Zeit zu Zeit ein leises Gurren wie eine Klage, die Turteltauben sind so klein und unschuldig, sie sind wie Maud, sie fürchten sich vor dem beginnenden Tag und freuen sich zugleich darüber, die Sonne zu spüren, gleich flattern sie aus den Bäumen auf, um mit rauschenden Flügeln über das Dach zu fliegen, direkt zu den Zuckerrohrfeldern und zu den Flüssen, die durch die Schluchten fließen, wie heißen sie noch alle, die Flüsse, die es in der Nähe von Rozilis gibt, Rivière Sèche, Cascades, Vaucluse, Mesnil, Rivière Ébène, Tatamaka, Magrapoule, Valetta, Simathe, Magando, Bombay ...«

Sie nannte diese Namen, als wären es die wichtigsten dieser Welt, als flöge sie in diesem Augenblick mit den Vögeln über die Flüsse und Bäche, über den grünen Teppich der Zuckerrohrfelder und sähe mit ihren Augen jeden Hügel, jede rote Straße, jeden Schornstein. Und auch für Jean waren es Namen, die er kannte, die Namen, die er seit seiner Geburt gehört hatte.

Tante Catherine merkte nicht, wenn es dunkel wurde. Und Jean wagte nicht aufzustehen, um das Licht anzuknipsen. Im Übrigen waren die meisten Birnen durchgebrannt, und es war niemand da, um sie zu ersetzen. Es war Sommer, und es blieb lange hell, selbst wenn es Nacht wurde, konnte man noch etwas sehen. Bei Sonnenuntergang färbten sich die Wände des Zimmers goldgelb. Anschließend stieg das Licht aus der Stadt auf, ein etwas trübseliger rosa Schimmer, der durch die Fenster drang. Vielleicht brauchte man gar keine Glühbirnen, dachte Jean. Hatte es welche zur Zeit von Rozilis gegeben? Damals wurde abends eine Petroleumlampe im großen Esszimmer angezündet, damit sich die fliegenden Ameisen die Flügel daran verbrannten. So einfach war das.

Jean bemühte sich jetzt, wie Tante Catherine zu leben. Wenn er zu seinen Eltern nach Hause kam, knipste er in seinem Zimmer nicht das Licht an und ging im Dunkeln durch die Wohnung. Er versuchte sich genau zu merken, wo die Möbel standen und wo die Türen waren. Eines Nachts begegnete er auf dem Flur zur Toilette seinem Vater, der ihm mit der Taschenlampe ins Gesicht leuchtete.

»Was machst du denn im Dunkeln?«

Jean blieb wie gelähmt stehen und blinzelte geblendet mit den Augen.

»Bist du Schlafwandler?«

Jean kehrte wütend in sein Zimmer zurück und legte sich ins Bett. Sein Vater musste wohl Sharon davon erzählt haben, denn am nächsten Morgen stellte sie ihm mit besorgter Stimme Fragen: »Läufst du schon seit langem nachts herum?« Jean zuckte die Achseln: »Ich weiß nicht, ja, ich glaube, schon ziemlich lange.« »Und erinnerst du dich daran, was du machst? Erinnerst du dich, ob du ... gehst du manchmal nach draußen, ohne dass wir es wissen?« Jean erwiderte: »Nein, ich gehe nicht nach draußen. Ich laufe nur manchmal durch den Flur, wenn ich nicht schlafen kann.« »Aber warum knipst du denn das Licht nicht an? Du hast uns einen Schrecken eingejagt ...« Jean antwortete: »Ich trainiere, das ist alles.«

Seit seinem Schlaganfall hatte Jeans Vater schwache Nerven. Die Untätigkeit machte ihn ängstlich und zänkisch. Gleichzeitig achtete Jean diesen Mann, die Abenteuer, die er im Dschungel von Malaysia erlebt, das neue Leben, das er mit seiner Frau in Ipoh zu beginnen versucht hatte, und dann seinen Misserfolg, all das, worüber er nicht sprechen wollte.

Jean beschloss, die Grundlagen seines Versuchs zu ändern. Von jetzt an bemühte er sich draußen auf dem Weg zum Gymnasium mit geschlossenen Augen zu gehen. Eines Tages verklebte er sich sogar die Augenlider mit einem Heftpflaster. Er ging gemessenen Schritts die Straße entlang, drückte mit der linken Hand seine Schulbücher gegen die Hüfte und streckte den rechten Arm aus. Er kannte alle Hindernisse auswendig, die Straßenlaternen, die Pfosten, die Stände vor den Geschäften, die Fahrräder und Mopeds, die auf dem Bürgersteig abgestellt waren. Von der Rue Béri bis zum Gymnasium musste er sieben Kreuzungen überqueren, von denen einige lebensgefährlich waren.

Es kam ihm nicht in den Sinn, sich von irgendjemandem helfen zu lassen. Denn Tante Catherine bat nie jemanden um Hilfe. Er musste also vor dem Zebrastreifen warten und die Ohren spitzen. Wenn der Lärm der Autos einen

Augenblick aufhörte und gleich darauf in der Querstraße die Motoren beim Anfahren aufheulten, betrat Jean ohne zu zögern die Fahrbahn, wie jemand, der sieht. Martial, den er wie immer auf dem Schulweg traf, fragte ihn: »Was ist denn mit deinen Augen los?« Jean erwiderte lakonisch: »Nichts, das ist ein Experiment.« Martial ging neben ihm her, bis Jean ihn wegschickte: »Hör zu, du störst mich.« Martial erwiderte: »Du bist verrückt, pass auf, dass du nicht überfahren wirst.«

Während des Geschichtsunterrichts versuchte Jean zu folgen. Er stellte fest, dass sich seine Aufmerksamkeit im Dunkeln vervielfachte. Er wartete gespannt auf jedes Wort des Lehrers und hatte den Eindruck, dass er spüren konnte, wie sich jeder Teil des Satzes bildete und beim Sprechen hervorsprudelte, in ihm vibrierte es wie bei einem Lied, prägte sich tief in sein Gedächtnis ein. Am Ende der Stunde hätte er alles wiederholen können, was der Lehrer gesagt hatte, und noch dazu die Geräusche von der Straße und das Knarren der Stühle seiner Mitschüler. Aber es war sehr anstrengend.

Das Gerücht von seinem Experiment machte die Runde und brachte seine Klassenkameraden zum Lachen. Jean musste seinen Versuch abbrechen, und eine Vorladung im Sekretariat des Schulleiters machte der Sache ein Ende. »Monsieur Jean Marro. Ihre dummen Scherze sind nicht nur völlig unmotiviert, sondern lösen noch dazu in der Klasse eine Ablenkung aus, die wir nicht benötigen.«

Sharon hatte ihren Sohn verteidigt, und statt von der Schule gewiesen zu werden, bekam er daher bloß einen Verweis. Jeans Vater erfuhr nichts von der Sache. »Fang nie wieder mit so etwas an, hörst du, Jean, vergiss nicht, dass dein Vater schwer krank ist, du musst an ihn denken.« Charles Marro war nach seinem Schlaganfall herzkrank geworden. Als er aus Malaysia zurückkam, wo er wegen des Krieges gegen die CT (Jean hatte lange Citi gehört, bis er eines Tages begriff, dass es sich um *communist terrorists* handelte) alles verloren hatte, konnte er die Angelegenheit nicht verwinden. Diese ganze Geschichte, die Jean seit seiner Kindheit mit halbem Ohr verfolgt hatte, diese Geschichte, die alles erklärte, den Geldmangel, den Marasmus, das hartnäckige Schweigen seines Vaters, die Mauer, hinter der sich die Familie verschanzt hatte. Nur einmal hatte er sich über Indochina oder Madagaskar geäußert, hatte gesagt: »Der Kolonialismus ist die größte Schande unseres Zeitalters.« Das war alles. Für einen ehemaligen Offizier der britischen Armee waren das starke Worte.

Jean beschränkte daher sein Experiment auf ein paar Übungen ohne Zeugen in seinem Zimmer oder im Treppenhaus. Zu jener Zeit entwickelte er auch die Pläne für eine Maschine, eine Fotozelle, deren Informationen durch Anastomose an den Sehnerv übermittelt wurden. Er träumte, dass er seinen Apparat an Tante Catherine ausprobierte, er befestigte dieses Zyklopenauge mithilfe eines helmartigen Gebildes mitten auf ihrer Stirn, und sie ging auf die Fenster des Wohnzimmers zu, blieb eine ganze Weile mit leicht gespreizten Armen vor einem der Fenster stehen, und in einem Aufwallen jugendlichen Glücks rief sie plötzlich: »Gelobt sei Gott! Ich sehe! Ich sehe das Viereck aus Licht, ich sehe alles, die Sonne, den Himmel, die Häuser gegenüber!«

Jean wusste, dass das ihre Worte sein würden, er war sich besonders des »Gelobt sei Gott!« sicher. Er wusste auch, dass er den Apparat verbessern, die Verbindungen erneuern, die Anzahl der Rezeptoren erhöhen und sie für jede Spektralfarbe intensivieren musste, damit schließlich aus dem leuchtenden Nebel menschliche Silhouetten und Gesichter auftauchen, wie hinter den angelaufenen Scheiben eines Zugabteils, und alles wieder so war wie zuvor, wie in der Zeit von Rozilis, und sie mit dem Augenlicht zugleich das Leben wiederfand.

Aurore de Sommerville war nur zwei Jahre älter als Jean, und dennoch kam sie ihm viel älter vor, reifer und ein wenig unnahbar, bereits wie eine Frau, die begehrenswert und zugleich Furcht einflößend war, weil sie die Welt der Kindheit endgültig hinter sich gelassen hatte.

Sie trug ein Geheimnis in sich, das hatte er sofort gewusst, als er begann, La Kataviva zu besuchen. Jeans Vater hatte erzählt, dass sie in Hanoi geboren und die Mutter unbekannt war. Als General de Sommerville Indochina ein paar Jahre vor dem Zusammenbruch verließ, nahm er dieses kleine taubstumme Mädchen mit, das er, wie er sagte, adoptiert hatte, aber alle waren überzeugt, dass sie in Wirklichkeit seine Tochter war. Nach dem Tod des Generals zog seine Schwester mit Monsieur Gendre in die Wohnung, und Aurore blieb bei ihnen, aber was Jeans Eltern darüber sagten, glich dem Märchen vom Aschenputtel. Aurore de Sommerville war die Hausangestellte dieser schrecklichen Leute, die sie schlecht behandelten und es ausnutzten, dass sie sich nicht beschweren konnte. Sie hatte nie eine Schule besucht, ging nie aus dem Haus, außer wenn sie Catherine Marro beim Einkaufen begleitete oder wenn sie für wenig Geld bei jemandem putzte. Sie lebte völlig abgekapselt in der großen Wohnung, war verschlossen und menschenscheu, hatte den Blick eines gehetzten Tiers. Jean hatte erraten, dass da etwas Furchtbares geschah, wusste aber nicht was, auf jeden Fall etwas Gemeines, Furchtbares. Das war das Geheimnis.

Sie war klein. Eines Tages hatte Jean ihr auf dem Treppenflur des fünften Stocks gegenübergestanden und festgestellt, dass er mehrere Zentimeter größer war als sie. Aber ihr Verhalten und ihre Art, ihn anzusehen, waren eher das einer Erwachsenen.

Jean entsann sich nicht mehr, wie er sich in Aurore verliebt hatte. Er hatte sie immer als stummes, menschenscheues Mädchen betrachtet. Er erinnerte sich vage, dass er sie früher gesehen hatte, zu der Zeit, als der General noch lebte, ein kleines schmächtiges Mädchen in einem Kittelkleid, das Haar zu Zöpfen geflochten, umgeben von Erwachsenen, vor der Wohnungstür, eine kleine graue Maus. Und dann sah er sie Jahre später wieder, als er anfing, Tante Catherine regelmäßig zu besuchen.

Aurore war nicht mehr ganz so scheu. Manchmal blieb sie auf dem Treppenabsatz stehen, im Halbdunkel des Flurs, blickte ihn mit abwesender Miene an und gestikulierte flüsternd. Jean hatte ein bisschen Angst vor ihr, gleichzeitig zogen ihn ihr Gesicht und ihre Fremdartigkeit an. Er hatte sich an sie gewöhnt, sagte ein paar Worte zu ihr, die sie von seinen Lippen ablas, aber er war sich nicht sicher, ob sie ihn verstand.

Die erste wirkliche Annäherung fand statt, als sie mit leicht nach vorn gebeugtem Kopf auf ihn zukam, die Hände vor dem Bauch zu einer Muschel geformt, und als sie die Hände öffnete, sah er eine kleine gelbe Flaumkugel, ein Küken. Es war Ostersonntag, ein paar Bauern hatten zwischen den Pfeilern der Eisenbahnbrücke kleine Stände errichtet, um Gemüse, Eier und lebende Kaninchen zu verkaufen, und einer von ihnen hatte Aurore das Küken geschenkt.

Aurore strahlte vor Freude, es war das erste Mal, dass Jean sie lächeln sah. Das Küken, das sie in beiden Händen hielt, richtete sich mit einem leisen Piepsen auf, das aus seinem halb geöffneten Schnabel kam. Aurore versuchte mit ihm zu sprechen, aber die Laute, die aus ihrem offenen Mund kamen, hörten sich eher wie das Zischen einer Schlange als wie ein Vogelschrei an. Doch Jean war gerührt, als er es hörte.

Jean ertrug es nicht, dass man sie als anomal bezeichnete. Nicht wirklich anomal, aber etwas geistig behindert, es wurde gesagt, sie habe nicht alle beisammen, sei nicht recht bei Verstand. Eines Tages hatte er gehört, wie sein Vater und seine Mutter aufgrund dessen, was sie bei den Gendres erduldete, mit diesen Worten über sie sprachen, die nicht wirklich gehässig waren, aber eine Spur von Mitleid enthielten, das er unerträglich fand. Er schrie: »Das ist nicht wahr, das ist nicht wahr, hört auf zu lügen!«, und zwar so wütend und mit tränenerstickter Stimme, dass sie sogleich innehielten, später kam dann Jeans Mutter in sein Zimmer, um sich zu entschuldigen, und er schämte sich für sie.

Aurore hatte ein rundliches, herzförmiges Gesicht, einen hübschen Mund mit sehr roten Lippen und hohe Wangenknochen, aber Jean liebte vor allem ihre Augen, schwarze schräg stehende Achate, die sich zu den Schläfen hinzogen und wie mit dem Pinsel gezeichnet zu sein schienen, mit einem Blick, der glänzte und zugleich undurchdringlich war, wie Achat eben. An manchen Tagen, wenn Jean ihr begegnete, war sie wie für einen Ball zurechtgemacht, in einem blutroten vietnamesischen Kleid, mit geschminktem Gesicht, und das schwarze Haar fiel ihr wie ein Wasserfall auf die Schultern. An anderen Tagen wurde sie wieder zu dem schmächtigen kleinen grauen Dienstmädchen mit niedergeschlagener, trauriger Miene. Und Jean begriff nicht den Grund für diese Veränderung. Er hatte sich geheime Feste vorgestellt, für die sich Aurore als Prinzessin verkleidete, und anschließend, wie in der

Geschichte vom Aschenputtel, lange Tage, an denen sie die Arbeiten ausführte, die ihr die Stiefmutter aufzwang.

Seit dem Abenteuer mit dem Küken wartete Jean voller Ungeduld darauf, Aurore erneut auf dem Treppenflur des fünften Stocks zu begegnen. Nur einmal hatte er sie in der Rue Reine-Jeanne getroffen, unweit der Eisenbahnbrücke. Sie kam nicht vom Einkaufen zurück. Sie hatte einen seltsamen Gesichtsausdruck, eine Mischung aus Furcht und Ungeduld. Als sie Jean sah, lächelte sie. Der Lärm des Verkehrs war ohrenbetäubend, ein Zug fuhr mit quietschenden Rädern über die Stahlbrücke, bläuliche Rauchschwaden schwebten über der Straße. Aurore stand mitten im hellen Sonnenlicht. Sie trug ihr blutrotes Kleid, ihr geschminktes Gesicht glänzte wie der Mond. Jean ging mit klopfendem Herzen auf sie zu, und Aurore tat etwas Unglaubliches: Sie küsste ihn. Nur ein leichter Kuss auf die Wange, aber einen Augenblick lang spürte er ihren Körper an seinem, spürte die Strähnen ihres Haars an seinem Mund, ein feiner Geruch nach Gras, dachte er, und ihr Gesicht war so nah an seinem, dazu der Geruch des Reispuders auf ihren Wangen. Sie hatte eine sehr nackte Haut, ihre Augenbrauen waren völlig ausgezupft und ihre Lippen mit kleinen senkrechten Falten übersät. Während dieses kurzen Moments betrachtete er sie aus nächster Nähe, so wie er sie noch nie zuvor gesehen hatte, atmete den Geruch ihrer Haut, den Geruch ihres Seidenkleids ein, er prägte sich die vollkommenen Formen ihrer Augenlider ein, die schmale Linie, die ihre Augen umrandete und in einer Falte im inneren Winkel des Auges mündete, und vor allem die Farbe ihrer Augen, die kohlschwarze Iris, in der er sich umgekehrt gespiegelt zu sehen glaubte.

»Wie geht es deinem Küken?« Während er diese Frage stellte, bildete er zugleich mit den Händen die Form einer Muschel. Sie lächelte wieder und deutete mit den Händen eine Geste des Wegwerfens an. Jean begriff sie nicht, er vermutete, dass das Küken fortgelaufen oder möglicherweise von einer der zahllosen streunenden Katzen gefressen worden war, die Mademoiselle Picot mit Futternäpfen anlockte.

Sie blieben einen Augenblick regungslos am Straßenrand stehen, bei all dem Verkehr und dem Lärm, den Aurore nicht hören konnte. Die Sonne glänzte auf dem Haar des Mädchens, sprühte Funken. Die Leute warfen im Vorübergehen einen flüchtigen Blick auf dieses seltsame Mädchen, das wie eine chinesische Puppe gekleidet war, und auf diesen Jungen, der neben ihr stand, als warteten sie auf einen Bus, einen Zug oder weiß Gott was. Dann kam ein ziemlich großer, kräftiger Mann in einem eleganten hellgrauen Zweireiher, ein Mann, in dem Jean sogleich instinktiv einen Soldaten erkannte. Er ging auf Aurore zu. Er hielt einen kleinen Blumenstrauß in der Hand. Er sah nur sie an, nicht eine Sekunde ließ er den Blick auf diesem ungelenk wirkenden Jungen ruhen, der auf dem Bordstein des Bürgersteigs stand. Er nahm Aurore am Arm, und dann entfernten sie sich, verloren sich in der Menge. Jean spürte zum ersten Mal einen Stich im Herzen, er begriff blitzschnell, dass Aurore ihm entglitt, dass sie mit diesem Mann davongehen, La Kataviva verlassen und für immer verschwinden würde.

Das Jungengymnasium war ein gefängnisartiger Bau mit verschmutzten nackten Steinmauern und einem asphaltierten Innenhof mit hohen Kastanien. Als Jean das Gymnasium nach seiner Rückkehr aus Ipoh in Malaysia, wo sie ein Jahr verbracht hatten, zum ersten Mal betrat, war er erst acht und begriff sogleich, dass sich sein Leben von nun an grundlegend ändern würde. Hier herrschte Krieg, oder beinahe.

Die Kleinen aus den unteren Klassen überquerten den großen Hof, auf alle Gefahren vorbereitet, mit eingezogenem Kopf. Zu Beginn der großen Pause um zehn strömte eine Flut von etwa zweitausend Schülern verschiedensten Alters von allen Seiten herbei, aus den Klassenräumen im Erdgeschoss, aus dem überdachten Teil des Schulhofs, aus den Werkstätten im Kellergeschoss und aus den Emporen der oberen Stockwerke. Es war nicht genug Aufsichtspersonal da, um für Ordnung zu sorgen, und außerdem wurde es zu schlecht bezahlt, um dieses Wagnis einzugehen. Die Kleinen wussten, dass sie so nah wie möglich am Mittelgang zusammenbleiben mussten, auf dem die Lehrer hin und her schlenderten. Die Großen waren nicht alle gemeine oder folterwütige Kerle, aber der Kummer der Jüngeren rührte sie nicht, vermutlich weil sie das selbst über sich hatten ergehen lassen müssen. Wenn ein Kleiner von einem Vierzehnjährigen gepackt wurde, der ihm den Arm umdrehte oder ihm den Kopf in den Schraubstock nahm, wandten sich die anderen ab oder taten so, als hätten sie nichts gesehen. Oder manchmal verfolgten sie die Szene aus den Augenwinkeln, ohne das Gespräch zu unterbrechen, als geschähe das in einer anderen Sphäre, bei den Affen oder Wildschweinen.

Jean hatte festgestellt, dass vor allem in der Nähe der Latrinen Gefahr war. Keiner von den Kleinen wagte sich allein dorthin. Er sorgte dafür, dass er während des Unterrichts austrat, vorausgesetzt, der Lehrer erlaubte es ihm, oder um neun Uhr, zu Beginn des Unterrichts, wobei er wusste, dass er dann wegen Zuspätkommens nachsitzen musste, oder aber er musste sich auf die Gefahr hin, sich durch ein Missgeschick lächerlich zu machen, bis zum Schulschluss beherrschen.

Die Latrinen befanden sich in einer Art Grotte am Rand des Schulhofs, es waren Stehklosetts mit Pendeltüren. Die Wände waren mit Graffiti und obszönen Zeichnungen übersät, der Fußboden starrte vor Schmutz.

Bei einem der ersten Male, als Jean dort hinging, blieb er wie angewurzelt auf der Türschwelle stehen, so schrecklich war der Anblick, der ihn erwartete. An der Stelle der Glühbirne, die seit langem zerbrochen war, hing an einem Faden im Dunkeln ein blutiger dicker Knochen, der einem erigierten Penis glich. Von diesem Augenblick an mied Jean diesen Ort. Er beherrschte sich bis zum Sportunterricht und benutzte die Turnhallentoiletten, deren Türen man abschließen konnte. Sie waren zwar nicht weniger verschmutzt, aber wenigstens fühlte man sich dort sicher. Andere Schüler pinkelten meistens auf die Blumenbeete im Garten, wenn sie überzeugt waren, dass niemand kam. Sonntags mussten sie daher oft nachsitzen, aber für jemanden, der klein und schutzlos war, war das immer noch besser, als sich in diese verdammten Toiletten zu wagen, von denen schreckliche Geschichten erzählt wurden, von Jungen, die einen angriffen, von Exhibitionisten, die onanierten, oder noch schlimmere Geschichten.

Der Direktor war ein nervöser, hagerer Mann, der eine lederne Handprothese trug und einen Furcht einflößenden Namen hatte: Mâchefer, Eisenfresser. Er sorgte für militärische Disziplin in seiner Schule, im Übrigen machte die Legende die Runde, er sei früher Hauptmann bei der Infanterie gewesen und habe seine rechte Hand beim Aufheben einer Mine in Indochina verloren. Einer anderen Version zufolge war er von den Vietminh gefoltert und seine Hand in einem Fleischwolf zerquetscht worden. Er siezte die Schüler, sprach sie mit Herr Soundso an, und wenn er eine Mitteilung zu machen hatte, begann er stets auf gleiche Weise mit: »Meine lieben Freunde ...« Wenn er in Zorn geriet, bediente er sich einer Formulierung, die an seine Militärzeit erinnerte: »Sie sind ja schlimmer als die Vietminh (Vietminsch, wie er sie nannte), denn im Unterschied zu denen fallen Sie mir in den Rücken!«

Dementsprechend war auch alles andere. Jeans Mutter, die sehr gläubig war, hatte ihren Sohn für den Religionsunterricht angemeldet. Aber Jean empfand sehr bald eine große Abscheu vor der kleinen Kapelle im Gymnasium. Abbé Cotençon, der dort die Messe und den Religionsunterricht abhielt, war ein kleiner rundlicher Mann mit rosiger Gesichtsfarbe und blondem lockigem Haar, der sich sehr für kleine Jungen interessierte. Im Laufe der Jahre hasste Jean den Religionsunterricht immer mehr und vor allem die Kapelle des Gymnasiums, in der immer irgendein Idiot im feierlichen Augenblick der Elevation einen lauten Furz fahren ließ. Gemeinsam mit Martial und anderen Klassenkameraden nutzte Jean die Gelegenheit, sich während der Messe zu verdrücken und auf dem Parkplatz der Kapelle eine Zigarette zu rauchen, auch wenn sie sich der Gefahr aussetzten, von Mâchefer ertappt zu werden, dessen Dienstwohnung direkt darüber lag.

Der verrückteste Kauz dieses Gymnasiums war ohne Zweifel ein Französischlehrer namens Lesueur, dem die Schüler ohne ersichtlichen Grund den Spitznamen Plasma gegeben hatten. Jean wunderte sich, dass ein Mensch so tief sinken kann. Plasma war seit Schülergenerationen Zielscheibe des allgemeinen Spotts. Der legendäre Krawall, der während seines Unterrichts herrschte, verurteilte ihn schon im Voraus.

In jedem Jahr bei Schulbeginn bildete er sich wohl ein, dass diesmal alles anders werden würde. Doch sobald er auftauchte, konnte er höchstens zwei Worte hervorbringen, ehe er vom Lärm der Klasse übertönt wurde. Die Schüler schrien, sangen, pfiffen und schlugen auf die Tische, als wären es Trommeln. Manche brachten Wurfgeschosse mit, Kügelchen aus Papier oder altem Kaugummi, manchmal auch gekochte Kartoffeln, die ein paar Internatsschüler zu diesem Zweck während des Mittagessens hatten mitgehen lassen. Plasma senkte den Kopf, ließ alles über sich ergehen.

Jean fragte sich, wie er es ertragen konnte, Tag für Tag zu kommen, ohne sich aufzulehnen, wie ein Tier, das zur Schlachtbank geführt wird. Wenn Plasma zur Tür hereinkam, konnte Jean dessen Angst vor der Klasse, die auf ihn wartete, spüren, vor all diesen Kindern mit leuchtenden, feindseligen Augen. Beim ersten Wort, beim ersten Signal ging ein unvermeidlicher Hagel von Schreien und spöttischen Bemerkungen auf ihn nieder. Jean nahm diese Angst deutlich wahr, sein Herz schlug vor Besorgnis, aber auch vor Aufregung schneller.

Eines Tages betrat Plasma wie üblich mit schleppendem Schritt in seinem abgewetzten grauen Anzug und seiner verdrehten Krawatte den Klassenraum, hängte Hut und

Stock an einen Kleiderhaken, und diesmal nahm Jean an dem Krawall teil, eine Woge der Lust erfüllte ihn, während er aus vollem Hals schrie, Schimpfworte in den Raum schleuderte und spürte, wie die Welle das aufgeschwemmte alte Gesicht traf, es verformte, Fältchen rings um den Mund grub und die Haut unterhalb des Kinns erzittern ließ. Papierkügelchen, Lappen, Kartoffelschalen flogen durch den Klassenraum, und Plasma saß hinter seinem Pult, um Schutz zu suchen, hatte die Hände flach auf der Tischplatte liegen, ohne sich zu rühren, und seine Augen, die hinter den Brillengläsern glänzten, musterten nacheinander jedes einzelne dieser kleinen hasserfüllten Gesichter, als wolle er sich diesen Anblick für immer einprägen. An jenem Tag begriff Jean, dass er sich nie an diesem Ort zu Hause fühlen würde, seine Wurzeln würden endgültig woanders sein. Und so entschied er sich für Rozilis.

Es gab ein Geheimnis. Jean zweifelte nicht daran. Vielleicht steckte es im Namen La Kataviva, in diesen rätselhaften Silben, die er sich eingeprägt hatte, sobald er sprechen gelernt, und die er ans Ende der Welt mitgenommen hatte, bis in die Hügel von Malaysia. Seine Mutter erzählte ihm jedes Mal amüsiert, wenn sie daran zurückdachte, dass Jean als Kind statt Papa oder Mama immer nur den Namen *La Kata-viva! La Kataviva!* gesagt hatte. Wenn es diesen Namen nicht gegeben hätte, dachte Jean, hätte es vielleicht nie dieses Geheimnis gegeben, dieses kleine Erdbeben in seinem Inneren, dieses magische Aufflackern.

Warum hatte Tante Catherine Mauritius und das Paradies in Ébène verlassen, um ihr Leben in dieser Wohnung, in dieser Straße, in dieser Stadt zu beenden, die so grausam zu den Unglücklichen war? Doch diese Frage war Jean nie in dieser rationalen Form in den Sinn gekommen. Er hatte nur Bruchstücke dieser Geschichte mitbekommen, die Verbitterung seines Vaters, wenn er auf Rozilis zu sprechen kam, das schicksalhafte Datum des Neujahrstages von 1910, an dem die Abreise stattgefunden hatte, seine Wut, wenn er den Namen Paba erwähnte, den Verwalter, der Tante Catherine in regelmäßigen Abständen drohte, sie vor die Tür zu setzen, und sich weigerte, Reparaturen am Haus vornehmen zu lassen. Die Tricks dieses dicken geldgierigen Mannes, um die Tante zum Auszug zu zwingen, die Schutthaufen und morschen Bretter, die er vor ihrer Tür aufhäufen ließ, und eines Tages sogar eine

Kloschüssel, die er auf dem Treppenabsatz mit der Absicht hatte abladen lassen, die blinde alte Frau ins Krankenhaus zu schicken. All das vermischte sich mit der üblen Geschichte des Geschäftsmanns, eines gewissen Chemin, der die Familie Marro ruiniert hatte. Raymond Marro war außer sich gewesen. Damals konnte er sich noch auf den Beinen halten, hatte er noch Kraft. Er hatte gewettert: »Ich schlage diesen Kerl zusammen!« Man wusste nie, ob es sich um Chemin oder den widerlichen Paba handelte.

Paba tauchte nie auf. Sein Büro war geschlossen, er ging nicht ans Telefon. Seine Sekretärin errichtete jeden Morgen einen Schutzwall um ihn, notierte sich die Angelegenheit und gab sie nicht weiter. Paba erzählte schändliche Dinge über Tante Catherine, sie sei eine verrückte Alte, die ins Irrenhaus gehöre, ihre Wohnung starre vor Schmutz und ihretwegen sei das Wohnhaus mit Ungeziefer verseucht.

Jean hatte davon geträumt, Paba eines Tages zu begegnen, wenn er das Haus verließ, dann würde er auf ihn zugehen und mit den Fäusten auf ihn einschlagen, bis er um Gnade wimmerte. Er hatte ihn nie gesehen, doch er war sicher, dass er ihn sogleich erkennen würde, groß und dick, mit kohlschwarzen buschigen Augenbrauen und grimmigem Blick wie der Polizist, der Charlie Chaplin und Jackie Coogan in *The Kid* verfolgt.

In Wirklichkeit war das Geheimnis älteren Ursprungs als La Kataviva. Noch älter sogar als Catherines Jugend in Rozilis. Es war ein Geheimnis aus der Zeit vor der Geburt, dachte er, aus der Zeit vor den Kriegen, aus sehr weiter Ferne.

Es war ein Geheimnis vom anderen Ende der Meere, sodass deshalb dessen Wurzeln für uns verloren waren, nicht nur Rozilis, denn das war letztlich nur ein Haus wie jedes andere, sondern die ganze Insel Mauritius, der

Himmel, die Berge, die Flüsse, die Schlupfwinkel mit den vertrauten Namen, die alten Bäume, von denen jedes einzelne Blatt etwas erzählen konnte, und all die Leute, die dort aufgewachsen waren und mit denen alles hätte geteilt werden müssen, all das war verschwunden, und die Marros waren zum Nomadenleben verdammt. Sie kamen während des Krieges in Europa an, mussten harte Schläge einstecken, manche starben sogleich, fielen auf dem Feld der Ehre, wie Simon Marro in den ersten Kriegstagen, andere starben vor Kummer, wie Catherines Vater, oder wurden gegen Kriegsende von der spanischen Krankheit dahingerafft, wie ihre Mutter. Cathy und Maud schlugen sich in Paris durch, verkauften alles, was sich verkaufen ließ. Catherine, die gern zeichnete, arbeitete eine Zeit lang in einer Lampenschirmfabrik, dann als Cutterin bei der Filmgesellschaft Pathé, und als der zweite Krieg ausbrach, starb Mathilde an Tuberkulose, an Entkräftung, denn es gab keine Medikamente, nichts zu essen und keine Kohle zum Heizen.

Manchmal holte Catherine das große, mit Goldschnitt und roten Arabesken auf schwarzem Grund verzierte Fotoalbum hervor, um es Jean zu zeigen, sie legte es auf den Tisch und blätterte darin, Seite für Seite, als könne sie alles erkennen. Sie strich mit den Fingerspitzen über jedes Foto, erinnerte sich, was es darstellte. Sie hielt bei einem der seltenen Fotos von Rozilis inne, auf dem sie im Alter von etwa sieben Jahren neben ihrer Schwester abgebildet war, sie stand in einem schwarzen Kleid im Garten, mager und mit einem kohlschwarzen Pony, der ihr das Aussehen einer Zigeunerin verlieh, und neben ihr saß Mathilde auf einem kleinen Stuhl, blass, blond und mit großen grauen Augen, die so sanft waren, als wären sie erloschen, sie wirkte gedankenverloren, ihr Blick war scheu und unentschlossen.

»Das ist meine einzige Liebe«, sagte Catherine.

Jean betrachtete das Foto so aufmerksam, dass ihm fast davon übel wurde. Alles, was er mit Rozilis verband, war dort zu sehen, auf diesem vergilbten bräunlichen Hintergrund, auf den Gesichtern dieser beiden kleinen Mädchen, für die die Zeit stehen geblieben war, in weiter Ferne, einstmals. Hinter ihnen die Säulen der Veranda, die Holzstufen, Topfblumen, Orchideen und im Schatten, mit ihren halb geschlossenen Läden kaum zu erkennen, die hohen Fenstertüren der Schlafzimmer. Das war einmal, das war lange her, als alles noch einfach war und für die Ewigkeit geschaffen zu sein schien.

Tante Catherine verweilte beim Hochzeitsfoto ihres Vaters und ihrer Mutter. Jean Charles und Désirée im Jahr 1880, bei ihrer Ankunft mit dem Schiff auf Mauritius, sie waren noch so jung, so *hübsch* – der Ausdruck stammt von Catherine – und elegant, er mit seinem langen Haar und einem romantischen Bart, in einer dunklen Jacke, die seine Taille und seine breiten Schultern betont, sie in ihrem weißen Kleid mit einem schmalen Spitzenkragen, einem Gürtel, der ihre schmale Taille einschnürt, dem schwarzen Haar, das ihr Gesicht einrahmt, ohne Hut, ohne Handschuhe, wie ein Mädchen vom Land. Sie war aus der Bretagne angereist, um bei einem englischen Paar und deren Kindern als Gouvernante zu arbeiten, und hatte auf dem Schiff, der *Commandant-Hoëdic,* Jean Charles kennen gelernt, der soeben sein Jurastudium in London beendet hatte. Tante Catherine erzählte die ganze Geschichte von neuem, und jedes Mal fügte sie eine Einzelheit hinzu. Sie hatten in Port Louis geheiratet, fast ohne Trauzeugen, und Désirée hatte aufgehört, für das englische Paar zu arbeiten, Jean Charles hatte vorgeschlagen, ihnen den Preis für die Schiffsreise zu erstatten, doch die Engländer hatten das nicht angenommen, im Gegenteil, sie bestanden darauf,

Désirée die Aussteuer zu bezahlen, weil sie so arm war, ihr Vater war in Lorient gestorben, als sie noch klein war, und sie hatte bereits als Kind arbeiten müssen, um sich den Lebensunterhalt zu verdienen.

Einige Seiten weiter geriet Jean bei dem Porträt von Catherines Großvater Charles und dessen Frau Lise d'Arzano ins Träumen. Großmutter d'Arzano, gegen Ende ihres Lebens, im Kloster in Mahébourg, sie war schwarz gekleidet, hatte breite Wangenknochen, eine kurze Nase, helle Augen und dichtes schwarzes, zu einem Knoten hochgestecktes Haar. Jean fand, dass Aurore de Sommerville ihr glich. »Eine alte Chinesin«, sagte Catherine, als habe sie erraten, was er dachte. »Eine Chinesin mit blauen Augen, sie glich einer Lappin, Papa hat im Übrigen immer gesagt, dass er eines Tages dorthin wolle, um sich mit Mama in der Familie von Mamas Mutter in Lappland niederzulassen.« Sie strich mit den Händen über Jeans Gesicht, wie sie es immer tat, wenn er ankam, und sagte: »Du bist wie dein Urgroßvater, mager und mit schmalem Kopf, aber du hast hervorstehende Wangenknochen wie deine Urgroßmutter d'Arzano, das lässt sich nicht leugnen.«

Auf einem anderen Foto war Charles vor dem Garten in Rozilis abgebildet. Die Pflanzen wirkten wie eine Bühnendekoration aus Pappmaché, bis auf eine große fächerförmige Ravenala. »Charles hatte sie gepflanzt, er hatte sie von einer Reise nach Madagaskar mitgebracht, als er eine Kaffeeplantage anlegen wollte. Nachdem sie das Haus hatten räumen müssen, rissen Chemins Schurken den Baum aus, und etwa zur gleichen Zeit ist Simon in Frankreich gefallen, im Februar 1915. Und Großvater Charles ist im darauffolgenden Monat gestorben, ich habe immer den Eindruck gehabt, dass das alles miteinander in Verbindung stand, Simons Tod, das Ende der alten Ravenala und Großvater Charles, der dahinsiechte.«

Auf den Fotos wirkten all diese Menschen aufgrund der Kraft, die sie miteinander verband, unbesiegbar, nicht zu entwurzeln; doch wenn man genau hinsah, bemerkte man ein leises Erschauern, ein kleines Zittern, weil die Ewigkeit zerbrechlich ist und nicht das Leben.

Jean besuchte La Kataviva, um das mit jemandem zu teilen, diesen Zweifel, dieses Erschauern, um das Geheimnis zu erfahren, dessen letzte Hüterin Cathy Marro war.

Er entsann sich nicht mehr, wie all das begonnen hatte. Nach der Rückkehr aus Malaysia, als er noch klein war, stattete er ab und zu mit seiner Mutter Tante Catherine einen Höflichkeitsbesuch ab. Er erinnerte sich, dass er wegen ihrer mageren Figur, ihrer hellen Augen und der ausgestreckten Hände, mit denen sie sein Gesicht abtastete, Angst vor ihr gehabt hatte. Zu jener Zeit kam sie ihm ebenso seltsam vor wie seine übrige Familie, Tante Éléonore zum Beispiel, die in einem Haus lebte, in dem es von Katzen und Grünpflanzen wimmelte, oder Onkel Vania, der in Wirklichkeit Éléonores Liebhaber war und den sie in die Garage verbannt hatte, wo er an nutzlosen Erfindungen tüftelte.

Mit zwölf oder dreizehn kam Jean dann öfter, angezogen von dem Geheimnis. Zu dieser Zeit begann das Ritual in La Kataviva, die armen Ritter, das Fotoalbum und die endlosen Geschichten voller Abschweifungen über Rozilis.

Wenn die Schule aus war, ging er, statt nach Hause, in der Rue Reine-Jeanne Richtung Bahnhof, stieg von Erwartung und Ungewissheit erfüllt die Treppe hinauf und lauschte dabei dem ängstlichen Gesang des Kanarienvogels.

Catherine war so anders als all die Leute, die er kannte. Nicht nur wegen ihres schleppenden Tonfalls und der Art, wie sie »herrjemine!« sagte, wenn sie sich über irgendetwas ärgerte, oder wie sie Kreolisch und Französisch mischte. All das trug zwar dazu bei, diesen seltsamen Eindruck hervorzurufen. Aber in Wirklichkeit war sie anders, weil sie ihrem ganzen Wesen nach aus einer anderen Welt, einer anderen Zeit zu stammen schien.

Das hatte nichts mit ihrem Alter zu tun. Tante Éléonore und Onkel Vania waren ebenso alt wie sie. Überall begegnete man alten Leuten mit ihren Manien und Vorstellungen, die einer anderen Epoche angehörten und die häufig sagten: »Zu meiner Zeit ...« Catherine dagegen schien aus einem Märchen zu stammen. Man hatte den Eindruck, als wäre sie vor zweihundert Jahren eingeschlafen und plötzlich in diesem Jahrhundert aufgewacht, oben, unter dem Dach ihres Mietshauses, in einer unbekannten Stadt. Oder vielleicht hatte sie in einem anderen Rhythmus gelebt, einem uralten Baum vergleichbar, der Kriege und Brände unverändert überlebt hat und höchstens dabei ein wenig trockener oder knorriger geworden ist. Es war, als wären ihr Land, ihre Familie, ihre Jugendfreunde und alles, was sie gekannt hatte, verschwunden, als wäre sie allein gelassen worden, allein in ihrer Wohnung, in der sie blind umhertappte.

Catherine wusste Dinge, die niemand anders hätte erzählen können. Dinge aus alter Zeit, die in Jeans Herzen Wurzeln schlugen. Das war das Geheimnis. Dinge, die ihn begreifen ließen, warum er so war, wie er war, Jean Marro, anders als die übrigen Jungen seines Alters, befangen, unglücklich, ungeschickt.

Sie sagte es manchmal zu ihm. In fröhlichem Ton, aber er wusste, dass die Leichtfertigkeit nur gespielt war. »Vergiss nicht, dass du ein Marro aus Rozilis bist wie ich, du stammst von einem Marro ab, der alles hinter sich gelassen hat, um sich in Mauritius niederzulassen, du hast dasselbe Blut in den Adern, er und du, ihr seid ein und derselbe.« Während sie das sagte, presste sie Jean die Hände gegen die

Schläfen, und er spürte, wie ihn ein Schauer, ein Schwindel durchlief. »Er ist in dir, er ist zurückgekommen, um in dir zu leben, in deinem Leben, in deinen Gedanken. Er spricht aus dir. Was ich dir sage, zählt nicht, denn er wird mit dir reden. Wenn du gut hinhörst, wirst du ihn hören. Für mich ist alles vorbei, das Leben war zu lang, ich kann ihn nicht mehr hören, ich habe zu viele Erinnerungen, zu viel Kummer, mich hat das Leben in Dunkel gehüllt, aber du, du bist frei, Jean, dich hat er erwählt.«

Nur einmal erzählte sie ihm die Geschichte ihrer Familie: wie ihr Großvater Charles Lise heiratete, die erst siebzehn war und mit ihrem Vater um 1860 auf dem Weg nach Indien war. Aus dieser Ehe waren ausschließlich Jungen hervorgegangen, Cathys Vater Jean Charles, Raymond, der keine Kinder bekam, und Thadée, der Jüngste, der zweimal heiratete und den Ruin von Rozilis zu verantworten hatte. Der Überblick über die Generationen war Schwindel erregend: Catherine, geboren 1890, hatte also als Kind noch Charles Marro, geboren 1833, gekannt, der seinerseits seinen Großvater Jean Eudes gekannt hatte, der 1770 in Runello geboren war! Er hatte mit ihm gesprochen, hatte ihm die Hand gegeben, wenn sie über den breiten Mittelweg im Garten von Rozilis liefen, vielleicht hatten sie sogar gemeinsam das Pferdefuhrwerk genommen, um nach Port Louis zu fahren und über die Chaussee zum Park der Compagnie des Indes zu gehen. Bei Lise d'Arzano war die Sache noch schwindelerregender. Sie war 1849 geboren, war zwanzig zu Beginn des Krieges von 1870/71, fünfundsechzig beim Ausbruch des Ersten Weltkriegs und hätte sogar noch die Gräuel des Zweiten Weltkriegs erlebt, wenn sie ein paar Monate später gestorben wäre. Aber sie hatte sich stets geweigert, ihre Insel zu verlassen, und war nach der Tragödie, als ihr Enkel Simon im Krieg fiel und ihr Mann 1915 starb, ins Kloster in Mahébourg gegangen, das sie nie wieder verließ.

»Warum hast du nie geheiratet, Tante Catherine?«, fragte Jean. Ihr Gesicht nahm einen träumerischen Ausdruck an. »Ich war noch jung, Maud und ich hatten Verehrer, wir träumten davon, nach Frankreich zu gehen, aber nicht so, wie es schließlich geschah, und dann waren wir ruiniert, Maud wollte nicht mehr, und ich habe mich nie dazu entschließen können, sie allein zu lassen, das Rad des Lebens hat sich weitergedreht, so ist das nun mal.«

Catherine holte aus ihrer Schatztruhe unter dem Bett ein Buch hervor, ein altes, abgenutztes Bändchen, das den Titel *Grammatik der lateinischen Sprache* trug. Auf dem Vorsatzblatt entdeckte Jean das mit der Feder gezeichnete Porträt eines schwarz gekleideten Jungen mit langem Haar, der einen seltsamen Hut mit Tressen trug wie vor langer Zeit die Bretonen. Unter der Zeichnung stand in krakeliger Schrift: Jean Eudes Marro, ein braver Junge, August 1788.

»Lies mir vor, was da steht«, sagte Catherine. Dann fügte sie einfach hinzu: »Jean Marro, jetzt bist du der brave Junge.«

Jean hatte das kleine Buch immer in der Tasche, wie einen Pass oder einen Talisman. Um die Sätze von Mark Aurel lesen zu können, die am Ende als Beispiele angeführt waren, begann er sogar mit Hilfe des Wörterbuchs seines Vaters Latein zu lernen und bemühte sich, die Zitate der Autoren auswendig zu lernen, auch wenn er sie nicht immer verstand. Dieses Buch war wie ein Porträt, mit dem Unterschied jedoch, dass es nur aus Worten und der Karikatur auf dem Vorsatzblatt bestand. Manchmal hatte Jean den Eindruck, als tauche sein Vorfahr vor seinen Augen auf, ganz ähnlich wie die Zeichnung, die Verlaine von

Rimbaud angefertigt hatte, zu groß und mager in seinem Gehrock, mit einer Melone und struppigem Haar, das ihm auf die Schultern fiel.

Es war eine Falle. Dabei war Catherine das unschuldigste Wesen, dem Jean je begegnet war. Sie brachte es nicht einmal übers Herz, mit einer eigennützigen List die Aufmerksamkeit ihres Besuchers oder gar sein Mitleid zu wecken. Ihre berühmte Schatztruhe war unter ihrem Bett versteckt, auf einem niedrigen Bänkchen mit Rollen, wie es sie früher auf den großen Ozeandampfern der Schifffahrtslinie Marseille-Aden-Mauritius gegeben haben mag. Niemand anders hatte das Recht, die Truhe anzurühren. Wenn Aurore ab und zu kam, um zu fegen und aufzuräumen, verbot ihr Catherine, das Bänkchen und dessen kostbare Ladung zu verrücken.

Jean war der Einzige, mit dem sie ihren Schatz teilte. An manchen Nachmittagen zog Catherine die Truhe bis ans Sofa, ohne zu dulden, dass er ihr dabei half. Mit kerzengeradem Oberkörper und gebeugten Knien ließ sie die Truhe über den Fußboden gleiten wie jemand, der es versteht, seine Kraft einzusetzen. Sie holte mehrere Bündel daraus hervor, die sie eines nach dem anderen in bestimmter Reihenfolge auf das Sofa legte. Trotz der niedrigen Decke und den verwohnten Wänden ließ der Raum Jean irgendwie an eine Schiffskabine denken, vielleicht wegen des gelben Lichts, das durch die verschmutzten Fensterscheiben fiel, die vom Salz des Meerwinds undurchsichtig geworden waren. Oder es kam vom Lärm der Autos auf der Straße und vom Quietschen der Räder auf den Schienen, wenn die Züge über die Weichen fuhren, von jenem schrillen, trübseligen Ton, der an die klagenden Laute der Fender und des Tauwerks der Schiffe erinnerte, die von der Dünung an die Kaimauer gedrückt werden. Die vergilbten Schriftstücke lagen auf dem schwarzen Samt des Sofas und verbreiteten alten Staub, der Jean die Tränen in die Augen trieb.

Tante Catherine entfaltete Papiere, faltete andere wieder zusammen, wobei ihre Finger über jedes Blatt glitten und den Abdruck der Siegel oder die Buchstaben zu lesen schienen. Dabei sagte sie keinen Ton. All das fand bei vollkommener Stille statt, wie ein Ritual. Jean las die Papiere nicht. Catherine hatte nicht das Bedürfnis, dass sie gelesen wurden.

Wie hätte er sie lesen können, da doch ihre Hüterin von dunkler Nacht umgeben war? Diese Papiere waren nicht dazu bestimmt, gelesen zu werden, sondern nur, dass man sie berührte, ihren Geruch spürte und sie in Ehren hielt. Um sich von ihrer Wärme und der Strahlung der entschwundenen Jahre durchdringen zu lassen, in der noch das Licht eines anderen Himmels, einer anderen Erde bebte.

Manchmal sprang ihm hier oder dort ein Text, ein Satzfetzen ins Auge:

Die Nation, das Gesetz und der König

oder:

Hiermit bestätigen wir allen, denen es zusteht, Bürger Jean Eudes Maro, Freiwilliger der Zweiten Kompanie, entlassen zu haben. Hauptmann Duquesnel der Ältere.

27. April 1793, im fünften Jahr der französischen Freiheit

Das verlangte keine weitere Erklärung. Jean gab sich Träumereien hin. Wie Catherine strich er mit den Fingerspitzen über die Schriftstücke, um die leichten Einkerbungen zu spüren, die die Tinte auf dem Pergament hinterlassen hatte, und um die Abstriche und Aufstriche nachzuziehen, die verschnörkelten Linien eines Namenszugs, die Siegel, die Ornamente und die Schlussformel am Ende der Briefe, die die Macht einer Zauberformel besaß:

Friede und Respekt

Wenn er schließlich Tante Catherines Wohnung verließ und die Treppe in großen Sprüngen hinuntereilte, dann umfing ihn der brodelnde Lärm der Straße, das Brummen der Autos, das rhythmische Quietschen der Reifen, wenn ein Bus in die Umgehungsspur einbog, das Vibrieren der Brückenpfeiler. Die Straßenlaternen brannten, und der obere Teil der Etagenhäuser verschwand schon im Dunkel, als sei Catherines Wohnung mit all ihren Schätzen und all ihren Gespenstern in See gestochen, um das andere Ende der Welt anzusteuern. Jean spürte, wie ihm das alles durch den Kopf schwirrte, miteinander verschmolz und ihn erschauern ließ. Er ging die Rue Reine-Jeanne entlang und fühlte sich außerordentlich einsam.

Juli 1792

Ich verließ Runello an meinem achtzehnten Geburtstag. In dem Moment, als ich den Ort verließ, wusste ich nicht, dass ich nie wieder dort leben würde. Wenn man jung ist, denkt man nicht an die Folgen der Entscheidungen, die man trifft, man handelt aus einer Aufwallung heraus, voller Ungeduld, ohne Hintergedanken. Ich war nicht der Einzige, der sich freiwillig meldete. Andere waren schon vor mir weggegangen, aus den benachbarten Höfen, aus den Dörfern, aus Neuillac, aus Pontivy, aus Le Faouët, aus Mûr-de-Bretagne. Es wurde von Krieg gesprochen. Die jungen Männer ließen alles im Stich, die Tiere, die Ernte, und machten sich auf den Weg. Ich erzählte niemandem von meinem Vorhaben. Vor allem meine Mutter hätte es nicht ertragen. Ich war der einzige Mann im Haus, sie fand keinen Arbeiter, die Mühle ging schlecht. Wir schlugen uns durch, so gut es ging, lebten von der Miete vom Haus in der Rue Fulvy in Lorient, vom Verkauf von Gemüse und Milch. Doch meiner Schwester Pauline erzählte ich am Tag vor meiner Abreise alles. Sie sollte wissen, dass ich nicht floh, sondern wegging, um eine Pflicht zu erfüllen. Sie hatte es sowieso schon geahnt, weil sie gehört hatte, wie ich von der Revolution gesprochen hatte, von der besseren Welt, die kommen sollte, vom Sturz der Tyrannei. Sie versuchte, mich davon abzubringen, wegen meiner Mutter, aber als sie begriff, dass mein Entschluss feststand, wandte sie den Kopf zur Seite und ihre Stimme erstickte, aber sie bemühte sich, nicht zu weinen. Sie sagte zu mir, geh, wenn du darauf bestehst. Vergiss uns nicht. Ich sprach mit ihr auch über meine Verlobte, Marie Anne, bat sie, sie in meinem Namen zu umarmen, sie unter ihre Obhut zu nehmen und ihr zu sagen, ich würde sie bei meiner Rückkehr heiraten. Pauline packte mein Weggepäck, nur eine Schultertasche, in die sie meine Wäsche, ein Brot und etwas Käse tat. Sie bestand darauf, dass ich das einzige Erbstück meines Vaters mitnahm, seine silberne Flöte, mit der ich auf der Schule Musik gelernt hatte. Ich weigerte mich, sagte ihr, dass man sie mir stehlen werde, aber sie bestand darauf: Wenn du Melodien aus unserer Gegend spielst, dann denkst du an uns. Sie fügte hinzu: Vergiss nicht, die beweglichen Teile zu ölen. Ich wollte auch ein Buch mitnehmen, und alles, was ich fand, war eine lateinische Grammatik, die am Ende einige der Selbstbetrachtungen von Mark Aurel enthält und die mir Abbé Gendron zum Abschluss des Rhetorikunterrichts geschenkt hat. Ich legte das Büchlein ganz oben in meine Tasche, um mich über mich selbst lustig zu machen: Damit werde ich zu einem richtigen Philosophensoldaten.

Am frühen Morgen des 25. Juli machte ich mich auf den Weg und nahm den Treidelpfad, der an der Ellé entlangführt. Es hatte in der Nacht geregnet, der Weg war voller Pfützen, aber die Sonne war hervorgekommen und ließ die Wassertropfen auf den Weißdornsträuchern glitzern. Am schönen Himmel über mir zogen leichte Wolken vorüber, und ich glaube, dass ich noch nie in meinem Leben so glücklich gewesen bin. Wenn ich mich recht entsinne, habe ich mich nicht einmal umgewandt, um einen letzten Blick auf die Dächer von Runello zu werfen, wie es angeblich jene tun, die ihre Heimat für immer verlassen.

Wenn ich versuchen wollte, mich an alles zu erinnern, was passiert ist, an jedes Ereignis, jede Einzelheit dieses Abenteuers, dann ist das unmöglich, nicht aufgrund einer Gedächtnisschwäche, sondern weil die Tage und Nächte dieses Kriegs mir sehr lang und sehr ausgefüllt vorkommen, sodass ich ihren genauen Verlauf nicht mehr nachvollziehen kann.

Wie eine Zeit, die ich selbst nicht erlebt, sondern die man mir erzählt hat, eine Zeit, die lange vor mir im Gedächtnis eines anderen begonnen hat. Vermischt mit Träumen, Bildern, Lärm, Schreien, Illusionen. Vermischt mit der Zeit der anderen, mit den Erinnerungen der anderen, mit den Hoffnungen und der Verzweiflung der anderen. Mit Gewissheit behaupten kann ich nur eines: Ich war dabei. Ich bin nicht im Argonner Wald gestorben, ich habe diesen erbarmungslosen Krieg überlebt. Aber ich war zu einem anderen geworden, ich hatte auf dem Schlachtfeld einen Teil meiner selbst verloren, meine Kindheit, meine Jugend und vermutlich meine Zukunft.

Den Regen spüre ich heute noch, den Regen, der Tag und Nacht auf den Wald niedergeht und der uns bis in die Knochen erstarren lässt. Daran hatten wir nicht gedacht, bevor wir dort waren. In Runello ist es im Sommer heiß. Als ich in Begleitung der anderen jungen Männer von der Ellé in Lorient ankam, herrschte auf dem Kirchplatz, wo wir uns einschreiben mussten, festliche Stimmung.

Wir drängelten uns nach vorn, um als Erste das Register zu unterzeichnen. Jetzt im Argonner Wald, während die Nacht über uns hereinbricht, höre ich noch die Namen ertönen, all diese Namen: Caban, Nicolas, Sauzon, Bezo, Tinard, Boneau, Kerouarc'h, Kercado, Kervern, Kergas ... Ich kann sie nicht vergessen. Ich weiß nicht, was aus ihnen geworden ist. Dabei sind sie in meiner Nähe, sie stapfen durch den Schlamm, ich höre das Geräusch ihrer Schritte, das Geklirr der Karabiner, ich höre ihren schweren, pfeifenden Atem, während wir einen Hügel hinaufsteigen, eine Schlucht durchqueren.

Sie standen auf dem Kirchplatz und trugen Kokarden. Sie sprachen laut bretonisch. Ich lausche ihrem singenden Tonfall, während der Dolmetscher, der neben dem Tisch des Werbers steht, sie fragt: Dein Name? Dein Wohnort? Dein Alter, dein Beruf? Bist du verheiratet? Sie verstehen nicht alles, lachen, machen Witze auf Bretonisch wegen der Frage, ob sie verheiratet sind. Ich unterzeichne, meinen Namen und drei Punkte. Der Unteroffizier blickt mich mit seinen bösen Augen an, die fast hinter den buschigen Brauen verschwinden. Bürger, bist du Freimaurer? Ich weiß genau, dass ich nicht so aussehe wie die anderen. Ich trage keine Tracht, nur die schwarze Weste meines Vaters. Der Unteroffizier lässt mir nicht die Zeit, auf seine Frage zu antworten. Meine Unterschrift auf der Buchseite wirkt wie ein lächerlicher Schnörkel neben diesem Labyrinth aus unbeholfenen Kreuzen. In die Spalte Beruf schreibe ich Händler. Womit ich handele? Ich habe nur noch etwas trockenes Brot und Käse in meiner Tasche. Ich handle mit Wind und Regen, mit Schlamm, mit endlosen Pfaden im dunklen Argonner Wald, handle mit Schießpulver, Kugeln und Bajonetten, handle mit Fleisch und Blut. Kompanie der Freiwilligen des 8. Regiments, Hauptmann Duquesnel der Ältere, sofortiger Aufbruch zur Nordostgrenze, im

Gewaltmarsch. Der Kirchplatz war wie für einen Festtag hergerichtet. Auf den Tischen häuften sich die Lebensmittel, Wein und Cidre flossen in Strömen. Hübsche Mädchen standen vor den offenen Fenstern oder kamen auf die Straße, um uns vorbeimarschieren zu sehen. Auf dem Platz stimmten ein Dudelsack und ein Bomhart eine Gavotte an, doch nach wenigen Tönen verstummten sie krächzend, die Musiker waren betrunken, es war verlorene Zeit, es ging alles zu schnell.

Wie viele Tage sind wir marschiert? Einen Monat, oder vermutlich noch länger. Es kommt mir vor, als wären wir seit Jahren unterwegs. Wir liefen querfeldein, umrundeten die Städte. Am Ufer der Vilaine herrschte eine schwüle Gewitterhitze, wir schliefen auf Stroh, mitten auf den abgeernteten Feldern. In der Nähe von La Flèche tanzten eines Nachts die Blitze über die Kohlköpfe. Feld- und Spitzmäuse folgten uns Tag für Tag wie ein unsichtbares Heer. Abends hörten wir, wie sie die Reste unserer Mahlzeiten knabberten. Bei jeder Stadt, bei jedem Biwak schlossen sich weitere Männer unserer Truppe an. Wir besaßen keine Uniform, trugen schlechte Schuhe, waren schon halb zerlumpt, das zerzauste Haar voller Grashalme, Bärte und Schnurrbärte ungepflegt, Gesicht und Hände sonnenverbrannt. Wir waren inzwischen so zahlreich, dass die Unteroffiziere keine Zeit mehr zum Appell hatten. Jeden Abend, nachdem wir unseren Haferbrei mit Speck heruntergeschlungen hatten, sahen wir zu, wie die Neuankömmlinge auf einem behelfsmäßigen Tisch, einem Brett, das auf zwei Fässern ruhte, ihren Namen ins Register eintrugen. Um den armseligen Anblick, den wir boten, zu mildern oder aus Koketterie hatten die Unteroffiziere das Betttuch, das als Tischdecke diente, mit Kokarden geschmückt. Ich hörte immer die Namen, jene Namen, die ich nicht kannte und die ich nicht vergessen kann, Lecoq, Trouzé, Vauzé, Pommier, Malon, Jeantot, Rieux, Dujardin, Dupré, Camus, Gabriel, Thénard, Anguerrand. Die meisten waren noch bartlose Kinder mit mädchenhaft roten Wangen und langem, lockigem Haar, und wenn sie in dem Buch ein Kreuz neben ihren Namen gemalt hatten, rannten sie durch das Lager, warfen ihren Hut in die Luft und schrien: Es lebe die Nation! Sie waren berauscht, ohne etwas getrunken zu haben. Mervin und ich waren erst seit wenigen Wochen Soldat, dennoch sahen wir schon aus wie Veteranen, vor allem wenn wir unweit des Tisches, an dem sich die Rekruten eintrugen, Pfeife rauchend im Gras saßen und jeden Neuankömmling mit einem Kommentar bedachten. Ansonsten boten wir in unseren zerlumpten Kleidern und unseren ausgetretenen Schuhen nicht gerade einen lieblichen Anblick. Manche von diesen Kindern aus der Gegend von Carhaix und aus dem östlichen Teil der Bretagne waren so arm, dass sie sich barfuß und in kurzärmligen Hemden zum Kriegsdienst meldeten, ohne Mantel oder eine Decke für die Nacht und sogar ohne eine Vorratstasche. Das Elend dieser jungen Männer schnürt einem noch stärker das Herz zusammen als ihr Aufbruch ins Ungewisse fern der Heimat. Mit mehreren dieser Jungen, die knapp fünfzehn oder sechzehn Jahre alt waren, auch wenn sie behauptet hatten, achtzehn zu sein, um angenommen zu werden, teilten Mervin und ich unser Brot, denn die Zeit zum Essenfassen war vorüber und sie hätten bis zum nächsten Morgen nichts bekommen. Es war ein Jammer, wenn man zusah, mit welchem Heißhunger sich diese Unglücklichen auf unser Brot stürzten, obwohl es schon zwei oder drei Tage alt war, und wie sie ihren Käse mitsamt der Rinde verschlangen. Ich konnte mich des Gedankens nicht erwehren, dass diese Kinder wohl mehr aus Hunger als aus Vaterlandsliebe dazu getrieben worden waren, sich freiwillig zu melden, aber aus Angst, es könnte hinterbracht werden, sagte ich das Mervin nicht. Gleichzeitig wurde ich wütend, wenn ich sah, in welch elendem Zustand die Regierung der ehemaligen Adligen unsere Bretagne hinterlassen hatte, und ich sagte mir, dass diese Jungen, wenn sie nicht Revolutionäre geworden wären, kaum eine andere Wahl gehabt hätten, als Wegelagerer zu werden, wie die Räuber aus Nantes.

Doch was ich von diesem langen Marsch durch Frankreich im Gedächtnis behalten möchte, ist die Begeisterung, die uns beseelte. Ein Gefühl, das geradezu an Religiosität grenzte – mein Freund Mervin würde sich als überzeugter Atheist über mich lustig machen, wenn er das lesen würde. Es war eine Inbrunst, die ich kaum beschreiben kann. An manchen Tagen, auf der Ebene der Maine oder von Chartres, zog sich unsere Truppe hin, so weit das Auge reichte, bildete eine zehn bis zwölf Fuß breite und über eine Meile lange Kolonne, die sich fast lautlos voranbewegte, nur das Trappeln von Tausenden von Füßen auf der staubigen Erde war zu hören, das Geklapper von Musketen und Gewehren, das Klirren von Säbeln und Piken. Kein Schrei, kein Gesang, nur dieses dumpfe, beharrliche Geräusch eines Volkes im Vormarsch. Nein, es waren keine Berufssoldaten, sondern junge Bauern, die aufbrachen, um die Grenzen gegen den Einfall der fremden Truppen zu verteidigen. Das war etwas, was ich mir nie erträumt hätte. Man hatte mir erzählt, was sich in Paris ereignet hatte, als sich das Volk wie ein Mann erhob, um das Symbol der Tyrannei zu stürzen, und von dem riesigen Menschenauflauf auf dem Marsfeld. Aber was ich hier erlebte, übertraf alles, was man mir berichtet hatte. Vor allem wegen der Stille oder, besser gesagt, wegen der äußersten Aufmerksamkeit, mit der ich jedes Geräusch verfolgte, jedes

Klappern, jeden Hauch in einer so weiten Ebene und in Begleitung so vieler Männer. Der Wille des Volkes und die Bestimmung meines Landes waren plötzlich wahrnehmbar, und obwohl ich dabei durchaus ich selbst blieb, wurde ich Teil einer stärkeren, größeren Bewegung.

Zu diesem Zeitpunkt (es war die letzte Juliwoche) litten wir nicht unter Kälte oder Regen. Der Himmel war strahlend blau, die Sonne sengend heiß. Da wir beständig draußen waren, auf Weiden und abgeernteten Feldern, unter freiem Himmel schliefen, halbnackt herumliefen, ohne Weste und Jacke, die meisten ohne Kopfbedeckung, sonnengebräunt waren, mit langem Haar und langem Bart, glichen wir eher einer Horde von Wilden aus den kanadischen Wäldern als Soldaten der Republik. Auf der Ebene von Chartres marschierten wir mitten durch die Weizenfelder, die zum Teil gerade gemäht worden waren. Wir schmausten die weichen Weizenkörner mit ihrem leicht säuerlichen Saft. Es war so heiß, dass wir nicht in den Zelten schlafen konnten, die Mervin Käseglocken nannte. Wir legten uns einfach in die von Insekten wimmelnden Furchen, umgeben vom nächtlichen Tanz der Spitzmäuse. Feldküchen erwarteten uns in regelmäßigen Abständen auf den Straßen. Jeden Abend teilte man dort eine Ration Gersten- und Haferbrei, Brot und Speck an uns aus. An all diesen Abenden lagen wir auf dem Stroh, unterhielten uns und betrachteten den Sternenhimmel. So etwas hatte ich noch nie zuvor erlebt. Der laue Wind strich uns übers Gesicht, linderte das Brennen des Tages. Die Nacht war eine Wohltat für unsere vom stundenlangen Marsch schmerzenden Beine und Füße. Die Gespräche flossen dahin, ab und zu ertönte ein Lachen, ein Lied. Ich hörte den Bretonen zu, die sich in ihrer Sprache unterhielten, dieser Mischung aus gutturalen Lauten und singendem Tonfall. Wenn es Nacht wurde, verschwand die Erde, ringsumher sah man überall Lagerfeuer, die auf der weiten Ebene aufflackerten. Der Mond ging auf, wurde manchmal von dahinjagenden Wolken verdeckt. Wolkenfetzen zogen am Himmel entlang wie zitternde Federn. Es war schön.

Ich fasste mir ein Herz, holte meine Flöte aus der Tasche und spielte im Schutz der Nacht. Ich spielte Weisen, die ich liebte, von Scarlatti, Méhul, Operettenmelodien. Die Männer rings um mich herum waren verstummt, um mir zuzuhören, und ich spielte für sie Weisen aus meiner Heimat, Tänze und Gavotten aus Redon, aus Quimper, Giguen in hohen Tönen, und manche pfiffen mit oder schlugen mit dem Fuß den Rhythmus. Als ich in Hennebont bei Abbé Quiler Musikunterricht nahm, hätte ich nie gedacht, dass ich eines Tages auf den Feldern wie für eine Bauernhochzeit spielen würde.

Es gab keine Ausgangssperre. Die meisten Offiziere waren in unserem Alter, waren Kinder der Revolution. Sie setzten sich zu uns, lauschten der Musik, dann legten sie den Kopf auf ihren Tornister und überließen sich im flackernden Licht der Lagerfeuer ihren Träumen. Aber selbst nach so langen Strapazen schlief niemand richtig. Wir waren von einer schwelenden, fiebrigen Ungeduld erfasst. Wir erwarteten viel von der Zukunft. Wir erwarteten die Stunde des Kampfes, ohne zu wissen, gegen wen wir kämpfen würden. Vielleicht hatte das Wetterleuchten mit den Blitzen, die zwischen den Wolken aufzuckten, unsere Stimmung geprägt.

Jetzt kann ich mir solche Augenblicke kaum noch vorstellen. Es war der Höhepunkt all dessen, was ich erlebt hatte, aller Gefühle, aller Gedanken, die mir seit meiner Kindheit durch den Kopf gegangen waren. Der Bücher, die ich gelesen hatte, der Diskussionen mit unseren Lehrern im Gymnasium von Hennebont, der Streitgespräche mit meinen Mitschülern, der Zeitungen, der Anschläge in den

Straßen Lorients, der Gerüche im Hafen. All dessen, was sich in Frankreich ereignet hatte, seit ich vierzehn war, jener außerordentlichen Ereignisse, die während meiner Jugend Paris in Aufruhr versetzt und mich mit brodelnder Ungeduld erfüllt hatten, der Aufstand des Volkes und die Erstürmung der Bastille, die Verkündung der Verfassung, die Menschenrechtserklärung, die Abschaffung der Standesrechte, die Flucht des ehemaligen Königs und die Verkündung der Republik, die Rekrutierung der Gymnasiasten im Jahre 1791, die Ansprache des Direktors bei der Preisverteilung, als er die Namensliste der Freiwilligen verlas und nach jedem Namen hinzufügte, er verlässt uns, um unser Vaterland zu verteidigen, und deshalb hatten Mervin, Lansquer und ich beschlossen, uns ebenfalls zu melden, wegen dieses Satzes, wegen der Stille, die ihn begleitete, und wegen des anschließenden Hurrageschreis und Beifalls. Und wegen jener, die wie der Generalsteuerpächter aus Hennebont zu sagen wagten: Wie wollt ihr ohne König leben, ihr seid verrückt oder kriminell, ihr geht dem Chaos entgegen. Ich erinnere mich noch an Lansquers zornentbrannten Blick und seine entrüstete Antwort: Die Bretonen sind Revolutionäre, sie brauchen weder Herren noch Könige! Und als der Pächter ihn als gottlos beschimpfte, schrie er so laut, dass jeder auf dem Kirchplatz es hören konnte: *Du* bist gottlos, Bürger Pächter, denn wir kennen keinen anderen König außer Gott! Und all die, die soeben von der Messe kamen, schwenkten ihre Hüte mit den Tressen und stürzten zum Tisch des Werbers, um ihren Namen der Liste der Freiwilligen hinzuzufügen.

Paris, 10. August

Die Straßen waren leer und still. Die Freiwilligen lagerten auf dem Marsfeld, wo Zelte für uns errichtet worden waren, aber auch hier war es so heiß, dass wir unter freiem Himmel schliefen. Der 10. August, das werde ich nie vergessen, war der heißeste Tag des Jahres. Der ehemalige König und die Königin wurden unter dem Schimpfgeheul der Menge von der mit Piken bewaffneten revolutionären Garde durch Paris geleitet. Ich war in der Rue Meslée, um den Bankier Morand, einen Freund der Familie Soliman, von ihnen zu grüßen, er versprach, mir in seinem Büro eine Anstellung zu geben, sobald der Krieg zu Ende war. Ich weiß nicht mehr, ob ich den unheilvollen Zug vorbeiziehen sah, der die Entmachteten zum Gefängnis im Temple führte. Auf den Straßen herrschte eine unbekümmerte, friedliche Stille, vermutlich wegen der Hitze, oder es war die Stille, wie sie manchmal kurz vor einem Gewitter entsteht, wenn die Wut des Volkes unter der Oberfläche schwelt und jeden Augenblick zum Ausbruch kommen kann. Hier und dort sprachen Gruppen von Menschen voller Zorn über den Tyrannen, der sein Volk verraten und, um sein Leben zu retten, versucht hatte, sein eigenes Land dem Feind auszuliefern. Und plötzlich begriff ich, hier in Paris, in der Pracht des Sommers, unter den Bäumen des Marsfelds, im Verlauf dieses so langen Tages, an dem es nichts anderes zu tun gab als zu essen, zu trinken und zu diskutieren, dass der Krieg unvermeidlich war, ganz nah bevorstand, nicht mehr an fernen Grenzen, sondern schon auf dem Vormarsch nach Paris, bereit, über all diese Leute hereinzubrechen, die nicht daran dachten. Es war ein völlig anderes Gefühl als jenes, das mich an dem Tag erfüllt hatte, als ich mich gemeldet hatte, oder in der Zeit, als wir über die Straßen in der östlichen Bretagne, in der Provinz

Maine oder den Ebenen um Orléans marschiert waren. Zur fieberhaften Ungeduld kam jetzt, angesichts der drohenden Gefahr, Besorgnis hinzu. Ich beobachtete diese noch so jungen und fröhlichen Männer und Frauen, die durch die Alleen spazierten. Die Freiwilligen, von denen einige noch Kinder waren, dachten nur daran zu spielen und zu singen, ohne sich vorzustellen, was bald geschehen würde. Uniformen und Waffen waren verteilt worden. Für die meisten Freiwilligen waren die Kleider zu groß, die Säbel und Piken zu schwer. Viele von denen, die bis Paris marschiert waren, hatten blutige Füße, zogen die Holzschuhe aus und trugen sie in der Hand. Jene, an die Lederschuhe verteilt worden waren, hatten sie sich um den Hals gehängt und gingen barfuß über die Wege im Marsfeld. Es waren nicht genug Mützen für alle da, und jene, die keine hatten, schützten den Kopf mit Tierfellen vor der Sonne oder banden sich nach Korsarenart große Tücher um den Kopf. Ich betrachtete die Männer und musste an den Spott der ehemaligen Adligen denken, wenn sie über unser Heer sprachen: ein Heer von Bettlern, Bauern in Holzschuhen, Hirten mit ihrem Stab, die beim ersten Schuss wie die Kaninchen davonstieben. Unter den Gaffern, die aufs Marsfeld kamen, gab es bestimmt welche, die sich als Patrioten verkleidet hatten und uns voller Ironie beobachteten und sich ausrechneten, wie hoch die Chancen waren, dass wir bald von den Österreichern vernichtet und sie somit ihre Privilegien wiederbekommen würden.

Abends war ich bei der Familie Morand in der Rue Meslée zum Essen eingeladen. Ich ließ meine Uniform zurück, ging durch den Park zum Palast und kam dabei am Gefängnis vorbei, in dem der ehemalige König und seine Familie eingekerkert waren. Ich war erstaunt über die gleichgültige Haltung der Spaziergänger. Frauen in Tüllkleidern schlenderten durch die Alleen, aßen Eis und plapperten munter, als ob nichts geschehen sei. Da überkam mich wieder diese böse Vorahnung, als sei ich der Einzige – zumindest an diesem Ort –, der die Gefahr erkannte, die uns drohte, und den Tod spürte, der uns auflauerte.

Als ich in Mervins Begleitung das Haus der Morands verließ, wurden wir von zwei jungen Frauen mit entschlossenem Blick angesprochen, die eine etwas jünger als die andere und mit, nun ja, ziemlich hübschem Gesicht und angenehmer Figur, nur ihr Blick war wohl etwas zu kühn. Sie hakten sich bei uns ein und luden uns mit unmissverständlichen Worten ein, ihnen in ein Hotel in der Rue Meslée zu folgen, in dem sie wohnten. Die Ältere sagte zu Mervin: Bürger, du scheinst überhitzt und abgespannt zu sein, willst du dich nicht etwas erfrischen und mit uns ein wenig guten Wein trinken? Mervin schien bereit zu sein, darauf einzugehen, aber ich zog ihn mit einiger Mühe mit mir fort, und ich hörte, wie sie uns vom anderen Ende der Straße beschimpften, was unweigerlich Gelächter und Spott der Passanten hervorrief. Ich erzähle diese Anekdote, um zu zeigen, welch leichtfertige Atmosphäre in Paris herrschte, so ganz anders als die Begeisterung und die herzzerreißende Abschiedsstimmung bei den Freiwilligen, die ihre Familien und ihre Dörfer in der Provinz verließen. Ich dachte an meine Mutter und meine liebe Pauline, die allein in der Mühle in Runello geblieben waren und zusahen, wie die Sonne im Ellétal unterging. Ich dachte an meine Marie Anne, an ihre sanfte Stimme, wenn wir uns zu Beginn des Sommers auf der Türschwelle des Hofs unterhielten, als habe sie gewusst, dass ich eines Tages fortgehen würde, und als habe sie es nicht gewagt, ihre Gefühle zu zeigen, wenn ich wieder nach Hennebont fuhr, denn jedes Mal sagte sie dann zu mir: Ich denke jeden Tag an dich, ich bete für dich, damit du zurückkommst. Ich muss zugeben, dass ich angesichts der Unbekümmertheit, die in Paris herrschte, und der Gefahr, die uns drohte, daran dachte, alles im Stich zu lassen, um nach Runello zurückzukehren.

Dabei bot in dieser Nacht das Marsfeld einen ganz ungewöhnlichen Anblick. Bei Einbruch der Nacht, gegen zehn Uhr, verschwand die Stadt im Dunst. Die neu hinzugekommenen Freiwilligen zündeten Feuer an, und in regelmäßigen Abständen waren die von Harzfackeln beleuchteten Tische der Werber zu sehen. Die ganze Nacht über kamen Männer, um sich in das Register einzutragen. Man hörte, mal aus der Ferne, mal aus großer Nähe, die lauten Stimmen und Hurraschreie der Männer, die sich soeben verpflichtet hatten. Es mutete seltsam an, diese Schreie der Begeisterung zu vernehmen und die Silhouetten der Männer zu sehen, die durch die Rauchspiralen neben den Feuern gingen, und in regelmäßigen Abständen die Gewehrpyramiden, als wären wir schon auf dem Schlachtfeld.

Wir konnten nicht schlafen. Mervin hatte zwei Krüge Wein und Gepökeltes mitgebracht, und wir teilten diese Köstlichkeiten mit ein paar jungen Burschen aus der Bretagne, der eine hieß Odilon und stammte aus Le Faouët und der andere Samson, er kam aus Arzano. Wir sprachen über nichts Ernstes, vielleicht weil jeder wusste, dass der Marschbefehl nach Châlons für den folgenden Morgen in der Frühe ergangen war, und weil wir, auch wenn es nicht den Anschein hatte, alle den gleichen schweren Druck im Leib verspürten, eine Mischung aus Ungeduld und Angst, die wohl das hervorbringt, was man Mut nennt. Wir erzählten jeder von seinem Dorf, von seinem Zuhause, von seiner Liebsten, von dem zu kurzen Sommer und von der Ernte, die ohne uns eingefahren würde. Ich von der Mühle in Runello, dem Duft von frisch gemahlenem Weizen und dem Geräusch der Mühlsteine, die von Schaufelrädern angetrieben wurden. Mervin vom Laden seines Vaters in Lorient, Lansquer von den Schiffen, die darauf warteten auszulaufen, von der Blockade der Engländer, von den Waren in den Lagerhallen: Gewürze aus Trinquebar, aus Kalkutta, Kaffee aus Mokka. Odilon, Samson und ein paar andere waren Bretonen aus dem Binnenland, sie sprachen eine Mischung aus Französisch und Bretonisch. Sie erzählten von den jüngsten Ereignissen, von unbeugsamen Priestern, die die Flucht ergriffen hatten. Aber sie hielten sogleich inne, denn trotz des Weins siegte der Argwohn. Sie erzählten von Banditen auf der Straße nach Brest, die ihren Opfern die Füße verbrannten, um sie zu zwingen, einzugestehen, wo sie ihre Säcke mit Talern versteckt hatten. Sie lachten, und als ich einen von ihnen aufmerksam musterte, einen schwarzhaarigen Jungen namens Guimarc'h, der buschige Augenbrauen hatte wie ein Zigeuner, fragte ich mich, ob nicht auch er, bevor er zu den Fahnen eilte, der berüchtigten Räuberbande von Moneuse angehört hatte.

In jener Nacht schliefen wir kaum. Kurz vor Morgengrauen gesellte sich eine Gruppe junger Männer zu uns, die das Register auf dem Pont Neuf unterzeichnet hatten. Trompeten bliesen zum Wecken, von den Uferstraßen der Seine bis zum Gehölz auf dem oberen Teil der Champs-Elysées erklang ihr Signal. Verschlafen begannen wir unseren Marsch durch Paris, an den Tuilerien entlang, dann am Temple vorbei, und ich fragte mich, ob der ehemalige König in seinem Gefängnis die hallenden Schritte des vorbeimarschierenden republikanischen Heers hörte, das in den Krieg zog, den er auf so unselige Weise ausgelöst hatte.

25. August

Nach einem Gegenbefehl kehrte die Truppe wieder in das Lager auf dem Marsfeld zurück.

Es ist erstickend schwül geworden. In jeder Nacht durchzuckten Blitze den Himmel über Paris. Der Abmarsch wurde verzögert, weil der Konvent die Aushebung aller unverheirateten Bürger zwischen achtzehn und fünfundzwanzig verordnet hatte. Die Ankunft der Eingezogenen löste eine gewisse Unordnung aus, denn es gab keine Uniformen mehr noch Zelte. Es fehlt jedoch nie an Proviant. Wir erhalten jeden Tag ein Pfund Brot, eine Scheibe Speck und ein Stück trockenen Käse, außerdem einen Liter schlechten Wein. Um elf Uhr bekommen wir eine Ration magerer Brühe, die wir aus unserem eigenen Essgeschirr essen müssen, denn dem Heer fehlt es an Näpfen und Löffeln. Die meisten Eingezogenen, bis auf die Bretonen, haben nichts mitgebracht, Mervin und ich verleihen bereitwillig unser Besteck. Jetzt sind viele junge Männer aus der Umgebung von Paris eingetroffen, aus La Ferté, Milly, Nemours, aber es sind nur sehr wenige Pariser da, denn die sind, wie man uns gesagt hat, bereits auf dem Vormarsch zur Grenze. Unser Bataillonsoffizier namens Sauzier ist Maurer von Beruf, zwanzig Jahre alt und stammt aus Tours.

26. August, abends

Der Abmarsch wurde wieder auf den nächsten Morgen in der Frühe verschoben. Um uns die langweilige Wartezeit zu verkürzen und wohl auch, um gegen unsere Angst zu kämpfen, gingen Mervin und ich in den Jardin du Luxembourg und sahen uns das Fest bei Graffin an. Auch dort wunderte ich mich wieder über die Unbekümmertheit der Leute. Festzelte waren auf den Alleen errichtet worden, dem alten Palast direkt gegenüber, und die Orangenbäume waren mit Girlanden und Fähnchen geschmückt. Es waren viele Frauen dort, junge und hübsche in Ballkleidern, und auch andere, deren Beruf unschwer zu erraten war und die unter den Bäumen tanzten oder plauderten. Ein kleines Orchester in italienischen Kostümen spielte Quadrillen und fröhliche Weisen. Es war sogar ein Tenor da, der leichte Lieder sang, und wir hörten zu, wie er das Lied vom Bajonett sang, das so beginnt (an den Rest erinnere ich mich nicht mehr): »Adieu, Babet, ich bin Soldat ...«

Auf den großen, mit Blumen geschmückten Tischen wurden alle möglichen Gerichte serviert, deren Duft und Aussehen unser Herz höher schlagen ließen, denn seit vielen Wochen hatten wir nur Brot mit Speck und Haferbrei gegessen. Kapaune, gebratene Poularden, verschiedene Cremespeisen, Milchreis und Wein nach Belieben, aber das kostete sechsundzwanzig Pfund, die wir nicht besaßen. Dann wurden wir an unseren unvollständigen Uniformen als Freiwillige erkannt, und ein Bürger lud uns an seinen Tisch ein. Nachdem wir reichlich gegessen und getrunken hatten, lud uns der Bürger ein, auf dem Boulevard du Montparnasse ein Eis zu essen, und zwar in Begleitung seiner Tochter, einer hübschen Dunkelhaarigen, die meinem Freund Mervin schöne Augen machte! Wir verbrachten den Nachmittag in dieser angenehmen Gesellschaft. Der Bürger hatte eine Notarkanzlei in der Rue Traversière und war überzeugt, dass der Krieg nicht stattfinden würde und die Deutschen es nicht wagen würden, weiter als bis Verdun zu marschieren. Er nahm uns beide in den Arm und forderte uns auf, ihn nach dem Feldzug zu besuchen. Nach Mervins Gesichtsausdruck zu urteilen, wird er dieser Einladung wohl Folge leisten! Der Bürger heißt Pierre Paul Bonamy und seine Tochter Aude.

Vermutlich will es die Ironie des Schicksals, dass in Kriegszeiten denjenigen, die davon bedroht sind, in Kürze das Leben zu verlieren, einen Augenblick zuvor noch glückliche Begegnungen beschieden sind.

28. und 29.

Nun sind wir also auf dem Weg in die Argonnen, legen täglich Gewaltmärsche von zehn Meilen zurück. Zu unserer Kompanie (der 2. aus Lorient) sind andere aus dem Norden und aus dem Südwesten gestoßen. Wir unterstehen im Prinzip der Befehlsgewalt Kellermanns, doch es versteht sich von selbst, dass wir ihn, dort wo wir sind, noch nie zu Augen bekommen haben. Einer unserer Kameraden berichtet, dass er General Houchard gesehen habe, einen riesigen Kerl mit Schmissen im Gesicht, der auf einem tänzelnden Pferd vorüberritt. Wir werden von Feldmarschall Voisin und Oberstleutnant Daruty befehligt, die ursprünglich beide im königlichen Heer gedient haben und '89 in höhere Ränge aufgestiegen sind. Näher bei uns, außer dem bereits erwähnten Unteroffizier Sauzier, der Quartiermeister Loc'h, Tischler im Zivilleben, die beide von den Männern der Truppe gewählt worden sind. Wir haben auch einen Anführer, einen alten Soldaten namens Soulier, der die Männer im Gebrauch von Muskete und Steinschlossgewehr unterweist, ihnen zeigt, wie man lädt, reinigt, den Feuerstein auswechselt usw. Mervin, Lansquer und ich sind bereits mit diesen Handhabungen vertraut, da wir in Lorient eine Freiwilligenausbildung erhalten haben. Doch die meisten Rekruten verstehen nichts vom Waffengebrauch. Es sind junge Bauern, die besser mit Heugabeln und Hacken umgehen können, aber es sind sowieso nicht genug Waffen für alle da. An die Rekruten sind Piken und Säbel verteilt worden. Andere besitzen nur ihren Wanderstab. Unsere Kompanie verfügt über etwa eintausend Musketen und ebenso viele Bajonettgewehre. Wer keine Waffe hat, führt die Übung mit seinem Spazierstock oder Wanderstab aus und marschiert barfuß. Falls es unter uns Spione der Österreicher gibt, kann man sich leicht vorstellen, was für Berichte sie wohl dem Feind übermitteln. Dass eine Schar von barfüßigen Vagabunden und zerlumpten Bauern im Begriff ist, gegen das kaiserliche Heer anzutreten, dürfte sie bestimmt zum Lachen reizen! Aber es trifft zu, dass die Begeisterung den Mangel an Waffen aufwiegt, und wenn die Preußen und die Österreicher den Gesang und das Geschrei der jungen Rekruten hören könnten, hätten sie allen Grund zum Fürchten, auch wenn sie noch so zahlreich sind.

6. September

Weiterhin Regen. Gestern sind wir durch Châlons marschiert, um Quartier in den vom Revolutionsausschuss beschlagnahmten Häusern zu beziehen. Mervin und ich sind im Gemeinschaftsraum eines großen Bauernhofs untergebracht, wo wir uns an einem angenehmen Kaminfeuer aufwärmten und zufriedenstellend zu Abend aßen. Die Dinge, die sich seit unserem Abmarsch in Paris ereignet haben, sind uns hier als Gerüchte zu Ohren gekommen. Die einen sprechen von einer Verschwörung der Aristokraten, die die Gefangenen zu befreien suchten, während das Heer in der Ferne ist. Aber die Nachricht von der Ermordung der Priester beunruhigte in unserer zum großen Teil aus Bauern bestehenden Kompanie so manchen, der sich mit der Religion seiner Väter eng verbunden fühlte. Es gab sogar den Beginn einer Meuterei. Ich befürchtete einen Augenblick, dass die Ordnungshüter mit Festnahmen reagieren würden, denn dann wäre unzweifelhaft Blut geflossen und die Einheit des Heeres in Gefahr gewesen.

Doch die Anführer und viele Unteroffiziere traten vor die Truppe und sprachen eindringlich zu den Männern. Wenn es Schuldige gibt, sagte Sauzier, werden sie streng bestraft, die Revolution schützt keine Mörder, sondern verteidigt die Opfer. Heute hat die Nation euch nötig, ihr seid Freiwillige, ihr müsst Freiwillige bleiben.

Der Quartiermeister las eine Erklärung auf Bretonisch vor, und der Zorn legte sich ein wenig. Aber in jener Nacht, der letzten, die wir unter einem Dach verbringen sollten, blieben viele Soldaten trotz Regen und Kälte draußen, um zu wachen, und man spürte noch hin und wieder das Grollen des Unmuts, als ließe sich die Leidenschaft, die durch die furchtbaren Ereignisse in Paris hervorgerufen worden war, nicht so schnell besänftigen.

Mervin und ich saßen vor dem großen Kamin, in dem die Glut rötlich schimmerte, und unterhielten uns weiter. Er ist Atheist und Freimaurer, aber er befürchtet, dass die systematische Ermordung aller unbeugsamen Priester zur Anarchie führen kann. Lansquer glaubt nicht so recht an eine Verschwörung des ehemaligen Adels. Für ihn steht der Feind vor uns, das Heer Karls von Braunschweig – sowie die Emigranten, die es unterstützen –, das, sollte es ihm gelingen, nach Paris vorzudringen, die Nationalversammlung stürzen, die Verfassung außer Kraft setzen und das Land wieder im Dunkel der Vergangenheit versinken lassen könnte.

Wir schliefen erst lange nach Mitternacht ein und schliefen sehr schlecht, denn draußen war ein ständiges

Hin und Her, und unsere Kameraden im Gemeinschaftsraum des Hofes schliefen auch nicht. Wir hörten hin und wieder laute Stimmen und galoppierende Pferde. Erst jetzt wird mir richtig klar, dass die Kriegsvorbereitungen zu jenem Zeitpunkt bereits begonnen hatten.

10. September

Bei Les Islettes, in dem tief eingeschnittenen Airetal, stießen wir am Saum eines dichten Walds, der durch die dunklen Wolken über den Hügeln noch bedrohlicher wirkte, auf den Großteil des Heeres. Nach dem Halt in Châlons und dem Marsch durch Sainte-Menehould hatten wir den Eindruck, dass wir den entlegensten Winkel erreicht hatten. Mervin sagte mir, dass hier früher die Grenze verlief, die das Reich der Franken und das Land der Germanen trennte, und das will ich gern glauben, denn diese unwirtlichen Wälder und Berge rufen den Eindruck einer natürlichen Grenze hervor. Die Pforte von Les Islettes ist der einzige Zugang, und wir bilden einen Riegel, der ihn verschließt. Das Gelände ist so begrenzt, dass nur ein kleiner Teil des Heeres dort biwakieren kann. Etwa zweitausend Mann lagern seit zwei Tagen auf dem Grund des Tales. Der übrige Teil des von Dumouriez befehligten Heeres liegt auf den Höhen von Sainte-Menehould. Mervin wurde dem Sanitätsdienst des Chirurgen Aubry zugewiesen, und obwohl ich nicht das Recht dazu habe, bezog ich mein Quartier mit ihm in dem großen Zelt, das als Lazarett dient. Der Gesundheitszustand unserer Truppen ist beunruhigend. Viele Männer leiden an Ruhr, vermutlich aufgrund des schlammigen Wassers, das wir seit unserer Ankunft in den Argonnen trinken. Andere leiden an Rheumatismus oder an Katarrh. Jene, deren Zustand besonders besorgniserregend scheint, werden ins Hinterland zurückgeschickt. Seit mehreren Tagen essen wir nur noch schlechtes Brot, das wegen der Feuchtigkeit verschimmelt ist. Schon seit langem haben wir kein Fleisch mehr gegessen oder einen Tropfen Wein getrunken. Die Ankunft des Heeres hat die Bauern von ihren Höfen vertrieben. Sie rechnen mit dem Schlimmsten und haben Zuflucht bei Verwandten in der Provinz Aisne oder in der Nähe von Châlons gesucht. Um etwas zu essen, sind die Soldaten auf Plünderung angewiesen, und in den verlassenen Häusern der Umgebung ist all das, was irgendwie von Nutzen sein könnte, mitgenommen worden, Mehl, Getreide, Fett, sogar getragene Kleider und alte Wolldecken. Die Offiziere sind wohl oder übel gezwungen, beide Augen zuzudrücken. Manche sträuben sich zu stehlen, aber die meisten finden eine Rechtfertigung dafür. Ich höre, wie die Männer sagen: Wenn sie echte Patrioten wären, hätten sie nicht das Weite gesucht, im Gegenteil, sie hätten uns erwartet, um alles, was sie haben, mit uns, die wir das Vaterland verteidigen, zu teilen. Ich würde es nicht wagen, darauf zu antworten.

Gestern Abend entdeckte einer der Männer aus dem Lazarett, ein Pariser namens Jérôme, hinter einem Haus an der Straße nach Les Islettes einen verlassenen Hühnerstall, den die Bauern mit Laub getarnt hatten. Wir fanden keine Hühner darin, aber fünfundzwanzig Eier, die wir in heißer Asche buken und mit Genuss als Abendmahlzeit verzehrten.

Heute erfuhren wir, dass Verdun den Preußen in die Hände gefallen ist. Es wird erzählt, dass sich Braunschweig mit seinem Generalstab in der Festung von Regret einquartiert hat und dass die hessischen Truppen ein befestigtes Lager, eine Meile von uns entfernt, in Clermont errichtet haben. Aber uns beschäftigte an jenem Abend nicht so sehr der bevorstehende Kampf als vielmehr die Sorge, eine Unterkunft zu finden, uns an einem Reisigfeuer zu wärmen und unsere fünfundzwanzig in heißer Asche gebackenen Eier zu essen.

Die Kälte und der Regen schnitten uns vom Rest der Welt ab. Vor gar nicht so langer Zeit schliefen wir noch unter freiem Himmel auf dem Marsfeld, spazierten wir noch, umgeben von einer geschäftigen Menge, durch das von Feststimmung und Krieg geprägte Paris, eine Mischung, die uns mit ausgelassener Freude erfüllte. Ich denke an die Straßen zurück, die zur Rue Meslée führen, die Rue Saint-Merri, die Rue Sainte-Croix de la Bretonnerie, den Temple. Ich denke auch an die beiden Mädchen mit dem kühnen Blick, die uns zu ihrer Tür zogen, es kommt mir vor, als röche ich noch ihr Blumenparfum, sähe noch das Blitzen ihrer Zähne, wenn sie lachten, und jetzt bedauere ich, dass Mervin und ich ihnen nicht gefolgt sind. Es kommt mir vor, als hätte ich schon seit Jahren nichts Angenehmes mehr erlebt, immer nur diese Wege, die uns die Füße aufreißen, das Ungeziefer in den Lagern, das verschimmelte Brot, den kalten Regen und den düsteren Wald, der uns umgibt, wo der Feind wie ein reißender Wolf auf uns lauert. Um diese bösen Gedanken zu verscheuchen, schließe ich die Augen und versuche mir Marie Anne Naours Gesicht vorzustellen, ihren klaren Blick und ihr freundliches Lächeln, die so typisch für meine Bretagne sind.

12.

Das Gerücht verbreitet sich, dass der Feind die Argonnen im Norden zu durchqueren sucht und sein Quartier am Waldrand in Malancourt aufgeschlagen hat. Man sagt, dass der preußische König sein Heer mit den deutschen Truppen vereinigt hat, die aus dem Nordosten, aus Belgien und aus Holland anmarschiert sind. Die Männer, die diese Nachrichten verbreiten, sprechen von Clerfaits Heer, als hätten sie es gesehen, Tausende von Soldaten, die mit Musketen, Bajonettgewehren von dreißig Zoll und nagelneuen Kanonen bewaffnet sind, und von ihren Proviantwagen. Sie lagern in Landres und schicken sich an, den Engpass der Aire zu durchqueren.

Dumouriez hat den Großteil des Heeres um sich versammelt, er besetzt die Pforte von Grandpré. Jemand, der ihn gehört hat, erzählt, dass er eine Ansprache an die Truppe gehalten und gesagt hat, dies sei die neue Thermopylen-Schlucht, in der wir bis zum Tod Widerstand zu leisten hätten. Doch wer gesehen hätte, in welchem Zustand sich unser Heer befindet, diese durchnässten, in Wolldecken gehüllten struppigen Männer, die seit Tagen so gut wie nichts gegessen haben und an Fieber leiden, hätte große Mühe, diesen heroischen Worten Glauben zu schenken. Wenn es dem Feind gelang, die Pforte von Grandpré zu durchqueren, konnte ihn bis Paris nichts mehr aufhalten.

Den ganzen gestrigen Tag sind wir, dem engen Airetal folgend, bei kaltem Regen durch den Wald marschiert, um Grandpré zu erreichen, wobei wir bei jedem Schritt damit rechneten, in einen Hinterhalt der Husaren zu geraten oder von Musketenkugeln niedergemäht zu werden. Die Wolken hingen so schwer und tief, dass man kaum von Tageslicht sprechen konnte. Gegen Mittag war der Himmel schwarz, und die Kuppen der Hügel wurden von den Wolken verschluckt. Mervin ist im Lager von Les Islettes geblieben. Das Lazarett soll weiter nach hinten verlegt werden, in Richtung Châlons, und die kränksten Soldaten sollen auf Karren zurückgeschickt werden. Niemand hatte je daran gedacht, dass der Krieg ein solches Aussehen haben könnte, dass es Verletzte und Tote geben würde, die aber nicht den Waffen, sondern der Krankheit, der Kälte, dem Hunger und der Erschöpfung zum Opfer gefallen waren. Abends fanden Lansquer und ich einen Unterschlupf in der Nähe von Grandpré, unter einem Felsvorsprung am Ufer der Aire. Denn die Zelte waren nicht mehr zu gebrauchen, ihre Leinwand war durchlöchert und die Stäbe von der Feuchtigkeit verfault. Obwohl es verboten war, zündeten wir ein Feuer an, um zu versuchen, unsere Kleider zu trocknen, aber das Holz war nass und verkohlte mit beißendem Rauch, ohne Wärme zu spenden. In der Stille der Nacht horchte ich auf jedes Geräusch, das aus dem Wald kam. Der einzige Vorteil unserer Stellung war die Enge der Passage, die keinen Angriff von berittenen Husaren erlaubte. Ich lauschte auch dem Prasseln des Regens, der vom Himmel fiel und wie ein Wasserfall über die Erde strömte, ein Geräusch, das nur hin und wieder von Hustenanfällen der Soldaten übertönt wurde. Ich glaube, dass viele Männer an Schwindsucht leiden, und die Kälte und die Erschöpfung haben ihre Krankheit verschlimmert; für mich gibt es keinen Zweifel, dass viele dieser Männer ihr Heimatdorf nie wiedersehen werden. Bei diesen melancholischen Gedanken überfiel mich der Schlaf, während ich, in ein Stück unbrauchbarer Zeltleinwand eingehüllt, umgeben von Rauchspiralen, die der Wind dem Feuer entriss, mit dem Rücken am Felsen lehnte.

18. und 19.

Die Ereignisse haben sich derart beschleunigt, dass ich Mühe habe, sie hier niederzuschreiben. Gestern haben wir gemeinsam mit dem Heer von Dumouriez die Pforte von Grandpré abgeriegelt. Wir warteten auf die von General Kellermann befehligte Ostarmee und wiederholten den

Satz von Dumouriez, dass die Söldner aus Deutschland und Österreich hier ihre Thermopylenniederlage erleben würden. Doch dann stellte sich heraus, dass Clerfaits Angriff im Verlauf eines halben Tages, nach einem kurzen Schusswechsel und einer Attacke der Husaren, unsere Garnison überrumpelte. Die Enge der Pforte machte, anstatt uns von Nutzen zu sein, deren Verteidigung unmöglich. In kürzester Zeit durchbrachen die preußischen Soldaten unseren Riegel, und das französische Heer zerstreute sich, von Entsetzen gepackt, im Wald, denn für viele war es die Feuertaufe. Ich befand mich in der hinteren Linie, am Eingang des Engpasses, als die ersten Verwundeten auf Tragen gebracht wurden. Die meisten hatten eine Musketenkugel mitten in die Brust erhalten und lagen im Sterben oder waren nicht weit davon entfernt. Ich habe auch furchtbare Verwundungen durch Blankwaffen gesehen, denn die preußischen Husaren hatten sich im Flussbett der Aire mit Säbelhieben einen Weg gebahnt. Wir hatten nur zwei Chirurgen, und es herrschte ein solches Durcheinander, dass jeder zunächst daran dachte, sich selbst in Sicherheit zu bringen, und ich glaube, dass viele Verwundete zurückgelassen wurden und am Ufer der Aire starben oder in jener Nacht von wilden Tieren gefressen wurden, und deshalb ist gesagt und geschrieben worden, dass es an jenem Tag nur wenig Opfer gegeben habe. Das preußische Heer drang durch die Pforte ein, den ganzen Tag lang strömte es durch dieses Nadelöhr wie ein Hochwasser führender Fluss. Da wir uns auf den Höhen im Wald versteckt hatten, konnten wir nichts sehen, aber wir hörten deutlich das Geklapper von Holzschuhen, das Rumpeln von Kanonenrädern und das Waffengeklirr, metallische Geräusche, die mit dem Rauschen des Wassers verschmolzen. An jenem Tag waren wir voller Verzweiflung, denn wir glaubten, dass alles verloren war und uns keine andere Möglichkeit mehr blieb, als von Kugeln des Feindes getötet zu werden oder uns mit Schimpf und Schande zu ergeben, um, wie Braunschweig in seiner Erklärung an die Franzosen gesagt hatte, am Ast eines Baumes erhängt zu werden, denn es durften keine Gefangenen gemacht werden. Ich befand mich in Begleitung von etwa fünfundzwanzig Männern, eigentlich sollte ich sagen fünfundzwanzig Kindern, so erschrocken und hilflos wirkten sie, unter ihnen ein großer, sanfter Bretone mit langem blondem Haar, der den vielsagenden Namen Samson trug. Mit guten Worten beruhigte ich sie und überredete sie, dass wir, statt zu fliehen, lieber den Versuch machen sollten, uns der Südarmee anzuschließen. Nachdem wir über eine Stunde durch den Wald gelaufen waren, wurde ich angenehm überrascht, als ich feststellte, dass wir instinktiv dem Plan von Dumouriez gefolgt waren, der sich mit seinem Heer ins Aisnetal zurückgezogen hatte, und zwar flussaufwärts Richtung Süden. Anscheinend hatten die Preußen, behindert durch die Enge des Tals und den Schlamm, darauf verzichtet, uns zu verfolgen. Dumouriez hatte auf dem Steilhang entlang des Flusses Kanonen aufstellen lassen, und sie waren bereit, auf alle zu schießen, die es versuchen würden, uns zu verfolgen, und dieser Maßnahme verdanken wir es, dass wir nach der Niederlage von Grandpré mit dem Leben davonkamen. Am 18. befestigten wir den ganzen Tag lang unser Lager am Ende des Waldes über Sainte-Menehould. Und am Morgen des 19., nach einer weiteren schlaflosen Nacht, sahen wir, wie die Sonne die Wolken zerriss, und entdeckten auf der anderen Seite des Tals, der Ostflanke, die Waffen der Deutschen, die wie eine stählerne Anpflanzung glitzerten. Mir klopfte das Herz, und ich fühlte mich fieberheiß. Mit ein paar Kameraden, unter ihnen auch mein Landsmann Samson, wagte ich mich bis an den Rand der Felswand vor, die die Aisne überragt. Dort bot sich uns der erstaunlichste Anblick, den man sich vorstellen kann, ein Anblick, der zugleich bedrohlich und auch voller übermenschlicher Größe war. Das nahe Bevorstehen einer Schlacht schien sich am Himmel ablesen zu lassen, an den vom Wind gehetzten Wolken, die aufeinander zuflogen, an der düsteren Weite des Argonner Waldes ringsumher und an den Formen der Felsen und der von bewaffneten Männern wimmelnden Hügel, die aus dem Nebel auftauchten.

Vor uns im Westen stand das Heer der Preußen und Österreicher, die entschlossen waren, die Republik zu zerstören und die Privilegien des ehemaligen Adels und die Tyrannei wiederherzustellen, und schnitt uns den Weg nach Paris ab. Im Norden sahen wir, wie Kellermanns Truppen, die aus Sedan kamen, durch das Aisnetal und an der reißenden Tourbe entlang auf uns zumarschierten. Im Süden schließlich erblickten wir das riesige Heer von Freiwilligen, das auf der Hochebene von Dampierre und oberhalb von Sainte-Menehould Stellung bezogen hatte und darauf wartete, auf den Feind loszumarschieren. Hier und dort entdeckten wir auf der Ebene, die sich bis Châlons hinzieht, einzelne Rauchsäulen, dort, wo die Preußen als Vergeltungsmaßnahmen Dörfer in Brand gesteckt hatten. Mir klopfte das Herz im Hals, als ich all das sah, und trotz der Kälte spürte ich, wie mir Stirn und Hände vom Schweiß nass wurden, weil ich begriff, dass sich hier alles entscheiden würde, an diesem Schauplatz von erhabener, wilder Schönheit, und dass von unserer Tapferkeit und von den Wechselfällen der Schlacht das Los meines Landes abhing. Bis zur Höhle des Löwen war es nur noch ein Schritt.

Kriegslärm

Das Nahen des Sommers hatte etwas Beklemmendes.

Vielleicht hing es mit den ersten Schwalben zusammen, die plötzlich mit schrillen Schreien den Himmel über der Stadt bevölkerten. Jean stand am Fenster seines Zimmers und sah durch die Ritzen in den Fensterläden den Vögeln zu, die dicht an den Leitungen der Straßenbahn entlangsausten, sich plötzlich im Sturzflug dem Boden näherten und dann senkrecht zu den Dächern aufstiegen. Die Schreie der Schwalben waren nicht fröhlich, im Gegensatz zu dem, was seine Mutter und die meisten Leute behaupteten. Die Vögel gaben in der lähmenden Stille des Sonntagnachmittags ein beunruhigendes, beklemmendes Pfeifen von sich, hastig und brutal. Der Himmel war weit und weiß.

Jean wurde im August sechzehn. Er hatte begonnen, die griechischen Philosophen zu lesen, Parmenides, Heraklit, Anaxagoras, auch Sophokles und dann Rimbaud, in einem alten Buch ohne Einband, das er auf dem Flohmarkt gekauft hatte. Und Shakespeare, sämtliche Theaterstücke, in einem dicken, in rotes Kunstleder gebundenen Buch, das wohl aus dem Nachlass eines Engländers stammte. Auf dem Vorsatzblatt waren die von einer feierlichen Kinderhand in einem anderen Zeitalter geschriebenen Worte zu lesen: *My motto: be true to myself.*

Der Sommer kündigte sich somit gut an, bleigrauer Himmel, Einsamkeit, Unruhe.

Jean war eine ganze Weile nicht bei Tante Catherine

gewesen. Irgendetwas war geschehen, das er nicht so recht begriff, war langsam zerrissen, ohne dass er es gemerkt hatte. Er mochte sie immer noch gern, dachte oft an sie, aber er wollte nicht mehr die Treppe von La Kataviva hinaufsteigen, das Pfeifen des Kanarienvogels rief Entsetzen in ihm hervor. Der schrille Pfiff der Schwalben erinnerte ihn nämlich an das leere Treppenhaus, die abgeblätterte Farbe, die Tür, auf der das Namensschild von General Adhémar de Sommerville glänzte wie das Unheil, das sich dahinter verbarg.

Im Gymnasium war in diesem Jahr alles so langsam und bedrückend gewesen wie ein zu bekannter, zu oft wiederholter Witz. Monsieur Plasma thronte hinter seinem Pult, ein grauer Fettkloß mit verschlossener Miene, um sich das Leiden nicht anmerken zu lassen, Zielscheibe von Geschrei und Gespött, von gekochten Kartoffeln der Internatsschüler, von Kügelchen aus zerkautem Papier, die mit zu Blasrohren umfunktionierten Kugelschreibern abgeschossen wurden, und all das in einem Ekel erregenden Gestank von Fürzen, Stinkbomben und hinten in der Klasse verbranntem Plastik. Amoretto kam mit nacktem Oberkörper unter seiner schwarzen Lederjacke in die Schule, er hatte sich einen roten Stern auf den ausrasierten Nacken tätowieren lassen. Malatesta blätterte in Werken von Racine, Chateaubriand oder Stendhal auf der Suche nach schmutzigen Wörtern, um die anderen damit zum Lachen zu bringen, er hatte den Zeigefinger auf der Buchseite liegen und ließ seinen hinterlistigen Blick unter den Tischen entlanggleiten, niemand konnte so gut wie er den Blick heben und senken oder über den Boden kriechen lassen. Und dann war da noch der unvergleichliche, der hochfeine, der überkandidelte Arosa, aber er hatte seine engelhafte Anmut verloren, an dem keimenden Bartwuchs um den Mund zeigte sich die Veränderung. Doch noch immer schrien alle, wenn sein Name aufgerufen wurde, mit nachgeäffter jungfräulicher Stimme: A…roooosa! Und er besaß noch immer das Talent, mit gesenkten Augen zu erröten und dabei lächelnd und hasserfüllt die Hände auf die Ohren zu legen.

Aus Provokationslust, aus Mitleid oder ganz einfach aus Gleichgültigkeit hatte sich Jean zu Beginn des Schuljahrs darum bemüht, mit ihm Freundschaft zu schließen. Er ging mit ihm über den Schulhof, über die Straße, begleitete ihn ein Stück auf dem Weg zum Bahnhof, wo Arosa in einem alten luxuriösen Etagenhaus wohnte, das mit einer Drehtür ausgestattet war wie früher die Paläste. Er lebte dort mit seiner Großmutter, Jean hatte ihren Namen auf einem Messingschild gelesen, Léonora Arosa, und da wurde ihm plötzlich bewusst, dass Arosa nie einen Vornamen besessen hatte, nur diesen herrlichen Nachnamen, der für einen schüchternen, empfindsamen Jungen schwer zu tragen war.

All das hatte eine große Leere geschaffen. In dieser Luftblase von Abwesenheit, die das ganze Jahr ausgefüllt hatte, konnte Tante Catherine nur krank werden, eine gewisse Melancholie hatte sie erfüllt. Jean vergaß die Pläne für den Apparat, der ihr Augenlicht ersetzen sollte. Er hatte sie verlegt oder eines Tages weggeworfen, ebenso wie seine Gedichte und den ganzen Wust, der sich seit seiner Kindheit angesammelt hatte. Er wollte der alten Frau nicht mehr sein Gesicht hinhalten, damit sie mit ihren mageren Fingern das Band erfühlen konnte, das sein Gesicht mit allen anderen Gesichtern ihres Lebens vereinte.

Das war natürlich nicht sehr nett. »Willst du nicht deine Tante besuchen?«, fragte Sharon. »Sie spricht jedes Mal von dir. Du solltest ihr einen Topf Suppe und ein Stück Kuchen bringen.« Jean erwiderte achselzuckend: »Geh du doch hin.« Er gab vor, er müsse noch für die Schule arbeiten. Er wollte sich Tante Catherine nicht als jemand vorstellen, der Suppe oder Kuchen oder ein bisschen Unterhaltung braucht. Catherine war ihr ganzes Leben lang hart im Nehmen gewesen, sie war mit der Trauer, dem Ruin, der Blindheit fertig geworden. Er war sich sicher, dass sie Verständnis dafür hatte. Sie war jemand, der zu spielen verstand. Sie allein war imstande, mit ihrem Leben zu spielen, eine Karte zu ziehen, einen Würfel zu werfen und auf das Ergebnis zu warten.

Aber er erschauerte immer noch, wenn er den Namen Aurore hörte. Unter dem Vorwand, Arosa zu begleiten, ging er im Zickzack durch das Viertel bis zu den Bahngleisen, dann wartete er im Schatten der großen Eisenbahnbrücke und tat, als interessiere er sich für die immer dürftiger beschickten Marktstände. Der Bürgermeister der Stadt, ein gewisser Capitaine, dem Jeans Vater den Spitznamen Industrie-Kapitän verliehen hatte, hatte eine strenge Verordnung gegen Hausierer, Zigeuner und fliegende Händler erlassen, die seiner Vorstellung nach den Clochards zuzurechnen waren. Unter der Brücke waren nur noch ein paar jämmerliche Figuren übrig geblieben. Jean malte sich aus, dass er Aurore dort auftauchen sah, so wie früher, in ihrem granatfarbenen Kleid, ihrem zu einem maskenhaften Vollmond geschminkten Gesicht mit den wie Juwelen wirkenden, schräg stehenden Augen und dem auf die Schultern fallenden, glänzend schwarzen Haar. Er hatte davon geträumt, dass er ihr die Sprache der Menschen beibringen, sie aus der Vormundschaft der Gendres, aus ihrem Sklavendasein befreien würde und dass er ihr mit einem Schlag all das geben würde, was ihr gefehlt hatte, um wie die anderen zu sein, ein hübsches, intelligentes Mädchen, in das sich jeder verlieben konnte. Er würde ihr große karierte Schulhefte kaufen, damit sie ihr Leben aufschreiben und sagen konnte, was sich hinter der Tür im fünften Stock verbarg, dieser schweren Tür mit dem funkelnden Messingschild, und damit sie aus ihrem früheren Leben in Hanoi erzählen konnte, von dem großen Haus mit den vielen Dienstboten und von sich, der stillen kleinen Prinzessin, um sich endlich für all die Demütigungen zu rächen, bis die Gendres vor Scham platzten wie ein zu stark aufgeblasener Luftballon, und endlich frei zu sein, frisch und unschuldig. Er träumte davon, mit ihr ans Ende der Welt zu fahren, nach Malaysia, nach Ipoh oder nach Mauritius, in den Garten von Ébène. Er blieb eine ganze Weile unter der Brücke stehen, dann kehrte er La Kataviva den Rücken, ohne dass er zu Tante Catherine hinaufgegangen war. Das war ein Traum, nur ein Traum, um die Luftblase der Gleichgültigkeit zu füllen.

Und nun, seit der Sommer da war, erfüllte diese Unruhe, diese Einsamkeit die ganze Stadt. Jean verließ morgens in aller Frühe das Haus, bis zum Einbruch der Dunkelheit lief er durch die Stadt, er ging unzählige Straßen und Gassen entlang, so weit, dass er selbst nicht mehr wusste, wo er war. Namen von Straßen, die er nie gesehen und von denen er nie gehört hatte, la Tour, le Collet, la Sabaterie, Rue du Chœur, Rue Henri-Christine, Rue Cocconato, Rue de la Fuon-Cauda, Chemin de la Conque, Avenue de l'Arbre-Sottan, Avenue Comba, Avenue Colombo. Er war wie im Fieber, ging, ohne Halt zu machen, ohne Ziel, ohne Linderung.

Das glatte graue Meer, die Straßen, der Himmel. Selbst die regungslosen Palmen in den Kübeln, sie alle verströmten etwas Beklemmendes. Jean begriff den Grund für sein Unwohlsein, als er feststellte, dass die Schatten vom Boden verschwunden waren. Die weiche Asphaltdecke gab unter den Sohlen seiner Turnschuhe nach wie ein dicker Teppichboden. Er suchte vergeblich seinen Schatten, der gewöhnlich leicht und nicht greifbar zu seinen Füßen hockte, doch plötzlich war er verschwunden wie Rauch, den man wegbläst. Die Straßen rings um den Bahnhof waren wie tot, die Fensterläden der Wohnhäuser geschlossen, die eisernen Rouleaus der Geschäfte heruntergelassen wie vor einer Straßenschlacht. Nur ein paar finstere, grottenartige Bistros mit lächerlichen maritimen Namen, die einen erschauern ließen, der Pastis-Geruch, der gedämpfte Lärm von Musikboxen, das heisere Stimmengewirr und diese Namen, vor allem diese Namen, die komisch wirkten wie ein Vogel mit gebrochenen Flügeln, Namen, die einem nicht mehr aus dem Sinn gingen, La Voile, Le Galion, Au Grand Pin, L'Escale, La Barque à Roues. Namen, die man nie wieder zu sehen glaubt, und dann stellte sich Jean vor, er befände sich in einem entlegenen Viertel einer jener Städte, die man nie ein zweites Mal besucht, Odessa am Schwarzen Meer, Krk in Jugoslawien, Chichester, Triest oder in noch weiterer Ferne, in einer Stadt, wo das Leben stehen geblieben ist, einer Stadt, in der man endlos wartet und nicht die geringste Veränderung möglich ist, mit staubigen Uferpromenaden, über die der Wind fegt, breiten, menschenleeren Straßen, auf denen bisweilen das Geräusch eines Mopeds zu hören ist, das Ende eines Zeitalters, das Ende einer Ära, Nakhodka, Ekaterinburg, Palma de Mallorca.

Das Mittelmeer ruhte in seinen weißen Buchten. Ein ruhiges Meer ohne Überraschungen, ein undurchdringliches, schweres Meer, auf dem die Menschen wie Treibgut inmitten von anderem Treibgut an der Küste entlanggeschwemmt wurden. Überall der Geruch nach Schweiß, der Glanz von Schweiß. Es war der erste Sommer, in dem Jean nicht ans Meer gegangen war, gezögert hatte zu baden. Er fürchtete sich vor der Kühle, vor der sanften Wirkung des Wassers, wollte sich nicht dazu hinreißen lassen, der Erinnerung nachzutrauern.

Das Meer musste ein Ozean der Unruhe sein, eine unverständliche Weite, unmöglich, undenkbar. Gegen Ende des Tages ging Jean auf ein unbebautes Gelände unweit des Hafens, einen in Terrassen angelegten Olivenhain mitten in einem Gebiet, auf dem es sonst nur Baustellen gab. Es war der letzte freie Raum zwischen zwei halbfertigen Wohnblocks aus Beton, deren Balkons alle die gleiche Form hatten. Das letzte Gelände, das auf seine Zerstörung wartete. Der Stacheldraht, der als Einzäunung diente, war an manchen Stellen entfernt worden, um den Spaziergängern zu ermöglichen, sich im Schatten der Olivenbäume niederzulassen, um zu plaudern, zu dösen. Liebespaare kamen abends dorthin, und nachmittags spielten Kinder dort Ball. Es war der letzte Sommer, das wusste Jean, ohne zu verstehen warum. Vielleicht war in den Zeitungen davon die Rede gewesen, oder es kam von der bedrohlichen Nähe der Kräne und Planierraupen, irgendetwas Gefährliches, Unvermeidliches bahnte sich an.

Es war der letzte Sommer, in dem er das Meer betrachten konnte, ohne Pläne, ohne Zukunft, nur mit dem leichten Schatten der Vergangenheit, der wie ein Rauchschwaden vorüberglitt. Das Meer glitzerte zwischen den Blättern der Olivenbäume. Die alten Agaven ließen ihre Wunden in der Sonne trocknen, mit Taschenmessern eingeritzte Namen der Liebespaare, die nacheinander hier gewesen waren, belanglose komische Namen, die nur wenige Augenblicke festhielten: Lili, Pierre. Christine. Für J. fürs ganze Leben.

Der Geruch von Erde und vergilbten Gräsern, Ameisen, Tausendfüßler, kurzbeinige Fliegen. Der Geruch vom Zement der Baustellen, auf denen wegen der Hitze die

Arbeit eingestellt war, dieser üble, klebrige Schweiß, der auf der Haut der Stadt, auf den Kieselsteinen, auf den verschwommenen Hügeln, auf dem Meer und auf dem Himmel glänzte. Die Furcht davor, Abschied zu nehmen, die Kindheit zu verlassen, in die Welt der Erwachsenen einzudringen, in eine Welt im Kriegszustand. Jean Marro verfolgte aufmerksam jede Einzelheit, jede Sekunde, es war ein Schmerz, der ihn in allen Fasern erbeben ließ. Deshalb setzte er sich ganz hinten auf die oberste Terrasse, lehnte sich mit dem Rücken an den Bretterzaun der Baustelle. Es war ein schmutziges, verwahrlostes Plätzchen, Landstreicher kamen dorthin, um im Gestrüpp ihre Notdurft zu verrichten. Aber von dort konnte er alles überblicken, die Kräne im Hafen, die staubigen Molen, die Boje und das blaue Meeresband, das zu einem Punkt am Horizont führte.

Santos Balas hatte Jean von dem Olivenhain erzählt. Der ideale Ort, um Vergil zu lesen, Parmenides oder Heraklit. Santos war nur zwei Jahre älter als Jean, aber er schien ihm weit voraus zu sein, fast unzugänglich. In den letzten Monaten vor dem Abitur war Jean viel mit Santos Balas zusammen gewesen. Santos hatte die Klasse wiederholt, vielleicht sogar schon zum zweiten Mal, er hatte nur Verachtung für dieses Examen übrig, diesen unechten Übergangsritus, der angeblich die Masse des Proletariats von der zukünftig herrschenden Bourgeoisie trennen soll. »Ich werde Maler«, sagte Santos. »Ich pfeife aufs Abitur.«

Santos war schön, düster, pessimistisch. Er malte in seinem Zimmer große Porträts von sehr blassen Frauen mit leerem Blick und irgendwie unvollendetem Hinterkopf. Er war mit zwanzig Jahren unabhängig, hatte sich ein Appartement mit Blick aufs Meer im letzten Stock eines Wohnblocks auf dem Hang eines Hügels gemietet.

Er hatte eine Geliebte, eine hübsche Farbige von siebzehn oder achtzehn Jahren mit kurz geschnittenem Haar und den gleichen wasserfarbenen, ausdruckslosen Augen. Sie war Santos' Modell. Eines Tages zeigte er Jean ein langes Blatt Papier mit einer Aktdarstellung von ihr, auf einem Teppich liegend, mit fast durchsichtigem magerem Körper, hervorstehenden Rippen, Brüsten mit violetten Spitzen und kohlschwarzem, dichtem Schamhaar, das anstößig wirkte. Jean blieb stumm und starrte auf das aufdringliche Dreieck. Santos sagte mit gleichgültiger Miene voller Überheblichkeit und eifersüchtigem Schmerz, der Jean nicht entging: »Weißt du, wenn sie dir gefällt, kann ich dafür sorgen, dass du sie triffst. Sie tut alles, was ich von ihr verlange.«

So konnte Santos Balas sein, zynisch und provozierend. Das passte gut zu seinem dunklen Gesicht, das seine andalusisch-marokkanische Herkunft verriet, zu den samtbraunen Augen und den dichten Brauen, die über der Nasenwurzel zusammenstießen und aussahen wie die Flügel einer Amsel.

Santos hatte Jean mehrere Male aufgefordert, ihn bei seiner Mutter zu besuchen, die allein in einer großen Wohnung wohnte, in einem Palast in einem vornehmen Viertel der Stadt. Santos' Mutter hieß Léa, eine bildschöne, elegante Frau in einem langen weißen Kleid, das ihr durch seinen orientalischen Stil eine etwas theatralische Pose verlieh. Santos hatte im Übrigen verlauten lassen, dass sie früher Schauspielerin war, im Libanon oder in Ägypten. Sie wirkte wie eine Emigrantin, hatte einen singenden und zugleich rauen Tonfall, der an Russland oder Polen erinnerte.

Santos hatte eine seltsame Beziehung zu ihr, eine Mischung aus Verehrung und gereizter Verletzlichkeit. Er nannte sie beim Vornamen, doch manchmal siezte er sie auch ohne Grund. Santos verwaltete das Geld, das ihnen sein Vater seit der Scheidung vierteljährlich überwies. Santos' Vater hatte seine Familie wegen einer blutjungen Frau verlassen, mit der er sich in Spanien niedergelassen hatte, in Almuñecar an der Costa Tropical, wo er mit Immobilien handelte. Wenn Santos von ihm sprach, war immer ein unterdrückter Hass zu spüren. »Ein Drecksack, ein Ausbeuter. Eine Niete.«

Jean hätte Santos nie zu sich nach Hause eingeladen. Er schämte sich des Ortes, wo er wohnte, konnte sich nicht vorstellen, dass sich sein Freund auch nur im Geringsten für dieses engstirnige, sparsame Milieu interessieren könne, das von dem Misserfolg und der Krankheit seines Vaters geprägt war, so ganz anders als das schillernde, tragische Leben der Familie Balas. Das einzig Exotische waren der Ort, an dem Jean geboren war, Ipoh in Malaysia, und seine britische Staatsangehörigkeit. Aber er hatte sich stets davor gehütet, über Mauritius zu sprechen und alles, was Tante Catherines Geheimnis betraf. Im Übrigen stellte Santos ihm nie Fragen. Wenn sie gemeinsam vom Gymnasium zurückgingen, sagte Jean nach einer Weile, ehe er abbog: »So, ich muss jetzt hier lang.« Santos erwiderte: »Also dann, mach's gut!« Und dann ging er schnurstracks davon, ohne sich umzuwenden. Vielleicht tat er das aus Taktgefühl, aber Jean hatte den Eindruck, dass dieser unabhängige, verführerische Junge ihm nur die Bedeutung beimaß, die man für einen unreifen, etwas lästigen Bewunderer übrig hat, den man, wenn auch ein wenig gelangweilt und mit leiser Verachtung, zu beeindrucken sucht. Ein solches Gefühl der Verwirrung hatte Jean noch nie zuvor empfunden.

Daher richtete Jean aus Rache manchmal tage- oder wochenlang nicht das Wort an Santos, wich ihm aus, schlug einen anderen Weg ein. Das war nicht sehr schwierig.

Santos ließ sich nicht davon verunsichern, sein Leben war zu ausgefüllt, um sich etwas daraus zu machen, er nahm immer den kürzesten Weg. Jean brauchte nur durch eine Parallelstraße zu gehen, und schon war er unsichtbar.

Santos hatte Jean mit den Vorsokratikern bekannt gemacht, mit Heraklit, Parmenides. Er hatte Jean sogar seinen Band mit Gedichten von Parmenides in französischer Übersetzung geliehen, ein Büchlein, dessen Deckel mit Zeichnungen und einem braunen Ornament auf weißem Hintergrund verziert war. Ein abgegriffenes, viel gelesenes Buch, bei dem das griechische Original gegenüber vom französischen Text stand. Diese geheimnisvollen Worte, Formeln gleich, von denen ein Zauber ausging, Jean lernte sie abends auswendig, um tagsüber mit ihnen zu leben. Auf diese Weise konnte er mit Santos kommunizieren, sein Geheimnis, seine Melancholie teilen. *Denn nur ein und dasselbe kann gedacht werden und sein.* Oder in der Unendlichkeit schwebend, genau wie ein das Schicksal tragendes Zeichen: *Nyktiphaes peri gaian allomenon allotrion phos. Er scheint bei Nacht mit geborgtem Licht, um die Erde wandernd.* Er sagte manchmal wie Santos den Anfang des Gedichts auf, der sein Herz höher schlagen ließ, den Beginn der Reise zum Wissen: *Die Rosse, die mich dahintragen, sie brachten mich, so weit mein Herz nur begehrte ....*

Jean hatte nie mit Santos über den Sinn von Parmenides' Versen diskutiert. Sie erforderten im Grunde keine Diskussion. Sie erstrahlten machtvoll in ihrer ganzen Offenkundigkeit, sie hingen am Firmament und verbreiteten ihr eigenes Licht. Santos sagte auch: *Denn seit alle Dinge Licht und Nacht genannt worden sind und diese Dinge entsprechend der einen oder der anderen dieser Mächte existieren, ist alles voller Licht und auch voller blinder Nacht, denn das Nichts in ihnen lässt sich nicht teilen.*

Sie waren in der Hitze der ersten Juniwoche, wenige Tage vor dem Abitur, in den Olivenhain gekommen. Auf dem Meer lag ein glitzernd harter Glanz, ein stürmischer Wind vertrieb jede Spur von Feuchtigkeit vom Himmel, und ab und zu schäumte eine Woge über den Uferdamm, wenn das Meer die Wellenbrecher zu erklimmen suchte. Jean behielt davon den Eindruck eines ewigen Tags zurück. »Sich mit Philosophie zu beschäftigen heißt nicht, dieses oder jenes zu sagen oder über irgendwelche Begriffe zu diskutieren«, verkündete Santos. »Das tut jeder, du und ich, der Kaufmann aus dem Laden an der Ecke. Sich mit Philosophie zu beschäftigen heißt in Einklang mit der Zeit des Himmels zu sein, den Lauf der Gestirne zu begreifen.« Er hatte das ohne jede Prahlerei gesagt. Jean hatte nicht sogleich begriffen, dass Parmenides intuitiv die allgemeine Rotation und die Kugelform der Erde erfasst hatte und von der Ahnung erfüllt war, dass der Mond ein Gestirn ist, das sich um die Erde dreht und in seinen verschiedenen Phasen das Sonnenlicht reflektiert. Vielleicht drückte Parmenides' Satz etwas anderes aus, doch für Santos und ihn war damit, während sie in diesem alten, von Zerstörung bedrohten Garten im Schatten der Olivenbäume saßen, die Gischt in der Sonne hochspritzte und die Erde einen würzigen und zugleich stinkenden Geruch ausströmte, das tragische, lächerliche Zerrbild des Todes und der Schönheit gemeint, war damit dieser Augenblick gemeint, in dem auf der anderen Seite des Meeres Krieg geführt wurde, dieser Augenblick, den sie nie wieder erleben würden. Und dann dieser geheimnisvolle Vers, sein letztes Wort, das Santos zitiert hatte: *Wo ich auch anfange, ist und bleibt das Seiende; denn darauf werde ich immer wieder zurückkommen.*

Es war tatsächlich das letzte Mal gewesen. Anschließend fiel Santos Balas natürlich beim Abitur durch. Vielleicht ging er nicht einmal hin. Oder er zeichnete nur auf das weiße Blatt, das andere mit der Wiedergabe des Philosophieunterrichts schwärzten, ein Agavenblatt, auf dem die magische Formel stand: ANAXAGORAS WIRD SEIN.

Seine Zurückstellung vom Wehrdienst wurde nicht verlängert. Ende September wurde er einberufen und musste mit seinem Infanterieregiment nach Algerien. Jean sah ihn nie wieder.

Die Beklemmung war überall in der Stadt zu spüren, sie wurde von der überhitzten Fahrbahn ausgeschwitzt, von der Karosserie der Autos, von den gelben Fassaden mit den geschlossenen Fensterläden, von den düsteren Kellereingängen. Und vor allem vom weißen, fast farblosen Himmel, vom Meer, von den reglosen Palmen in den Kübeln. Es war wie das Leben auf einem Foto, dachte Jean Marro, ein Moment, der erfasst wird, nur ein Moment, nichts danach, nichts zuvor. Die leere Stadt und die schleichende Angst, die an den Passanten und den Autos auf der Straße haftete.

Es gab nur wenige Augenblicke, in denen er der Angst entkommen konnte: morgens, wenn er schwimmen ging, in aller Frühe, ehe die Strände von den Touristen überflutet wurden, und am späten Abend bei Einbruch der Dunkelheit. Das Meer war sanft und schwer, vor allem in der Abenddämmerung. Die Möwen flogen mit krächzenden Schreien dicht über der Oberfläche, verschwanden im Westen, in Richtung Le Jas Madame, um sich inmitten von Methandünsten auf Müllbergen niederzulassen.

Morgens war es noch schöner. Das Meer wusch alles rein. Jean ließ sich langsam gleiten, die Lippen knapp über dem Wasser, das dunkle Wasser rann wie ein Fluss an seinen Rippen entlang, berührte jede Zelle seiner Haut, belebte jede Ader. Der Himmel war von strahlender Blässe. Mit einem Schlag tauchte die Sonne über den Vorgebirgen auf, und ihre Strahlen bohrten sich in Jeans Augen, blendeten ihn bis in die Tiefe des Hirns.

So war das. Etwas anderes gab es nicht. Hinter ihm, in der Ferne, kamen vom Festland ein paar verschwommene Schreie, Geräusche, Hupen, das Knirschen von Bremsen, das Quietschen von Fahrgestellen auf den Weichen, sogar das Rattern der Räder auf der Eisenbahnbrücke neben La Kataviva.

Er dachte: Ich will in die Ferne. Ich schwimme weiter, immer dem Horizont entgegen, so weit, dass ich nicht mehr zurückkommen kann. Einen Augenblick ging ihm dieser Gedanke durch den Kopf, nicht etwa um zu sterben, sondern um das Weite zu suchen. Aber irgendetwas hielt ihn davon ab. Die Sonne bewegte sich nicht mehr, hatte sich verhärtet. Das Meer unter Jeans Körper war inzwischen tief, kalt und Furcht erregend. Es gab keine Wellen, nur einen leichten Seegang, der ihn schob und schob. Als Jean einen Blick zurückwarf, so wie man sich über einen Abgrund beugt, der einen anzieht und zugleich abstößt, sah er die weiße Küstenlinie, die regelmäßigen Quader der Wohnblocks, die Straßen, die aufblitzende Sonne in den Schaufenstern. Es war zu spät, um auf die Rückkehr zu verzichten. Zu spät, zu früh, nicht weit genug, nicht hoffnungslos genug. Nur etwa eine Stunde zu schwimmen, ehe er wieder festen Boden unter den Füßen haben würde. Und dann glitt plötzlich, fast vor seiner Nase, ein Mondfisch träge vorüber, seltsam aufgebläht, ließ sich von der Strömung tragen und drehte sich dabei um die eigene Achse wie ein geheimnisvoller Kreisel. Jean hatte genügend Zeit, um seine riesigen blauen Augen zu sehen, seinen zu einem Lächeln geöffneten Mund und seine gespreizten Flossen, während das Meer den Fisch aufs Geratewohl forttrug. Jean sagte sich, dass er das nie vergessen würde, dass es in gewisser Weise eine Botschaft war, die Antwort auf die Fragen von Anaxagoras und Heraklit, ein Satz, ein Vers, ein losgelöstes Fragment der Galaxis.

Und da begann er zum Festland zurückzuschwimmen, langsam, aber sicher, warf die Arme so weit wie möglich nach vorn und spreizte dabei die Finger, um das Wasser zu greifen, während sein Herz ruhig in der Brust schlug. Auf einem Streifen des Strands ging er an Land, legte sich in der Nähe der Straße in den Sand, und schon ließen sich die ersten Badegäste dort nieder, rieben ihre Glieder mit Kopraöl ein. Er wartete, bis sich sein Atem beruhigte, und währenddessen trockneten die Wassertropfen auf seiner Haut. Irgendwann zuckte ihm ganz kurz ein Gedanke durch den Kopf: Heute ist der Tag, an dem ich hätte sterben können. Das war schon fast komisch. In seiner Nähe räkelten sich junge Frauen auf gelben Handtüchern. Die Wellen hätten seine Leiche an den Strand gespült, und die Kinder wären schreiend um ihn herumgelaufen, entsetzt und aufgeregt darüber, einen Ertrunkenen zu entdecken. Ein ganz normaler Tag.

Wenn Jean jetzt La Kataviva betrat und die Treppe bis vor Tante Catherines Tür hinaufging, erfüllte ihn ein Gefühl von etwas Unwirklichem. Nichts war mehr so wie zuvor. Vielleicht lag das daran, dass Aurore fortgegangen oder weil der Kanarienvogel gestorben war, und Mademoiselle Picot musste wohl ebenfalls gestorben sein, denn das Fenster zum Treppenflur war geschlossen, und die mit grauem Staub bedeckten Scheiben deuteten darauf hin, dass niemand dort wohnte.

Monatelang war Jean ferngeblieben, das Rad der Welt hatte sich gedreht und La Kataviva nicht zu behebende Schäden erlitten. Zum Beispiel waren die letzten mit roten Lilien verzierten Scheiben der Tür zum Treppenhaus durch hässliche gelbliche Mattglasscheiben ersetzt worden. Die uneinheitlichen Briefkästen, auf denen Jean früher so gern die Namen der Mieter gelesen hatte, waren vom Hausverwalter als unvorschriftsmäßig befunden (Jean hatte zufällig mitbekommen, wie sein Vater von dieser Geschichte erzählt hatte) und durch einen braunen, mit Schubladen versehenen Metallschrank ersetzt worden, der auf lächerlich dünnen hohen Beinen stand. Als Jean die Namen auf den Schubladen las, stellte er fest, dass die meisten Mieter neu zugezogen waren. Er entdeckte ausländische Namen, Barak, Czetzinski, Phisas, arabische Namen, Jeloul, Sanoussi, Aamiche, und andere von seltener Banalität, Mouton, Sausier, Sassier, Lebon, Lecoq.

Sogar die Geräusche und die Gerüche waren nicht mehr

die gleichen. Früher roch es dort nach umgestoßenen Mülltonnen, nach schwerer Küche, nach Bratensoßen, und dazu kam ein säuerlicher, durchdringender Geruch, der von den Leuten selbst stammte und sich mit dem Geruch der Katzen und des Kanarienvogels mischte. Jetzt herrschte dort ein Geruch nach falscher Sauberkeit, nach Reinigungsmittel mit Chlor, nach feuchten Scheuerlappen. Das Gebäude wurde zweimal in der Woche von den Angestellten einer Firma gesäubert. Sie parkten ihren Lieferwagen an der Straßenecke und putzten nacheinander fünf oder sechs Treppenhäuser, immer sehr schnell und mit der gleichen Brutalität. Es waren ein kleiner schmächtiger Mann mit fliehendem Blick und eine massige junge Frau in Turnschuhen. Sie schütteten mehrere Eimer Seifenlauge in die Gosse und stauten das Wasser mit einem zusammengerollten Lappen zu einer großen Lache, in die sie ihre Schrubber tauchten. Jean war ihnen mehrmals begegnet, ohne ihnen aus dem Weg gehen zu können, denn ihre Arbeitszeit schien völlig unvorhersehbar zu sein. Vor allem die Geräusche hatten sich geändert. Nicht die Stille, im Gegenteil, es war lauter als früher. Jean dachte an den Tod des Kanarienvogels. Sein schriller, verängstigter Gesang hatte eine magische Kraft besessen und jede andere Form von Leben ersetzt. Jetzt hörte man nicht einmal das Geschrei von Kindern wie früher und auch nicht mehr das Radio oder den gelegentlichen Streit eines Paars in den möblierten Wohnungen. Es waren nur noch Haushaltsgeräusche zu hören, wie Flaschen, die man zu Boden fallen lässt, Geschirr, das gegen eine Nirosta-Spüle stößt, oder am Spätnachmittag das plötzliche Aufheulen eines Staubsaugers.

Aurore de Sommerville fehlte sehr. Was war geschehen? Wenn Jean ihr Stockwerk erreichte, betrachtete er das Messingschild, das im Halbdunkel glänzte. Er suchte auf dem Treppenflur nach Lebenszeichen, nach Hinweisen, horchte sich um. Jeans Mutter hatte von einem Skandal gesprochen. Ein Mann, der sich als Aurores Verlobter ausgegeben hatte, kam für den Unterhalt der Familie Gendre auf. Und eines Tages, nachdem er erreicht hatte, was er wollte, verschwand der Mann und ließ Aurore in elendem Zustand zurück, depressiv oder rauschgiftsüchtig. Eine Sozialarbeiterin sorgte schließlich dafür, dass das Mädchen in ein Heim kam. Und was die Gendres anging, so waren sie unauffindbar, vielleicht waren sie in eine andere Stadt gezogen, sie verschwanden wie Verbrecher, ohne eine Adresse zu hinterlassen.

Tante Catherine war die Überlebende. Die Tür im letzten Stock, direkt unter dem Glasdach (die Scheiben aus Drahtglas waren noch die alten oder sie waren durch gleichartige ersetzt worden), war noch dieselbe. Es war das einzige Stockwerk, das nicht neu gestrichen war, weil die Mieter zu alt, zu arm waren und weil der widerliche Paba sie vergessen hatte. Die Tür neben Tante Catherines Wohnung hinten auf dem Flur öffnete sich manchmal einen Spalt, und dahinter tauchte das spitze Gesicht einer alten Italienerin namens Ida auf, die Jean nicht kannte. Statt des Busschaffners Candela auf der anderen Seite des Flurs wohnte dort nun ein pensionierter Grundschullehrer, der genauso trunksüchtig war und erst bei Einbruch der Dunkelheit aus dem Haus ging, um in der Nähe des Bahnhofs ein paar Liter Rotwein zu kaufen. Lorenz war sein Name. Er trank derart, dass Jean ihn eines Tages dabei ertappt hatte, wie er im Treppenhaus sein Geschäft verrichtete.

Tante Catherine wirkte immer noch wie eine Königin in ihrem Palast, kerzengerade, hager, ein wenig taumelnd und altersschwach. Sie hatte einen steifen Arm, seit sie auf der Straße einen Unfall gehabt hatte, sie war von einem Rowdy angefahren worden, der anschließend die

Flucht ergriff. Sie hatte sich geweigert, ins Krankenhaus zu gehen, denn sie hatte große Angst davor, dass man das zum Anlass nehmen könnte, um sie in ein Altersheim abzuschieben. Jeans Vater hatte eines Tages, zu einer Zeit, als er noch die sechs Stockwerke hinaufsteigen konnte, zu ihr gesagt: »Tante Catherine, meinen Sie nicht, dass Sie in einem Heim besser untergebracht wären? Dort werden Sie gepflegt, Sie brauchen nicht zu kochen und sich um nichts zu kümmern.« Sie hatte in schroffem Ton erwidert: »Dann stürze ich mich lieber gleich aus dem Fenster.« Für sie gab es kein »Altersheim« und kein »Seniorenheim«, sondern nur das Armenhaus. Jeans Vater hatte mit einer Mischung aus Ärger und Bewunderung davon gesprochen. Und so war sie in La Kataviva geblieben, sogar nachdem Aurore de Sommerville nicht mehr dort wohnte.

Sie ging wie früher mit ausgestreckten Händen auf Jean zu und strich ihm langsam mit den Fingerspitzen über das Gesicht, über die Augenlider. Sie sagte: »Wie jung du noch bist!« Er wusste nicht recht, ob das ein Kompliment oder eine Klage war. Selbstmitleid passte eigentlich nicht zu ihr, denn sie war hart, gegen das Leben gewappnet. Aber das war ihr einziger schwacher Moment. Ansonsten klagte sie nie über ihre Einsamkeit, ihre Armut und auch nicht über die Arthrose, die ihre Gelenke steif werden ließ. Sie setzte ihre Ehre daran, Jean in kerzengerader Haltung zu empfangen, ohne sich festzuhalten, und ohne Hilfe zu gehen. Ein Arzt, der sie nach ihrem Unfall röntgen ließ, hatte zu Jeans Vater gesagt: »Angesichts der Verkalkung ihrer Hüftgelenke und ihrer Schultern müsste Ihre Tante bei jedem Schritt, den sie macht, genau solche Schmerzen haben wie die kleine Meerjungfrau.«

Tante Catherine wusste, warum Jean kam. Sie war die letzte Zeugin, das Gedächtnis von Rozilis. Als sie 1910 das Haus räumen mussten, war Jeans Vater erst drei, er erinnerte sich an nichts. Catherine hatte sich in Rose Hill um ihn gekümmert, bis er nach dem Krieg mit seinen Eltern nach Frankreich ging. Heute war von Rozilis nichts mehr übrig. Nach der Zwangsräumung hatte Chemin alle Ebenholzbäume, alle Schwarzholzakazien und Mahagonistämme fällen lassen, um sie zum Holzpreis zu verkaufen. Die Sägemühle wurde aufgegeben, und das Haus Rozilis selbst verfiel, wurde von den *carias* zerfressen und von Wirbelstürmen zerstört. Ein chinesischer Bauherr hatte das Land ringsherum aufgekauft, hatte alles abholzen, alles abreißen lassen, um Häuser aus Zement zu bauen. Er hatte sogar den Lauf des Affouche-Bachs umgeleitet, um das Gelände zu entwässern und noch mehr Häuser bauen zu können. Dann wurde eine Straße nach Saint-Jean angelegt, und Ébène war nur noch eine Straßenkreuzung. Es wurde von Unabhängigkeit gesprochen, es war die Rede davon, in Coromandel Industriebetriebe anzusiedeln wie in Singapur oder in Malaysia. Das war die neue Zeit. Aber das war egal. Das war unwichtig. Für Jean konnte nur die alte Zeit wieder zurückgeholt werden, wie eigene Gespenster. Tante Catherine drückte das sehr treffend aus: »Das Rad dreht sich, was tot ist, ist tot.«

Es war eher wie ein fehlendes Glied in der Kette, ein Element, das in seiner Geschichte fehlte und ohne das Jean sie nicht begreifen konnte. Ohne Rozilis blieb der Name Marro unverständlich.

Was Catherine getan hatte. Was sie gesehen hatte, was sie mit den Händen berührt hatte, was sie empfunden hatte, was sie gegessen und getrunken hatte, was sie nachts geträumt hatte. Er suchte nicht nach Erinnerungen oder Gedanken. Er wollte Klänge, Gerüche, das Stimmengewirr im großen Haus Rozilis, das Gelächter von Kindern und ihre Spiele, die Dummheiten, die sie angestellt, die Strafen, die sie erhalten hatten. Die Tage, die sie damit verbrachten, dem Regen zu lauschen, der gegen die Fensterscheiben trommelte, in Kaskaden die Veranda hinabstürzte und Bottiche füllte, die mit Leinen bespannt waren, um sie vor Mückenlarven zu schützen. Dem ununterbrochenen nächtlichen Quaken der Frösche zu lauschen, das einem nicht aus den Sinn ging, dem durchdringenden Sirren der Mücken, nachts, wenn die Kinder halb erstickten und den Tüll zur Seite schoben, um freier zu atmen.

Catherine saß in ihrem Sessel, die langen Hände und die Unterarme ruhten auf dem dunklen Holz, eine hieratische, aber vertraute Pose, die nur sie einnahm und die sie in ihrer verschwundenen Welt festhielt. Sie hatte dem Licht immer den Rücken zugewandt, um Jean nicht mit ihrer blassen Iris zu verwirren und eine Silhouette ohne Gesicht zu bilden. Jean wusste, dass sie es für ihn tat, er war der Einzige, der begriffen hatte, was dieses Verhalten bedeutete, und jedes Mal empfand er eine gewisse Freude bei dem Gedanken, dass Cathy Marro und er, trotz allem, was sie trennte, mit Hilfe dieser Inszenierung kommunizieren konnten. Sonst wären es nur Worte gewesen. Eine banale Familienbegegnung, wenn auch ein wenig originell, und ein bisschen Geschwafel über vergangene Zeiten.

Er saß auf der Sofakante und sah Catherines Silhouette, so wie sie in ihrer Kindheit die Silhouette von Charles und wie jener die seines Großvaters gesehen hatte, der als Erster an die Schluchten von Ébène gekommen war und das Haus Rozilis gegründet hatte. Der Gedanke, dass er sowohl den Beginn als auch das Ende einer Geschichte in sich vereinte, ließ Jeans Herz höher schlagen. Darüber hätte er nie mit jemandem sprechen wollen. Das war zu kompliziert. Und dennoch sagte er sich zugleich, dass es nichts Einfacheres gab, als hier in diesem stickigen, etwas staubigen Raum zu sitzen, oberhalb der Bahngleise, im nachmittäglichen Straßenlärm, in einem der gewöhnlichsten Winkel der gegenwärtigen Welt, und zugleich am anderen Ende der Welt zu sein.

Sie sprach nicht mehr so mühelos wie zuvor. Die Einsamkeit und das Alter hatten ihre Zunge verlangsamt. Jean brachte die Unterhaltung wieder in Gang. Er versuchte sich daran zu erinnern, was sie erzählt hatte, als er noch ein Kind war und sie die armen Ritter in der Küche zubereitete. In fröhlichem, fast begeistertem Ton, als verrate sie ihm Geheimnisse.

Jetzt setzte sie ihm keine armen Ritter mehr vor, vermutlich weil ihr die Zutaten fehlten oder wegen ihrer Arthrose. Nun kochte Jean den Tee. Er setzte Wasser in dem elektrischen Teekessel auf, der das alte verbeulte Ding ersetzt hatte, das sie früher auf das wacklige Gestell des Butanbrenners gestellt hatte. In der Küche fehlte es fast an allem. Die Dosen, in denen Catherine damals den Gunpowder-Tee aufbewahrte, den sie beim Chinesen kaufte und den sie mit Vanille aromatisierte, waren durch Päckchen mit industriell hergestellten Teebeuteln ersetzt worden. Aber die alte Brown Betty, die es immer noch gab, war von innen so geschwärzt, dass sie diesem widerlichen Gebräu trotz allem ein wenig Herbe und Sinnlichkeit verlieh. Zumindest versuchte Jean sich das einzureden, denn die Teekanne war das Tor zur Erinnerung.

»Tante Catherine, erzähl mir von Mathilde. Sie war jünger als du, warst du die älteste Tochter?«

Catherines Stimme trübte sich, als sie den Namen ihrer Schwester hörte. Sie nannte sie immer noch Maud, mit ihrem damaligen Kosenamen.

»Maud war sehr empfindlich, wie eine Porzellanpuppe,

hatte blondes Haar und blaue Augen. Mama zog sie ziemlich extravagant an, nicht mit Kleidern wie mich, sondern mit Kostümen aus Katalogen, die sie in ihrer Jugend nach Mauritius mitgebracht hatte, und sie nähte diese Kostüme auf ihrer alten Maschine mit Fußantrieb, Volants, Spitze, Schleifen. Maud war die Puppe, die sie nie bekommen hatte, ich war eifersüchtig, kniff Maud, herrschte sie an, und wenn sie anfing zu weinen, tat es mir in der Seele weh, und dann hätschelte ich sie und sagte zu ihr, sie sei meine Liebste. Die Jungen gingen zur Schule, bis auf deinen Großvater Hervé, er war älter und schon mit deiner Großmutter Cécile verlobt, Simon und Gildas fuhren gemeinsam mit dem Zug zur Schule, sie gingen ins Internat in Port Louis, und ich kümmerte mich die ganze Woche lang um Maud, ich war ihre Lehrerin, ich ließ sie ihre Lektionen aufsagen, *Der Tod des Wolfes* von Alfred de Vigny oder *Oceano Nox,* dann stand sie im Zimmer und ich saß auf einem Stuhl, ich muss wohl Furcht erregend ausgesehen haben, denn die arme Kleine zitterte, sie hatte Angst, sich zu versprechen, es nicht zu schaffen; sie versagte. Ich bedaure diese Zeit, ich hätte netter zu ihr sein sollen, weniger, na ja, aber es hat auch schöne Augenblicke gegeben, wir haben viel gelacht, das war mein ganzer Lebensinhalt.«

Jean verspürte wieder die gleiche Rührung wie damals, als er noch ein Kind war, wenn er diese magischen Namen hörte, Rozilis, Ébène, Cascades, Affouche-Bach, diese Namen, die keinen Sinn hatten und die er mit niemand anderem teilen konnte. Was hatte er sich ausgemalt? Wie stellte er sich diese Orte vor, die nur in der Erinnerung dieser alten blinden Frau existierten, ein verlorenes Fleckchen Erde, ein Land, aus dem die Marros für immer vertrieben worden waren? Das hatte er immer gesucht, das war der Grund, weshalb La Kataviva ihn angezogen hatte und er so oft diese Treppe hinaufgestiegen war, trotz des schrillen Pfeifens des Kanarienvogels, das die Seele durchbohrte, trotz des Ekels, den er für diesen verwünschten Ort empfand, in dem das Böse zu spüren war. Aurore, die in der Wohnung der Gendres eingeschlossen war und nur zum Einkaufen das Haus verließ, Aurore, die von dieser Rabenmutter an einen Unbekannten verkauft und jetzt in ein Heim gesteckt worden war. Lorenz, der im Treppenhaus ins Delirium geriet und mit Fußtritten auf die Gitterstäbe des Geländers einhämmerte. Und ganz oben, in der Wohnung unter dem Dach, gefangen, allein, ohne Geld, Catherine Marro, die letzte Nachfahrin von Rozilis.

»Erzähl, Tante Catherine. Bitte erzähl mir von Ébène, von Rozilis, ich will alles wissen, erzähl.« Er drückte ihre Hände mit den knochigen Fingern, die trocken und leblos waren wie Reiser. Sie war gerührt, und ihr lückenhaftes Gedächtnis war wie ein Spalt, in dem alles verschwinden konnte. Sie klammerte sich an die Hände des jungen Mannes, presste sie so stark, dass es ihm wehtat.

»Das alles ist schon so lange her, was soll ich dir da noch erzählen?«

»Ich will alles wissen«, sagte Jean erneut. »Alles über das Haus, die Zimmer, die Möbel, das Bett, in dem du schliefst, das Esszimmer, die Farbe der Wände, die Pflanzen, die in der Veranda wuchsen, die Gemälde, was weiß ich, die Vorhänge.«

Sie lachte leise.

»Da, da … übertreibst du aber. Wenn du glaubst … Zunächst mal hatten wir keine Vorhänge, Papa hasste sie.«

Dabei wusste Jean genau, dass sie noch immer dort lebte. All die Zeit, die sie zunächst in Paris mit Mathilde und dann in diesem finsteren Loch La Kataviva verbracht hatte, vielleicht zwanzig Jahre, hatte keine Spuren hinterlassen. Sie war erst gestern hier eingezogen. Ihre geschlossenen

Augen holten Rozilis wieder ins Leben zurück, nicht wie ein Erinnerungsstück, das man in einer Truhe aufbewahrt, sondern wie einen lebendigen Ort, der weiterbesteht, sich mit der Zeit verändert und im Laufe der Jahre altert.

»Unser Zimmer war im hinteren Teil des Hauses, auf der Seite des Gebirges. Wenn Regen drohte, schien das Gebirge auf uns herabzufallen, ich erinnere mich noch, wir hatten den Eindruck, es berühren zu können, wenn wir die Arme ausstreckten. Schön waren auch die Bäume, wir sahen alle Bäume des Waldes, die Ebenholzbäume, die mein Großvater gepflanzt hatte, Schwarzholzakazien, Mahagoni und die Cedrelabäume. Es war herrlich, wenn der Wind wehte, sah ich, wie sich ihre Wipfel bewegten, und es saßen immer Vögel auf den Ästen. Man konnte den Wasserfall nicht sehen, aber er war ganz in der Nähe, und wenn es regnete, blieben Maud und ich vor dem Fenster stehen, das Gebirge war in einer Wolke verschwunden, und wir hörten zu, wie der Regen auf die Blätter der Bäume niederprasselte, er kam in Schauern wie ein großes Tier, das Blätter zur Seite schob, und man hörte das Rauschen des Wasserfalls, das immer stärker anschwoll und uns Angst machte, vor allem Maud, sie presste ihr Gesicht an meinen Hals, ich summte ein Liedchen, um sie zu beruhigen. Maud schlief immer bei mir im Bett oder manchmal auch bei Mama, aber sie hat nie ein eigenes Zimmer gehabt. Die Jungen waren oben, sie hatten sich auf dem Dachboden ein Zimmer eingerichtet, wenn sie in den Ferien aus dem Internat zurückkamen, hörte man ihre Schritte noch am späten Abend über unseren Köpfen, Papa schrie sie an, sie sollten das Licht ausmachen. Simon und Hervé schlugen sich oft, dein Großvater war der Stärkere, und Gildas war sanft wie ein Mädchen, er wollte sich nicht schlagen, bis auf ein Mal, ich weiß nicht, was Simon ihm getan hat, ich glaube, er hat ihn zu Unrecht beschuldigt, und da hat Gildas ihm eine Tracht Prügel verpasst. Gildas war sehr gutmütig, anders als die übrigen Marros, er war groß und stark, hatte schöne braune Augen und betete die ganze Zeit, er wusste schon, dass er eines Tages Priester sein würde.«

Tante Catherine kritisierte die Marros ständig, ihr passte dies nicht, ihr passte das nicht. Sie waren faul, unentschlossen, nicht konsequent genug. Aber sie mochte Jeans Mutter gern, sie nahm ihr nicht übel, dass sie Williams hieß und englische Eltern hatte. Wenn sie von ihr sprach, nannte sie sie beim Vornamen, Sharon. Sie mochte ihre künstlerische Ader, sie erinnerte sich noch an den Tag, als Jeans Vater sie ihr vorgestellt hatte, er hatte sie bei einem Konzert kennen gelernt. »Sie war eine hübsche dunkelhaarige junge Frau mit mandelförmigen schwarzen Augen, sie hätte eine Zigeunerin sein können. Ihr ähnelst du bestimmt.«

Gleich darauf sprach sie über ihren Vater und ihre Mutter, Jean Charles und Désirée. Sie suchte in ihrem Album das Foto von deren Hochzeit in Rozilis. Sie strich mit der Hand über das Foto, als könne sie es erkennen. »Mama hatte schönes hellbraunes Haar, es hat lange diese Farbe behalten, sogar als sie älter wurde, sie hat sich das Haar geflochten, ihre Zöpfe waren ziemlich dick. Meine Eltern lebten in Rozilis ein Robinsonleben, sie wollten niemanden sehen, nicht einmal die Vettern meines Vaters. Sie waren bis zum Schluss sehr verliebt. Rozilis war wie ein Schiff, dort konnte man die übrige Welt vergessen, wir waren mitten auf dem Meer, mit all diesen Bäumen und Flüssen, und die Berge ringsumher waren unsere Inseln.«

Catherine ist das Gedächtnis der Marros. Nach ihr wird niemand mehr da sein. Jeans Vater will darüber nicht reden, als er in den Dienst der britischen Armee trat, hat er alles beiseite geschoben. Er ließ sich seine Kennziffer auf den Arm tätowieren und eine Figur, die eine Schlange oder einen Drachen darstellt. Dieses Tier hat seine Vergangenheit verschlungen. Seine Liebe galt Malaysia, den Kautschukbäumen und der Zeit, in der er an ein neues Leben glaubte, für seine Frau und für seinen Sohn. Und dann kamen die Revolution, der Krieg und Lee Meng, die Kommunistin, die er befreien lassen wollte. Er musste fortgehen, alles war zu Ende.

Jetzt ist Jean von einer Art Fieber, vom Gefühl der Dringlichkeit erfüllt. Er denkt an die Zeit, die er hat verstreichen lassen, ohne La Kataviva zu besuchen. Während dieser Monate hat der Drache viel verschlungen. Die Zeit, in der ihm Catherine arme Ritter vorsetzte, ist vorbei, und auch die langen Stunden, in denen er im Fotoalbum blätterte und mit halbem Ohr zuhörte, wie sie ihre Geschichten erzählte. Damals war ihm nicht klar gewesen, wie kostbar das alles war und dass es nie wiederkommen würde.

»Erzähl mir von Rozilis, Tante Catherine.«

Sie zögert ein wenig, dann erzählt sie etwas, wovon sie noch nie gesprochen hat, von dem Schiff, das *Rozilis* hieß, der verwegenen Brigg, mit der der erste Marro mit seiner Frau und seiner Tochter auf die Île de France reiste. »Mein Großvater Charles hat mir davon erzählt, er selbst hatte es aus dem Mund seines Großvaters Jean Eudes. Die *Rozilis* war ein ziemlich kleines Schiff, das Lebensmittel geladen hatte, die Reise hat mehrere Monate gedauert, sie gerieten in Stürme und wurden von englischen Korsaren verfolgt. Jean Eudes hat seine Erinnerungen in einem Schreibheft festgehalten, die Ereignisse während der Revolution, die Schlacht von Valmy und dann seine Reise nach Mauritius auf der *Rozilis*, um dem Elend zu entfliehen. Deshalb gab er dem Haus diesen Namen, als er sich in Ébène niederließ, *Rozilis*, wie das Schiff, mit dem sie den Ozean überquerten.«

Es hatte etwas Unwirkliches, im Licht des Spätnachmittags, umgeben vom leisen Geräusch der Autos auf der Schnellstraße und dem fernen Rattern eines Zuges auf der Brücke hätte sich Jean aufs Meer versetzt fühlen können, in die Kabine eines Schiffs, das an der Küste Afrikas entlangfährt, der Île de France entgegen.

Die Erinnerung ist nichts Abstraktes, dachte Jean. Sie ist eine Substanz, eine lange Faser, die sich um die Wirklichkeit wickelt, sie mit Bildern aus fernen Zeiten verknüpft, deren Vibrationen verlängert und ihre Strömung bis in die verästelten Nerven des Körpers weiterleitet. Und auf einmal war Tante Catherines Stimme nicht mehr schroff, ironisch, von Bitterkeit gefärbt. Während Jean ihr lauschte, nahm er die Schwingungen von Charles Marros Stimme wahr, und als er den Strom noch weiter aufwärts verfolgte, die Stimme von Jean Eudes, jenem Mann, der für die Revolution gekämpft und es gewagt hatte, ans andere Ende der Welt zu reisen, um dort mit der Frau, die er liebte, ein neues Leben zu beginnen.

»Mein Großvater hat mir erzählt, dass sich Jean Eudes auf dem Achterschiff eine Kajüte bauen lassen musste, weißt du, wenn man zu jener Zeit mit dem Schiff verreisen wollte, musste man alles selbst vorbereiten, einen Zimmermann bezahlen, der die Kajüte, die Möbel, die Betten und die Schränke baute. Mein Großvater kannte sogar den Namen des Zimmermanns, der auf der *Rozilis* gearbeitet hatte, er trug einen Namen, den ich nie vergessen habe, er hieß Bastien-Grade. Er zimmerte für sie zwei Betten aus Eiche, eins für Jean Eudes und eins für Marie Anne, und stell dir mal vor, diese beiden Betten waren noch in Rozilis, als ich klein war, sie standen auf dem Speicher und wurden von den Jungen benutzt, aber sie waren so klein und so eng, dass sich die Jungen schließlich geweigert haben, darin zu schlafen, dann haben Maud und ich unsere Puppen hineingelegt. Ich weiß nicht mehr, was aus den Betten geworden ist, als wir aus dem Haus vertrieben wurden, ich glaube, sie sind als Bretter verkauft worden, sie waren aus schöner bretonischer Eiche, schön dunkel und hart, vielleicht dienten sie dazu, ein Haus auszubessern, oder man baute daraus Küchenregale, wer weiß …«

Die Erinnerung ist etwas Furchtbares, dachte Jean. Eine Quelle der Freude und zugleich des Leids, eine Substanz, die ihr eigenes Dasein hat, die sich weiterentwickelt und sich entzieht, ohne dass sie sich lenken lässt. Er betrachtete Catherines Silhouette, ihr Gesicht im Schatten, der die Augen unsichtbar machte. Ein goldener Widerschein lag auf der Wand hinter dem Sofa, dort wo die Sonne hinschien, ehe sie hinter den Dächern verschwand. Schon wieder ein Tag, der verrinnt, dachte Jean, wieder ein Tag, und jeder Augenblick, der vergeht, entreißt Catherines Leben ein Stück Vergangenheit, ein Stück, das ebenso unentbehrlich ist wie ein einzelnes Teil in einem Puzzle.

Sie ermüdet. Jeden Abend kommt Madame Rosella, um Tante Catherine beim Waschen zu helfen, ihr etwas zu essen zuzubereiten und ihr ein paar Tropfen eines Ginkgo-Extrakts zu geben, der angeblich die grauen Zellen stärken soll. Ihr ist das einerlei, aber sie schluckt die Tropfen herunter, in der Hoffnung, ihr Gedächtnis bis zum Schluss unversehrt zu bewahren, und zwar für Jean, um mit der Welt in Kontakt zu bleiben, die einzig in ihr fortlebt, die Zeit von Ébène.

»Habe ich dir schon erzählt, wie wir Rozilis verlassen haben?« Jean hat diese Geschichte schon hundertmal gehört, aber jedes Mal ist sie ein wenig anders, so als fügte

Tante Catherine immer eine vergessene Einzelheit, eine Empfindung, eine Anekdote hinzu.

»Es war im Dezember 1910, es herrschte eine furchtbar schwüle Hitze, ich erinnere mich noch, dass der arme Gildas wegen seines Asthmas die ganze Nacht lang fast erstickte, seine Anfälle hatten sich seit seinem vierzehnten Lebensjahr verschlimmert, eine Katastrophe nahte. Der Himmel über Ébène war schwarz, es sah aus, als wäre das Wetter Teil des Dramas. Wir hatten zahllose Tage damit verbracht, unsere Sachen zu ordnen, die Bücher in Kisten zu verpacken, Mama hatte Schonbezüge über die Möbel gestreift, als gingen wir nur auf Reisen, sie wollte nicht glauben, dass alles zu Ende war, dass wir für immer fortgingen und all das nie wiedersehen würden, sie war glücklich in diesem Haus gewesen, ihre Kinder waren dort zur Welt gekommen, jeder Gegenstand, jeder Winkel erinnerte sie an einen glücklichen Moment oder an ein Missgeschick wie den Wirbelsturm von 92, der Wind hatte die Fenster eingedrückt, Wasser war ins Zimmer gedrungen, und seither gab es diesen Flecken auf dem Parkett, jedes Mal, wenn sie ihn sah, erinnerte sie sich daran, und der große Spiegel im Wohnzimmer war herabgestürzt und hatte einen Sprung, und wir hatten nie das Geld gehabt, den Spiegel zu ersetzen, wenn sie daran vorbeiging, sah sie ihr Abbild doppelt, und davon stiegen ihr Tränen in die Augen ... Und jetzt hatten wir nicht genug Platz, um den Spiegel mitzunehmen, die Wohnung, die mein Vater in Rose Hill gefunden hatte, war sehr klein und hatte eine ganz niedrige Decke. Für jeden von uns war die Sache schrecklich, jeder hatte seine Erinnerungen, einen Winkel, den er liebte, den Dachboden mit all den alten Papieren, alten Möbeln, den Spielsachen aus unserer Kindheit, wie das Kugelspiel mit dem Tor aus Pappmaché, das von Großvater Charles stammte, den Stoffpuppen, der Kleidertruhe voller Spitzen von Großmutter d'Arzano, den Hauben, die sie aus der Bretagne mitgebracht hatte, mehrere Generationen von Kindern hatten nacheinander dort oben gespielt, und all das musste verschwinden, und daran waren Onkel Thadée und der Notar Chemin schuld, die alles an sich gebracht hatten und alles verkauften …«

Sie hält eine ganze Weile inne, um zu träumen. Manchmal hat Jean den Eindruck, sie wüsste nicht mehr, dass er da ist, sie wäre in ihrer Welt verschwunden, auf der anderen Seite des Ozeans, auf der anderen Seite der Zeit. Dann fährt sie fort, ihre Stimme ist tiefer und leiser, fast zu einem Flüstern geworden.

»Für Mama war es am schwersten. Papa konnte etwas unternehmen, noch an jenem Morgen war er nach Port Louis gefahren, um den Richter zu treffen und den Räumungsbefehl aufheben zu lassen. Und währenddessen waren wir im Garten vor dem Haus, das Fuhrwerk wartete, die Maultiere scharrten vor Ungeduld mit den Hufen, es herrschte eine schwüle Hitze wie vor einem Gewitterregen. Mama wollte den Betschemel behalten, es war ein Erinnerungsstück von ihrer Erstkommunion, sie hatte ihn nach Rozilis mitgebracht, als sie heiratete, doch Chemin weigerte sich, sagte mit seiner näselnden Stimme: ›Nein, nein, Madame, das ist unmöglich, Sie haben es doch gelesen, es steht in der Urkunde, alle Möbel, alle Möbel ohne Ausnahme.‹ Aber uns Kindern tat vor allem etwas anderes weh, besonders mir. Das Schreckliche für mich war, dass wir den Garten von Ébène aufgeben mussten, darüber musste ich weinen, all diese Bäume, die Schluchten, den Affouche-Bach, in dem ich so oft gebadet hatte, all das war zu einem Teil von uns geworden, das war unser Körper und unser Blut, die Winkel, in denen wir uns versteckt hatten, das Tal des Cascades-Flusses, in dem ich so oft mit meiner indischen Freundin Somapraba spazieren gegangen war, bis zu dem geheimen Tempel, den sie mir eines Tages gezeigt hatte, sie sagte, er sei der erste indische Tempel auf Mauritius. All das war so groß, so grenzenlos, das gehörte nicht uns, das war die Welt, aber ich wusste, dass es zu Ende sein würde, sobald wir Rozilis verließen, dass ich es nie wiedersehen würde, und ich weinte, ich weinte mir die Augen aus.«

Der 20. September 1792

Im Morgengrauen des folgenden Tages begann alles. Wir waren noch von der Nacht und von der Kälte benommen. Ich erinnere mich an den Nieselregen, der die ganze Nacht nicht aufgehört hatte. Wir hatten die Zeltleinwand an den Ästen der Kiefern befestigt und versucht, uns aus den feuchten Nadeln ein Lager zu errichten. Der Wind hatte sich gelegt, aber der Regen drang durch die Leinwand, und die kalten Tropfen fielen mit einem dumpfen, regelmäßigen Geräusch auf uns herab, das mich aus dem Schlaf riss und dann wieder einschlafen ließ. Das beruhigende Geräusch des Regens, das Geräusch, dem ich auf dem Dach der Mühle in Runello so gern gelauscht hatte. Ich weiß nicht warum, aber in dieser Nacht träumte ich von meiner Schwester Pauline und von der schönen Marie Anne. Ich träumte, ich hätte meiner Mutter mitgeteilt, dass ich zu den Freiwilligen gegangen wäre, um die Revolution zu verteidigen. Und sie habe zu mir gesagt: »Das ist gut, aber vergiss nicht die Religion deiner Vorfahren.« Ich wachte auf, und plötzlich begriff ich dort in diesem Wald, im Regen, der auf die Leinwand trommelte, was sie mir sagen wollte. Sie meinte damit, dass es innerhalb der Nation ein anderes Fleckchen Erde gab und dass ich dieses andere Fleckchen Erde im Herzen tragen sollte, ohne es je zu verleugnen. Auf diesen Gedanken war ich nie gekommen. Seit ich Runello verlassen hatte, war ich auf staubigen Straßen durch Frankreich marschiert, hatte auf Feldern geschlafen. In Paris war ich mit den Volksmassen in Berührung gekommen, hatte die Vorbereitungen für den Krieg miterlebt. Dann die Flucht aus Grandpré, die Männer, die im Flussbett getötet wurden, und unser verzweifelter Rückzug in den Wald, und am folgenden Morgen das Felsplateau, von dem aus ich die Waffen der Feinde glänzen sah. Und nicht einen Augenblick hatte ich an das Fleckchen Erde gedacht, wo ich zur Welt gekommen war, an Runello, das Dorf meiner Kindheit, wo jene geblieben waren, die ich liebte. Meine Mutter, meine Schwester, Marie Anne. Und in dieser Nacht, ehe die Schlacht begann, kam mir in einem Traum all das wieder in den Sinn.

Im Morgengrauen glitten die grauen Schleier zur Seite, und La Lune, der halbmondförmige Hügel, tauchte bedrohlich wie eine Bucht aus dem Nebel auf. Gleich danach begann das Grollen der Kanonade.

Meine Kompanie, die von Sauzier und Hauptmann Duquesnel befehligt wurde, hatte auf dem oberen Teil des Plateaus, auf der Ostseite Stellung bezogen, gegenüber der am weitesten entfernten Sichelspitze von La Lune. Die Kanonenschüsse kamen vom südlichen Teil der Hügel, und bald waren sie so nah, dass sie sich wie grollender Donner anhörten, dessen Echo krachend in den Tälern widerhallte. Der noch dunkle Himmel im Westen wurde von Blitzen durchzuckt. So etwas hatten wir noch nie gesehen oder gehört: Der Kanonendonner ließ die Erde unter unseren Füßen beben und löste Panik bei den Pferden aus. Ein Dohlenschwarm am Himmel floh in wildem Durcheinander. Wir verharrten regungslos im Regen wie bei einem Schauspiel. Zu unserer Linken, La Lune gegenüber, antworteten jetzt am äußersten Ende des Plateaus die französischen Kanonen. Trotz des Lärms konnten wir sie daran erkennen, dass ihre Detonationen kürzer waren, von 20-cm-Geschützen stammten. Die preußischen Kanonen machten die verschiedensten Geräusche: die Geschossgarben pfiffen, die Mörser und die Geschütze von 70 cm Länge zerrissen das Trommelfell wie der Schrei eines blutrünstigen Tieres.

Im gleichen Augenblick begannen unsere Truppen die Hänge ins Auve-Tal hinabzuklettern, um die deutschen Horden an einem Sturmangriff zu hindern. Der ununterbrochene Kanonendonner hatte eine seltsame Wirkung auf mich; jetzt, nachdem das alles hinter mir liegt, kann ich es sagen. Für viele, zu denen auch ich zählte, war dies ein unbekanntes Geräusch, wir hätten nie gedacht, dass dieses Geräusch eine so ungeheure Faszination auf unser Gemüt ausübte, eine Mischung aus Angst, Wut und Rausch. Wir brannten vor Ungeduld, wollten so schnell wie möglich ins Tal hinabrennen, um der Sache ein Ende zu bereiten und uns in den Wirbel aus Feuer und Pulver zu stürzen, der die Hügel von La Lune und das Plateau von Dampierre einhüllte. Gegen zehn Uhr bekamen wir, völlig unerwartet, den Befehl zur Attacke, und unsere Kompanien rannten eine nach der anderen mit gezücktem Bajonett ins Tal hinab. Meine Kompanie brach als Dritte auf, ich erinnere mich noch, wie ich unter den Bäumen über den aufgeweichten Boden rannte und mir die Zweige der Büsche ins Gesicht peitschten, sodass ich nicht sehen konnte, wohin ich lief. Schreie drangen uns aus der Talsohle ans Ohr, eine Truppe von Husaren versuchte durch unsere Reihen zu brechen, um das Plateau zu erreichen und unsere Kanonen zu erobern. Ich hörte die Stimme von Hauptmann Duquesnel, der den Bretonen den einzigen Befehl zuschrie, den er in deren Sprache kannte, *Torpen! Warraok*, was so viel heißt wie: Schlagt ihnen die Köpfe ein! Vorwärts! Und während über uns die Kanonen donnerten wie ein Gewitter und der Regen unaufhörlich auf uns niederprasselte, hatte dieses Gebrüll mitten in diesem finsteren Wald einen wilden Beiklang, der uns erschauern ließ. Ich glaubte auch den Namen Samson zu hören, den die Bretonen früher in ihren Schlachten anriefen, doch vielleicht waren es nur die Rufe der Patrioten, die *Für die Nation!* schrien.

Wir befanden uns im Bett der Auve, die an dieser Stelle nur ein Wildbach war, der schäumend über schwarze Steine und rostfarbenen Sand hinabrann, und über mir sausten die Kanonenkugeln mit ihrer seltsamen Musik, einem langen Brummen, das sich mit keinem anderen Geräusch der Welt vergleichen lässt. Manchmal hörte ich auch das hohe Pfeifen der Geschossgarben oder das Knattern der Musketenkugeln. Wir marschierten eine ganze Weile durch das Flussbett, die Sinne völlig angespannt, da wir damit rechneten, Husaren zu Pferd mit gezückten Säbeln vor uns auftauchen zu sehen. Ohne es zu merken, waren wir unten vor diesem Hügel, wo die Preußen vergeblich Fuß zu fassen suchten, hinter die Reihen der Feinde geraten. Irgendwann blieb mein Kamerad Samson plötzlich stehen, und ehe ich etwas sehen konnte, hörte ich den Knall eines Gewehrs, und dann stürzte Samson mit einem Schlag zu Boden, als hätte man ihm die Beine abgesäbelt. Auf der anderen Seite des Wildbachs sah ich einen jungen Burschen in roter Jacke, der auf einem flachen Felsen stand und mich anblickte und nicht einmal versuchte, seine Waffe nachzuladen. Ich legte meinerseits an und schoss. Ich muss ihn wohl an der Hüfte getroffen haben, denn er klappte zusammen, blickte mich jedoch weiterhin mit erhobenem Kopf an, da rannte ich ohne nachzudenken zu ihm hin und stieß ihm mein Bajonett in die Kehle, sodass ein heller Blutstrahl hervorspritzte, der den Schaum der Auve färbte, der Junge war sogleich tot. Es war das erste Mal, dass ich einen Menschen getötet hatte. Ich fürchtete, dass wir uns zu weit vorgewagt hatten und dass jeden Augenblick der Rest der feindlichen Truppe auftauchen könne.

Die Kugel hatte Samson den Oberschenkel zerschmettert, er hatte starke Schmerzen, klagte aber nicht. Er legte mir den Arm um den Hals, und ich schleppte ihn flussabwärts, um zu versuchen, unsere Kompanie wiederzufinden. So liefen wir eine ganze Weile, ohne jemandem zu begegnen, aber immer noch halb betäubt von der Kanonade. Dann durchquerten wir den Wald, den wir bei der Attacke hinabgerannt waren, diesmal jedoch mit großer Mühe, da wir durch das Gebüsch kriechen mussten. Als wir das Plateau erreichten, war Samson bewusstlos, sein zerschmettertes Bein hinterließ eine Blutspur im Schlamm.

Das Donnern der Kanonen auf beiden Seiten des Tals ging weiter, ohne schwächer zu werden. Die Kanonenkugeln fielen auf den aufgeweichten Boden, sprangen hoch wie Bälle. In unseren Reihen hatte es schon Tote und viele Verletzte gegeben, die die Sanitäter nach hinten brachten. Als ich der Bahre folgte, auf der Samson fortgetragen wurde, entdeckte ich Mervin, den ich seit Beginn der Schlacht nicht wiedergesehen hatte. Er war an der Pforte von Grandpré von einer Salve verwundet worden, die seinen rechten Arm zerfetzt hatte, und trug einen Notverband. Da er nicht mehr imstande war, dem Chirurgen zur Seite zu stehen, bat er mich, ihn zu ersetzen, was ich nicht ablehnen konnte. Und so wurde ich zum Assistenten des Chirurgen Visquit oder, besser gesagt, zum Gehilfen dieses Metzgers, denn seine Kunst bestand darin, allen Männern, die man ihm brachte, die Arme oder die Beine zu amputieren. Man trug Samson herbei, legte ihn auf einen Tisch, und ich band ihn mit Lederriemen fest, wie ein Tier, das zerlegt werden soll, einen Riemen um jedes Glied und einen um den Hals. Kaum hatte der Arme das Bewusstsein wiedererlangt, begriff er, was man mit ihm vorhatte, wurde sehr blass und sagte zwei- oder dreimal, Jesus, Vari, und auf Bretonisch *Pezet truez, ho pezet truez,* was bedeutet: Habt Erbarmen. Dann sagte er nichts mehr, bis der Chirurg begann, seinen Oberschenkelknochen zu zersägen. Samson stieß einen lauten Schrei aus und fiel in Ohnmacht. Der Knochen war von der Kugel zersplittert worden und die Wunde tief, aber ich bin mir sicher, dass er hätte gerettet werden können, wenn die Umstände anders und der Arzt besser gewesen wären. Trotz der Kälte schwitzte der Chirurg, während er sein schmutziges Geschäft verrichtete, es gelang ihm nicht, den Blutstrom zu drosseln, der in Stößen aus der Arterie spritzte, er bat mich, die Aderpresse fester zu ziehen, und stopfte Lappen in die Wunde, die sogleich blutgetränkt waren. Die Ligaturen und die Kompressen genügten nicht, Samson verblutete vor meinen Augen und starb innerhalb weniger Minuten auf dem Tisch. Rot vor Blut richteten Visquit und ich uns wieder auf, und einen Augenblick später trugen zwei zerlumpte Soldaten Samsons Leiche davon, um sie in das Massengrab am Waldrand zu werfen. Kein Wort war gewechselt worden.

Den ganzen restlichen Tag wurden Verwundete herbeigetragen. Diejenigen, die verbunden werden konnten, gingen anschließend wieder fort, die anderen ließ man sterben, weil sie zu schwer verwundet waren oder zu viel Blut verloren hatten. Während dieser ganzen Zeit hatte der Kanonendonner nicht aufgehört, deshalb sprachen wir nicht, denn man hätte schreien müssen, um gehört zu werden. Mehrere Male gingen Kanonenkugeln in der Nähe des Lazaretts nieder und töteten mehrere Pferde. Gegen Mittag verbreitete sich das Gerücht, dass der Sohn des preußischen Königs gefallen war und die Barbarenhorden den Rückzug antraten. Die Kanonade wurde eine Weile unterbrochen, und wir waren von dieser Stille wie betäubt, wagten es nicht, uns zu rühren oder etwas zu sagen. Nur das Stöhnen der Verwundeten drang aus dem Wald. Der Himmel im Westen war schwarz, eine Regenwand näherte sich und ließ die Hügel verschwinden. Ich war so erschöpft, dass ich mich mit dem Rücken an einen Pfosten des Lazarettzelts lehnte, unfähig, ein Wort zu sagen, meine Hände und meine Kleider waren klebrig vom Blut der Operierten.

Gegen zwei Uhr nachmittags war lauter Lärm zu hören. Kellermanns Soldaten waren zu uns gestoßen und hatten unser Lager auf dem Plateau von Valmy erreicht. Was ich für das Siegesgeschrei der Franzosen gehalten hatte, um das Kriegsende anzukündigen, wurde nun immer lauter. Da begriffen wir, dass der preußische König den Tod des Herzogs rächen wollte und die Infanterie auf unser Lager stürmen ließ, um uns den Garaus zu machen. Gleichzeitig hatte die Kanonade mit noch größerer Heftigkeit wieder eingesetzt, ein ununterbrochener Donner, der von allen Seiten zugleich kam. Die Kanonenkugeln und die Geschossgarben gingen jetzt auf uns nieder, wenige Schritte von dem Zelt entfernt, in dem Visquit operierte, und nicht weit von den Unterständen entfernt, in denen sich die Verwundeten befanden. Unsere Kompanien erhielten den Befehl, das Lager zu verteidigen, und ich schloss mich ihnen an, obwohl mein Gewehr unbrauchbar war und keinen Ersatzfeuerstein besaß. Aber ich verließ mich auf das Bajonett, das mir schon einmal gedient hatte. Als wir oben an dem Halbkreis ankamen, der das Tal der Auve und der Tourbe überragt, sahen wir deutlich in dem immer wieder unterbrochenen Licht die Masse der deutschen Soldaten, die den Hang hinaufstiegen. Die Franzosen ließen außer den Kanonenkugeln und den Geschossgarben auch einen Hagel von Musketenkugeln auf sie hinabregnen, der die Fußsoldaten und die Reiter in solchen Mengen niedermachte, dass es manchmal aussah wie eine Weide, die mit einer Sense gemäht wird. Wie ich später erfuhr, gab es über achthundert Tote und zahlreiche Verwundete. Ich steckte bis zu den Knien im Schlamm und blickte von dort, wo ich stand, den leichenübersäten Hang hinunter, und ich muss sagen, dass ich trotz der Tatsache, dass wir für eine gerechte Sache kämpften und das Recht auf unserer Seite hatten, eher Mitleid als Siegesfreude empfand und mich fragte, wie lange die verbrecherische Eitelkeit der Könige die Jugend noch in den Tod schicken würde.

Verwirrung entstand und schließlich sogar Panik, als ein großes Schießpulverdepot in unserem Lager explodierte, entweder durch eine glühende Kanonenkugel oder durch die Unvorsichtigkeit eines Kanoniers, der eine Lunte fallen ließ. Diejenigen, die sich auf dem nördlichen Teil des Plateaus befanden, mochten den Eindruck haben, dass wir alles verloren hatten, und zogen sich in den Wald zurück, wobei einige sogar ihre Schuhe verloren. Doch wir waren ganz in der Nähe des Schlachtfelds und wussten daher, dass das preußische Heer bei dem Versuch, den Steilhang zu stürmen, vernichtend geschlagen worden war und dass der Rest wieder in Richtung La Lune hinablief.

Die Kanonade ging ununterbrochen weiter, die Erde bebte unter unseren Füßen. Kellermanns Kanonen, die vor der Mühle Stellung bezogen hatten, und Mirandas Geschütze in der zweiten Linie unterstützten jetzt die Kanonen von Dumouriez, die alle gemeinsam auf das deutsche Heer gerichtet waren und eine Feuerwand bildeten. Wir rührten uns nicht vom Fleck. Auf der französischen Seite waren gegen Ende des Tages nur wenige Opfer zu verzeichnen. Die Verwundeten vom Rückzug an der Aire waren hinter der Front geblieben. Von der Stelle, an der wir uns befanden, im Schutz der überhängenden Erdwälle, konnten wir alles verfolgen. Nur das Pfeifen der Kanonenkugeln ringsumher erinnerte uns an die Gefahr.

Ich hatte nichts gegessen und nichts anderes getrunken

als ein wenig in einer Zeltleinwand aufgefangenes Wasser, und allen meinen Kameraden ging es ebenso. Aber ich glaube, dass ein anderes Fieber in uns brannte, denn wir verspürten weder Hunger noch Durst.

Als es Abend wurde, die Dunkelheit sich in den Tälern ausbreitete und die Wolken sich auf den Wald legten, ließ die Kanonade allmählich nach, aber nicht auf einmal, sondern wie ein Gewitter, das sich entfernt und hinter den Bergen verstummt. Der Kanonendonner hatte uns derart betäubt, das kann ich beschwören, dass es uns genauso erging wie bei der Stille, die einem langen Glockengeläut folgt und bei der man das Geräusch der Glocken noch eine ganze Weile in den Ohren hat.

Die Nacht brach langsam an. Überall ringsumher, auf dem Plateau in der Nähe der Mühle, auf den Höhen von Dampierre bis hin zu den Hängen des Yvron und den Ufern der Auve, warteten die Franzosen voller Besorgnis, denn niemand konnte glauben, dass alles zu Ende war. Wir blieben auf der Hut, befürchteten, dass die Barbarenhorden die Nacht ausnutzen könnten, um anzugreifen. Die Stille erfüllte unsere Köpfe noch stärker als der Kanonendonner. Es war eine bedrohliche Stille, die seit dem Einbrechen der Nacht auf uns lastete. Dann flackerten die Lichter der deutschen Lagerfeuer auf La Lune auf, sie schienen in weiter Ferne zu liegen, als hätte sie der Nebel, der aus den Tälern aufstieg, von uns getrennt. Manchmal wurde die Stille von Schreien zerrissen, von Gebrüll, das eher von wilden Tieren als von Menschen zu kommen schien. Einer unserer Soldaten, der Deutsch verstand, sagte, unsere Feinde beschimpften uns vor Wut darüber, dass sie die Schlacht verloren hatten, nannten uns Feiglinge und Angsthasen. Da erhob sich im Lager der Franzosen ein Geschrei der Empörung und des Hasses. Manche brüllten: Feiglinge! Sklaven!, andere noch gröbere Schimpfwörter.

All das fand im Dunkeln statt, im Schein der Lagerfeuer, die rote Löcher in der Dunkelheit entfachten. Manchmal hörte man auch planlos abgefeuerte Musketensalven, ohne dass man wusste, wer geschossen hatte. Wir waren noch ganz fiebrig von diesem Tag im Donner der Kanonen, und als ich aus meiner Feldflasche trinken wollte, stellte ich fest, dass meine Hand noch immer zitterte. Ich sah noch einmal Samson vor mir, wie er auf dem Tisch des Chirurgen im Sterben lag.

Ich glaube, dass keiner von uns trotz der Erschöpfung schlafen konnte. Wir sprachen kaum. Ich erinnere mich, dass ich irgendwann aufstand und ein paar Schritte ging. Der Wind und der Regen trieben mich bald wieder ins Zelt zurück. Ich hockte mich vor ein Feuer, das beißenden Rauch verbreitete. Die Soldaten, die sich dort befanden, gehörten nicht meiner Kompanie an. Sie hatten gebräunte Gesichter wie die Menschen aus dem Süden und unterhielten sich in einer Sprache, die ich nicht verstand. Manche waren mit Lammfellen bekleidet wie Hirten. Ihre Augen glänzten im Schein der Flammen. Einer bot mir Tabak an, den ich zurückwies, ein anderer hielt mir eine Feldflasche mit säuerlichem Wein hin, der mir in der Kehle brannte und mich aufwärmte.

Wir wussten nicht, was uns der folgende Tag bringen würde. Der Zufall hatte es gewollt, dass wir in diesem Zelt am Rand der Felswand versammelt waren, umgeben vom Feind. Und dennoch kam es mir vor, als hätte ich noch nie so etwas Aufregendes erlebt. Es war der Rausch dieser abenteuerlichen Tage und Nächte, die wir damit verbracht hatten, durch den Wald zu fliehen oder das Schlachtfeld zu suchen. Im betäubenden Lärm der Kanonen, im Pulvergeruch, im Bienengesumm der Kugeln und sogar in der Nachbarschaft von Blut und Tod. Genau wie ich waren alle, die hier versammelt waren, Landkinder, Bauernsöhne,

Hirten oder Arbeiter, die aus fernen Provinzen stammten. In wenigen Tagen, in wenigen Stunden waren wir hier an dieser Grenze zu anderen Menschen geworden.

Der 21.

Die Kanonade setzte heute Morgen wieder ein, ebenso heftig wie am Vortag. Die feindlichen Kanonen standen im Halbkreis auf La Lune, die unseren ziemlich genau gegenüber. Dumouriez, Miranda, Thouvenot und Kellermann hatten ihre Truppen zu einem großen Heer vereint, wir waren etwa hunderttausend Mann auf dem Plateau, am Waldsaum vor der Mühle. Mervin, Lansquer und ich aus Duquesnels Kompanie hatten im Süden oberhalb der Auve Stellung bezogen. Wir warteten auf den Befehl zum Sturmangriff mit dem Bajonett, doch der Befehl kam nicht. Der Feind unternahm einen kurzen Versuch, den Hang unterhalb der Mühle zu stürmen, ein Angriff, den Kellermann mit Musketensalven zurückschlug und der noch mehr Opfer in den feindlichen Reihen forderte. Wie auf ein Zeichen verstummten dann am Nachmittag die Kanonen. Es war ein klarer Tag, zum ersten Mal seit Beginn des Gefechts war blauer Himmel zu sehen, der die Baumwipfel in helles Licht tauchte. Einzig die Stille deutete darauf hin, dass hier eine Schlacht stattgefunden hatte. Kein Laut war zu hören, kein zwitschernder Vogel. Nur manchmal der Schrei eines Menschen, das Wiehern eines Pferdes, ein Ruf.

In dieser Stille begriffen wir allmählich, dass die Deutschen auf dem Rückzug waren. Langsam, wie rinnendes Wasser, zogen sie sich aus den Stellungen zurück, in denen sie seit Tagen gelegen hatten, marschierten an den Flüssen entlang, an der Tourbe, an der Aisne, zum Engpass von

Grandpré, durch die Pforte, die sie zu Beginn des Krieges gestürmt hatten.

Wegen des Nebels, der noch in den Tälern lag, konnten wir sie nicht sehen. Doch es war wie Blut, das aus den Körpern sickert, oder eher wie zurückgehendes Fieber, das den Körper nach den Zuckungen der Krankheit erschöpft und schmerzerfüllt zurücklässt.

Niemand in den Reihen der Franzosen stieß den leisesten Siegesschrei aus. Doch als wir sicher waren, dass die feindlichen Horden abgezogen waren und nicht zurückkommen würden, wurden wir von Müdigkeit übermannt. Ich legte mich dort, wo ich war, neben meine Kameraden auf die Erde, den Kopf auf meine Tasche gebettet, die Gewehre zu einer Pyramide zusammengestellt. Ich kann mich nicht daran erinnern, dass ich gegen die Müdigkeit angekämpft habe. Ich schlief fest bis in die Nacht.

Der Krieg schleicht herum. Er ist da, liegt überall auf der Lauer, und manchmal sieht man seine Wolfsaugen glitzern. Als der Sommer naht, spürt Jean eine unbestimmbare Beklemmung, die alles in einen Nebel der Wesenlosigkeit hüllt. Zugleich sieht er, wie Dämonen und Bedrohungen aus ihren Schlupfwinkeln hervorkommen.

Kurz vor Beginn des Sommers, Anfang April, war irgendetwas mit dieser Stadt geschehen. Ganz plötzlich und heftig. Eines schönen Morgens wurden die Bewohner mit der Wirklichkeit konfrontiert. Schiffe waren in den Hafen eingelaufen, ankerten Bordwand an Bordwand, weil an den Kais kein Platz mehr war. Drei große, von Rost gezeichnete Ozeandampfer mit hohen Schornsteinen wie aus alter Zeit, Schiffe, die wohl noch mit Dampf betrieben wurden. Am Bug des Schiffes, das am Anlegeplatz der Fähren nach Korsika lag, las Jean: *Commandant-Quéré*. Warum hatte er sich diesen Namen gemerkt? Es war ein außergewöhnlicher Name, dachte er, ein Name von großer Bedeutung. Ein Name, der bleiben und einen Sinn ergeben würde, welchen jedoch, das konnte zu diesem Zeitpunkt niemand sagen. *Commandant-Quéré*. Der Name eines Mannes, ein Name, der vermutlich eine Geschichte hatte, mit einem Schicksal verbunden war. Ein Name von der anderen Seite der Welt, aus Afrika, aus Ozeanien. Ein Name, der eine Frage aufkommen ließ wie etwa diese: Wer ist das? Oder: Wer ist?

Die Sonne schien, die Luft war noch kühl, der Himmel

war von Wolken zerrissen. Jean verband mit diesem Himmel Schmerz und Verzweiflung. Eine gespannte, unheilvolle Atmosphäre, die er an jenem Tag spürte. Männer und Frauen standen in Gruppen auf den Kais und warteten. Der Hafenbahnhof war zu klein, um all diese Menschen aufnehmen zu können. In den Wartesälen waren Feldbetten mit Wolldecken aufgestellt worden, aber die Flüchtlinge konnten den Bahnhof nicht einmal betreten. Die Soldaten der Garnison waren mit Lastwagen gekommen und verteilten Hilfsgüter, Lebensmittel, Kaffee und Öl. Das Rote Kreuz hatte mitten auf dem Kai ein weißes Zelt errichtet und die Pflöcke direkt zwischen die Steinplatten in den Boden getrieben. Die Mehrzahl der Ankömmlinge lagerte im hinteren Teil des Hafens, in der Nähe der Tränke. Jean sah, wie sich die Kinder in den Becken amüsierten, sie trugen Shorts oder Unterhosen, und die Kleineren planschten splitternackt in den Pfützen. Man hörte Gelächter und Geschrei, die Mütter riefen ihre Kinder, die seltsame spanische, katalanische Namen trugen. Auf den in Blechtonnen behelfsmäßig errichteten Feuerstellen brutzelten Frauen Speckscheiben, Ragouts oder andere Gerichte, die Jean nicht kannte und die einen beißenden und zugleich verlockenden Duft verströmten, einen intimen Geruch nach menschlicher Wärme. Gerüche ganz anderer Art als die schweren Bratendüfte in Jeans Mietshaus. Hier auf den windigen Kais war ein Geruch von Freiheit und Abenteuer zu spüren, der in starkem Kontrast zu dieser bürgerlichen, fremdenfeindlichen Stadt stand.

Mittags, wenn Jean aus der Schule kam, ging er jeden Tag in das Flüchtlingslager, statt zu Hause bei seinen Eltern zu essen. Im Hafen herrschte ein ungewöhnlich reges Treiben. Die auf den Kais gelagerten Korkballen dienten den Jungen als Spielfeld. Andere benutzten das lange, auf Rädern ruhende Fallreep als Wippe. Die Kinder hatten schrille Stimmen und einen singenden Tonfall, als sprächen sie eine andere Sprache. Unter einem Schutzdach in der Nähe der Treppen hatte Jean die Familie Baez kennen gelernt. Jean hatte ihren Namen einem Gespräch mit einem jungen Mann entnommen, der auf einem Korkballen in der Nähe der Treppen in der Sonne saß und rauchte. Er hatte ein düsteres Gesicht mit dichten Brauen, einer schmalen Hakennase und abweisendem Blick. Er sprach vom Krieg in Oran, das war zugleich banal und Schrecken erregend. Von den Menschen, die dort jeden Tag getötet wurden, den Racheakten, den Strafexpeditionen gegen das Araberviertel, den Panzern, die auf den Straßen der Stadt ihre Geschütze abfeuerten. Jean blieb neben ihm sitzen und hörte ihm zu. Er stellte keine Fragen. Er ließ sich neben ihm auf einem Korkballen nieder und rauchte gemeinsam mit ihm eine amerikanische Zigarette. Der Junge hieß Freddy Fontana, er war nicht mit den Baez verwandt, aber er reiste mit ihnen. Seine Eltern waren tot, er wollte in den Norden, zu seinem Onkel und seiner Tante in Cambrai.

Ein Stückchen weiter, im Schutz einer Militärplane, kochte die unförmige Madame Baez auf einer offenen Feuerstelle Bohnen und Kartoffeln in einem großen Kessel. Die Männer saßen auf der Erde und rauchten wortlos. Ihre von Müdigkeit gezeichneten Gesichter waren unrasiert, fast alle hatten fiebrige Augen. Ein kleines mageres Mädchen mit ganz vielen braunen Locken, das ein bisschen wie eine Zigeunerin aussah und ein rosa Kleid und eine lange Hose trug, tanzte vor dem Zelt zu krächzender Musik. Die Kleine wiederholte den Refrain mit näselnder Stimme: »Algerien bleibt … für immer französisch … für immer französisch …« Sie versuchte die Erwachsenen zum Lachen zu bringen und die Aufmerksamkeit auf sich zu lenken, dann tanzte sie weiter. Fred sagte achselzuckend: »Die sind alle völlig verrückt hier …« Wenn ihm die Kleine zu sehr auf die Nerven ging, warf er mit Steinchen nach ihr, aber sie wirbelte weiter in ihrem rosa Kleid und der Hose im Kreis herum und wirkte überglücklich, möglicherweise aber auch etwas verzweifelt.

Jean kam jeden Tag wieder hierher, und nichts hatte sich geändert. Die Flüchtlinge waren immer noch da, Fred Fontana rauchte eine Zigarette in der Sonne, und der kleine Teufel tanzte weiter seinen sinnlosen Reigen. Jean hörte zu, wie der Junge ihm von Algerien erzählte, von den Attentaten, den schwarz vermummten Männern, die an die Türen klopften. Von den Panzern, die nachts in der Stadt patrouillierten, vom unaufhörlichen Lärm der Motoren und Ketten auf dem ausgefahrenen Asphalt.

Noch immer schwebte über dem Hafen dieser Geruch von Menschen, der leichte Übelkeit hervorrief, aber zugleich war er irgendwie notwendig, denn es war etwas Starkes, Authentisches, was nichts mit dem übrigen Teil der Stadt oder mit dem Verfall von La Kataviva zu tun hatte.

Hier im Hafen, umgeben von Rauchschwaden, im Geruch von Pech, dem Petroleum der Feuerbecken und in diesem Staub, der in den Augen brannte, hatte Jean den Eindruck zu sehen, dass die Welt wie unter Wolken, die von einem entfesselten Wind vorangetrieben werden, vorankam, hier spürte er das Aufbäumen von Geschichte, Geschichte, der er sich verbunden fühlte.

Doch als Jean ein paar Wochen später wie gewöhnlich um die Mittagszeit zum Hafen ging, stellte er fest, dass die Flüchtlinge aus Oran nicht mehr da waren. Auf der seltsam leeren Esplanade flatterten Papiere und Zeitungen im Wind. Auf dem Boden zeugten schwarze Spuren von den Stellen, an denen die Feuerbecken gestanden hatten, und in der Tränke schwammen Abfälle, Apfelbutzen, die

die Kinder hineingeworfen hatten. Auf dem Beckenrand lag eine einzige vergessene Plastiksandale. Jean ging eine Weile über den Platz. Er suchte ihn mit den Augen nach der Stelle ab, wo Fred Fontana und er sich an all den vergangenen Tagen hingesetzt hatten, um eine Zigarette zu rauchen. Aber die Korkballen waren verschwunden, und er fand nichts wieder, nicht einmal die Zigarettenstummel.

Auf einer der Straßen, die zum Gymnasium führen, auf der Höhe einer etwas anrüchigen Bar namens *La Voile*, ging Jean jeden Tag gedankenversunken mit leicht gebeugtem Rücken und den Händen in den Taschen an einem ziemlich verkommenen Wohnhaus vorbei. Irgendwann zu Beginn des Jahres hatte er beschlossen, dass er für den Literatur- und den Philosophieunterricht keine Mappe mehr mitzunehmen brauchte, ein Notizheft und ein Kugelschreiber, die er sich in die Jackentasche steckte, genügten ihm. Er hätte eigentlich auch einen anderen Weg wählen oder auf der gegenüberliegenden Seite gehen können, um das ziemlich verrufene *La Voile* zu meiden. Es war ein recht finsterer Schuppen, in dem hinten eine schwache grüne Neonbeleuchtung glomm und aus dem Jazzmusik drang. Viele amerikanische Matrosen kehrten dort ein, saßen mit gleichgültiger Miene in der Nähe des Eingangs und starrten gedankenverloren vor sich hin … Manchmal sah man dort auch Ganoven in tadellosem schwarzem Anzug.

Jeans Mutter erzählte manchmal den neusten Klatsch über *La Voile*, wenn dort wieder einmal Schüsse gefallen waren oder jemand mitten am Tag auf dem Bürgersteig erschossen worden war. Jean war das völlig gleichgültig. Aber wenn er am Eingang der Bar vorbeikam, spürte er auf der Wange dennoch die finstere Leere des Lokals oder spürte, wie ihn jemand musterte. Deshalb hatte er nie auf das verkommene Wohnhaus geachtet, in dem sich diese Bar befand.

Als er eines Samstagmorgens zum Hafen ging, wo er mit Fred Fontana verabredet war, hörte er seinen Namen. Eine spöttische helle Stimme rief ihn oben aus dem Haus, vermutlich aus dem zweiten Stock, denn die Fensterläden standen einen Spalt offen: »He! Marro!«

Jean blieb stehen, versuchte in dem Haus eine Bewegung zu entdecken, die ihm einen Hinweis darauf geben konnte, woher der Ruf kam. Er nahm nur ein Lachen oder eher ein Aufprusten wahr, das hinter den Läden des zweiten Stocks herzukommen schien. Er dachte einen Augenblick, es könnten Kinder sein, aber es war eine Frauenstimme, und plötzlich hatte er einen seltsamen Eindruck, als entdeckte er, dass er nicht unsichtbar war und offensichtlich für jemanden existierte. Ein Mädchen hatte ihn wohl entdeckt und war ihm vermutlich bis nach Hause gefolgt und hatte seinen Namen auf dem Briefkasten gelesen.

Die Tür zu dem Wohnhaus war direkt neben dem Eingang der Bar. Der Kellner, gerade damit beschäftigt, sich vor einem Spiegel die Augenbrauen auszuzupfen, hörte damit auf und warf einen ausdruckslosen Blick auf ihn, in dem Jean jedoch eine Spur von Ironie zu entdecken glaubte.

Das Treppenhaus war ungepflegt und starrte vor Schmutz. Jean hatte sogar den Eindruck, dass er noch nie ein so erbärmliches Haus betreten hatte. Die Treppenstufen waren verbraucht und befleckt, die Farbe auf den Wänden stellenweise abgeplatzt, sodass bei dieser Mauser der alte rosafarbene Gips darunter zu erkennen war. Der Gestank von umgestürzten Mülltonnen verschmolz mit den Gerüchen von Anisschnaps, der in der Bar ausgeschenkt wurde, und erkalteter chinesischer Küche. Auf den Briefkästen standen auf kleinen Pappschildern mit der Hand geschriebene Namen, Jean las ein paar von ihnen, Lantéri, Lamy, Lanfranchi, Beddoul, Escoffié. Wem gehörte die Stimme, die seinen Namen gerufen hatte? Die Schilder auf den Briefkästen sagten ihm nichts. Ungeduldig, sogar ein wenig wütend ging Jean mit großen Schritten die Treppe hinauf und blieb im zweiten Stock stehen. Auf dem Treppenflur befanden sich drei Türen, die gut zum Aussehen des übrigen Hauses passten, sie waren klein, schief, von abgestoßener, hässlich grüner Farbe und hatten unten Spuren, die von Fußtritten zu stammen schienen. Jean blieb vor jeder Tür einen Augenblick stehen, um zu horchen. Er versuchte ein Lachen oder das Geräusch einer Stimme zu erkennen. In den meisten Wohnungen des Hauses war um diese Zeit niemand. Nur oben im Haus grölte ein Radio eine italienische Opernarie, und aus dem ersten Stock drang das wütende Bellen eines Hundes, schrill wie eine kleine Glocke.

Nach einer Weile ging Jean wieder hinunter. Um seinen Ärger loszuwerden, sagte er mit lauter Stimme: »Blagen!« Als er auf die Straße trat, blickte er den Kellner der Bar mit so feindseliger Miene an, dass der Mann den Blick abwandte. Dieser bescheidene Sieg erlaubte Jean, den Weg fortzusetzen.

Es war zu der Zeit, da Jean aufs Geratewohl Unbekannten auf der Straße folgte. Ein seltsames Spiel, bei dem ihm das Herz klopfte, ein unsinniges, gefährliches Spiel. Er erzählte niemandem davon. Die anderen hatten richtige Beschäftigungen, sie liefen den Mädchen nach, gingen ins Café, an den Strand oder in die Bibliothek. Jean ging im Abstand von wenigen Metern hinter irgendwelchen Leuten her, ohne dass diese es merkten. Er folgte ihnen quer durch die Stadt, nahm den Bus, ging in Kellergeschosse, betrat Kaufhäuser.

Manchmal traf er sich mit seinen Klassenkameraden, nachdem er stundenlang durch die Stadt gelaufen war. Sie unterhielten sich über Politik. Auch das war eine anerkannte Beschäftigung. Droste war ein Held, ein Hitzkopf. Er wirkte unscheinbar, war klein und schmächtig, hatte kurzes Haar, aber in seinem Blick lag irgendwie etwas Entschlossenes. Vielleicht war er ein bisschen zu ernst, zu pedantisch. Er war der Sohn eines Polizeibeamten. An manchen Nachmittagen ging er nicht zur Schule, sondern hatte geheimnisvolle Verabredungen außerhalb der Stadt, in der Nähe des Flughafens, dort, wo die Gastarbeiter in Elendsquartieren lebten. Er überbrachte Gelder für den FLN, die nationale Befreiungsfront. Das wusste jeder im Gymnasium. In der beklemmenden, schwülen Atmosphäre des letzten Schuljahrs, mit so bedeutsamen philosophischen Themen wie Freiheit, Liebe, Sinn für Ehre im Sinne von Montesquieu oder Natur im Sinne von Hobbes, jenen Themen, die sich maßgeblich auf die Abiturnote auswirkten, hatten die geheimen Missionen des Schülers Droste einen gewissen symbolischen Charakter.

Endlose Diskussionen im *Café des Artistes*: »Aber er ist doch ein richtiger Schweinehund, er hilft den Arabern gegen sein eigenes Land!« Oder: »Weißt du auch, dass er die Todesstrafe riskiert? Ich bewundere ihn, vor allem wenn man bedenkt, dass sein Vater bei der Polizei ist.« Jean wusste nicht so recht. Er wusste nicht, was er davon halten sollte. Vielleicht war es ihm auch völlig egal. Er wartete voller Ungeduld darauf, dass der Unterricht zu Ende ging, dann suchte er sich sein Opfer aus. Nicht ganz aufs Geratewohl, das gab er zu. Die Silhouette, das Gesicht oder der Blick musste irgendetwas Besonderes haben. Er dachte: Irgendetwas, was ein Zeichner gern gezeichnet hätte. Eine auffällige Mittelmäßigkeit, etwas sehr Durchschnittliches, eine arrogante Gleichgültigkeit. Die Banalität feierte Triumphe in dieser Kriegszeit, sie passte gut zu der schleichenden Gewalt, die auf der Straße zu spüren war, zu den Nachrichten vom Krieg in Malaysia, die sein Vater jeden Abend im britischen Rundfunk hörte, zu den Kämpfen im Dschungel gegen die Terroristen. Zu den letzten Gefechten des Widerstands im Dschungel. Sie passte auch zu den Kriegsberichten aus Algerien, zu den Zusammenstößen in der Gegend von Oran, den Hubschraubern, die über den Elektrozäunen der Grenze patrouillierten, den Toten, die es jeden Tag gab. Zu Santos Balas, von dem Jean nichts mehr gehört hatte und der auf der Straße, im Gymnasium, am Strand diese Leere hinterlassen hatte. Zu Jeanne Odile, die Jean manchmal auf der Straße in der Nähe des Bahnhofs traf, ganz blass und mit verstörter Miene wie ein Gespenst. Zu den Leuten, die im Hafen eintrafen und gemeinsam mit den Pferden ausgeschifft wurden, die zum Schlachthof geführt wurden, und zu den Leuten, die mit Koffern in der Hand auf der Suche nach einem möblierten Zimmer oder einem Hotel durch das Hafenviertel irrten. Zu der Wochenschau im Kino, zu den Ausgaben der Wochenzeitschrift *Le Bled*, die in den Klassenräumen des Gymnasiums herumlagen und die die Schüler herumgehen ließen, um die obszönen Fotos zu betrachten, die verkohlten Leichen der Araber, die an den Elektrozäunen an der Grenze hingen, und das Schild, auf dem zu lesen war:

Achtung!
Langsam fahren.
Wenn du zu schnell fährst, landest du in der
ELEKTRISCHEN STRASSENSPERRE!
5000 VOLT, TODESGEFAHR!!

Der Schüler Kernès, den Jean eines Tages in der Nähe des Gymnasiums getroffen hatte, war für ein paar Wochen Krankenurlaub aus Algerien gekommen. Sein breites Gesicht hatte von der Sonne die Farbe von zermahlenen Backsteinen angenommen, weil er ganze Tage damit verbracht hatte, in den steinigen Hügeln auf der Lauer zu liegen. Er hatte kräftige Männerhände und einen Stiernacken bekommen. Weil er Menschen getötet hatte. Wenn man seine Unschuld verloren hat, sagte Éléonore, die es ja wissen musste, bekommt man einen feisten Nacken.

Jeden Tag, jeden Morgen nahm die Gewalt zu. Dehnte sich aus wie eine sich auftürmende Wolke. Fügte etwas Schwarzes, Graues hinzu, elektrisch geladene Partikel, begleitet von einem dumpfen Geräusch, einem Grollen oder eher von einem nicht vorhandenen Geräusch von irgendetwas, das einem die Kehle zuschnürte und auf die Schläfen drückte.

Monsieur Paturons Philosophieunterricht war wohl nicht ganz unschuldig daran, er erfüllte den schäbigen Klassenraum mit einem grellen, zu straff gespannten Gewebe, das dem Hallen eines schrillen Schreis glich.

»Das Nichts«, dozierte er und artikulierte das Wort mit pedantischer Langsamkeit. »Das Nichts, das *nada* … Das Nicht-Ich, das Nicht-Sein, begreifen Sie den Sinn dieser Worte?« Droste blieb dem Unterricht aus Überzeugung fern, er entglitt dem Reich der Worte, dieser Komödie, dieser Tragödie, den Zitaten, den Verfälschungen. Jean betrachtete Droste als einen Abenteurer, der seinen Weg gefunden hatte und sich jetzt dem Tabernakel im Dschungel näherte, wie Malraux, der lächelnde Köpfe in einem Tempel in Angkor abgeschlagen und sie gegen die brennende Wahrheit des Geldes eingetauscht hatte, mit dem man sich Alkohol, Macht und Frauen kaufen konnte. »Das Nichts, denken Sie an das Nichts.«

Jean bekam die Wut. Er stand hinten im Klassenraum auf, tauchte aus der schläfrigen, schulischen Atmosphäre auf und sagte mit fremdem, metallischem Akzent – Santos sprach aus ihm mit der Stimme von Parmenides aus Elea, irgendwo aus den sengenden steinigen Hügeln im Ouarsenis-Massiv im Septembernebel:

Pan pleon estin omou phaeos kai nyktos aphantou …

(Alles ist zugleich von Licht und dunkler Nacht erfüllt.)

Die Schüler blieben einen Augenblick wie erstarrt, ohne recht zu wissen, ob sie den Satz notieren oder lachen sollten. Und was sagte Paturon, um die Situation zu retten? Er sagte zur Klasse gewandt: »Endlich jemand, der sich für die Aufnahmeprüfung in der *École normale supérieure* einschreiben sollte.«

Aber das waren nur Worte, leere Worte ohne jeden Bezug zur Wirklichkeit, zum Leid, sie hatten nichts mit steinigen Hängen und den Elektrozäunen zu tun, von denen die Wehrpflichtigen der Armee jeden Tag die verkohlten Leichen von Menschen und Vögeln abnehmen mussten.

Lamusse, der Französischlehrer, hatte ihnen zu Beginn des Schuljahrs die Aufgabe gestellt, ein »Kristallheft«, wie er das genannt hatte, zusammenzustellen. Er hatte sich zu diesem Namen von der berühmten Metapher des Salzbergwerks und den verästelten Kristallen aus Stendhals *Über die Liebe* inspirieren lassen. Die meisten Schüler hatten sich auf die Sache eingelassen und sich ihre »Kristalle« aus ihren Lieblingsbüchern herausgesucht oder häufig auch, um keine Zeit zu verlieren, von den rosa Seiten des *Petit Larousse* abgeschrieben, einer Zitatensammlung für alle Situationen des Lebens. Jean hatte in einem schwarzen Heft Meldungen aus dem Algerienkrieg niedergeschrieben. Er wusste nicht warum und auch nicht, wozu das dienen sollte. Es war ein Tagebuch wie ein zersplitterter, scharfer, greller Spiegel des Todes, der hinter allem lauerte, Santos umgab und jeden dieser Jungen selbst noch in der grauen Festung des Gymnasiums bedrohte. Manchmal hatte Jean den Eindruck, als sähe er die Welt nur in diesem Spiegel, einem zersplitterten Netz aus gleichschenkligen Dreiecken, die alle an der Einschlagsstelle zusammentrafen. Es waren auch Gedanken, die einzigen zeitgenössischen Gedanken, die an die Stelle von Kunst, Weisheit und Selbstbeobachtung traten.

4. Januar

27 Rebellen im Nordwesten von Tbessa beim Versuch, den Elektrozaun zu überqueren, getötet.

Mordversuch an Achmed Guedscha in Marseille.

Tahar Megdoud, 34 Jahre, tot in einer Müllkippe in Nogent-sur-Marne gefunden.

Auf der Straße nach Grasse in Antibes Ermordung eines FLN-Geldboten, der 500 000 Franc überbringt.

11. Januar

Ein Fallschirmspringer wird von zwei Nordafrikanern in Toulon verletzt.

14. Januar

5 französische Soldaten an der tunesischen Grenze in Sakiet Sisi Youssef entführt.

88 Rebellen im Fort National (Großkabylei) getötet.

Zwei Nordafrikaner in Saint-Étienne erschossen.

16. Januar

Artikel 273 des Strafgesetzbuchs, auf Initiative von Bourgès-Maunoury und Robert Lacoste: »Unbeschäftigte oder mittellose Nordafrikaner können umgehend nach Algerien zurückgeschickt werden.«

2 FLN-Geldboten in Cannes festgenommen: Dschilali Yahya und Bouras Marran.

Sonntag, der 19. Januar

Gemeiner Hinterhalt im Westen Algeriens. Letzten Donnerstag um 12 Uhr 30: Artillerie-Regiment auf den Hängen des Ouarsenis-Massivs im Nebel. Eine Gruppe von Partisanen in französischer Uniform nähert sich. »Nicht schießen! Wir gehören zu euch.« 28 französische Soldaten niederträchtig erschossen.

21. Januar

Attentat in Sidi Bel Abbes, Hinterhalt in der Nähe von Beni Saf: drei Tote, achtzehn Verletzte.

Attentat des FLN im Schlafsaal einer Fabrik in Grenoble: 1 Toter.

25. Januar

65 Rebellen in der Großkabylei getötet.

28. Januar

37 Rebellen in Tircine und Annaba getötet.

31. Januar

140 Rebellen in Guelma im Nahkampf und mit blanker Waffe getötet.

5. Februar

Attentat in Constantine: 41 Verletzte.

11. Februar

110 Rebellen von den Soldaten des 151. Regiments in Guelma (Ain Beida) getötet.

12. Februar

Etwa hundert Partisanen in Sakiet (Tunesien) getötet. Auf Anordnung der örtlichen Behörde heimlich verscharrt, um vor den Franzosen zu verbergen, dass sie tunesisches Hoheitsgebiet betreten hatten.

14. Februar

In der Nähe von Aumale: 15 französische Wehrpflichtige in einem Hinterhalt getötet.

15. Februar

169 Rebellen in Duvivier und Berrouaghia getötet.

18. Februar

1040 Rebellen in dieser Woche getötet.

21. Februar

50 Rebellen vom Kommando Korea in der Nähe von Guelma getötet.

Plan einer Sperrzone zwischen Annaba und Guelma, Duvivier, Clairefontaine bis nach Tébessa und Morsott im Westen.

2. März

Entsendung weiterer Soldaten. Wehrpflicht: 24 Monate.

19. März

120 Rebellen in Tablat getötet.

Dabei waren das ganz normale Tage. Währenddessen trafen sich die Jungen und Mädchen in Cafés, am Strand oder vor den Kinos. Währenddessen wurden *The Maverick Queen* mit Barbara Stanwyck und Barry Sullivan gezeigt, *Band of Angels* mit Clark Gable und Yvonne De Carlo, *Shane* mit Alan Ladd, *Stolz und Leidenschaft* mit Frank Sinatra und Sophia Loren, *Weiße Nächte* mit Maria Schell, Marcello Mastroianni und Jean Marais, *Die Nächte der Cabiria* mit François Perrier und Giulietta Massina. Währenddessen flog der Zug Algier–Paris auf einer Mine in die Luft, das Flugzeug von Mike Todd zerschellte am Mount Wheeler (Neumexiko). Sir John Cockcroft gelang die Kernfusion, was die Freisetzung thermonuklearer Energie möglich machte.

Jean hatte dieses Tagebuch im Jahr zuvor auf den Seiten des schwarzen Hefts begonnen. Die Daten folgten aufeinander, in unterschiedlichen Farben, geschrieben mit einem grünen Kugelschreiber der Marke Biro, einem schmierenden Bic oder einem Bleistift. Die Schrift war manchmal dünn und ein wenig zittrig, an anderen Stellen schwerfällig, dick und von Wut getränkt. Die Seiten waren schon vergilbt und beschmutzt, als hätte Santos sie in seiner Tasche im Nieselregen im Ouarsenis-Massiv mit sich herumgetragen. Es waren seltsame Kristalle, Jean dachte, dass er sie Monsieur Lamusse nie zeigen werde, auch wenn er ihn sympathisch fand.

24. März
135 kabylische Rebellen von den Gebirgsjägern und den senegalesischen Hilfstruppen im Fort National getötet.

26. März
25 Muslimen in Port Gueydon von Terroristen die Kehle durchgeschnitten.

2. April
806 Rebellen in Constantine in dieser Woche getötet.

3. April
24 Rebellen in der Nähe von Saida getötet.

5. April
25 Franzosen im Dschebel Idriss, westlich vom Pass des Olivenhains, getötet.

Auf der obersten Terrasse des Olivenhains, von der man das Meer gut sehen kann, war Jean gegen Ende des letzten Sommers Santos zum letzten Mal begegnet. Jetzt trug Jean das alte Buch des Parmenides aus Elea nicht mehr mit sich herum. Irgendwie hatte er begriffen, dass diese Zeit vorbei war. Dabei war dieser Hain der einzige Ort, an dem keinerlei Gewalt zu spüren war, und zwar wegen des leicht säuerlichen Geruchs der Erde und des leisen Raschelns der Olivenblätter im Wind, wenn sich ein Lufthauch erhob. Wegen des tiefblauen Meers, auf dem die weißen Dreiecke der Segel entlangglitten wie ein unabänderlicher Farbdruck.

Oder er nahm das besagte schwarze Heft mit, das Heft mit den »Kristallen«, und überflog die Seiten, als handelte es sich um Sätze, die der universellen Weisheit entliehen waren, oder um Gebete oder Liebesverse. Er wollte sich erinnern, wollte einen Sinn finden. Ihm schien, als könne er Santos' Gesicht sehen.

59 Rebellen in den Ouled Nail getötet

In der Bibliothek seines Vaters war ein Buch, auf das Jean eines Tages zufällig gestoßen war, ein Buch über Algerien zur Zeit der Kolonisation, vermutlich zu Anfang des Jahrhunderts. In dem Buch war ein Foto einer Gruppe von Mädchen abgebildet, die schwere, bestickte Kaftane und im Haar ein Diadem trugen. Die Bildunterschrift lautete: *Bei den Ouled Nail verkaufen die Mädchen ihre Reize den Reisenden, um ihre Aussteuer zu bezahlen.* Es war seltsam, diese Mädchen mit bemalten, rätselhaften Gesichtern, und dann diese Unterschrift, dieser nichtssagende, fast obszöne Satz. Am selben Tag hatte Jean zwischen den Büchern das vergilbte Foto einer jungen Frau gefunden, die in einem Korbsessel saß und den Kopf in einer herausfordernden Pose nach hinten geworfen hatte, aber in ihrem Blick lag etwas Sanftes und Ergreifendes. Ohne seinen Vater zu fragen, wusste er, dass es ein Foto von Lee Meng war, der jungen chinesischen Terroristin, die das Gericht in Singapur zum Tode verurteilt hatte. Das war die geheimnisvolle Seite im Leben von Raymond Marro. Warum hatte er Lee Meng geholfen und sich dadurch so weit gefährdet, dass er seinen Posten in Ipoh aufgeben und auf alle seine Pläne verzichten musste? Warum erinnerte sich Jean daran? Hatte Lee Mengs rätselhaftes Gesicht nach so vielen Jahren einen Bezug zur gegenwärtigen Situation? Vielleicht sah Jean von diesem Augenblick an seinen Vater mit anderen Augen, sah in ihm nicht mehr nur diesen harten, schweigsamen Offizier, der ihm Angst einflößte, sondern einen Mann wie jeden anderen, der von Krankheit geschwächt war, einsam und den Geschehnissen nicht mehr gewachsen. Einen Mann, der alles auf Malaysia gesetzt und verloren hatte und aus seinen Träumen vertrieben worden war wie einst Jean Charles und seine Familie aus Rozilis.

Auf dem unteren Teil des Geländes vergnügte sich ein Liebespaar im Gras, und wenn ein Windstoß kam, bekam Jean Fetzen ihrer Unterhaltung mit, ihr Lachen, das schmatzende Geräusch ihrer Küsse. Ein wenig dahinter glitzerten die vorüberfahrenden Autos auf dem Boulevard. Das dumpfe Geräusch der Stadt war zu hören, und der Himmel und das zu blaue Meer flößten ihm wie immer eine gewisse Beklemmung ein. Vielleicht war das Mittelmeer an allem schuld, dieses Meer, in das jeden Tag Blut floss.

7. April

Ein Militärtransport 33 km östlich von Saida von Rebellen angegriffen, zwei Wehrpflichtige getötet.

26 Wehrpflichtige bei einem Zusammenstoß in Sidi Mesrich getötet.

Standgericht in Oran: 3 Rebellen erschossen.

Ein Rebell in Constantine erschossen.

23. Mai

70 Rebellen in Aflou getötet, 15 in Tablat.

25 Wehrpflichtige in der Provinz Oran getötet.

26. Mai

50 Rebellen im Dschebel Scheiff getötet.

2 Rebellen in Oran erschossen.

1. Juni

Blutbad in Saida: 35 algerische Arbeiter vom FLN getötet.

2. Juni

140 Rebellen in Constantine getötet.

4. Juni

3 Bomben in Algier, in der Nähe der Post und an der Agha-Kreuzung: 6 Tote und über 100 Verwundete.

5. Juni

Im Dreieck Yacouren-Azazga-Fort National über 100 Rebellen getötet.

15 französische Soldaten verletzt.

Im Kino: Baby Doll *von Elia Kazan mit Karl Malden und Carroll Baker.*

25. Juni

24 Wehrpflichtige in einem Hinterhalt bei El Outaya nördlich von Biskra getötet.

Jean ging durch diese Stadt wie über eine unbekannte Ebene, den Kopf voller Lärm, einen unangenehmen Druck von der schwülen Luft in den Ohren. In diesem Sommer war schon wieder diese dumpfe Bedrohung zu spüren, die aus den Fenstern der Häuser quoll und sogar von den harmlosen Palmen hinabsank. Die Aufnahmeprüfung für die Medizinische Fakultät stand bevor, aber er hatte nichts dafür getan. Er konnte sich die Zukunft nicht vorstellen. Sein Vater hatte ihm ironisch gedroht: »Du bleibst eine taube Nuss.« Seine Mutter sagte nichts, aber er spürte genau, dass etwas nicht in Ordnung war. Die Frage nach den Geldmitteln für den Lebensunterhalt hatte er mit dem üblichen unfreundlichen Satz abgetan: »Sagt mir, was ich euch für all das schulde.« Zugleich empfand er eine aufrichtige Liebe zu seinen Eltern, zu diesem Mann, der ein aktives Leben geführt und so viele Pläne geschmiedet hatte und der jetzt an einen Rollstuhl gefesselt war, und zu dieser Frau, die auf alles verzichtet hatte, was sie liebte, Musik, Feste, Konzerte, um ihrem Mann nach Malaysia zu folgen, und die dann wegen des Kriegs getrennt von ihm gelebt hatte. Er spürte diesen vergangenen Ruhm, ihre verflogene Jugend, all das, was sie sich erträumt und gewünscht hatten und was nach und nach zerbröckelt war, bis sie schließlich in die Fänge dieser gleichgültigen Stadt geraten waren.

Unterhaltung im *Café de Midi* mit Vinchar, dem Vertreter des kommunistischen Studentenbunds an der Uni: »Du willst dich nicht engagieren. Du willst ein Außenseiter bleiben und vor allem nie Partei ergreifen, weil du im Grunde ein reines Produkt des Kleinbürgertums bist, und das ist für mich noch schlimmer als das große Kapital, verstehst du, weil du einer Klasse von entfremdeten Nutznießern angehörst.« Er, als Sohn eines der reichsten Apotheker der Stadt, hatte gut reden. Aber wozu schon diskutieren? Eines Tages hatte Jean in einem Anfall von Schwäche von seiner Herkunft erzählt, von Mauritius, von dem Haus in Ébène. Vinchar hatte mit einem verächtlichen Lächeln gesagt: »Ich kann dir nur sagen, dass mir deine Vergangenheit als Sklavenhalter scheißegal ist. Und auch die Insel Mauritius ist mir scheißegal. Mich interessiert nur, was sich hier abspielt.«

Das *Café de Midi* wurde von einem aufgedunsenen Fettkloß mit ungesunder Haut und Glotzaugen geführt, der mit über fünfunddreißig Jahren nur deshalb zu den Schülern und Gymnasiasten zuvorkommend war, um ab und zu ein betrunkenes, ziemlich hilfloses Mädchen mit ins Bett zu nehmen. Er hieß Max, aber die Stammgäste hatten ihn Krake getauft. Er war unbestritten einer der Pfeiler der leeren und ein wenig Furcht einflößenden Struktur, die an die Stelle dieser Stadt getreten war.

Dort, in diesem Café erfuhr Jean von der Festnahme Pierre Drostes. Nach Schulschluss (Droste bereitete die Aufnahmeprüfung für die *École normale supérieure* vor) waren ihm Zivilfahnder bis zu einer Bar in der Altstadt gefolgt, wohin er einen Koffer voller Geldbündel brachte, fünfhunderttausend sagten die einen, über eine Million behaupteten andere. Sie hatten auch zwei als Arbeiter verkleidete Abgesandte des FLN festgenommen, und Droste war zunächst ins Gefängnis und anschließend in die Kaserne von Toulon gebracht worden, um dort verhört zu werden. Im Café war ein Mädchen mit hübschen blauen Augen namens Annie, das ihn gut kannte, ein nettes, aber ziemlich weinerliches Mädchen, das bei der Nachricht zusammensackte und sich an Jeans Schultern klammerte. Ihnen gegenüber saß Mondoloni, ein äußerst ironischer Kerl, der grinsend sagte: »Er hat sein Leben vergeudet, dieser Idiot.« Jean packte die Wut, und er erwiderte: »Im Gegenteil, wir machen nichts aus unserem Leben, er hat wenigstens getan, was nötig war, er hat eine Existenz.«

Alle am Tisch in diesem Teil des Cafés blickten ihn an, als habe er etwas Ungeheuerliches gesagt. Aber die Erregung legte sich sogleich wieder. Es waren Worte, nur Worte. Sie waren nur Schüler oder Studenten, anders gesagt nur halbe Menschen. Niemand sprach über Santos und auch nicht über Kernès, niemand sprach darüber, was sie in Algerien durchmachten. Im Frühjahr, im April, hieß es, dass eine Gruppe von Rebellen die elektrische Absperrung in den Bergen östlich von Oudscha überquert hatte und ins marokkanische Hoheitsgebiet eingedrungen war. Der Bataillonskommandeur Paul Mathis, der als Großschnauze bekannt war, hatte den Befehl gegeben, die Rebellen zu verfolgen und sie um jeden Preis zurückzubringen. Es war ein Hinterhalt. Das knappe Dutzend zerlumpter Männer, die die Drähte mit einer Kneifzange durchschnitten hatten, waren in alle Richtungen davongestoben, und vor den französischen Soldaten erstreckte sich nur ein steiniger Abhang – öde wie eine Mondlandschaft –, der in das neblige Tal hinabführte, wo man das Graugrün der Olivenbäume und das Rostbraun der Fellachenfelder schimmern sah. Die Soldaten bewegten sich mit schussbereitem Schnellfeuergewehr in offener Formation voran, um das Gelände zu durchkämmen, es war ein gefährliches Gelände voller Fallen und Schluchten, auf dem sich hier und da kleine Mauern aus aufgeschichteten Steinen erhoben. Gegen ein Uhr, nachdem sie den Abhang über eine halbe Stunde hinabgegangen waren, fielen Schüsse, ihr Echo rollte durch das Tal und ließ Schwärme von Tauben über den Berberdörfern aufsteigen. Der Kommandeur erkannte sogleich, dass es eine Falle war, und gab schreiend den Befehl zum Rückzug, doch die Männer waren weit über den Hang verstreut, und nur jene, die in seiner Nähe waren, verstanden den Befehl und kehrten um und liefen den Hang wieder hinauf in Richtung Elektrozaun. Aus dieser Entfernung muss die Sperre, die sich gegen den dunstigen Himmel abzeichnete, noch unheimlicher ausgesehen haben, ein gespenstisches Gitter, an dem Papier, Kleiderfetzen und vom Strom getötete Vögel hingen. Unten fielen knatternde Schüsse, wie Knallfrösche bei einem Fest, die vom Rattern der sowjetischen Maschinenpistolen übertönt wurden. Der Kommandeur Mathis brüllte seinen Männern auf der Mitte des Hangs Befehle zu, aber dann musste auch er sich zurückziehen, um nicht von den Maschinengewehren niedergemäht zu werden. Als das Bataillon oben auf dem Berg zusammentrat, fehlten mehrere Männer. Doch man musste auf Verstärkung warten, die gegen vier Uhr eintraf, eine Gruppe von Rekruten und ein Bataillon senegalesischer Hilfstruppen. Im Gebirge war es wieder still geworden. Aus den Dächern in den Dörfern stieg Rauch auf und verschmolz mit dem Nebel in der Talsohle. Das Tal wirkte, als wäre es das sanfteste und friedlichste Tal der Welt. Sie brachten Santos' Leiche, sein Hals war von den Maschinengewehrkugeln völlig durchlöchert. Seine Leiche kam zunächst ins Kühlhaus, unterdessen wurde eine Meldung vorbereitet und nach Frankreich telefoniert, um die Familie zu benachrichtigen. Nach der Einbalsamierung wurde die Leiche in einem verplombten Sarg mit dem Flugzeug nach Marseille gebracht.

Da Santos' Eltern geschieden waren, kamen sie nacheinander, um ihren Sohn zu identifizieren, dann wurde sein Leichnam in eine andere Stadt überführt, nach Saint-Cyr oder Le Lavandou, wo Santos' Vater eine Grabstelle besaß. Das war alles. Es war, als hätte es ihn nie gegeben.

Jean hatte anschließend Jeanne Odile getroffen, das Mädchen, mit dem Santos geschlafen hatte und das sein Modell gewesen war. Oben von der Stützmauer blickte sie auf den Strand hinab, an den Santos früher immer gegangen war, nicht weit vom Olivenhain. Er hatte gesagt, dass er gern mit dem Rücken an diese Mauer gelehnt in der Sonne saß und spürte, wie ihm der Schweiß hinabrann.

Es war absurd. Es war wie ein Zaubertrick. Erst war er da, und dann war er nicht mehr da. Er würde nicht wiederkommen. Jeanne Odile hatte rote Augen und schien zu taumeln. Vielleicht hatte sie etwas getrunken. Sie klammerte sich an Jean, weil er Santos gut gekannt hatte. Einmal erzählte sie ihm, dass Santos über Jean folgende rätselhafte, schmeichelhafte Worte gesagt habe: »Er weiß nicht, wer er ist, aber eines Tages findet er, was er sucht.« Wie die Worte eines Gurus, der auf den Stufen eines Tempels sitzt. Das war seine Verwandtschaft mit Parmenides aus Elea, sagte sich Jean.

Jean sah Jeanne Odile zwei- oder dreimal wieder, sie gingen gemeinsam ins Kino, und auf dem Rückweg zu ihren Eltern küsste er sie, sie ließ sich im Treppenhaus sogar die Brüste streicheln, die ganz klein und weiß waren, nachdem er ihren Pullover bis zum Hals hochgezogen hatte. Sie wirkte dabei ziemlich abwesend. Ein anderes Mal sagte sie zu ihm: »Weißt du, als Santos wegfuhr, war ich so deprimiert, dass ich eine Dummheit gemacht habe. Ich habe mit einem Typen geschlafen.« Jean fragte: »Mit wem?« Sie erwiderte: »Ich bin nach Paris gefahren und habe mit dem Wirt eines Restaurants auf dem Boul' Mich' geschlafen, das du vielleicht kennst, es heißt *Dédé Frite d'or.*« Mit einem kleinen Lachen, als sei das wirklich grässlich. Mit der gleichen abwesenden Miene hatte sie dann eines Tages gesagt: »Weißt du, dass ich ein Kind erwarte? Beim letzten Mal, als ich mit Santos zusammen war, er hatte im März ein paar Tage Urlaub bekommen und war hier, da haben wir nicht aufgepasst, ich weiß auch nicht warum, ich war betrunken und er auch, und da ist es passiert. Ich habe es Santos geschrieben, und er hat darauf geantwortet, das mache nichts, wir würden heiraten, sobald er wieder da sei. Und dann ist er gefallen.«

Jean sah Jeanne Odile eine ganze Weile nicht wieder, nicht wegen dem, was sie ihm erzählt hatte, sondern wegen der Leere, die das alles mit sich brachte.

Durch die Straßen der Stadt zu gehen, in denen die Hitze des Sommers gewütet hatte, war, als käme er in eine Landschaft voller Gespenster. Jean sah überall die Spuren, die Santos hinterlassen hatte, leere Stellen, Hohlräume, wie der Abdruck seines Körpers. Ende Mai ging er ein- oder zweimal zum Bahlsengebäude, in dem Santos gewohnt hatte, oben auf dem Hügel. Er fuhr mit dem Aufzug in den sechsten Stock. Die Wohnungstür hatte sich nicht verändert, noch die gleiche hässliche bräunliche Farbe und die Spuren der Fußtritte, die Santos der Tür versetzt hatte, um den Riegel aufspringen zu lassen. Der Name Balas war von der Klingel und dem Briefkasten im Eingangsflur verschwunden. In einem Zwischengeschoss befand sich eine Art Terrasse, auf der die Mieter ihre Wäsche zum Trocknen aufhängten. Santos hängte dort nur seine Handtücher und Jeanne Odiles Badeanzüge auf und manchmal auch ihre großen verblichenen Pareos. Beim Betreten dieser Terrasse hatte Jean übrigens begriffen, dass Jeanne Odile aus der Südsee stammte, von den Gesellschaftsinseln, aus

Tahiti oder aus Moorea. Santos hatte das wohl einmal erwähnt, aber Jean hatte nicht darauf geachtet. Doch als er die Tür zur Terrasse öffnete, sah er ein Handtuch und einen Pareo, die dort vergessen worden waren und leicht im Wind flatterten, grau von der verschmutzten Luft, eine letzte Erinnerung an den vergangenen Sommer. Zwischen den Zementpfeilern, die die Terrasse in regelmäßigen Abständen umgaben, konnte Jean die im Dunst liegende Landschaft sehen. Die von kleinen Gebäuden übersäten Hügel, die Wohnblöcke, die die Uferstraße säumten, die grünen Flecken, auf denen alte Palmen in den Himmel ragten.

Im Schlafzimmer seiner kleinen Wohnung hatte Santos eine Fußspur an die Decke gemalt, wie Jean sich noch genau erinnerte. Santos hatte eine sehr glatte, dunkle Haut, die unbehaart war wie bei Asiaten. Er war groß, sportlich und ungezwungen. Er hatte eine kleine Falte auf beiden Seiten des Mundes, wie Gary Cooper, und seine Klassenkameraden nannten ihn übrigens Cowboy. Während Jean die Landschaft betrachtete, konnte er sich Santos vorstellen, wie er abends mit schweißnassem Gesicht vom Schwimmen zurückkam, auf den Brauen noch die Spuren von verdunstetem Meerwasser. Im Unterschied zu den meisten Jungen des Gymnasiums sprach er nie davon, mit Mädchen zu schlafen, verwendete nie derbe Worte, sagte nicht »Schwanz« oder »Möse« oder »geile Sau« oder »sich einen runterholen«, nichts dieser Art. Er sagte nicht einmal »vögeln«. Aber er war auf seine Weise sentimental, und wenn er mit Mädchen sprach, wurden sie wegen seiner schönen schwarzen Augen schwach, die seine assyrische Abstammung verrieten, und er beugte sich ein wenig zu ihnen herab, als flüstere er ihnen ein Geheimnis ins Ohr.

Jeanne Odile war nicht sonderlich hübsch. Eines Tages

hatte Santos Jean gefragt: »Wie findest du sie?« Jean hatte einen Augenblick nachgedacht und dann erwidert: »Sie ist nett.« Und das hatte Santos gefallen. Er wiederholte: »Das stimmt, du hast Recht, sie ist ein sehr nettes Mädchen.« Und wegen der Leere, die er hinterlassen hatte, und wegen des Kinds, das sie im Leib trug, ließ sie sich ein wenig treiben, rauchte, trank Wein und lief mit abwesendem Blick, der einem das Herz zuschnürte, auf der Straße herum.

Die Wohnung über der Bar *La Voile* war ziemlich heruntergekommen und unordentlich. Ganz schön schmuddelig, dachte Jean, als er sie zum ersten Mal betrat. Kalter Mief hing darin, vermischt mit Zigarettenrauch. Und auch der Essensgeruch, der aus der Küche der Bar kam und durchs Treppenhaus hinaufstieg. Der Koch aus *La Voile*, der aus Indochina stammte und Nguyen Du hieß, kochte scharf gewürzte Gerichte aus Sichuan mit viel Knoblauch, und niemand in diesem Haus blieb von diesem Geruch verschont. Seit Jean in dieses Haus kam, hatte dieser Geruch eine aphrodisische Wirkung, und jedes Mal, wenn er die Treppe hinaufging, um an Ritas Tür zu klopfen, spürte er, wie sein Glied steif wurde und sein Körper sich mit Ungeduld erfüllte.

Rita teilte diese Wohnung mit einer anderen jungen Frau namens Mélanie, die Jean ein- oder zweimal kurz gesehen hatte und die ebenfalls im Krankenhaus arbeitete, aber im Tagesdienst.

Rita kam gegen fünf Uhr morgens von der Arbeit heim, ließ sich aufs Sofa fallen und wachte erst gegen Mittag wieder auf.

Nachmittags brannte die Sonne auf den geschlossenen Klappläden, zeichnete gelbe Streifen auf die Decke. Es war dort ruhig, man hörte nur das regelmäßige Geräusch der vorbeifahrenden Autos und der Busse, die kurz vor der Bar hielten, das Zischen der Pressluft, wenn sich die Türen öffneten, und das leise Quietschen, wenn der Fahrer die Bremspedale losließ, ehe er wieder anfuhr. Es waren vertraute Geräusche, die Rita in den Schlaf wiegten. Nachmittags kam Jean, und sie liebten sich auf dem Sofa oder manchmal auch auf dem Boden, direkt auf den kühlen Terrakottafliesen. Dann schliefen sie eng umschlungen schweißüberströmt ein, mit dem Gefühl wohliger Leere, und von draußen drang noch immer das Geräusch der vorüberfahrenden Autos herein, manchmal auch die Stimmen von Leuten, die aus der Bar kamen, und das Geschrei der Kinder, die um fünf Uhr aus der Schule kamen.

Rita wachte immer als Erste auf. Sie hatte Hunger und Durst, sie setzte Wasser für den Tee auf, stellte Fertiggerichte auf den Tisch, Schinken und Salat. Selbst im Sommer bei sengender Hitze wollte sie sich nicht nackt zeigen. Sie schlüpfte in einen blauen Nylonunterrock mit Knoten in den Trägern. Sie hatte einen etwas plumpen Körper mit muskulösen Beinen und sehr weiße Haut, die im Kontrast zu ihrem schwarzen Haar und ihrer Scham stand.

Beim ersten Mal, als sie sich liebten, war sie verkrampft und steif, drückte die Arme seitlich an den Körper und presste die Schenkel zusammen, bis Jean freundlich zu ihr sagte: »Weißt du, wenn du keine Lust hast, dann macht das nichts, das ist unwichtig.« Weil sie eines Tages seinen Namen gerufen hatte, während er unten auf der Straße vorbeiging, hatte er sich vorgestellt, sie sei leicht herumzukriegen, eine Art Prostituierte. Er hatte zu ihr gesagt: »Das war ganz schön unverschämt, mich einfach so auf der Straße zu rufen! Wie hast du eigentlich meinen Namen herausgekriegt?« In Wirklichkeit war sie eher schüchtern. Wenn sie lachte, hielt sie die Hand vor den Mund, um ihre großen, etwas unregelmäßigen Zähne zu verstecken. Jean fand, dass sie ein gutmütiges Lächeln hatte. Auf der Oberlippe hatte sie einen dunklen Flaum, den sie mit Wasserstoffsuperoxyd bleichte. »Das war nicht meine Idee, das war Mélanie, sie wusste, dass ich dich anziehend fand, und hat mich überredet, dir bis nach Hause zu folgen, dann ist sie hinter dir ins Haus geschlichen, um deinen Namen auf der Tür im Treppenflur zu lesen. Sie war sich nicht ganz sicher, denn es gab noch eine zweite Tür, auf der ein anderer Name stand, Ducros oder Ducroy, ich weiß nicht mehr genau.«

Jetzt gab es kaum noch freie Momente in seinem Leben. Jean ging mit leichtem Herzen und vor Ungeduld bebendem Glied die Treppe hinauf, jetzt erkannte er jedes Staubkörnchen im Halbdunkel des Treppenhauses wieder, erriet mit einem Blick aus den Augenwinkeln jede Einzelheit, jede Spur auf den Stufen, jeden Kratzer an der Wand, alle Graffiti, alle Schimmelflecken. Er klopfte leise an die Tür. Rita wartete in ihrem blauen Unterrock auf ihn, und noch ehe sie die Tür hinter ihm geschlossen hatte, küsste er sie und legte die Nase in die Mulde ihres Halses, um den Geruch ihrer Haut und den leichten Schleier ihres Haars zu spüren.

Sie sagte nichts, wartete auch nicht darauf, dass er etwas sagte, höchstens, dass er ein leises lustvolles Stöhnen oder ein Lachen von sich gab, und auch sie lachte, wenn er die Hände unter ihrem Unterrock über ihren Körper gleiten ließ, sie kitzelte, die Wölbung ihrer Hüften und ihren Schoß streichelte. »Du hast zu kalte Hände!« Es stimmte, dass seine Hände trotz der sommerlichen Hitze, trotz seines Begehrens eiskalt blieben, eiskalt und trocken.

Nachdem sie miteinander geschlafen hatten, blieb Jean regungslos liegen, die Arme unter dem Kopf verschränkt. Manchmal rauchte er eine Zigarette, und sie zog ab und zu daran. Er lauschte den Schlägen seines Herzens, das wieder ganz ruhig geworden war, als sei nichts geschehen. Er beobachtete die Sonnenstrahlen, die durch die Klappläden drangen, langsam nach links wanderten und einer nach dem anderen verschwanden, wenn es Abend wurde. Rita hatte sich inzwischen gewaschen, hatte ihren Unterrock wieder übergestreift und schmiegte sich an Jean. Sie schloss die Augen und sagte leise: »Hmm, ist das gut …« Sie wurde ungeduldig, weil Jean kein Wort sagte. Sie kniff ihn, kroch ihm auf den Bauch, um zu versuchen, ihm in die Augen zu sehen, umschlang ihn mit den Schenkeln. »Komm, lass uns noch mal anfangen.« Jean war in Gedanken woanders. Er träumte, ließ sich nach hinten gleiten, als sei das Sofa ein treibendes Boot, und das Geräusch der Autos ähnelte dem Plätschern eines Flusses. Er dachte an Santos, an Jeanne Odile, die durch die Straßen irrte, an ihren Blick, der fast so leer war wie der Catherines.

»Woran denkst du? Langweilst du dich mit mir?«

Jean erwiderte ruhig, ohne sich klar zu werden, was er sagte: »Ich langweile mich nie mit jemandem.«

Rita stieß ihn zurück und sagte: »Du bist gemein.«

Er blickte sie erstaunt an: »Warum?«

»Denk doch mal ein bisschen nach.«

Er blieb noch eine Weile regungslos liegen, nicht weil er Lust dazu hatte, sondern aus Faulheit, um sich noch nicht gleich rühren zu müssen. Rita hatte sich schmollend der Rückenlehne des Sofas zugewandt, er betrachtete ihren breiten Rücken, die dunkle Linie, die von ihrem Nacken bis in den Ausschnitt ihres Unterrocks verlief. Dann stand er auf und zog sich schnell an. Seine Kleidung war heiß und trocken, als käme sie aus dem Backofen.

»Gehst du schon? Willst du nicht noch ein bisschen bleiben?« Er antwortete nicht. In Gedanken war er schon fort. Draußen war es dunkel, die Neonleuchten der Geschäfte brannten bereits. Und immer waren die schrillen Schreie der Mauersegler zu hören, die den ersten Mücken durch die Straßen nachjagten.

»Na gut, dann hau doch ab, wenn du es so eilig hast!« Jetzt blieb Rita auf dem Sofa liegen. Sie hatte sich eine Zigarette angezündet und zog nervös daran. Der blaue Unterrock ließ ihre Haut ganz weiß erscheinen, und ihr schwarzes Haar lag wie ein Kissen auf der Seitenlehne des Sofas. Sie glich einem Modell für einen Maler, dachte Jean. Ihre Augen waren im Dunkeln, man sah nur ihre Nasenspitze und ihren Mund, der ein wenig vorstand. Er zögerte. »Soll ich dir etwas zu essen holen?« Er hatte einen Mordshunger. Rita blickte ihn an, als sei das, was er sagte, unverständlich. »Ich habe keinen Hunger. Ich habe Magenschmerzen.« Sie sog den Rauch ein. »Wann sehe ich dich wieder? Morgen?« »Vielleicht.« Sie tat, als wolle sie ihm ihre Zigarette an den Kopf werfen, und erwiderte: »Ich weiß noch nicht, ob ich morgen da bin.«

Als er die Hand auf den Türknauf legte, rief sie: »Los, beeil dich, geh schon, gleich kommt Mélanie!«

Eines Tages, als Jean ein wenig länger dort geblieben war, war er ihr auf der Treppe begegnet. Mélanie war klein, schmächtig und hatte einen düsteren Blick. Sie wandte sich ohne Umschweife an ihn: »Darf ich Sie fragen, was Sie zu tun beabsichtigen?« Da Jean das nicht zu verstehen schien, fuhr sie fort: »Begreifen Sie das denn nicht? Sehen Sie denn nicht, dass Sie ihr das Leben schwer machen? Sobald Sie weg sind, weint sie, will nichts mehr essen und ist völlig deprimiert, und daher frage ich Sie, was Sie vorhaben.« Jean stammelte etwas, wich auf der Treppe zurück. Die automatische Treppenbeleuchtung ging aus, Mélanie drehte sich um, um sie wieder anzuknipsen, Jean nahm die Gelegenheit wahr, um sich aus dem Staub zu machen, und Mélanie schrie ihm mit hasserfüllter Stimme, die bis unten durchs Treppenhaus hallte, nach: »Nun lassen Sie sie endlich in Ruhe! Hören Sie? Lassen Sie sie zufrieden, verdammt noch mal!« Draußen schlug ihm der Lärm der Autos entgegen, die Leute hatten es eilig, nach Hause zu kommen. Nguyen Du hatte zu kochen begonnen, und der Geruch seiner Sichuan-Gerichte verfolgte Jean, genau wie Mélanies schrilles Geschrei und die Schwüle der Wohnung. Ihm klopfte das Herz. Er hatte das Gefühl, in einen Wirbel von Gewalt geraten, in die Falle getappt zu sein. Er hatte selbst etwas zu dieser Gewalt beigetragen, und dieses Bewusstsein verursachte ihm jetzt Übelkeit.

Wenn Jean Tante Catherines Wohnung betrat, hatte er den Eindruck, dass sie irgendetwas entdeckte, einfach weil bei ihr wie bei allen Blinden die anderen Sinne stärker entwickelt waren. Er war verlegen, als bringe er die Gewalt der Außenwelt mit sich, den Geruch nach Sperma und Schweiß. Vielleicht wusste Catherine, was los war. Sie ließ ihre trockenen Hände über Jeans Gesicht gleiten, zeichnete die Brauen nach, den Nasenrücken, die Lippen, kehrte zur Stirn zurück und legte ihm die Hände auf die Schläfen, wobei die Daumen auf dem Brauenbogen ruhten. Das war ihre Art, Jean zu begrüßen, ihn willkommen zu heißen. Sie hatte sich nie die Vertraulichkeit erlaubt, ihm einen Kuss auf die Wangen zu drücken. Sie sagte, sie hasse das.

Deshalb ging Jean gern zu ihr. Nach all den Monaten, in denen er fortgeblieben war und in denen sich so vieles in seinem Leben ereignet hatte, die Examen, die Bedrohung, zum Militärdienst eingezogen zu werden, und Santos' Tod, hatte er wieder den Weg nach La Kataviva gefunden, als könne er dort sein Heil finden. Catherine war die einzige Verwandte, die Jean sehen wollte. Schon seit Jahren besuchte er Onkel Vania und Tante Éléonore Joussenel nicht mehr, vermutlich weil ihnen diese Distanz fehlte, diese ein wenig verzweifelte Eleganz.

Catherine sagte kein Wort zur Begrüßung. Nachdem sie ihre Finger über Jeans Gesicht hatte gleiten lassen, wandte sie sich um und ging langsam ins große Zimmer.

Sie hatte jetzt den unsicheren, wackligen Gang einer alten Frau, aber sie hielt sich noch immer kerzengerade und setzte sich, ohne zu zögern, in ihren Sessel, den Rücken den Fenstern zugewandt.

Alles glitt dem Verfall entgegen, und Jean wusste genau, dass er nichts aufhalten konnte. Tante Catherines Wohnung roch nicht mehr nach Zimt und armen Rittern und auch nicht mehr nach Vanilletee. Sie war jetzt vom Geruch nach Greisenalter erfüllt, einer Mischung aus Schimmel und Urin. Deswegen waren Catherine die Gerüche recht, die Jean von draußen mit hereinbrachte, sie atmete sie in dem Bewusstsein ein, dass es für sie die letzten Augenblicke der realen Welt, die letzten Gerüche des Lebens waren. Sie saß Jean kerzengerade gegenüber und blieb eine ganze Weile stumm, als genügte das. Dann nahm sie leise mit halb erstickter, eintöniger Stimme den Faden ihrer Erzählung wieder auf und sagte wie zu sich selbst: »Ich hätte mir nie vorgestellt, durch welche Umstände ich hier in dieser Absteige landen würde. Ich dachte, ich würde in Rozilis sterben, wie alle, die dort vor uns gelebt haben. Ich habe dir ja schon erzählt, was an dem berüchtigten Silvestertag des Jahres 1910 geschehen ist. Ich weiß nicht mehr. Ich glaube, ich fange an zu schwafeln.«

Jean rührte sich nicht. Er blieb völlig angespannt auf dem Rand des Sofas sitzen. Er kannte dieses Zimmer besser als sein eigenes, das geometrische Muster des Teppichs, die verblichenen Tapeten, die abgeblätterte Farbe der Decke, die Möbel, auf denen sich die Vergangenheit wie ein Belag festgesetzt hatte. Und die furchtbaren, manchmal grausamen Begebenheiten des Lebens, wie die Erinnerung an Aurore de Sommerville, wenn sie Catherine am Arm zur Treppe führte und er die beiden wie Schatten fortgehen sah. Und noch schlimmer, noch hässlicher, die Spuren der Gegenwart, all diese Medikamente auf der Kommode, den mit braunem Kunstleder gepolsterten Klostuhl, das rosa Frotteehandtuch, das die Putzfrau auf der Rückenlehne eines Stuhls vergessen hatte.

»Erzähl, Tante Catherine, erzähl mir noch mal, was an dem Tag alles passiert ist.«

Das sagte er absichtlich. Damit Catherine mit einem Schlag wieder in ihre eigene Welt eindringen konnte. Und das sah man, denn irgendwie änderte sich das Licht. Die beiden waren noch immer dort im obersten Stock des Hauses, aber zugleich befanden sie sich in dem großen Park in Ébène, umgeben von Pflanzen, auf den von Eukalyptusbäumen gesäumten Wegen, in der Nähe der Palmenplantage.

»Du kannst dir gar nicht vorstellen, wie schön es war, wenn Regen und Sturm aufhörten. Alles glänzte, als wäre jedes Blatt mit Lack überzogen. Samstags kamen die Jungen aus dem Internat zurück, und wir gingen alle an den Affouche, um dort zu baden. Wir gingen ein Stück flussaufwärts, um sauberes Wasser zu haben, denn in der Nähe der Straße waren immer Frauen, die ihre Wäsche wuschen, und Maultiere, die dort tranken. Wir gingen ziemlich weit die Schlucht hinauf, bis an die Stelle, wo der Wald anfängt. Es war wie im Paradies. Dort gab es eine Lichtung oder so etwas wie ein weites Rund mit einer Wand aus Bäumen, schwarze, sehr hohe, kerzengerade Ebenholzstämme und Lianen, die von den Ästen bis auf den Boden hinab reichten, Bäume mit riesigen Wurzeln, die zwischen den Felsen steckten, sie sahen aus wie regungslose Schlangen, und an dieser Stelle war im Fluss ein tiefes Becken, umgeben von ganz glatten schwarzen Felsen, über die das Wasser ablief, und wenn man es mit der Hand schöpfte, war es ganz klar und leicht, beim Gang durch das Gestrüpp in dieser Schlucht war uns so heiß geworden, dass es gut tat, dieses eiskalte, reine Wasser zu trinken, wir ließen es uns über den Kopf rinnen, tauchten unsere Kleider hinein und fühlten uns wie neugeboren, wie nach einer Taufe. Die Jungen zogen sich aus und sprangen splitternackt in das Becken, Mathilde und ich zogen unser Kleid aus, behielten aber das Höschen an, und dann schwammen wir in dem kalten Wasser, wir schämten uns nicht ein bisschen, es war weit weg von allem, niemand konnte uns sehen.«

Sie träumte und hielt den Kopf kerzengerade, ihre Züge mit dem schwindligen Ausdruck eines nach innen gerichteten Blicks verschwammen im Gegenlicht. Nur mit ihr konnte Jean die Wirklichkeit, den Lärm und die Gewalt auf der Straße vergessen. Er hatte von ihr gelernt, den Blick nach innen zu richten, um in seinem Blut das Bild des Affouche-Bachs und die Bäume aus Ébène zu sehen.

»Wir verbrachten den ganzen Tag am Wasser, ohne an etwas zu denken, und die Kinder aus der Nachbarschaft gesellten sich zu uns, die Kinder aus Ébène, aus Moka, aus Minissy, wir vergnügten uns mit allen möglichen Spielen, spielten Fangen, Verstecken, sprangen oben von den Felsen ins Wasser, und alle lachten und schrien, es ist seltsam, ich höre ihre Schreie noch, sie rufen mich, selbst nach so langer Zeit höre ich noch, wie sie ›Caaty! Caaty!‹ schreien. Und ich erinnere mich an ihre Namen, ich habe sie nach so vielen Jahren noch nicht vergessen: Karimji! Denis! Benoît! Sita! Pupa! Davala! Ich erinnere mich noch, im letzten Jahr war da ein Mädchen, das wohl achtzehn oder neunzehn war, genau wie ich, und wenn ich zum Bach ging, blieb sie immer etwas abseits, schwamm nicht mit uns. Sie war die Tochter eines Pächters aus Minissy, manchmal begleitete sie ihren Vater, der uns etwas brachte oder an der Kreuzung in Ébène Gemüse verkaufte. Sie hatte einen hübschen Namen, sie hieß Somapraba, und eine Frau bei uns im Haus, die Indisch konnte, übersetzte mir ihren Namen, ›Glänzt wie der Mond‹ bedeutete das, und es stimmt, dass sie vor Schönheit glänzte, und zugleich war sie so schüchtern, wie man sich den Mond vorstellt, sie blieb immer in einiger Entfernung, setzte sich auf einen Felsen über dem Bach und betrachtete die Kinder, die im Wasser spielten. Ich erinnere mich noch, als wir zum ersten Mal miteinander sprachen, trug sie einen grünen Sari, der die gleiche Farbe hatte wie die Blätter der Bäume, ihr kohlschwarzes Haar war zurückgekämmt und in der Mitte gescheitelt, sie hatte ein ovales Gesicht, wunderschöne Brauen, und ihre Augen waren von langen, dichten Wimpern umgeben, so etwas Schönes habe ich nie wieder gesehen, weißt du, aber ich mochte vor allem ihren Gesichtsausdruck, ihren Blick, ein tiefer samtweicher Blick, sie wirkte sehr zurückhaltend, sehr brav ... Aber ich weiß nicht, warum ich dir das alles erzähle, das langweilt dich bestimmt, denn du wolltest doch vor allem wissen, warum wir alles verloren haben und warum wir weggehen mussten ...«

Doch alles ist miteinander verbunden, dachte Jean. Jeder Augenblick in Rozilis hatte einen Sinn, jedes Gesicht, jeder Name war wie eine Frage, die ein weiteres Quäntchen des Geheimnisses preisgab.

»Wir fuhren mit dem alten Pferdefuhrwerk und Gopal als Kutscher nach Rose Hill, um beim Chinesen Vorräte, Bindfaden oder Streichhölzer zu kaufen, und mit dem Kleingeld, das übrig blieb, damals zahlte man noch mit Rupien, denk nur mal, kauften wir uns Bonbons oder Pfefferkuchen. Du kannst dir nicht vorstellen, was für eine Wirkung das hatte, wenn wir in der Stadt auftauchten, die Jungen mit ihren gestopften Hosen und Maud und ich in staubigen Kleidern, ohne Hut, und ich hatte keine Ringellocken wie Maud, ich hatte langes, kohlschwarzes Haar, und der alte Gopal, der vor dem Laden wartete und eine Pfeife rauchte, und unterwegs waren immer andere Kinder zu uns auf das Fuhrwerk gestiegen, Davala, der Sohn des Tischlers aus Ébène, er wohnte in einem kleinen Haus am Eingang von Rozilis, er war in meinem Alter, und ich glaube sogar, er war in Maud verliebt, aber er hatte Angst, dass man ihm das ansah. Und die großen *dimoune* machten sich über uns lustig, weil wir mit diesem alten Fuhrwerk ankamen, und alle wussten, dass Papa ruiniert war, mit seinen Plänen für das Sägewerk, der Holzfabrik für Schwarzholzakazien und Ebenholz und all dem Geld, das er der Bank schuldete. Und er wollte niemanden mehr sehen, er zog es vor, wie ein Wilder zu leben, und auch wir waren zu Wilden geworden wie er. Manchmal sprach er über Frankreich, sagte, dass wir dort leben würden, wenn wir erwachsen wären. Über Mauritius sagte er immer: ›Kleines Land, kleine Leute …‹ Aber wir wollten nicht weg, wir hatten Rozilis, den Bach, die Wasserfälle, den Wald, der bis ans ›Ende der Welt‹ reichte, ich konnte nicht sehen, was wir in Frankreich sollten.«

Catherine sprach mit leiser Stimme, und das Tageslicht verblasste allmählich, Halbdunkel erfüllte das große Zimmer. In wenigen Minuten würde die Frau kommen, die Jeans Vater eingestellt hatte, um sich um seine Tante zu kümmern. Sie würde den Schlüssel ins Schloss stecken, schnurstracks hereinkommen, ohne anzuklopfen, und wie gewöhnlich trompeten: »Guten Abend! Na, mal wieder Besuch?« Catherine würde erstarren und aufhören zu reden. Sie hasste diese aufdringliche Frau.

Eines Tages nahm Madame Rosella Jean auf dem Treppenabsatz beiseite, als er gerade fortgehen wollte, und, ohne die Stimme zu senken, sagte sie zu ihm: »Hören Sie, ich weiß nicht, wie lange ich das noch machen kann.« Ihr Atem roch nach Zwiebeln, Fleisch und Wein, einem Geruch nach Leben, all dem, was Tante Catherine verabscheute. Catherine war zwar keine Vegetarierin, aber sie aß seit langem fast kaum noch etwas, nur ein Schälchen Reis, den Madame Rosella für ihren Geschmack zu körnig kochte, und ein bisschen gekochtes Gemüse, Linsen, einen Salat aus Rüben- oder Chayoteblättern. Und selbst dabei beklagte sie sich, dass sich ihr davon der Magen umdrehe.

Madame Rosella packte Jean am Arm, denn sie spürte wohl, dass er bereit war, sich davonzumachen, um nicht zu hören, was sie ihm zu sagen hatte: »Mit Verlaub, Monsieur Marro, Ihre Tante ist nicht mehr ganz klar im Kopf. Sie kann sich nicht mehr kontrollieren, sie macht sich in die Hose oder macht ins Bett, ich muss die Laken in die Wäscherei bringen, sie ist wie ein Kind, und noch dazu ist sie ziemlich schwierig, sie will nicht, dass ich sie wasche, sie wehrt sich mit Fäusten dagegen, und Sie wissen, dass sie noch viel Kraft hat. Meine Arme sind voller blauer Flecken. Was soll ich denn nur tun? Sie müssen mit Ihren Eltern darüber sprechen, sie müssen eine Lösung finden, denn bald wird man sie nicht mal mehr in einem Altersheim aufnehmen.«

Jean hasste sie, weil sie so über Tante Catherine sprach, als gäbe es sie schon nicht mehr. Eine Zeit lang besuchte er seine Tante nicht mehr, um Madame Rosella nicht zu begegnen, doch dann beschloss er, auch dann da zu sein, wenn die Betreuerin kam, um sich ihrer Brutalität zu widersetzen.

»Erzähl mir noch mal die Geschichte der *Waldmenschen*, Tante Catherine, erinnerst du dich daran?«

Catherine lachte leise vor Vergnügen. Um dieses Lachen zu hören, kam Jean auf diese Geschichte zurück.

»Die *Waldmenschen*, das waren wir, die Marros aus Rozilis. Ich weiß nicht mehr, wer diesen Spitznamen erfunden hat, aber wir haben ihn angenommen, und ich muss sogar sagen, dass er uns gut gefallen hat. Der Grund dafür war der Wald hinter unserem Haus, all die Schwarzholzakazien und das Ebenholz, die unser Urahn dort angepflanzt hatte, weil er nicht vom Zuckerrohr leben wollte, er fand, das sei eine fluchbeladene Anbauart, wegen der Sklaverei und all dem, was man den Zuckerrohrarbeitern angetan hatte. Wenn man hinter unserem Haus am Cascades-Fluss entlang die Schlucht hinaufging, gelangte man an eine Stelle, die *Le Bout du Monde* genannt wurde, das Ende der Welt, direkt unterhalb von Réduit, das war die reinste Wildnis, voller Bäume und Grünpflanzen, das war unser Fleckchen, wir kannten dort jeden Winkel, jeden Pfad, jeden Felsen. Sonntags oder in den Ferien gingen wir auf der Suche nach Abenteuern mit unseren Brüdern und den Kindern aus der Nachbarschaft dorthin, jedes Mal ein Stück weiter, und dann kamen wir mit zerkratzten Händen und Beinen, zerrissenen Kleidern und nackten Füßen wieder, die von den Gebirgsbächen ganz aufgequollen waren, und wenn wir ankamen, war immer irgendjemand im Garten oder am Eingang von Rozilis und sagte zu uns: »Sieh mal, da kommen die *Waldmenschen*!« Selbst in der Schule nannte man die Marros so, und um sich über sie lustig zu machen, riefen die Schüler diesen Namen, und dann prügelte sich Simon mit ihnen und Gildas kam ihm zu Hilfe, und anschließend bekamen sie zur Strafe kein Mittagessen, wenn sie samstags nach Rozilis zurückkehrten, stürzten sie sich deshalb auf alles, was irgendwie essbar war, sie waren mager und mit Wunden übersät wie Wildkatzen.«

Catherine hielt inne, den Körper aufrecht, den Kopf ein wenig zur Seite gewandt, als sähe sie etwas in dieser anderen Welt, in der das Leben schöner und eindrucksvoller war. Jean empfand dann eine gewisse Enttäuschung, weil er wusste, dass er nie zu diesem anderen Leben gehören würde, was immer er auch tat, davon war er ausgeschlossen, er würde nie einer der *Waldmenschen* sein.

Er stand auf, ging auf den Zehenspitzen zur Tür und legte die Hand auf den Knauf. Er wartete ein paar Sekunden, hoffte, sie würde ihn zurückrufen, ihn wieder in ihre Geschichte holen. Draußen war es dunkel. Bald würde Madame Rosella kommen, um Catherine für die Nacht fertig zu machen, nie hätte seine Tante es zugelassen, dass er diese Dinge sah. Einem stillen Übereinkommen zufolge ging er stumm und lautlos fort, wie ein Vogel, der davonfliegt. »Weder Guten Tag noch Auf Wiedersehen, das sind nichtssagende Worte. So haben wir es dort in Rozilis immer gehalten. Nie Guten Tag oder Auf Wiedersehen. Wenn die Jungen nach tagelanger Abwesenheit zurückkamen, war es dadurch so, als hätten wir uns nie getrennt, verstehst du?«

Sommer 1794

Ich marschiere mit meinen Männern über eine leere, versengte Ebene, die schwermütig stimmt. Ich denke an Runello zurück, an die Zeit, als ich das Dorf verlassen habe. Ich bin vor knapp zwei Jahren dort weggegangen, und es kommt mir vor, als wären es zehn oder noch mehr. Alles war so grün, so frisch, so schön, die Lerchen sangen auf den Feldern, und ich ging den Weg, der an der Ellé entlangführt, bis zum Haus der Naour, wo Marie Anne auf mich wartete. Der Weg folgte den trägen Windungen des Flusses, mitten durch hohes Gras. Ich erinnere mich noch an die Abende, an den Kuckuck, der in den Wäldern rief, und über den Feldern flimmerte goldener Staub. Der Krieg hat alles verändert. Die Männer gingen fort, und diejenigen, die zurückkamen, sind nicht mehr die gleichen. Sie erkennen nichts wieder, sind zu Fremden geworden.

Auch ich bin nicht mehr der Gleiche. Irgendetwas schnürt mir das Herz zusammen. Viele Höfe an den Straßen sind in Flammen aufgegangen. In der Nähe von Arzano, in Le Faouët und an der Scorff, bis hin zu den Montagnes Noires und den Wäldern von Quénécan ist alles verlassen und öde.

Ich gehöre zur 3. Kompanie des 2. Bataillons aus Lorient und bin nach Mervins Rückkehr nach Paris zum Sergeanten befördert worden. Wir haben den Auftrag, die Revolutionsarmee mit Proviant zu versorgen. Der Aufstand in der Bretagne hat die Getreidenachfuhr abgeschnitten. Es gibt keinen Weizen und keinen Hafer mehr. Wir bekommen nur noch den Weizen, den uns die amerikanische Regierung schickt, um die Revolution zu unterstützen und den Engländern dadurch eins auszuwischen. Er wird mit Kriegsschiffen, die die Blockade durchbrechen, an die bretonischen Küsten transportiert. Aber es ist schlechter Weizen, der unter der langen Reise gelitten hat. Ein großer Teil der Ladung gärt in den Laderäumen, und wir müssen ihn ins Meer werfen. Selbst die Pferde und die Schweine wollen ihn nicht fressen. Der Anblick dieser Säcke ungenießbaren Weizens führt jedes Mal zu Wutausbrüchen im Volk. Die Agitatoren machen die Revolution dafür verantwortlich, und es kommt zu Aufständen.

Auf dem Land gibt es kaum noch Menschen. Die Felder sind gemäht und anschließend in Brand gesteckt worden, und man findet Reste verbrannter Ähren an den Wegrändern, als wollte man uns dadurch zu verstehen geben, dass wir hier nichts zu essen finden. Meine Männer sind hin und her gerissen zwischen Wut und Enttäuschung. Doch der Befehl, den wir haben, ist unzweideutig: Wir müssen Weizen finden, koste es, was es wolle.

Ich marschiere an der Spitze meiner Kompanie. Mit zwanzig Jahren bin ich der Älteste, die Freiwilligen sind siebzehn oder achtzehn Jahre alt und haben den Krieg noch nicht kennen gelernt. Die Uniformen sind ihnen zu groß. Viele haben ihre Holzschuhe anbehalten, manche laufen barfuß. Wenn wir ein Dorf betreten, fliehen alle vor uns oder schließen sich ein, denn wir ähneln wohl mehr einer Horde ausgehungerter Wölfe als Soldaten der Republik. Die Notablen, denen wir begegnen, geben uns die Höfe an, die noch bewohnt sind und wo die Ernte eingeholt wurde. Wir marschieren an der Scorff entlang Richtung Quéven, Pont-Scorff. In den meisten Dörfern wie etwa Mordelles, La Gravelle oder Jauzé sind die Kinder zerlumpt und ausgehungert, so wie ich es damals schon auf dem Weg nach

Paris gesehen habe. Sie fliehen bei unserer Ankunft nicht, sondern betteln um einen Kanten Brot, etwas Käse oder ein paar Krumen, die aus unserem Marschgepäck fallen könnten. Ich erinnere mich an einen Jungen und seine kleine neunjährige Schwester mit schmutzstarrendem Gesicht und zerzaustem Haar, die mit alten zerlöcherten Säcken bekleidet waren und mit ausgestreckten Händen wortlos vor uns herliefen. Wir mussten sie mit Steinwürfen vertreiben, aber es war ein schrecklicher Anblick. Es war schwierig, unter diesen Umständen die Befehle des Sicherheitskomitees zu befolgen, das uns beauftragt hatte, Fleisch, Geflügel, einen Zentner Weizen und Wein für die Patrioten zu finden.

Eines Tages, als wir zu einem Bauernhof am Ufer der Blavet gelangten, den uns unser Informant angegeben hatte, sahen wir ein Weizenfeld, das soeben abgeerntet worden war, die Ähren lagen noch am Wegrand. Wir umstellten den besagten Hof und ließen, trotz des Flehens seiner Angehörigen, den Bauern vortreten, einen Mann um die fünfzig, der völlig verängstigt war und nur bretonisch sprach. Die Männer meiner Kompanie sind alle keine Bretonen, und daher übernahm ich die Aufgabe, den Bauern zu verhören. Auf jede Frage, die ich ihm stellte, um herauszufinden, wo er seinen Weizen versteckt hatte, antwortete der Mann, Vari José, *nameus ket*, und schüttelte dabei den Kopf. Doch zwei meiner Soldaten, die die Scheune mit Bajonetten sondiert hatten, entdeckten die unter Stroh versteckten Säcke mit Weizen. Meine Männer wurden wütend, ergriffen den Unglücksraben und wollten ihn schon kurzerhand an einem Balken der Scheune aufknüpfen und anschließend den Hof in Brand setzen, um ein Exempel zu statuieren, wie das schon viel zu oft in unserem Département geschehen ist. Doch ich nutzte meinen Dienstgrad und das Ansehen, das ich aufgrund meiner Feldzüge genoss, und so gelang es mir, diese Missetat zu verhindern. Ich sprach voller Entschlossenheit zu den Soldaten und sagte: Bürger Freiwillige, wollt ihr euch so verhalten wie die, die wir bekämpft haben, und ein Verbrechen begehen? Wenn dieser Mann bestraft werden soll, dann von einem Richter und im Namen der Republik. Jede andere Handlung wäre unwürdig und gegen unsere Gesetze. Die Männer, die dem Bauern bereits den Strick um den Hals gelegt hatten, besannen sich anders. Nach kurzer Beratung wurde vereinbart, dass ich in die nächste Stadt gehen sollte, also nach Hennebont, um diesen Bauern der Gerichtsbarkeit des Sicherheitskomitees zu überantworten, das über sein Los entscheiden würde. Sie fanden ein Fuhrwerk, und es gelang mir, den Bauern vor unserer Truppe in Sicherheit zu bringen, was seine Furcht deutlich verringerte. Dann sagte ich ihm auf Bretonisch, dass ich bei dem Richter des Komitees ein gutes Wort für ihn einlegen würde. Er dankte mir dafür, als sei ich sein Retter. Und für mich war es eine Quelle des Mitleids und der Entrüstung, diesen Mann vor mir zu sehen, der etwa so alt war wie mein Vater und in seinem ganzen Leben nie etwas anderes getan hatte, als von morgens bis abends zu arbeiten, um seine Familie leidlich zu ernähren, und der beinah vor den Augen seiner Frau und seiner Kinder aufgehängt worden wäre, und zwar von jungen Burschen, die nicht die geringste Ahnung vom Preis des Daseins hatten. Wir trafen noch am selben Abend in Hennebont ein, und ich bat darum, mit meinem Gefangenen vom Richter empfangen zu werden, dem ich schilderte, was geschehen war. Ich schloss mit folgenden Worten: »Bürger Richter, wenn du diesen Bauern erhängen musst, weil er ein paar Säcke Weizen versteckt hat, die für das Überleben seiner Familie unentbehrlich sind, dann musst du alle Bretonen erhängen, denn ich kenne keinen, der nicht das Gleiche getan hätte.« Ich setzte mich der Gefahr aus, als Aufwiegler und Feind der Republik beschuldigt zu werden. Aber der Richter war ein Ehrenmann und zudem ein Freund meines früheren Rhetoriklehrers Abbé Gendron am Kolleg dieser Stadt. Er stand auf und drückte mir die Hand. »Du hast Recht, Bürger Sergeant«, sagte er zu mir. »Ich werde anordnen, dass dieser Bauer auf der Stelle freigelassen wird, damit er nach Hause zurückkehren und sich um seine Familie kümmern kann, denn das ist in den heutigen Zeiten schon schwer genug.« Ich dankte ihm von ganzem Herzen, und als die Gendarmen den Bauern freiließen, küsste er mich im Namen von Jesus, Vari und José und machte sich schnell auf den Heimweg. Den Weizen, den meine Männer gefunden hatten, teilte ich in zwei Teile auf, einen bekam die Armee, und der andere wurde diesem Mann zu seiner großen Freude zurückgegeben. Diese wenigen Säcke Weizen bildeten den Vorrat, von dem sie in diesem Winter leben würden, und zwar zu Brei oder Pfannkuchen verarbeitet, denn diese armen Leute wussten nicht einmal, wie richtiges Brot schmeckt. Ich erzähle diese Anekdote nicht aus Eitelkeit, sondern weil ich den Eindruck habe, dass dieses Ereignis den Verlauf meines zukünftigen Lebens bestimmt und mich dazu gebracht hat, beim Oberkommando des Morbihan meine Entlassung zu beantragen und meine militärische Karriere zu beenden.

Manchmal stelle ich mir vor, was aus mir geworden wäre, wenn ich weiterhin gedient hätte, denn in diesen Revolutionsjahren stieg man schnell auf, vom Dienstgrad eines Leutnants zu dem eines Bataillonschefs, wenn nicht gar zum Brigadegeneral, was schon vorgekommen ist. Aber viele starben auch, wie all die, die ich kannte und die in Houanaminthe, in Jemmapes, in Hondschoote zusammen mit den fünfzigtausend Mann von General Houchard fielen, ganz zu schweigen von denen, die auf den schwimmenden Kerkern der Engländer starben, und all denen, die elend und verwundet zurückkehrten. Aber zu jenem Zeitpunkt hegte ich nicht den geringsten Zweifel daran, dass ich mich lange genug auf schlammigen Wegen herumgetrieben und genügend Diebstähle und Straftaten gesehen hatte.

Ich verließ also meine Kompanie und mein Regiment und ging zu Fuß querfeldein bis an meinen heimatlichen Fluss Ellé, wo meine Mutter und meine Schwester Pauline sowie meine liebe Marie Anne auf mich warteten. Mein Gepäck war ebenso leicht wie zwei Jahre zuvor, als ich aufgebrochen war, nur ein Ranzen mit etwas Brot und Käse, meine silberne Querflöte und die Schulgrammatik mit Zitaten von Mark Aurel. Anders gesagt, ohne einen Franken mehr als an dem Tage, an dem ich mich gemeldet hatte.

Aber mir hüpfte das Herz im Leib, als ich an der Ellé entlangging. Ich hatte vergessen, wie sanft und schön mein Fluss war und wie er sich langsam zwischen den Weiden und Hügeln hindurchschlängelte. Aus den Höfen stieg Rauch auf, und ich hörte Hunde bellen. Bei dem Gedanken daran, dass ich zu denen hätte gehören können, die, ohne es zu wissen, das Haus meiner Familie plünderten und mit dem Bajonett in Strohballen stachen, um Weizen zu finden, oder sogar gegen wehrlose Frauen Gewalt anwandten, graute mir vor dem Soldatenberuf. Ich verstand nicht, wie ich so lange von all dem, was mir lieb war, hatte fernbleiben können. Ich dachte auch an den Vorfall, der sich in der Nähe von Hennebont abgespielt hatte, und an die schlechte Behandlung ganz allgemein, die der Bretagne zuteil wurde. Hatte Abbé Grégoire nicht beim Nationalkonvent den Gebrauch der bretonischen Sprache verboten? Und waren nicht Hippolyte Coroller und Joseph

Delaville verspottet worden, als sie wagten, öffentlich zu beantragen, die Erlasse der gesetzgebenden Versammlung ins Bretonische übersetzen zu lassen? Daher hatte ich das Gefühl, dass ich nichts mehr von der Revolution zu erwarten hatte.

So ging ich philosophierend am Fluss entlang, während der Abend hereinbrach. Ich war noch mehrere Meilen von Runello entfernt. Ich machte Halt, um die Abenddämmerung zu genießen und Flöte zu spielen, fröhliche Weisen wie jene, die ich gespielt hatte, als das Korps der Freiwilligen aufbrach, um der Grenze entgegenzumarschieren. Es war kindisch, ein bisschen lächerlich, als wollte ich damit bewirken, dass der Klang meiner Flöte bis nach Runello drang und dort verkündete: Jean Eudes, der brave Junge, ist wieder da!

Dann suchte ich mir ein Fleckchen am Flussufer, am Rand eines kleinen Eichenwalds, um dort meine letzte Nacht als Soldat zu verbringen. Die Luft war lau, ein gelber Mond erhellte die Landschaft, Fledermäuse flatterten dicht über das Wasser, es war ideal. Ich aß mein letztes Stück Brot mit Speck aus meiner Ration und rauchte genüsslich eine Pfeife. Zum ersten Mal seit Jahren genoss ich das Glück der Freiheit.

Ich hatte tausend Pläne. Ich würde nach Paris gehen und beim Bankier Morand in der Rue Meslée vorstellig werden. Oder ich würde mit dem Schiff ans andere Ende der Welt fahren, nach Indien oder nach Amerika. Aber vor allem würde ich Marie Anne heiraten und wir würden eine Weile in einem blumengeschmückten Haus in Port de la Liberté wohnen. Diesen Träumen überließ ich mich in dieser sanften Nacht und wurde vom Rascheln der Fledermausflügel und dem ruhigen Plätschern des Flusses in den Schlaf gewiegt.

Im Herbst, am 10. Vendémiaire des Jahres V, haben Marie Anne Naour und ich, Jean Eudes Marro, im Rathaus von Port de la Liberté geheiratet. Marie Anne wollte auch eine christliche Trauung, und für diese zweite Zeremonie sind wir nach Runello zurückgekehrt, wo meine Familie und die Familie meiner Braut uns für die Hochzeitsfeier erwarteten. Ich habe alles in diesem Heft notiert, um keine Einzelheit dieses so wichtigen Tages zu vergessen. Meine Mutter und meine Schwester hatten ihre Festtagsgewänder angelegt, ein schwarzes Kleid und eine große Haube mit gestärkten Bändern, was ihnen ein feierliches Aussehen verlieh. Ich trug die schwarze Weste meines Vaters und seinen breiten bestickten Gürtel, doch ich behielt dazu die Hose und Jacke meiner Uniform der Nationalgarde an. Um meiner Familie einen Gefallen zu tun, löste ich meinen Pferdeschwanz und ließ mein langes Haar auf die Schultern fallen, wie es unter den Südbretonen üblich ist. Dann machte ich mich mit der ganzen Hochzeitsgesellschaft auf den Weg, um meine Braut abzuholen. Auf dem Hof der Naour waren die Frauen schon seit dem frühen Morgen damit beschäftigt, Crêpes zu backen. Gegen Abend versammelten sich dort alle, die Frauen mit den Frauen und die Männer miteinander. Man unterhielt sich und trank Cidre. Ich wusste, dass mein Einsatz für die Revolution die meisten von ihnen verwirrte, weil sie religiös eingestellt waren. Aber es waren einfache Leute, die es verstanden, gute Miene zum bösen Spiel zu machen. Wir schliefen unter freiem Himmel, weil die Nacht schön und sternklar war. Am frühen Morgen zündeten die Frauen ein Feuer an und gingen die Kühe melken. Marie Anne begleitete sie, und gegen neun Uhr zog sie sich für die Feier an. Als sie schließlich in dem großen Gemeinschaftsraum erschien, war sie in einem wunderschönen Brautstaat, einer breiten Spitzenhaube mit gestärkten Bändern, die auf beiden

Seiten des Gesichts herabfielen, und auf ihrem Mieder aus feinem schwarzem Tuch die Korallenkette, die ich ihr zu unserer Verlobung gekauft hatte. Gegen Mittag tauchten schließlich die Musikanten auf, und der ganze Festzug setzte sich durch die Heide zu den Scheunen in Bewegung. Dort waren im Schutz von großen, aus Masten und Schiffssegeln hergestellten Zelten Tische und Bänke aufgestellt worden. Die Frauen auf der einen Seite, die Männer auf der anderen, und ich war entzückt vom Anblick all dieser weißen Spitzenhauben und all dieser Bauern, die steif dasaßen unter ihren breiten schwarzen Filzhüten und in ihren weißen Hemden mit breitem Kragen. Auf den mit Ginstersträußen geschmückten Tischen stand ein für jene Zeit kaum vorstellbares Festessen: ein Gericht aus gepökelten Rinderkoteletts, Kaldaunen aus Vire, Speck, Weißbrot, Cidre und Met. Jeder Gast hatte seinen Löffel mitgebracht, und bei dieser Gelegenheit übergab mir Marie Anne ihre Hochzeitsgeschenke, einen Löffel aus Buchsbaumholz sowie eine mit unseren Namen verzierte Eichentruhe. Der Pfarrer, der in Zivilkleidung gekommen war, sprach ein paar lateinische Gebete, dann die rituellen Formeln auf Bretonisch, und Marie Anne und ich waren verheiratet.

Anschließend regnete es bis vier Uhr nachmittags. Die Musikanten warteten nicht ab, bis der Regen zu Ende war, sondern spielten mal fröhliche, mal traurige Weisen, wie es bei Hochzeiten üblich ist. Und schon bald wurde getanzt, Männer und Frauen, in zwei Reihen gegenüber, tanzten *fisel* und Gavotten. Ich hatte etwas getrunken, aber nicht der Cidre benebelte mich, sondern der festliche Wirbel, der Geruch von Speisen und Ginsterblüten, die Musik und die leuchtenden Farben der Gewänder. Ich blickte Marie Anne an, die mit mir tanzte, ihr hochrotes hübsches Gesicht, die blonden Strähnen, die unter ihrer Haube hervorlugten.

Ich habe ihr Lächeln und ihre blitzenden Zähne nie vergessen und auch nicht, wie mein Herz bei dem Gedanken klopfte, dass sie fürs ganze Leben meine Frau war und wir für immer vereint.

Wenn ich an diesen Herbsttag in Runello zurückdenke, kommt es mir vor, als habe mein Leben erst an diesem Tag begonnen und als sei alles, was ich erlebt hatte, der Krieg an den Grenzen des Landes und der Feldzug in Belgien, unwichtig gewesen und habe nur dazu gedient, mich auf meine Hochzeit mit Marie Anne vorzubereiten, das heißt, um aus mir einen neuen Menschen zu machen, den glücklichsten Menschen der Welt. Mervin konnte sich getrost über mich lustig machen, wenn er sagte: »Wie kann sich ein unabhängiger Mann wie du nur mit einer Frau begnügen?« Ich erwiderte darauf: »Weißt du, diese Frau bedeutet mir mehr als alle anderen.« Er spottete weiter: »Du bist noch so jung, du kennst die Frauen gar nicht.« »Aber ich will sie gar nicht kennen«, erwiderte ich. Mervin hatte ein Abenteuer nach dem anderen, und er war seit drei Jahren mit Alice verlobt, der Tochter des Bankiers Morand. Außerdem hatte er zwei Geliebte, von denen eine, eine ehemalige Adlige, verheiratet und als Kurzwarenhändlerin in der Rue du Temple untergetaucht war. Er sprach manchmal auch über die Mädchen in der Rue Meslée, die uns an dem Abend angesprochen hatten, als wir durch Paris gegangen waren, und machte sich über mich lustig, weil ich die Gelegenheit nicht genutzt hatte. Das konnte er nicht verstehen. Doch ich brauchte nur meine Marie Anne anzusehen, wenn sie morgens aufwachte, ihre Frische und ihre zerzausten blonden Locken, und ich wurde von unerschütterlicher Gewissheit und Sicherheit erfüllt. Mit Marie Anne war alles leicht und einfach. Sie konnte gut lesen und schreiben (sie hatte eine hübsche Stimme, und ich bat sie, mir aus der Zeitung vorzulesen, sogar die unverständlichsten politischen Debatten). Sie hatte nicht die klassischen Autoren studiert und verstand nichts von Philosophie. Und doch besaß sie in all diesen Dingen ein sehr verlässliches Urteil. »Woher weißt du das alles, Marie Anne?«, fragte ich sie. Sie verzog den Mund zu einem spöttischen Lächeln und sagte: »Habe ich nicht Recht?« »Doch, du hast Recht, Marie Anne«, gestand ich. »Wenn ich Recht habe, dann müsste doch jeder zu dem gleichen Schluss kommen können wie ich«, meinte sie dann. Und das stimmte durchaus, denn ihr Urteil gründete einfach auf gesundem Menschenverstand, aber viele hätten aus Faulheit, aus Angst, sich lächerlich zu machen, oder aus Niedertracht nicht darauf gehört.

Unser Glück wurde jedoch durch die Angst vor der Zukunft getrübt. Die Mitgift, die uns die Naours hatten zukommen lassen, war nicht sehr groß. Und die sechshundertachtzig Pfund, die ich von meinem Patenonkel Étienne Soliman zu meinem achtzehnten Geburtstag in Form von Assignaten erhalten hatte, waren durch den ständigen Wertverfall des Papiergelds arg zusammengeschrumpft. Ende 1793 blieben davon nur noch zweihundertzehn und im Monat Prairial des folgenden Jahres kaum sechzig übrig.

Wir wohnten damals in einem kleinen Haus in der Rue Fulvy in Lorient, nicht weit vom Hafen. Wegen der Blockade der Engländer fehlte es an allem. Fleisch, Fisch und sogar Eier waren teuer. Wenn uns Tante Roseline Naour nicht jede Woche Gemüse, Milch und Käse von ihrem Hof gebracht hätte, wären wir gezwungen gewesen, uns mit in fettige Brühe getauchtem schlechtem Brot zu begnügen. Marie Anne verlor ihre rosige Farbe. Der Winter 94 war besonders hart, schneidender Wind und Schnee vor den Stadttoren. Die amerikanischen Schiffe versorgten uns aus Furcht vor den Engländern nicht mehr mit Getreide.

Um nach Schimmel riechendes dunkles Brot zu bekommen, musste die arme Marie Anne um zwei Uhr morgens aufstehen und vor der Bäckerei Schlange stehen. Und das Schlimmste daran war, dass die meisten Frauen dieses Brot anschließend für den doppelten Preis an jene weiterverkauften, die kein Brot mehr beim Bäcker bekommen hatten.

In der Stadt Lorient und ihren Vororten wimmelte es von Bettlern, Greisen und zerlumpten Kindern, die sich in den Einfahrten sammelten und in die Innenhöfe der Häuser kamen. Das Directoire des Morbihan hatte die Kirchen schließen lassen, verboten, die Glocken zu läuten, und viele alte Kreuze, die an den Weggabelungen gestanden hatten, abreißen lassen. Es wurde gesagt, dass die Zitadelle in Port de la Liberté als Gefängnis für die unbeugsamen Priester und all jene diente, die in die Kolonien verbannt werden sollten. Man erzählte sich, dass Hoche in dieser Festung die Aufständischen aus der Vendée eingekerkert hatte, die dort verhungerten und erfroren. Die Frauen und Kinder dieser Unglücklichen irrten durch die Stadt, bettelten um Brot und psalmodierten Gebete.

Die Revolution, die das Ziel verfolgt hatte, alle Völker der Erde zu befreien, tat jetzt alles, um diese Freiheit zu beschränken, und verweigerte jedem Einzelnen das Recht, seinem Glauben und seiner Tradition treu zu bleiben. Auch wenn ich selbst nicht gläubig war und die Verbrechen des Klerus, der dem ehemaligen Adel und den Privilegierten ergeben war, miterlebt hatte, konnte ich dennoch nicht den Kummer und die Schmach meiner Mutter, meiner Schwester Pauline oder meiner Frau Marie Anne ertragen, die es nicht mehr wagten, an einer Kirche vorbeizugehen, weil sie solche Angst hatten, von einem sich als Patriot aufspielenden Schurken festgenommen zu werden. Selbst die bretonische Sprache war in den Augen der Jakobiner verdammenswert. Hatte der Abgeordnete Barère nicht als Antwort auf die Anträge der Bretonen vor der Nationalversammlung erklärt, dass *der Föderalismus und der Aberglaube bretonisch sprächen*? Das Gesetz vom 30. Vendémiaire des Jahres II, Artikel 7, verkündete, dass *in allen Teilen der Republik der Unterricht nur auf Französisch erteilt werden darf*.

Eine Zeit lang hatte ich vor, mit Marie Anne in die Hauptstadt zu gehen, weil das Leben dort, wie ich glaubte, besser war und ich die Hoffnung hatte, in einem Handelsunternehmen eine Anstellung zu finden. Doch die Nachrichten, die ich von meinem Freund Mervin erhielt, brachten mich davon ab. Auch er hatte beschlossen, in die Bretagne zurückzukehren. Die Menschen in Paris, schrieb er in seinem Brief, verhungern oder erfrieren. Es gibt so wenig Feuerholz, dass die Leute gezwungen sind, ihre Möbel zu verbrennen. In der Bretagne, fügte er hinzu, hat man wenigstens das Notwendigste, kann dürres Holz im Kamin verbrennen, Gemüse vom Hof essen und in den Wäldern heimlich auf die Jagd gehen. Marie Anne und ich beschlossen daher, in der Mühle in Runello Zuflucht zu suchen. So verbrachten wir das Ende dieses schrecklichen Winters in nicht ganz so großem Elend. Aber die ganze Gegend war von Trauer gekennzeichnet. Rabenschwärme suchten das Land heim. Überall sah man die Gerippe von toten Tieren. Der graue Himmel und die kahlen Bäume machten diesen Anblick noch trostloser. Ich spürte nichts mehr von der festlichen Stimmung bei unserer Hochzeit, als es Essen und Cidre im Überfluss gegeben hatte und wir am Ufer der Ellé getanzt hatten.

Marie Anne erwartete unser erstes Kind. Sie arbeitete weiterhin im Stall, versorgte die Kühe auf dem Hof der Naour. Sie verließ morgens um vier Uhr das Haus und kehrte erst abends heim. Vom kalten Wasser und der harten Arbeit waren ihre hübschen Hände rissig geworden. Trotzdem wollte sie sich nicht von mir helfen lassen. Das sei keine Arbeit für mich, sagte sie. Ich müsse in einer Bank oder als Händler arbeiten und nicht auf einem Bauernhof. In Wirklichkeit hatten mich die Naours nie richtig akzeptiert. Ich war Halbwaise, hatte kein Vermögen, und daher kam es für sie nicht in Frage, mir ein Anrecht auf ihr Land zu überlassen. Der strenge Winter hatte ihr Herz verhärtet und ihre geizige, verstockte Bauernseele zum Vorschein gebracht. Und außerdem war da noch meine Vergangenheit als Revolutionär und die Tatsache, dass ich keinen Hehl aus meinen Ansichten über die Republik und die neue, laizistische Verfassung machte. Marie Anne wusste genau, dass ich nicht zu denen gehörte, die die Priester verfolgten, aber ihre Eltern und viele andere in unserer Umgebung betrachteten mich als Verräter und Abtrünnigen. Und so keimte allmählich der Gedanke in mir, wegzugehen, so weit weg wie möglich, um mit Marie Anne das Glück in einer anderen Welt zu suchen, wo alles neu war und ich arbeiten konnte und meine Freiheit hatte, ohne von politischen Emporkömmlingen und falschen Patrioten angeprangert zu werden.

Tagebuch meiner Reise von Lorient zur Isle de France auf der Brigg Rozilis, *Abfahrt am 1. Germinal des Jahres VI, Ankunft am 20. Thermidor*

Am 1. Germinal des Jahres VI verließen wir an Bord der Brigg *Rozilis* auf Nimmerwiedersehen die Bretagne mit dem Ziel Isle de France. Wenn ich an all die Dinge zurückdenke, die sich in jenem Jahr ereignet haben, wird mir bewusst, wie schwierig es gewesen ist, welch harte Prüfung für mich und Marie Anne, und was für ein schmerzhafter Moment es für meine Mutter und meine Schwester gewesen sein muss, denn sie wussten, dass wir uns nie wieder sehen würden. Unsere Jeanne Eugénie kam im Sommer zur Welt, am ersten Tag im Thermidor, sie war unsere einzige Freude in dieser Zeit der Entsagung und Unsicherheit. Wir überlebten zwar die Schwierigkeiten und den Geldmangel, aber der Gedanke, dass ich meiner Mutter zur Last fiel und dass Marie Anne gezwungen war, wie eine Magd bei ihrer eigenen Familie zu arbeiten, war mir unerträglich geworden. Sobald mir meine Entlassung bescheinigt war, beantragte ich einen Pass für mich und meine Familie, um in die Fremde zu gehen. Dass meine Wahl auf die Isle de France fiel, war fast Zufall. Die Schiffe, die in die Kolonien auf den Antillen und nach Amerika fuhren, waren alle ausgebucht und nahmen keine Passagiere mehr auf. Die einzige Überfahrt, die sich für lange Zeit bot, war auf der *Rozilis,* einer in Lorient beheimateten Brigg von dreihundert Registertonnen, die für den Transport von Waren in den Indischen Ozean bestimmt war. Die Überfahrt war teuer, dauerte mehrere Monate, und die Route war gefährlich, weil sie von den Engländern überwacht wurde, mit denen wir immer noch Krieg führten. Außerdem musste ich mir auf eigene Kosten von einem Schiffszimmermann eine Kajüte bauen lassen, in der wir reisen würden. Der Rest der Assignaten, die mir mein Pate geschenkt hatte, war nichts mehr wert, und so musste ich mich, um auf die Reise gehen zu können, zu einer verzweifelten Maßnahme durchringen. Ich bat meine Mutter, mir mein Erbe auszuzahlen, und da sie kein Geld besaß, verkaufte sie das Haus in der Rue Fulvy in Lorient, der einzige Besitz, über den sie noch verfügte. Pauline, mit der ich über meinen Plan gesprochen hatte, gelang es, meine Mutter dazu zu überreden. Ich verzichtete allerdings damit auf den Erbanspruch auf die Mühle in Runello. Das bedeutete, dass ich die Hoffnung aufgab, je in die Bretagne zurückzukehren, denn sobald das Haus verkauft war, besaß ich dort nichts mehr, um meine Familie zu ernähren. Die Familie Naour, die mir inzwischen äußerst feindlich gesinnt war, weigerte sich, mit dem Erbe meiner Frau ähnlich umzugehen, und gab mir lediglich die Hälfte der Mitgift von fünfhundert Pfund, die im Ehevertrag festgelegt war, wenn auch in Goldwährung und nicht in Form dieser verfluchten Assignaten.

Im Verlauf des letzten Sommers in der Bretagne hatte sich ein weiterer Zwischenfall ereignet, der meinen Wunsch, für immer in die Fremde zu gehen, bestärkte. Als ich meinen Pass abholen und gerade das Register unterzeichnen wollte, herrschte mich einer der Offiziere aus dem Sicherheitsausschuss von Lorient, ein Schönling aus Marseille namens Rinaldi mit ungesunder Gesichtsfarbe und geckenhafter Kleidung, äußerst beleidigend an: »Bürger«, sagte er zu mir, »bist du nicht einer dieser ehemaligen Adligen, dieser Verräter an unserer Sache, die sich mit dem Gold der Franzosen davonmachen? Wenn du deinen Passierschein haben willst, musst du dir erst das

Haar schneiden lassen!« Und dabei zeigte er auf meinen Pferdeschwanz, der unter meinem Hut hervorlugte und mir auf den Kragen fiel. Denn die Jakobiner hatten angeblich angeordnet, dass jeder echte Patriot das Haar kurz tragen müsse, und zahlreiche Bretonen hatten ihre Haartracht opfern müssen, um diesen Fanatikern Genüge zu tun.

Gewiss, ich hätte die Achseln zucken und fortgehen können. Aber mich packte die Wut, und ich vergaß alle Vorsicht. Ich ging im Saal des Directoire drei Schritte zurück, zog meinen Degen, den ich seit dem Kriegsdienst immer am Gürtel trug, und schrie: »Bürger, wer mein Haar antasten will, muss erst hiermit Bekanntschaft machen.«

Der Saal wurde nicht von Gendarmen bewacht, sonst wäre ich bestimmt für eine solche Drohung festgenommen worden. Der Offizier wurde ganz bleich und wich bis hinter seinen Tisch zurück. Mein Papier war bereits unterzeichnet, und so nahm ich es, machte kehrt und ging hinaus.

Vermutlich haben mich meine Verdienste in der Schlacht von Valmy und Houanaminthe gerettet, denn ich habe nie wieder etwas vom Bürger Rinaldi gehört. Aber als ich die Anekdote Marie Anne erzählte, erschrak sie furchtbar. Sie hielt mir vor, wie unklug es von mir gewesen sei, so zu handeln, und dass die Rache dieses Elenden mich aufs Schafott bringen könne. In diesem Augenblick begriff ich, dass ich unmöglich noch länger in einem Land leben konnte, in dem man dafür, dass man das Haar lang trug, wie es unsere Vorfahren getan hatten, im Kerker landen oder hingerichtet werden konnte. Einen Monat später war die Kajüte fertig, und Marie Anne, meine Tochter und ich gingen an einem kalten, regnerischen Tag an Bord der *Rozilis*, als Gepäck hatten wir nur meine Hochzeitstruhe mit einigen persönlichen Sachen und die Säcke mit Mehl und

Trockenerbsen dabei, die uns bei dieser langen Überfahrt als Nahrung dienen sollten. In ein paar Holzkisten, die in der Kajüte vertäut wurden, nahmen wir darüber hinaus ein Fass Branntwein, ein anderes mit Rotwein sowie Geschirr, ein paar Bücher, Garn, ungebleichtes Leinen und Wolle mit, Dinge, die es am anderen Ende der Welt kaum gibt.

Mein Freund Mervin, den ich überredet hatte mitzufahren, kam ein paar Tage später an Bord. Da er sich keine Kajüte hatte bauen lassen, musste er mit den Matrosen in der Back schlafen. Er konnte infolge seiner Liebesabenteuer nicht länger in Paris bleiben. Er sagte selbst: Ich hätte mich davongemacht, auch wenn ich wie ein Galeerensträfling hätte rudern müssen.

Und so passierte der Zweimaster *Rozilis* mit geblähten Segeln bei stürmischer See und starkem Westwind die Pointe de Gâvres und gelangte durch die südliche Fahrrinne ins offene Meer. Marie Anne stand neben mir auf dem Oberdeck und hielt unsere in eine Wolldecke gehüllte kleine Jeanne an die Brust gedrückt, während wir zusahen, wie sich das Ufer entfernte und der Kirchturm von Larmor unter Glockengeläut bereits halb im Nebel verschwand. Dieses Glockengeläut begleitete mich als letzte Erinnerung an das Land meiner Vorfahren, das wir für immer verließen. Und obwohl es mir gelang, meine Furcht vor dieser Reise nicht zu zeigen, die wir antraten, ohne sicher zu sein, am Ziel anzukommen, schnürte sich mir das Herz zusammen, als ich die Tränen sah, die Marie Anne über die Wangen rannen, und ich wusste, dass es keine Worte gab, mit denen ich sie hätte trösten können. Schließlich wurde es Nacht, und die *Rozilis* erreichte den Ozean, um es mit der Macht der Wellen und des Winds aufzunehmen.

Vom 20. bis zum 30. Ventose des Jahres VI

Aufgrund einer Reparatur und der Tatsache, dass ein englisches Geschwader in der Nähe von Belle Isle gesichtet wurde, lagen wir 21 Tage auf der Reede von Port de la Liberté. Das einzig Gute an dieser Wartezeit war, dass wir uns an das Leben an Bord gewöhnen und mit der Besatzung Bekanntschaft machen konnten. Kapitän Braché wunderte sich, dass wir mit einem Kleinkind reisten, aber Marie Anne wies ihn darauf hin, dass es noch viel schwieriger gewesen wäre, wenn unser Kind schon über das Alter, in dem es gestillt wurde, hinaus gewesen wäre.

Am 1. Germinal

Morgens um 7 Uhr lichteten wir den Anker, setzten die Marssegel und liefen mit der einsetzenden Ebbe aus. Scheußliches Wetter, mäßig bewegte See.

Gegen acht Uhr ließen wir in Begleitung des Kaperschiffs Confiance, *das dasselbe Ziel ansteuerte wie wir, die Pointe de Gâvres hinter uns.*

Um 10 Uhr ging der Lotse von Bord, da wir das offene Meer erreicht hatten. Anschließend nahmen wir Kurs auf W-S-W und nahmen um 11 Uhr in einer Entfernung von sieben Seemeilen O-S-O den Leuchtturm von Belle Isle wahr.

Zwischen 11 und 12 Uhr legten wir 2 und 2/3 Seemeilen in Richtung W-S-W zurück, was einen Ausgangspunkt 52°15′ Breite und 6°37′ Länge ergab.

Am 29. Germinal

Bei nebligem Wetter verloren wir die Confiance *aus den Augen, wir befanden uns auf 44°26' & 8°12'West.*

Am 30. desselben

Um 7 Uhr morgens 2 Schiffe gesichtet und sogleich den Kurs gewechselt, auf 44°33' & 8°27'.

Am 1. Floreal

Um drei Uhr nachmittags 2 Schiffe auf Gegenkurs entdeckt, drehten sofort ab auf 44°53' & 9°18.

Am 2. Floreal

Abends um halb acht ein Schiff gesichtet & sogleich abgedreht auf 44°29' & 10°-9'1/3.

Am 3.

Um 8 Uhr morgens eine Brigg gesichtet und uns sogleich auf ein Gefecht vorbereitet, aber sie floh nach 44°-16' & 12°17'.

Am 4.

Um 7 Uhr morgens ein Schiff bei 44°-28' & 12°-59' gesichtet.

5.

Um 5 Uhr morgens ein Schiff bei 43°57' & 16°-58' gesichtet.

6.

Um 2 Uhr morgens ein Schiff ausgemacht, das seinen Kurs beibehielt. Um halb fünf 3 Fregatten gesichtet, die uns offensichtlich verfolgten, trotz unserer Bemühungen waren sie um 5 Uhr nur noch eine halbe Seemeile von uns entfernt, was uns dazu zwang, unsere Wasserfässer, die sich auf dem Oberdeck befanden, zu zertrümmern. Um 7 Uhr, als wir sahen, dass sie immer näher kamen, warfen wir 4 Kanonen aus Eisen und 6 Holzattrappen mitsamt Lafetten sowie andere Dinge ins Meer, doch trotz dieser Vorsichtsmaßnahmen gewannen wir nur wenig Fahrt.

Um Viertel vor 9 machte eine der Fregatten Jagd auf uns; wir führten sogleich erneut ein Manöver aus, aber das half uns auch nichts. Eine der Fregatten hatte sich inzwischen auf Schussweite genähert und feuerte ihre Kanonen ab; ein paar Kugeln fielen direkt hinter uns ins Meer. Schließlich ergaben wir uns, da uns kein anderer Ausweg blieb, und zu unserer großen Freude stellten wir fest, dass es französische Fregatten waren: die Franchise, *die* Concorde *& die* Médée, *die Rochefort am 15. Germinal unter dem Kommando von Kapitän Landolphe verlassen hatten.*

Wir folgten ihnen über 41°39′ & 19°42′ Länge.

7.

Morgens um halb acht nahmen wir in Begleitung der drei Fregatten die Jagd auf ein Schiff auf, das wir als ein englisches ausgemacht hatten. Es wurde von den Fregatten gekapert, die uns 2 Fässer Wasser und 2 Kanonen gaben, die aus der Prise stammten, bei 40°4′ & 21°-58′.

Am 8. Floreal

Gegen Mittag weiteren Proviant und Wasser erhalten, um das zu ersetzen, das wir während der Verfolgungsjagd ins Meer geschüttet hatten – 38°52′ & 24°2′.

10.

Morgens um 7 Uhr nahmen wir in Sichtweite von Graciosa, einer der Azoreninseln, Abschied von der französischen Eskorte.

Diese 3 Fregatten hatten 1200 Soldaten an Bord & und vergleichsweise viele Seeleute – 38°-33′ & 27°25′.

15.

Abends um 7 sprangen 3 fliegende Fische an Bord und einer von ihnen traf mich ziemlich heftig im Gesicht!

27°11′ & 30°-9′.

17.

Morgens um 6 eine Schonerbrigg gesichtet, die steuerbord mit zugesetzten Halsen segelte, und sogleich Kurs auf sie genommen. Morgens um 11 holten wir sie ein und nahmen sie unter Beschuss. Sie ergab sich sogleich & ließ ein Beiboot zu Wasser. Der Kapitän kam an Bord, er war Amerikaner und transportierte 35 Passagiere, unter ihnen 6 Kapuzinermönche, von Cadix nach Charleston. Er überließ uns bereitwillig Trinkwasser, dann trennten wir uns bei 21°-48′ & 30°-23′.

26.

Morgens um 10, bei ruhiger See nach Auflösung des Nebels nordwestlich von uns in einer Entfernung von etwa 2 Seemeilen einen Geleitzug ausgemacht; drehten sogleich ab und machten 6 Galeerenruder klar, um einer Fregatte und einer Brigg zu entkommen, die Jagd auf uns machten.

Gegen Mittag verloren wir sie aufgrund einer Bö aus den Augen, doch als sich bald darauf das Wetter trotz des anhaltenden Regens aufhellte, sahen wir, dass sie uns noch immer verfolgten. Um 2 Uhr nachmittags stellten wir fest, dass sie nicht genug Wind hatten & dass aus Nordwesten eine Bö auf uns zukam. Wir setzten die Segel dementsprechend & ruderten verbissen weiter. Um halb 4 hellte sich das Wetter auf & nach 5 Stunden harter Arbeit in der Hitze und bei starkem Regen holten wir endlich unsere Riemen ein & sahen, dass die Fregatte die Jagd auf uns aufgegeben hatte und sich wieder ihrem Geleitzug anschloss, da sie nach unseren verschiedenen Manövern die Hoffnung aufgegeben hatte, uns einzuholen.

Wir zählten 23 Segel: Es war ein englischer Geleitzug, der aus Indien kam und Portsmouth ansteuerte. 5°-48′ & 24°-21′.

27.

Abends um halb 7 in 5 Meilen Entfernung eine Fregatte ausgemacht, wir setzten die Segel, um ihr auszuweichen.

5°-27′ & 25°-4′.

1. Prairial im Jahre VII

Morgens um 7 Dreimaster gesehen, der den gleichen Schlag machte wie wir; aufgrund einer Bö verloren wir ihn aus den Augen.

Bei 4°-20′ Breite & 22°-12′ Länge.

3.

Große Fischbänke gesichtet, Bonitos, Meerbrassen &sw, wir fingen mehrere Fische.

Unter 4°-38′ & 18°-46′.

4.

Um 6 Uhr morgens ein Segel gesichtet und sogleich abgedreht. Um 8 Uhr einen Dreimaster gesichtet, der in Gegenrichtung segelte; da er schon sehr nah war & auf uns zusteuerte, machten wir nicht den Versuch zu fliehen, um keinen Verdacht zu erwecken. Um 11 Uhr verloren wir ihn aus den Augen.

Unter 4°-22′ & 17°-18′.

5.

Um halb sechs ein Schiff gesichtet, das Jagd auf uns machte, aber gegen Mittag einen Vorsprung von 2/3 Seemeilen erreicht; um 5 Uhr verloren wir es endlich aus den Augen.

Unter 3°-7′ & 14°-50′.

7. bis 8.

Haben heute Nacht den Äquator passiert. Diejenigen unter uns, die zum ersten Mal die Linie überquerten, wurden dem Brauch entsprechend getauft. Unsere kleine Jeanne Eugénie ließ die Taufe ohne einen Schrei über sich ergehen. Nach der Zeremonie wäre fast ein Unheil geschehen. Beim Herablassen eines halben Fasses, das für das Taufwasser am Mastkorb befestigt worden war, riss das Tau, so dass das Fass mitten zwischen uns herabstürzte. Wenn es jemanden getroffen hätte, wäre er ohne Zweifel von dem Fass erschlagen worden.

Unter 0°-0′ Breite & 16°-30′ Länge.

18.

Bei rauer See ist unsere Jeanne dem sicheren Tod entgangen. Das Unglück wollte es, dass Marie Anne auf dem Deck ausrutschte, wobei ihr unsere Tochter entglitt und beinah durch eine Ladepforte ins Meer gestürzt wäre, wenn unser Freund Mervin, der neben ihr stand, sie nicht an ihren Kleidern zurückgehalten hätte.

Unter 16°-17′ südlicher Breite & 17°-52′ Länge.

Vom 26. Prairial bis zum 17. Messidor

Es hat sich nichts Neues ereignet, unsere Route wurde bei etwas unbeständigem Wind & zumeist ruhiger See fortgesetzt.

18. Messidor

Morgens um 6 Uhr das Kap der Guten Hoffnung erblickt; man konnte sehr gut in 12 Seemeilen Entfernung die breite Tafelebene erkennen, die sich der folgenden Skizze entsprechend vor unseren Augen erhob:

Unter 34°-13′ südlicher Breite & 16°-0′ Länge.

20. Messidor

Gegen 14 Uhr ein Schiff erblickt und sogleich alle Segel gesetzt, um ihm zu entkommen.

Unter 35°-26′ Breite & 15°-53′ Länge.

Vom 22. bis 23. Messidor – 10. Juli

Am Nachmittag ein frischer Nordwestwind und raue See. Um 22 Uhr alle Marssegel weggerefft. Um 23 Uhr das Hauptmarssegel festgemacht, die See wird immer rauer, das Schiff lässt sich mit gereffter Fock und Vormarssegel mit 10 bis 12 Knoten vom Sturm treiben. Starker böiger Wind und starke Strömung, Donnerschläge, mehrere Sturzseen, meine arme Marie Anne liegt seekrank und verängstigt in der Kajüte, wir lesen im Gebetbuch.

Um ein Uhr morgens brach eine mächtige Sturzsee über uns herein, das Schiff wurde von Bug bis Heck überspült; etwa eine Minute lang reagierte das Ruder nicht mehr; in jenem Augenblick glaubten wir uns unrettbar verloren, denn der Bug des Schiffes tauchte immer tiefer in die Fluten, doch zum Glück war es recht leicht, sodass wir wieder Mut schöpften. Während dieser Zeit drang die See in unsere Kajüten und schwemmte mehrere Dinge von Deck, so wurden wir etwa unseres letzten Schweins beraubt, was wir mehrere Tage lang bedauerten. Die restlichen Hühner ertranken, aber wir bereiteten daraus am übernächsten Tag ein Frikassee.

Diese furchtbare Sturzsee ereilte uns beim Überqueren der Banc des Aiguilles, *unter 36°-19′ & 21°-41′.*

23. bis 24. Messidor

Bei frischer Brise und schwerer See ließen wir uns immer noch vom Sturm treiben. Gegen Mitternacht schlug der Wind nach Norden um, was uns zwang, beizulegen, da wir den Wind auf der einen Seite und das Meer auf der anderen gegen uns hatten.

Unter 36°-3′ & 24°-14′.

24./25. Messidor

Wechselnde Winde, dunkle Böen, aufgewühlte See. Um ein Uhr, als wir vor den Wind kommen wollten, um uns treiben zu lassen, wurde unsere kleine Fock fortgerissen, wir drehten wieder bei und zogen eine andere auf. Um 3 Uhr ging eine Sturzsee über das Heck nieder. Das Schiff hielt der Querlage nicht mehr stand, der Seegang war zu stark. Um 3 Uhr 15 drehte sich der Wind, sodass wir mit gereffter Fock flohen, der Wind blieb böig.

Unter 35°-47′ & 26°-47′.

25./26.

Wechselnde Winde, dunkle Wolken, Regenschauer, diesiges Wetter, raue See.

Unter 35°-59′ & 28°-13′.

27.

Um Mitternacht im Mondschein ein Segel gesichtet; um 2 Uhr verloren wir es aus den Augen, da wir mehr Knoten machen.

Unter 34°-33′ & 30°-25′ Länge.

28.

Fast windstill, Nebel, starker Seegang, Gewitter.

Unter 34°-14′ & 30°-35′.

29. Messidor bis 8. Thermidor

Regenschauer, stark bewegte See.

9. Thermidor

Ruhige See, haben keine Kapschafe und keine Sturmvögel mehr gesehen.

Unter 29°-31′ & 54°-4′.

10. bis 15.

Schönes Wetter, ruhige See, leichte Brise.

Unter 21°-55′ & 58°-0′-14′.

16. Thermidor des Jahres VI – 3. August 1798

Die Isle de France gesichtet, blieben aber wegen der Dunkelheit noch in der Ferne.

Jetzt sah Jean überall die Gewalt. Es war die Verbindung von Hitze – die Sonne weichte den Asphalt auf und ließ die Geranien in den Töpfen vertrocknen –, Langeweile, Einsamkeit und Krieg, der an den Grenzen nagte. Jean hatte das Abitur ganz knapp bestanden, in den Naturwissenschaften, in Mathematik und Französisch hatte er erbärmliche Noten. Und die Noten in Philosophie und Englisch hatten so eben ausgereicht, um ihn über Wasser zu halten. Über dieser Stadt lag so etwas wie eine Wolke von Unverständnis. Vielleicht war es auch die Verbindung von Nietzsche und den Vorsokratikern, der Taumel, der von Anaxagoras, Empedokles und Parmenides ausging, als hätten die Worte einen anderen Sinn als den, den ihnen die gegenwärtige Wirklichkeit zuwies. Was bedeutete die »Sonne« bei Heraklit? Der »Fluss«? Was bedeutete »er ist« oder »er ist nicht«? Hatte das etwas mit dem funkelnden Licht auf den Stoßstangen der Autos zu tun oder mit der Spiegelung auf den Glasquadern, die die rechteckigen Balkons der zwölfstöckigen Wohnblocks verzierten? Hatten diese Worte, diese Sentenzen, diese Fragmente eine Bestimmung angesichts des Elektrozauns, der in Nordafrika ein Land namens Algerien von einem anderen namens Marokko absperrte? Hatten diese verflossenen Gedanken einen Sinn, wenn jeden Tag auf der anderen Seite dieses Meeres Menschen auf der ausgedörrten Erde starben?

Jean wollte nicht nach Hause gehen. Der Gedanke an die graue, stickige Wohnung, in der sein Vater, benommen vom Phenergan, in seinem Sessel vor sich hin döste und seine Mutter ihre Beklemmung durch die Lektüre eines Buchs, das sie in der Bibliothek am Bahnhof ausgeliehen hatte – *Die Familie auf Jalna, Die Giftspinne* oder *Wandlungen der Liebe* –, zu verbergen suchte, während das Radio Nachrichten über den Krieg gegen die Partisanen in Algerien oder die amerikanischen Bombenangriffe in Vietnam ausspuckte, der Ventilator sich mit dem röhrenden Geräusch eines Flugzeugs über der Kommode drehte und die Wände immer enger zusammenzurücken schienen, die Stagnation, all das erschien ihm unerträglich.

Jean ging quer durch die Stadt, ohne Halt zu machen, erst ans eine Ende und dann ans andere, bis in die entlegenen Viertel, wo sich die großen Wohnblocks auf zementierten Flächen erheben und aus Lautsprechern überall Radiomusik erklang. Manchmal blieb er kurz auf einem Platz stehen, betrachtete einen Springbrunnen, sah den Tauben zu oder Kindern, die sich in einem Sandkasten balgten.

Jeden Abend kehrte er in den Olivenhain zurück, als sei dort sein Zuhause. Er schlüpfte durch eine Bresche in der halb verfallenen Mauer, dort, wo der Stacheldrahtzaun zerschnitten worden war. Die Terrassen waren zum großen Teil eingestürzt, rote Erde rieselte zwischen den Wurzeln der Olivenbäume herab. Niemand ging mehr in den hinteren Teil des Geländes, weil die Dornensträucher alles überwuchert hatten. Auf den unteren Teil des Geländes, in der Nähe der Mauer, kamen noch Kinder, die dort Fußball spielten, oder Liebespärchen, die vom Strand zurückkehrten. Dort hing immer noch der gleiche Geruch in der Luft, den Jean gut kannte und von dem er nicht sagen konnte, ob er ihn mochte oder ob er ihn verabscheute, ein vertrauter, beißender Geruch wie von Schweiß, von Essen oder einem ungemachten Bett.

Jean zog die Bilanz des Tages. Er hatte sein berühmtes

schwarzes Schulheft bei sich. Er notierte ein paar »Kristalle« für den Lehrer Lamusse und hatte dabei das Gefühl, dass ihm das Wesentliche entging.

28. Mai

Blutbad in Melouza, der FLN erschießt Passanten mitten auf der Straße.

3. Juni

Bomben in Lichtmasten in Algier.

9. Juni

Attentat im Kasino auf der Küstenstraße in Algier.

26. August

Razzia der Armee in der Kasbah. Die Partisanenanführer Mourad und Ramel werden getötet.

1 800 000 Tretminen an der Grenze zwischen Tunesien und Marokko entlang des Elektrozauns verlegt.

Um seine Lieblingsverse von Heraklit, Anaxagoras und Parmenides aus Elea nicht zu vergessen, hatte er sie notiert. Es waren die einzigen Worte, die die Musik des Unendlichen erklingen ließen.

Heraklit:

Der Bogen trägt den Namen des Spanners,
aber sein Werk ist der Tod.
Für uns ist es das Gleiche,
lebendig oder tot zu sein,
zu wachen oder zu schlafen,
jung oder alt zu sein,
denn diese verwandeln sich in jene
und jene erneut in diese.

Anaxagoras:
Über alles, was da Seele hat, Größeres und Kleineres,
hat der Geist die Herrschaft.
Auch über die gesamte Wirbelbewegung
hat der Geist die Gewalt.

Demokrit:
Die Liebe wäscht den Liebesakt von allem
Vorwurf rein.

Noch mal Anaxagoras:
Es gibt zwei Lehrzeiten des Todes:
die Zeit vor der Geburt
und die Zeit des Schlafs.

Parmenides:
Immer beim Anblick der Sonnenstrahlen …

Das war brillant. Jean hatte den Eindruck, dass diese Worte in jeder Zelle seines Körpers eingraviert waren. Dass sie auf den Aloeblättern standen, in den Stamm der Olivenbäume geritzt und mit einem Reisig in die trockene Erde gekritzelt worden waren. Dass sie mit den leuchtenden Namen der Stadt, mit den Buchstaben auf den gusseisernen Gullydeckeln, mit den Autonummern verschmolzen waren.

Abends gegen sieben kam Hervé Kernès in den Olivenhain. Jean kannte ihn kaum. Er entsann sich, dass er ihn früher gesehen hatte, wie er auf dem Schulhof des Gymnasiums von einer Bande von Rowdys gequält wurde. Hervé war groß und stark, sehr sanft und wusste sich nicht zu verteidigen. Er war durchs Abitur gefallen und hatte sich, um einer erneuten Schlappe vorzubeugen, freiwillig zum Militärdienst gemeldet. Jean war er wegen seines Namens aufgefallen. »Bist du Bretone?« »Ja, und du?« »Meine Vorfahren stammen aus der Bretagne.« »Ach so.« Kernès hatte nicht versucht, mehr darüber zu erfahren.

Jetzt kam er, um Jean Einzelheiten aus dem Krieg zu erzählen. Er sprach langsam, suchte nach Worten. Jean hörte ihm wegen Santos zu. Kernès erfand nie etwas. Er erzählte nur, was er gesehen oder was er erfahren hatte. Er hatte einen singenden Tonfall, es war wie eine Beschwörung. Er setzte sich neben Jean auf die Erde und wiegte dabei seinen massigen Oberkörper hin und her. Er hatte drei Wochen Genesungsurlaub wegen einer Gelbsucht. Er hoffte, dass er nie wieder dorthin zurückmusste. Er wäre am liebsten in einer Hafenstadt stationiert gewesen, in Brest oder in Lorient. Zur Not auch in Toulon.

»Weißt du, was wir da unten jeden Tag machen? Habe ich dir das schon erzählt? Jeden Tag kommen die Partisanen. Sie kneifen die Drähte durch, und manchmal treiben sie Hunde vor sich her, um die Minen hochgehen zu lassen. Sie kennen alle möglichen Tricks, um den Strom abzustellen. Sie kommen nachts, du siehst in den Bergen etwas aufleuchten und das Voltmeter zeigt Stromausfall an. Dann musst du mit den anderen in einen Jeep springen und mit eingeschalteten Suchscheinwerfern losrasen, und wenn du ankommst, ist niemand mehr da. Sie buddeln Löcher wie die Kaninchen, sie haben überall unterirdische Gänge angelegt. Du fährst die Küste entlang, bist schon in Marokko und siehst die Lichter von Oujda. Aber du findest niemanden. Absolut niemanden. Und das ist das Schlimmste daran, mein Lieber, du findest niemanden, absolut niemanden.«

Kernès ließ den Blick auf dem Liebespaar ruhen, das sich in einer Mulde auf der nächsten Terrasse küsste, dann blickte er in die Ferne, auf die heißgelaufenen Autos auf der Uferstraße. Trotz seiner Gelbsucht hatte er seine rosige Gesichtsfarbe behalten, vielleicht wegen seiner Akne. Er wirkte noch so jung, fast wie ein Kind, Jean kam sich neben ihm richtig alt vor, als sei er im Krieg gewesen und habe die Kämpfer der nationalen Befreiungsarmee ALN aufgespürt und zum Verhör vorgeführt. In Aïn Sefra hatte Hervé Kernès, wie er erzählte, die Handgelenke der Gefangenen mit Draht gefesselt, sie dann an einem eigens dafür vorgesehenen langen Seil festgebunden, das er immer in seinem Marschgepäck mit sich trug und das die Rekruten die Hundeleine nannten.

»Siehst du dahinten den Renault? Mit einer Panzerfaust könnte ich ihn ohne Schwierigkeiten in die Luft jagen.« Kernès hatte eine tiefe, etwas erstickte Stimme. Jean musste immer wieder daran zurückdenken, wie Hervé weinend mitten auf dem Schulhof stand, weil ihn die Kinder angriffen wie eine Meute räudiger Hunde, die einen Büffel zerfetzt, und wie er sich mit erhobenen Unterarmen langsam um die eigene Achse drehte, um sich vor den Schlägen zu schützen, wobei seine breite Brust von Schluchzern geschüttelt wurde.

»Habe ich dir schon von dem Elsässer erzählt?«, fragte Kernès.

Jean zündete sich eine Zigarette an, dann besann er sich, hielt Kernès das Paket hin und fragte: »Rauchst du jetzt?« Hervés Gesicht bekam einen kindlichen Ausdruck, als sei er auf frischer Tat ertappt worden. »Weißt du, dahinten in der Einöde hast du nichts zu tun, wenn du im Wachturm sitzt.« »Und was macht ihr den ganzen Tag?« »Nichts, wir hören Radio Tanger, die bringen amerikanische Musik, guten Jazz. Ansonsten sitzt du allein vor den Zählern und den Stromschaltern und hast die ganze Zeit das Summen der Generatoren in den Ohren, die produzieren eine Spannung von 5000 Volt. Stell dir nur vor, ich war immer eine

Niete in Physik, und jetzt weiß ich alles über Elektrizität, ich könnte dir einen Vortrag darüber halten.«

Sie rauchten stumm. Jean hatte sich auf den Boden gelegt und den Kopf an die große Wurzel eines Olivenbaums gelehnt. Kernès blickte weiterhin mit einem Ausdruck seltsamer Aufmerksamkeit und halb verkniffenem Mund geradeaus, als überlegte er sich, ob er die Kräne auf der anderen Seite des Hafens mit einer Panzerfaust zerstören könnte.

Dann erzählte er weiter: »Mein Freund heißt Henri, Henri Kranz, er stammt aus einem kleinen Nest namens Schiltigheim, in der Nähe von Straßburg, da gibt's anscheinend ein paar Brauereien. Soll ich dir erzählen, wie ich ihn kennen gelernt habe?« Jean wartete, dass es weiterging. »Wir waren zu Beginn in Évreux beim 9. Infanterieregiment in derselben Stube. Er war mir aufgefallen, weil er sich immer abseits hielt, denn die anderen machten sich über seinen Akzent lustig und sagten zu ihm: ›Du bist wohl ein Boche, was?‹ Daraufhin geriet er in Wut und sagte mit seinem starken Akzent: ›Nein, ich pin Elsässer, kein Poche‹, und das brachte die anderen noch mehr zum Lachen. Und dann haben wir uns beim 43. Infanterieregiment in Sétif wieder getroffen, wo man uns befahl, die Ernte einzuholen. Er war Bauernsohn und zeigte mir, wie man mit einer Mähmaschine umgeht. Mir war aufgefallen, dass er nie Post bekam. Alle anderen bekamen fast jeden Tag einen Brief oder ein Päckchen von der Familie und er nie. Eines Tages habe ich ihn gefragt: ›Wie kommt das, hast du niemanden, der dir schreibt?‹ Er wollte es mir nicht sagen, aber später habe ich begriffen, dass er weder lesen noch schreiben konnte. Das war unglaublich, ein Typ wie er, der nie zur Schule gegangen war. Er schämte sich und hatte Angst, dass die anderen das herausfinden könnten. Ich habe zu ihm gesagt: ›Hör zu, das ist kein Grund, sich zu schämen, du hast alle möglichen Kenntnisse, die wir nicht haben, also wenn du willst, kann ich die Briefe für dich schreiben.‹«

Das war eine ganz banale Geschichte, aber Jean fand, dass sie es mit allen glorreichen Kriegsgeschichten aufnehmen konnte.

Aber es kam noch etwas anderes hinzu. Kernès wusste, was Jean hören wollte. Er war mehrmals nahe daran gewesen, hatte geflüstert, weil er sich schämte, es war ein Geheimnis, das ihn schwer belastete. Dann entschloss er sich eines Tages im Olivenhain, Jean alles zu erzählen.

»In der Provinz Edough haben wir einmal die Partisanen verfolgt, sie waren überall, in den Dörfern, im Gebirge, nirgendwo waren wir mehr sicher, wenn du auf eine Ziegenherde mit einem Jungen stößt, musst du davon ausgehen, dass der Junge ein Späher ist, weil er einen seltsamen Pfiff von sich gibt, sobald sich die Kolonne nähert, *füi-füiii!* oder so ähnlich.« Hervé Kernès steckte einen Finger in den Mund und pfiff so laut, dass das Liebespaar aufschreckte und die Kinder auf der untersten Terrasse mitten im Fußballspiel innehielten. »Wir hatten ein Partisanendorf ausgemacht und es per Funk gemeldet, und nachts flog dann eine Staffel *Rafale* über das Dorf und warf Kanister mit irgendeinem komischen Zeug ab, während wir in unseren Zelten lagen und warteten, ohne zu schlafen, und als sie über uns wegflogen, sind wir aus den Zelten gekrochen und haben das Gebirge beobachtet, das plötzlich aufleuchtete, als das Dorf in Flammen aufging. Wenn du das nicht gesehen hast, kannst du dir nicht vorstellen, wie hell das leuchtet, kein Laut, keine Explosion, nur ein glühend heißer Luftzug und ein helles weißes Licht, als die Kanister im Dorf in Flammen aufgingen.«

Jean spürte, wie sein Herz schneller klopfte.

»Und waren noch Leute im Dorf?« »Im Prinzip nur die

Partisanen, aber einmal bin ich mit den Fallschirmspringern, der Division Ducournau, ebenfalls in der Provinz Edough, am Morgen danach in ein Partisanendorf gegangen, ich erinnere mich noch genau, es war ein hübsches Fleckchen mit reifen Weizenfeldern und Olivenhainen, und das ganze Dorf war von diesem komischen Zeug in Kanistern zerstört worden, es blieb nur noch ein großer schwarzer Fleck, aber dann sind wir trotzdem reingegangen, und da schlug uns dieser Geruch nach verbranntem Fleisch entgegen, ein widerlicher Gestank nach zu lange gebratenem Fleisch, ich hätte fast gekotzt, und als wir an den Überresten eines völlig verbrannten Hauses vorbeikamen, habe ich drei Häufchen auf der Erde gesehen, weißt du, die sahen aus wie schwarze Säcke, ein großer Sack und daneben zwei kleine kohlschwarze Säcke, und einer hat gesagt, das sei ein Mann mit zwei Kindern, aber vielleicht war es auch eine Mutter mit ihren Kleinen, ich weiß nicht, ich bin ganz schnell vorbeigegangen und habe mir die Nase zugehalten, und ein Stück weiter musste ich kotzen.«

Es wurde allmählich Abend, im Olivenhain herrschte großer Frieden. Er war unwandelbar und stark wie die Worte von Heraklit und Anaxagoras, geheimnisvoll, an Stille grenzend wie das Gedicht des Parmenides aus Elea.

Sie schwiegen nun. Jean wusste nichts darauf zu sagen, und Kernès schien sich einem Traum hinzugeben, nichts konnte ihn erreichen, er hätte nichts an sich herangelassen. Jedem seine eigene Wahrheit. Man muss allerdings zugeben, dass niemand das hätte begreifen können, was Jean sagen wollte, nämlich dass die Schönheit dieses Hains und der Tod, den Kernès gesehen hatte, die beiden Seiten derselben Realität waren, die beiden Ufer desselben materiellen Landes.

Santos war vielleicht der Einzige, der das hätte verstehen können. Jean erinnerte sich, dass er eines Tages in Santos' kleiner Wohnung in einem Zeichenheft geblättert hatte und Santos zu ihm sagte: »Für dich gibt's nur eins im Leben: die Philosophie.« Und dann hatte er hinzugefügt: »Oder vielleicht sogar die Theologie.« Jean hatte das nicht recht verstanden, er glaubte einen Augenblick, Santos spreche von der Astrologie, weil er gerade in der Bibliothek die Abhandlung von Manilius über die Himmelshäuser entdeckt hatte. Er hatte irgendetwas Banales darauf geantwortet, wie etwa: »Glaubst du vielleicht daran?« Aber Santos war schon zu etwas anderem übergegangen, vielleicht telefonierte er mit Jeanne Odile, denn es war, kurz bevor er eingezogen wurde. Und hier in diesem Hain, nach dieser schrecklichen Geschichte von verbranntem Fleisch erinnerte sich Jean plötzlich an dieses Missverständnis.

»Ich habe dir ja schon erzählt, dass Henri Kranz und ich den Auftrag hatten, Nachrichten zu sammeln. Man hat uns gesagt, man müsse dazu ziemlich bösartig aussehen, und deshalb sei ihre Wahl auf uns gefallen, auf mich, weil ich groß und kräftig bin, und auf ihn wegen seiner hellen Augen, die er oft zu einem Schlitz zusammenkniff, sodass die Araber glaubten, er sei blind, wenn sie ihn sahen, und Schiss bekamen.« Er sagte das ganz ernst, wobei sein starrer Blick immer noch auf den Silhouetten der Kräne im Hafen lag.

»Einmal haben wir einen Fellagha etwas abseits geführt, seine Hände waren auf dem Rücken mit Draht gefesselt, und Kranz hielt ihn an der Leine. Aber wir hatten trotzdem eine entsicherte MP in der Hand, falls wir angegriffen werden sollten. Und Kranz schob den Partisan mit dem Pistolenlauf im Rücken vor sich her und sagte mit seinem elsässischen Akzent: ›Los, peweg tich!‹ Wir hatten dem

Typen auch mit einem Halstuch die Augen verbunden, er stolperte über die Steine, hatte eine Kopfverletzung und ging ein wenig gebeugt und schleppend, weil er Angst hatte zu fallen, und wir hatten ihm die Hosentaschen nach außen gestülpt. Ich erinnere mich noch, er war sehr groß, fast so groß wie ich, und hatte kurzes Haar, ich fand, dass er einem Schauspieler glich, Tab Hunter, weißt du, dieser Typ, der oft in Cowboyfilmen mitspielt, übrigens ähnelt der Dschebel an der tunesischen Grenze in der Nähe von Sakiet Sidi Youssef einer Westernlandschaft, es war, als wirkten wir in einem Film mit. Der Unterschied lag nur darin, dass der Partisan Schiss hatte, er war überzeugt, dass wir ihn umlegen würden und deshalb mit verbundenen Augen wegführten. Also ich glaubte, es ginge nur darum, ihn auszufragen, damit er uns sagte, wo die Waffenverstecke waren und ob die Fellagha vorhatten, uns anzugreifen. Und dann haben wir ihn an einen Pfahl gebunden und ihn den ganzen Tag dort sitzen lassen, ohne mit ihm zu reden und ohne ihm zu essen oder zu trinken zu geben. Und abends war sein Gesicht völlig von der Sonne verbrannt und seine Lippen bluteten. Ich habe nicht weiter darauf geachtet, aber an jenem Abend ging ein Gerücht durchs Lager. Mir wurde gesagt, ich solle den Gefangenen im Auge behalten, und so habe ich mich in den Schatten des einzigen Baums gesetzt, den es dort gab, ein kleiner, ganz mickriger Baum voller Dornen. Ich erinnere mich noch, meine Füße waren von der Hitze geschwollen und deshalb habe ich die Stiefel ausgezogen und saß da unter dem Baum, döste vor mich hin und warf ab und zu einen Blick auf den Gefangenen, der an seinen Pfahl gebunden war. Er saß dort in sich zusammengesunken, als schliefe er, aber dann wurde mir klar, dass er von der Hitze ohnmächtig geworden war. Als ich auf ihn zuging, kam er zu sich, stöhnte und wiegte sich ein wenig und zog dabei an der Leine. Seine Handgelenke waren derart fest mit Draht zusammengebunden, dass sie mit schwärzlich verkrustetem Blut bedeckt waren, und auch seine Hände waren fast schwarz, weil sie kaum noch durchblutet waren. Ich war barfuß und näherte mich lautlos, doch plötzlich merkte der Partisan, dass ich da war, und begann zu zittern, er versuchte etwas zu sagen, ich beugte mich zu ihm herab und begriff, was er sagte, auch wenn seine Lippen so trocken waren, dass er nicht mehr richtig sprechen konnte, er war schon halb woanders und sagte immer wieder auf Arabisch: *lmaa, lmaa,* er schien nicht einmal mehr zu wissen, was Wasser auf Französisch heißt, das war seltsam, er hatte eine Kinderstimme, ganz bestimmt, er sagte es wie ein kleines Kind, das noch nicht richtig sprechen kann. Ich war allein mit ihm, und selbst wenn es verboten war, konnte ich ihn nicht in diesem Zustand lassen, und daher habe ich meine Feldflasche genommen und Wasser in seinen Mund laufen lassen, aber er schaffte es nicht zu trinken, das Wasser rann ihm aus dem Mund, über Kinn und Hemd, aber dann hat er doch etwas getrunken, und das hat ihm gut getan, er hat sich aufgerichtet, sah aber überhaupt nicht mehr wie Tab Hunter aus, er schien sogar, wie soll ich das sagen, irgendwie zusammengeschrumpft zu sein, er wirkte kleiner, leichter, ein ganzer Tag so in der prallen Sonne, das hatte ihn verändert. Ach ja, ich habe dir ja schon gesagt, dass ein Gerücht durchs Lager gegangen war, und zwar, dass wir keine Gefangenen behalten sollten, weil die französischen Geiseln in Oran hingerichtet worden waren, außerdem waren uns die Waffenverstecke scheißegal, die hatten sowieso nur tschechische Knarren, die ihnen in den Händen explodierten. Und kurz bevor es dunkel wurde, stand ein Typ aus unserer Kompanie auf und sagte laut: ›Wir legen ihn um, diesen Arsch, diese alte Sau‹, und das hatte der Partisan wohl gehört, deshalb zitterte er, als ich auf ihn zukam, um ihm zu trinken zu geben. Ich bin bei ihm geblieben und habe eine Zigarette geraucht, ich überlegte sogar, ob ich ihn auch mal ziehen lassen sollte, aber dann sagte ich mir, dass das keinen Sinn hatte, weil er dann glauben würde, dass ich ihn gleich danach umlegen würde. Und als es dunkel war, kam eine Gruppe, ich weiß nicht, zu welcher Kompanie sie gehörten, es waren Muslime aus den Einsatzkommandos, Henri Kranz war auch dabei, und die banden den Partisan los, aber sie machten nicht den Draht von den Handgelenken ab, und Kranz blickte mich nicht an, er hatte seine MP dabei, und ich sah, dass einer aus dem Kommando die Pistole gezogen hatte, und dann nahmen sie den Partisan mit, er konnte kaum gehen, weil er die Augen verbunden hatte und weil ihm die Knie eingeschlafen waren, ich habe bemerkt, dass sein Hosenboden ganz nass war, weil er sich in die Hose gemacht hatte, ich blieb unter dem Baum stehen und dachte nicht mal daran, mir die Stiefel wieder anzuziehen, sie gingen ins Tal hinab, ins Gebüsch, es war schon fast völlig dunkel, das ging alles sehr schnell, und dann habe ich eine MP-Salve gehört und gleich darauf einen Pistolenschuss, nur einen kurzen Knall, peng! Das war alles. Am nächsten Tag las ich dann den Bericht, in dem stand: *Am 10. April um 18 Uhr wurde in der Nähe von Tirouad ein Partisan erschossen, der zu fliehen versuchte.*«

Kernès hatte das mit leicht zusammengekniffenen Augen erzählt, ohne sich zu rühren, nur einmal wiegte er sich vor und zurück, so wie es der Gefangene wohl getan hatte, ehe er zur Schlucht ging. Und Kernès erzählte das ohne Prahlerei, aber auch ohne Reue, einfach so, wie es sich ereignet hatte. Und Jean gab keinen Kommentar ab, sondern sagte nur nach einer Weile: »Erinnerst du dich noch an Charon?«

»Den großen, dünnen Typ mit einem leichten Buckel?«

»Ja, weißt du, er ist durchs Abitur gefallen und hat gesagt, er wolle nach Schweden gehen, wie Amoretto.«

Kernès dachte nach.

»Nein, ich erinnere mich nicht, dass er das gesagt hat. Und, was ist mit ihm?«

»Er hat sich eine Kugel in den Fuß geschossen, um untauglich geschrieben zu werden.«

Kernès lachte verächtlich und sagte: »Dieser Idiot, das nützt ihm nichts. Er kommt für zwei Monate ins Lazarett und dann schicken sie ihn in eine Strafkompanie.«

Sie rauchten ruhig eine Zigarette. Seit Einbruch der Dunkelheit zwitscherten die Drosseln in den Olivenbäumen, ein erstaunlich friedliches und zugleich beunruhigendes Geräusch. Jean musste noch einmal an die Kinder zurückdenken, die Hervé Kernès auf dem Gymnasium gequält hatten, er versuchte ihn sich dort, in diesem rauen Land vorzustellen, das von Gewalt und Tod gezeichnet war, er sah ihn, wie er barfuß auf dem steinigen Gelände und mit hängenden Armen dort stand, während das Kommando den Partisan ins Tal zerrte, wo sie ihn erschießen würden. Er sagte: »Wenn meine Zurückstellung nicht verlängert wird, schieße ich mir keine Kugel in den Fuß. Dann gehe ich nach Schweden, nach Mexiko oder wer weiß wohin.«

Zu jener Zeit herrschte wirklich eine Atmosphäre außergewöhnlicher Gewalt in dieser Stadt. Der einzig friedliche Ort war der Olivenhain mit seinen fünfhundert Jahre alten Bäumen und dem Teppich aus vermoderten Blättern und eingesunkenen Kernen, der wie ein altes Fell roch. Fast jeden Nachmittag suchte Jean auf der obersten Terrasse im Schatten der Bäume Zuflucht. Die weißen Wohnblocks erhoben sich mit schmerzlicher und zugleich hoheitsvoller Miene über dem letzten freien Raum dieser Stadt. Der Hain würde bald verschwinden. Irgendjemand hatte es gesagt oder Jean hatte es in der Zeitung gelesen. Und jetzt stand dieses Schild, das abends von einer Neonröhre beleuchtet wurde, am Straßenrand, und darauf konnte man lesen:

Auf diesem einzigartigen Gelände
GETHSEMANE
entstehen 50 Luxuswohnungen
Ein Bauvorhaben der DOMO Immobiliengesellschaft

Das war abstrakt, fast unwirklich. Und es lag in der Ferne, wie die Listen mit den Abiturergebnissen oder den Resultaten der Aufnahmeprüfung für die Medizinische Fakultät, Listen, auf denen der Name Jean Marro eindeutig fehlte.

Alles war völlig abstrakt. Jeans Vater hatte zu ihm gesagt: »Du musst dich so schnell wie möglich an der Uni einschreiben, egal worin, damit du zurückgestellt wirst.« Es lag ein besorgter Unterton in seiner Stimme, eine ungewohnte Fürsorge bei diesem sonst so verschlossenen Mann, dachte Jean. Der Krieg rief bei diesem alten Soldaten Entsetzen hervor. Seit seinem Aufenthalt in Malaysia und seiner erzwungenen Rückkehr nach Frankreich zitterte er unentwegt. Er hörte mit stummer Entrüstung die Nachrichten im britischen Rundfunk.

Und daher war für Jean jede Sekunde in diesem Hain, der bald für immer verschwinden würde, von einer besonderen Kraft erfüllt. Und jeder Grashalm, jedes Reisig, jedes Lehmkörnchen und all diese getrockneten Olivenkerne, die wie Rattenkot wirkten, und jeder Sonnenstrahl, der durch das Laub drang. Bei Anaxagoras hieß es:

Jede Empfindung wird von Schmerz begleitet.

Es war ein Taumel. Der Boden war nicht mehr fest, er vibrierte, zog sich zusammen, barst. Jean lag ausgestreckt auf der Erde und legte die Hände flach auf den Boden, um jede Bewegung, jedes Beben zu spüren. Durch das Laub des Olivenbaums waren rings um die Sonne konzentrische Kreise am grellen Himmel zu sehen.

Empedokles sagt:

Doch der war von allen Seiten gleich und überall endlos, der kugelförmige Sphairos, der sich der ringsum herrschenden Einsamkeit freute.

Oder:

Zu einer ungeheuren Kugel zusammengeballt kreist er um den weiten Himmel.

Diese Worte gehörten zu den ältesten der Welt. Jean, der regungslos auf dem Boden lag, hatte den Eindruck, diese Sätze glänzen zu sehen, die tiefsinnigsten, die jemals geschrieben worden sind:

Die Erde vergrößert sich, der Äther vergrößert den Äther.

Und dabei wehte der Wind den Geruch des Meeres in Schwaden herüber.

Das Meer, der Schweiß der Erde.

Und dann wieder Parmenides aus Elea:

Was gesagt und gedacht werden kann, muss sein,
denn das Sein ist und das Nichtsein ist nicht.

Plötzlich war alles so klar, dass es zu einem Brennen wurde, als ob man eine glühende Zigarette gegen die Hand drückt, gegen den Gedanken an den Tod. Was da war. Die Lebenden. Die Verstorbenen.

Es war tatsächlich wie ein Taumel. Diese Worte, dieses Leid, diese Sehnsüchte, die einen unbekannten Raum öffneten, uns an einen anderen Ort, in eine andere Zeit versetzten. Das war dem Schlaf verwandt.

Santos war mit Jeanne Odile in diesem Hain gewesen. Ehe er in den Krieg ging, hatte er Jean erzählt, wie die beiden gegen Ende des Sommers hier eine Nacht unter einem dunklen, samtblauen Himmel verbracht hatten, während der Mond langsam über ihnen vorbeizog. Jeanne Odile fror. Sie liebten sich unter diesem Baum auf der feuchten, von Kernen und Blättern übersäten Erde. Jetzt nahm Jean ihren Geruch wahr, einen starken, berauschenden Geruch, einen wilden, sinnlichen Geruch, der alle Ungerechtigkeiten und die Angst vor dem Tod vertrieb.

Aber um nichts in der Welt hätte Jean Rita gebeten, hierher zu kommen. Es war kein Ort für die Wirklichkeit. Es war ein Ort, um sich der Erinnerung hinzugeben, den Träumen und sogar dem Schlaf, ehe man sich wieder blindlings der Gewalt auf den Straßen aussetzte.

Es war der 14. Juli. Die Hitze war so drückend, dass man sie beim Gehen als Widerstand zu spüren glaubte. Jean nahm ein Bad zwischen den Felsen im Meer. Er schwamm eine ganze Weile, das Gesicht ins Wasser getaucht, und drehte sich von Zeit zu Zeit um, wenn ihm der Atem ausging. Das Meer war milchig blau, die Wellen kamen nur langsam näher. Die Wasseroberfläche war leicht gekräuselt, wie eine Gänsehaut. In einiger Entfernung vom Ufer kreuzte er die Route von Booten mit Außenbordmotoren, die Wasserskiläuferinnen in Bikinis hinter sich herzogen. All das wirkte ziemlich unwirklich, als habe sie ein Regisseur ohne Plan in Gang gesetzt und sich dann abgewandt. Die Boote sausten erst in einer Richtung, dann in der anderen über das Wasser. Am Strand wimmelte es von Menschen.

Jean war noch nass, als er in Ritas Wohnung ankam. Sie lag im Halbdunkel auf dem Bett und wartete auf ihn. Sie liebten sich, langsam und sanft. Rita leckte ihm den Bauch ab. »Du bist ganz salzig.« Es war sehr heiß. Durch das offene Fenster drang der Lärm der Autos herein. Die Bar *La Voile* war geschlossen. Das war tatsächlich der einzige Tag im Jahr, an dem es nicht nach Sichuanküche roch.

Danach schliefen sie eine Weile. Jean dachte an Tante Catherine, die vermutlich oben in La Kataviva kerzengerade in ihrem dem Licht abgewandten Sessel saß und auf ihn wartete. Es war der Tag, an dem Madame Rosella frei hatte, Jeans Mutter würde der alten Tante bestimmt einen Topf Suppe bringen. Rozilis entfernte sich mit jedem Tag mehr. Wenn Jean es aus Faulheit, aus Mutlosigkeit oder einfach aus Vergesslichkeit versäumte, nach La Kataviva zu gehen, trieben das Haus und der Garten von Ébène noch ein wenig weiter ab, verschwanden im Nebel und unterstützten den Triumph dieser Stadt voller Gewalt mit all den Autos, den Fußgängern, den Gerüchten und all dem Gemurmel.

Abends nahm Jean Rita mit an den Strand, um sich das Feuerwerk anzusehen. Es hatten sich ziemlich viele Leute dort eingefunden. Als sie durch den Park gingen, begegneten sie mehreren Banden von Jugendlichen, die schon betrunken waren. Rita tat, als habe sie Angst, und schmiegte sich an Jean. Es ging sehr volkstümlich zu. In einem kahlen Winkel des Parks spielte ab und zu eine Musikgruppe, zwei elektrische Gitarren und ein Schlagzeug und hielt dann mitten im Takt inne.

Die Verstärker waren so weit aufgedreht, dass man nur ein Pfeifen und Dröhnen hörte. Rita schmiegte sich eng an Jean, als wolle sie tanzen, er spürte ihren schweißnassen Körper, roch ihr Haar, die säuerlichen Ausdünstungen ihrer Achselhöhlen. Das war abstoßend und zugleich äußerst erotisch. Es war, als wären sie gemeinsam in eine schlammige Pfütze gefallen.

Die Blitze der Feuerwerksraketen erhellten den schwarzen Himmel, die Donnerschläge wurden von den Rauchwolken erstickt. Es roch nach Schießpulver.

Eine Gruppe von Arabern versperrte am Eingang des Parks den Weg. Sie waren jung, hatten etwas getrunken und waren aggressiv. Als Rita an ihnen vorbeiging, legte einer von ihnen die Hand auf Ritas Hintern. Jean drängte ihn beiseite, um sich einen Weg zu bahnen. Der Junge hielt ihn fest und sagte: »Warum rempelst du uns an?«

Jean schob ihn zurück und erwiderte: »Und du, warum fasst du meine Freundin an?«

Der Araber blickte Jean wütend an. Er machte Miene, ihn anzugreifen, doch seine Kameraden hielten ihn an den Armen zurück. Auch Jean war wie berauscht, aber nur von der Hitze, dem Lärm, der Menge und diesem Hass, der überall zum Ausdruck kam und jetzt auf Ritas Gesicht aufflackerte, von ihrem leicht reizbaren Rassismus. Sie sagte immer: »Eine dreckige Rasse!« Sie hatte von Mélanie gesprochen, die eines Abends auf dem Heimweg vom Krankenhaus von Arabern angegriffen worden war. »Sie sind wie die Tiere!«

Jean blickte die Gruppe einen Augenblick herausfordernd an. Der Araber war groß und gut aussehend, seine regelmäßigen Gesichtszüge erinnerten an ein antikes Standbild. Er schob Jean mit einem Fausthieb auf die Brust zurück. Seine Kameraden versuchten ihn zu beruhigen: »Lass ihn, komm, wir gehen.« Er schrie Jean an: »Ich lasse mir nichts sagen, hörst du?« Der Fausthieb hatte Jean die Sprache verschlagen, er hatte Mühe, wieder zu Atem zu kommen. Schließlich wurde der Druck der Menge stärker, die Gruppe löste sich auf, und Jean und Rita gelangten an den Strand, während die letzten Raketen des Feuerwerks das Meer erhellten und der Donner durch die Langsamkeit des Schalls mit leichter Verspätung erklang: Bumm! Peng! Peng! Bumm!

Anschließend blieben die beiden am Strand. Die meisten Familien gingen fort, nur die jungen Leute blieben dort und rauchten. Ein paar Lagerfeuer flammten auf, man hörte die Klänge einer Gitarre, vielleicht waren es Zigeuner. Vom Meer kam ein kühler Hauch herüber. Rita legte sich auf den Kieselstrand. Ihre Lippen waren trocken, ein wenig gesprungen, ihre Gesichtshaut hart.

Jean zitterte. Er war sich wohl gerade darüber klar geworden, dass der junge Araber, für den er eben solchen Hass empfunden hatte, niemand anders war als der große dunkelhäutige Typ, dessen Hände im Rücken mit Draht zusammengebunden und dessen Hosentaschen nach außen gekehrt worden waren, derselbe Typ, den der Freund von Kernès an der Leine über den Hang in die Schlucht hinabgezerrt hatte, wo er erschossen wurde.

Jean schmiegte sich an Rita. Er empfand das Bedürfnis, die Wärme ihres Körpers zu spüren, ihre Brüste und ihr Haar zu streicheln. Hier waren sie wie am Rand einer hohen Felswand über der Leere, und hinter ihnen die Masse der Stadt und die Lichtkreise der Straßenlaternen, die wieder eingeschaltet worden waren. Über dem Meer war alles schwarz. Weder Mond noch Sterne waren zu sehen. Die beiden waren am Rand des Nichts, ohne Zukunft, ohne Vergangenheit. Sie legten sich im Schutz einer Mauer an den Strand und liebten sich, ohne sich zu entkleiden, das Geräusch ihrer Körper auf den Kieseln verschmolz mit dem sanften Gluckern der Wellen, die auf den Strand trafen. Jean dachte an Santos. Er war sich nicht sicher, dass das alles einen Sinn hatte.

Port du Nord-Ouest, 1798

Wenn ich mich heute an den Augenblick zu erinnern versuche, in dem Marie Anne und ich zum ersten Mal nach neunundneunzigtägiger Überfahrt die Insel entdeckten, die das Ziel unserer Reise war, kommt mir wieder die Bergkette der Isle de France vor Augen, so wie wir sie vom Deck der *Rozilis* im Abendlicht gesehen haben. Kein anderer Anblick hat uns je so gerührt. Die Berge über dem Horizont wirkten schwerelos, verschmolzen mit den Wolken, schwebten über dem Meer wie etwas Unwirkliches. Wir stützten uns auf die Reling und betrachteten abwechselnd die Berge durch mein Fernrohr, während das Schiff, von einem regelmäßigen Seegang geschoben, seine Fahrt verlangsamte. Wir konnten uns an diesen Bergspitzen gar nicht satt sehen, diesen Gipfeln, deren Namen uns seither vertraut geworden sind, Montagne des Signaux, Piton de la Rivière-Noire und im Süden die Felsenspitze Le Morne. Kapitän Braché nannte uns diese Namen, so als wären es Namen von Leuten, die uns erwarteten. Während die Gipfel noch von der Sonne angestrahlt wurden, suchten wir im Halbdunkel der Dämmerung nach einem Zeichen, wie unser Leben in diesem neuen Land, das wir am liebsten sogleich betreten hätten, aussehen würde.

Die Nacht kam uns endlos vor. Der Sturm war der Windstille gewichen. Das Meer bewegte sich sanft, draußen war es heiß, und wir verbrachten, an die Schuppen mit den Waren gelehnt, die Nacht an Deck und schauten zu der Insel herüber. An der Küste, dort wo Kapitän Braché zufolge die Hafenstadt Port du Nord-Ouest lag, glitzerten Lichter. Sogar unsere kleine Jeanne weigerte sich zu schlafen. Sie drehte sich unruhig in ihrer Wiege hin und her, und wenn wir sie in den Arm nahmen, richtete sie sich auf und hob den Kopf, als versuche auch sie die Insel zu sehen. Marie Anne sang ihr ein bretonisches Wiegenlied vor, *Kousk Ianikou, kousk ma bugale,* und gab ihr ab und zu die Brust, an der die Kleine gierig sog. Ich sagte zu meiner Frau, diese Nacht sei Jeannes Nacht, denn sie hatte fast mehr Zeit auf dem Meer verbracht als an Land, und jetzt begann ein neues Leben. Niemand an Bord schlief. Mervin hatte sich zu der Mannschaft an Deck gesellt, die die Wartezeit mit Rauchen und Gesprächen verbrachte, manche würfelten auch im Licht einer Funzel. Die Luft war erfüllt von Stimmengewirr, Gelächter und dem Geruch nach Kaffee. Nur der Kapitän hatte sich in seine Koje zurückgezogen, aber er hatte es nicht übers Herz gebracht, die Matrosen in ihre Hängematten zurückzuschicken.

Wir erlebten den Sonnenaufgang an Deck. Das Schiff war im Verlauf der Nacht abgetrieben, und wir waren nur noch eine Viertelmeile von der Insel entfernt, dem Hafen gegenüber. Die Wolken waren in der Nacht dichter geworden und verhüllten inzwischen die Berggipfel. Le Morne lag schon in der Sonne, und man konnte dichte Wälder erkennen, die die Berghänge bedeckten, und weiß gekalkte Wohnhäuser.

Gegen neun Uhr näherte sich ein Ruderboot. Es war der Gesundheitsoffizier, der nach einer kurzen Inspektion unseren Kapitän für die erforderlichen Erklärungen mit an Land nahm. Mervin und ein paar Seeleute, die hier abheuerten, warteten schon mit ihrem Gepäck vorn auf dem Schiff. Es war fast Mittag, als der Kapitän zurückkehrte, nachdem er von den Behörden die Freigabe erhalten hatte.

Der Lotse ging an Bord, und das Einlaufmanöver begann, ein Manöver, das durch den Südostwind erschwert wurde, der uns zwang, sehr sorgfältig zu navigieren. Der Kapitän erklärte uns, dass die Landung in Port de la Fraternité einfacher gewesen wäre, aber wegen des unablässigen Winds in diesem Gebiet bestünde die Gefahr, dass das Schiff den Hafen nicht wieder verlassen könnte.

Wir beobachteten das Manöver, bei dem das Schiff das tiefe Fahrwasser verließ und sich den Klippen näherte. Es war das erste Fleckchen Land, das wir seit drei Monaten sahen, seit wir Lorient verlassen hatten und an der Pointe de Gâvres vorbeigefahren waren. Dieses in warmes Licht getauchte Land, dessen Küste von glitzerndem klarem Wasser gesäumt war, kam uns, nachdem wir unsere winterliche, regnerische Heimat verlassen hatten, wie ein Trugbild vor. Immer wieder zeigten wir auf die eine oder andere Stelle an der Küste und riefen wie Kinder: »Sieh nur! Und dort, sieh nur!« Jeanne, die von der schlaflosen Nacht erschöpft und in das Schultertuch ihrer Mutter gehüllt eingeschlafen war, bekam nichts mit von dieser denkwürdigen Ankunft auf der Insel, die ihre neue Heimat wurde.

Etwa gegen zwei Uhr konnten wir endlich an Land gehen und somit die lange, beschwerliche Reise beenden, auf der wir mehrmals geglaubt hatten, wir würden umkommen. Als wir auf dem Kai standen, erfuhren wir, dass das Kaperschiff *Confiance*, das zur gleichen Zeit ausgelaufen war wie wir, und ein anderes Handelsschiff namens *Ostroïka* fast eine Woche vor uns eingetroffen waren, ohne irgendwelchen Schwierigkeiten zu begegnen und ohne einen Sturm zu erleben. Ein anderes Schiff dagegen namens *Radieuse*, das Marie Anne und ich genommen hätten, wenn es nicht schon ausgebucht gewesen wäre, und das Lorient vor uns verlassen hatte, war nie angekommen, und man musste befürchten, dass es gekapert worden oder im Sturm untergegangen war.

Unsere erste Begegnung mit der Isle de France entsprach nicht dem, was wir uns erhofft hatten. Während der ganzen Reise hatten uns jene Matrosen, die schon einmal dort gewesen waren, diese Insel wie ein Paradies beschrieben, in dem die Natur die Menschen mit allen möglichen Früchten reichlich verwöhnte und die Bewohner uns mit großer Freundlichkeit empfangen würden.

Die Ankunft verlief ganz anders. Als die *Rozilis*, nachdem sie die Klippen passiert hatte, in Port du Nord-Ouest einlief, waren wir natürlich von dem herrlichen Anblick der seltsam geformten Berge fasziniert, die die Bucht wie wolkengekrönte Riesen überragen.

Aber der Empfang war gar nicht herzlich. Kaum hatten wir das Schiff verlassen, wurden wir einer Vernehmung unterzogen, und ein Offizier der Zollbehörde, sekundiert von schwarzen Milizsoldaten, inspizierte unser Gepäck und unsere gesamte Habe, ohne Rücksicht auf unsere Müdigkeit nach dieser Reise und vor allem ohne Rücksicht auf eine junge Mutter, die ein Kind in den Armen hielt. Diese Vernehmung dauerte fast eine ganze Stunde und fand in der prallen Sonne statt. Anschließend musste ich sogleich die Zollgebühren für die Waren entrichten, die ich in ein paar Kisten eingeführt hatte: Stoffe, Garn aus Baumwolle und Wolle und die beiden Fässer mit Loire-Wein, die ich eher für unseren eigenen Bedarf als für den Verkauf vorgesehen hatte. Diese Gebühren waren übermäßig hoch und rissen ein großes Loch in das bescheidene Kapital, das ich für unser neues Leben auf der

Insel angespart hatte. Und als ich mich beklagte, blickte mich der Offizier, ein gewisser Sauvaig, herausfordernd an und sagte zu mir, dass ich nicht den geringsten Grund zur Klage hätte angesichts des Vorrechts, das mir vergönnt sei, mit meiner Familie auf diese Inseln kommen zu dürfen. Dieser Offizier war ein hagerer Mann mit gelblicher Gesichtsfarbe und dem Aussehen eines Sansculotten, der mich an den Mann erinnerte, mit dem ich einige Zeit zuvor in Lorient eine Auseinandersetzung gehabt hatte. Ich bildete mir sogar ein, dass der Bürger Rinaldi den Zoll von meiner Ankunft informiert haben könnte, und wollte schon meiner schlechten Laune Luft machen, doch zum Glück hielt mich meine kluge Gattin Marie Anne zurück und gab mir zu verstehen, dass ich nicht gleich bei unserer Ankunft nach einer so langen Reise Streit suchen könne.

Den Rest des Nachmittags verbrachten wir auf dem Zollamt und warteten darauf, dass man eine Unterkunft für uns ausfindig machte, denn es gab kein Hotel in dieser Stadt, und es war nicht ratsam, die Sache dem Zufall zu überlassen. Da nirgendwo etwas frei war, wollten wir uns aus lauter Verzweiflung schon damit abfinden, mit unserem Freund Mervin in der einzigen Pension des Hafens bei Madame Béraud in der Rue de Soissons in der Nähe des Bazars unterzukommen, als wir durch Zufall den Bürger Dubois trafen, der mit Kapitän Braché befreundet und selbst Maler und Zeichenlehrer in der städtischen Lehranstalt war und der uns eine Unterkunft in seinem Haus in der Rue de Moka anbot.

Wir stimmten freudig zu, denn nach einer so anstrengenden Reise erfüllte uns die Vorstellung, die Unterkunft mit den Matrosen und Köchen der *Rozilis* teilen zu müssen, mit Entsetzen. Doch wie schmutzig und verwahrlost Port du Nord-Ouest sich uns darbot, lässt sich kaum in Worte fassen! Auf dem gesamten Weg holperte unser

Fuhrwerk durch ausgefahrene Straßen voller schlammiger Pfützen und Unrat. Wir kamen an morschen Holzhäusern vorbei, die keine Türen hatten und Dächer aus verfaultem Stroh. Überall liefen Tiere frei herum, und mitten auf der Straße befand sich eine Kloake mit stehendem schwärzlichem Wasser, das übel roch. Auf den Bürgersteigen aus wackligen Steinen drängte sich eine bunt gemischte lärmende Menge: Weiße, die aus einer Kutsche ausgestiegen waren, zerlumpte Sklaven, splitternackte Kinder, die an den Hauswänden standen, und alte Frauen, die unter schweren Lasten dahinstolperten. Marie Anne betrachtete all das mit großer Bestürzung, und wir wagten nicht, ein Wort zu wechseln. War das etwa die Insel, deren Schönheit man uns in Lorient gerühmt hatte und auf der wir eine neue Existenz beginnen wollten, um die Nöte zu vergessen, unter denen unsere bretonische Heimat litt? Ich bemühte mich, diesem schlechten Eindruck mit einem optimistischen Gesichtsausdruck zu trotzen, aber wenn ich allein gewesen wäre und frei über mein Leben hätte verfügen können, dann hätte ich versucht, sogleich an Bord des nächsten Schiffes zu gehen, das nach Frankreich, Indien oder Brasilien segelte, das schwöre ich.

Ich möchte hier erzählen, wie das erste Jahr unseres Lebens auf der Isle de France verlaufen ist und welche Ereignisse, Neuigkeiten, Unruhen und Hoffnungen Marie Anne und mich damals bewegt haben.

Alles war so neu und wunderlich, dass wir das Gefühl hatten, in einer anderen Welt zu leben. Der Bürger Dubois, der Zeichenlehrer an der städtischen Lehranstalt war, hatte uns die Hälfte seines Hauses gegen ein Entgelt von fünfzig Pfund im Jahr vermietet. Es war ein ziemlich großes Haus, und zwar nicht aus Holz wie die meisten Häuser dieser Insel, sondern aus Mauerwerk mit einem Ziegeldach, nicht gerade luxuriös, aber angenehm. Neben der Rue de Moka, in der wir wohnten, fließt ein kleiner Bach, der in der Montagne du Pouce entspringt und dessen Wasser an der Quelle sicherlich ganz klar ist, aber sobald er die Stadt erreicht, mit Unrat verseucht wird und einen unangenehmen Gestank verbreitet. Doch der Garten, den wir dank dieses Wassers hatten, war wunderschön.

Da der Bürger Dubois unverheiratet ist, benutzt er nur ein Zimmer im linken Flügel des Gebäudes. Der rechte Flügel, den wir gemietet haben, besteht aus zwei Zimmern, einer Wäschekammer und den Gesindewohnungen. Die Fenstertüren der Schlafzimmer und des Esszimmers gehen zum Garten hinaus. Dieser Garten ist nicht zu vergleichen mit unseren kargen bretonischen Gärten, in denen nur Kohl und Gemüse gezogen wird. Hier herrscht ein wildes Durcheinander von Pflanzen und Lianen aller

Arten, wie wir es nie zuvor gesehen haben. Man findet dort Blätter so breit wie Fächer, Palmen, schwere Früchte mit cremigem Fleisch, andere, die Pflaumen oder Birnen gleichen, und wieder andere, die in schwarzen Schoten an hohen Bäumen hängen. Im hinteren Teil des Gartens stehen Schwarzholzakazien und riesige Ebenholzbäume. Jeden Morgen vor Sonnenaufgang füllt sich unser Garten mit Vögeln in allen Farben: Manche sind leuchtend rot, andere ähneln Papageien aus Afrika, es gibt rosa Turteltauben und indische Drosseln, die ein lärmendes Konzert geben. Marie Anne lauscht ihnen entzückt und würde sie um keinen Preis verscheuchen, im Gegenteil, sie sorgt dafür, dass sie Futter bekommen, stellt kleine Schalen mit Körnern in den Garten. Nach dem Regen glänzt der ganze Garten. Wir verbringen unsere Abende dort und zünden zu unseren Füßen Räucherstäbchen an, um die Mücken von der Wiege unserer Tochter zu vertreiben.

In dieser wundervollen Umgebung verbrachte unsere Jeanne ihr erstes Lebensjahr unter der Obhut einer schwarzen Amme namens Chaba. Als wir auf der Insel ankamen, teilte man uns sogleich zwei Sklaven zu, was ich zunächst entrüstet ablehnte, weil es unseren Prinzipien widersprach. Aber meine Frau überredete mich, sie zu kaufen, und machte mir klar, dass ich sie anschließend freilassen könne, was ich auch tat. Der Bürger Dubois hat selbst zwei Sklaven, eine afrikanische Wäscherin und einen Koch namens Motou, der sehr lasterhaft und hinterlistig ist und uns hasst, seit wir unser Gesinde freigelassen haben.

Dank des Geldes aus der Mitgift haben wir in der Rue du Rempart, unweit der Stadtmitte, ein Handelsdepot gekauft, in dem ich Loirewein, Öl, Seife, Garn, Stoffe und andere Artikel verkaufe, die in diese Kolonie eingeführt werden. Man kann es kaum ein Geschäft nennen, denn es besteht nur aus einem dunklen Raum mit einer breiten Holztür, aber die Basaltwände schützen es vor Dieben und Stürmen, die hier sehr zahlreich sind. Jedes neue Schiff, das aus Frankreich eintrifft, erlaubt mir, mein Vermögen zu vergrößern, und da ich gut rechnen kann, ist es mir gelungen, ein wenig Gewinn zu erzielen, von dem wir leben können. Ich habe meine beiden freigelassenen Sklaven für einen Monatslohn von fünf Pfund in meinem Geschäft angestellt, wo sie die Waren überwachen. Im Vergleich zu den meisten Kolonisten leben wir ziemlich bescheiden, aber ich danke immer wieder dem Himmel, dass Marie Anne nicht mehr gezwungen ist zu arbeiten wie früher auf dem Hof der Naours in Runello. Die einzige Sache, die unser Glück überschattet, ist der Gedanke daran, dass all die, die uns lieb sind, vor allem meine Mutter und meine Schwester, so weit von uns entfernt und noch dazu dem Elend und den Schrecken der Politik ausgeliefert sind, die unser Land am anderen Ende der Welt heimgesucht haben.

Nach und nach haben wir unsere neue Heimat erkundet. Die Insel ist nicht sehr groß, wirkt aber durch ihre Vielfalt und die vielen uns ungewohnten Dinge viel größer. Kurz nach unserer Ankunft lernte ich einen jungen Mann namens Louis Nicolas Pelletier kennen, der mein Freund geworden ist. Er kommt wie wir aus Lorient, ist aber schon lange vor uns, als er noch ein Kind war, mit seinen Eltern hergekommen. Ich habe sofort gespürt, dass mich vieles mit ihm verbindet. Diese Freundschaft ist für mich sehr kostbar, denn ich habe mich nach und nach von Mervin gelöst, dessen Verhalten mir immer weniger zusagte. Seit seiner Ankunft überlässt er sich zunehmend seinem natürlichen Hang zu einem ausschweifenden Leben, und außerdem hat er seine revolutionären Ideen aufgegeben und sich stattdessen für die Sache der Grundbesitzer eingesetzt, die hier den neuen Adelsstand bilden. Daher ist er auf all den zahlreichen Festen anzutreffen und bemüht sich nicht, seine Zukunft durch eine regelmäßige Arbeit zu sichern.

Ich kann mir ein solches Verhalten nicht leisten. Und auch wenn mir jeden Tag die Trennung von meinem Heimatland und von meiner Mutter und meiner Schwester das Herz zerreißt, kommt es für mich nicht in Frage, in ein Land zurückzukehren, aus dem uns das Elend und die öffentliche Missachtung vertrieben haben. Ich habe das eines Tages zu Marie Anne gesagt, als sie traurig davon sprach, wie weit wir von unseren Lieben entfernt sind: Wir sind hier nicht auf der Durchreise, sagte ich zu ihr. Dies ist jetzt unser Heimatland, hier wird man uns eines Tages begraben.

Das Komitee für öffentliche Sicherheit und die Kolonialversammlung sind die beiden Instanzen, die alle Entscheidungen in der Kolonie treffen. Dort haben vor allem alte Einwanderer, von denen manche schon auf dieser Insel geboren sind, einen Sitz. Die meisten von ihnen besitzen Höfe im Landesinneren, in Pailles, Crève-Cœur oder Beau Bassin. Sie bauen Weizen an, aber auch Obst und Zuckerrohr für die Herstellung von Rum. Ihre Namen werden von den Farbigen gefürchtet. Sie heißen Guérin, Sollier, Deschezeaux, Corasin, Descombes, Fleuriau, Le Clerc, Le Guepou, Galdemar, Journel, Couturier, Bouderville, Le Bourgne. Der Hafenoffizier Sauvaig, der uns so schlecht empfangen hat, gehört zu dieser Clique. Möge Gott mich davor bewahren, jemals diesem Komitee anzugehören! Ich bin nicht vor dem Denunziantentum der Sansculotten geflohen, um am anderen Ende der Welt dem gleichen Übel zu begegnen!

Einige Zeit, nachdem wir uns auf der Isle de France niedergelassen hatten, sprach ich mit dem Bürger Dubois und drückte meine Verwunderung darüber aus, dass die wohlhabende Gesellschaft der Kolonisten nichts für die Bedürftigen tut. Ich unterbreitete ihm einen Plan für eine Schule für Farbige, der demnächst dem Komitee vorgelegt werden soll, wie mir der Bürger Dubois versprach. Manche Einwohner stehen dieser Sache sehr feindselig gegenüber, da sie darin eine Gefahr für die Kolonie sehen. Wenn man den freigelassenen Sklaven die gleichen Rechte einräumt wie den Franzosen, behaupten sie, würden sie bald einen Aufstand herbeiführen und den Weißen gegenüber eine gnadenlose Tyrannei ausüben, wie sie es in Santo Domingo getan haben. Man hat mir von diesen Äußerungen berichtet, und ich fürchte, dass aus meiner geplanten Schule nie etwas wird.

Seit unserer Ankunft haben die elenden Lebensbedingungen, unter denen die meisten Farbigen leben, Marie Anne erschüttert. Nicht nur die Sklaven, sondern auch die Freien und Freigelassenen sind Opfer von Verachtung und schlechter Behandlung seitens der Weißen. Sie werden unter jedem banalen Vorwand ergriffen, in Eisen gelegt, öffentlich ausgepeitscht oder in einer Art von Halseisen, das man Gabel nennt, an den Pranger gestellt. Sie haben nicht das Recht, sich den Vierteln der Weißen zu nähern, und sind gezwungen, in den ungesunden Zonen des Hafens in der Nähe der Camp-Yolof-Sümpfe oder an der Mündung der Rivière du Nord-Ouest zu leben, wo das Meer das Flusswasser zurückdrängt.

Der Anblick der Kinder bekümmert meine liebe Marie Anne am meisten. Jeden Sonntag begleite ich sie nach der Messe mit der Kutsche an den Ruisseau des Créoles, um Brot auszuteilen. Sie tut das ganz natürlich, ohne jedes Gehabe. Es sind Brote, die sie selbst mit unserem Koch

Kapoor zubereitet und im Backofen in Caudan backen lässt. Wenn wir im Kreolenviertel ankommen, drängen sich Scharen von Kindern mit ausgestreckten Händen um sie, und sie gibt jedem mit einem freundlichen Wort und einem Lächeln ein Brot. Marie Anne findet immer inmitten dieser Menge ein armes Kind, das zu klein oder zu schwach ist, um näher zu kommen, und ihm bringt sie dann persönlich das Brot. Ich weiß, dass dieses Verteilen von Broten bei den Großbürgern und den Damen der Kolonie, die wir jeden Sonntag treffen, ein Lächeln hervorruft, aber das ist uns egal! Auf diese Weise vollzieht Marie Anne das Sakrament der Kommunion. Diese ausgehungerten, zerlumpten Kinder im Viertel des Ruisseau des Créoles erinnern mich an jene, die ich einst auf der Straße gesehen habe, als wir durch die Dörfer der Bretagne in den Krieg zogen.

Vielen Menschen hier ist das Schicksal der Unglücklichen gleichgültig, denn trotz des Erlasses aus dem Monat Pluviose des Jahres II hat sich niemand die Mühe gemacht, die Sklaven freizulassen, ganz im Gegenteil, die Abgesandten des Nationalkonvents, die gekommen waren, um die Abschaffung der Leibeigenschaft zu verkünden, wurden aus der Kolonie ausgewiesen. Und manche hielten mich für einen Verrückten oder einen gefährlichen Utopisten, weil ich meinen Sklaven die Freiheit geschenkt hatte. Dabei lassen sich dieselben Leute, die den Farbigen die Menschenrechte verweigern, von diesen bedienen, ihre Wäsche waschen und ihr Essen kochen, und sie lassen ihre Kinder von denselben Sklaven, für die sie nur Verachtung übrig haben, versorgen. Wie kann man einen ehrlichen, tadellosen Dienst von Männern und Frauen erwarten, die man ihrer Freiheit beraubt und deren Lohn nur aus Schlägen und Beschimpfungen besteht? Das ist das seltsame Paradox dieser Insel, auf der die Natur Früchte in

Fülle hervorbringt, die Menschen jedoch habgierig und ungerecht sind und nur an ihren eigenen Vorteil und ihr Vergnügen denken.

Bei Neuankömmlingen wie uns löst es immer großes Erstaunen aus, wenn man den Unterschied zwischen den Franzosen aus dem Mutterland und ihren Landsleuten aus den Tropen sieht. Hier werden Feste, Bälle und Bankette veranstaltet, zu denen die Gesellschaft, die sich hier bereichert hat, nur jene einlädt, die sie in ihrer Mitte duldet. Nach dem Gottesdienst rivalisieren die Damen in extravaganter Aufmachung, in Seiden- oder Organdykleidern, Hauben oder Hüten, Schmuck aus Gold oder Silber. Sie verfügen über ein ganzes Arsenal von Accessoires, die die Mode des siebzehnten Jahrhunderts nachahmen, als seien diese Damen ehemalige Marquisen oder Comtessen, und dann erst der Anblick, wenn sie unter großen Sonnenschirmen, die ihre livrierten Negerjungen tragen, über die Chaussée bis zum Park der Compagnie des Indes promenieren. Und wenn man ihre Namen kennt, ist diese Maskerade noch lächerlicher, denn sie heißen Jubin, Pépin, Lhôte, Latour, Fouquereau, Cheval, Mabille, Bélin, Guérin, Cassette, Roux, Saulnier oder Beaublanc und haben vergessen, dass ihre Eltern von der Compagnie als Bauern, Böttcher, Köche oder Bäcker hergeholt und verdingt worden sind und dass ihre Angehörigen, die im Land geblieben sind, kämpfen müssen, um ihr täglich Brot, Feuerholz oder ein Knäuel Wolle zu bekommen. Aber so ist nun mal die Macht des Undanks oder vielleicht auch nur der Vergesslichkeit: Nachdem diese Menschen hier auf dieser Insel des Überflusses am anderen Ende der Welt gelandet sind, denken sie nur noch daran, sich zu vergnügen und vom Luxus betäuben zu lassen, ohne einen Gedanken an die Elenden zu verschwenden, die ganz in ihrer Nähe leben.

In Begleitung von Louis Pelletier habe ich die Umgebung von Port du Nord-Ouest auf der Suche nach mir unbekannten Landschaften durchquert. Es ist wirklich eine bewundernswerte Natur, Bernardin de Saint-Pierre hat nicht übertrieben. Wenn man von der Küste ins Landesinnere vordringt, gelangt man in einen dichten Wald mit seltenen Arten wie Kanotbäumen, Schwarzholzakazien und Ebenholzbäumen. Man geht durch Schluchten, in denen Flüsse, umgeben von Lianen und bunten Blumen, in Kaskaden herabstürzen. Und in dieser üppigen Natur gibt es keine bösen Tiere, weder Schlangen noch irgendwelche Raubtiere. Die einzige Gefahr geht von den Banden entlaufener Sklaven aus, den Marron-Negern, die in die Berge geflüchtet sind. Daher sind wir mit Gewehren bewaffnet und verlassen nie den Weg. Übrigens sind die Straßen in schlechtem Zustand, und die einzige Möglichkeit, um Port de la Fraternité im Süden zu erreichen, ist der Seeweg.

Mit Louis Pelletier entdecke ich die Freuden des Wanderns und des Abenteuers wieder, die ich seit dem Krieg gegen Preußen nicht mehr gekannt habe. Für die Nacht errichten wir ein Biwak an einem Bach und braten unsere Jagdbeute, meist handelt es sich dabei um Perlhühner oder Tauben, die wir am Rand des Weges aufgestöbert haben. Mittags, wenn die Sonne sengend heiß ist, baden wir voller Wonne in den Bächen.

Wir haben uns der Regierung für jeweils einige Tage am Ende des Monats zum Wachdienst zur Verfügung gestellt. Wir haben auch den Auftrag, die Wartung der Mörser und Bombarden bis an die Rivière Noire zu überwachen. Aber uns haben eher die Abenteuerlust und die Freude daran, mehrere Tage durch den Wald zu reiten, dazu gebracht, diese Aufgabe zu übernehmen.

Wir befehligen ein Bataillon des schwarzen Regiments,

dessen Einsätze wir zu überwachen haben. Daran lässt sich übrigens ermessen, wie sinnvoll es ist, den Farbigen die Freiheit zu schenken, denn dieses Regiment, das aus von der Republik besoldeten Freigelassenen besteht, zeigt eine vorbildliche Einsatzbereitschaft, und diese Männer, die den Auftrag haben, die Kolonie zu verteidigen, tun es, selbst bei den undankbarsten Arbeiten, ohne Murren. Sie haben auch die Aufgabe, die Marron-Neger, deren Raubüberfälle die ganze Insel in Gefahr bringen, zu verfolgen und zu vernichten. Daher ist die schwarze Garde für jene, die den Erlass zur Abschaffung der Sklaverei unter dem Vorwand nicht anerkennen, dass diese Maßnahme einen allgemeinen Aufstand der farbigen Bevölkerung zur Folge haben werde, der schlagende Beweis für das Gegenteil. Aber jedes Mal, wenn ich mit den Mitgliedern der Versammlung darüber sprechen wollte, wiesen sie den Gedanken an die Freilassung voller Entsetzen zurück. Sie erinnerten mich sogar an das Schicksal von Baco und Burnel, die Abgesandten des Directoire, die an Bord der *Moyneau* gebracht und unter allgemeinem Beifall nach Frankreich zurückgeschickt worden sind. Marie Anne riet mir, vorsichtig zu sein, da sie befürchtet, dass sich meine Feinde rächen könnten, wie etwa der jämmerliche Bürger Sauvaig.

Louis Pelletier hat gemäßigtere Vorstellungen. Da er auf dieser Insel aufgewachsen ist, hat die Zeit seine Überzeugungen von Gleichheit gewandelt. Er ist charakterlich sehr jung geblieben und ziemlich unbekümmert. Sein Vermögen erlaubt ihm, sich der Poesie und der Musik zu widmen. Er kommt häufig zu uns ins Empfangszimmer von Monsieur Dubois, und bei diesen Gelegenheiten musizieren wir oft gemeinsam, ich mit meiner Flöte und er am Spinett, und dazu singt er mit sehr reiner Stimme modische Weisen. Das sanfte Licht unseres Gartens voller

Blumen und Marie Anne, die zum zweiten Mal schwanger ist, während unsere Jeanne plappert und spielt, all das gibt ein idyllisches Bild ab, das Jean-Jacques nicht missfallen hätte. Das sind wirklich die ersten Augenblicke des Friedens und des Glücks, die wir seit unserer Ankunft auf dieser Insel erlebt haben.

Aber trotz dieser Augenblicke können wir unsere lieben Angehörigen nicht vergessen, die wir in Runello zurückgelassen haben. Robespierres Sturz und die Gründung des Directoire scheinen die politische Situation verbessert zu haben. Aber die Nachrichten, die ich von meiner Mutter bekomme, sind leider sehr beunruhigend. Paulines Briefen zufolge, die schon fast sechs Monate alt sind, wirken sich die Kälte und der Regen nachteilig auf die Gesundheit meiner Mutter aus. Ich habe ihr ein Päckchen mit Wolle geschickt, denn diese Ware findet man leichter in den Tropen als in Frankreich. Ich habe meiner Mutter und meiner Schwester eingeschärft, ein Leibchen aus dieser Wolle auf der nackten Haut zu tragen, um Blutstauungen zu vermeiden. Marie Anne hat keine Nachrichten von der Familie Naour, was sie wegen ihrer Schwester traurig macht, die ihr immer geholfen hat. Jetzt leben wir schon über ein Jahr in unserer neuen Heimat, und erst jetzt begreifen wir richtig, wie endgültig der Bruch mit der Vergangenheit ist. Manchmal gehen Marie Anne und ich am frühen Morgen in Caudan durch das Stadttor ans Meer, um die Segelschiffe zu beobachten, die in den Hafen einlaufen. Wir betrachten die deutlich erkennbare Horizontlinie, das strahlend blaue Meer und den Himmel, an dem die Wolken schnell dahinziehen. Auch ohne ein Wort zu sagen, wissen wir, dass uns die gleiche Rührung erfüllt, und ich sehe, wie sich Marie Annes Augen mit Tränen füllen. Das ist die Route, auf der uns die *Rozilis* nach langer Reise hergebracht hat. Nur die Post verbindet uns noch mit unserem Vaterland auf der anderen Seite dieses Horizonts. Aber wir wissen, dass es uns unmöglich ist, diese Route in umgekehrter Richtung zurückzulegen, und erst recht, davon zu träumen, dass ein Schiff eines Tages jene herbringt, die wir dort zurückgelassen haben.

Die Bucht von Tamarin, an der Louis Pelletier und ich unseren Wachdienst leisten, ist zweifellos das schönste Fleckchen der Erde. Ich würde sie gern meiner Schwester Pauline in einem Brief beschreiben, aber ich glaube, kein Satz kann dem gerecht werden. Man muss sich die vollkommene Rundung dieser Bucht vorstellen, die im Norden von der Montagne du Rempart und im Süden von der Tourelle de Tamarin überragt wird, den langen Strand mit gelbem Sand, den Wald, der bis ans Meer hinabreicht und sich für die Mündung eines Flusses mit glasklarem Wasser öffnet. Die Befestigungsanlagen befinden sich im Süden an der Rivière Noire, wo auch eine Fregatte ankert, die als Aufklärer dient. Als Unterkunft haben wir uns an der Flussmündung in Tamarin an einer Stelle, die den Namen Eau Bouille trägt, weil nicht weit davon eine Quelle hervorsprudelt, eine mit Blättern gedeckte Holzhütte errichten lassen. Das ist unser Quartier, um die Küste vor der Bedrohung durch die Engländer zu schützen. Wir sind ungefähr sieben Meilen von der Stadt Port du Nord-Ouest entfernt, mit der uns eine schlechte Straße verbindet, die durch Weizenfelder und Zuckerrohrplantagen führt. Hat man den Rempart hinter sich gelassen, wird die Erde rot und unfruchtbar und die Straße führt durch eine Wüstenlandschaft mit Kakteen und fast undurchdringlichen Dornensträuchern, außer an den Stellen, an denen Brände alles verkohlt haben. Jeden

Monat unternehmen wir diese Reise mit einer Kompanie aus etwa einem Dutzend mit Gewehren bewaffneten schwarzen Soldaten, denn die Marron-Neger greifen im südlichen Teil der Insel manchmal die Reisenden an. Die Marron-Neger sind Sklaven, die von den Plantagen geflohen sind, wo sie häufig misshandelt wurden. Manche von diesen Marron-Negern stammen angeblich von den Sklaven ab, die den Holländern entflohen sind und die immer im Gebirge in der Nähe von Le Morne gelebt haben. Sie sind daher die ältesten Bewohner dieser Insel, zugleich die ärmsten, und angeblich, wie jene hinterhältig behaupten, die ihnen gnadenlos nachstellen, wieder zu Wilden geworden.

In Tamarin gibt es ein Viertel, in dem Freigelassene leben, unter ihnen viele Mischlinge. Sie sind die freundlichsten und ehrlichsten Menschen der Welt. Die meisten von ihnen sind Bauern, die Vieh züchten und auf kleinen Feldern am Flussufer Gemüse anbauen. Ihre Häuser sind einfach, aber sauber, manche sind aus schwarzem Stein gebaut und haben hohe Fenster. Sie sind von Obstgärten mit prächtigen Blumenbeeten umgeben. Eine der angesehensten Familien des Ortes ist die eines schwarzen Kreolen namens Thomas Des Bassins, der eine Bootswerft gegründet hat. Er stellt eigenhändig die langen leichten Einbäume her, die ein wenig den Loggern der Laïta ähneln und die hier von den Krakenfischern benutzt werden. Sie verstehen es sehr gut, diese Boote auf der Lagune zu manövrieren, und wagen sich manchmal sogar aufs offene Meer hinaus und befestigen dann ein schräges Segel an einem Mast ohne Rah. Pelletier und ich sind manchmal in diesen Einbäumen nach Port du Nord-Ouest zurückgefahren, während die schwarzen Wachsoldaten unsere Pferde zu Fuß zurückführten, denn Reiten ist ihnen bei Gefängnisstrafe gesetzlich verboten.

Der Bürger Des Bassins ist verwitwet, und seine beiden noch sehr jungen und ungewöhnlich hübschen Töchter führen ihm den Haushalt. Die Jüngste, die sechzehn oder siebzehn Jahre alt ist und den Namen Laure trägt, ist mit Abstand eine der schönsten Frauen, die ich auf der Isle de France gesehen habe. Sie ist groß, hat eine gute Figur und wirkt älter, als sie tatsächlich ist, nur ihr Gesichtsausdruck ist noch sehr treuherzig und naiv. Wenn wir bei Thomas Des Bassins zu Abend essen, wartet sie bei Tisch auf, wobei sie auf einfache und zugleich erlesene Weise gekleidet ist, zumeist in einem farbenfrohen Kleid in kreolischem Stil aus feinstem Madras, und auf dem Kopf trägt sie ein großes rotes Kopftuch. Sie ist barfuß, wie es unter den Farbigen üblich ist, und es ist eine wahre Freude zu sehen, wie sie mit leichtfüßigem, fast tänzerischem Schritt über den Boden gleitet. Das Haus der Des Bassins ist stets von Fröhlichkeit und Musik erfüllt. An manchen Abenden versammeln sich Trommler um ein Lagerfeuer am Strand und singen auf Kreolisch, einer sehr sanften und ergreifenden Sprache. Pelletier, der auf der Insel aufgewachsen ist und daher diese Sprache versteht und fließend spricht, singt manchmal beim Refrain mit. Ich habe auch bemerkt, dass ihn der Charme der Tochter unseres Gastgebers nicht unberührt lässt, denn jedes Mal, wenn die hübsche Laure auftaucht, verändert sich sein Gesichtsausdruck. Und während sie uns zu trinken einschenkt, beobachtet auch sie ihn mit jener Mischung aus Wagemut und Bescheidenheit, die ihr zu Eigen ist, und läuft dann schnell wieder davon, um sich in der Küche zu verstecken, wo man sie mit ihrer Schwester und den Dienstboten wie ein Kind lachen hört.

All das war zauberhaft und kam mir damals ziemlich harmlos vor. Und wenn ich Marie Anne von der sanften Schönheit der Bucht von Tamarin erzählte, riss sie die

Augen auf und sagte zu mir: Du musst Jeanne und mich dorthin mitnehmen, ich habe große Lust, dieses Fleckchen Erde zu sehen. Wegen der mit ihrem Zustand verbundenen Gefahren zögerte ich lange, doch eines Tages, nach den Stürmen Ende Februar, habe ich den Planwagen fertig gemacht und Marie Anne und unsere Tochter in Begleitung der schwarzen Wachsoldaten an die Bucht von Tamarin mitgenommen, wo wir Pelletier treffen sollten, der bereits an Ort und Stelle war.

Wir kamen gegen Einbruch der Dunkelheit dort an. Ich hatte Louis Pelletier seit zwei Monaten nicht mehr gesehen, denn ich war die ganze Zeit damit beschäftigt gewesen, den Bestand meines Geschäfts aufzunehmen. Ich war überrascht über die Veränderung. Pelletier war nicht mehr der Gleiche. Er war von der Sonne gebräunt, und die Meeresluft und das Fischen an Bord der Piroge hatten seinen Körper gestählt. Er war gekleidet wie ein Kreole, in kurzen Hosen und einem Hemd mit aufgekrempelten Ärmeln, und war barfuß. Er trug sein langes Haar offen, und um sich vor der Sonne zu schützen, einen breitkrempigen Hut aus Stroh, das von einem Strauch stammt, der hier *vaqua* genannt wird. Doch vor allem überraschte mich sein Verhalten. Er schien seinen Platz bei den Des Bassins gefunden zu haben und empfing uns, als sei er dort zu Hause.

Über die Art seiner Gefühle für die hübsche Laure bestand kein Zweifel. Am selben Abend, als wir draußen auf der Veranda saßen, trug die junge Frau das Essen auf, und jedes Mal, wenn sie sich Pelletier näherte, wechselten sie seufzend verliebte Blicke. Später ließen sich die Musiker wie üblich am Strand nieder, trommelten und spielten Mandoline, und Laure tanzte vor uns, wobei sie ihre Röcke mit Volants anmutig raffte, und ohne zu zögern begann dann auch Louis Pelletier mit ihr zu tanzen.

All das war bezaubernd und voll jugendlicher Unschuld, aber ich konnte mich einer gewissen Befürchtung nicht erwehren, da ich wusste, wie streng das Sicherheitskomitee mit den Bürgern verfuhr, die sich mit farbigen Frauen einließen.

Wir verbrachten ein paar angenehme Tage in der Hütte, die uns an der Bucht von Tamarin als Unterkunft diente. Dort badete Jeanne zum ersten Mal im Meer, an einem Strand, an dem die Wellen ganz sanft verebben. Den Anblick unserer Jeanne, die wie in den Zeiten der Unschuld splitternackt ins Meer rannte und sich dann unter dem Gewölbe der hohen Bäume ins klare Wasser des Flusses stürzte, werde ich nie vergessen. Louis Pelletier und ich badeten ebenfalls im Fluss, und auch Laure kam zu uns ins Wasser, ohne sich jedoch zu entkleiden. Marie Anne blieb am Ufer und schaute zu, da sie aufgrund ihrer Schwangerschaft nicht ins Wasser durfte.

Abends entfachten wir am Strand ein Feuer und aßen mit Genuss die Fische, die Thomas Des Bassins gefangen, und das Obst aus seinem Garten, das er uns gebracht hatte.

Es wurde wieder Musik gemacht, und Laure sang mit sanfter Stimme kreolische Romanzen, die Louis begleitete. Wir ließen uns, ohne es zu wollen, davon bezaubern, und ich erinnere mich noch, gedacht oder gesagt zu haben, ein solches Glück, das allein durch den Zauber des Meeres, des Himmels und der Natur hervorgerufen wurde, ohne dass eine Revolution dazu nötig war, kommt wohl ein wenig dem Paradies nahe.

Doch als es Zeit wurde, wieder nach Port du Nord-Ouest zurückzukehren, und die schwarzen Wachsoldaten das Fuhrwerk anspannten, das uns dorthin bringen sollte, weigerte sich Louis Pelletier mitzukommen. Fahr, sagte er, dein Platz ist dort unten, bei deiner Frau und deinem

Kind. Mein Platz ist in Zukunft hier. Ich teile es meinem Vater mit, denn ich habe die Absicht, Laure Des Bassins zu heiraten. Ich versuchte ihn davon abzubringen und machte ihn darauf aufmerksam, dass er hier keinerlei Existenzgrundlage hatte und Gefahr lief, in Armut zu leben. Doch er lachte laut, woraus ich ersehen konnte, wie sehr er von diesem Wahn erfüllt war. Ganz im Gegenteil, mein lieber Jean, erwiderte er. Hier habe ich alles, was ich zum Leben brauche. Schau dich doch nur um, dann siehst du, über welche Reichtümer ich hier verfüge. Und dabei wies er mit einer Handbewegung auf die Bucht, die in der Morgensonne glitzerte, auf das tiefblaue Meer, wo die Fischer bereits bei der Arbeit waren, und das von einem Obstgarten und bunten Blumen umgebene Haus von Thomas Des Bassins am Flussufer. Um mir zu zeigen, wie fest entschlossen er war, rief er Laure, die sich gerade im Haus zu schaffen machte. Sie kam herbei, barfuß, in einem einfachen weißen Kleid und einem Strohhut, und ich muss sagen, dass sie in diesem Aufzug hübscher war als all die Notablen-Gattinnen, die in Festtagskleidern auf der Chaussee lustwandeln. Ich musste an den Tag zurückdenken, als ich Marie Anne vor unserer Hochzeit mit zerzaustem Haar, wie eine einfache Bäuerin gekleidet aus dem Hof kommen sah, und diese Erinnerung fegte alle meine Einwände hinweg. Ich drückte Pelletier die Hand, und wir verabschiedeten uns von ihm und der Familie Des Bassins, und Marie Anne umarmte alle und versprach ihnen, dass wir wiederkommen würden, sobald es uns möglich wäre. Doch es war das letzte Mal, dass Marie Anne Louis Pelletier und die schöne Laure Des Bassins sah. Wir sind nie wieder an die Bucht von Tamarin zurückgekehrt.

Louis Pelletier ging am 18. Nivose des Jahres IX bei drückender Hitze an Bord der von Kapitän Frélaud befehligten staatlichen Korvette *Brûle-Gueule*. Die Kolonialversammlung hatte ihn wegen ungehörigen Verhaltens zur Deportation verurteilt und zwei Monate zuvor seine Eheschließung mit Laure Des Bassins für ungültig erklärt, ein Einspruch dagegen war nicht möglich.

Ich selbst hatte die Bürger Barbé und Mabille aufgesucht, die sich, wie mir zu Ohren gekommen war, bei der Abstimmung in der Kolonialversammlung der Stimme enthalten hatten. Als sie den Zweck meines Besuchs erfuhren, verhielten sie sich sehr kühl. Barbé sagte: Was soll man da tun? Der junge Mann ist gewarnt worden. Seine ganze Familie hat versucht, ihn davon abzuhalten, doch er hat sich hartnäckig geweigert. Ich habe sein jugendliches Alter und seine aufrichtige Liebe zu dieser jungen Kreolin zur seiner Entlastung angeführt: Kann man im Land von *Paul et Virginie* so mit der Liebe umgehen? Der Mann lächelte ein wenig verlegen, wie mir schien. Bürger Marro, sagte er zu mir, Sie wissen ja selbst, dass das Leben kein Roman ist. Damit hatte er allerdings Recht.

Als Louis Pelletier begriff, dass jede Hoffnung auf Milde vergeblich war, fand er sich mit der Deportation ab. Ein paar Tage vor Abfahrt der *Brûle-Gueule* kam Pelletier in meinen Laden, um sich zu verabschieden. Ich wunderte mich, welch guten Mutes er war. Er erzählte mir, dass er sich bei einer seiner Tanten in Rouen niederlassen wolle. Er hatte vor, einen Kolonialwarenhandel zu eröffnen und Produkte der Insel wie Tee, Gewürznelken, Mokka und Ingwer zu verkaufen, die dort unten Gold wert sind. Wärst du bereit, mich zu beliefern, auch wenn ich als Verbannter betrachtet werde? Ich umarmte ihn und versicherte ihm, dass ich auch weiterhin sein Freund bliebe. Eine Frage beschäftigte mich jedoch, und ich konnte ihn nicht gehen lassen, ohne eine Antwort darauf zu bekommen: Und was ist mit Laure Des Bassins?, fragte ich ihn. Seine Miene drückte eine Zufriedenheit aus, die mich angesichts seiner Situation überraschte. Du weißt ja, dass Laure meine Frau ist, sagte er. Wir haben vor Trauzeugen nach den Gesetzen der Republik geheiratet. Wenn ich in Frankreich bin, werde ich diese Eheschließung offiziell anerkennen lassen, selbst wenn ich deshalb bis vor das Directoire gehen muss. Und dann kann Laure mit mir in Frankreich, in unserem richtigen Vaterland, leben, da uns die Regierung dieser Insel dieses Recht verweigert. Er sagte das mit solcher Überzeugung und sogar mit deutlich sichtbarer Gemütsaufwallung, dass mir klar wurde, dass er nicht die Absicht hatte, auf seine Ehe mit Laure zu verzichten. Sollte ich ihm deshalb einen Vorwurf machen? Hatte ich nicht auch gegen alle Arten von Ungerechtigkeit gekämpft? Und dennoch verbreitete sich auf der Insel das Gerücht, dass Frankreichs neue Regierung, anstatt das Werk der Revolution fortzusetzen, die Absicht habe, den abscheulichen Sklavenhandel wieder einzuführen, um den Kolonisten einen Gefallen zu tun. Wenn das zutreffen sollte, was sollte dann aus Louis Pelletier und Laure werden? Von diesen sorgenvollen Gedanken erfüllt, trennte ich mich von ihm und umarmte ihn ein letztes Mal.

Ich habe Laure nie wieder gesehen. Ich nahm an, dass sie bei ihrem Vater in der Bucht von Tamarin geblieben war und auf die Gelegenheit wartete, zu Pelletier nach Frankreich zu fahren. Am Morgen seiner Abreise ging ich allein zum Hafenkai, um die *Brûle-Gueule* auslaufen zu sehen. Es war ein schöner Dreimaster mit zweiundzwanzig Kanonen und einem schlanken schwarz-weißen Rumpf, der ihm eine hohe Fahrgeschwindigkeit verlieh. Kaum hatte das Schiff die Hafeneinfahrt verlassen, ging es unter Wind und entfernte sich in Richtung Horizont.

Ich musste an die lange Fahrt bis nach Brest denken, und wie immer, wenn ich ein Schiff auslaufen sah, empfand ich bei dem Gedanken an meine Mutter und meine liebe Pauline, die in der Heimat geblieben waren, einen Stich im Herzen.

Zur gleichen Zeit, im Nivose des Jahres IX, befürwortete die Kolonialversammlung meinen Vorschlag, eine Schule für die Kinder der farbigen Bürger einzurichten. Unser Hausbesitzer Monsieur Dubois teilte mir begeistert diese Nachricht mit. Ihr Gedanke hat sich endlich durchgesetzt, sagte er zu mir. Und dann las er mir den Erlass der Versammlung vor, deren wesentliche Artikel ich hier wiedergebe:

Artikel 1. In der Stadt Port du Nord-Ouest soll eine Schule für die Ausbildung der Kinder farbiger Bürger eingerichtet werden. Diese Schule untersteht der Aufsicht der Kommission für staatliches Schulwesen.

Artikel 3. Drei Lehrer werden dieser Schule zugeteilt. Einer von ihnen wird mit der Aufsicht betraut. Diese Lehrer werden von der Vermittlungskommission bestallt.

Artikel 4. Die folgenden Fächer sollen dort unterrichtet werden: Lesen, Schreiben, Grammatik, Rechnen, Zeichnen und praktische Raumlehre.

Artikel 5. Der mit der Aufsicht betraute Lehrer empfängt monatlich 40 Piaster, die beiden anderen jeweils 30. Die Miete für die Schule wird von den Steuern und Einnahmen der Bezirksverwaltung bezahlt.

Artikel 6. Jeder Schüler, der in die besagte Schule aufgenommen wird, hat monatlich 2 Piaster zu zahlen, die an die Bezirksverwaltung abgeführt werden.

Artikel 7. Jede ländliche Gemeinde hat die Möglichkeit, kostenlos einen Schüler einschreiben zu lassen.

Artikel 8. Für die kostenlose Einschreibung sind folgende Unterlagen erforderlich: Die Bestätigung der Gemeinde, dass das zu fördernde Kind einer rechtlich geschlossenen Ehe entstammt und seine Eltern unbemittelt sind.

Usw.

Marie Anne hatte zugehört, wie der Erlass verlesen wurde, und klatschte. Und wir alle ließen uns von ihrer Begeisterung anstecken. Ich schlug sofort vor, dass ich Lesen und Schreiben unterrichten würde, und der Bürger Dubois erklärte sich bereit, den Schülern das Zeichnen und die Raumlehre beizubringen.

In den darauf folgenden Wochen war unser Leben von der Hoffnung erfüllt, die dieser Beschluss erweckt hatte. Ich bedauerte nur, dass ich diese Augenblicke nicht mit meinem Freund Pelletier teilen konnte. Wenn er da gewesen wäre, sagte ich zu Marie Anne, hätte er feststellen können, dass die Gleichheit hier fortan keine Utopie mehr war, und dass er vielleicht die Versammlung dazu bewegen konnte, seine Ehe mit Laure anzuerkennen.

Ich hatte den Eindruck, dass unser Freund bald zurückkommen könnte. Alle vierzehn Tage wartete ich ungeduldig auf die Post und hoffte, eine Nachricht aus Brest oder Rouen zu erhalten.

Ich hatte schon die Liste der Waren zusammengestellt, die ich ihm zusenden wollte, und mir die Ernte eines der größten Ingwerfelder im Tal von Crève-Cœur vorbehalten.

Doch Ende Prairial erreichte uns eine furchtbare Nachricht: Die *Brûle-Gueule* hatte Brest nie erreicht, sondern vor der bretonischen Küste Schiffbruch erlitten, und von den zweihundertsechs Menschen an Bord hatten sich nur achtunddreißig retten können. Louis Pelletier war ertrunken und mit ihm Laure Des Bassins, die er heimlich mit an Bord genommen hatte.

Ich habe den Eindruck, als könne ich das Toben des Sturms am Raz de Sein hören. Dort geht die lange Reise der *Brûle-Gueule* in die Bretagne zu Ende. Morgen erreichen sie die Reede von Brest. Alle an Bord sind fröhlich, obwohl die See äußerst rau und der Wind sehr böig ist. Sie haben den letzten Tag auf See auf dem Oberdeck verbracht und die Küstenlinie betrachtet. Auf der Höhe von Belle Isle heiterte es vorübergehend auf, und sie sahen die glitzernden weißen Strände in der Umgebung von Mousterlin. Das Schiff fuhr ganz nah an den Iles de Glénan vorbei, so nah, dass sie hören konnten, wie sich die Wellen tosend auf den Klippen brachen. Louis Pelletier stand mit Laure auf dem Oberdeck, sie waren eng umschlungen und betrachteten die Küste. Laure hat für die Ankunft ihr schönes weißes Kleid angezogen und sich in einen großen Wollschal gehüllt, da der Wind sehr kalt ist.

Während dieser langen Monate auf See lernten alle sie schätzen. Sie war immer fröhlich und liebenswürdig. Pierre, der Bootsmann, und der Quartermeister Le Meno freundeten sich mit ihr an. Selbst Kapitän Frélaud konnte sich ihrem Charme nicht entziehen. Als er auf der Höhe der afrikanischen Küste herausfand, dass der junge Dienstbote, der Pelletier begleitete, in Wirklichkeit dessen Frau war, wurde er zunächst wütend: Ich müsste euch beide eigentlich dafür, dass ihr mich hintergangen habt, im Laderaum in Ketten legen lassen. Aber man hat mir alles erzählt, eure Eheschließung und wie ihr aus der Kolonie verbannt worden seid. Und genauso wie die Mannschaft fühle ich mit euch. Dann fügte er hinzu: Doch aus Gründen des Anstands bitte ich deine Frau, sich nicht mehr als Mann zu verkleiden. Der Kapitän stellte ihnen sogar eine Kajüte am Heck zur Verfügung, nicht weit von seiner eigenen Kabine, direkt neben der Kajüte des Chirurgen Jacob. Mehrmals bat er das junge Paar zum Essen an seinen Tisch, um das Vergnügen zu haben, sich von ihnen ihre Geschichte erzählen zu lassen.

Laure hatte es verstanden, sich auf dem Schiff nützlich zu machen. Sie buk aus Kokosraspeln Plätzchen und verteilte diese an die Mannschaft, wodurch sie bei dieser beliebt wurde. Die meisten dieser Männer waren ungebildete, grobe Kerle, die Schläge und ein hartes Leben gewohnt waren, und die stets lächelnde hübsche Kreolin wurde für sie zu einer guten Fee. Als sie die Linie überquerten – für sie war es das erste Mal –, nahm sie an dem Fest der Äquatortaufe teil und sang, begleitet von Louis Pelletier und einem Matrosen, der Mandoline spielte, hübsche Lieder. Die Mannschaft hatte den Eindruck, sie habe noch nie eine so unterhaltsame Reise unternommen. Und nun, da sich das Schiff dem Ziel der Reise näherte, dachten alle wehmütig daran, dass Laure und Pelletier sie bald verlassen würden, und beneideten die beiden um ihr Glück.

So stelle ich mir die letzten Augenblicke dieser Reise vor, als sich das Schiff der Pointe du Raz näherte. Gegen Abend, als sie Saint-Guénolé hinter sich gelassen hatten, kam Sturm auf. Der Himmel wurde schwarz, und kurz darauf verschwand die Küste hinter einer Regenwand. Louis und Laure suchten in ihrer Kajüte Zuflucht. Der Wind wehte aus westlicher Richtung und erschwerte das Vorankommen der *Brûle-Gueule*, die Wellen brachen sich am Bug. Kapitän Frélaud ließ alle Segel einholen, bis auf die Fock und den Besan, doch der Wind, der immer heftiger wurde, zerriss die Segel. Kurz vor fünf wurde es mit einem Schlag Nacht, als sei die Sonne plötzlich erloschen, und in diesem Augenblick wurde das Tosen des Sturms grauenhaft, der Wind pfiff durch alle Spalten und das Meer brüllte auf wie ein wildes Tier. Ich stelle mir vor, wie Laure und Louis eng umschlungen auf dem Bett liegen und horchen, wie die Brecher auf das Oberdeck krachen. Die Nacht begann, eine Nacht des Schreckens. Bei jedem Schlag ächzte der Schiffsrumpf und der Wind heulte in den Wanten. Ohne Segel wurde die *Brûle-Gueule* zum Spielzeug der Wellen und das Wasser drang durch alle Pforten in das Schiff. Die beiden Verliebten schmiegten sich aneinander, der Atem der beiden verschmolz, sie waren zu verängstigt, um zu beten oder etwas zu sagen.

Kurz nach Mitternacht geschah das, was alle befürchtet hatten. Die *Brûle-Gueule* wurde vom Wind abgetrieben und lief auf ein Riff östlich der Île de Sein, auf der Höhe von Kalaourou. An dieser Stelle ist das Meer ziemlich seicht, doch die See stürzte über die Klippen wie ein Fluss, der über die Ufer tritt. Kapitän Frélaud beschloss, zwei Schaluppen zu Wasser zu lassen, um zu versuchen, auf der Insel Hilfe zu holen. Er klopfte an die Tür der Kajüte, um Laure zu überreden, in eines der beiden Boote zu steigen: Wenn Ihnen das Leben lieb ist, müssen Sie jetzt von Bord gehen, denn das Schiff kann jeden Augenblick untergehen. Aber Laure weigerte sich. Sie hielt ihren Mann umarmt und sagte: Wir bleiben zusammen, lebendig oder tot. Die beiden Schaluppen nahmen außer dem Chirurgen Jacob und dem Quartermeister Le Meno einunddreißig Matrosen auf. Kapitän Frélaud blieb an Bord und befahl, trotz der Gefahr, auf ein anderes Riff aufzulaufen, das Schiff im Wind treiben zu lassen, da es sonst von den Wellen zertrümmert würde. Die Schaluppen verschwanden in der Dunkelheit, und nur der Schimmer der an den Masten befestigten Laternen war das Zeichen dafür, dass sie nicht von den Fluten verschlungen worden waren.

Die ganze Nacht trieb die *Brûle-Gueule* an ihren Ankern an den Klippen entlang. Im Morgengrauen konnten die Fischer der Insel noch ihre Silhouette hinter den Riffs erkennen. Trotz Wind und Wellen wagten sich Männer bis zur Spitze der Insel vor, um zu versuchen, die Schiffbrüchigen zu retten. Die einunddreißig Seeleute waren auf der Höhe von Le Gueveur gekentert und bis ans Ufer geschwommen, wo die Bewohner der Insel sie in Empfang nahmen. Der Quartermeister Le Meno blieb trotz Kälte und Erschöpfung am Strand und ließ das Wrack nicht aus den Augen.

Das Schiff mit den gekappten Masten schien geradezu im Todeskampf zu liegen. Jede neue Welle drückte es mit düsterem Ächzen gegen die Felsblöcke. Und plötzlich wurde es mit furchtbarem Getöse, das die Inselbewohner trotz des heulenden Sturms deutlich hören konnten, von einer Welle getroffen, die stärker war als die anderen. Manche glaubten sogar die Entsetzensschreie der todgeweihten Menschen zu hören, als sich das Schiff auf die Seite legte und im Meer versank. Die Welle zog sich zurück und auf dem Riff blieb bis auf ein paar zerborstene Planken, den Wurzeln eines umgefallenen Baumes gleich, nichts zurück. Es war nur noch das Tosen des Meers und des Winds zu hören, doch am Ufer dachte niemand daran, fortzugehen. Alle starrten verständnislos auf die offene See, auf der keine Spur von Leben mehr zu erkennen war.

Am Strand von Nemeur und an den umliegenden Küstenstreifen wurden in den darauf folgenden Tagen die Leichen von einigen der hundertachtundsechzig Ertrunkenen angeschwemmt und in Gegenwart von Bürgermeister Jean François Thymer und Rektor Loch an Ort und Stelle unter Kieselsteinen begraben, nachdem man sie mit ungelöschtem Kalk bedeckt hatte. Doch die Leichen von Louis Pelletier und Laure und auch die von Kapitän Frélaud wurden nicht gefunden. Noch lange danach schwemmte das Meer bei jedem Sturm Überreste der *Brûle-Gueule* an, Fetzen der Rah, Kanonenlafetten. Und wenn der Sturm aus westlicher Richtung über die Felsenklippen pfeift, kann man noch heute, wie es scheint, die Klage der verbannten Liebenden hören, die vom Meer verschlungen worden sind.

Das Ende der Welt

»Habe ich dir schon gesagt, dass ich gelernt habe, mit den Pflanzen zu sprechen?« Tante Catherine war so weit von allem entfernt, was sich ereignete. Die Nachrichten, die sie im Radio hörte, entrüsteten sie. »Ich habe schon zu viele Kriege miterlebt. Im Krieg von 1914 habe ich meinen Bruder verloren und in dem von 1940 meine Schwester, die verhungert ist, weil es in Paris nichts mehr zu essen gab.« Sie glaubte an das Selbstbestimmungsrecht der Völker, hasste den englischen Imperialismus und den französischen Kolonialismus.

Die Hitze des Sommers ermüdete sie, aber ihr Verstand wurde dadurch noch wacher. Sie sagte, dass diese Schwüle genau das Richtige für sie sei. Ihr dichtes graues Haar klebte ihr in Strähnen an der Stirn. Sie fächerte sich mit einem Pappdeckel Luft zu. Sie trug wie immer ein graues Kleid wie eine Nonne und stets dieselben Ledersandalen.

»Tante Catherine, erzähl mir, wie du die Sprache der Pflanzen gelernt hast.«

Catherine richtete sich in ihrem Sessel auf, legte die Hände flach auf die Armlehnen und beugte sich dann ein wenig vor.

»Somapraba hat es mir beigebracht. Ich habe dir doch schon von Somapraba erzählt? Somapraba war meine Freundin. Sie war etwa in meinem Alter, siebzehn oder achtzehn, als ich sie kennen lernte, aber sie war schon erwachsen. Sie war immer ernst, immer gemessen. Sie war mit einem Jungen verlobt, dem Sohn von einem Freund ihres Vaters, er war aus Indien gekommen, um zu heiraten. Die Hochzeit sollte bald stattfinden, aber sie wusste nicht genau wann, vielleicht im darauf folgenden Jahr, der Junge musste sich erst das nötige Geld verdienen, er arbeitete in einem Geschäft in Port Louis, und er besuchte sie jeden Sonntag. Den Rest der Woche war Somapraba mit mir zusammen.«

Es war schön, hier oben in der Wohnung im letzten Stock von La Kataviva, wo die Zeit außer Kraft gesetzt zu sein schien, diese Geschichte zu hören. Im Lärm der Autos in der Rue Reine-Jeanne, wo sich der Verkehr immer vor der Eisenbahnbrücke staute. Jean kam es vor, als befände er sich in einer anderen Wirklichkeit, die nur ihm zugänglich war.

»Als ich das erste Mal mit ihr sprach, wartete sie hinten im Garten auf mich, dort wo der Weg zu den Schluchten und in den Wald beginnt. Ihr Vater war hergekommen, um Schwarzholzakazien zu kaufen, er hatte eine Möbelfabrik in Rose Hill. Wir gingen gemeinsam im Wald spazieren. Und anschließend kam sie fast jeden Tag wieder, weil sie zu jener Zeit nicht arbeitete, sie bereitete ihre Hochzeit vor und hatte viel Zeit. Sie sprach kein Kreolisch, aber sie sprach sehr gut französisch, weil ihre Mutter in Pondichéry geboren und dort bei den Schwestern in die Schule gegangen war, sie hatte ihrer Tochter Französisch beigebracht. Die einzigen Brocken Kreolisch, die Somapraba kannte, waren Schimpfworte und unanständige Ausdrücke, wenn sie in Wut geriet, gab sie Flüche von sich, und das brachte sie zum Lachen. Ich ging mit ihr in den Wald, Maud blieb zu Hause, sie hatte Angst und traute sich nicht, mit uns zu kommen. Somapraba zeigte mir das ›Ende der Welt‹. Anfangs blieben wir in der Nähe von Rozilis, liefen durch den Garten. Doch dann gingen wir jeden Tag etwas weiter weg, am Fluss entlang. Somapraba war sehr gelenkig, sie schürzte ihr Kleid und verknotete es, versteckte ihre Sandalen unter einem Stein und sprang barfuß von Felsen zu Felsen. Es war gegen Ende des Winters, September, Oktober. Das Wetter war sehr mild, der Himmel war herrlich blau, wir machten ab und zu Halt, um in den Wasserbecken zu baden, und sahen zu, wie die kleinen Wolken vom Wind fortgetrieben wurden. Somapraba suchte nach Pflanzen, erzählte Geschichten, gab den Blumen Namen. Sie öffnete den Blütenkelch der Orchideen, strich mit dem Fingernagel über den Stempel, um den Blütenstaub zu lösen. Sie sagte: ›Hier, sieh dir mal diese an, das ist Urvasi, Pururavas hat sie belogen, er hat sie im Wald verloren, sie ist ganz allein, sie wartet auf ihn.‹ Sie erzählte von den bösen Geistern des Waldes, von den Tänzerinnen, die Devadasi heißen. Sie sagte, dass hundertundeine Schwestern im Wald wären und dass man sie manchmal auf einer Lichtung oder am Fluss tanzen sehen könne, und dann blieben wir eine Weile stehen, um nach ihnen Ausschau zu halten. Wir liefen den Affouche-Bach entlang, bis wir die Quelle am Fuß großer schwarzer Felsblöcke erreichten. Dort war kein menschliches Geräusch mehr zu hören, nur der Gesang der Vögel und das Rauschen des Winds in den Bäumen. Und da erzählte Somapraba eine lange Geschichte, die von Damayanti und König Nala. Sie zeigte mir auch eine Stelle am Flussufer, drei große Felsen, die eine Höhle bildeten, und in dieser Höhle befanden sich rote Tongefäße und ein paar duftende Hölzer, sie sagte zu mir, das sei das Haus von Aranyany, der Herrin des Waldes. Ihr gehört der Wald, alle Bäume, sogar die Ebenholzbäume und die Schwarzholzakazien aus Rozilis, alles ist ihr Eigentum. Ihr gehören auch die Vögel und die wilden Tiere. Ich erinnere mich noch, wie ich zitterte, wenn wir uns Aranyanys Tempel näherten, ich hatte den Eindruck, dass sie da war und uns durchs Laub beobachtete. Jedes

Mal erzählte Somapraba ein weiteres Kapitel ihrer Geschichte, ich wartete ungeduldig auf die Tage, an denen sie mit ihrem Vater wegen dieser Ebenholzmöbel zu uns kam. Da war auch noch ein Mann namens Maupas, ein Franzose, der sagte, er wolle eine Möbelfabrik in Ébène bauen, ich glaube, er hätte mich gern geheiratet, aber ich traute ihm nicht, ich wusste, dass er mit dem Schurken Chemin befreundet war. Ich wartete auf Somapraba. Ich hatte den Eindruck, dass sich mit ihrer Hilfe alles ändern, wir endlich eine Lösung für all unsere Probleme finden würden, wie in der Geschichte von König Nala und Damayanti.

Somapraba erzählte, dass Nala beim Würfelspiel alles verloren hatte, sein Königreich, sein Heer, seinen Palast und sogar seine Kleider, und da war er mit Damayanti in den Wald geflohen, hatte sich die Hälfte vom Kleid seiner Frau abgeschnitten, während diese schlief, und war geflohen, um zu verbergen, dass er sich schämte.

Der Augenblick, in dem die arme Damayanti aufwacht und feststellt, dass ihr Mann sie halbnackt im Wald zurückgelassen hat, hat mir an der Geschichte immer am besten gefallen. Umgeben von wilden Tieren irrt sie durch den Wald und hat nichts anderes zu essen als Kräuter und Wurzeln. Doch die Wölfe und Tiger haben Mitleid mit ihr. Damayanti spricht sogar mit dem Tiger, sagt zu ihm: ›Herr, du bist der Herrscher dieses Waldes. Hör zu, ich bin Damayanti, König Nalas Frau. Ich bin allein, armselig, hilflos, denn ich suche meinen Mann. Hilf mir, König der Tiere! Hast du meinen Mann, den König Nala gesehen? Wenn du mir nicht helfen kannst, Herr des Waldes, so friss mich, denn dann kann ich wenigstens mein Unglück vergessen!‹«

Catherines Stimme hatte sich verändert, sie war hell und melodisch geworden wie Somaprabas Stimme, und Jean rann ein Schauer über den Rücken, als wäre der

Geist des Waldes, die Herrin namens Aranyany, hier in der Wohnung und als drängen die Geräusche und die Gerüche der Pflanzen bis zu ihnen vor. Genau wie Catherine damals im Wald wartete Jean gespannt, wie das Märchen weiterging, er hörte Somaprabas Stimme, die in singendem Tonfall sagte: »*Aranyany, Aranyany, asauya preva nashyasi!*«

Doch dann änderte sich Catherines Stimme, weil irgendetwas in ihr zerbrach: »Weißt du, ich habe geglaubt, das würde immer so bleiben. Wenn man jung ist und eine außergewöhnliche Geschichte hört, glaubt man, es würde kein Ende geben. Denn all das war nur eine Geschichte, nichts anderes, aber für mich und Somapraba war sie wichtiger geworden als die Wirklichkeit. Somapraba dachte nicht mehr an ihre Hochzeit, und ich dachte nicht mehr an all das, was uns bedrohte, an die Schulden, die Papa nicht bezahlen konnte, an die Drohungen des Bankdirektors Chemin, an die scheinheiligen Versprechen von Maupas. Obwohl ich noch sehr jung war, wusste ich, dass man uns das Messer an die Kehle gesetzt hatte, wie Papa sagte. Und daher war die Geschichte von Damayanti, die in zerrissenem Kleid durch den Wald irrte, irgendwie auch meine Geschichte, ich stellte mir vor, wie ich mich von Gefahren umgeben auf die Suche nach meinem Mann machte. Somapraba erzählte, wie Damayanti von der Kuppe eines Hügels in der Ferne eine Armee vorbeimarschieren sah und wie sie in ihrem zerfetzten Kleid und mit schlammverschmiertem Gesicht und zerzaustem Haar zu den Soldaten rannte, die sie für eine Hexe hielten, und ihnen zurief: ›Hört zu, ich bin kein böser Geist, ich bin eine Sterbliche, die Frau des Königs, und ich habe nur den Wunsch, meinen Mann wiederzufinden!‹ Ich wünschte mir, dass Somapraba mir diese Geschichte immer wieder erzählen würde, und selbst als Damayanti Nala schließlich wiedergefunden hatte, war ich traurig, denn die Geschichte war zu Ende, und dann sagte ich zu Somapraba: ›Jetzt noch nicht, noch nicht, erzähl mir noch mal, wie sie allein im Wald war und mit den Pflanzen und den wilden Tieren sprach!‹«

»Hast du sie danach nie wieder gesehen?« Tante Catherine schien die Frage nicht gehört zu haben.

»Es ist seltsam, all das hat nur ein paar Monate gedauert, nicht mal ein Jahr, als ich achtzehn war, während alles rings um uns zusammenbrach. Die Jungen waren inzwischen groß geworden, sie gingen nicht mehr in die Schlucht, um zu baden, Hervé hatte geheiratet, und dein Vater war zwei Jahre alt. Maud war krank, sie hustete die ganze Zeit. Und Papa schlug sich mit der Bank herum, er wusste, dass wir alles verlieren würden, er sah das alles auf sich zukommen, ohne sich rühren zu können. Und Maupas ist eines Tages mit dem ganzen Geld verschwunden, das Papa ihm anvertraut hatte, er ist angeblich nach Südafrika gefahren, um Material für die Möbelfabrik und die Einlegearbeit zu kaufen, er ist nie wiedergekommen. Er hat sich, wie es scheint, in Madagaskar niedergelassen, vermutlich hat er dort weitere Opfer gefunden. Und danach hat Somapraba geheiratet, und ich wusste, dass alles vorbei war und wir Rozilis bald verlassen mussten. Wir haben uns kurz vor der Trauung wieder gesehen, Somapraba war bereits geschminkt, hatte einen roten Scheitel mitten auf dem Kopf und ein Zeichen auf der Stirn, wir haben uns weinend umarmt, wir wussten, dass es das letzte Mal war. Und danach bin ich nicht mehr ans ›Ende der Welt‹ gegangen, zum Tempel von Aranyany, der Herrin des Waldes. Wir sind nach Rose Hill umgezogen, und dann haben wir uns nach Frankreich eingeschifft. Aber ich habe Somapraba nicht vergessen. Ich träume davon, sie eines Tages wiederzusehen, sie ist noch immer so schön wie der Mond, mit ihren regelmäßigen Zügen, ihren großen, dunklen Augen und ihrer Stimme, die für mich allein singt und die Geschichte von Nala und Damayanti weitererzählt.«

Der Sommer war sengend heiß wie ein einziger langer Tag. Jean kehrte nicht mehr nach Hause zurück. Er sagte seinem Vater und seiner Mutter, dass er bei Freunden wohne, aber in Wirklichkeit blieb er draußen, schlief bis zum Morgengrauen am Strand an den Felsen oder im Park in der Nähe des Bahnhofs. Wenn Mélanie zu ihrem Freund ging, blieb Jean manchmal in der Wohnung über der Bar *La Voile*, und Rita traf ihn dort an, wenn sie von der Arbeit im Krankenhaus zurückkam. Dann liebten sie sich und schliefen bis mittags auf einer Matratze, die sie auf den Boden gelegt hatten. Aber das war nicht sehr bequem, es war sehr stickig, der Straßenlärm drang herein, und oft liefen Kakerlaken und Mäuse durchs Zimmer.

Jean hatte eine Vorliebe dafür, morgens um acht im Meer zu baden. Der Strand war um diese Zeit noch leer, wirkte wie das Ufer eines großen Flusses. Das kalte Wasser war weich und schwer, es hüllte seinen Körper ein, hielt ihn fest umfangen. Jean schwamm unter Wasser dem offenen Meer entgegen, bis ihm die Luft ausging, dann ließ er sich treiben wie ein Mondfisch und von den Wellen schieben.

Nach dem Bad fühlte er sich besänftigt. Die Sonne hatte einen gelben Hof am diesigen Himmel. Die am Strand aufgestellten schwarzen Mülltonnen wirkten wie Wachsoldaten.

Hier hatte Jean Amoretto zum letzten Mal getroffen. Amorettos Vater war ein Bauer aus dem Hinterland, der seine ganzen Ersparnisse dafür verwandt hatte, seinem

Sohn eine Ausbildung zu bezahlen, und nicht darüber hinweggekommen war, dass dieser seine Examen nicht bestanden hatte. Er hatte mit einem Karabiner auf ihn geschossen, der mit grobem Salz geladen war. Amoretto war so schnell geflohen, dass er dabei seine Leinenschuhe verlor. Er irrte barfuß am Strand entlang, und Jean hatte ihm seine Schuhe gegeben. Es kam für ihn nicht in Frage, nach Algerien zu gehen. »Ich schreibe dir, wenn ich in Schweden bin.« Das waren Amorettos letzte Worte. Er war in Abwesenheit wegen Fahnenflucht verurteilt worden. Jean erfuhr später, dass er in Stockholm geheiratet hatte. Er war dem Krieg entkommen. Irgendwie erschien Jean der Gedanke, dass ein Fahnenflüchtiger seine Schuhe trug, romantisch.

Das Meer konnte alles reinwaschen, sogar die Zukunft. Jeden Morgen sah Jean in der Nähe der Treppe, die zum Strand hinabführte, Marcel, einen alten Mann mit einem sonnenverbrannten Gesicht, das faltig war wie das eines Indianers. Marcel war Yogi. Er trug nur Shorts und Schaumgummisandalen. Jean unterhielt sich manchmal mit ihm oder hörte ihm zu. Marcel hatte früher ein normales Leben geführt, war verheiratet gewesen und hatte bei der Post gearbeitet. Doch eines Tages war er es satt, er schlug sein Lager in einem Winkel unter einer Treppe in der Altstadt auf, und im Sommer lebte er am Strand. Er hatte es sich zum Ziel gesetzt, in Benares zu sterben. Wie er das bewerkstelligen wollte? Er hatte einen Plan: »Das ist ganz einfach. Wenn ich spüre, dass es bald so weit ist, mache ich mich auf den Weg und mache erst Halt, wenn ich in Benares bin.« Jean war sich nicht sicher, ob Marcel über die italienische Grenze hinauskommen würde oder bestenfalls bis in die Türkei, aber er sagte nichts dazu. Es gab so viele Verrückte überall, dass ihm diese Verrücktheit durchaus vernünftig vorkam.

Wenn Marcel nicht gerade seine Atemübungen machte, erzählte er den Leuten gern Geschichten. Er war immer von mehreren Jungen und Mädchen umgeben, die rauchten, Gitarre spielten oder auf Bongos trommelten. Marcel verwandte Begriffe wie Egregor, empathische Substanz, Transvektion, Zyklus der Wiedergeburten. Er sprach über den unablässigen Kampf von Purusha und Prakriti, von der Herrschaft der Maya. Vielleicht glich das Meer an manchen Tagen deshalb einem Fluss.

Seine Haut war von der Sonne dunkelrot geworden, er war abgezehrt und voller Falten, aber von erstaunlicher Gelenkigkeit. Eines Tages verkündete Marcel seinen jungen Zuhörern: »Das einzige Ziel im Leben besteht darin, sich selbst völlig beherrschen zu können, jeden Teil seines Körpers und jeden Gedanken seines Geistes unter Kontrolle zu haben.« »Sogar das Herz?«, fragte Jean. Da presste Marcel die Fäuste auf sein Zwerchfell. Jean betastete Marcels Drosselader und spürte, wie sich der Herzschlag verlangsamte. Zugleich schien eine Welle im Körper des alten Mannes aufzusteigen wie eine Blässe oder etwas Graues, das unter seiner gebräunten Haut nach oben kroch. Ein Mädchen, das ihm dabei zusah, konnte es nicht ertragen und schrie: »Hör auf, du bist verrückt, hör auf!« Es war ein liebes Mädchen, das aber ein wenig hilflos und leicht trunksüchtig war. Marcel zog leicht solche Mädchen an, manchmal schlief er trotz seines hohen Alters beim Klang der Bongotrommeln in einem dunklen Winkel des Strands mit einer von ihnen. Marcel war eine Weile kurz davor, in Ohnmacht zu fallen, und verdrehte die Augen, dann lockerte er den Druck der Fäuste, das Herz begann schneller zu schlagen und seine Haut nahm wieder ihre backsteinrote Farbe an. Er lächelte, wobei man seine quittegelben Zähne sah. »Das ist ein kleiner Trick, nur ein kleiner Trick.

Ein richtiger Yogi braucht die Hände gar nicht, um sein Herz anzuhalten.«

Ehe Jean nach London fahren konnte, musste er sich etwas Geld verdienen. Er nahm alle möglichen Jobs an, verkaufte im Auftrag eines Libanesen namens Haddad am Strand gebrannte Mandeln und Eiscreme. Dann Ansichtskarten für Jonas, einen engagierten Homosexuellen, den er jedoch bald versetzte, weil dieser die Manie hatte, ihn jedes Mal, wenn er ihn sah, zu fragen: »Na, kann ich dir heute einen Kuß auf die Wange geben?« Am Strand La Galère arbeitete er in einem Liegestuhl- und Sonnenschirmverleih, einem hässlichen blau-weiß gestrichenen Gebäude vor einem öligen Kieselstrand, für einen Algerienfranzosen, den er auch bald versetzte, um nicht mehr hören zu müssen, wie dieser sich über die Nordafrikaner beklagte. Er arbeitete nacheinander als Hausierer, Prospektverteiler, Autowäscher, er strich das eisgekühlte Schaufenster eines Supermarkts einschließlich der Käsestücke, die hinter der Scheibe lagen, und war sogar eine Zeit lang Nachtportier in einem bescheidenen Hotel im Bahnhofsviertel. Doch der Job, der ihm am besten gefiel, war das Entladen von Gemüselastern auf dem Großmarkt. Das geschieht nachts in der Kühle, im Licht von starken Lampen, die wie Gefängnisscheinwerfer wirken. Dabei geht es sehr einfach zu, ohne unnötige Worte, ohne großes Gehabe, eine Arbeit, die nur die Arme und die Hüften beansprucht, man nimmt eine Kiste oder einen Sack, legt die Ladung auf den Gabelstapler, der sie in die Markthalle transportiert. Keine Musik, keine Bilder, nur diese riesige Halle und die aufheulenden Motoren der Lastwagen, wenn sie wieder abfahren, das Summen der Elektrokarren, eine monotone Stimme, die ab und zu über einen Lautsprecher eine Reihe von Zahlen durchgibt: sechs, zweiundzwanzig, sieben, dreißig, sieben, siebenunddreißig, achtunddreißig. Jean kennt nicht die Namen derer, die mit ihm zusammenarbeiten, höchstens die Vornamen, Mourad, Abel, François, junge Leute, aber auch ältere Männer um die fünfzig oder darüber mit zerfurchten, verschlossenen Gesichtern. Schwarze, Antillaner, Männer aus dem Norden.

Die Arbeit ging bei Tagesanbruch oder kurz davor zu Ende. Jean bekam seinen Lohn, dann ging er gemeinsam mit den anderen unter die Dusche, verrostete Rohre, die aus einer langen gekachelten Wand hervorragten. Aber die Einrichtung war sauber, das Wasser war immer sehr heiß, und nach einer arbeitsamen Nacht war es sehr angenehm, unter einem starken Wasserstrahl zu stehen und die Seife im Haar schäumen zu lassen. Die Arbeiter wuschen sich schamhaft, ohne einander anzusehen, Jean warf nur ab und zu einen flüchtigen Blick auf massige, behaarte Rücken, magere Hintern oder ein Geschlechtsteil, das durch das heiße Wasser zusammengeschrumpft war.

Wenn Jean anschließend im aufkommenden Morgengrauen und der aus dem Meer aufsteigenden Wärme die noch leeren Boulevards betrat, wurde ihm fast schwindlig. Rings um ihn herum drehte sich alles lautlos und langsam, sehr langsam, wie zur Musik eines Boleros.

Jean hatte in seinem schwarzen Heft die »Kristalle« des Sommers gesammelt:

1. Juli

6 Rebellen in Rou-Eched (Constantine) getötet.

Bilanz der Operationen zwischen dem 22. und dem 29. Juli:

613 Rebellen getötet, 230 Gefangene.

Hachoun Bouroud vom FLN in Meudon die Kehle durchgeschnitten.

2.

Attentat des FLN in Algier (Bombe)

1 Toter, 22 Verletzte.

De Gaulle in Batna: »Es gibt nur ein Frankreich mit 55 Millionen Franzosen, von Dünkirchen bis Tamanrasset! Alle vereint!«

11 Rebellen in Tlemcen getötet.

Im Kino: Giganten, *James Dean, Rock Hudson, Elizabeth Taylor.*

4.

Der ständige Gerichtshof der Streitkräfte, Urteil im Terroristenprozess (Attentat im Kasino der Küstenstraße). Zum Tode verurteilt: Yacef Saadi, Moulay Ali, Hattab Mohamed, Benhamida Abderrahmane.

5.

Frédéric Ségura, der Attentäter des Flugs Oran–Paris, begeht im Gefängnis Selbstmord.

6.

12 Fellaghas in Algier getötet.

9 im Distrikt Oran.

In El Arich 6 Rebellen getötet. In der Nähe von Munier 2 Tote am Elektrozaun.

Bomben in der Rue Duguesclin und der Rue de l'Étoile in maurischen Cafés: 4 Tote, 15 Verletzte.

Im Kino: Geh nicht zu nah ans Wasser, *Glenn Ford.*

10. Juli

Ein militärisches Versorgungsfahrzeug gerät in einen

Hinterhalt zwischen Oued-el-Alleug und Blida, 3 Wehrpflichtige getötet, 7 verletzt.

Dschebel Tenouchfi: 22 Rebellen getötet.

12.

Terroristisches Attentat in Paris: mehrere Verletzte unter den Wehrpflichtigen und der Zivilbevölkerung.

47 FLN-Anhänger in Lyon festgenommen.

Algerien: 86 Rebellen getötet.

13.

Blida: 17-jähriger Terrorist für das Attentat im Café du Commerce *(er war damals 14 Jahre alt!) vor dem Schwurgericht zum Tode verurteilt.*

14. Juli

Paris: 4 junge Algerier wegen des Schwenkens von FLN-Fahnen festgenommen.

Im Kino: Der König und ich, *Yul Brynner, Deborah Kerr, Rita Moreno.*

Tablat (Distrikt Algier): 20 Rebellen getötet.

Bougie: 28 Rebellen getötet.

Dra el Mizam (Kabylei): 9 Rebellen getötet.

Dschebel Tenouchfi: 23 Rebellen getötet.

Edgar Quinet, Touffane (Distrikt Constantine): 20 Rebellen getötet.

Wochenbilanz der Operationen in Algerien: 457 Rebellen getötet; 157 Gefangene.

19. Juli

Distrikt Constantine (in der Nähe von Tazmalt): ein Halbketten-Panzer, der einen Versorgungskonvoi anführt, geht auf einer Mine hoch, 2 Tote, 2 Verletzte.

Algier: 98 Rebellen getötet.

23. Juli

Souk Ahras (Elektrozaun): 12 Rebellen getötet.

24.

Constantine: 13 Fellaghas getötet.
Cheria: 3 Partisanen getötet.
Perregaux (Distrikt Oran): 5 Rebellen getötet.
Im Kino: Jailhouse Rock, *Elvis Presley.*
Der Agentenschreck, *Dean Martin, Jerry Lewis.*

26. Juli

Medea, östlich von Berroughia: 75 Rebellen getötet.
Algier: Handgranate in der Brasserie du Commerce, *4 Verletzte, darunter ein kleines Mädchen.*

29. Juli

Ain Rich: 117 Fellaghas getötet.
Constantine: Rue Caraman, Handgranate, 4 Verletzte, darunter 2 Frauen.
Im Kino: Pépé le Moko – Im Dunkel von Algier, *Jean Gabin.*
Die Falle, *Raf Vallone, Magali Noël.*
Die Brüder Karamasow, *Yul Brynner, Maria Schell.*

1. August

Hinterhalt im Distrikt Ouarsen: Angriff auf einen Militärkonvoi in der Nähe von Oued Messine, 10 Wehrpflichtige getötet.
Im Kino: Denn sie wissen nicht, was sie tun, *James Dean.*

7. August

10 km von Nemours (Distrikt Oran): 43 Rebellen getötet.

12.

5 Wehrpflichtige in der Nähe von Carnot (Orléansville) getötet.

Batna: 33 Rebellen getötet.

Wochenbilanz in Algerien: 562 Fellaghas getötet.

Im Kino: Sayonara, *Marlon Brando.*

Wenn die Kraniche ziehen, *Tatiana Samoilova.*

13.

87 Rebellen in Algier getötet.

32 Partisanen in Paul Cazelles getötet.

12 in Batna.

116 Rebellen bei Blida getötet.

15.

Bellevue: 5 Rebellen getötet.

19.

Leutnant Dubost vom FLN erschossen.

Nemours: Fellaghas töten 22 Muslime in Honaine.

41 Rebellen südlich von Saint-Louis (Distrikt Oran) getötet.

Im Kino: Die Katze, *Françoise Arnoul.*

21. August

Dschebel Bou Rebata, in der Nähe von Kouif (Grenze): 5 Rebellen getötet.

26.

Der FLN greift das Polizeipräsidium in Paris an: 3 Wachposten getötet.

Im Kino: Der Wilde, *Marlon Brando.*

Im Zeichen des Bösen, *Orson Welles, Charlton Heston, Janet Leigh.*

31. August

Ein Terrorist erschießt einen jungen Wehrpflichtigen mit einer Pistole.

Oued Taria (Distrikt Oran): Ein Jeep geht auf einer Mine hoch, 3 Wehrpflichtige getötet.

Seddouk: 25 Rebellen getötet.

2. September

Dovalla (Distrikt Oran): 57 Rebellen getötet.

3.

58 Rebellen getötet.

Im Kino: Jenseits von Eden, *James Dean.*

Der Hofnarr, *Danny Kaye.*

4.

Zemmora (Distrikt Oran): 35 Rebellen getötet.

6.

152 Rebellen in Algerien getötet.

Pasteur (elektrisch betriebene Linie): 10 Partisanen getötet.

Deligny: 2 Gendarmen getötet.

8 Wehrpflichtige in der Nähe von Baghar getötet, 12 Partisanen getötet.

9.

Zwei französische Unteroffiziere in Paris getötet (Gare du Nord).

Operation im Südwesten von Corneille (Batna): 92 Fellaghas getötet.

Dschebel Bou Zegoza: 118 Rebellen getötet.

Berrouaghia: 68 Rebellen getötet.

11.

Munier: 5 Fellaghas getötet.

Aurès: 68 Partisanen getötet.

14.

Paris: Ein Muslim verletzt einen Polizeibeamten.

17.

Eine Bombe auf einen Sturmpanzer in Marseille: 1 Toter.

Wochenbilanz der Operation in Algerien: 746 Rebellen getötet.

19.

Paris: Ein Polizeibeamter vom FLN getötet, die beiden Angreifer getötet.

23.

Massengrab in der Kabylei entdeckt, über 400 Leichen.

Bilanz 15.–21. September:

Montgolfier: 22 Rebellen getötet. Zribet el Oued: 18 Rebellen getötet, Auribeau: 7 Rebellen getötet. Thiers: 9 Rebellen getötet. Combes: 27 Rebellen getötet.

Im Kino: Das verflixte 7. Jahr, *Marilyn Monroe, Tom Ewel.*

Nauskopie

Ich notiere in diesem Heft die hervorstechenden Ereignisse, die ich mit dem Fernrohr vom westlichen Punkt des Hafens bis zu unserem letzten Tag in Freiheit beobachten konnte.

1798 (Jahr VI)

Ankunft des Kaperschiffs Apollon *auf der Isle de France, es kommt aus Mangalor, befehligt von Kapitän Ripaud de Montaudevert. An Bord befinden sich zwei Agenten von Tippoo-Saeb in geheimer Mission, um Unterstützung gegen die Engländer zu erbitten.*

Abfahrt der beiden Fregatten La Vertu *und* La Régénérée, *die zwei Schiffe der* Compagnie royale des Philippines *nach Spanien begleiten.*

Abfahrt der Fregatte La Preneuse *mit Kapitän L'Hermitte, die eine Kompanie von sechsundachtzig Freiwilligen nach Indien bringt, um Tippoo-Saed zu Hilfe zu kommen.*

7. November

Abfahrt des Aviso Nathalie *(umgetauft in* Hippolyte *nach dem Vornamen von Malartic), der die Aufständischen des 4. Novembers nach Frankreich abschiebt.*

10. November

Früh am Morgen taucht ein englisches Geschwader am Horizont auf. Die Fregatten Brûle-Gueule *und* La Preneuse *müssen nach* Rivière Noire *fliehen, um den Engländern zu entkommen.*

1799

25. August

Abfahrt des Kaperschiffs Amphitrite *unter Kapitän Malroux mit Ziel Rotes Meer, um die Schiffe zu plündern, die Geschenke nach Mekka bringen.*

22. September

Ein englisches Geschwader taucht in einer Entfernung von knapp drei Meilen vor dem Hafen auf. Ich habe achtzehn Segel gezählt.

Nachdem das Geschwader die Belagerung aufgehoben hat, konnte die Brûle-Gueule *heute Morgen gegen 8 Uhr den Hafen verlassen. An Bord befinden sich die verbannten Aufständischen und mit ihnen das unglückliche Paar, meine Freunde Louis Pelletier und Laure Des Bassins, die wir nie wieder sehen sollen.*

3. Pluviose

Malartic ist heute an Bord des Schoners Sophie *zur* Île de la Réunion *abgefahren, um die dortige Regierung zu bewegen, auf den Plan zu verzichten, ihre Unabhängigkeit zu erklären.*

Er kam am 16. des Monats zurück, am Vortag eines heftigen Orkans, der die Häuser in der Rue du Pouce zerstörte und zwei Bäume in unserem Garten entwurzelte.

1800

Januar

Mit dem Fernrohr ein englisches Geschwader beobachtet: die Tremendous *und die* Adamant *(mit 74 Kanonen), sie machen Jagd auf die* Preneuse, *doch diese entkommt ihnen schon wieder nach* Rivière Noire.

Mai

Abfahrt des Kaperschiffs Adèle, *eine von Kapitän Nicolas Surcouf befehligte Brigg.*

28. Juli–16. August

Nach dem Tod von Malartic Überführung seiner Leiche zum Champ-de-Mars. Am 16. August ankern die englischen Schiffe abends mit Halbmastbeflaggung auf der Reede, um ihren alten Feind zu ehren.

29. September

Die Korsaren werden immer zahlreicher.

Heute Morgen die Clarisse *gesehen, Kapitän Pinaud, die* Eugénie, *Kapitän Cautence. Dachte daran, mich mit Mervin zusammenzutun, um die Brigg* Dédalus *auszurüsten. Marie Anne, der ich von diesem Vorhaben erzählte, ist davon nicht begeistert. Für sie sind die Korsaren nicht besser als die Freibeuter, sie sind nur darauf aus, zu töten und zu plündern. Sie wirft den Brüdern Surcouf vor, sich am Sklavenhandel zu bereichern.*

November

Im Hafen der Ankunft der Confiance *mit Kapitän Robert Surcouf und dem von ihm gekaperten englischen Linienschiff* Kent *beigewohnt. Eine beachtliche Menschenschar, die Beifall spendet.*

Mit jedem weiteren Tag verließ das Leben Tante Catherine ein wenig mehr. Und trotzdem besuchte Jean sie nicht mehr so regelmäßig. Manchmal vergingen zwei, drei oder gar vier Tage, ohne dass er sich in La Kataviva sehen ließ. Er hatte den Eindruck, dass die Zeit von Rozilis sich auflöste, ohne dass er etwas dagegen tun konnte, dass sie wegrann wie Wasser aus einem undichten Behälter, Tropfen für Tropfen, kaum sah man fort und vergaß es eine Weile, schon waren mehrere Liter versickert, für immer verloren.

Catherine zog sich immer mehr in Schweigen zurück. Madame Rosella gegenüber verzichtete sie sogar auf ihre sarkastischen Bemerkungen. Jeans Mutter hatte ihm gesagt, dass sie auch zu ihr kein Wort mehr sagte. Höchstens hin und wieder eine Bitte oder einen Vorwurf. Manchmal zeigte Catherine auch gebieterisch mit dem Finger auf Gegenstände, die sie für Sharon auf den Tisch gestellt hatte. Kleine Dinge, Relikte aus dem Haus Rozilis, die von den Katastrophen und den Räubern verschont geblieben waren. Eine alte Tasse aus Meißener Porzellan, ein Briefbeschwerer aus Bronze, der die Hunde ihres Vaters darstellte, das Gebetbuch ihres Bruders Gildas, eine silberne Libelle, die Mathilde immer an ihr Halstuch gesteckt hatte. Sharon zeigte ihm diese Dinge, als käme ihnen eine besondere Bedeutung zu: »Sieh nur, das ist sehr alt, das kommt aus Mauritius, das war in Rozilis, kannst du dir das vorstellen?« Sie hätte genauso gut sagen können: »Das ist fast Zauberei.«

Jean warf zerstreut einen Blick darauf. Sie sprachen nicht über dasselbe Rozilis. Das Rozilis, von dem Catherine sprach, war wild, irreal, im Wald der Erinnerungen verloren, der voller dunkler Bäume war und umgeben von rauschenden Bächen, es war die Tür zum »Ende der Welt«, Aranyanys Reich. Das hatte nichts mit dem Firlefanz gemein, der in einem Trödelladen am richtigen Platz gewesen wäre. Aber vielleicht hatte Jeans Mutter doch Recht. Es waren Signale, mit denen Tante Catherine ihr zu verstehen gab, wie trostlos das alles war und wie verlassen sie sich fühlte.

Wenn man zwanzig ist, bedeutet ein Monat so gut wie gar nichts. Aber wenn man achtzig ist? Wenn Jean die Eingangshalle von La Kataviva betrat und langsam die Treppe bis in den sechsten Stock hinaufging, hatte er den Eindruck, bei jeder Stufe die verlorene Zeit zu ermessen. Immer andere neue Namen: Andréa, Sadiq, Perregaux, Jeanson. Unbekannte. Er begegnete flüchtigen Schatten. Sieh da, im zweiten Stock hatten sie jetzt einen Hund. Ein Dr. Benamou hatte jetzt die möblierte Wohnung im dritten Stock übernommen. Wie lange war Jean schon nicht mehr hier gewesen? Einen Monat, sechs Monate oder noch mehr? Es hatte sich inzwischen so viel ereignet, Santos' Weggang, die Diskussionen mit Kernès im Olivenhain, die Nächte, in denen er Gemüsekisten auf dem Großmarkt entlud, der Bruch mit Rita wegen Mélanie, die durchwachten Nächte im Hôtel des Voyageurs, und Jeanne Odile, die wie ein Gespenst durch die Straßen irrte und die Frucht des toten Santos in ihrem Leib trug.

Er hatte daran gedacht, sich in Philosophie einzuschreiben, und dann wieder, die Aufnahmeprüfung für die Medizinische Fakultät abzulegen. Jeans Vater ging es nicht gut, er sprach kaum noch, blieb den ganzen Tag im Sessel sitzen und blickte aus dem Fenster. Wenn Sharon es eilig hatte, nahm sie die Knie oder den gebeugten Rücken ihres Mannes als Unterlage, um ein Laken, eine Decke oder Handtücher zu falten. Jean akzeptierte nur widerwillig den Gedanken, dass die Liebe gleichsam zu einem Möbelstück wurde, ewig und regungslos wie abgestorbenes Holz. Und dann waren da jeden Tag all die Toten in Algerien, das Blut, das in Bächen, ja in Strömen ins Meer floss und es schwerer und langsamer machte, ihm eine dunklere Färbung und einen bitteren Geruch verlieh. Wenn Jean an England dachte, stellte er es sich wie ein gelobtes Land vor, in dem alles neu sein würde und alles anfangen konnte.

Hochzeit der Seelen

In diesem Sommer hatte sich Jean in Jeanne Odile verliebt. Das geschah einfach so, ohne dass es ihm bewusst wurde. Wenn er in seinem Zimmer bei seinen Eltern ausgeschlafen hatte, ging er an den Strand. Unten vor der Stützmauer, an der Stelle, wo das Meer anbrandete, traf er sich mit Jeanne Odile. Sie kam im Gedenken an Santos dorthin. Auch für Jean war es so etwas wie ein Wallfahrtsort. Wie oft hatte er Santos bei Schulbeginn auf den Felsen getroffen. Gegen Ende des Schuljahrs ging Santos nicht mehr ins Gymnasium, nicht einmal mehr in den Philosophiekurs. Er hatte all das abgeworfen. Er betrachtete den Unterricht mit der Verachtung eines Abenteurers für das alberne, unreife Geschwafel eines Heranwachsenden. Santos kannte das Leben, er lebte mit einem Mädchen zusammen, er hatte Szenen des Hasses zwischen seinem Vater und seiner Mutter miterlebt, er war das Streitobjekt bei ihrer Scheidung gewesen. Er hatte nicht Partei ergriffen, weder für den Vater noch für die Mutter. Er war in die Wohnung im Bahlsenpalast gezogen, die ihm sein Vater gekauft hatte, und verwaltete das Konto, auf das sein Vater eine beträchtliche Unterhaltszahlung überwies. Am liebsten saß Santos stundenlang mit nacktem Oberkörper in der Sonne, den Rücken an die Stützmauer gelehnt, um auf das schwere Beben der Wellen zu horchen, die auf die Wellenbrecher trafen. Er schwamm langsam dem offenen Meer entgegen, dann kam er zurück und setzte sich wieder an seinen Platz. Er hatte zu Jean gesagt: »Ich mag es, wenn mir der Schweiß herunterläuft, das wäscht mich von allem rein.« Jean wagte ihn nicht zu stören, er ging nach ein paar Minuten fort. Santos war nicht dort, um zu baden oder um braun zu werden. Er war da, um sich von der Sonne versengen zu lassen. Jean dachte an Parmenides aus Elea oder an Empedokles, der sich in den Rachen des Ätna gestürzt hatte. Das war unvereinbar mit der Mittelmäßigkeit dieser Stadt. Nur Jeanne Odile hatte das Recht zu bleiben. Sie kam abends, zog sich aus und dann umschlangen sich Santos und sie, geschützt vor den Blicken der Voyeure, in einer Höhlung der Felsen. Das war eine fast magische Erinnerung.

Jetzt wagte Jean länger dort zu bleiben, er suchte nach einer Spur. Er war sich sicher, dass er die genaue Stelle wiedergefunden hatte, er strich mit der Hand über die rote Erde zwischen den Felsen aus Kalkspat. Pflanzen und Gräser waren dort gewachsen und Fettpflanzen mit kleinen sternförmigen Blüten, die nach Honig und Pfeffer rochen. Ein Geruch wie der nach Schweiß, hatte Jean gedacht.

Jeanne Odile war da. Ihr schwarzes Haar flatterte im Wind. Ihr Körper wirkte trotz der Sonne ganz weiß, vielleicht wegen des Kontrasts zu ihrem kirschroten Bikini. Sie hatte ein schmales Gesicht und einen endlos langen Hals. Kleine Brüste und einen Bauch, der sich schon leicht rundete. Sie war nicht hübsch, sondern mehr als das: Sie war aufrichtig und ohne jede Spur von Eitelkeit. Wenn Jean sich neben sie setzte, begann sie sofort zu reden, als hätten sie sich gerade erst getrennt. Sie hatte eine melodiöse Stimme mit einem Akzent der Südseeinseln.

»Weißt du, eben war ein alter Mann hier, hat sich dort hingesetzt und mich angesehen, mir war das völlig egal, ich habe nur gehofft, dass du bald kommen würdest, und dann schnaufte er, ich glaube, er hatte einen Schnupfen, er starrte auf meinen Bauch, aber ich habe so getan, als hätte ich nichts bemerkt, ich habe nichts Schlechtes getan, ich weiß nicht, es war kein Mitleid, nein, sondern weil ich ihm nichts anderes geben konnte, nur den Anblick meines Bauchs, er hat mein Gesicht nicht mal angesehen. Ist das nicht komisch? Du denkst sicher, ich bin verrückt, hm?«

Sie zündete sich eine Zigarette an, nahm einen Zug und dann schob sie Jean die Zigarette zwischen die Lippen, er spürte das feuchte Ende in seinem Mund. Sein Herz klopfte schneller, er stützte sich auf einen Ellbogen und sein Arm zitterte nervös. Er betrachtete Jeanne Odiles langen, geschmeidigen Körper, ihre perlmuttweiße Haut. Das war das Bild, das Santos unermüdlich gemalt hatte, unzählige dieser Bilder hingen in seiner Atelierwohnung im Bahlsenpalast.

Jeanne Odile hatte ihre kleine Jutetasche, in der sich ein Buch, ihre Zigaretten und ein Feuerzeug befanden, neben ihr Handtuch gelegt. Sie las nur Kriminalromane. Philosophie, Politik und aktuelle Themen interessierten sie nicht. Sie wusste nicht einmal recht, was auf der anderen Seite des Meers geschehen war, hatte keine Vorstellung von dem Krieg, der ihren Geliebten getötet hatte. Einmal sprach sie über das Kind: »Es kommt im Winter auf die Welt. Das ist gut für das Baby.« »Weißt du schon, wie es heißen soll?« Sie lächelte leicht. »Ich habe mit Santos darüber gesprochen. Er hat mir gesagt, wenn es ein Mädchen ist, nennen wir es Jemima. Und wenn es ein Junge ist, soll er Jim heißen. Verstehst du? Also bisher heißt es Jemima-Jim.« Kurz darauf hatte sie Tränen in den Augen. »Santos fehlt mir.« »Mir auch«, erwiderte Jean.

Sie blieben lange auf den Felsen, ohne ein Wort zu sagen. Es wehte ein starker Wind, der die kleinen, nach Pfeffer riechenden Blüten hin und her bewegte. Gegen Abend stoben die Möwen davon wie trockenes Laub. Die

Dunkelheit brach herein. Jeanne Odile ergriff Jeans Hand und schmiegte sich an seine Schulter. »Halt mich fest, halt mich ganz fest. Ich habe Schmerzen. Ich habe Angst.« Wovor hatte sie Angst? Jean konnte es nicht recht begreifen. Vielleicht war es auch ihre Art, die ungeheure Leere dieser Stadt auszudrücken, die wirbelnde, sirrende Leere. Jean dachte an seine Philosophen, als wären es Familienangehörige, Menschen, die Santos nahe standen. Sie hatten zweitausend Jahre zuvor denselben Himmel und dieses Meer befragt, sie hatten sich bis an den Rand des Unbekannten vorgewagt, an den Rand dessen, was sein würde, und waren fasziniert vom Ekel erregenden Abgrund der Zukunft. Und Jeanne Odile, dieses einfache Mädchen, drückte es auf ihre Art besser aus als all diese Dichter und Gelehrten, sie zitterte vor Angst, vor Kälte und drückte sich an Jean, um seine Wärme zu spüren, wortlos, ohne große Erklärungen, nur von großer Einsamkeit erfüllt. Sie sagte zu Jean: »Ich habe niemanden mehr, willst du mein Bruder sein?« Er spürte den Geruch ihrer Haut, der mit dem Pfeffer- und Honigduft der kleinen Sterne verschmolz, spürte das leichte Wogen ihres schmalen Körpers an seiner Seite und wagte nicht, ihr zu antworten: »Nein, ich kann nicht dein Bruder sein, denn ich liebe dich zu sehr.« Und auch nicht, dass er lieber ihre weiche Haut und ihren gerundeten Bauch gestreichelt, ihre Brüste und ihren Mund geküsst hätte.

Nachts war die Luft auf den Felsen kalt und feucht. Man hätte sich in eine andere Welt versetzt fühlen können. Fern der Stadt, fern des Krieges, fern vom Bewusstsein seiner selbst.

Jeanne Odile war schließlich mit angewinkelten Beinen, die in ihr großes Badetuch eingewickelt waren, eingeschlafen, ihr Kopf ruhte in Jeans Armbeuge. Die Nacht war nicht völlig schwarz, im Zenit war ein milchiger

Schimmer, eine trübe Glocke, die von den Lichtern der Stadt gespeist wurde.

Jean zitterte nicht mehr. Vielleicht hatte er sich mit der Rolle des abgewiesenen Liebhabers abgefunden, des heimlichen Verehrers, der die Frustration der Abwesenheit vorzieht und die Nähe jener Frau genießt, die er vergeblich begehrt. Oder es war eine gewisse Gleichgültigkeit im Hinblick auf die Ewigkeit, über die die Philosophen so gut schreiben. Oder auch eine ziemlich große Eitelkeit.

Außerdem war es schön, die Zeit verstreichen zu lassen und auf jede Welle zu horchen, die in eine Höhlung im Felsen schlug, die in zehntausend Jahren zu einer tiefen Höhle werden würde. Schön, den böigen Wind zu spüren und den sanften, warmen Punkt im Bauch dieses Mädchens zu spüren, wo sich das Leben eingenistet hatte.

Aber vielleicht hatte sie doch Recht: Nach Santos' Tod war er ihr Bruder geworden, um sie aufzunehmen, wenn sie Schmerzen hatte, und sie vor der Kälte der Nacht zu schützen, um den leichten Kontakt zu spüren, der sinnlich war wie ein Kuss, und dieses von keiner Gewalt begleitete Pulsieren in seinem Glied zu empfinden. Also Dinge, die man niemandem eingesteht.

Am frühen Morgen kehrte sie in die Wohnung ihrer Mutter in der Altstadt zurück, ein möbliertes Apartment für Touristen, das ihren Namen trug: Pension Orange.

Jean ging nach Hause zu seinen Eltern, legte sich sofort ins Bett und schlief bis nachmittags um vier. Seine Mutter sagte nichts. Es war nur das Quietschen des Rollstuhls seines Vaters auf dem Flur zu hören, das wie ein Vorwurf klang, die Räder schienen zu sagen: Steh auf, du Faulpelz, steh auf, du Nichtsnutz!

An einem Gewitterabend im September nahm Jeanne Odile Jean in die Hügel mit. Sie machte ein seltsames Gesicht, war schwarz gekleidet. Sie wirkte noch blasser als sonst und in ihren Augen war ein leerer Ausdruck. Sie nahm Jean an der Hand, dann gingen sie gemeinsam die Treppen auf der anderen Straßenseite hinauf. Es war ein Viertel mit halb verfallenen Einfamilienhäusern und mit Bärenklau bewachsenen Grundstücken. Magere, grindige Katzen mit dünn behaartem Fell lauerten oben auf den Mauern und beobachteten sie. »Wenn ich tot bin, komme ich als böse, ängstliche Katze hierher zurück, und alle großen getigerten Kater schlagen sich dann um mich.« Sie sagte das, ohne dabei zu lachen. »Und du? Als was willst du wiederkommen?« Noch ehe er eine Antwort gefunden hatte, fuhr Jeanne Odile schon fort: »Du bist dann ein Vogel, kein kleiner Spatz aus der Stadt, sondern eher ein schöner Vogel, der weit wegfliegt, wie eine Wildgans oder ein Storch. Magst du Störche?« »Ich glaube, ich habe noch nie einen gesehen«, sagte Jean. Jeanne Odile dachte nach. »Ich auch nicht, aber Santos hat mir erzählt, dass es in Marokko, wo er geboren ist, viele gibt, sie lassen sich oben auf Türmen nieder, bauen ihre Nester, und im Frühling sieht man ihre Jungen, die noch ganz nackt sind und den Kopf aus dem Nest strecken, das sieht schön aus.« Später setzten sie sich auf eine Bank, von der sie einen Blick auf die ganze Stadt hatten. Sie erzählte: »Ich habe etwas Seltsames geträumt, ich habe eine Stimme gehört, die zu mir sagte: ›Wenn du stirbst, musst du dein Leben von Anfang an noch einmal leben‹, das hat mir richtig Angst eingeflößt, und dann bin ich in den Bauch meiner Mutter zurückgekehrt, mit geschlossenen Augen und geballten Fäusten, und habe mit aller Kraft gedrückt, um herauszukommen …«

Jeanne Odile glich nicht mehr dem Mädchen, das für Santos Modell stand, zu jener Zeit war sie lebendig, fröhlich gewesen und schien sich immer gut zu amüsieren.

Jetzt war sie müde und kraftlos. In ihr lauerte eine Gefahr oder sie fühlte sich vom Tod angezogen. Gegen Mitternacht gingen sie aufs Geratewohl durch die Gassen auf den Hügeln bis zu einem kleinen Platz, oberhalb einer Schule. Die Straßenlaternen verbreiteten ein grelles gelbes Licht. Es war kalt. Jeanne Odile schmiegte sich an Jean, um sich aufzuwärmen, schob sie ihre Hände unter sein Hemd und streichelte seinen Rücken, Jean spürte, wie jeder Nerv unter seiner Haut zitterte. Dann ging sie plötzlich auf die kleine Mauer vor der Leere zu, als wollte sie hinabspringen. Sie wandte sich Jean zu, zeigte auf ein Rohr, das über den Abgrund zum Dach der Schule führte. »Komm, wir gehen auf die andere Seite, da können wir uns vor die Schornsteine legen, dann ist uns nicht mehr kalt.« Sie wirkte ein bisschen verloren, lächelte verstohlen. Sie war schön, aber total verrückt, dachte Jean, und zugleich war ihm das völlig egal. Nur die Verrücktheit konnte derart schön, derart frei sein.

Er ergriff ihre Hand und folgte ihr über das Rohr, im Gleichgewicht über der Leere. Der Schulhof war in ein schimmerndes, unwirklich orangefarbenes Licht getaucht. Auch der Himmel schimmerte, unter den Wolken befand sich ein rosa Flecken, als spiegele sich die Stadt darin wider. Jeanne Odile ging langsam über das Rohr, irgendwann drehte sie sich um und sagte: »Hab keine Angst, blick nicht auf deine Füße, geh hinter mir her, das schaffen wir.« Die andere Seite kam allmählich näher, wirkte wie der Rand eines großen Floßes. Das Rohr vibrierte, bewegte sich ein wenig hin und her, es war, als gingen sie auf einem Baumstamm über einen Fluss. Jean spürte, wie ihn der kalte Wind peitschte und zur Seite drückte. Und mit einem Mal hatte er keine Angst mehr. Er war wie im Rausch, von einem Glücksgefühl erfüllt, und das brachte ihn zum Lachen. Jeanne Odile lachte ebenfalls, sie hielt ihn an der

Hand, und er spürte, wie ihr Körper von Lachen geschüttelt wurde. Unten im Schulhof wuchsen winzige Bäume. Auf den Asphalt waren Zeichen gemalt. In der Ferne, hinter dem Dach der Schule, funkelten die Lichter der Stadt. Man konnte das Meer sehen. Der Unterschied zwischen Leben und Tod war dieser unsichtbare Faden, auf dem sie gingen, ein Faden, leicht und fest wie der einer Spinne. Und Jeanne Odile, die ihn an der Hand hielt, aber sie, sie war bereit fortzufliegen. Sie drehte sich um, das Licht der Straßenlaternen ließ in ihren Augen einen Schimmer des Wahns aufleuchten. »Siehst du, das ist nicht schwer, das schaffen wir, gleich sind wir an einer windgeschützten Stelle, da kann uns niemand finden ...« Gleich darauf landeten sie auf dem Dach. Der Wind machte in den Fernsehantennen eine dumpfe Musik. Das Dach war mit Kies bedeckt. Es roch nach heißem Teer, aber auch nach dem Meer, als wären sie noch auf den Felsen. Sie legten sich im Windschatten eines Schornsteins auf den Boden. Sie hielten sich eng umschlungen, Mund an Mund, Bauch an Bauch. Jeanne Odile schlief sofort ein.

Jean ging an den Rand des Daches und pisste ins Leere. Er hatte Durst, alles tat ihm weh. Er setzte sich hin und betrachtete lange die Nacht, die mit Straßenlaternen übersäte Stadt, die Lichter der Autos, die auf der Schnellstraße davonglitten. In diesem Augenblick beschloss er, von alldem weit wegzugehen, nach England, nach Irland, vielleicht nach Amerika. Er wusste, dass nun der Zeitpunkt gekommen war. Er musste diese Stadt verlassen und einen Schritt nach vorn machen. Das war so eindeutig, dass er Lust hatte zu lachen. Er zitterte ein wenig vor Ungeduld.

Er ging zu Jeanne Odile zurück, legte sich neben sie und sah zu, wie sie schlief. Sie schmiegte sich an seinen Körper, schlang die Arme um seine Hüften. Sie redete sogar im

Schlaf, er war sich nicht sicher, ob er die Worte richtig verstanden hatte, sie hatte etwas gesagt, das sich anhörte wie »mein Liebster«. Er verharrte so mit offenen Augen, ohne sich zu rühren, bis die Sonne über dem Dach aufstieg.

Dann trennten sie sich. Bevor Jeanne Odile ihn verließ, küsste sie ihn auf den Mundwinkel. Als er versuchte, ihren Kuss zu erwidern, tat er es etwas zu leidenschaftlich, sodass sie ihn zurückstieß: »Nein, bitte nicht.« Sie gehörte noch immer Santos. Sie würde ihn bald heiraten, er würde der Vater ihres Kinds sein, die beiden Familien hatten das im Einvernehmen mit dem Bistum und dem Führungsstab des Heeres beschlossen.

Die Sonne beleuchtete eine Hälfte ihres Gesichts, der Rest lag im Schatten, so wie Santos sie gemalt hatte, mit offenem Hinterkopf, aus dem die Seele entflieht. Sie sagte ganz ruhig: »Weißt du, ich glaube nicht, dass wir uns wieder sehen.«

Sie ging bis zur Mitte des Dachs, sie schien den Weg zu kennen. Vielleicht war sie schon mit Santos hergekommen, um den Tod herauszufordern. Jean überkam ein leichter Schauer des Entsetzens. Ein eisiger Hauch, der aus der anderen Welt herüberwehte.

Jeanne Odile klappte eine Falltür auf, dann gingen sie eine mit grauer Mennige gestrichene Eisentreppe hinunter, und ihre Schritte hallten im Treppenhaus, als stiegen sie von einem hohen Leuchtturm hinab. Unten angekommen, gingen sie durch die Eingangshalle des Schulgebäudes, die voller Anschlagtafeln war und in der alle Türen schokoladenbraun gestrichen waren. Jeanne Odile drückte auf die Verriegelungsstange des Notausgangs, und sie gelangten auf eine menschenleere Straße, in der zahlreiche Autos parkten. Alles wirkte gespenstisch und staubig. Am grauen Himmel jagten Mauersegler hin und her. Eine Katze floh vor ihnen, und Jeanne Odile rannte fort, verschwand zwischen den Autos. Die abschüssigen Gassen führten zum Meer hinab wie alles, was in dieser Stadt noch frei und ohne feste Bestimmung geblieben war, zu dem ruhigen Meer, das Jean liebte und das Täler und Felder mit Neptungras unter seinen Fluten begrub.

Gegen Ende des Sommers, als sich der Herbst schon mit großen schwarzen und weißen Wolken ankündigte, die sich über den Bergen auftürmten, heiratete Jeanne Odile. Jean hatte sie nicht wieder gesehen, der dicke Sproëcher, den er zufällig auf der Straße traf, erzählte es ihm. »Weißt du es schon? Santos wird mit seiner Freundin verheiratet, alles ist in die Wege geleitet, sie haben die Genehmigungen, selbst der Papst hat seine Zustimmung gegeben, es ist ein Priester dabei und ein Hauptmann, der extra aus Algerien herkommt, kannst du dir das vorstellen?« Sproëcher, wie immer sehr prosaisch, fügte hinzu: »Sie heiratet eine Leiche!« Jean erwiderte barsch: »Nein, keine Leiche, das ist eine Hochzeit der Seelen.« Vielleicht hat er es auch nur gedacht und nichts gesagt, denn er spürte in jenem Augenblick einen Stich im Herzen, Eifersucht, nie hätte er gedacht, dass Jeanne Odile eine solche Bedeutung in seinem Leben einnehmen würde. Und dann hatte er große Lust, Sproëcher in Erinnerung an Santos einen Schlag ins feiste rote Gesicht zu versetzen.

Am 18. Oktober war Jean also im Hof der Rhein- & Donaukaserne, in die er ein paar Jahre zuvor mit Santos zum Training gegangen war. Es war nicht kalt, aber die Kastanienblätter hatten schon eine rostbraune herbstliche Färbung angenommen. Es war seltsam, die Kolkraben hatten sich diesen Tag ausgesucht, um sich auf dem kümmerlichen Rasen im großen Innenhof zu versammeln. Die Mauern der Kaserne glichen Gefängnismauern, mit schmutzigen Steinen und hohen vergitterten Fenstern. Die Menschen hatten sich genau wie die Kolkraben versammelt, die meisten waren schwarz gekleidet, bis auf die Soldaten des Infanterieregiments, die schon wie Kriegsveteranen wirkten, und drei oder vier Gebirgsjäger in Umhängen. Jean erkannte Santos' Mutter wieder. Sie war nicht in Trauerkleidung. Sie trug einen granatfarbenen Trägerrock und einen großen tragischen Hut. Sie wirkte immer wie eine Schauspielerin.

Jean wollte Jeanne Odile sehen. Er blieb ein wenig im Hintergrund, halb versteckt hinter einem Baum. Niemand schien sich für ihn zu interessieren.

Gegen zehn Uhr morgens hielt ein Wagen im Kasernenhof, und Jeanne Odile stieg aus. Sie wollte keine Trauzeugen. Ein Soldat des Infanterieregiments erfüllte diese Aufgabe.

Sie schritt auf den Eingang der Kaserne zu. Sie ging so langsam, dass Jean einen Augenblick glaubte, sie sei betrunken oder habe Beruhigungsmittel eingenommen oder beides. Vermutlich war sie nur darauf eingegangen, um Anspruch auf die Witwenrente eines im Krieg gefallenen Wehrdienstpflichtigen zu haben, für das Kind, das sie trug. Dabei dachte Jean, dass niemand sicher sein konnte, dass Jemima-Jim wirklich Santos' Kind war.

Jeanne Odile ging ganz nah an Jean vorbei, ohne ihn zu sehen. Sie hatte einen abwesenden Blick, ihr schwarzes Haar war vom Wind zerzaust, sie trug weder Kopftuch noch Hut. Sie war genauso gekleidet wie beim letzten Mal, als Jean sie gesehen hatte und sie die Nacht auf dem Dach der Schule verbracht hatten, ihr grauer Pullover hing formlos über ihrem gerundeten Bauch.

Der Kreis der Trauzeugen und Freunde schloss sich hinter ihr. Gemeinsam mit dem Standesbeamten gingen sie ins Innere der Kaserne. Es war noch jemand dabei, von dem Jean wusste, dass er Lokalreporter war, ein Mann in einem abgetragenen Anzug mit einer Jacke mit ausgebeulten Taschen. Der Geistliche trug Uniform und hatte nur eine grüne Stola um den Hals gelegt.

Die Kolkraben blieben auf dem Rasen stehen. Ein scharfer Wind wehte aus Richtung Norden. Jean blieb hinter seinem Baum versteckt. Am anderen Ende des Kasernenhofs begann der Schießplatz. Er erinnerte sich, dass er vor längerer Zeit mit Santos für das Auswahlverfahren der Offiziersanwärter hierher gekommen war. Santos war auf diesen Gedanken gekommen. Wenn sie es schafften, sich für einen der unteren Dienstgrade zu qualifizieren, konnten sie im Hinterland eingesetzt werden oder sogar in der Besatzungszone in Berlin. Den ganzen Winter lang waren sie jeden Sonntagnachmittag durch den Schlamm gerobbt, hatten Kriegsspiele zwischen den Zickzackdurchlässen gemacht, waren mit vorgestrecktem Bein über eine Backsteinwand geklettert und hatten oben vom Übungsturm Abrollen geübt. Der Ausbilder war Oberleutnant Marini, ein großer kräftiger Mann mit Bürstenschnitt, er hatte sich den Rekruten mit folgenden Worten vorgestellt: »Ich bin Oberleutnant Marini, Doktor der Philosophie und der Mathematik.« Vielleicht war er von Santos eingeschüchtert, weil er wusste, dass er aus einer Künstlerfamilie stammte.

Santos hatte eine Vorliebe für die Schießübungen. Sie legten sich auf dem Bauch ins Gras, das Gewehr auf einen Erdwall gestützt, und schossen auf Scheiben. Jean traf mehrmals ins Schwarze, aber Santos war die Sache egal. Er schoss, ohne zu zielen, zerschoss die Schornsteine der Baracken hinten auf dem Gelände. Einmal hätte er sogar fast Oberleutnant Marini getroffen, als dieser gerade die Zielscheiben wechselte.

Deshalb oder weil er im Allgemeinen ziemlich aufsässig

war, wurde Santos vom Auswahlverfahren ausgeschlossen und Jean mit ihm.

Und jetzt wurde Santos' Seele in derselben Kaserne vor den versammelten Kolkraben, die im Nordwind zitterten, mit Jeanne Odiles Seele verheiratet. War das Leben manchmal nicht etwas paradox?

Jean ging auf die Tür zu und betrat vorsichtig die Kaserne. Aus dem ersten Stock war Stimmenlärm zu hören, vielleicht auch Gelächter. Jean ging die Treppenstufen hinauf, alte Marmorstufen, die in der Mitte abgenutzt waren. Manche waren durch Kunststein ersetzt worden. Die Farbe an den Wänden war rissig und blätterte ab, man hätte meinen können, auf einer Polizeiwache zu sein. Jean versuchte sich zu erinnern. War er schon einmal diese Stufen hinaufgegangen, damals, als er gemustert wurde? Er erinnerte sich an ein Gremium, das wie ein Gerichtshof wirkte, und den Offizier, der seine Akte vorlas: »Vater englischer Staatsangehöriger ... geboren in Ipoh, Malaysia. Was haben Sie denn dort bloß gemacht?« All das schien in weiter Ferne zu liegen. Santos' Tod hatte ein Loch aufgerissen, und alles, was davor lag, die Schulzeit, das Abitur, die zunehmende Bedrohung des Krieges, und zwar nicht nur in Form eines Gerüchts oder eines Themas für eine Geschichtsarbeit, nicht als Gesprächsthema in einer Schülerkneipe, sondern ein grausamer, todbringender Krieg mit Folterungen und Ermordungen, all das schien einer vergangenen Zeit anzugehören.

Am Ende des schmutzigen Flurs war ein großer Saal, vielleicht eine Turnhalle oder ein ehemaliges Offizierskasino, in dem feuchte Kälte herrschte. Im Vorübergehen berührte Jean mit der Hand einen großen, braun gestrichenen Heizkörper, um sich zu überzeugen, dass er tatsächlich ausgeschaltet und eiskalt war. Dabei fiel ihm wieder der Brief ein, den ihm Santos kurz nach seiner Ankunft aus Algerien geschrieben hatte. Nur ein paar Zeilen, ohne Nennung des Ortsnamens, denn das war von der Zensur verboten. Er beklagte sich über die Kälte, sprach über die Malerei und die Frauen in Algier, die weiß gekleidet waren wie die Jungfrau Maria. Er schrieb: »Alles OK, wir sind hier die Kings!« Das war typisch für seinen ironischen Stil. Man musste zwischen den Zeilen lesen: Mach es nicht wie ich, hau lieber ab nach Schweden, nach Kanada oder nach Malaysia, komm bloß nicht her.

Jean hatte den Brief niemandem gezeigt. Einen Augenblick war er versucht, ihn zu behalten. Aber er hatte ein Prinzip: Nie etwas aufbewahren. Lesen und anschließend wegwerfen.

In dem großen Saal herrschte nicht gerade Feststimmung. Das Parkett war von den wehrpflichtigen Drückebergern gebohnert worden, und die Gäste standen in einer Ecke, in einer Gruppe wie die Kolkraben auf dem Rasen. Im hinteren Teil befand sich eine als Büffet verkleidete Tischplatte auf Böcken, auf der ein paar Sandwichs und Limonadenflaschen angeboten wurden, aber niemand schien sie anrühren zu wollen. Die Sache wirkte zugleich wie eine Hochzeit und eine Beerdigung. Die Trauung hatte bereits stattgefunden, der Standesbeamte hatte die üblichen Worte gesprochen, und nach dem Ritual hatte der Geistliche der Braut den geweihten Ring über den Finger gestreift. Jeanne Odile stand neben Léa Balas. Ihr blasses Gesicht stand in krassem Gegensatz zu dem leuchtend roten Kleid von Santos' Mutter. Die Offiziere standen etwas abseits, der Stimmenlärm kam von ihnen. Am anderen Ende des Tischs mit den Sandwichs lag ein großes aufgeschlagenes Buch. Jean nahm an, dass es das Buch war, in dem die Trauzeugen ihre Unterschrift geleistet hatten. Jeanne Odile hatte darin wohl mit ihrem

Namen unterschrieben und Léa mit dem Namen ihres Sohns.

Jean betrachtete fasziniert die Szene. Es ging irgendetwas Uraltes, fast Übernatürliches von dieser Gruppe aus, dem mit Opfergaben überladenen Tisch und der Silhouette dieser jungen Frau, die soeben mit einem Schatten getraut worden war. Das hätte am anderen Ende der Zeit stattfinden können, in einer Höhle, im Licht von Fackeln. Es fehlte nur noch die Musik, und genau in dem Augenblick, als Jean das dachte, legte einer der Soldaten eine Platte auf und ein schriller Klang erfüllte die Turnhalle, es war dieses fürchterlich ergreifende *Adagio* von Albinoni oder möglicherweise auch die *Arie* von Schubert. Wirklich furchtbar, sagte sich Jean und dachte an Santos zurück, der gefühlsbetonte Musik gehasst hatte. Er hätte Jazz gewählt, vermutlich *Venice* vom Modern Jazz Quartett oder *Way Out West* von Sonny Rollins, aber gewiss nicht diese Geige und diese ergreifende Altstimme, die wie ein Sirene vor einem Bombenangriff klang. Aber Stille wäre unerträglich gewesen.

Jeanne Odile stand etwas abseits. Sie verschloss ihre Seele, wie man die Augen schließt, und das Ereignis umwirbelte sie wie ein heftiger Sturm, der die Wirklichkeit mit sich reißt.

Jean überlief plötzlich ein Schauder, den er eine Sekunde lang für Ekel hielt, jenes Schwindelgefühl, das im Körper aufsteigt, wenn man erbrechen muss. Er lehnte sich an die Tür, und plötzlich bemerkten ihn die Anwesenden. Sie blickten ihn an. Santos' Mutter erkannte ihn. Sie ging einen Schritt auf ihn zu, dann besann sie sich anders. Sie hatte begriffen. Sie sagte ein Wort zu den Offizieren, und das Fest ging weiter.

Es war kein Schauder. Es war die Gegenwart von Santos Balas hier, wie ein flüchtiger Luftzug, ein geflüstertes

Wort zwischen Tür und Angel. Trotz der Uniformen, trotz der Limonade, trotz der entsetzlichen *Arie*. Er ist gekommen, durch den Saal gegangen, und nur Jean und Léa haben es gespürt. Dann ist er durch die offene Tür wieder hinausgegangen, in den Hof mit den Kolkraben, und das Gymnasium war wieder leer, mit dieser jungen Frau, die im sechsten Monat schwanger war und die mit leicht gespreizten Beinen und nach hinten geneigtem Oberkörper da stand wie eine vorgeschichtliche Statue.

Ende Oktober, als alle schon in ihr Geschäft, an ihre Uni oder in ihr Café zurückgekehrt waren, lebte Jean noch im Ungewissen. Es regnete, der Himmel war schwarz. In den Départements Var, Alpes-Maritimes und Bouches-du-Rhône gab es Überschwemmungen. In Italien traten schlammige Wildbäche über die Ufer. Raymond Marros Gesundheitszustand hatte sich im Verlauf der regnerischen Periode verschlechtert. Jetzt verließ er den Rollstuhl praktisch nicht mehr. Wenn er sich die Beine vertreten wollte, klammerte er sich an Sharons Handgelenke und machte ruckartig ein paar hüpfende Schritte, wobei sein großer Körper völlig gebeugt war. Seinem Gesicht war weder Schmerz noch Zorn anzusehen. Nur manchmal etwas Ungeduld, wenn seine Arme oder Beine den Befehlen seines Gehirns nicht mehr gehorchten.

Jean hielt es nicht mehr in der Wohnung aus. Er brauchte frische Luft, musste durch die Straßen laufen oder mit dem Bus zur Endstation fahren, in die neu erbauten Viertel mit großen Wohnblocks, vor denen Musik aus Lautsprechern erklang.

Auch Tante Catherine hatte sich sehr verändert. Sie sprach so gut wie gar nicht mehr, und selbst der Name

Rozilis konnte sie nicht mehr aufmuntern. Jean wusste, dass er nichts tun konnte, um zu verhindern, dass sie aus der Wohnung in La Kataviva ausgewiesen wurde. Der Arzt hatte seine Zustimmung gegeben, hinten im Vallon Obscur stand in einem Altenheim, das von Ordensschwestern geführt wurde, ein Zimmer für sie bereit. Um nicht daran zu denken, zwang sich Jean, den ganzen Tag ziellos durch die Stadt zu laufen, bis alles für seine Abreise nach England geregelt war.

In einem an »Marro junior, Jean Gildas« adressierten Brief vom Kriegsministerium, unterzeichnet vom Leiter der Wehrersatzbehörde des 9. Bezirks von Marseille, Hauptmann Albruhat, wurde Jean mitgeteilt, dass er aufgrund seines Studiums (Medizin) mit automatischer jährlicher Verlängerung bis zum Alter von sechsundzwanzig Jahren freigestellt war. Das Papier des Briefs war gelb, und auf der Rückseite stand kleingedruckt der Gesetzestext vom 31. März 1928 über die Wehrdienstverweigerung. Ein abtrennbarer Abschnitt diente als Empfangsbestätigung des Briefs. Sharon füllte sie aus und schickte sie zurück.

Als Jean eines Nachmittags von einem seiner anstrengenden, sinnlosen Gänge durch die Stadt zurückkam, sah er in der Eingangshalle des Wohnhauses eine weibliche Gestalt, die er nicht sogleich wiedererkannte. Es war Rita. Er hatte sie schon lange nicht mehr getroffen, sie wirkte noch blasser als sonst, und im Halbdunkel sahen ihre Augen wie zwei dunkle Flecken aus.

»Na, wie geht's?«

»Und dir?«

»Ich habe an dich gedacht, ich habe so lange nichts von dir gehört.«

»Och, wie immer … ich gehe nach England.«

»So?«

»Und dir? Und Mélanie?«

»Sie ist ausgezogen. Wir haben uns nicht mehr vertragen.«

»So? Und wo wohnt sie jetzt?«

»Ich weiß nicht. Interessiert dich das?«

Jean wollte seinen Weg fortsetzen. Er war müde, hatte Lust zu schlafen. Sie sagte mit leicht zitternder Stimme: »Willst du nicht zu mir kommen?«

»Ich glaube nicht, dass das eine gute Idee ist.«

»Nein?«

»Hör zu, ich muss jetzt gehen, ich möchte meine Eltern noch sehen, bevor ich abreise.«

Sie ließ nicht locker.

»Wann sehen wir uns dann?«

»Ich weiß nicht.«

Er setzte den Fuß auf die erste Treppenstufe.

»Das weißt du nicht?«

»Nein, das weiß ich nicht.«

»Morgen? Übermorgen?«

»Nein, morgen nicht.«

»Und warum nicht jetzt sofort?«

Sie sprach mit leiser, halb erstickter Stimme. Und plötzlich spannte sich ihr ganzer Körper, sie ging einen Schritt auf Jean zu und versetzte ihm mit aller Kraft eine Ohrfeige, eine einzige. Und dann begann er die Treppe hinaufzugehen, erst langsam, dann in großen Sätzen. Das Geräusch der Ohrfeige dröhnte in seinem Kopf wie eine Glocke, seine Wange brannte. Kaum hatte er den ersten Treppenabsatz erreicht, wandte er sich um, aber Rita war verschwunden.

Als er ein paar Tage danach im Zug nach London saß, brannte seine Wange noch immer.

Jamaika

Elephant & Castle

In London war es kalt, dunkel und regnerisch. Aber das war schön. Jean liebte diese Stadt sogleich, sie hatte etwas Hartes, Angespanntes, nichts, was einen in Rührung versetzte, nichts, was zögern oder träumen ließ. Es war kurz vor Weihnachten. Mit dem Geld, das ihm seine Eltern geliehen hatten, ließ sich Jean für ein paar Tage in einer kleinen Pension nieder, bei Turnbull, nicht weit vom Saint Thomas Hospital, wo er seine Vorlesungen hatte. Aber obwohl die Miete für sein Zimmer bescheiden war, schwand das Geld dahin. Er musste unbedingt etwas anderes finden.

Die Pension Turnbull wurde von einer alten Jungfer namens Emma geführt. Sie hatte eine Vorliebe für Grün. Die Wände, die Teppiche, die Vorhänge, die Badewanne unter der Treppe, sogar die Fenstergitter und die Frühstücksteller, alles war grün. Anfangs fiel das kaum auf, aber nach und nach konnte einem übel davon werden.

Im Frühstücksraum hatte Jean Georg Borer kennen gelernt. Sie fanden einander sogleich sympathisch, vermutlich weil sie sich beide mit Müsli, Eiern und Bratwürstchen voll stopften, damit sie für den ganzen Tag gesättigt waren. Borer war ein deutscher Literaturstudent, auch er hatte nur wenig Geld und suchte eine Unterkunft, die billiger war als die Pension Turnbull.

Aber er hatte eine Idee. An einem Sonntagmorgen, während die alte Jungfer damit beschäftigt war, im Untergeschoss Eier und Würstchen zuzubereiten, ging Georg in ihr Zimmer, zerbrach ihre Sparbüchse und entwendete all die Ein-Shilling-Münzen, die Emma aus dem Münzautomaten für die Gasheizung eingeheimst hatte. Dann sagte er zu Jean: »Komm, *man*, lass uns gehen!« Sie öffneten das Fenster im Wohnzimmer, um nicht an der Treppe vorbeizumüssen, nahmen ihre Reisetaschen und gingen. Georg Borer hatte eine Gitarre, die er bei seiner Ankunft in London samt Kasten in einem *pawn-shop* gekauft hatte.

Draußen war es sehr kalt. Der Himmel und die Erde waren grau wie schmutziger Schnee. Jean und Georg liefen den ganzen Tag aufs Geratewohl durchs Viertel, bis es Abend wurde. In den Parks in der Nähe der Lambeth Road saßen Dohlen, die starr vor Kälte waren. Doch die beiden jungen Männer spürten weder Kälte noch Müdigkeit. Mit den Shillingmünzen kaufte Georg in einer Weinhandlung eine Flasche Ruby Wine – weil das der billigste Alkohol war –, die in eine Papiertüte gepackt wurde, um die Polizei nicht aufmerksam zu machen. Georg hatte keine Mühe, Alkohol zu kaufen, wegen seines dichten schwarzen Schnurrbarts schien er weit über zwanzig zu sein. Sie tranken abwechselnd einen großen Schluck. Der Ruby Wine war sehr herb und schmeckte reichlich nach Chemie, aber durch den Zuckergehalt war er ziemlich stark. »*Man*, der ist schlecht, aber tut trotzdem gut.« Georg verwendete *man* in jedem Satz. Er tat das, um Ginsberg oder die Beatniks aus Frisco zu imitieren. »Ich kann mir gut vorstellen, was für ein Gesicht die alte Emma macht, wenn sie ihr zerbrochenes Sparschwein findet«, sagte Georg. »Ja, siebzehn fünfzig«, erwiderte Jean. Sie hatten sich während ihres Aufenthalts in der Pension Turnbull angewöhnt, jedem bemerkenswerten Ereignis des Daseins eine Zahl zuzuordnen. Siebzehn war die Zahl für Miss Emma. »Ja, *man*, siebzehn fünfzig.« Elf für den kalten Nudelsalat, den Emma am Sonntagmorgen zum Frühstück servierte, dreizehneinhalb für die Dose mit den Käsekugeln, die sie abends beim Fernsehen naschte. Zweiundzwanzig für einen Soldaten im Ruhestand, der sie manchmal abends besuchte und von dem man annehmen durfte, dass er ihr offizieller Liebhaber war. Siebzehneinhalb würde die Zahl für das Gesicht bleiben, das Emma machte, wenn sie entdeckte, dass ihre Shillingreserve für das Gas geplündert worden war, und sie begriff, dass sie von zwei jungen Ausländern bestohlen worden war.

Jean und Georg, die seit einer Weile eine leere Konservendose vor sich herkickten, gingen die St. George's Road in Richtung Bahnhof hinunter. Es war ein Viertel – trist wie ein Sonntag – mit kleinen Wohnhäusern aus rotem Backstein und hier und dort ein paar pakistanischen oder indischen Läden. In einem dieser Läden, der trotz des unfreundlichen Wetters und der späten Stunde noch geöffnet hatte, kaufte Jean ein Päckchen Woodbines, dann teilten sie sich eine Zigarette. Von dem zu scharfen und zu süßen Tabak wurde ihnen fast schwindlig. Es wurde immer kälter und die Nacht brach allmählich an. In der Nähe der Metrostation kaufte Jean *fish and chips* in einer Tüte aus zusammengedrehtem Zeitungspapier. Das Ganze war furchtbar fettig und stank, aber es war heiß, und er und Borer aßen es mit großem Appetit.

Die Leute eilten mit gesenktem Kopf und roten Ohren zur Waterloo Station. Jean empfand eine gewisse Heiterkeit bei dem Gedanken, dass er in Begleitung dieses jungen Deutschen, der finster wie ein Türke wirkte, ziellos und ungezügelt durch die Straßen dieses Viertels ging, er dachte, dass sie genauso gut zwei umherstreifende Mörder sein könnten.

Ein Stück weiter stand ein Bobby vor einem Polizeikommissariat Wache und rief ihnen zu: »He, ihr da!« Jean und Georg taten so, als hätten sie nichts gehört, und da sie weitergingen, rannte der Polizist hinter ihnen her und packte Jean am Arm. »Warum bleiben Sie nicht stehen, wenn ich Sie rufe?« Jean erwiderte: »Ich heiße nicht ›ihr da‹!« Der Polizist blickte ihn ironisch an und sagte: »Und wie soll ich Sie nennen?« »›Sir‹, wie wohl sonst?« Der Mann ließ Jeans Arm los und sagte: »Also gut, Sir. Zeigen Sie mir Ihre Papiere. Und sagen Sie mir, wohin Sie gehen.«

Georg sagte mit absichtlich starkem deutschen Akzent: »Officer, wir sind Studenten und suchen eine billige Bleibe für die Nacht, das ist alles. Wir haben nicht genug Geld, um ins Hotel zu gehen, verstehen Sie?« Der Bobby sah sich ihre Papiere an. Jeans britischer Pass machte offensichtlich Eindruck auf ihn. Das rote Gesicht des Mannes nahm plötzlich einen Ausdruck von fast väterlichem Wohlwollen an. »Hört zu, Jungens, ihr solltet nicht weiter so durch die Kälte laufen. Wenn ihr ein Nachtasyl sucht, rate ich euch, zum Kennington Park zu gehen, direkt vor dem NAAFI-Depot. Das ist nicht teuer, und da seid ihr wenigstens im Warmen.« Georg schlug nach deutscher Soldatenart die Hacken zusammen. Das tat er immer, um die Engländer zu beeindrucken. »Vielen Dank, Officer.« Zwei umherstreifende Mörder. Es war leicht, das Vertrauen der Menschen zu gewinnen, man brauchte nur die Worte zu sagen, die die Leute erwarteten, Officer, Student oder irgend so etwas dieser Art. Ein deutscher Akzent, ein brauchbarer Pass, auch wenn er den entehrenden Stempel C (für Consulat) trug, und schon gehörten einem die Straßen von London. Selbst die Pension Turnbull war kein Hindernis mehr für die Freiheit. Siebzehn, siebzehneinhalb. Der rote Kopf des Polizisten bekam die Zahl dreiunddreißig!

All diese Straßen waren wie ein Strudel, der sich um eine unbekannte Mitte drehte, die ständig in Bewegung war. Das Zentrum war vielleicht das Saint Thomas Hospital, in das Jean jeden Tag ging, mit den roten Backsteinmauern, dem Hörsaal, in dem Professor Baddou seinen unergründlichen Anatomiekurs abhielt. Oder aber das University College, wo sich Georg Borer in Philologie und Literatur eingeschrieben hatte. Oder auch diese kleinen Wirbel, die sie fast jeden Abend mit sich rissen: Oxford Circus, Tottenham Court Road, Sloane Square, Fulham Road.

Bei der Heilsarmee war kein Platz mehr für sie frei. Der Soldat, der sie empfing, hatte eine gelbe Gesichtsfarbe, der Kragen seiner Uniformjacke schnitt ihm in den mageren Hals. Seine kleinen bösen Augen durchbohrten Jean und blieben dann auf dem Schal in den Farben der Universität ruhen, den Georg um den Hals trug. Sie hatten wohl erspäht, dass es sich bei den beiden um unechte Arme handelte, um Schwindler, um Schmarotzer auf Abenteuersuche. »Am besten versuchen Sie es mal im Schlafsaal in der East Street.« Der Mann versperrte ihnen den Weg ins Nachtasyl, als sei es der Eingang zu einem begehrten Palast. »Können Sie uns sagen, in welche Richtung wir gehen müssen?« Georg hatte wieder seinen deutschen Akzent angenommen, der den Engländern Angst machte. Er wog neunzig Kilo, hatte eine Boxernase und diesen eindrucksvollen schwarzen Schnurrbart. Der Soldat der Heilsarmee warf einen Blick nach hinten, um zu sehen, ob jemand ihm eventuell zu Hilfe kommen konnte. »Das ist nicht weit, gehen Sie bis Walworth und von da aus ein oder zwei Straßen weiter, dann sind Sie da, das können Sie nicht verfehlen.«

Jean und Georg machten sich wieder auf den Weg. Es begann zu schneien. Jean, der ziemlich mager war, spürte die Kälte trotz der Lage Zeitungspapier, die er sich unter das Hemd geschoben hatte und die ihm einen doppelten Buckel machte wie dem Kasper im Kindertheater. Auf der anderen Seite des NAAFI-Depots floss die Themse mit schmierigem, schwarzem Wasser vorbei, das von weißen Flecken besudelt war, die Jean mit Eierschaum verglich. Er zeigte darauf und sagte nur ein Wort zu Georg: »Acht.« Das war die Zahl, die Miss Emmas mit Vanilleeis gefüllte warme Baiser-Torte trug, etwas widerlich Süßes inmitten all dieser Schwärze. Wegen seiner breiten Schultern, seines Körpergewichts und seines gutmütigen Ganovengesichts hatte Georg Miss Emma sofort gefallen. Sie war, ohne es zuzugeben, in den amerikanischen Schauspieler Clint Walker verliebt, der in einer Westernserie mitspielte, die sie sich regelmäßig im Fernsehen ansah. Miss Emma gehörte zu den Menschen, die vom Teil aufs Ganze schließen und ganz selbstverständlich den Schauspieler mit dem Helden gleichsetzen, dessen Rolle er spielt. Sie hatte oft zu Georg gesagt: »Sie gäben einen *ausgezeichneten* Cowboy ab.« Walker trug also die Zahl zweiundzwanzig und Miss Emmas heimliche Liebe zweiundzwanzigeinhalb. Aber das brachte die beiden nicht einmal mehr zum Lachen.

Southwark Bridge, London Bridge, Tower Bridge, Jamaica Road, Rotherhithe, Chamber's Wharf, Cherry Garden, Wapping. Jean kannte all diese Namen, es waren Namen, die an Krieg, an Flucht erinnerten, Namen, die einen ansprachen und die etwas verschwinden ließen. Die Schwärze war sogar in diesen Namen zu spüren. Ein kalter Wahn. Wie die Namen von Bahnhöfen, die man in der Dunkelheit verschwinden sieht, während man davonrollt, einem anderen Ende der Welt entgegen.

Im Schlafsaal in der East Street kostete die Übernachtung einen Shilling und weitere Six Pence, um morgens um sieben geweckt zu werden. Es gab keine Zimmer, sondern nur für jeweils zwei Betten eine Art Abteil, das von den anderen Schlafstätten durch eine Wand aus dem gleichen bräunlichen Material getrennt war, aus dem die Rückwände von Röhrenradios gefertigt waren. Die Trennwände waren wie im Gefängnis mit Namen bekritzelt, trugen Spuren von Heftzwecken und hatten Löcher, die mit Papier zugestopft waren. Im Schlafsaal wurden nur Männer aufgenommen. Es roch nach Schweißfüßen, abgestandenem Essen und Armut. Georg streckte sich, eingehüllt in seinen schwarzen Regenmantel, auf seinem Bett aus, ohne auch nur die Schuhe auszuziehen, und schlief gleich ein. Er atmete mit lauten, rasselnden Atemzügen wie ein Asthmatiker.

Jean dagegen konnte nicht schlafen. Er horchte auf jeden Laut, jedes Knarren, das Geräusch der nassen Reifen auf der Fahrbahn der East Street. Auf den verschwommenen Lärm eines Fernsehers oder eines Radios, der aus der Loge des Nachtwächters drang. Hier herrschte eine solche Einsamkeit, eine solch spürbare Not, man nahm sie in sich auf, atmete sie mit dem Grau der Nacht ein. Das war so stark und düster, dass man an nichts anderes denken, sich an nichts anderes erinnern konnte, als hätte man vorher kein anderes Leben gehabt, wäre hier geboren, plötzlich hier angekommen, in diese Sackgasse geraten, um von diesem schwarzen, glänzenden Fluss zwischen den Docks erfasst und inmitten von Schaumblumen mit der Farbe von Miss Emmas Acht fortgeschwemmt zu werden. Jean gab all dem im Verlauf der Nacht mit leiser Stimme die Zahl dreizehn.

Im Morgengrauen irrten sie wieder durch die Stadt. Borough, dann wieder Walworth, Darwin, Penton Place, Brook Drive, Rodney Road bis Bricklayer's Arms Station, dann Richtung Osten, von Jamaica Road nach Brunel, Rotherhithe von Anfang bis Ende und schließlich die herrlichen, menschenleeren Docks voller Kräne und Masten, Surrey, Cuckold, Nelson, Durand, Trinity Wharf, South Wharf. Jean konnte gar nicht weit genug nach Osten laufen. Georg folgte ihm murrend, ihm wären Chelsea, Pimlico und zur Not die Pubs in Hammersmith lieber gewesen, er wollte Mädchen sehen, mit jungen Leuten zusammenkommen, hatte eine Vorliebe für Mode, Fotos und Musik.

Seit einiger Zeit ging er Jean ernstlich auf die Nerven. Mit seiner Manie, Gedichte von Heine oder Schiller zu deklamieren, oder noch schlimmer, wenn er sich bemühte, *Howl* von Ginsberg auf Englisch zu zitieren. All das, was Jean verabscheute. Die ständige Selbstdarstellung, der Versuch, den Blick der anderen auf sich zu ziehen, sie zu provozieren, um ihre Liebe zu erheischen. Der Korpsgeist und alles, was damit zusammenhängt.

Jean suchte in London etwas ganz Bestimmtes: Härte, Kargheit und Wahrheit. Um das zu finden, hatte er die anwidernde Sanftheit des Mittelmeers verlassen, die trügerische Geborgenheit der alten ockerfarbenen Häuser mit ihren Ziegeldächern, den Schoß der Familie und vor allem die täglichen kleinen Gemeinheiten, den Kreis der Jugendfreunde, die Erinnerungen, Rita und ihre Gewohnheiten, die Liebe nachmittags um fünf, die Sonnenuntergänge über dem trägen Meer. Das, was am meisten auf der Welt zählte, La Kataviva und Tante Cathy Marro, konnte man nicht aufgeben, um sich mit einem anderen Provisorium zufrieden zu geben. Daher brauchte er die Straßen dieser von Gewalt erfüllten Stadt. Greenland Dock, ein großes Becken mit dunklem Wasser, in dem die Landungsboote aus dem Krieg verrotteten, den scharfen Geruch des Kienpechs, die von Pfützen überschwemmten Schienen der Hafenkräne. Plough Way, Evelyn Street, Wet Dock, St. George's Wharf. Das Geschrei der unsichtbaren Möwen. Die tief hängenden Wolken. Nach dem Schnee ging ein feiner, kalter Sprühregen nieder, von dem man wie mit Mehl bestäubt wurde, Regen, der in die Kleider drang und dann in die Haut, bis in die Knochen.

Ist die Kälte nicht nur eine Illusion? Auf der Fähre (der *Invicta*), die zwischen Calais und Dover verkehrte, war Jean auf der Hinfahrt nach England auf dem Oberdeck geblieben, wo genauso ein Sprühregen aus dem Norden niederging. Rings um ihn herum standen Ghans, Wolofs und nigerianische Einwanderer an die Aufbauten des Vorderschiffs gelehnt. Sie trugen nur geblümte Hemden oder weiße, im Wind flatternde Tuniken und rote Kappen. Ein Yoruba, der neben Jean stand und sich an der Reling festhielt und dessen Gesicht voller Narben war, trug eine riesige Leopardenfellmütze auf dem Kopf, ansonsten aber nur ein langes himmelblaues Baumwollgewand, das der Wind hinter ihm aufblähte wie ein Segel. Jean hatte ihn gefragt: »Woher kommen Sie? Und wohin fahren Sie?« Der Regen rann dem Mann das Gesicht hinab wie Schweiß. Bronzefarben, ebenholzfarben, basaltfarben. Er verstand die Frage nicht. Vielleicht hatte er auch Angst. Oder es war nur die Gleichgültigkeit eines in Kälte und Regen auf dieses Schiff verirrten Herrn des Urwalds.

Jean hatte das Bedürfnis, nach Osten zu gehen, immer weiter nach Osten. In die schmucklosen Viertel, zu den Backsteinmauern, den verwahrlosten Grundstücken, wo man zwischen den Gebäuden die schwarzen Flecken der Themse, die kahlen Bäume sah.

Jean fand eine Unterkunft in der Jamaica Road, ein großes leeres Zimmer im ersten Stock eines Wohnhauses, über einem Laden für alkoholische Getränke. Georg war schließlich zu Siebzehn zurückgekehrt, selbst nach dem Coup Nummer siebzehn fünfzig. Er entschuldigte sich für die zerbrochene Sparbüchse, hatte ihr vermutlich schöne Augen gemacht und seine traurige Hundemiene aufgesetzt, und Miss Emma hatte ihm im Namen von Clint Walker alles verziehen.

Die Wohnung in der Jamaica Road East 237 war an eine

rothaarige Irin namens Rosie vermietet, die mit ihrem Geschäftspartner und Geliebten, einem kleinen, rundlichen, dunkelhaarigen Franzosen namens Mister Leroux, im Erdgeschoss lebte. Die dünnen Zwischenwände ließen keinerlei Zweifel über die Art ihrer Beziehung zu, und dennoch trugen sie eine höfliche, leicht gekünstelte Distanz zur Schau, die an Scheinheiligkeit grenzte. Jean hörte unentwegt ihre Rufe, die im Treppenhaus widerhallten: »Mister Lerou-ou-oux!« »Yes, Miss Rosie?« »Miss Rosiie!« »Yes, dear?«

Das große Zimmer war eiskalt. Jean schlief, in Decken eingehüllt, auf einer Matratze, die direkt auf dem Boden lag. Alles, was im Zimmer war, hatte Miss Rosie ihm geliehen: den elektrischen Kocher für den Tee, die Kissen, die ihm als Sitzgelegenheit dienten, die beiden Lampen ohne Schirm und sogar das grässliche alte Bild, das aus Adamounys Ramschladen stammte. Der Rest, die Teller und Tassen, das Besteck, die Aschenbecher und Servietten hatte Jean hier und dort, in der Cafeteria des Krankenhauses oder in den Pubs in Chelsea stibitzt. Die wichtigste Einrichtung des Zimmers war die Gasheizung, die durch einen ausgesprochen geldgierigen Shilling-Automaten eingeschaltet wurde, doch die Studenten von Saint Thomas hatten Jean gezeigt, wie man ihn mit einem Drahtkleiderbügel wieder in Gang setzten konnte, wenn die Flamme auszugehen drohte. Die Heizung war auch Jeans einzige Kochstelle, wo er Brotscheiben und Würstchen mit weiteren Drahtbügeln, die er in einen Spieß und einen Grillrost verwandelt hatte, vor dem Eisengitter röstete – falls man das wirklich Kochen nennen will. Und all das für eine im Voraus zu zahlende Miete von sechs Pfund Sterling in der Woche.

Jamaica East war ein Viertel, das man als schmutzig bezeichnen könnte, aber Jean gefiel es dort, weil die Themse und die Straße, die zu den Docks führte, nicht weit weg waren. Durand Wharf, von wo man einen sehr schönen Blick auf die Isle of Dogs hatte, war zu Fuß nur zehn Minuten entfernt. Jean waren Rotherhithe und die Isle of Dogs zehnmal lieber als ganz South Kensington und Pimlico.

Es war ein Viertel, in dem vor allem Iren wohnten. Wenn die Pubs abends schlossen, drängten sich die Iren vor Miss Rosies Laden, um Wein, Gin und andere gepanschte alkoholische Getränke zu kaufen. Sie tranken dort im Stehen in einer Mauernische, hielten nach der Polizei Ausschau, und dann stritten sie sich. Wenn Mr. Leroux gegen Mitternacht schließlich das Eisengitter herabließ, waren immer noch ein paar Schnapsbrüder dort, die mit Fäusten daraufhämmerten und Schimpfwörter schrien, die wie Klagelaute durch die Nacht hallten. Mr. Leroux hatte versucht, einen Leibwächter einzustellen, einen ukrainischen Riesen namens Conrad Ewtchuchenko, der normalerweise als Faktotum bei dem Trödler Adamouny in der Fulham Road arbeitete. Aber er war ein gutmütiger, viel zu sanfter Riese, der außerdem einen ebensolchen Hang zum Alkohol hatte wie jene, die der Getränkehändler vor die Tür setzen wollte. Wegen eines Streits unter den Betrunkenen überkam Conrad aber eines Abends eine zerstörerische Wut, und er warf alle Männer hinaus, als wären sie nichts als Kapoksäcke, und dann machte er weiter und schmiss die Möbel und etwa fünfzig Flaschen auf die Straße, bis die Polizei kam, die ihn niederstreckte und ins Gefängnis steckte.

Um sich neben dem Studium etwas Geld zu verdienen, arbeitete Jean bei Adamouny. Drei Abende in der Woche führte er den Antiquitätenladen. So nannte Adamouny seinen Trödelkram, wo dieselben Betten und dieselben Schränke im Umlauf waren, unablässig von Familien gekauft und wieder verkauft wurden, die vorübergehend im East End lebten, meistens arme Leute, die aus Pakistan oder Afrika kamen. Der Laden war ein düsterer, überfüllter, schlauchförmiger Raum ohne Rückwand, der direkt auf einen Hinterhof führte, wo die am wenigsten gefragten Möbel im Regen ihre Strafe absaßen, ehe sie dank des schlechten Wetters tatsächlich zu antiken Stücken wurden.

Adamouny war ein kleiner Mann, beleibt und kahlköpfig, er war klug und lebendig und konnte sich manchmal auch menschenfreundlich zeigen. Er war sichtlich davon beeindruckt, dass er einen Medizinstudenten als Angestellten hatte, der außerdem noch Französisch sprach. Sein Geschäft diente als Zufluchtsort für Ausgestoßene wie den unglaublichen Conrad Ewtchuchenko, der immer, wenn er wieder ausgenüchtert war und aus dem Gefängnis entlassen wurde, zurückkam, um dort zu arbeiten. Zu den Stammkunden gehörte auch eine junge, ziemlich hübsche Jüdin, die depressiv war und Sara hieß. Sie kam eine ganze Zeit lang praktisch jeden Nachmittag und verschwand dann, ohne dass man wusste, wohin. Sie unterhielt sich mit Adamouny, trank mit ihm extra starken Kaffee, rauchte viel und weinte manchmal. Sie hatte schon ein ausgefülltes Leben hinter sich, hatte zahlreiche Rollen im Theater und im Film gespielt und wohnte, wie Adamouny erzählte, in einer kleinen Wohnung in Chelsea, die ihr ein steinreicher Liebhaber geschenkt hatte, als sie noch ganz jung war. Wenn sie zu Adamouny kam, um ihr Herz auszuschütten, ließ sie einen jungen blonden Schweden vor dem Geschäft auf sie warten, der kränklich und hinterhältig wirkte und mit dem sie eine stürmische Beziehung unterhielt. Das war Adamounys kleine Welt.

Trotz seines Jobs hatte Jean nicht das Gefühl, diesem Kreis anzugehören. Er setzte sich in einen der tiefen Sessel, die im Schaufenster ausgestellt waren, und las seine

Anatomiebücher oder, wenn er sich entspannen wollte, *Doktor Schiwago* von Boris Pasternak. Wenn ein wichtiger Kunde auftauchte, musste Jean seinen Chef in der Fulham Road anrufen und den Kunden dazu bringen, zu warten, bis Adamouny eintraf. Ansonsten bestand seine Aufgabe darin, lästige Besucher abzuwimmeln und gemeinsam mit Conrad die Lieferungen auszuladen.

In der Medizinischen Fakultät und im Saint Thomas Hospital hatte Jean praktisch mit niemandem Bekanntschaft geschlossen. Die meisten Studenten stammten aus reichen Familien, waren eitel und hohl, hatten nur ihre Karriere im Sinn und verfügten schon über gute Beziehungen. Manche von ihnen würden die Praxis ihres Vaters übernehmen, andere träumten davon, eine Anstellung in einer Universitätsklinik zu bekommen. Sie sprachen über ihre zukünftige Ausbildung zum Facharzt. Abgesehen davon waren sie zu den unter Medizinstudenten üblichen Streichen fähig, wie jenem, den sie dem armen Holmes spielten, als sie ihm eine auf dem Seziertisch abgetrennte Hand in die Manteltasche schoben. Man kann sich vorstellen, was für ein Gesicht er machte, als er in der U-Bahn dieses kalte Etwas in seiner Tasche entdeckte, und auf welche Tricks er zurückgreifen musste, um sie inmitten von alten Zeitungen in einer Mülltonne loszuwerden! Alle in der Fakultät hatten mehrere Wochen lang darüber gelacht.

Jean störte vor allem die überspannte sexuelle Atmosphäre, die dort herrschte. Alle Gespräche unter den Studenten drehten sich um die Liebe, oder, genauer gesagt, um den Koitus – wie sie es gemacht hatten, mit wem, wo und wie oft. Der größte Angeber war ein Typ namens Allpick, ein blonder Kerl mit etwas trauriger Miene, fliehendem Kinn und stumpfen blauen Augen mit herabhängenden Lidern, aber einer der brillantesten Studenten der Fakultät, der bestimmt eine Klinik leiten würde, bevor er dreißig war, und vielleicht sogar eines Tages Minister für das Gesundheitswesen werden würde. Jean hatte eines Tages gehört, wie er seine Theorie entwickelte: »Wenn der menschliche Körper völlig durchblutet und die Nervenstränge ebenso verzweigt wären wie die Schwellkörper im Penis, wäre der Geschlechtsakt eine bombastische Sache!« Er hatte tatsächlich das Wort bombastisch verwandt, und alle hatten wochenlang ihre Kommentare dazu abgegeben. Jean machte eine bissige Bemerkung, die ihn auf die gleiche Stufe wie ein Miesmacher oder ein *party-pooper* stellte: »Das ist ja alles gut und schön, aber heißt das nicht, dass man mit dem Schwanz denkt?«

Die Vorlesungen in Medizin mochte Jean jedoch sehr gern. Die Sache war klar, unzweideutig und ohne überflüssige Gefühlsduselei. Die Tage, die er im Krankenhaus in Gesellschaft von Kranken, Geistesverwirrten und zahnlosen Pennern verbrachte, waren äußerst lehrreich. Jean rechnete damit, eines Tages Conrad Ewtchuchenko dort zu begegnen, nachdem der in seiner Kosakenuniform irgendwo volltrunken aufgelesen worden war. Aber vor allem kam er dort mit einer Vielzahl namenloser Menschen zusammen, jenen vergleichbar, die Jean in der East Street im Schlafsaal gesehen hatte, wo er und Georg Borer vor einiger Zeit übernachtet hatten.

Der Saal, in dem sich die Notaufnahme befand, war furchtbar und schön zugleich, ein langer Schlauch mit vergitterten Fenstern, der von Neonleuchten erhellt wurde, in deren Licht das menschliche Leiden erbarmungslose Konturen annahm. Als er eines Tages mit seiner Gruppe von Erstsemestern dort war, wurde ein siebzehn- oder achtzehnjähriger Junge eingeliefert, ein Pakistaner oder Afghane, dem bei einer Rauferei die beiden Handgelenke durchgeschnitten worden waren.

Sogar der großschnäuzige Allpick war wie versteinert. Er knurrte nur: »Diese beknackten Sanitäter wissen nicht mal, dass sie ihn hätten künstlich beatmen müssen, das hätte ihm das Leben gerettet.« Tatsächlich war der junge Mann während des Transports gestorben, erstickt an seinem Erbrochenen.

Jean traf Georg Borer jetzt praktisch gar nicht mehr. Er war darüber erleichtert. Es war so weit gekommen, dass sie sich nur noch in ihrem Code unterhalten konnten. »Dreiunddreißig!« »Siebenundzwanzig, achtundzwanzig fünfzig!« »Zwölf!« »Siebzehneinhalb!« »Vierzig!«

Ein verständnisvolles Lachen, dann prusteten sie noch eine Weile. Georg ging jetzt in einem Club in Soho ein und aus, einer lärmenden, verräucherten Kellerkneipe, die in ein illegales Spiellokal verwandelt worden war, wo Roulette und Whist gespielt wurde. Die Muse des Clubs war eine dunkelhaarige, hoch gewachsene Französin, eine etwas labile junge Frau, die mit allen Männern schlief, die ihr gefielen, und deshalb den herabsetzenden Spitznamen Mülleimer bekommen hatte. Georg ging oft mit Mülleimer aus. Manchmal besuchte Jean am Wochenende den Club, um die beiden zu sehen. Aber in Wirklichkeit kam er nur, weil er Mülleimer anziehend fand, sie war in seinen Augen interessanter und rührender als all die Typen, die sie ausnutzten. Es waren zynische, naive Männer, die nichts im Kopf hatten. Mülleimer hatte verschwommene, feuchte Augen und jenes verzweifelte Lächeln, das Jean an Jeanne Odile erinnerte, als er sie zuletzt gesehen hatte. Mülleimer stammte aus dem fernsten Winkel Frankreichs, einem Dorf namens Beaurieux im Zuckerrübengebiet. Manchmal blieb sie vor einer leeren Kaffeetasse mit Jean in dem verräucherten Keller sitzen und erzählte von den Leuten aus ihrem Dorf und den Wintern, die so kalt waren, dass die Grashalme erfroren. Es war, als ob sie auf etwas warteten und als gäbe es draußen einen Bombenangriff oder irgendetwas, und wenn sie an die Oberfläche kommen würden, wäre ringsumher alles zerstört.

Aber Jean mochte diese Augenblicke, in denen er das Gefühl hatte, die Wurzeln mehrerer Welten zu berühren. Vielleicht war es das, was ihm an Mülleimer so gefiel, sie war der Knotenpunkt von Leuten, die sich ohne sie gegenseitig nicht einmal hätten vorstellen können. Alle fanden sich im trüben Wasser ihrer Augen wieder, berührten einander durch sie. Dickson, der große, schlanke Professor, der sich offen zu seiner Homosexualität bekannte, elegant wie Gary Cooper, mit langem Haar, romantisch grauem Backenbart und sanfter tiefer Stimme, die stets ironisch klang. Bryan, ein Typ, der lang und mager war wie eine verwilderte Katze, immer in Schwarz, er war Dichter und spielte mit Georg Borer auch Gitarre. Im Übrigen glichen sie sich. Und dann die Bande von John James, Rowdys in schwarzer Lederkluft, die mit unzähligen Nägeln sowie Ketten, Sternen und sogar Hakenkreuzen verziert war, sie setzten sich ein wenig abseits in eine Ecke, nachdem sie all die verscheucht hatten, die dort waren. Alle hassten und fürchteten sie. Es war allgemein bekannt, dass sie von Einbrüchen lebten und ein Kellergeschoss voller gestohlener Waren hatten, Verstärkeranlagen, Fernseher, Waschmaschinen und sogar Motorräder. John James war ein finsterer, gewalttätiger Kerl. Er war dreiundzwanzig und hatte schon im Gefängnis gesessen. Und trotz allem ein zartes Engelsgesicht mit schmollendem Ausdruck. Er war bei jeder Schlägerei dabei. Nahm an all den auf unbebautem Gelände im East End heimlich organisierten Boxkämpfen teil, es wurde erzählt, er habe einem seiner Gegner mit einem einzigen Fausthieb die Kinnlade zerschlagen. Er kam in den Keller in Soho in Begleitung eines

Mädchens, das Jean für das hübscheste Mädchen hielt, das er je gesehen hatte, eine deutsche Studentin namens Inge, die denselben Literaturkurs besuchte wie Georg Borer. Ihr feines blondes Haar war kurz geschnitten und wirkte wie ein goldglänzender Helm, und sie hatte ein Gesicht wie eine Puppe. Sie war nicht sehr groß, aber feinsinnig und lebhaft, und Jean fragte sich, wie sich jemand wie sie in so einen brutalen Kerl vernarren konnte.

Jean hatte zwei- oder dreimal an der Uni mit ihr gesprochen, wo er unter dem Vorwand hingegangen war, Georg zu treffen. Zur Bande von John James gehörte auch ein Hochschullehrer namens Will Harrison, der Schauspielkunst am University College unterrichtete, ein bärtiger, langhaariger Riese, der ebenfalls mit Sternen verzierte schwarze Lederkleidung trug. Er verkehrte in verrufenen Milieus, hasste aber die Neonazis, die dort untertauchten. Er gab seine Schauspielkurse in dieser Halbstarkenkluft, ohne dass jemand daran Anstoß nahm. So war England, das nonkonformistischste Land der Welt. Bei all diesen Leuten (mit Ausnahme von Mülleimer) vermied Jean zu sagen, dass er zur Hälfte Franzose war, weil er fand, dass die französische Sprache mit ihren Nasalen und ihrem *u*, bei dem man die Lippen spitzt, eine Sprache für feine Damen war.

An einem Winterabend lernte Jean Alison in der U-Bahn-Station Rotherhithe kennen. Sie war ein hoch gewachsenes, einfaches Mädchen mit rosiger Gesichtsfarbe und erstaunten blauen Augen. Sie gingen in den Pub Jamaica, um ein paar Bier zu trinken. Alison arbeitete als Krankenschwester im Saint Christopher Hospital in Waterloo. Sie trug ihre blauweiße Tracht unter dem Regenmantel. Sie schien Zeit zu haben und hörte Jean mit der Miene von jemandem zu, der nur die Hälfte dessen versteht, was er sagte. Aber sie hatte nichts gegen die französische Sprache, im Gegenteil, sie fand seinen Akzent ganz süß.

Der Pub war stark verräuchert, stank nach Bier, war von Stimmengewirr und den Schreien der Typen erfüllt, die Darts spielten. Davon konnte einem richtig schwindlig werden. Jean war schon lange nicht mehr mit einem Mädchen wie Alison ausgegangen, mit jemandem, der sich keine Probleme machte und ihm nicht allzu viele Fragen stellte. Mit jemandem, der nicht so besitzergreifend war wie Rita oder depressiv wie Mülleimer.

Sie tranken, unterhielten sich, lachten viel und verließen dann das Lokal, und Alison nahm ganz selbstverständlich Jeans Hand, als sie durch die Stadt gingen. Es nieselte. Unter einer Straßenlaterne mit gelbem Licht küsste Jean Alison, erst ziemlich ungeschickt, dann etwas besser. Ihr Mund war warm und fleischig, ihr Atem roch nach Bier und Zigarettenrauch. Ihr blondes Haar klebte ihr vom Regen an den Wangen, und beim Küssen kaute Jean auf einer Strähne herum. Das war lustig und gut. Jamaica Road war von den Scheinwerfern der Autos völlig erhellt und von einem Ende bis zum anderen vom Geräusch nasser Reifen erfüllt. Das war die Wirklichkeit, sie war intensiver als sonst.

Hand in Hand schlenderten Jean und Alison über die menschenleeren Straßen nach Greenwich. Als sie an der Nummer 237 in der Jamaica Road vorbeikamen, zeigte Jean auf das Fenster im ersten Stock über dem Alkoholausschank. »Da oben wohne ich.« Es hatten sich schon ein paar Iren vor dem herabgelassenen Eisengitter versammelt und warteten darauf, dass der Laden geöffnet wurde, das geschah um die gleiche Uhrzeit, zu der die Pubs schlossen. Jean erzählte von Miss Rosie und Mr. Lerou-ou-oux, Alison lachte herzlich und zeigte ihre großen weißen Zähne. Er begehrte sie, hatte aber Angst, dass sie ihm das ansehen könne, vielleicht weil das zum Spiel gehörte, dieses Mädchen mit dem treuherzigen Gesicht, den breiten Schultern und den großen Händen. Sie hatte einen Gang wie ein Junge, setzte als Erstes die Fersen auf den Boden.

Gegen Mitternacht kehrten sie zu dem Haus zurück, in dem Jean wohnte. In Miss Rosies Laden drängten sich die Kunden, um Ruby Wine zu kaufen, und die beiden hatten Mühe, in den Eingang zu kommen. In dem nur von einer trüben Glühbirne erleuchteten Treppenhaus küsste Jean Alison und versuchte, ihren Krankenschwesternkittel aufzuknöpfen. Sie sagte: »Hier nicht, lass uns zu dir gehen.« Sie betraten das große, eiskalte Zimmer wie im Tanzschritt, eng umschlungen, Mund an Mund. Alisons Atem verscheuchte die finsteren, übel riechenden Ausdünstungen dieser Stadt, all die Schwärze des Saint Thomas Hospitals und seiner schlauchförmigen Notaufnahme und bestimmt auch die des Saint Christopher Hospitals.

Sie sprach nicht über ihren Beruf. Jean konnte sich vorstellen, wie ihre breiten Hände Kompressen auflegten, den Katheter an die Nadel schraubten, die in der Vene eines Handrückens steckte. Sie drückte sich mit aller Kraft an ihn wie jemand, der Angst hat zu fallen. Er zog ihr den Kittel aus und ließ ihren rosa Nylonunterrock auf den Boden gleiten, sie hatte einen langen schmalen Oberkörper, kleine Brüste und eine mit Leberflecken übersäte weiße Haut. Sie legte sich auf die Matratze und ließ sich mit geschlossenen Augen streicheln. Dann bat sie Jean, das Licht zu löschen. Sie liebten sich erst ganz langsam, dann biss sie ihn heftig ins Ohr und flüsterte so etwas wie: nun mach schon, komm zur Sache, oder eher, stell dich nicht dumm, das ist ja furchtbar, und gleichzeitig führte sie seinen Penis mit der Hand ein, bewegte das Becken, erhöhte oder lockerte den Druck. Jean dachte, dass er noch nie solch ein Mädchen kennen gelernt hatte, das so ruhig und zurückhaltend wirkte und gleichzeitig die Technik des Liebesspiels so perfekt beherrschte. Es war düster in dem großen Zimmer, bis auf den schimmernden Flecken, den ein rotes Neonschild mit den Schriftzeichen *After Hours* an der Decke aufleuchten ließ, und Alison stemmte sich mit verdrehten Augen, hechelndem Atem und hämmerndem Herzen auf der Matratze gegen den Boden, Jean spürte, wie ihm der Schweiß über Wangen und Rücken lief, der Schweiß rann über seine und ihre Brust, ihre Bäuche machten saugende Geräusche, und plötzlich erhellte sich alles, erstrahlte in einem nervösen Glanz, der mit den Augen nicht zu sehen war, dafür aber mit allen Fibern seines Körpers. Das war irgendwie etwas Herrliches, mitten in der gewaltgeladenen Atmosphäre der Stadt, im Lärm der Autos, die über die Jamaica Road fuhren, und selbst im Geschrei der Betrunkenen unten auf der Straße, die sich darum prügelten, schnell noch ihre letzte Flasche Alkohol zu kaufen. Jean und Alison befanden sich im Zentrum einer Blase des Glücks, nicht außerhalb der Zeit, sondern eher im Herzen der Zeit, am heißesten Punkt der Wirklichkeit.

Eine ganze Weile später, als alles vorbei war, ging Alison zum Waschbecken und wusch sich, wobei das Wasser mit lautem Plätschern auf den Holzfußboden spritzte. Sie sagte: »Scheiße, ich habe alles überschwemmt.« Sie setzte sich immer noch im Dunkeln wieder auf die Matratze. Sie sagte: »Ich will kein Kind, verstehst du?« Jean tat noch alles weh. »Na, war das gut?«, fragte sie ihn, während sie sich schnell anzog. »Ich fühle mich wie ein King!«, erwiderte Jean in Anlehnung an den Satz, den ihm Santos Balas aus Algerien geschrieben hatte. Sie lachte laut. »Ein King! Übertreibst du nicht etwas?« Sie zog ihn am Arm. »Komm, King, ich habe Hunger, nimm mich irgendwo mit hin, wo es was zu essen gibt.« Alison hatte ständig

Hunger. Jean hatte eher Lust zu schlafen, aber er kleidete sich wieder an, und dann gingen sie nach draußen, in die Kälte der Nacht, auf der Suche nach einem Restaurant für Schauerleute in der Nähe von Surrey.

Die Kurse in der Medizinischen Fakultät konfrontierten Jean mit der Wirklichkeit. Einer Wirklichkeit, nach der er schon so lange gesucht hatte. Kein Spiel unter Studenten, keine Diskussionen über Politik, Krieg, Rassismus. Kein Kopfzerbrechen über Freiheit, Identität, Finalität. Und auch nichts über die berühmte Transzendenz. Nein, sondern so etwas wie das, was die Menschen zur Zeit von Anaxagoras öffentlich diskutiert hatten. Die gleiche Welt voller Gewalt wie zur Zeit von Parmenides aus Elea, mit ihren Sklaven, ihren Soldaten, ihren Prostituierten.

Die Gegend um Elephant & Castle und die Jamaica Road in London und jener Erdhügel am anderen Ufer, den man die Isle of Dogs nennt, waren so etwas wie das damalige Griechenland. Dort sprühte es vor Intelligenz, vor Macht, vor Ungerechtigkeit, also vor Schönheit. Jean konnte sich nicht mehr vorstellen, anderswo zu leben, nicht einmal in seiner Heimatstadt, wo er unter dem leeren Himmel fast erstickt war. Jeden Tag lief er in der Früh, manchmal noch vor dem Morgengrauen die Jamaica Road entlang. Er sah die Jahreszeiten vorübergehen. Es hatte Monate mit Schnee gegeben, in denen die Autos tagsüber mit eingeschalteten Scheinwerfern durch den Matsch schlitterten. Dann hatten die Bäume in Southwark einen leichten zartgrünen Flaum bekommen, der wie ein Nebel um ihre schwarzen Äste schwebte.

Die Vögel waren wiedergekommen. Die Milchflasche, die Jean zum Kühlen auf die Fensterbank stellte, war angepickt. Als Jean sich hinter der Scheibe versteckte, entdeckte er ein Dompfaffenpärchen, das Männchen und das Weibchen pickten abwechselnd Löcher in den goldfarbenen Deckel, um von der dicken Rahmschicht zu trinken. In den Parks in Lambeth, direkt neben den Backsteinbauten der Medizinischen Fakultät, war plötzlich ein ganzes Heer von Eichhörnchen aus der Erde gekommen und vollführte akrobatische Sprünge von Bank zu Bank. Jean sammelte für sie einen Vorrat an Erdnüssen und Mandeln im Speisesaal der Assistenzärzte. Auf dem Rückweg hatte er den Eindruck, als hätten die Eichhörnchen ihn wiedererkannt, vielleicht auch nur seine Silhouette oder das Geräusch seiner Schritte.

Er sorgte dafür, dass er immer allein zurückging. Er wollte sich nicht mit den anderen anfreunden. Jeder hatte seinen Kreis, und Jean wollte nicht, dass sein eigener Kreis anderen zugänglich war. Wenn er von der Fakultät zurückkam, ging er in den Außenbezirk des Kreises von Jamaica. Oder er besuchte den Kreis von Fulham Road, dessen Mittelpunkt der alte Halunke Adamouny in seinem Möbelladen war. Dann war da noch der Kreis von Soho, das Kellerlokal, in dem sich die Rocker in schwarzen Lederjacken, Will Harrison mit seinen Sternen und manchmal der Schrecken einflößende John James in Begleitung von Inge, trafen.

Es war sonderbar, auf diese Weise in etwas Vorläufigem zu leben, das etwas Endgültigem glich. Diese Straßen, diese Boulevards, die U-Bahn-Stationen, Rotherhithe, das Saint Christopher Hospital, in der die nette Alison hart arbeitete, der Unterricht von Baddou, der Park mit den Eichhörnchen. Die Betrunkenen nachts auf der Straße, ihre Schläge gegen das Eisengitter, Miss Rosies süßlicher Akzent, wenn sie Mr. Leroux rief. An zwei Abenden in der Woche und an manchen Sonntagnachmittagen, gleichsam als ein hygienischer Akt der Unvernunft, Alison Pembroke. Sie schlenderten Hand in Hand durch die Stadt, aßen in einem Pub in der Paradise Street. Dann kehrten sie in das große Zimmer zurück und liebten sich, wobei der Schweiß ihre Bäuche in der eiskalten Luft aneinander klebte. Tee in Gläsern, Zigaretten. Meistens ohne Worte. Wie ein Paar, das schon mehrere Jahre zusammenlebt.

Alisons Gesicht war ein großes Rätsel. Ihr Blick, in dem die Treuherzigkeit jede Hypothese verbannte. Ihre Oberlippe, beschattet von einem feinen Flaum, den sie mit Wasserstoffsuperoxyd aus dem Krankenhaus bleichte. Ihre kleinen Brüste mit dem hohen Ansatz auf ihrem schmalen Oberkörper, die unkeusche Art, sich zu waschen, wenn sie sich barfuß über das Waschbecken beugte und dabei den Holzfußboden nass spritzte.

Es hieß also, von einem Kreis der Wirklichkeit in den anderen hinüberzugleiten, ohne sich von dieser vereinnahmen zu lassen. Im Krankenhaus, während des Bereitschaftsdiensts, dreimal in der Woche, bestand die Gefahr, sich gefangen nehmen, sich vereinnahmen zu lassen. Den anderen Studenten, Holmes, Altman, Meadows und sogar dem Besserwisser Allpick, war das völlig egal. Sie waren bereits abgehärtet. Nur ein Misserfolg beim Examen konnte ihnen etwas anhaben. Zur Not auch ein sexuelles Fiasko.

Jean betrat mit klopfendem Herzen die gerontologische Abteilung. Es war für ihn fast so, als wäre er im Treppenhaus von La Kataviva und ginge, vom schrillen Piepsen des Kanarienvogels an den Haaren gezogen, eine Stufe nach der anderen hoch, um Tante Cathy Marro zu besuchen.

Im Pavillon für altersschwache Demenzkranke kannte er die meisten Männer und Frauen. Sie warteten darauf, dass er sie besuchte – zumindest hatte er diese Illusion.

Dort lebte ein alter Seemann, ein Schotte namens Ervin Mac Laghlan, der früher Mechaniker an Bord von Frachtschiffen gewesen war, die nach Afrika, Malaysia und zu den Fidschi-Inseln fuhren. Es war ein kleiner, schmächtiger Mann mit buschigen Brauen, hinter denen seine Augen halb verschwanden, und einem schütteren weißen Bart, der leicht gelblich war, was darauf hindeutete, dass der Mann in seiner Jugend rothaarig gewesen war. Er sprach kaum, höchstens ein paar Worte, die sogleich erstickt wurden. Er siechte an Kehlkopfkrebs dahin.

Jean setzte sich neben ihn in einen Korbsessel, sagte zwei, drei Sätze, versuchte einen Scherz zu machen. Der kleine Mann betrachtete ihn ohne Misstrauen. Er hatte wohl begriffen, dass Jean von allen Männern in weißen Kitteln in diesem Krankenhaus der ungefährlichste war. Manchmal gelang es ihm, einen Satzanfang zu formulieren: »*When I was in the South Seas* ...« Aber weiter kam er nicht. Was hatte ein Mechaniker unten im Maschinenraum von den *South Seas* sehen können? Vielleicht erinnerte er sich noch an das ganz langsame Auf und Ab der Dünung im Pazifik, vielleicht hörte er noch das eigentümliche Surren der Schiffsschrauben in diesen fernen Meeren. Jean mochte Mac Laghlan gern, er blieb lange bei ihm sitzen, während die anderen Studenten die Visite fortsetzten.

Er kannte auch eine alte Frau, die ihr ganzes Leben lang als Köchin im Hotel Coburg Court in Kensington gearbeitet und die man vor die Tür gesetzt hatte, als sie begann, Zucker und Salz oder Gurken und Zucchini zu verwechseln. Wenn sie über die Flure ging, hatte sie immer ein Seil in der Hand. Jean hatte sie eines Tages gefragt: »Wozu dient denn dieses Seil?« Sie hatte ihn geheimnisvoll angesehen und gesagt: »Das brauche ich beim Kochen. Wenn ich betrunken bin, befestige ich das Seil an der Decke, um nicht auf den Herd zu fallen.« Das war logisch.

Jeder hatte seine Geschichte, seine Ticks, seine Legende. Jeder eine Krankheit, an der er sterben würde. Sie irrten zwischen diesen hoffnungslos grün gestrichenen Wänden umher wie verirrte Kinder. Andere verließen ihr Bett praktisch nicht mehr, betrachteten mit nach hinten geneigtem Kopf die Decke.

Die meisten Studenten kamen gezwungenermaßen einmal im Monat, um Anschauungsmaterial für den Unterricht in Geriatrie zu sammeln. Jean hatte sich freiwillig für einen wöchentlichen Dienst gemeldet, dreimal drei Stunden Bereitschaft in der Woche. Natürlich wäre es befriedigender gewesen, in der Kinderstation oder in der Geburtshilfeabteilung seinen Dienst zu verrichten. Hier in der Demenzabteilung ist ein Arzt kaum von Nutzen, erklärte Professor Ricuore. Er ist nur da, um die Todkranken zu begleiten. Dem Nutzlosen nahe zu sein, das muss Jean wohl gefallen haben, so etwas wie ein letzter vergeblicher Aufwand, der einem Todgeweihten gewährt wird.

Es war, als befänden sie sich am Rande eines Abgrunds. Eines Tages waren sie da, mit ihren gewohnten Gesten, ihren Schrullen, ihren Wunschträumen. Die alte Emma Jo, die in den dreißiger Jahren eine berühmte Sängerin gewesen war und die USA von Südkarolina bis zu den Niagarafällen wie ihre Westentasche kannte und die ab und zu noch mit zittriger Stimme Operettenmelodien sang. Kincaid, der Seemann, der ohne Grund komisch wirkende Wutanfälle bekam und knurrend eine abwesende Mannschaft beschimpfte. Jack Wallis, der Bankier, mit seinem klaren Blick und seinem verzweifelten Gesichtsausdruck, weil er alle Zahlen vergessen hatte. Andrew in seinem Rollstuhl, der zu seiner Nussschale und seinem Unterschlupf geworden war, in dem er seine Schätze und die Putzlappen hortete, die er im Vorüberfahren stibitzte. Jeremiah, der damit beschäftigt war, unsichtbare Brotkrumen aufzusammeln. Paula, die in ihrer Jugend eine Halbweltdame gewesen war, stets geschminkt, Lider und Augenbrauen dick mit schwarzer Tusche bepinselt, die Haut an den Schläfen mit unter ihrer Perücke verborgenen Stahlklammern gestrafft. Sie wandte sich immer am liebsten an Jean und sagte: »Mein Schatz, mein Süßer, mein Schnuckelchen.«

Die meisten von ihnen hatten keine Familie mehr, nur noch das Krankenhauspersonal, und als Beschäftigung nur noch ihre Pillendosen, ihre Einläufe, ihre Untersuchungen. Keine anderen Grenzen als das Ende der Flure, die Gemeinschaftsräume, die Schlafsäle, die Toiletten, den Speisesaal, der dreimal am Tag geöffnet war. Wenn Jean zwei Tage später in den Pavillon kam, war er sich nicht sicher, wen er dort vorfinden würde. Manche von ihnen waren zu weit nach vorn gedrängt worden, waren in den Abgrund gestürzt.

Andere schienen unsterblich zu sein, aber ihre Ewigkeit war federleicht, als schwebten sie auf einem unmerklichen Hauch. In jenem Sommer half Jean Mac Laghlan zu sterben. Er hatte ein Lungenemphysem, kämpfte seit Wochen mit dem Tod, und eines Abends verabreichte er ihm durch seine Kanüle eine starke Dosis Barbitursäure und sah, wie in den Augen des alten Südseeabenteurers der letzte Lebensfunke aufflackerte wie ein Schimmer der Verwunderung und der Dankbarkeit. Dann sank Mac Laghlans Brust buchstäblich in sich zusammen, und er war tot. Alle wussten, dass Professor Ricuore die Dosis zur Verfügung gestellt hatte, Jean trug nur die Verantwortung für die Ausführung. Es war leicht gewesen, vermittelte ein unerträgliches Gefühl der Macht. Es war an einem der heißesten Tage des Sommers, wohl an einem 29. August. Jean traf mit Verspätung in dem Pub in Surrey ein, wo Alison Pembroke auf ihn wartete, aber sie machte ihm keine Vorwürfe. Er trank ein oder zwei Gläser Bier, dann sagte er: »OK, lass uns gehen!« Alison sah ihn beunruhigt an und fragte: »Was, willst du denn nicht etwas essen?« Er wiederholte: »Nein, lass uns gehen!« Er hielt ein Taxi auf der Straße an, um möglichst schnell in die Jamaica Road 237 zu gelangen. Er hatte das starke Bedürfnis, Alison den Kittel abzustreifen, ihre warmen Brüste zu spüren, ihre Jugend in sich aufzunehmen und die Blase des Begehrens und der Lust um sie beide herum aufgehen zu lassen. Gleichzeitig begriff Jean von diesem Tag an, dass sich etwas zwischen ihnen geändert hatte, dem Ende näherte.

Und dann war da dieses erstaunliche Ereignis, diese Nachricht, die von Mund zu Mund ging und gleichzeitig in weiter Ferne war, wie ein fahler Schimmer, der von einem anderen Planeten stammt und das Weltall durchlaufen hat. Georg hatte ihm die Nachricht mitgeteilt oder Mülleimer, oder aber die Studenten der Medizinischen Fakultät hatten die Schlagzeile in der Zeitung gelesen: Der Krieg war zu Ende. De Gaulle hatte in Évian die Wiederabtretung der Sahara als Gegenleistung für einen Waffenstillstand mit dem FLN ausgehandelt. Jean hatte nur gesagt: »So, so, all das ist also vorbei.« Er dachte an Santos, an Jeanne Odile. Er dachte an Freddy Fontana, an die Familie Baez, an all die Leute, die von der *Commandant-Quéré* an Land gegangen waren, im Hafen kampiert und darauf gewartet hatten, dass sie wieder in ihr Heimatland zurückfahren konnten. Auch das war vorbei. Das Wort »desertieren« hatte keine Bedeutung mehr: Das Militärstrafgesetzbuch hatte die »Nichtbefolgung des Einberufungsbefehls«, die »Befehlsverweigerung« und die »geheimen Verbindungen zum Feind« außer Kraft gesetzt. All jene, die, um nicht einberufen zu werden, um nicht zu sterben, sich eine Kugel in den Fuß geschossen hatten, jene, die sich vor der Musterung eine Koffeinspritze verabreicht oder Seife gekaut hatten, um Schaum vor dem Mund zu haben, jene, die lange Monate in einer psychiatrischen Klink verbracht hatten, in einer Zwangsjacke oder mit Elektroschockbehandlung, und jene, die Selbstmordversuche gemacht hatten. Amoretto, der geflohen war, dabei seine Schuhe verloren und in Schweden Zuflucht gesucht hatte, Droste, der in Toulon im Gefängnis saß, weil er Gelder für den FLN transportiert hatte, Kernès, der beim Heimaturlaub davon geträumt hatte, mit der Panzerfaust alle Autos in die Luft zu sprengen, die auf der Promenade vor dem Olivenhain entlangfuhren. »All das ist vorbei.«

Den Leuten in London war das scheißegal. Den schwarzen Straßen, den Backsteinfassaden, den Parks, die unter dem Winter litten, war das scheißegal. Ihre prächtige Gleichgültigkeit hatte Jean erfasst, hatte ihm endgültig einen Teil seiner Jugend genommen. War es wirklich der Friede von Évian oder die normale Entwicklung der Welt, die die einen in Ungnade fallen ließ und den anderen Ansehen verlieh, ohne dass man recht wusste, wer es verdient hatte? Raymond Marro hatte damals in Ipoh alles verloren, seine Zukunft und seinen Ruhm, als es hieß, sich zwischen Wahrheit und Wirklichkeit zu entscheiden. Es war das gleiche unwiderstehliche Abgleiten in eine andere Welt, eine neue Ära, in der die gutgläubigen Kolonialisten und die sich nach dem Kolonialreich zurücksehnenden ewig Gestrigen keinen Platz mehr hatten, da sie von der Kraft der Jugend, dem Wirbelwind von Sprachen, Rassen und religiösen Überzeugungen, der über London, Stockholm, Genf, Paris und selbst Évian hinwegfegte, überholt worden waren.

Am 1. Juli wurde endlich die Unabhängigkeit Algeriens

proklamiert. Präsident Youssef Benkhedha zog in Algier ein, während vor allen Fenstern grüne Fahnen hingen. Jean hatte den Eindruck, als könne er die Begeisterung dieses Tages bis in die Straßen Londons spüren. Es war heiß, feucht, und in den Parks drängten sich die Menschen. Es ging gleichsam ein elektrischer Funke von allem aus. Die Mädchen in Shorts und Sommerschuhen waren hübscher denn je. Die Leute lachten. Im Saint James's Park in Kensington liebten sich Paare halb unter Strandtüchern verdeckt im Freien.

Gleichzeitig empfand Jean eine große Leere, eine Müdigkeit. Als hätten die Bande, die diese Menschen einander nahe brachte, nie wirklich existiert. Ein starker Windstoß, ein Hauch der Leere, und schon lösten sie sich in Luft auf. Diese Stadt war nur ein hartes, verbrauchtes Gerippe, so etwas wie ein Korallenskelett, das die Menschen nacheinander benutzten, ehe sie weggingen, ohne dass sie etwas daran verändert hatten. Fließendes Wasser, das die Löcher füllte, sie wieder leer laufen ließ, doch was war am Ende des Zyklus schon geschehen? Hatte sich das Wissen auch nur ein wenig erweitert, hatte die Weisheit zugenommen? Die Stadt glich in vieler Hinsicht dem Pavillon der Greise im Krankenhaus. Ein tiefer Abgrund, an dessen Rand sich die Männer und Frauen, über dem Meer des Vergessens hängend, klammerten, und jeden Tag, jede Nacht, in jeder Minute wurden sie von den Lebenden grausam hinabgedrängt.

Nauskopie (Fortsetzung)

1802

19. Januar

Ankunft der englischen Korvette Pinguin *aus Kapstadt. Nach längeren Verhandlungen erhält eine Abordnung die Erlaubnis, eine Schaluppe an Land fahren zu lassen. Sie überbringen die Nachricht vom baldigen Frieden zwischen Frankreich und England, aber niemand glaubt daran.*

5. Februar

Ankunft der Bélier.

März

Ankunft der Fregatte Themys *im Hafen, an Bord befinden sich General Des Brulys und 200 Soldaten.*

Dieses Schiff überbringt die schmähliche Nachricht über das Dekret vom 30. Floreal, das die Sklaverei in den französischen Kolonien wieder einführt. Dieses Dekret, unterzeichnet von Bonaparte, Cambacérès und dem Minister Decrès, lautet folgendermaßen: 1.) Die Sklaverei wird beibehalten entsprechend den Gesetzen aus den Jahren vor 1789. 2.) Sklavenhandel und Einfuhr von Sklaven wird es ebenfalls wieder geben. Marie Annes Kummer und Bestürzung verstehen sich von selbst.

6. Dezember

Ankunft des als Kaperschiff ausgerüsteten Handelsschiffs Psyché, *Kapitän Tréhouart.*

1803

8. August

Rückkehr des Leichters Géographe *aus Neu Holland.*

13. August

Rückkehr der Casuarina, *Kapitän Freycinet.*

17. August

Ankunft der Belle Poule, *Kapitän Brouillac.*

Heute Morgen um zehn taucht die Division Linois vor dem Hafen auf: die Sémillante, *die* Atalante, *die* Marengo, *Letztere ist mit 74 Kanonen ausgerüstet.*

28. August

Die staatliche Korvette Diligent *trifft aus Trinquebar ein, Kapitän Ruaut.*

15. September

Die Atalante *legt heute Morgen mit dem ehemaligen Konventsmitglied Cavaignac an Bord ab, der von Bonaparte zum Konsul in Mascate ernannt worden ist.*

25. September

Ankunft der Korvette Berceau, *Kapitän Halgan. Er überbringt die Nachricht von der Kriegserklärung Englands vom 16. Mai.*

9. Oktober
Die Division Linois läuft in Richtung Batavia aus.

November
Die Psyché *verlässt die Isle de France.*

1. Dezember
Die von der Division Linois im Chinesischen Meer gekaperte Brigg Ménatchi *fährt in den Hafen ein.*

Dezember
Abfahrt des Kaperschiffs Alfred, *Kapitän Grevelt.*

1804

25. März
Abfahrt des Kaperschiffs Pariah, *Kapitän Quenet.*

1. April
Rückkehr der Marengo, *zahlreiche Havarien, 115 Seeleute erkrankt.*

8. Mai
Rückkehr der Belle Poule, *der* Atalante *und des von ihnen gekaperten 900 Bruttoregistertonnen-Schiffs* Alphea *aus Bengalen. Dessen Ladung ist für die Summe von 4521705 Franc und 66 Centimes verkauft worden.*

25. Mai
Abfahrt der Berceau.

10. Juni
Ankunft des Kaperschiffs Henriette, *Kapitän Henri.*

31. Oktober

Habe die Division Linois mit Kurs auf Port du Sud-Est vorbeifahren sehen.

Es wurde schnell wieder Winter. Die Nachrichten von der Familie Marro waren nicht gut. Sharon schrieb in ihrem Brief, dass sich Tante Catherines Gesundheitszustand weiter verschlechtert habe und wie schwer ihnen die Entscheidung falle, sie in ein Altersheim zu bringen. Jeans Vater ging es auch nicht gut. Seine Sklerose hatte sich verschlimmert, er konnte sich kaum noch bewegen. Ein Krankenpfleger kam zweimal am Tag, um die Körperpflege vorzunehmen, ansonsten kümmerte sich Sharon um ihn. Seine dürftige Pension als ehemaliger Offizier der Kolonialarmee Seiner Majestät war seit der Unabhängigkeit von der malaysischen Regierung übernommen worden und traf nicht regelmäßig ein. Jeans Mutter war wie Catherine, sie war es nicht gewohnt zu jammern, aber ihre Betroffenheit war deutlich zwischen den Zeilen zu lesen.

Während dieser Zeit brach Jean allmählich den Kontakt zu dem kleinen Kreis von Stammgästen der Kellerkneipe in Soho ab. Das begann mit der völlig verrückten Idee, dass alle gemeinsam in der Silvesternacht mit dem Auto nach Bristol fahren sollten, als Treffpunkt wurde die Hängebrücke über der Avon-Schlucht in Clifton vereinbart. Eine kleine Gruppe, bestehend aus Bryan, Mülleimer, Georg, Jeremiah und ein paar Studenten vom University College, hatte sich in Soho getroffen. Jean hatte sich auf die Sache eingelassen, vielleicht weil er gehofft hatte, dass Inge mitkäme, eine etwas absurde Idee, denn für solche blöden Geschichten hatte sie bestimmt nichts übrig. Und was John James und seine Bande anging, so hatten sie in einer solchen Nacht bestimmt Besseres zu tun. Man fuhr gegen Abend mit drei Autos los. Jean saß mit Georg hinten in dem alten blauen Vauxhall von Bryans Vater, und Mülleimer setzte sich mit einem Freund von Bryan nach vorn. Irgendwann stritt sich Mülleimer mit dem Jungen, kam nach hinten und setzte sich auf Jeans Schoß. Es nieselte, die Straße war gefährlich und unangenehm. An dem großen Mast in Slough, der anzeigte, ob es schon tödliche Unfälle auf der Straße gegeben hatte, brannte das Licht. Nachdem sie nur in Reading einmal kurz Halt gemacht hatten, um zu tanken und die Blase zu entleeren, erreichten sie etwa eine halbe Stunde vor Mitternacht Bristol, das zu schlafen schien. In den Vororten war von festlicher Stimmung nichts zu spüren. Die Straßenlaternen machten auf den geradlinigen breiten Straßen gelbe Lichttümpel, in denen der Regen wie Bindfäden wirkte. Ein Stück weiter lag im Scheinwerferlicht das große Tal, und dann kam die herrliche, märchenhafte Hängebrücke. Sie stellten die Autos auf einem Platz am Eingang des Hafens ab.

Hier regnete es seltsamerweise nicht, und die Luft war fast lau. Ein leichter Wind wehte den Geruch des Meeres herüber. Auf dem Platz machten Bierflaschen die Runde, die meisten Nachtschwärmer waren schon betrunken. Jemand kündigte an, dass das neue Jahr in knapp zehn Minuten beginne. Jean war schwindlig vor Müdigkeit und Erregung. Jeremiah schlug vor, unter die Fahrbahn der Brücke zu klettern. Er behauptete, dass er das als Kind schon getan habe und dort eine Art Gondel für Reparaturarbeiten hinge, in der sie sich wie in einem Wohnzimmer fühlen würden. Die Idee war so verrückt, dass alle darauf eingingen. Sogar Mülleimer vergaß ihre Angst vor der Leere. Jeremiah war groß und ebenso schlank wie Bryan, hatte schulterlanges schwarzes Haar und sah aus wie ein

Zigeuner oder ein Indianer. Er ging im grellen Licht der Straßenlaternen mit verschränkten Armen ganz allein auf die Brücke, er wirkte wie ein großer, magerer Vogel. Er kletterte über die Brüstung und verschwand. »Was ist los? Was hat er gemacht?«, fragte Jean. Aber niemand hörte ihm zu. Mit ekstatischer Miene verschwanden sie einer nach dem anderen in dem schwarzen Loch unter der Fahrbahn der Brücke. Jean stieg als Letzter hinab. Die Leiter aus Stahlrohren war kalt und glitschig von der Feuchtigkeit. Unter der Brücke wehte ein starker Wind, der ein eigentümliches Rauschen von der Flussmündung und das Tosen der Brandung herüberwehte. Die Gondel schaukelte sanft von vorn nach hinten wie ein Floß auf den Wellen. Jean legte sich bäuchlings auf den Boden der Gondel. Ihm war speiübel, seine Handflächen waren schweißnass. Die Zeit verging, es war schon lange nach Mitternacht. Eng zusammengedrängt blieben sie bis zum Morgengrauen in der Gondel.

Nun war er schon seit fünf Jahren in London. In jenem Jahr schneite es noch Anfang April, es war unglaublich. Die Stadt war in eine silbrige Wolke getaucht. Die Parks, die Innenhöfe, die schmalen Straßen, die unbebauten Grundstücke in der Nähe von Lambeth waren von einer makellosen Schneedecke überzogen. Als Jean morgens zur Medizinischen Fakultät ging, spürte er, wie etwas in seiner Lunge brannte. Er hatte Mühe, durch den Park zu gehen, als hielte ihn eine unsichtbare Mauer zurück. Ehe er das Gebäude erreichte, kam er an einer Apotheke vorbei und konnte auf einem großen Thermometer die Temperatur ablesen, die in Fahrenheit und in Celsius angegeben war:

14°F -10°C

Im Umkleideraum für die Assistenzärzte blieb er eine Weile mit tränenfeuchten Augen an den Heizkörper gepresst stehen, während das Blut in seinen Schläfen pochte. Die Leute, die vorbeigingen, klopften ihm auf die Schulter und sagten: »Alles klar, mein Lieber?«

Die Kälte war in ihn eingedrungen und hatte ihm seine Fehler zu Bewusstsein gebracht. Diese düstere Stadt unter dem klaren Himmel, diese Schneeflecken, der Dunst, der die Bäume umgab, waren wie eine Warnung.

Mehrere Leichen wurden in den Seziersaal gebracht. Penner, die hinter einer Mauer oder in den Lagerhallen der Docks vom Frost überrascht worden waren. Die Studenten in weißen Kitteln bildeten einen Kreis um Professor Ricuore. Ihre Gesichter wirkten im Licht der Neonröhre ganz bleich, als habe auch sie der Tod gestreift.

»Hey, Marrow!«

Die Stimme des grässlichen Allpick rief ihn in die Wirklichkeit zurück. Vor allem nie die Kreise vermischen. Allpick mit seinem weichen Gesicht ohne jede Kante, seinem fettigen Haar, seinen blauen Augen, seinen herabhängenden Mundwinkeln und seiner Sexbesessenheit. Eigentlich, dachte Jean, war er gar nicht so anders als die Schüler, mit denen er aufs Gymnasium gegangen war und die Corneilles Dramen und Victor Hugos Gedichte durchblätterten, um Worte zu suchen, deren Sinn sich entstellen ließ.

»Was machst du da so ganz allein? Komm, hab keine Angst vor den Toten. Sieh mal, da ist eine süße Maus für dich.«

Professor Ricuore stimmte ihm zu. Er sagte ziemlich ernst: »Wissen Sie, junger Mann, wenn Sie diesen Beruf ausüben wollen, dann müssen Sie lernen, Ihre Furcht zu überwinden.« Er glich Groucho Marx, nur dass er niemanden zum Lachen brachte.

Abends traf sich Jean mit Georg in der Kellerkneipe in Soho. Seit einiger Zeit kam Alison nicht mehr zu ihrer Verabredung. Sie hatte keine Fragen gestellt, keine Erklärung gegeben. So war sie. Wenn sie irgendetwas störte, ergriff sie energisch Maßnahmen. Kurz gesagt, eine echte Krankenschwester.

In der Nähe von Hammersmith wurde ein Amateurboxkampf vorbereitet, Georg war sicher, dass John James dorthin kommen würde. Das war eine Gelegenheit, Inge wieder zu sehen. Jean träumte von ihrem Puppengesicht und ihren Augen, die so klar waren wie das Wasser der Gletscher.

Es war wie eine Abschiedszeremonie vom Winter, von London, von allem. Inge würde bald zu ihrer Familie nach Deutschland zurückkehren. Sie würde alles vergessen. Der Boxkampf war die letzte Chance. Jean würde geradewegs auf sie zugehen und zu ihr sagen: »Ich denke die ganze Zeit an Sie. Ich liebe Sie. Wenn Sie wollen, können wir gemeinsam weit weggehen, nach Afghanistan oder nach Malaysia.« Er war bereit, John James und seiner Bande von Lederjackentypen zu trotzen.

Vielleicht wartete Alison Pembroke in dem Pub in Surrey auf ihn, saß dort mit verträumter Miene allein am Tisch vor einem Glas Sherry und verscheuchte die Typen, die sich zu ihr setzen wollten, mit der gleichen Geste, mit der sie Fliegen verscheucht hätte, ohne dabei jedoch ihr freundliches Lächeln zu verlieren.

London war eine Stadt voller Gewalt, bösartig, einsam, ergreifend, unpersönlich. In der Kellerkneipe herrschte eine gewisse Erregung. Die Stammgäste, die Jean seit Monaten nicht mehr gesehen hatte, waren dort versammelt, Jeremiah, Bryan und Mülleimer, der hoch gewachsene Professor Dickson mit seinen Gary-Cooper-Allüren und andere, die Jean nicht kannte. In drei Jahren war die Zeit nicht stehen geblieben. Jetzt kamen auch die Studenten vom University College und andere, die die Halstücher von Slough oder Brighton trugen, in den Keller. Sie warteten darauf, dass der Boxkampf begann, umringten ihren Champion, einen Studenten aus Bristol namens Tommy, der ein blau-schwarzes Halstuch trug. Ein stämmiger Bursche mit einem Gesicht wie ein Hund und breiten, nach vorn gebeugten Schultern, richtigen Boxerschultern.

Georg war schon betrunken. Er stritt sich mit den Studenten, trank etwas und sank wieder auf die Sitzbank. Sein Gesicht war von grundlosem Hass gezeichnet. Er war Anfang des Jahres von der Universität verwiesen worden, und seine Aufenthaltsgenehmigung in England war abgelaufen. Er beschimpfte alle, die sich ihm näherten, halb auf Englisch, halb auf Deutsch. Bryan versuchte ihn zu beruhigen. Schließlich gelang es Mülleimer und Bryan, Georg nach draußen auf den Bürgersteig mitzuschleppen, damit er sich dort übergeben konnte.

In dem verräucherten Keller drehte sich Professor Dickson um die eigene Achse, überragte die Studenten wie ein Stelzvogel. Seine gelben Augen, die die Farbe von *tawny port* hatten, leuchteten im Halbdunkel. Er wurde von zwei Jungen begleitet, die, wie man wusste, seine Liebhaber waren. Natürlich waren John James und seine Bande nicht aufgetaucht. Der Keller war inzwischen zu gut besucht, sodass sie nur noch Verachtung dafür übrig hatten. Und was Inge betraf, so hatte Jean begriffen, dass sie nicht kommen würde.

Irgendwann kam das Gerücht auf, dass der Boxkampf in Shepherd's Bush Green stattfinden sollte. Tommy und seine Fans aus Slough und Bristol hatten den Keller schon verlassen. Eine Gruppe, der sich Georg, Jeremiah, Bryan und Mülleimer anschlossen, brach in Richtung Fulham auf. Die Gruppe löste sich allmählich auf und war bald nur noch eine unentschlossene Kolonne, die sich unter die Passanten mischte. Unterwegs stiegen ein paar von ihnen in Taxis, andere nahmen in Fulham Broadway die U-Bahn, und Jean ging allein weiter nach Earl's Court, bis er einen Bus fand.

Es war sehr kalt, feucht und stockdunkel, als Jean endlich Brook Green erreichte. Er ging die Shepherd's Bush Road bis zum Park hinauf. Auf dem Gelände drängte sich schon eine Menschenmenge, und zwei oder drei Polizeiwagen standen auf der Straße. Am Rand des Parks war ein improvisierter Ring errichtet worden, von Scheinwerfern beleuchtet, die mit Generatoren auf Lastwagen verbunden waren. Jean sah nichts, aber er war wie benommen von dem Lärm der Zuschauer, die zumeist Studenten waren. Einige waren betrunken, grölten und streckten die Faust hoch. Andere hatten trotz der Kälte das Hemd ausgezogen und tanzten mit triefendem langem Haar neben dem Ring. Der Ring wirkte wie ein erleuchtetes Floß, das auf der wogenden Menge schwankte. Irgendwann erschallte wütendes Geschrei. Jean bahnte sich einen Weg durch die Menge, ohne jemanden zu treffen, den er kannte. Es war, als wäre er in einer zusammenhanglosen Welt gelandet.

Die Studenten aus Slough und Bristol waren verschwunden. Es befanden sich nur noch junge Männer aus allen möglichen Vororten dort, Farbige, Cockneys, Leute, die mit irischem Akzent oder dem Akzent aus Nottingham schrien.

Ein wenig später glaubte Jean, Tommy mit seinem breiten Rücken und den hängenden Schultern im Ring boxen zu sehen, er wich den unkontrollierten Schlägen eines dicken Riesen aus, der sich prügelte wie bei einer Straßenschlacht. Bei den Geraden des jungen Boxers verzerrte der Riese das Gesicht und begann zurückzuweichen, die Jubelschreie und die Beschimpfungen erfüllten das Gelände und drangen durch den Park bis zu den Rasenflächen, die der letzte Schnee verbrannt hatte.

Aber Jean sah sich den Kampf nicht an. Er ging durch die Menge und suchte Inge. Er hatte nichts getrunken, trotzdem war ihm schwindlig. Er rempelte die Leute an, gebrauchte seine Ellbogen, gab knurrend Schimpfworte von sich. Es war ein solcher Hass an diesem Ort zu spüren, eine solch grundlose Wut, die die Leute berauschte, und dann das Aufschreien der Zuschauer, das Stöhnen, das aus der Brust der Boxer zu kommen schien, die Schläge, die auf ihren Schläfen hallten und den Boden erzittern ließen.

Plötzlich entdeckte Jean Inge. Sie war ebenfalls schwarz gekleidet, trug Hose und Pullover, ihr blondes, am Kopf klebendes Haar war vom Regen dunkler geworden, sie sah aus, als habe sie gerade ein Bad genommen, dieser Gedanke brachte Jean zum Lachen, gleichzeitig hatte er Bauchschmerzen und war so verzweifelt verliebt, dass es ihm geradezu lächerlich vorkam. Inge hatte ihn erkannt und lächelte ihm freundlich zu.

»Sind Sie wegen des Boxkampfs gekommen?«

Jean hörte nicht zu, was sie sagte. Er stotterte: »Wollen Sie mit mir wegfahren?«

Inge stand vor ihm, klein und schlank wie eine Elfe. Sie blickte nicht zum Boxring hinüber. Sie hatte einen seltsamen Blick, in dem etwas Rätselhaftes zu liegen schien, dachte Jean. Sie wirkte wie eine Erscheinung, vielleicht konnte sie ihn retten, ihn dazu veranlassen, sein Leben zu ändern. Er phantasierte nur noch.

Inge merkte das alles, glaubte vermutlich, dass Jean zu viel getrunken hatte, wie die meisten Zuschauer. Sie ging auf ihn zu und sagte, ohne den Blick von ihm abzuwenden, sanft zu ihm: »Gehen Sie nach Hause. Das hier ist nichts für Sie.« »Gehen Sie eines Tages mit mir fort?« Sie reichte ihm die Hand, wie jemandem, dem man helfen will. »Nein, das kann ich nicht. Ich habe schon jemanden. Aber meine Schwester Brigitte kommt bald aus Deutschland, ich habe ihr von Ihnen erzählt. Sie hat gesagt, sie würde Sie gern kennen lernen.« Jean wagte ihr nicht zu sagen: Aber ich liebe nicht Ihre Schwester, sondern Sie. Er wusste, dass er sich benahm wie ein hoffnungsloser Dummkopf und sie nicht wieder sehen konnte.

Inge lächelte immer noch. Sie warf kurz einen Blick zur Seite, über Jeans Schulter hinweg. John James ging auf den Boxring zu, umgeben von seiner Bande in schwarzen Lederjacken. Er ging mit nacktem Oberkörper durch den Regen, war schlank und muskulös und hatte eine sehr weiße Haut. Er strahlte wilde Gewalt aus. Während seine Handschuhe verschnürt wurden, blickte er nicht ein einziges Mal zu Inge herüber, aber Jean war sich sicher, dass John James gesehen hatte, wie er mit seiner Puppe sprach. Bei diesem Gedanken stieg Wut in ihm auf, er wollte auf den Ring zugehen, aber Inge hielt ihn am Arm zurück. Sie wirkte aufrichtig betrübt darüber, dass sie der Anlass für all das war. »Ich bitte Sie, gehen Sie jetzt, Sie dürfen hier nicht bleiben. Das ist nicht der richtige Ort für Sie.« Jean versuchte noch eine Gunst auszuhandeln, die fast an Erpressung grenzte. »Gut, aber kann ich Sie nicht später wieder sehen?« Inge erwiderte immer noch lächelnd: »Vielleicht eines Tages.«

John James stolzierte im Ring auf und ab wie ein junger Hahn. Er hatte rote Flecken auf dem Rücken, als hätte er schon Fausthiebe erhalten. Von der Menge stieg lautes Gebrüll auf, John James war ihr Idol, er verkörperte ihre Rache. Der Riese war mit blutüberströmtem Gesicht hinausgebracht worden. Tommy blieb im Ring, stand mit gebeugtem Rücken da und stützte sich mit den Handschuhen auf die Seile. Er wirkte wie ein Ebenbild von Kraft und Ruhe und verfolgte mit den Augen die tanzende Silhouette von John James, der ihm Schimpfworte zuschrie. Jean hätte viel dafür gegeben, damit Tommy diesem Typen die Abreibung verpasste, die er verdiente. Er hatte den Eindruck, dass er noch nie jemanden so sehr gehasst hatte wie John James. Es gab einen kurzen Wortwechsel, und gleich darauf schlüpfte Tommy unter den Seilen hindurch und ließ sich die Handschuhe aufbinden. Der Boxkampf fand nicht statt. Die Menge brüllte Schimpfworte, die Polizei marschierte mit Knüppeln in der Hand auf den Ring zu. Jean verlor Inge aus den Augen, er wurde von der flüchtenden Menge zum Ausgang des Parks mitgerissen. Er ging zur Station Hammersmith, um die U-Bahn zu nehmen. Er zitterte an allen Gliedern, zitterte vor Kälte, vor Wut, vor Angst, er wusste es selbst nicht recht. Er dachte, jetzt ist es zu Ende, nun sehe ich Inge nie wieder.

Gegen Ende jenes Winters hatte Conrad Ewtchuchenko seinen ersten Anfall von Wahn. Sara benachrichtigte Jean. Sie holte ihn an der Medizinischen Fakultät ab und wirkte ganz erschüttert. »Du musst ihn unbedingt in Charing Cross besuchen, sie haben ihn in die Irrenanstalt gebracht, du musst etwas unternehmen.« In einer besonders kalten Nacht hatte Conrad im Laden von Adamouny mit Möbeln, die er mit der Axt zerhackt hatte, ein Feuer gemacht. Er hatte wohl geglaubt, in einem Biwak in der Steppe zu sein, als die Ukrainer mit den Deutschen gegen Stalin kämpften.

Als die Feuerwehr eintraf, stand der Riese in seiner weißen Kosakenuniform mit der Axt in der Hand vor der Tür und stieß Drohungen auf Ukrainisch aus. Zehn Polizisten waren nötig, um die Situation in den Griff zu bekommen, und auch dann hatte sich der Kosak vom Don nur aufgrund des energischen und beherzten Eingreifens von Adamouny darauf eingelassen, sich dem Feind zu ergeben und fesseln zu lassen. Die Polizisten verfrachteten ihn in einen Gefangenentransporter, nachdem sie ihn kräftig verprügelt hatten, und eine Krankenschwester gab ihm eine Spritze mit einem Mittel, das selbst einen Bullen betäubt hätte.

Als Jean den Krankensaal im Charing Cross Hospital betrat, war er betroffen von Conrads Aussehen. Der Riese, der in Bayswater gern in Uniform umherstolzierte, war zu einem alten kraftlosen Mann mit leerem Blick und zahnlosem Mund geworden, denn bei dem Abenteuer war seine Prothese zerbrochen. Sein riesiger Körper quoll über den Rand des Bettes und war durch das eigene Gewicht zu einer regungslosen Masse geworden wie der Kadaver eines gestrandeten Wals. Er hatte noch immer seinen schönen weißen Schnurrbart mit den herabhängenden Spitzen, aber durch die nachgewachsenen mattgrauen Bartstoppeln sah er aus wie ein Penner.

Jean setzte sich auf einen Stuhl neben das Bett. Da Conrad sich anscheinend nicht an ihn erinnern konnte, begann Jean mit der Formel, mit der sie sich verständigt hatten, seit sie sich kannten: »*Rain? Snow?* Regen? Schnee?« Conrad wandte ihm den Kopf zu und stieß mit belegter Stimme hervor: »*Maybe rain, maybe snow, I don't know.* Vielleicht Regen, vielleicht Schnee, ich weiß nicht.« Er sagte ein paar Worte auf Ukrainisch, dann fügte er hinzu: »Gib mir Zigarette.« Das war verboten, aber Jean holte sein Päckchen Woodbines hervor und Conrad nahm gierig einen Zug.

Jean blieb wortlos bis zum Einbruch der Dunkelheit neben Conrad sitzen. Ab und zu stieß der alte Mann einen Seufzer aus, murmelte ein paar Worte. Seine Arme waren voller blauer Flecken, seine Fingerknöchel aufgeschürft, über dem rechten Auge hatte er einen Schlag mit dem Knüppel auf die Stirn bekommen. Er sah aus wie ein Betrunkener, der mit dem Kopf gegen die Wand gerannt war.

Die Krankenschwester, eine etwas einfältige nette Blonde, kam, um mit ihnen zu sprechen. Sie versuchte sein Gewicht zu schätzen. »Ihr Freund ist ein kräftiger Bursche. Ist er Catcher?« Jean erwiderte: »Er ist der stärkste Mann, den Sie je gesehen haben. Wenn er Lust hätte, könnte er alle Leute hier aus dem Fenster werfen und dann in Ruhe weggehen, niemand könnte ihn zurückhalten.«

Jean bat darum, mit dem Stationsarzt zu sprechen.

»Was wollen Sie mit ihm machen?«

Der Psychiater wirkte etwas verstimmt. Er blätterte flüchtig die Akte durch.

»Wissen Sie, dass der arme Kerl seit seiner Ankunft in England drei Viertel seiner Zeit im Gefängnis oder im Krankenhaus verbracht hat?«

»Was hat er denn getan?«

»Also erst mal haben die Russen ihn gefangen genommen und ihn, als der Krieg vorbei war, in ein Gefangenenlager in der Nähe von Liverpool abgeschoben. Als man ihn 1948 freiließ, wurde er als Staatenloser eingestuft und hat es geschafft, fünfmal zu heiraten, ohne sich scheiden zu lassen. Dafür ist er jedes Mal im Gefängnis gelandet, aber sie haben ihn dort nicht behalten. Niemand will ihn. Und jetzt diese Krise ... Der Antiquitätenhändler hat darauf verzichtet, Anzeige gegen ihn zu erstatten, aber er will diesen verrückten Kerl nicht mehr in seinem Laden sehen. Wenn sich niemand um ihn kümmern will, bleibt uns nichts anderes übrig, als ihn in eine Anstalt mit gefährlichen Geisteskranken einzuweisen.«

»Und wenn er bei mir wohnen würde?«

Der Arzt blickte ihn aufmerksam an: »Würden Sie ihn tatsächlich aufnehmen?«

Jean sagte: »Conrad ist nicht verrückt. Er ist nur ein Opfer des Kriegs. Er hat immer auf der falschen Seite gekämpft, und alle wollen ihn vergessen. Er ist nicht wirklich gefährlich, außer wenn er zu viel getrunken hat. Er ist ein Kriegsheld.«

Der Arzt schlug die Akte zu.

»Wenn Sie sich seiner annehmen wollen, habe ich nichts dagegen. Aber beklagen Sie sich dann nicht, wenn er Ihre Wohnung in Brand setzt.«

Und so kam es, dass Conrad Ewtchuchenko schließlich bei Jean in der Jamaica Road East 237 einzog.

Mr. Leroux war nicht gerade begeistert darüber, schließlich war ja einiges geschehen, aber Miss Rosie hatte nichts dagegen, im Gegenteil. Sie beauftragte Conrad damit, die Getränkekisten in den Lagerraum hinter dem Laden zu tragen. Sie sagte zu Jean: »Ihr Freund ist ein außergewöhnlicher Mann.« Jean begriff, wie Conrad es geschafft hatte, fünf Engländerinnen gleichzeitig zu heiraten.

Trotz all seiner Missgeschicke besaß der Kosak noch eine erstaunliche Kraft. Er konnte mit einer Hand beachtliche Lasten hochheben. Eines Tages sah Jean, wie Conrad gemeinsam mit drei Lastenträgern einen Holzbalken hochhob. Er stand allein an einem Ende und die drei anderen am anderen. Conrad sagte: »Hau ruck!« Und nur ihm gelang es, den Balken vom Boden zu heben. Wenn es Sommer wurde, holte er abends seine weiße Uniform aus seinem kleinen Koffer, setzte sich eine Persianermütze auf, schnallte sich seinen breiten himmelblauen Gürtel um die Hüfte und ging in die vornehmen Viertel rings um Kensington, um sich zu zeigen und von den Touristen fotografieren zu lassen. »Sie müssten eigentlich Filmschauspieler sein«, sagte Miss Rosie. Was das Kino anging, so war Conrad samstags und sonntags als dekorativer Türsteher vor einem großen Kino in Tottenham engagiert. Später stellte ihn der Pächter eines Nachtclubs in Soho als Rausschmeißer zur Probe ein, doch Conrad wurde nur gewalttätig, wenn er etwas getrunken hatte. Ansonsten war er der sanfteste Mensch der Welt.

Zu jener Zeit bereitete sich Jean auf die Prüfung zur Zulassung als Assistenzarzt vor und arbeitete viel zu Hause. Conrad kehrte mit seinem kleinen Koffer, in dem seine gefaltete Uniform lag, erst spätabends heim. Anfangs hatte ihm Jean auf einem alten Bettgestell, das Rosie ihm geliehen hatte, im Eingang ein Bett hergerichtet, doch Conrad schlief lieber auf dem Boden. Nachts wurde er ohne Grund von panischer Angst erfasst, dann verbarrikadierte er die Tür mit Stühlen, die er auf Jeans Arbeitstisch stellte. Wenn Jean ihn fragte, wovor er denn Angst habe, sah er ihn mit leerem Blick an, der besagte, dass er es selbst nicht wusste. Einmal zeigte er in einer Zeitschrift auf das Bild einer Militärparade auf dem Roten Platz. Er spuckte auf das Bild, zerknüllte es und warf es weit weg. Sein Gesicht drückte tiefen Hass aus.

Alison Pembroke hatte Angst vor ihm. »Warum lässt du ihn bei dir übernachten? Er ist gefährlich.« Jean zuckte die Achseln. »Er ist nicht verrückter als du und ich«, erwiderte er. »Der Unterschied liegt nur darin, dass er es nicht verheimlicht.« Alison war nur bereit, an den Abenden zu kommen, an denen Conrad im Kino arbeitete.

Seit Conrad in die Jamaica Road gekommen war, traf sich Jean öfter mit Sara. Sie hatte in regelmäßigen Abständen Krisen mit ihrem Schweden und verzieh Adamouny nicht, dass er Conrad vor die Tür gesetzt hatte. Sie kam manchmal abends, nachdem sie in den Pubs von Soho ziemlich viel getrunken hatte. Sie erzählte Jean in Bruchstücken ihr Leben, berichtete von den Schwierigkeiten, die sie mit ihrem Vater gehabt hatte. Mit sechzehn hatte sie ihre Familie verlassen, um mit einem Mann, der dreißig Jahre älter war als sie, auf einem Schiff zu leben, einem ehemaligen Bankier, der ein Freund ihres Vaters war. Fünf Jahre lang reisten sie im Mittelmeer von Hafen zu Hafen. Sie waren die italienische Küste entlanggefahren, von Albenga über La Spezia, Ostia und Livorno bis nach Reggio di Calabria. Sie hatten in Capri, in Rimini und dann in Sizilien gewohnt. In Griechenland waren sie von Insel zu Insel gesegelt.

Sara setzte sich auf die Matratze und erzählte ihre Geschichten. Sie war immer schwarz gekleidet, war blass und hatte etwas Dramatisches. Sie hatte eine Nasenoperation vornehmen lassen, um stärker einer Engländerin zu gleichen, aber sie hatte die schönen, dunklen Augen einer Jüdin und einen dichten Schopf lockigen und etwas wirren Haars. Jean hörte gern zu, wenn sie vom Meer in jener Gegend erzählte: »Das kannst du dir gar nicht vorstellen, Marrow«, sie nannte ihn Marrow wie die Studenten der Medizinischen Fakultät, »das Wasser und der Himmel im Morgengrauen, so glatt und durchsichtig, die dunklen Inseln, die schneeweißen Häuser, die Windmühlen, als wäre die Welt erst gestern entstanden. Und mittags die Kreidefelsen, die Dorfstraßen mit den schwarz gekleideten Frauen und nirgendwo Männer, ein raues, hartes Leben, es gibt nie Schatten, du hast den Eindruck, dass es dort nie einen Platz für dich geben wird, denn es ist wie geballt, bösartig, ja bösartig, aber das ist wunderschön. Und abends ist alles ganz anders, dann wird alles wieder sanft und richtig zärtlich, Kinder rennen die Treppen rauf und runter, das Meer wird violett, du bist im Hafen und isst Wassermelonen, die nach Honig schmecken.« Jean hätte gern mehr darüber erfahren, sie nach seinen Lieblingsphilosophen befragt, Anaxagoras, Parmenides aus Elea, Zenon. Doch er befürchtete, das könne zu gebildet wirken, denn Sara las nie, sie kannte nur Instinkt, Liebe und stürmische Regungen, für Philosophie hatte sie nichts übrig.

Sie war hübsch. Sie hatte sich Jean ausgesucht, weil er, wie sie sagte, ihrem schwedischen Freund Jon ähnelte. Außerdem hatten sie den gleichen Namen. Aber damit hörte die Ähnlichkeit auch schon auf. Jon war ein eitler, labiler Kerl, der nichts besser konnte, als Sara wehzutun. Deshalb verachtete Jean ihn.

Sie war rätselhaft. Es gab Bereiche ihres Lebens, die Jean nicht zu ergründen vermochte. Etwa als sie mit Frankie Schwartzen, dem Freund ihres Vaters, fern von allem auf dem Segelboot lebte, wo sie sich nur von den Launen des Winds und dem Zauber der Ortsnamen leiten ließen. Eines Tages zeigte sie Jean ein kleines Foto, das wie ein Kodakschnappschuss wirkte, das war das einzige Erinnerungsstück, das sie von all den Jahren auf dem Meer behalten hatte. Ein Schwarzweißfoto mit einer Landschaft aus weißen Felsen und Aloebüschen in gleißendem Licht. Im Hintergrund funkelte das Meer. Sie war auf dem Foto neben einem etwas dicklichen Mann von sehr durchschnittlichem Aussehen abgebildet, der ein Doppelkinn und eine Stirnglatze hatte und außerdem dicke Brillengläser. Er stand neben Sara und hatte ihr die Hand auf die Schulter gelegt, während sie in sehr kurzen Shorts, die ihre jugendlichen Beine gut zur Geltung brachten, in der leicht aufreizenden Haltung der Kalenderbilder in Autowerkstätten auf einem Felsen saß und ihr dichtes wirres Haar einen Schatten auf ihre Augen warf. »Siehst du, damals hatte ich noch kurzes Haar«, erklärte Sara. Sie schien träumerisch an jene Zeit und ihre verflossene Jugend zurückzudenken. »Du siehst aus wie Audrey Hepburn in *Charade*«, sagte

Jean. Sie nahm das Foto mit einer brüsken Geste wieder an sich. »Ich habe dieses Foto nie jemandem gezeigt, selbst Jon hat es nie gesehen.«

Jean spürte einen leichten Stich im Herzen und wunderte sich zugleich. Wie konnte er so etwas wie Eifersucht wegen Saras Vergangenheit spüren, in eine Deutsche verliebt sein, die er nur drei- oder viermal gesehen hatte, und ein Mädchen als Geliebte haben, für das er nur ein banales, alltägliches und gleichsam hygienisches Interesse aufbrachte? Sara ahnte nichts von alledem. Sie erzählte weiter aus ihrem früheren Leben mit Frankie Schwartzen, sie hatte eine helle Stimme, lachte verschmitzt, als sei sie wieder das launenhafte junge Mädchen, das alles aufgab, ihre Familie, ihre Ausbildung, ihr gesittetes Leben, um mit einem Mann, der etwa dreimal so alt war wie sie, mit einem Segelboot auf Abenteuerfahrt zu gehen.

Verstimmt sagte Jean: »Ein Typ, der mit einem so jungen Mädchen ganz einfach davonläuft, muss doch eigentlich ein schrecklicher Kerl sein, oder?«

Sie antwortete ziemlich barsch: »Ganz im Gegenteil, er ist der netteste Mann, den ich je kennen gelernt habe, und sehr großzügig.«

»Aber du hast ihn trotzdem irgendwann verlassen, nicht?«

Sara dachte nach und sagte: »Nein, so war das nicht.« Sie sprach mal englisch, mal fast akzentfreies Französisch. »Das kannst du nicht verstehen. Dabei habe ich gedacht, du wärst nicht so wie alle anderen. Du hättest nicht die gleichen, äh, Vorstellungen, aber letztlich bist du genauso wie alle Männer, du verklärst alles und gleichzeitig vertraust du den anderen nicht.«

Jean schwieg. Sara glaubte, sie habe ihn gekränkt, und das brachte sie zum Lachen. Sie küsste Jean und streichelte seinen Kopf, als wäre er ein kleiner Junge. »Das ist meine

Schuld«, sagte sie. »Ich bin ein Teufel.« Sie war ganz nah bei ihm, er spürte ihr leicht pfefferiges Parfum. »Aber du bist lieb, du versuchst anderen nicht wehzutun, auch wenn du es auf deine Weise trotzdem tust.« Sie zündete sich eine Zigarette an, und sie rauchten sie abwechselnd, während sie auf der Matratze lagen.

»Frankie war immer sehr aufmerksam. Er war ganz anders als mein Vater. Er stellte mir nie Fragen. Weißt du, manchmal bin ich wochenlang verschwunden, ich brannte mit einem Jungen durch, den ich am Strand kennen gelernt hatte. Bin einfach verduftet. Und dann kehrte ich wieder dorthin zurück, wo ich ihn verlassen hatte, und er war auf seinem Schiff, hatte auf mich gewartet, er stellte mir keine Fragen. Wir fuhren wieder los, der Skipper wusste, wo Frankie hinfahren wollte, und dann segelten wir nach Larnaca, nach Chania oder Alexandria. Ich erinnere mich an den Winter, das graue Meer, die riesigen Wellen, die auf uns einschlugen, alles war salzig, der Wind heulte bis in die Kabine, ich rollte mich in meiner Koje im Vorderschiff zusammen, horchte auf die Wellen, die gegen den Rumpf krachten, es war wie im Traum.«

Sie verstummte, hörte auf zu rauchen. Sie betrachtete die alte rissige Decke mit Flecken an den Stellen, wo das Dach undicht war. Man hörte zwar das Geräusch der Autos, die die Jamaica Road entlangfuhren, aber das war kein Meeresrauschen. Gleich würde Alison kommen und leise an die Tür klopfen. Oder Conrad würde sich im Eingang wie ein Hund hinlegen, den Kopf auf seinen kleinen Koffer mit der Sommeruniform der Donkosaken gestützt.

»Du gehst bald fort, nicht wahr?« Sara stellte diese Frage sehr sanft, als träume sie noch immer, und Jean fragte sich, wie sie erraten hatte, dass er die Vorbereitungen zur Abreise traf. »Du gehörst nicht zu dieser Stadt, du gehörst niemandem, du musst weggehen. Diese Stadt frisst uns alle auf, hier gibt es nichts, nur Illusionen und Lügen, all das existiert nicht.«

Kurz darauf kam Alison. Sie unterhielt sich eine ganze Weile mit Sara. Die beiden saßen vor dem berüchtigten Gasofen, der die Shillings verschlang, sie rauchten und redeten. Jean schlief auf der Matratze ein, während er ihre Stimmen hörte. Später in der Nacht wachte er auf und spürte die Wärme von Alisons Körper. Auch er schwebte in einem Traum, spürte das Kreisen seiner Gedanken, das war sehr besänftigend und machte all das zunichte, was in dieser Stadt zu schwierig war, die Betrunkenen unten auf der Straße, die gegen das Eisengitter hämmerten und Wein verlangten, die Greise in dem Pavillon der Sterbenden im Saint Thomas Hospital, den Boxring auf dem verbrannten Gras in Shepherd's Bush, John James, der einem armen Kerl, der zu boxen glaubte, Fausthiebe ins Gesicht versetzte, und Inge, die England für immer verließ. Er schlief ganz sanft mit Alison, und direkt neben ihnen spürte er Saras üppiges Haar und ihre nackte Schulter, ihre Körper verschmolzen fast miteinander, in dem eisigen Zimmer breitete sich große Helligkeit aus, große Hitze.

Nach den Examen ging Jean Mitte Juni wieder in den Pavillon. Niemand erinnerte sich mehr an Mac Laghlan, an die alte Emma, an Kincaid, der murmelnd Drohungen ausstieß, an Jeremiah oder Paula mit ihrer Schönheitsmaske, sie waren alle gestorben. Sogar die Krankenschwestern hatten gewechselt. Es war Professor Ricuores letztes Jahr, er war schon im Ruhestand und hatte sich nach Sizilien oder in die Normandie zurückgezogen. Und dennoch waren sie alle da, irrten durch die Gänge in gestreiften Schlafanzügen, die an Sträflinge im Kino erinnerten, oder in flauschigen Negligés, die noch aus der Belle Époque stammten. Sie saßen in denselben Rollstühlen, hockten auf denselben Bänken, lagen in denselben Betten und starrten an die Decke mit den immergleichen Flecken oder klammerten sich an die Gitter vor den Fenstern, um den Garten mit den vergilbten Rasenflächen zu betrachten.

Alison war für Jean die einzige Wirklichkeit, er klammerte sich nachts an ihren warmen Körper, um nicht weggeschwemmt zu werden. Zugleich wusste er, dass er nicht standhalten, sich der Strömung nicht widersetzen konnte. Nachdem sie sich geliebt hatten, dachte er an die Stelle, die ihn im Krankenhaus in Southampton erwartete, wo er seine Ausbildung zum Assistenzarzt beenden wollte. Er betrachtete schweigend die sich an der Decke spiegelnden Lichter der Jamaica Road. Alison stellte ihm die gleiche Frage wie damals Rita: »Woran denkst du?« Ohne sich in Acht zu nehmen, gab er die gleiche Antwort: »An nichts, ich blicke an die Decke und sage mir, dass ich, wenn ich nicht hier wäre, genauso gut woanders sein könnte.« Vermutlich war diese Stadt für seine Unmenschlichkeit verantwortlich. Gleich darauf richtete sich Alison auf der Matratze auf und lehnte sich mit dem Rücken an die Wand. Jean stellte fest, dass ihre Wangen und ihr Hals feucht waren. »Was hast du?« Sie schüttelte den Kopf, wollte nicht, dass er sie weinen sah. Als Jean sie küsste und ihre Brüste unter dem Hemd streicheln wollte, stieß sie ihn unsanft zurück. »Lass mich, ich will nicht.« Auch sie glaubte, dass Jean grausam war. Aber es war keine Grausamkeit, Jean hätte ihr gern alles erklärt, von Anfang an, die Leere, die ihn erfüllte, all die Dinge, die geschehen waren, Tante Catherines langsamer Verfall, Aurores Verschwinden, das baufällige Haus La Kataviva und dann all die furchtbaren Ereignisse, der Krieg, der Rassenhass, der die Luft in Frankreich vergiftete, Kernès, der blasse Blick des Elsässers, der nordafrikanische Gefangene mit verbundenen Augen und Drahtfesseln an den Händen, der den Hügel hinabwankte, auf den Abgrund zu, wo er hingerichtet werden würde.

»Diese Jüdin ist daran schuld.« Im Gegenteil, seit jener etwas betrunkenen Nacht zu dritt auf derselben Matratze war Sara nicht mehr gekommen, Jean hatte vergeblich nach ihr gesucht. Er war nicht in sie verliebt, aber ihre Abwesenheit machte die Leere dieser Stadt noch unerträglicher. Adamouny war verärgert, Sara war seine Leidenschaft, er war böse und eifersüchtig auf Jean. Vielleicht um sich für seine Enttäuschung zu rächen, hatte er Conrad wieder eingestellt und behandelte ihn wie einen Sklaven. Eines Nachmittags kam Jon in das Geschäft des Armeniers. Er hatte einen sturen Gesichtsausdruck, der nichts Gutes verhieß. Da er von Sara kein Geld mehr zum Leben erhielt, kam er, um Conrad zu einer Kraftprobe herauszufordern. Es war absurd, aber Conrad hätte sogar russisches Roulett gespielt, wenn man ihn darum gebeten hätte. Sie ließen sich an einem kleinen Tisch nieder, Jon saß auf einem Eisenstuhl, und Conrad ließ sich ihm gegenüber aufs Sofa sinken. Der Ukrainer wirkte wie ein riesiger schläfriger Bär. Seit seiner Festnahme und dem Aufenthalt in der psychiatrischen Klinik war er nicht mehr der Alte. Der Kampf begann sogleich. Jon drückte den Arm seines Gegners seitlich nach unten, wobei alle Adern an seinem Hals vor Anstrengung anschwollen. Conrad ließ seinen Blick durch den Raum gleiten, ohne zu begreifen, was geschah. Er wunderte sich vor allem über den wütenden Versuch dieses jungen Kerls, ihm den Arm umzubiegen. Nach einer Sekunde rührte er sich und stützte den linken Arm aufs Sofa, um sich aufzurichten, und Jon nutzte die Gelegenheit, um Conrads Hand auf den Tisch zu herunterzudrücken. Der Schwede war außer sich vor Freude. Er schrie, dass er der Stärkste sei, und forderte das Geld für die Wette. Jean überkam eine eisige Wut. Er setzte sich nun ebenfalls an den Tisch und sagte zu Jon: »Jetzt bin ich an der Reihe.« Conrad betrachtete die beiden mit einem einfältigen Lächeln. Zuzusehen, wie diese beiden jungen Kampfhähne miteinander rivalisierten, löste leichte Heiterkeit bei ihm aus. Nach wenigen Sekunden hatte Jean Jons Hand auf den Tisch gepresst. Er blickte den Schweden verächtlich an. »Das ist ein leichtes Spiel, das kann jeder. Sie können sich nie mit diesem Mann messen.« Als Jon fort war, nahm Conrad Jean in die Arme. Sie waren einander noch nie so nah gewesen. Und trotzdem wusste Jean, dass das alles bald vorbei sein würde. Auch Conrad Ewtchuchenko befand sich am Rand eines Abgrunds, bald würde er dem gleichen Vergessen anheim fallen.

Und dann war da der Besuch in Alisons Familie in Beckenham Hill. Ein trübseliger Vorort mit kleinen Rasenflächen vor den Einfamilienhäusern aus Backstein, die alle ein Vogelhaus, einen Robinienstrauch, einen Erker und ein Wohnzimmer mit Fernseher hatten. Dort wohnten die Pembrokes. Er war Schiffsmechaniker im Ruhestand, und sie arbeitete als Krankenpflegerin in ihrem Viertel.

»Ja, ich würde gern mal deine Eltern kennen lernen.«

Das hatte er gesagt, ohne darüber nachzudenken. Vielleicht hatte er sich von dieser Begegnung irgendetwas erhofft, einen Lichtblick, ein Aufhalten der Zeit. Aber das war sowieso unwichtig, er hätte sich genauso gut die Flugzeuge in Heathrow ansehen oder den Flohmarkt in der Portobello Road besuchen können. Alison wartete im Bahnhof Beckenham auf ihn. Sie fuhr den alten grünen Morris Minor von Mr. Pembroke. Es regnete, und die Scheibenwischer gaben ein komisches Quietschen von sich.

Mrs. Pembroke hatte einen Imbiss vorbereitet, Käsekugeln, *tawny port* und zwei, drei andere Dinge. Jean dachte, dass er noch vor nicht allzu langer Zeit all das mit der Zahl sechsunddreißig oder sechsunddreißig Komma fünf bezeichnet hätte.

Alison benahm sich bei ihren Eltern wie ein kleines Mädchen, launenhaft und aufdringlich. Sie kommandierte alle herum, vor allem ihre kleine Schwester Jennifer, die Jean mit lauernder Miene beobachtete.

Nachmittags, während die Eltern fernsahen und Jennifer im Garten spielte, legte Alison in ihrem Zimmer eine Platte auf, die Shadows oder Paul Anka, irgend so etwas dieser Art. Sie legten sich auf den grünen Teppichboden, streichelten und küssten sich. Jean wollte mit ihr schlafen, aber Alison weigerte sich, ihre Jeans auszuziehen. Sie fummelten eine Weile herum, bis sie ins Schwitzen kamen. Alison hatte knallrote Wangen, und vor Erregung bekam sie Bauchschmerzen und Blähungen. Jean konnte es kaum abwarten, fortzugehen. Sobald er wieder draußen im Kühlen war, fühlte er sich besser. Alison schmiegte sich an ihn und fragte: »Wann sehe ich dich wieder?« Er schämte sich zu lügen. Er fuhr in einer Woche nach Southampton und würde vermutlich nie wiederkommen.

»Ich weiß nicht. Das wird wohl lange dauern.«

Er erinnerte sich an Ritas Wut, als sie ihn im Treppenhaus geohrfeigt hatte, ehe er wegging. Alison sagte nichts. Das hieß nicht, dass sie nichts empfand, aber sie wollte ihn nicht mit ihren Gefühlen unter Druck setzen. Das gefiel Jean an ihr, und dieser letzte Augenblick machte ihn traurig. Er drückte sie ganz fest an sich und sagte: »Ich bin nicht der Richtige für dich. Du solltest mich besser vergessen.«

»Warum sagst du das? Das stimmt nicht, ich fühle mich sehr wohl mit dir.«

Auf dem Bahnsteig küsste sie ihn mit verzweifelter Heftigkeit. Sie sagte mit halb erstickter Stimme: »So, nun ist es vorbei, mein Freund geht weg.«

Auf dem Trittbrett des Wagens verscheuchte sie ihren Kummer mit einem Kopfschütteln und wurde wieder zu dem unkomplizierten Mädchen, das er am Bahnhof Rotherhithe kennen gelernt hatte. Sie schrie: »Na gut, also dann bis morgen um neun im Pub. OK?« Der Schaffner schlug die Türen zu, und der Zug setzte sich langsam Richtung London in Bewegung.

Den ganzen Sommer über zog Conrad seine weiße Uniform mit dem himmelblauen Gürtel nicht mehr aus. Er wohnte nicht länger in der Jamaica Road 237. In der warmen Jahreszeit übernachtete er im Freien, in Parks, unter Bäumen, als kampiere er in den weiten Ebenen des Dnjepr. Draußen hatte er vor nichts Angst. Dort hatte er die Invasion der Stalinisten unter Kontrolle.

Tagsüber fuhr er mit der U-Bahn herum, am liebsten auf der Circle Line und den oberirdischen Stationen Chelsea, High Street Kensington, Putney Bridge.

Jean begegnete ihm in Marylebone. Conrad saß auf einer Bank und hatte seinen kleinen Koffer neben sich stehen. Er sah zu, wie die Leute kamen und gingen, und seine schmalen Augen waren wie zu einem unentwegten Lächeln zusammengekniffen. Jean ging auf ihn zu, doch Conrad erkannte ihn nicht sogleich.

»Und wie wird morgen das Wetter?«

Conrad blickte zur Decke der Station hinauf. Unmöglich, mitten im Sommer über Schnee zu sprechen. Dann löste er die Schwierigkeit: »*Rain, rain tomorrow!* Morgen Regen.« Sie schüttelten einander die Hand. Sie wechselten ein paar Worte, oder besser gesagt, Jean sprach und Conrad antwortete darauf mit dem zufriedenen Brummen eines Bären. Doch plötzlich stand der Riese auf, denn er hatte seine Lieblingsbeute entdeckt, einen ziemlich dickbäuchigen Mann mit kleinem Kopf und sorgfältig gescheiteltem Haar, der in die Luft guckte und sowohl einen Regenmantel wie auch einen Schirm trug. Jean erkannte ihn, einen Professor vom University College, bei dem Georg Borer Philologie studiert hatte. Conrad versperrte ihm mit seiner ganzen Breite den Weg. Der Professor blieb stehen, warf einen besorgten Blick nach links und nach rechts, als suche er einen Ausweg. Conrads Hand war gebieterisch, seine Stimme guttural: »*Gimme cigarette!*« Der Professor zögerte, dann hielt er Conrad sehr schnell, fast schamhaft, das Päckchen hin und dieser nahm drei Zigaretten heraus und gab ihm mit einer majestätischen Geste den Rest zurück. Als Conrad wieder auf der Bank saß, gab er Jean eine Zigarette, dann rauchten sie in Ruhe und sahen den vorbeigehenden Leuten und den U-Bahn-Wagen zu.

Das war das letzte Mal, dass Jean Conrad sah. Danach verschwand er, oder Jean ging einfach nicht mehr in die U-Bahn-Stationen, wo sich der Kosak aufhielt. Miss Rosie fragte sogar beunruhigt: »Kommt Ihr russischer Freund, der so groß und stark ist, gar nicht mehr?«

Mr. Leroux fuhr den Sommer über in die Ferien, er hatte Miss Rosie in seine Familie in der Normandie oder in der Bretagne eingeladen. Der Getränkeladen würde so lange geschlossen bleiben. Miss Rosie vertraute Jean die Schlüssel an. Er würde seine Stelle im Krankenhaus in Southampton erst im September antreten.

Eines Abends schloss Jean den Laden auf und knipste alle Lichter an. Er betrat ihn tatsächlich zum ersten Mal, denn gewöhnlich wurde die Tür von Betrunkenen belagert, die nach der Sperrstunde nicht mehr in die Pubs konnten.

Von den Flaschen mit Ruby Wine und Alkohol ging wie von Destillierkolben ein etwas unheilvoller Glanz aus. Der Tresen, hinter dem Mr. Leroux seines Amtes waltete, war aus dunklem Holz. Trotz der geringen Quadratmeterzahl wirkte der Laden sehr groß, war voller Winkel und Rätsel. Jean hatte Mühe zu glauben, dass er all die Jahre über dieser Höhle gewohnt hatte. Er verschloss die Seitentür, die ins Treppenhaus führte, und ging nach draußen auf die Straße.

Es war noch hell, als er in Soho ankam. Georg Borer stand in der Nähe der Kellerkneipe und sah dem Treiben der Prostituierten zu. Jean hatte in Miss Rosies Laden eine Flasche Wein getrunken und vom Rauch im Keller wurde ihm schwindlig. Es war schon ziemlich voll, die Musik der Good Boys war etwas schleppend, Bryan und Mülleimer tanzten. Will Harrison saß in einer Ecke, trank Bier, und sein lautes Lachen erinnerte an Falstaff. Es waren auch andere Leute da, die niemand kannte, vielleicht französische Touristen, die den Kanal überquert hatten, um Abenteuer zu erleben, Mädchen aus dem Norden, Deutsche, Schwedinnen oder Finninnen, die sich mit starken Lidstrichen in das Ebenbild von Eva Marie Saint verwandelt hatten und deren kurz geschnittenes Haar seitlich gekringelt war. All das machte einen unwirklichen Eindruck, wirkte wie eine Kulisse, bei ihm drehte sich alles im Kopf davon, und der Rauch stieg ihm in die Augen. Jean saß auf einer Bank, ließ den Kopf in den Nacken sinken und dachte an Inge, ihre Schwester Brigitte und an die verpassten Gelegenheiten. Sie waren nach diesen Jahren, in denen sie ein total verrücktes Leben geführt hatten, bestimmt wieder in ihre Familie nach Deutschland zurückgekehrt, würden ziemlich reiche junge Männer heiraten und ihre Ferien auf Helgoland verbringen.

Die Dunkelheit war über die Stadt hereingebrochen, die

Wärme drang bis in das Kellerlokal. Leute gingen nach draußen, unterhielten sich, man hörte den Lärm von Männern, die sich stritten, spöttische Bemerkungen, Pfiffe. Borer sagte zu Jean: »In der Jamaica Road findet eine Party bei dir statt.« Jean hatte den Eindruck, als spräche er von jemand anderem. »Hörst du, *man*? Sie sind anscheinend schon dort, sie haben die Tür aufgebrochen und sind dabei, das Lager leer zu trinken.« So war es. Die Leute waren einer nach dem anderen verschwunden, um in die Jamaica Road zu gehen. Es war, als gäbe es ihn nicht. Wie im Traum sah sich Jean regungslos auf dieser Bank sitzen, während das Plündern schon begonnen hatte, und nichts konnte ihn dazu bewegen, sich zu rühren. Und wenn er alldem eine Zahl zuordnete: sechsundsechzig, siebzig? Georg geriet in Wut: »Das ist John James, *man*, ich bin sicher, dass dieser Schweinehund alles organisiert hat, um sich zu rächen.« Georg Borers Wut übertrug sich auf Jean. Wegen des Weins konnte er keinen klaren Gedanken fassen. In Wut versetzte Jean, dass John James Inge terrorisierte. Johns wegen war sie fortgegangen, sie hatte ihrer Schwester geschrieben, die gekommen war, um sie zu holen. John James hatte gesagt, er würde sie umbringen. Jean dachte, dass er Inge bei sich zu Hause hätte verstecken können. Irgendjemand hatte die Adresse verraten, aber wer? Es konnte Bryan, Jeremiah oder sogar Georg Borer gewesen sein. Ihre Gesichter waren alle vom Alkohol verzerrt, in ihren Blicken lag etwas Unaufrichtiges, Fliehendes, es waren rätselhafte Blicke. Und alle hatten die Adresse des Ladens in der Jamaica Road 237, er war allen bekannt, und alle gingen sie dahin, das Gerücht von dieser verlassenen Höhle voller Flaschen hatte die Runde gemacht. Und dass niemand da war, der sie überwachte. Jean hatte den Schlüssel zu Beginn des Abends verloren oder vielleicht hatte ihm auch ein Mädchen den Schlüssel entwendet.

Er ging jetzt sehr schnell durch die Gänge der U-Bahn, begegnete Scharen von Menschen, die ins Theaterviertel in der Innenstadt wollten. Georg folgte ihm taumelnd mit so entstellten Gesichtszügen, dass die Leute ihm auswichen. Jean dachte an Conrad. Wenn der da gewesen wäre, hätte er die Sache regeln können, er hätte all diese Schmarotzer, diese Parasiten, diese zynischen Nachtschwärmer vor die Tür gesetzt. Auf der Jamaica Road wehte ein feuchter warmer Wind. Hinter den Lagerhäusern an den Docks floss das ölige Wasser der Themse. Jean erinnerte sich daran, wie er vor langer Zeit auf der Suche nach einem Schlafquartier mit Georg Borer durch diese Straßen gelaufen war, erinnerte sich an den schmutzigen Schnee in der Nähe des Nachtasyls von Elephant & Castle.

Das Eisengitter vor Miss Rosies Laden war tatsächlich von John James und seiner Bande aufgebrochen worden. Aber sie hatten nur ein paar Kisten mit alkoholischen Getränken genommen und sich schnell wieder davongemacht. Jetzt lungerten nur noch ein paar Betrunkene auf dem Bürgersteig herum. Jeans Wohnung war voller Leute. Jungen und Mädchen, die Jean nicht kannte, sie waren ziemlich jung, vermutlich Schüler. Flaschen waren die Treppe hinabgerollt, Ruby Wine und teurere alkoholische Getränke, Brandy, Gin und Wodka. Da waren auch Flaschen, die aus der heimlichen Reserve von Mr. Leroux stammten, edle Weine aus Frankreich, Chile und Südafrika. Jean erkannte die Flaschen wieder, die Miss Rosie ihm eines Tages gezeigt hatte, Sammlerstücke. Überall roch es nach Tabak und Alkohol. Georg war unten vor dem Eisengitter des Ladens geblieben. Er hatte gesagt: »Ich mache hier sauber.« Aber er hatte sich damit begnügt, die Flaschen mit denen zu teilen, die aus dem Geschäft kamen. Im ersten Stock hatte Jean Schwierigkeiten mit einer Bande, die sich bei ihm eingenistet hatte, insbesondere mit Will

Harrison. Sie hatten sich überall breit gemacht, räkelten sich auf der Matratze und saßen sogar im Badezimmer. Die Wut hinderte Jean daran, einen klaren Gedanken zu fassen. Er hätte die Polizei anrufen, Anzeige erstatten sollen. Stattdessen fiel er über Will Harrison her, versuchte ihn zu Boden zu werfen. Doch Harrison war für einen Intellektuellen erstaunlich stark. Er knurrte: »*Ravin' mad*, du verrückter Hund!« Er versetzte Jean einen Schlag, sodass dieser auf den Teppich stürzte, dann setzte er sich auf Jeans Brust und begann ihn systematisch zu würgen, wobei sein breites bärtiges Gesicht von Hass verzerrt war. Jean versuchte sich einen Augenblick zu wehren, doch sein Gegner war zu schwer. Er sah über sich im Licht der Glühbirne Harrisons Kopf, seinen roten Bart, seine schlechten Zähne, und dachte, dass das die letzten Dinge waren, die er sah, bevor er sterben würde.

Dann erhoben sich Schreie um ihn herum und ein lautes Stimmengewirr wie in der Nacht des Boxkampfs in Shepherd's Bush Green. Jean sah das sanfte Gesicht eines Mädchens mit hellen Augen, er stellte sich vor, es sei Inge, die wie ein Engel vom Himmel gekommen war und schrie: »Lass ihn los! Lass ihn los, du bringst ihn noch um!« Da löste Will Harrison den Griff und zog sich zurück, und die Luft, die in Jeans Lungen drang, pfiff wie kochend heißer Wasserdampf. Alison Pembroke kniete neben ihm, legte ihm die Hände aufs Gesicht, auf die Brust. Als Jean wieder zu sich kam, lag er halb auf der Matratze, den Kopf auf Alisons Schoß gebettet. Fast alle waren fortgegangen, vielleicht hatte jemand das Wort »Polizei« ausgesprochen. Auf allen ebenen Flächen des großen Zimmers häuften sich Flaschen, Abfälle, Zigarettenstummel.

Später ging Jean Arm in Arm mit Alison die Treppe zum Laden hinab. Die Stufen waren mit Wein bekleckst, von Zigaretten versengt. Als Jean die Seitentür öffnete, sah er, dass der Laden vollständig geplündert worden war. Leere Flaschen waren über den Boden gerollt, der Kühlschrank, in dem Mr. Leroux seinen Chablis und seinen Pouilly-fuissé aufbewahrte, war aufgebrochen worden. Jean war wie vor den Kopf gestoßen. Ihm wurde klar, dass John James' Einbrecher die Kisten mit Alkohol und Wein ausgeräumt hatten, während die Studenten und Nachtschwärmer in seine Wohnung eingedrungen waren. Als er das begriff, spürte er, wie seine Knie zitterten und Übelkeit in ihm aufstieg. Alison, Bryan und drei andere junge Männer begannen aufzuräumen, und ein langer Typ, den Jean noch nie gesehen zu haben glaubte, schob den Unrat mit einem Besen vor sich her. Einer der Einbrecher hatte sich beim Einschlagen des Schaufensters verletzt und Blutspuren auf dem Tresen hinterlassen. In der Toilette hatte sich jemand neben der Kloschüssel übergeben. Die Aufgabe war kaum zu bewältigen, und außerdem war es vier Uhr morgens, und alle waren todmüde. Und Georg Borer, der war verschwunden.

Sie zogen das Eisengitter, so gut es ging, wieder herunter und bogen es gerade. Der Haufen leerer Flaschen auf dem Bürgersteig war eindrucksvoll. Irgendwann machte Bryan einen Witz, und alle lachten. Jean fühlte sich erleichtert, als habe dieses elende, brutale Fest alles ans Licht gebracht, alles erhellt. Es war gewissermaßen der Abschied von London, von dieser finsteren Stadt voller Durchreisender und Gewalt. Diesem Strudel, in dem auf der einen Seite die Einwanderer in Victoria Station von den Rändern des Empires eintrafen, auseinander liefen, sich verloren und schließlich wie schwarzes Wasser durch die Abwasserrohre wieder ausgeschieden wurden.

Sie schliefen alle irgendwo in dem großen Zimmer, dort wo der Schlaf sie überrascht hatte. Jean, Alison, Bryan, Mülleimer lagen von Kissen umgeben eng aneinander geschmiegt auf dem nackten Boden. Nur der lange Typ mit dem Besen übernahm die Wache im Treppenhaus, rauchte schweigsam wie ein Indianer mehrere Zigaretten. Der Strom der Autos auf der Jamaica Road konnte den Eindruck erwecken, dass Jean und seine Freunde in einer langen Karawane waren, die aus dem Nichts kam und wer weiß wohin zog.

Beim Morgengrauen trennten sie sich. Die Polizei würde bestimmt kommen. Jean zog die Eingangstür hinter sich zu und ließ den Schlüssel durch den Schlitz in den Briefkasten fallen. Es war ein Sonntag mit strahlender Sonne. Jean hatte seine Umhängetasche mitgenommen, in der sich seine Lehrbücher, die Texte seiner Lieblingsphilosophen und eine kleine Mundharmonika befanden, die Alison ihm zur Erinnerung geschenkt hatte, als er in Beckenham war. Die Harmonika war sicher nicht so wertvoll wie die silberne Flöte, die Jean Eudes, wie Cathy Marro erzählt hatte, mitnahm, als er sich der Revolution anschloss, aber dafür war sie weniger sperrig.

Und dann machte er sich auf den Weg.

Nauskopie (Fortsetzung)

1805

21. Februar

Ankunft des Kaperschiffs Bellone, *Kapitän Perroud, und der von ihm gekaperten Schiffe* Orient, Meleville *(800 Bruttoregistertonnen) und der* Lady W. Bentinck.

21. April

Rückkehr der Psyche *und der* Belle Poule.

Mai

Ankunft der Napoléon, *ein Kaperschiff mit 30 Kanonen, Kapitän Le Nouvel.*

Dezember

Ankunft der Robuste, *Surcoufs reiche Beute.*

1806

15. Februar

Abfahrt des Kaperschiffs Manchot.

Am 21. Februar ein Orkan auf der Île Bonaparte, wie berichtet sind 7 Schiffe gesunken.

25. Februar

Ankunft der Fregatte Canonnière, *Kapitän Bourayne, und am 27. Rückkehr der* Manchot *mit einer Beute von 80 000 Piastern.*

22. März

Ankunft der Fregatte La Piémontaise, *Kapitän Louis Epron aus Saint-Malo, mit der gekaperten* Warren-Hastings, *1200 Bruttoregistertonnen, und Tee im Wert von 3 000 000 Franc.*

2. August

Das Kaperschiff Les Deux Sœurs *verlässt die Isle de France mit Kurs auf China.*

Dezember: Orkan.

1807

8. Februar: Orkan; die Sémillante *hat die Masten verloren. Ein britischer Kreuzer ist vor dem Hafen gesunken. Es sollen 1100 Mann an Bord gewesen sein.*

28. Februar: Orkan.

10. Juni

Rückkehr von Robert Surcouf auf seinem neuen Schiff, der Revenant. *Die Menge hat sich im Hafen versammelt, um ihm Beifall zu spenden. Sein Schiff hat eine seltsame Galionsfigur, die einen Toten darstellt, der die Wände seines Sargs auseinander biegt.*

4. November

Ankunft des britischen Schiffs The Ann, *gekapert von der Korvette* Créole, *Kapitän Ripaud de Montaudevert.*

1808

6. März

Ankunft der Manche, *Kapitän Dorval mit reicher Beute an Portwein und Tuch.*

16. März

Rückkehr von Bouvet, der am Kai die von ihm gekaperten Schiffe verkauft, 19 Schiffe, von denen das teuerste für 300 000 Franc verkauft wird.

26. April

Morgens um acht Abfahrt der Vénus, *der* Créole, *der* Entreprenant.

Wenn man nach langer Abwesenheit zurückkommt, klopft das Herz. Es ist wie nach dem Krieg. Man geht schnuppernd durch die Stadt, sucht nach Spuren. Man versucht vertraute Geräusche wiederzufinden, geht alten Fährten nach. Die Straßen im Bahnhofsviertel sind immer noch genauso menschenleer, überflüssig. Das Café des Artistes mit seinen trüben Fenstern und dem vergilbten Vorhang, der den großen Raum, in dem im Allgemeinen Versammlungen der Besitzer von Eigentumswohnungen abgehalten werden, vor den Blicken von draußen schützt. Das Hotel Briggs, in dem Jean als Nachtportier gearbeitet hatte, mit dem verkommenen Eingang, der mit fettleibigen Karyatiden verziert ist, und dem Treppenschacht aus Drahtgitter. Die Geschäfte, Staubsaugerdepots, Druckereien für Visitenkarten und Hochzeitsmenüs, Tabakläden, Drogerien, Stoffhändler, Glühbirnenläden. Die meisten sind noch geschlossen wegen des zu Ende gehenden Sommers, der Jahreszeit, wenn der Schatten heiß ist, der Straßenteer dem Meer gleicht und das ruhig wogende Meer die Farbe von Asphalt hat. Die Jahreszeit, die früher in Jeans Herzen eine unüberwindliche Beklemmung wie beim Nahen des Frühlings aufkommen ließ.

Er geht durch diese Straßen, ohne wirklich ein Ziel, eine Tür, eine Hausnummer zu suchen. Die Fassade des kleinen Supermarkts hat sich so oft verändert, dass man nicht mehr weiß, ob es ein Timy, ein Codec, ein Casino oder ein Coop-Laden ist. Das Eisengitter ist herabgelassen, ein leicht ausgefranstes Papier klebt quer darauf: *Wegen Inventur geschlossen.* Das Datum der Wiedereröffnung ist von der Sonne so verblichen, dass es unleserlich geworden ist.

Als Jean gestern in die Wohnung seiner Eltern kam, wurde ihm fast übel. Nichts hat sich geändert und doch ist nichts mehr so wie zuvor. Die Luft ist überhitzt, es riecht nach Schimmel und Staub. Jeans Vater ist in sich zusammengesunken, rührt sich nicht mehr. Er verbringt den ganzen Tag in seinem dem Fenster zugewandten Rollstuhl und starrt auf die gelbe Wand des gegenüberliegenden Wohnhauses. Er spricht nicht mehr. Der Schlaganfall hat ihm die Sprache genommen, seine Sehnen versteift. Auf seinem schmalen Gesicht liegt ein starres, ausdrucksloses Lächeln. Die Angst hat seine Züge geglättet. Jean ist völlig überrascht, wie schön der Vater ist. Jetzt gleicht er dem Soldaten der Kolonialarmee, als er sich während des Kriegs der *running dogs* dem Oberkommando widersetzte, um der chinesischen Terroristin Lee Meng das Leben zu retten. Jene Geschichte, die zu seiner Legende, seinem Ruhm und seinem Scheitern geführt hatte und wegen der er gebrochen und krank nach Europa zurückgeschickt worden war. Sein weißes Haar ist gewachsen, fällt ihm auf die Schultern. Er trägt einen mit der Schere gestutzten Bart, seine Augenbrauen sind buschig. Sharon entschuldigte sich dafür: »Er wollte nicht, aber ich konnte ihn nicht mehr rasieren, verstehst du?«

Sie schloss Jean lange in die Arme. Ihre Augen waren voller Tränen. »Du gehst doch nicht wieder weg?« Sie machte einen deprimierten, erschöpften Eindruck. Jean bemühte sich, sie zu beruhigen, auf andere Gedanken zu bringen. Er aß mit ihr zu Abend, Reis und *brède* in Currysoße. Sharon fragte ihn: »Du versuchst doch jetzt die Sache mit deinem Militärdienst zu regeln, nicht?« Er antwortete ausweichend. Jetzt, da der Krieg zu Ende war, war das nicht mehr so wichtig. Vielleicht hatte man ihn sogar vergessen. Jean umarmte seinen Vater und spürte dabei, wie leicht dessen Körper geworden war. Er gab ihm die Hand, und sein Vater klammerte sich mit aller Kraft an diese Hand, als wolle er sie nicht mehr loslassen. Jean lächelte und verzog das Gesicht, er war gerührt über die Feststellung, dass die ganze Kraft dieses Mannes in seine Hände übergegangen war.

La Kataviva ist unverändert. Es ist nur ein Aufzug eingebaut worden, ein hässliches graues Metallgehäuse, das die Mitte des Treppenhauses einnimmt. Selbstverständlich stehen neue Namen auf den Briefkästen, aber sie haben so schnell gewechselt, dass man unmöglich sagen kann, ob nicht ehemalige Mieter zurückgekommen sind. Anzioni, Faillardeau, Gervasi, Matteoti, Ben Amar, Liutkius, Romina, Rasouli.

Jean ignoriert den Aufzug und steigt langsam die Treppe hinauf wie früher. Er spürt, wie sein Herz stärker schlägt. Kein anderer Ort, kein anderes Haus lässt sein Herz höher schlagen als La Kataviva. Jean denkt an das Klischee vom verliebten Mann, der seine Geliebte in einem Dachzimmer besucht. Für Jean war dieses Zimmer, das Rausch und Wonne versprach, seine ganze Kindheit über Tante Cathys kleine Mansardenwohnung mit den geheimen Schätzen gewesen, die aus der Zeit von Rozilis stammten. Und vermutlich auch die geschlossene Tür, hinter der sich das Rätsel von Aurore de Sommerville verbarg.

Jetzt steht er gerade vor der besagten Tür. Das schöne Messingschild mit dem eingravierten Namen Adhémar de Sommerville ist immer noch dort. Dabei sind die Gendres schon seit langem verschwunden. Als er nach London gegangen war, hatte ihm seine Mutter einen Brief geschrieben, um ihn auf dem Laufenden zu halten. Monsieur und

Madame Gendre waren ausgezogen, ohne eine Adresse zu hinterlassen, Aurore war in eine religiöse Anstalt für geistig Behinderte eingeliefert worden. Eine Rechtsanwältin hatte die Wohnung übernommen. Neben dem schönen Messingschild war eine Visitenkarte an die Wand geheftet: Maître Mireille Anzioni, Rechtsanwältin. Der Name Sommerville hatte etwas Magisches bekommen. Es war, als hätte es diese Zeit nie gegeben und als wäre sie nur ein wirrer Traum in der Phantasie eines kleinen Jungen gewesen.

Der Aufzug fährt nicht bis ins Dachgeschoss. Das letzte Stück der Treppe ist noch immer das gleiche, mit losen Terrakottafliesen und Stufen, deren Ränder narbenübersät sind. Die Türen der Mansardenwohnungen haben sich nicht verändert, die Moderne ist nicht bis hier heraufgelangt. Die Erneuerung des Treppenhauses, die Lackfarbe und sogar die Gebäudereinigungsfirma haben einen Stock tiefer Halt gemacht, dort, wo die Rechtsanwältin wohnt. Das Glasdach, das durch den Motor des Aufzugs halb verdeckt wird, verbreitet nur noch staubiges Licht. Aber unter der Tür entdeckt Jean den gelben Strahl, den er früher so geliebt hat, wenn die untergehende Sonne Tante Catherines Zimmer in warmes Licht tauchte.

Eine ganze Weile blieb Jean regungslos vor der Tür stehen und horchte auf die Geräusche im Haus. Kindergeschrei, das aus dem Hinterhof heraufdrang, das dünne Kläffen eines Köters aus einem der unteren Stockwerke, das war alles. Nichts, an das er sich hätte klammern können, um eine Reise in die Vergangenheit zu machen. Die Geräusche und die Gerüche fehlen dem Gedächtnis am meisten, als wären sie die konkretesten Elemente, die Substanz der verlorenen Zeit.

Seit seiner Rückkehr spürt Jean jeden Nachmittag den Gerüchen auf der Straße nach. Das trübe Wasser der Hafenbecken verbreitet noch immer seinen herrlichen Duft nach Dieselöl, Algen und Olivenöl. Seit dem Krieg liegen keine blutroten Korkballen mehr auf den Kais, und die Kanister mit Olivenöl sieht man immer seltener. Der Springbrunnen, in dem er früher die Kinder der Vertriebenen hatte spielen sehen, ist jetzt ein trockenes, mit Unrat übersätes Becken. Ein paar Clochards schlafen auf großen Pappdeckeln im Schatten der Steinmauern. Einer von ihnen spricht Jean in einer Sprache an, die der nicht versteht, vielleicht ist es auch nur das Lallen eines Alkoholikers. Der Mann hat ein gebrochenes Nasenbein, einen Arm in Gips, Grind im Gesicht, aber seine Augen sind hellgelb und strahlend. Jugendliche Rowdys haben ihn eines Nachts ohne Grund verprügelt, nur aus Freude daran, aufs Geratewohl einen Menschen zu schlagen. Jean gibt ihm eine Münze, ohne länger bei ihm zu bleiben. Er denkt an Conrad Ewtchuchenko in den U-Bahn-Stationen, das versetzt ihm einen Stich ins Herz.

Jean weiß nicht, was er auf diesen Straßen, in dieser Stadt suchen soll. Vielleicht aus einer nostalgischen Regung heraus die Beklemmung seiner Jugendzeit, als ihm alles noch hoffnungslos erschien und die endlosen Boulevards sich bei Einbruch der Nacht in violettem Dunst verloren. Er kommt zu dem Olivenhain. Hier ist der Himmel noch unversehrt, das Meer glitzert zwischen den Blättern, die Drosseln stoßen beunruhigende Schreie aus. Aber überall sind hohe Wohnhäuser gebaut worden, selbst auf den Terrassenabsätzen, auf denen er gesessen hat, um seine Philosophen zu lesen und das Treiben der Liebespaare zu beobachten. Es ist, als hätte sich die Philosophie taktvoll von diesem Ort zurückgezogen und nur den Schein zurückgelassen, ein geschichtsloses Dasein.

Tante Cathy Marro war in ein Altersheim am Ausgang der Stadt im berühmt-berüchtigten Vallon Obscur eingewiesen worden. Es war schon oft die Rede davon gewesen, und kaum war Jean nach England gegangen, geschah es dann. Er hatte einen Brief von seiner Mutter bekommen, den sein Vater ebenfalls mit zittriger Hand unterschrieben hatte und der mit folgenden Worten begann: »Ja, wir wissen, dass dir diese Nachricht Kummer macht, aber es ließ sich nicht umgehen.« Seit ihrer Erkrankung konnte Tante Cathy nicht mehr allein leben. Ihre Blindheit, die Einsamkeit. Die gesundheitlichen Probleme von Jeans Vater, die wirtschaftlichen Schwierigkeiten. Und Paba, der mit Zwangsräumung drohte. Als Tante Catherine eines Tages ihr Abendessen aufwärmen wollte, hatte sie vergessen, das Gas anzuzünden, und der Backofen war explodiert, die Backofentür war gegen die gegenüberliegende Wand geflogen und alle Fensterscheiben ringsumher waren zertrümmert worden. Die Feuerwehr war gekommen, der Gasanschluss abgestellt worden. Danach bereitete sich Cathy ihr Essen auf einem kleinen Elektrokocher zu, ließ den Reis und die Linsen anbrennen und schimpfte über dieses Elend. Und dann erlitt sie einen Schlaganfall, der alles entschied. Ihr einziger Trost bestand darin, dass Jeans Eltern ein Heim für sie gefunden hatten, das von Ordensschwestern geleitet wurde, denn so konnte sie jeden Morgen an der Messe teilnehmen.

So wie er früher zu La Kataviva gegangen ist, betritt Jean jetzt jeden Nachmittag gegen fünf den Garten vom Josaphat. Das ist der Name des Altersheims. Aber es hätte genauso gut Bethanien, Beth-Phagé oder Genezareth heißen können. Er geht in den großen Aufenthaltsraum, in dem die Heimbewohner vor dem Abendessen Lotto spielen. Schon von weitem erkennt er Tante Catherine, weil sie mit aufrechtem Oberkörper und erhobenem Kopf auf ihrem Stuhl sitzt. Sie spielt kein Lotto. Sie hört der Musik nicht zu. Sie spricht nicht. Wenn Jean auf sie zugeht, zeigt sie keinerlei Regung, aber irgendetwas entspannt sich in ihrem Gesicht, als habe sie instinktiv gespürt, dass er kommen würde, auch wenn sie ihn nicht sieht. Sie legt nicht mehr die Hände auf Jeans Gesicht. Im Übrigen sind ihre Hände durch eine Arthrose steif geworden, eine in der anderen liegen sie regungslos auf ihrem Schoß.

In dem Raum herrscht immer ziemlicher Lärm. Ein Plattenspieler, auf dem altmodische Lieder abgespielt werden, Claveau, Patachou, Guétary. Doch rings um Catherine hat sich eine Blase der Stille gebildet, ein unsichtbarer Wall, der sie isoliert und beschützt.

Jean setzt sich vor sie, nimmt ihre Hände. Sie hat noch immer eine trockene Haut und harte Handflächen. Er würde gern noch so viel erfahren, ihr so viele Fragen stellen. Das Tor der Zeit schließt sich mit jedem Tag, mit jeder Sekunde ein wenig mehr, die alten Rätsel sind versiegelt.

»Erinnerst du dich noch an die letzten Tage in Rozilis, Tante Catherine? Als ihr mit dem Pferdefuhrwerk und eurer ganzen Habe nach Rose Hill gefahren seid? Du hast mir noch nicht erzählt, warum ihr mit dem Schiff nach Frankreich gefahren seid, deine Eltern, Mathilde und du, und warum ihr nicht in Ébène in einem anderen Haus geblieben seid. Du hast mir noch nicht erzählt, wo ihr nach eurer Ankunft in Bordeaux gewohnt habt. Ihr seid 1918 in Frankreich angekommen, kurz nach dem Krieg, im Dezember, das muss doch sehr hart gewesen sein, ihr hattet nichts, nicht einmal warme Kleidung für den Winter, und kurz darauf ist Jean Charles an der spanischen Krankheit gestorben und auch deine Mutter Désirée im Militärhospital in Bordeaux, und niemand weiß, wo sie begraben sind …«

Jetzt muss Jean erzählen, er ist Catherines Gedächtnis. Alles, was sie erlebt, gekannt hat, ist in seinem Herzen aufgehoben, er spricht leise, trotz des Lärms in dem Aufenthaltsraum, trotz der Klänge von *Parlez-moi d'amour* und *Mexico*, mit der gleichen Stimme, mit der sie früher erzählt hat. Manchmal erfindet er Dinge, spricht wie im Traum. »Erinnerst du dich noch, Tante Catherine, am Tag des großen Aufbruchs bist du mit Mathilde in den Garten gegangen, und ihr habt euch versteckt. Alles war bereit, das Fuhrwerk voller Kartons mit Wäsche und Geschirr. Du sagtest zu Mathilde: ›Sei still, warte noch ein bisschen, geh nicht sofort hin‹, und deine Mutter rief euch, und Gildas war wütend! Erinnerst du dich noch an die Sache mit dem Betstuhl? Der Gerichtsvollzieher wollte, dass er da blieb, und Désirée kämpfte darum und sagte: ›Nehmen Sie alles, was Sie wollen, aber lassen Sie mir meinen Betstuhl.‹ Das muss doch ein recht ungewöhnliches Möbelstück gewesen sein, nicht? Oder aber ein alter, mit dunkelrotem Samt bezogener Stuhl mit völlig abgegriffener Armlehne. Und mittlerweile bist du mit Mathilde durchs Tal gelaufen, weit weg, bis ans ›Ende der Welt‹, es war das letzte Mal. Es war furchtbar schwül, und es drohte Sturm zu geben, niemand konnte in den letzten Nächten schlafen.«

Tante Catherine verzieht keine Miene. Sie hört zu, ohne sich zu rühren. Jean ist sich sicher, dass sie hört, was er sagt, denn wenn er innehält, um nach neuen Anregungen zu suchen, presst sie leicht die Hände zusammen, nur eine leise Reaktion, eine Regung wie im Schlaf.

»Am Silvestertag 1910 hast du die letzten Stunden mit Mathilde im Wald verbracht, um nicht den unheilvollen Lärm der Vorbereitungen zu hören, das Vernageln der Kisten, das Kreischen der Säge, die das Ebenholz zersägte, damit es verkauft werden konnte. Du wolltest Chemin, den Beauftragten der Bank, nicht sehen, sie nahmen alles mit, sogar dein Klavier und die vergoldeten Kerzenleuchter, die darauf standen, und selbst den Hocker, den dein Großvater Charles aus schwarzem Holz aus den Bergen hatte schnitzen lassen. Erst abends bist du zurückgekehrt, als alles vorbei war, und hast erklärt, du nähmst nichts mit. Und am folgenden Tag schickte Chemin mehrere Holzfäller her, um alle Bäume fällen zu lassen, denn er wollte alles abreißen, um dort eine Siedlung zu bauen. Und jedes Mal, wenn eine Schwarzholzakazie umstürzte, war es wie ein Schmerzensschrei, und du hieltst dir die Ohren zu, um ihn nicht zu hören …«

Der Aufenthaltsraum vom Josaphat ist nicht der ideale Ort, um die Vergangenheit von Rozilis wieder aufleben zu lassen. Mit all den Geräuschen, dem ständigen Kommen und Gehen, dem Geruch nach Kaffee und Suppe, den absurden Chansons, die immer wieder von vorn beginnen, Trenet, Rossi, Mariano. Hat das Grammophon am 1. Januar 1910 genauso gekrächzt?

»Du warst damals zwanzig und Mathilde knapp sechzehn. Der Wald, die Wasserfälle, die Schlucht, Aranyanys Tempel am ›Ende der Welt‹, das war euer ganzes Leben. Ihr kanntet nichts anderes, ihr hattet auf nichts anderes Lust. Mein Großvater Hervé war schon fünfundzwanzig, er würde bald nach Frankreich gehen, um dort Jura zu studieren, für ihn lag Rozilis schon in der Ferne. Als er erfuhr, dass das Haus verkauft und abgerissen werden würde, sagte er: ›Jetzt möchte ich schon weit weg sein und nie wiederkommen müssen.‹ Aber für dich und Mathilde war die Sache anders, ihr hattet nichts anderes, nichts, wohin ihr gehen konntet. Auch für deinen Vater und deine Mutter war es, als würden sie sterben, wie die Ebenholzbäume und die Schwarzholzakazien, die gefällt wurden. Und da hast du dir die Ohren zugehalten und bist mit Mathilde im Dickicht geblieben, und so wart ihr noch für ein paar Stunden die *Waldmenschen*, und als ihr schließlich zurückgekehrt seid, wart ihr beide ausgehungert wie verirrte Tiere, eure Kleider waren voller Gräser und Dornen, denn ihr wolltet noch ein letztes Mal den Geruch des Waldes, den Geruch von Rozilis mitnehmen.«

Tante Catherines Gesicht ist unbeweglich. Vielleicht strahlt es ein stärkeres inneres Licht aus, seit sie nicht mehr spricht. Vor fünf Jahren erlitt sie einen Schlaganfall, kurz nachdem Jean das Land verlassen hatte, um nicht in den Krieg zu müssen. Madame Rosella fand sie auf den Fliesen in der Küche, Tante Catherine hatte noch den winzigen Topf in der Hand, in dem sie ihren Reis kochte. Madame Rosella glaubte erst, sie sei tot, und streckte sie auf dem Boden aus und faltete die Hände auf der Brust, damit sie ansehnlicher aussah, doch in diesem Augenblick begann Cathy wieder zu atmen und ihre Augenlider zitterten. Madame Rosella rief den Notarzt an, und Tante Catherine lag mehrere Monate lang im Krankenhaus. Als sie entlassen wurde, konnte sie nicht mehr laufen und sprach nicht mehr. Doch immer, wenn man etwas zu ihr sagte, presste sie als Reaktion darauf ihre mageren Hände zusammen und blinzelte mit den Augen, wie das Beben eines Schmetterlingsflügels.

Jean möchte gern die verlorene Zeit aufholen. Wenn er früher eine Weile fortblieb und nicht mehr zu La Kataviva ging, war das nebensächlich. Tante Catherine fuhr mitten im Satz fort, als sei er nur ein paar Minuten weg gewesen, um im Viertel etwas einzukaufen. Sie hatte Jean beigebracht, dass die Zeit nicht wichtig war, dass sie nur eine Erfindung der Uhrmacher war, ein billiger Vorwand.

Doch jetzt ist es schwer, dieses Spiel fortzusetzen. Es ist grausam, übersteigt Jeans Kraft, wenn alles so schnell dahingeht, Minute für Minute, all diese Kerben, diese Dinge, die verschwinden, und all das, was erstirbt und nie wiederkommt, nach und nach erlischt.

Jean spürt manchmal, wie ihm Tränen in die Augen steigen, wenn er dieses kindliche Spiel fortzusetzen versucht, den Anschein wahrt und so tut, als wäre nichts geschehen, als ginge Catherine nicht allmählich davon.

»Es war an jenem Neujahrstag, erinnerst du dich noch? Es herrschte eine drückende Schwüle, ein Wirbelsturm zog herauf. Und dann fand die letzte Mahlzeit in Rozilis statt, Désirée hatte draußen den Tisch im Schatten der Rosenapfelbäume gedeckt, als sei alles wie immer, als handele es sich nur um ein Picknick. Sie hatte gemeinsam mit der Köchin ein gebratenes Huhn zubereitet, ich weiß nicht, wo sie dieses Huhn aufgetrieben hatte, denn der Hühnerstall war schon lange abgebaut und verkauft worden. Sie hatte es hinterm Haus in dem Backofen aus Backsteinen gebraten, in dem seit Anbeginn von Rozilis immer das Brot gebacken wurde. Sie servierte das Huhn mit Bohnen und Mais und zum Nachtisch gab es geröstete Süßkartoffeln mit Zuckerrohrsirup. Siehst du, ich erinnere mich an alles, als sei ich dabei gewesen, es war für einen Neujahrstag das seltsamste und komischste Essen, das man sich vorstellen konnte, ihr habt draußen vor dem großen leeren Haus kampiert wie die Zigeuner, während das schon angeschirrte Maultier ungeduldig wurde, und nach dem Essen warfen Simon und Gildas Knallfrösche, Hervé und seine Frau, meine Großmutter Cécile, waren auch da, und mein Vater Raymond, der erst knapp drei Jahre alt war, muss alldem wohl erstaunt zugesehen haben. Mathilde und du, ihr seid von eurem Spaziergang im Wald zurückgekommen und habt euch zum Essen an den Tisch gesetzt, und du wolltest nicht weinen, du sagtest, du würdest keine Träne vergießen, um Chemin und seinen

Bankdirektoren nicht diesen Gefallen zu tun. Und als ihr mit dem Essen fertig wart, war es drei Uhr nachmittags, dann habt ihr die letzte Flasche Wein getrunken und seid aufgebrochen und habt das Geschirr und die halb vollen Gläser auf dem Tisch stehen lassen, wolltet damit den Leuten, die kamen, zu verstehen geben, dass euch das unwichtig war, ihr hattet schon eure Reise in ein Exil angetreten, fern von dieser Insel, fern von all diesen bösen Leuten und ihrer Habgier.«

Der Tag geht zu Ende. Aus dem Garten vom Josaphat steigt jeden Abend die Hitze auf, als sei die Sonne wirklich unter der Erde untergegangen. In der Abenddämmerung ist der Lärm der Autobahn nicht mehr so laut, man könnte ihn sogar für das Rauschen des Meeres halten. Wenn Jean die Augen schließt, sieht er den Garten von Rozilis, sitzt auf der Terrasse, betrachtet das Laub der Bäume und hört deutlich die Rufe der Rosenstare. Doch dann beginnt das Angelusläuten vom Josaphat, und Cathy erschauert. Das ist der einzige Klang, der sie noch erschauern lässt, und Jean schiebt ihren Rollstuhl über die Gänge zur Tür der Kapelle. Sie kann die Gebete hören. Alles andere hat sich in Nichts aufgelöst, es war nur Schein. Bleibt nur noch diese Helle, die aus einer kleinen Öffnung am Ende eines langen Flurs zu ihr dringt und die die blinde alte Frau ans Leben bindet.

Jean lässt den Rollstuhl hinten in der Kapelle stehen, langsam geht er im Halbdunkel rückwärts, bis er mit dem Rücken die Flügeltüren berührt, die quietschend nachgeben, und dieses Geräusch scheint dem langsamen Singsang der Schwestern, die vor dem Altar beten, einen knirschenden Ton zu verleihen. Die Türen schließen sich wieder, und Jean steht draußen.

Den ganzen Winter lang trifft sich Jean mit Mariam im Café des Artistes. Es ist ein altes Café mit facettierten Spiegeln und einer Terrasse zwischen Säulen, die mit einem Kapitell verziert sind, angeblich ist die Loggia von Gustave Eiffel entworfen worden. Es ist kein Café, in dem die Jugend verkehrt. Wenn nicht gerade Sängerinnen auftreten, ist es dort still. Es gibt keinen Flipper, keine Musikbox. Nur den Lärm der Autos und leise Stimmen zur Teezeit.

Mariam verabredet sich immer nach Schulschluss mit Jean, gegen acht. Das kommt gut aus, dachte Jean. Auf diese Weise habe ich nach dem Besuch im Josaphat keine unnütze Wartezeit. Mariam geht in die dreizehnte Klasse des Mädchengymnasiums, sie bereitet sich auf ihre Philosophieprüfung vor. Aber auch das ist nicht wichtig, ist nicht einmal ein Thema, über das sie sich unterhalten. Als er Mariam kennen lernte, hat er ihr wohl von seinen Plänen erzählt, von seiner Reise nach Mexiko. Er hatte sie gefragt, ob sie von dort komme oder aus Lateinamerika. Sie stand auf dem Bahnsteig, und er kam gerade aus London an. Ihr glattes dunkles Gesicht hatte ihn überrascht, und die Farbe ihrer Augen. Sie gingen nebeneinander den Bahnsteig entlang, und er hatte sie wie jemand, der es gewohnt ist, Mädchen anzusprechen, gefragt: »Darf ich Sie begleiten?« Sie hatte ohne Schüchternheit erwidert: »Wenn Sie wollen, warum nicht?« Sie war achtzehn, er sechsundzwanzig. Er kam sich sehr alt vor.

Sie trafen sich fast jeden Tag, seit er aus London zurückgekehrt war. Er war frei und unabhängig. Er hatte sechs Monate Zeit, um seine Zurückstellung verlängern zu lassen. Oder den Wehrdienst zu verweigern. Er fragte Mariam: »Kennen Sie Schweden?« Sie schüttelte den Kopf. Er erzählte ihr von Amoretto, der nach Stockholm gegangen war und dort geheiratet hatte. Sie gab ihm ein

Rätsel auf: »Sagen Sie mir, aus welchem Land ich stamme!« Er zögerte zwischen einer banalen und einer total absurden Antwort. »Vielleicht aus Spanien.« Sie lachte laut: »Suchen Sie weiter, etwas südlicher.« Sie setzte dem Spiel sehr schnell ein Ende und sagte: »Ich bin Kabylin, stamme aus Algerien, jetzt wissen Sie es. Ich bin in Oran geboren.« Gleichzeitig bekam ihr Gesicht etwas Herausforderndes, als mache das wirklich einen Unterschied.

Das Café des Artistes war ihre Wahl. Sie liebte den Luxus, schöne Hotels, erlesene Restaurants. Aber sie war kein Snob. Sie hatte das Haar zu einem Knoten gedreht, der von einem Gummiband zusammengehalten wurde, ihre Fingernägel waren kurz geschnitten, sie trug keinen Schmuck, bis auf einen Ring aus Weißgold oder Platin, und keine Ohrringe, obwohl sie durchlöcherte Ohrläppchen hatte. Sie war nicht sehr groß, sehr schlank und trug jeden Tag eine Jeans und ein hochgeschlossenes Polohemd. Sie war der authentischste Mensch, dem er je begegnet war. Jahrelang hatte er in dieser Stadt und anderswo nur farblose Individuen getroffen. Und am Tag seiner Rückkehr begegnete er zufällig der Person, die er schon seit langem gern kennen gelernt hätte, so etwas wie einem weiblichen Ebenbild, das anders als er und ihm zugleich völlig ähnlich war.

»Ich würde wahnsinnig gern durch die Wüste fahren«, sagte er etwas platt. Sie blickte ihn mit ihren hellbraunen Augen an. »Wissen Sie, da war ich noch nie.« Sie rauchte ziemlich nervös mit langen Zügen, wie eine Schülerin, und stieß den Rauch mit gespitzten Lippen langsam zur Seite. Sie hatte einen wunderschönen Mund.

»Es war während des Kriegs, ich war acht. Wir wohnten in der Stadtmitte von Oran, meine Mutter war schwer krank, sie ging nie nach draußen. Ich dachte ständig an den Tod. Eines Morgens ging ich wie immer aus dem

Haus, um einzukaufen, ich hatte Brot geholt, zwei große Brote, die fast so groß waren wie ich. Wir hatten kein Geld und aßen fast nur Brot. Auf dem Weg von der Bäckerei musste ich eine breite Straße überqueren, auf der immer viel Verkehr war. Und plötzlich tauchten an einem Ende der Straße Panzer der französischen Armee auf. Vielleicht waren es auch nur gepanzerte Geländewagen, das weiß ich nicht. Aber ich erinnere mich noch genau an das Geräusch der Räder auf der Straße und die grauen Rauchwolken, die unter den Rädern hervorkamen, und an den beißenden Geruch dieses Rauchs.«

Jean hört zu, das Licht der Nacht glänzt auf allen Spiegeln, verleiht Mariams Haar einen grauen Schimmer und beleuchtet ihr mahagonifarbenes Gesicht. Kurz zuvor hat die Kellnerin, eine etwas plumpe Frau mit feindseliger Miene, die Getränke gebracht. Sie blickte Mariam an, stellte Gläser mit Mineralwasser auf die Bierdeckel und sagte dabei zu Jean – aber der reagierte nicht: »Hier, mein Hübscher.«

Mariam sprach weiter, als habe sie nichts gehört. Vielleicht war sie es gewohnt.

»Die Leute stoben nach allen Seiten auseinander, aber ich habe nichts begriffen, ich war zu klein, ich bin mitten auf dem Boulevard stehen geblieben, habe mich an meine Brote geklammert und auf die Panzerkolonne gestarrt, die auf mich zukam, sie waren schon so nah, dass ich die Augen der Soldaten hinter den Sehschlitzen erkennen konnte, und was dann passiert ist, weiß ich nicht, die Panzer hätten mich fast überrollt, doch ein Mann, den ich nicht kannte, rannte auf mich zu, packte mich an den Hüften und warf mich zur Seite, dabei sind meine beiden Brote auf die Erde gefallen, die Panzer sind über sie hinweggerollt, und ich habe geweint, nicht vor Angst, ich hatte nichts begriffen, sondern ich weinte, weil meine Brote zermalmt worden waren und ich mit leeren Händen nach Hause gehen musste.«

Jean hörte zu, und zugleich versuchte er sich Mariam im Alter von acht Jahren vorzustellen, mit einer Schürze über einem alten Volantkleid, barfuß in Sandalen und das schwarze Haar brav zu zwei Zöpfen geflochten, die ihr auf die Schultern fielen. Und plötzlich musste er an Santos und an Kernès denken, vielleicht hatten sie in der Panzerkolonne gesessen, die an jenem Tag in Oran über den breiten Boulevard fuhr.

»Danach ging es meiner Mutter sehr schlecht und mein Vater ist nach Frankreich gefahren und hat mich mitgenommen, er hatte eine Stelle in einer Fabrik gefunden, und wir haben bei seinem Bruder Saïd in Romorantin in der Nähe von Paris gewohnt. Und als meine Mutter starb, wollte mein Vater nicht, dass ich nach Algerien zurückging, dort war Krieg, und da haben mich eine Nachbarin und ihr Mann bei sich aufgenommen, sie hießen Manciet, sie haben mich großgezogen, sie hatten keine Kinder und sie behandelten mich wie eine Tochter, ich nannte Madame Manciet Mama Lou, denn sie hieß Marie-Louise, wir wohnten in dem Vorort Joinville-le-Pont in einem Einfamilienhaus. Ich habe meinen Vater nur sehr selten wieder gesehen, höchstens ein- oder zweimal im Jahr, beim Aid, dem Fest am Ende des Ramadans, und als ich vierzehn war, ist er bei einem Autounfall umgekommen, er fuhr einen Lastwagen und lieferte Material aus, er ist irgendwo in der Nähe von Lyon gestorben, ich habe nicht einmal herausfinden können, wo er begraben ist. So, jetzt kennst du meine Geschichte, ich weiß nicht, was mich bewegt hat, sie dir zu erzählen, im Allgemeinen spreche ich mit niemandem darüber.«

Wenn das Café des Artistes schließt, machen sich Jean und Mariam auf die Suche nach einem anderen Lokal, um den Abend noch ein wenig auszudehnen. In den Bistros der Stadt sind die Stühle schon umgedreht auf die Tische gestellt worden, und die Kellner löschen das Licht. Woanders gibt es verräucherte, lärmende Nachtclubs voller Menschen. Daher fahren Jean und Mariam mit dem Bus zum Flughafen. Die Abflughalle bleibt wegen der Nachtflüge geöffnet. Dort stehen Bänke, die mit blauem Kunstleder überzogen sind, und niedrige Tische voller Zeitungen. Es ist ein Ort ohne Anhaltspunkte, den Jean mit einer im All umherirrenden Raumstation vergleicht, die auf dem Weg zu Alpha Centauri ist. Trotz des Neonlichts und des eintönigen Quietschens der Rolltreppe, die niemanden befördert, schlafen Leute auf den Bänken.

Alle Büros sind geschlossen. Es sind Reisende, die auf den ersten Flug am frühen Morgen nach Tel Aviv oder Bamako warten. Oder in dicke Ponchos gehüllte Clochards, die an der Grenze zurückgehalten worden sind. Einer von ihnen ist ziemlich dunkelhäutig, hat ein gebrochenes Nasenbein, langes, gelocktes dunkles Haar und hohe Wangenknochen wie ein Mongole. Er schläft nie. Er sitzt dort jede Nacht auf der Bank und raucht stumm. Manchmal setzt sich Mariam neben ihn, um mit ihm zu reden. Er hört ihr zu, ohne ihr zu antworten, oder nur mit ein paar Brocken, und raucht weiter. Manchmal lächelt er jedoch. Er hat Mariam gesagt, er sei in Algerien geboren, seine Eltern seien Spanier. Als der Krieg ausbrach, ist er abgehauen. Er war erst zwölf und schlich sich heimlich auf ein Schiff, das ihn in Marseille an Land gesetzt hat. Er ist nie nach Algerien zurückgekehrt, aber er meint auch, dass niemand mehr da ist. Er weiß nicht, wohin seine Eltern gegangen sind, vielleicht nach Spanien oder nach Mexiko. Er nimmt ab und zu kleine Jobs an, er hat als Statist in einem billigen italienischen Western mitgespielt. Aber vielleicht ist auch nichts davon wahr, vielleicht hat er alles erfunden.

Jean sieht Mariam an, er findet sie sehr schön in dem Neonlicht. Sie versteht es, mit Unbekannten zu sprechen, hat vor niemandem Angst. Sie hat ein ganz glattes Gesicht wie ein Stein aus der Wüste. Er hat das Gefühl, dass sie diesen leeren Flughafen in ein abenteuerliches Raumschiff verwandelt. Sie stammt nirgendwoher, wie Jean.

Beim Nahen des Frühlings überkommt diese Stadt ein gewisses Fieber. Jean und Mariam gehen nicht mehr schlafen. Gegen zwei Uhr morgens oder noch später laufen sie um den Flughafen. Auf den kleinen Straßen, die ans Meer führen, warten die Nutten auf Kundschaft. Sie tragen Miniröcke aus schwarzem Leder, goldfarbene Bolerojäckchen und blonde Perücken. Autos mit dunkel getönten Scheiben fahren mit aufgeblendeten Scheinwerfern an ihnen, immer denselben, vorbei. Es herrscht ein Eindruck von Leere, Stille.

Weiter hinten führt die Autobahn über die in Schlaf versunkenen Viertel. Es ist eine Baustelle mit hohen Betonpfeilern, die die Dächer überragen. Es ist dieselbe Autobahn, die durch das Vallon Obscur verläuft, am Altersheim Josaphat vorbei, und Jean stellt sich vor, wie Cathy in ihrem Dreibettzimmer regungslos wie eine Tote im Bett liegt und das gleiche Dröhnen der Motoren, das gleiche Knirschen der Reifen auf der Baylet-Brücke hört.

Jean und Mariam gelangen oben auf dem Hügel an eine Art Plattform vor den mit blauen Lichtern markierten Landebahnen des Flughafens. Es ist ein seltsames Gefühl, hier und zugleich anderswo zu sein, mehreren Geschichten anzugehören. Mariam, ein kleines Mädchen in Oran und hier eine Gymnasiastin, die auf ihre Prüfungen wartet. Jean in London, aber gleichzeitig auch in Ébène am Neujahrstag 1910, an dem sich alles aufs Geratewohl ändert. Und Tante Catherine im Josaphat, die jede Nacht mit offenen Augen die schwarze Leere vor sich hat, die seit fünfundzwanzig Jahren in ihr steckt.

Sie sprechen nicht. Sie sitzen auf einer Bank, so nah nebeneinander, dass sich ihre Körper berühren. Aber sie bleiben unabhängig, jeder in seiner Welt. Mariam hat sehr sanfte Lippen, Jean schließt die Augen. Er würde gern ihren Atem an ihren Lippen einsaugen, doch er wagt es nicht.

In kurzer Zeit wird das Leben wieder beginnen, die Schülerversammlungen, die Vorbereitungen aufs Examen. Bald, in ein paar Wochen, wird Mariam ein Schreiben mit dem Namen der Schule und der Nummer des Klassenraums erhalten, wo sie sich zur Abiturprüfung einfinden soll. Jean denkt an Schweden, an Kanada, an Mexiko. Alles ist für die erneute Abreise bereit. Er muss weit weg sein, ehe die Gendarmerie ihn holen lässt. Er muss diese Suche fortsetzen, sie zu Ende führen. Aber gibt es eine Antwort auf dieses Sich-im-Kreis-Drehen, oder liegt die Antwort nicht eher in ihm, ist schon bereit, sodass er sie nur noch zu entziffern braucht?

Aurore de Sommerville ist ganz in der Nähe. Wie vorauszusehen war, hat der Soldat, mit dem sie eine Zeit lang zusammen war, sie verlassen, nachdem er sie missbraucht hatte. Die Gendres sind, nachdem sie sie verkauft hatten, auf Nimmerwiedersehen verschwunden. Jean hat mehrere Sozialhelferinnen gefragt und so Aurores Fährte wieder gefunden. Sie führt zu einem großen Gebäude in provenzalischem Stil mit Mauern, von denen der Putz abfällt, das umgeben von Feldern mit Bärenklau in den Hügeln versteckt liegt. Als die Gendres mit Schulden überhäuft das Weite suchten, fand Aurore hier bei den Karmeliterinnen Unterschlupf. Jeans Mutter unterschrieb die Papiere und griff zu einer Notlüge, behauptete, sie sei eine entfernte Cousine. Ein Verband ehemaliger Indochinakämpfer half ebenfalls. Adhémar de Sommerville, das war noch die Zeit des Ruhms und der Ehre, vor der Niederlage von 1956. Aurore war in Jeans Augen immer noch dieses kleine rätselhafte Mädchen, das sich in seiner Vergangenheit verkriecht, dieses Kind, das aus einer Regenwolke geboren ist, aber nicht aus dem düsteren, eintönigen Regen des Nordens, sondern aus einem heftigen Schauer über den Reisfeldern, der von Sonne abgelöst und von Lachen und Kindergeschrei begleitet wird, dem richtigen Monsun. Vermutlich war sie deshalb nach Aurora benannt, der Morgenröte. Ihre Mutter war eine einfache Frau, eine Aufwartefrau, eine Frau, die vorübergehend den Weg des Generals gekreuzt hatte, und als ihre Tochter zur Welt kam, gab sie ihm die Kleine, als sei es ein Gegenstand oder ein kleiner Hund. Der General ging kurz darauf fort und nahm dieses Püppchen mit den schwarz glänzenden Augen im Gepäck mit, ohne sich wirklich sicher zu sein, dass er der Vater war.

Sharon erzählte Jean nach seiner Rückkehr aus London diese Geschichte. Aber sie sagte nicht, was danach geschah, als der General im Alter von siebzig Jahren an einem Herzschlag starb, während er sich mit einer Machete im Badezimmer rasierte. Die kleine Aurore blieb dort, in einer Art Abstellkammer der Wohnung in der Rue Reine-Jeanne, und das Ehepaar Gendre kümmerte sich um sie. Der General hatte Aurore nicht formal adoptiert. Er gab ihr nur seinen Namen, wie ein exzentrisches Geschenk. Glaubte er wirklich, ein Name würde ausreichen? Diese grässlichen Leute machten Aurore zu ihrem Eigentum, zu einer Bediensteten, die sie sich nie hätten leisten können, demütigten und missbrauchten sie, bis sie immer stummer wurde und sich in sich selbst zurückzog. Jean erinnerte sich nun wieder an all das, was über sie erzählt wurde, das Geflüster hinter verschlossenen Türen, die Gesprächsfetzen, die er zufällig mitbekam. Er erinnerte sich vor allem an Tante Catherines Zorn, wenn sie über das Ehepaar Gendre sprach und die Art, wie sie Aurore behandelten. Den maßlosen, vergeblichen Zorn einer Blinden, die sich in der Küche um die eigene Achse drehte, sich an Tellern und Töpfen stieß und gegen diese Halunken, diese Aasgeier wetterte.

Und vor allem war da im fünften Stock von La Kataviva diese verschlossene Tür mit dem Messingschild, das Madame Gendre regelmäßig polierte, das Schild mit diesem magischen und zugleich ein wenig lächerlichen Namen, ein Name voller Hohn und Verantwortungslosigkeit, hinter dem sich das Elend einer zum Dienstmädchen entwürdigten Waisen verbarg, die den Misshandlungen und Niederträchtigkeiten ihrer Gebieter hilflos ausgesetzt war.

Jean erinnert sich daran, dass er auf dem Weg in den sechsten Stock oft vor dieser Tür stehen geblieben ist. Dann ging er auf Zehenspitzen näher, horchte und versuchte Aurores Anwesenheit zu spüren, zu erahnen. Hatte er erraten, was für ein Unglück sich hinter dieser Tür abspielte? Warum hätte ihm wohl sonst das Herz bis zum Hals geklopft, wenn er den dunklen Gang und am Ende des Treppenflurs die hohe, lackierte Tür sah, neben der das Schild mit Unheil verkündendem Glanz schimmerte?

Heute ist die Tür nicht wiederzuerkennen. Die abgeblätterte schwärzliche Farbe ist nach Pariser Mode mit dunkelgrüner Lackfarbe überstrichen worden, ein Symbol für unauffälligen Luxus. Der Türgriff und das Messingschild glänzen noch immer, aber es ist ein diskretes Schimmern, das etwas Positives hat. Hinter dieser Tür verbirgt sich heute kein Unglück mehr, da ist Jean sich sicher.

Eines Nachmittags wollte sich Jean Gewissheit verschaffen und ging nicht zum Josaphat. Stattdessen klingelte er bei der Rechtsanwältin Michèle Anzioni. Er hatte damit gerechnet, von einer Sekretärin in einem aseptischen Vorzimmer wie bei einem Zahnarzt empfangen zu werden. Doch die Rechtsanwältin öffnete ihm persönlich. Eine schlanke, dunkelhaarige Frau um die fünfzig mit einem leicht zerstreuten Gesichtsausdruck. Sie führte ihn direkt in ihr Büro, ein großes helles Zimmer ohne Vorhänge, in dem sich Akten und Kunstwerke häuften. Sie sagte zu ihm: »Entschuldigen Sie mich bitte noch einen Moment.« Jean wurde bewusst, dass er sich nun allein im Wohnzimmer des Generals befand, in dem anschließend die Gendres gewohnt hatten und in das die kleine Aurore ihnen das Abendessen, Kaffee oder vielleicht Kamillentee bringen musste, während sie vor dem Fernseher saßen.

Was hatte sich wohl seither verändert? Es war ein wirklich schönes Zimmer, Holztäfelung, eine mit Putten verzierte Decke und Doppelfenster mit Flachbogen. Hatte Aurore hier tatsächlich die ganzen Jahre als Gefangene unter täglichen Qualen verbracht? Das muss wohl in einem anderen Leben gewesen sein, in so weiter Ferne, dass es sich nicht mehr ausgraben ließ, selbst wenn man diese Farbe und diesen Lack wie besessen abkratzte.

»Was kann ich für Sie tun?« Maître Anzioni sah Jean freundlich und aufmerksam an. Er hätte eine Geschichte erfinden können, um sein Kommen zu rechtfertigen, einen Prozess, eine Scheidung. Aber er hatte plötzlich Lust, die Wahrheit zu sagen. Er erzählte von den Gendres, dem skrupellosen Ehepaar, und von Aurore, dem geistig behinderten Mädchen, das sie ausgebeutet und versklavt hatten. Von den Verabredungen, die die Gendres gegen Geld, ein Versprechen oder eine Gunst mit Geschäftsleuten trafen, und wie Aurore dann wie eine Prostituierte geschminkt und gekleidet aus dem Haus ging. Maître Anzioni hörte zu, machte sich Notizen und sagte, sie wolle Nachforschungen anstellen. Der Vater war tot, aber man könne vielleicht Zeugen ausfindig machen und eine Suche in Gang setzen, um Aurores Mutter in Hanoi wiederzufinden. Die Gendres zwingen, einen Teil des Erbes zurückzuerstatten, den Erlös aus dem Verkauf der Wohnung. Und sie vor allem für ihre Verbrechen gerichtlich belangen, die Vergewaltigungen und die Misshandlungen aufdecken. Maître Anzioni schien ernsthaft gerührt zu sein, vielleicht weil sich diese finstere Geschichte hier bei ihr abgespielt hatte und sie sich solche Gespenster nie vorgestellt hatte. Jean schämte sich, dass er auf so brutale Weise in ihr Leben eingedrungen war. Er hatte den Eindruck, dass er Aurores Geschichte ausgenutzt hatte, um eine etwas krankhafte Neugier zu befriedigen und endlich die geheimnisumwitterte schwere Tür aufzustoßen und in die Wohnung zu gelangen, in der das Mädchen so viele furchtbare Jahre verbracht hatte. Er drückte Maître Anzioni die Hand und versprach, dass er sie in der nächsten Zeit wieder aufsuchen oder sie zumindest anrufen werde, um zu hören, wie die Sache weiterging. Er machte sich ganz schnell aus dem Staub. Wusste, dass er nie nach La Kataviva zurückkehren würde.

Das Erziehungsheim für geistig behinderte Kinder lag fern von allem in einer Landschaft voller Olivenbäume und Mangoldfelder. Der Bus fuhr nicht bis dorthin. Er hielt auf dem Dorfplatz von Saint-Isidore, einem in der Sonne dösenden Ort rings um eine hässliche Kirche. Jean ging die letzten anderthalb Kilometer zu Fuß, einen Gemeindeweg mit einer von Gras überwucherten Teerdecke. Es war ein schöner Frühlingstag, es war schon heiß, und man hörte das Kr-kr der Insekten in den Kiefern. Jean hatte beschlossen, Aurore zu besuchen, gleich nachdem er die Adresse des Heims bekommen hatte. Es waren inzwischen gut acht Jahre vergangen, seit er Aurore zum letzten Mal gesehen hatte. Das war kein sehr langer Zeitraum, und dennoch hatte er das Gefühl, dass jene Epoche seiner Kindheit angehörte, einer Zeit, in der er noch La Kataviva besuchte und Tag für Tag, wenn er Cathy Marro zuhörte, das Leben in Rozilis entdeckte.

Während er den schmalen Weg entlangging, empfand er eine gewisse Beklemmung. Und was war, wenn sie ihn nicht wiedererkannte? Oder noch schlimmer, wenn sie sich weigerte, ihn zu sehen? Er hatte die Heimleitung angerufen, um seinen Besuch anzukündigen. Auf die Frage, wer er sei, hatte er geantwortet: »Aurore ist eine Cousine von mir.« Das Treffen war für den heutigen Tag am frühen Nachmittag vereinbart. Der Leiter hatte Jean angeboten, ihn mit dem Auto an der Endstation des Busses abzuholen, doch Jean hatte abgelehnt. Er wollte sich die Möglichkeit freihalten, wegzulaufen, falls er nicht genügend Mut aufbrachte.

Als Jean an der Pförtnerloge vorbeiging und den Garten betrat, hätte er tatsächlich fast kehrtgemacht. Auf einem als Spielplatz angelegten Gelände spielten Mädchen schreiend Fußball. Die Sonne brannte auf den mit weißem Kies bestreuten Wegen, in Blumentöpfen vertrockneten Sträucher. Neben einer Tür rankte sich ein Weinstock um die Regenrinne. Auf einem schräg ansteigenden Gelände oberhalb des Gebäudes gruben grau gekleidete Ordensschwestern einen terrassierten Gemüsegarten um. Jean hatte bei seinen Eltern ein gerahmtes Foto gesehen, das auf dem Kaminsims stand und auf dem die Internatsschülerinnen abgebildet waren: vier Reihen von Mädchen mit trotzigen Gesichtern rahmten eine etwas männlich wirkende Nonne ein. Etwas abseits und leicht verschwommen wegen mangelnder Tiefenschärfe war im Hintergrund Aurore de Sommerville zu erkennen, kurz geschnittenes kohlschwarzes Haar, zu Schlitzen zusammengekniffene Augen und ein Ausdruck von Langeweile und Traurigkeit. Das Bild war ein paar Wochen nach ihrer Ankunft in dem Heim aufgenommen worden. Dieses Foto hatte in Jean die Erinnerung an einen alten Schmerz geweckt und so etwas wie ein Verlangen nach Gerechtigkeit und Rache.

Jean wartete im Empfangszimmer des Heims auf Aurore. Der Leiter gehörte nicht dem Orden an und war in Zivilkleidung, ein kleiner Herr mit stechendem Blick. Er verwaltete die Finanzen, die Unterstützung und die

Rente der Mädchen. »Sie sind ein Vetter von Mademoiselle de Sommerville, nicht wahr?« Ohne dass Jean ihm irgendeine Frage gestellt hatte, legte ihm der Leiter einen Rechenschaftsbericht vor: »Gezahlte Renten: vierhundertfünfunddreißig. Kosten für die Unterbringung: zweihundert. Arztkosten und Versicherungen: hundertfünfzig. Lernmittel und täglicher Bedarf: hundertsiebzig.« Er blickte von seinem Rechnungsbuch auf und sagte: »Unter täglichem Bedarf verstehen wir Seife, Kölnisch Wasser, Taschentücher, Hygieneartikel usw.« Er fuhr fort: »Lohn: zweihundert. Unter Lohn verstehen wir eine symbolische Bezahlung, denn es versteht sich von selbst, dass im Fall Ihrer Cousine ihre Arbeit eher als Therapie angesehen werden muss, im letzten Monat hat sie eine Überschwemmung angerichtet und zuvor hat sie einen Kanister mit Heizöl neben dem Heizungsraum umgestoßen. Aber sie ist ein hilfsbereites, ehrliches Mädchen, Sie werden sie kaum wieder erkennen. Haben Sie sie schon lange nicht mehr gesehen?«

Schließlich kam Aurore in Begleitung einer kleinen Antillanerin von dreizehn oder vierzehn Jahren, die Rosalie hieß. Jean war tatsächlich erstaunt, jedoch nicht über Aurores verändertes Äußeres, sondern eher darüber, wie schnell er sie wieder erkannte. Es war Aurore und zugleich nicht mehr Aurore. Sie hatte noch immer dasselbe hübsche glatte Gesicht fast ohne Lider und Brauen und dieselben schräg stehenden Augen, aber nicht mehr den gleichen Gesichtsausdruck. In seiner Erinnerung war sie ein Mädchen, das einen etwas abwesenden, verlorenen Eindruck machte und vor Schmerz in sich zurückgezogen wirkte. Die Aurore dagegen, die das Empfangszimmer betrat, glich einer kleinen vietnamesischen Bäuerin in einem grauen ausgebeulten Pullover, einer formlosen braunen Cordhose und schmutzigen Turnschuhen. Ihr Haar war vom Rennen zerzaust und ihre Wangen waren erstaunlich rot. Vor allem ihr Blick hatte sich verändert. Sie trug eine Brille mit einem billigen rosafarbenen Gestell, und ihre glänzenden Augen blitzten Jean lebhaft und belustigt an. Sie hatte Jean offensichtlich erkannt, war aber ungeduldig und fragte sich, was er von ihr wolle. Sie blieb auf der Türschwelle stehen, ohne näher zu kommen, obwohl der Leiter sie dazu aufforderte. Rosalie stand leicht schaukelnd neben ihr und sagte: »Sie ist taubstumm, aber ich kann mit ihr sprechen, ich habe die Zeichensprache gelernt.« In dieser Stellung verharrten sie eine Weile, Jean auf seinem Stuhl, der Leiter in seinem Sessel und Aurore auf der Türschwelle. Aus dem Garten drang noch immer das Gekreisch der Fußball spielenden Mädchen herein, und Jean hatte das Gefühl, als hätte er irgendetwas unterbrochen. Schließlich kam Aurore näher und küsste Jean mit einer lebhaften Geste, fast wie im Spaß, auf den Mundwinkel, direkt neben die Lippen.

Im nächsten Augenblick drehte sie sich auf dem Absatz um und rannte gemeinsam mit Rosalie in den Garten. All die hässlichen Bilder aus der Vergangenheit verschwanden. Aurore war jemand anders geworden, hatte alles vergessen. Vor Jean waren nur noch das weiße Rechteck der Tür und die dunkle Silhouette der beiden Mädchen, die sich auf seiner Netzhaut eingeprägt hatten. Und dahinter Aurores neue Umgebung, der Garten, die Kinderspiele, die Gebete in der Kapelle und die tiefe Stille, die vom Geschrei der Fußball spielenden Mädchen erfüllt wurde.

Jean gab den Ordensschwestern etwas Geld. Es war ein kleiner Teil seiner Ersparnisse, und er war sich nicht sicher, dass Aurore es erhalten würde. Aber wenigstens würde es der kleine Mann mit dem Rattengesicht nicht bekommen, der die Abrechnungen fälschte und die Renten der Behinderten unterschlug. Die Schwester, der er das

Geld gab, sagte zu Jean: »Wissen Sie, dass unsere Aurore bald heiratet?« Da er sie verständnislos anblickte, fasste sie die Situation in wenigen Worten zusammen: »Sie heiratet Michel, einen guten Jungen. Er kümmert sich um die Bäume im Park. Er ist ebenfalls taubstumm. Selbstverständlich werden die beiden weiter hier wohnen, gemeinsam mit den Heimzöglingen. Das ist jetzt die Familie der beiden.«

Auf dem Rückweg nach Saint-Isidore, auf dem Gemeindeweg zwischen Mangoldfeldern und Olivenhainen, musste Jean wieder an die Wohnung der Gendres zurückdenken, an die dunkle Tür mit dem Schild, auf dem zwischen Schnörkeln der Name Adhémar de Sommerville eingraviert war. Er erinnerte sich daran, dass er Maître Anzioni wegen der Nachforschungen hätte anrufen sollen. Aber er wusste genau, dass die Entrüstung der Rechtsanwältin sich legen würde, wenn er sie nicht anrief. Sie hatte mit ihrer täglichen Arbeit genug zu tun und würde sich nicht mit einer Vergangenheit beschäftigen, die sie nichts anging. Es würde keinen Skandal geben. Plötzlich fand Jean all das ziemlich lächerlich. Nur Aurores Kuss blieb, leicht wie der Flügel eines Schmetterlings, der die schlechten Erinnerungen verscheucht hatte.

Alles änderte sich während einer Kinovorstellung. Am Mittwoch, dem 14. Juni 1967. Es herrschte scheußliches Wetter, Regen, Hagel und Wind. In den Alpen hatte es geschneit. Mariam bereitete sich auf ihre Prüfung in Philosophie vor. Jean traf sich jeden Abend gegen sieben mit ihr im Café des Artistes.

Mariam paukte ihre Philosophielektionen. Sie brachte ihre Bücher mit, Spinoza, Kant, Nietzsche. Vor allem liebte sie Sartre, *Was ist Literatur?* Und *Der Existenzialismus ist ein Humanismus.* Sie liebte auch seine Theaterstücke, *Bei geschlossenen Türen* und *Die ehrbare Dirne.*

Sie setzte sich hinten ins Restaurant mit dem Rücken zur Wand mit den Spiegeln, beobachtete die vorbeifahrenden Autos und das Kommen und Gehen der Menge draußen. Sie hatte den Eindruck, als befände sie sich hinten in einer Höhle. Sie rauchte ein paar Zigaretten, trank schwarzen Kaffee ohne Zucker. An manchen Abenden wurde dort Musik gemacht, um die Kundschaft zu unterhalten. Mariam mochte gern eine große Frau, eine Farbige, die nicht mehr ganz jung war, etwa um die vierzig, mit langem, gewelltem hellbraunen Haar. Sie wirkte wie eine Kambodschanerin oder eine Brasilianerin. Zwischen Afrika und Asien. Mariam kannte ihren Namen nicht, zu Jean hatte sie gesagt: »Ich nenne sie South East Asia.« Die Sängerin kam immer etwas später, stieg auf ein kleines Podium hinten im Restaurant neben der Bar. Ein Jazzgitarrist, der aussah wie ein Zigeuner und ziemlich alt war, setzte sich zu ihr auf die Bühne. Er spielte ein paar Akkorde, und dann sang South East Asia, Stücke von Cole Porter, *Love for Sale, I love Paris* oder *Night in Tunisia* oder mit tiefer, ein wenig heiserer Stimme, die einen erschauern ließ, ein paar *low-down*-Nummern. Sie sang eine Stunde lang, die Hände ans Mikrophon geklammert, ohne sich viel zu bewegen, ihr langer Körper in dem schwarzen Kleid wiegte sich nur leise hin und her. Dann ging sie fort, ohne jemanden anzublicken oder auf den dürftigen Applaus zu achten, der aus dem hinteren Teil des Restaurants kam. Mariam klatschte nie. Dann trat eine andere Sängerin auf, die eine ziemliche Niete war und im Rhythmus eines Cha-Cha-Cha mit den Hüften wackelte. Es war wirklich seltsam, South East Asia wirkte wie eine Erscheinung. Jean versuchte sich vorzustellen, wie ihr Leben aussehen mochte. Wie war sie in dieser Stadt gelandet und dann in dieser unbedeutenden Bar, die ebenso altmodisch war wie ihr Name? Mariam erfand eine Liebesgeschichte, einen Verrat. Vielleicht war South East Asia ebenso wie sie selbst aus einer Region geflüchtet, in der Krieg herrschte, einer Stadt in Vietnam, wo die Lastwagen der Amerikaner mit aufgeblendeten Scheinwerfern die Hauptstraße entlangfuhren, ohne auf Kinder Rücksicht zu nehmen. Jean glaubte, dass es eher mit Geld zu tun hatte und die Frau im Café des Artistes sang, um sich etwas hinzuzuverdienen, vermutlich hatte sie einen langweiligen, schlecht bezahlten Job als Verkäuferin in einem Warenhaus oder als Zimmermädchen in einem billigen Hotel.

Es waren Wochen, die gleichsam der Zeit entrückt waren, Jeans Besuche im Josaphat, seine ungewisse Zukunft, die Befürchtung, dass seine Zurückstellung endgültig abgelehnt und er einberufen werden könne, und Mariam, die im Café ihre Philosophietexte las, und South East Asia, die an manchen Abenden wie eine Überraschung für sie sang, ohne sie zu sehen, und dazu die sanfte Gitarrenbegleitung des alten Zigeuners. Sie hatten den Eindruck, als trieben sie dahin, schwebten zwischen zwei Sphären und als könne das ewig so weitergehen. Es konnte nicht so weitergehen.

Am jenem Mittwoch, dem 14., gingen Jean und Mariam nachmittags ins Kino. Sie wollten keinen bestimmten Film sehen, sondern gingen aufs Geratewohl dorthin. Ein heftiger Regen hatte eingesetzt, mit Böen und wirbelndem Staub. Die Sommergäste liefen mit gesenktem Kopf und eingezogenen Schultern durch den Platzregen.

Jean und Mariam betraten das Kino, die Vorstellung hatte schon begonnen, ein seltsamer Film mit Rückblenden, David Hemmings mit seinen großen hellen Augen, Vanessa Redgrave war sehr hübsch und glich ein wenig South East Asia, dachte Mariam. Eine erotische Szene, zwei Mädchen rannten nackt durch eine Wohnung in London. Und dann ging es um ein Verbrechen, ein Bild, das ein Fotograf mit der Lupe betrachtete. Es war nicht klar, wie das alles zusammenhing. Als der Film zu Ende war, wollte Mariam den Anfang sehen. Sie war erschöpft vom Pauken, den vielen Zigaretten, vielleicht auch von zu viel Kaffee. Sie hatte dunkle Ringe unter den Augen. War nervös, konnte nicht stillsitzen. Der Saal war nicht sehr voll, durchnässte Zuschauer kamen herein. Die Platzanweiserinnen gingen mit Körben mit Bonbons durch die Sitzreihen. »Ich muss jetzt eine rauchen«, sagte Mariam. Sie verhandelten mit der Platzanweiserin am Eingang, um kurz nach draußen gehen zu dürfen. »Gut, aber verlieren Sie Ihre Karten nicht, sonst kann ich Sie nicht wieder reinlassen.« Draußen vor dem Kino war die Luft kühl und feucht. Das tat gut. Es war inzwischen dunkel geworden, die Autos fuhren mit Licht und eingeschalteten Scheibenwischern an ihnen vorbei. Die Leute drängten sich nicht, um den Film zu sehen. Vielleicht flößte ihnen der Titel *Blow Up* Angst ein. Oder der Name Antonioni.

Mariam rauchte schweigend. Jean erzählte nicht ohne Eitelkeit von London. Dabei erkannte er in dem Film von Antonioni bis auf die Farbe der Backsteinwände und ein paar Aufnahmen aus der Gegend von Knightsbridge nichts wieder. Er war das London der Reichen und Künstler, das er nicht kannte. Das ließ sich nicht mit Elephant & Castle oder Jamaica Road vergleichen.

Mariam hörte ihm kaum zu. Im Licht der Schaufenster wirkte ihr Gesicht noch glatter, hatte etwas Kindliches und zugleich auch Verbrauchtes. Jean war sich klar, dass er verliebt in sie war, gab der Sache aber keine Chance. Es war nur ein vorübergehender Augenblick, eine Unterbrechung innerhalb eines Ablaufs von Ereignissen. Es würde wieder vorbeigehen, ohne dass er etwas daran ändern konnte. Nach dem Abitur würde Mariam gemeinsam mit ihrer Adoptivmutter nach Paris gehen. Vielleicht würde er sie nie wieder sehen. Es war wie mit den Songs von South East Asia, ein Augenblick, nur ein Augenblick, eine Melodie, die eine Weile ertönt, und dann ist wieder das Geräusch von der Straße zu hören.

Sie gingen ins Kino zurück, als die Vorstellung gerade begann. Die Wochenschau lief, Schwarzweißbilder, hart, voller Gewalt, das Schlachtfeld im Sinai, die Wüste, ägyptische Panzer, die unter den Bomben der israelischen Luftwaffe verbrannten, Leichen im Sand. Und plötzlich ein groteskes, tragisches, unerträgliches Bild: die auf der Sandebene zurückgelassenen Schuhe ägyptischer Soldaten, als habe sich ein Schlammstrom zurückgezogen. Die Stille bei diesen Bildern, die wirkten, als wären sie aus großer Entfernung aufgenommen, wurde von der näselnden, unwirklichen Stimme des Kommentators unterbrochen, der von Kuntilla, Khan Yunis und Sharm El Sheikh sprach.

Und während Jean und Mariam noch wie versteinert auf der Türschwelle standen, wurde es im Kinosaal laut, zunächst erklang hier und dort Applaus, dann eine Welle des Lachens und Freudenschreie, die Zuschauer waren aufgesprungen und gestikulierten, und vor ihnen auf dem Sand der Leinwand, auf der sich ihre Schatten abzeichneten und diese endlosen Bilder hüpften und zitterten, als sollte dadurch das Gelächter und Geschrei der Menge noch unterstützt werden, die komische Szene eines Stummfilms mit all den Schuhen, die die Soldaten auf der Flucht verloren hatten, während sie Hals über Kopf davongerannt waren. Jean konnte gerade noch feststellen, dass die Schuhe, zumindest jene im Vordergrund, alle von dem gleichen Fuß stammten, doch wo waren die Schuhe von dem anderen Fuß? Und dann kamen andere Bilder, furchtbare Bilder, aber das Gelächter und das Freudengeheul gingen trotzdem weiter, die Männer aus Rafah, denen man die Augen verbunden und die Handgelenke auf dem Rücken mit Draht gefesselt hatte, sodass die Hände schwarz geworden waren, die Schar der Gefangenen, die sich humpelnd durch den Staub voranbewegten wie Tiere mit Fußfesseln. Und im Saal immer noch dieser Lärm, der immer lauter und drohender wurde.

Mariam war starr vor Entsetzen, sie ging mit gesenktem Kopf auf die Flügeltür zu, schob sie auf, flüchtete in die Vorhalle und dann auf die Straße, sodass Jean hinter ihr herrennen musste, er empfand die kalten Böen des Gewitters und die dröhnende Leere der gleichgültigen Straße geradezu als Wohltat. Er drückte Mariam an sich, sie war so klein und zart, dass er das Gefühl hatte, ein schluchzendes Kind in den Armen zu halten. Er flüsterte: »Mach dir nichts draus, vergiss es, mach dir nichts draus …«

Im strömenden Regen entfernten sie sich so schnell wie

möglich von dem Kino, als wäre es ein verfluchter Ort, an dem die Menge nach Rache schrie und nach Zerstörung suchte. Und das Bild des Schlachtfelds mit all diesen zurückgelassenen Schuhen und die ägyptischen Soldaten, die mit verängstigten, unrasierten Gesichtern am Straßenrand hockten, die Männer mit verbundenen Augen und jene, die mit leerem Blick in die Kamera starrten. Mariam zog Jean mit sich in Richtung der Hügel, sie liefen lange, bis die Stadt nur noch ein weißer Schein zwischen den Bäumen war. Sie sagte: »Ich bin müde, so müde.« Und dann: »Ich kann nicht nach Hause gehen, nimm mich irgendwohin mit.« Am Fuß der Hügel war ein Hotel mit dem etwas anmaßenden oder eher altmodischen Namen *Pension des Isards,* Gasthof zur Gemse. Der Inhaber machte einen ziemlich müden Eindruck. Er zeigte ihnen ein Zimmer und drehte die Wasserhähne der Badewanne weit auf: »Das ist wie in den USA, durch den Kompressor ist der Druck so stark, dass die Wanne in zehn Sekunden voll ist.« Jean war das völlig egal, und Mariam blickte nicht einmal hin.

Der Hotelinhaber machte ein misstrauisches Gesicht, als wittere er etwas Verdächtiges, eine Gymnasiastin, die mit ihrem Französischlehrer durchgebrannt ist, eine illegal Eingereiste oder vielleicht sogar eine Nutte. Das Zimmer war lang und schmal und hatte am Ende einen Alkoven. Es roch nach Desinfektionsmittel. Aber durch das Fenster sah man den Garten im Regen, eine Glyzinie, die von dem Neonschild beleuchtet wurde. Jean nahm das Zimmer. Er streckte sich auf dem Bett aus, fühlte sich zerschlagen. Mariam zitterte vor Kälte, wollte die außergewöhnliche Badewanne nicht benutzen.

»Weißt du, als ich in Frankreich ankam, wäre ich fast an Malaria gestorben, die hatte ich mir in Algerien geholt. Mama Lou hat mich gerettet, sie badete mich in warmem Wasser, das sie nach und nach mit kaltem Wasser mischte, um das Fieber zu senken. Sie war Krankenschwester, ich habe sie sehr gern gemocht und Monsieur Manciet auch, er war sehr nett zu mir. Als ich zu ihnen zog, war ich sehr krank und sehr anfällig, nach dem Tod meines Vaters habe ich darum gebeten, bei den Manciets zu wohnen, mein Onkel war nicht damit einverstanden, aber er konnte es nicht verhindern.«

Sie schmiegte sich an Jean. »Wärm mich auf, mir ist so kalt.« Sie zitterte unentwegt. Da waren noch immer dieser Lärm, die Leute, die aufgesprungen waren, ihre Stimmen, ihr Gelächter, der Hass auf ihren Gesichtern, während sie die mit Schuhen von Arabern übersäten Sandflächen betrachteten.

Auch bei gelöschtem Licht war es in dem Zimmer noch ziemlich hell wegen des Neonschilds, das die alte Glyzinie beleuchtete. Aber das war gut so, sie waren kilometerweit vom Hass und von den Leuten entfernt, die im Kino geschrien hatten. Mariam entkleidete sich und glitt unter das Bettlaken. »Jetzt ist mir warm, aber mein Herz klopft viel zu stark, komm, fühl mal!« Sie nahm Jeans Hand und legte sie zwischen ihre leichten Brüste. Er spürte das Pochen, schnell wie bei einem gefangenen Vogel. Er streichelte sanft ihre Brüste, die Rundung ihrer Schultern, zeichnete mit den Fingerspitzen Figuren auf ihre Haut. Er hatte große Lust, sie zu lieben, aber sie wich ein wenig zurück, rollte sich zusammen und sagte: »Ich will jetzt nicht, ich möchte schlafen.« Und das tat sie, wie ein kleines zutrauliches Tier.

Jean lag auf einen Ellbogen gestützt und horchte auf ihren regelmäßigen Atem. Das Laken glitt etwas zur Seite, und er sah ihren schneeweißen Körper, auf dem die Wirbelsäule wie ein dunklerer Weg zu ihrem Gesäß hinabführte. Sah ihren Nacken, ihre Locken, die auf dem Kopfkissen ausgebreitet waren. Es war ein außergewöhnlicher

Augenblick, der immer währen konnte. Diese Nacht mit Mariam in dem alten Zimmer neben der vom Neonlicht beleuchteten Glyzinie, wie in einer verschlossenen Truhe, die vor all der Gewalt, den Kriegen, den abgemagerten Körpern und den in der Wüste zurückgelassenen Tausenden von Schuhen vom gleichen Fuß Schutz bot.

Kurz vor dem Morgengrauen schlief er schließlich ein. Das Knattern der Mopeds und das Quietschen der Müllwagen, die die Straßen entlangfuhren, waren schon zu hören. Es war kein richtiger Schlaf. Er träumte, dass sich Mariam ihm zuwandte und ihn anlächelte, ihre weißen Zähne glitzerten in ihrem dunklen Gesicht, sie küsste ihn so leidenschaftlich, dass sein ganzer Körper von Glut erfasst wurde und sein Glied sich aufrichtete. Er umschlang ihren weichen Körper und drang sanft in sie ein. Die Liebe entführte ihn in eine andere Welt. Später, viel später herrschte trübes Licht, er wachte mit klopfendem Herzen auf und rief sie mit ängstlicher Stimme: »Mariam!…« Sie stand neben dem Fenster. Sie hatte schon in der Badewanne geduscht, ihre hautenge Jeans und ihren braunen Baumwollpullover angezogen. »Wo gehst du hin?« Sie kam nicht näher und blickte ihn an, ohne zu antworten. Sie zündete sich die erste Morgenzigarette an und hängte sich den Riemen ihrer Tasche über die Schulter. »Psst, ich gehe zu meiner Mutter, um zu pauken. Schlaf weiter.« Er wagte nicht zu sagen: »Wann sehen wir uns wieder?« Sie hätte die Achseln gezuckt. Es war nichts zwischen ihnen geschehen. Das war absurd. Nur eine Nacht im selben Bett, um ihre Angst zu bezwingen. Er fühlte sich allein. Außerdem hatte er von seinem erotischen Traum noch schmerzende Hoden.

Er schlief wieder ein. Um halb zehn brachte ihm das Zimmermädchen das Frühstück, Milchkaffee, Brot, Butter und Marmelade. Schon seit langem hatte es ihm nicht mehr so gut geschmeckt. Als er kurz darauf das Zimmer verließ, fürchtete er, dem Hotelinhaber zu begegnen und wieder schräg angesehen zu werden. Doch er traf nur den Nachtportier mit seiner verknitterten Miene. »Wollen Sie das Zimmer heute behalten?«

Jean erwiderte achselzuckend: »Nein, ich glaube nicht.« Der Eindruck einer Geschichte, die nicht stattgefunden hatte, wie am Ende von Jamaica Road. Die mit Pfefferbäumen gesäumten schmalen Straßen führten zu der lärmenden Stadt hinab, all diese Verästelungen, die im Strom der großen Verkehrsachsen wieder zusammenliefen, ein endloses Band von Tanklastwagen und Autos, ihre gelben Scheinwerfer im Morgendunst, wie die Schaumkronen der großen grauen Schlange, die über das Meer glitt.

Er schlief sehr wenig, sehr schlecht und irgendwo. An einem Abend bei seinen Eltern in dem alten kleinen Zimmer, das nach Staub, nach vergangenen Zeiten roch und noch herber nach Schimmel und getrocknetem Sperma. Manchmal in einem Hotel am Stadtrand, in einem schäbigen Zimmer in einer Umgebung, die er nicht mochte, wo er aber das Gefühl hatte, nur auf der Durchreise zu sein und dass am nächsten Morgen alles vergessen sein würde. Manchmal auch draußen, unter freiem Himmel (wenn er zu sehen war), am Strand, dort wo Marcel, der Yogi, früher seine Transvektionskurse abgehalten hatte – vielleicht hatte er sich endlich entschlossen, nach Benares zu gehen, denn es gab keine Spur mehr von ihm. Im an den Bahnhof grenzenden Park, wo man ein oder besser beide Augen offen halten musste, eins auf die umherstreifenden Homosexuellen und das andere auf die Bullen, die ihre Runde machten.

Doch im Morgengrauen war das Meer sehr schön, glatt und weich, der Himmel farblos. Die Schlange aus Nebel glitt langsam aus den Tiefen auf das Ufer zu, ließ das Treibgut des Vortags vor- und zurückrollen. Es waren immer viele Vögel da, die die Wellen streiften und eine unsichtbare Schnur hochzogen, Fischerboote, die mit einsatzbereiter Winde von ihrem Viertaktmotor mit dumpfem Tuckern langsam angetrieben wurden. Um diese Uhrzeit, dachte Jean, existierte die Freiheit als ein Vorrecht. Nichts störte sie, keine Erinnerung. Die sichtbare Welt zeigte eine gewisse Ermüdung.

Trotz des Verfalls durch die Zeit hielt Tante Catherine noch alle Fäden straff in der Hand. Jean hatte das Gefühl, als stehe er ständig mit ihr in Verbindung, selbst hier zwischen den Felsen, vor dem gleichgültigen Meer. Um den Verlust von Rozilis wettzumachen, ließ er sich für sie von diesem einsamen Winkel durchdringen, der vor den Blicken der Stadt geschützt war und wo er sich ins Pleistozän zurückversetzt fühlen konnte, in die Zeit, als Gänse und Wale noch uneingeschränkt die Herrschaft innehatten und die Welt noch nicht wirklich begonnen hatte. Er würde noch am selben Nachmittag ins Josaphat gehen und ihr das alles erzählen, und seine Worte würden ihr Gesicht liebkosen, das ebenso verbraucht war wie das auf dem schwarzen Bauch der Felsen hin und her fließende Wasser.

Am Vormittag des 20. Junis legte Mariam also die schriftliche Prüfung in Philosophie ab. Thema: »*Die Unsterblichkeit der Seele ist von so gewaltiger Bedeutung für uns, berührt uns so tief, dass man jedes Gefühl verloren haben muss, wenn es einem gleichgültig sein kann, zu wissen, was es damit auf sich hat.*« (Pascal, *Pensées*).

Nachmittags gegen fünf traf er sie im Café des Artistes. Es war ein Tag ohne South East Asia, und sie blieben nicht länger als eine Viertelstunde. Anschließend mietete Jean in der Stadt in einer schäbigen Pension im dritten Stock eines Wohnhauses ein möbliertes Zimmer. Mariam hatte das beschlossen. Sie zog die Vorhänge zu. Im warmen Halbdunkel schlüpfte sie nackt zwischen die rauen Bettlaken. Sie hatte eine Gänsehaut. Jean klopfte das Herz wie in dem Traum, den er wenige Nächte vorher gehabt hatte. Er zitterte, als sei es das erste Mal. Für Mariam war es das erste Mal. Es tat ihr weh, als Jean in sie eindrang, und als er daher innehielt, sagte sie fast wütend zu ihm: »Mach weiter!« Sie hatte die Augen geschlossen, den Kopf in den Nacken sinken lassen, den Mund nach oben, und einen wilden, verkrampften harten Gesichtsausdruck. Das war berauschend und flößte ihm zugleich Angst ein, löste Verwirrung und Wahn aus, und dennoch liebte er diesen Bruch, diese Heftigkeit. Ein seltsamer, starker Körpergeruch ging von ihr aus, hechelnder Atem, das Herz, das in der Kehle klopfte, als sei es sichtbar, den Blick nach innen gerichtet, das Weiß der Augen zwischen den dunklen Lidern, wie bei Epilepsie. Der Geruch nach Krieg, der Körper der Frauen aus Oran, in den Souks, in den Bädern, der Geruch nach Erde, die die Soldaten geschändet hatten, der Geruch nach Angst und Demütigung, der beißende Geruch von gepanzerten Fahrzeugen, die den breiten Boulevard entlangfuhren, und dieser Mann, der auf die Straße gesprungen war, das kleine Mädchen nach hinten gerissen, ihm das Leben gerettet und es in den Staub geworfen hatte, während Räder und Stahlketten seine beiden Brote auf der Straße zermalmten. All das las er jetzt in ihrem Gesicht mit den geschlossenen Augen, sog all diese Erinnerungen in sich auf.

Sie schliefen gemeinsam ein, trotz des Hupens auf der Straße, trotz all der Menschen, die vorüberhasteten, sich drängelten, um wohin zu gehen? Um was zu tun, wen zu treffen? Sie schliefen schweißüberströmt Seite an Seite ein. Und die Luft kühlte sich allmählich ab. Die Worte und die Dinge schwanden dahin, lösten sich auf, wehten nach hinten wie ihr Zigarettenrauch. Jean dachte an seine baldige Abreise, an die Bedrohung, die Gestalt angenommen hatte, die Briefe mit dem Stempel des Kriegministeriums, die folgendermaßen lauteten: »X... hat sich zur Prüfung seines Zurückstellungsantrags mit seinem Wehrpass an dem und dem Tag, um die und die Zeit in der Kaserne Y... einzufinden.« Die Leerstellen waren mit flüchtigen Kritzeleien ausgefüllt worden. Dann folgten der gedruckte Paragraph des Oberbefehlshabers Napoleon und die Unterschrift von Oberleutnant Marini. Jean ließ die Sache ziemlich gleichgültig. Er hatte seiner Mutter und seinem Vater nichts davon erzählt. Und Mariam war an alledem sowieso nicht beteiligt. Außerdem gab es für sie andere dringende Dinge. Die Abiturprüfungen waren wie ein heftiges Fieber, sie schlief nur mit Jean, um sich davon abzulenken. Jeder war mit seiner eigenen Geschichte beschäftigt, das war alles.

Bald wurde es wieder Sommer, das war klar, und dann gingen alle wieder fort. »Ich habe einen Job in einem Hotel in Chamonix gefunden, besuchst du mich dort?« Jean ließ mit der Antwort auf sich warten: »Vielleicht ...« Er hatte gelogen. In jenem Augenblick stand für ihn schon alles fest. Der Zug, das Schiff nach England, um dann mit einer Chartermaschine nach Toronto zu fliegen, wo ihn Bryan und Mülleimer erwarteten. Sie hatten dort Arbeit gefunden. Und anschließend auf dem Landweg Richtung Süden, mit dem Greyhound durch die USA, Dakota, Wyoming, Oklahoma und Texas bis McAllen. Und dann noch weiter nach Süden bis Mexiko. Manchmal zitterte Jean geradezu vor Ungeduld.

Er blieb mit Mariam in dem grauen Zimmer in der

Stadtmitte und schlief an ihrer Seite, während die Sonne am Himmel ihrer Bahn folgte und die Schatten draußen Stunde für Stunde weiterwanderten. Bei Einbruch der Dunkelheit trennten sie sich.

Es bleibt nicht mehr viel Zeit. Um zu verstehen, um zu erahnen. Oberleutnant Marini hätte sich nicht klarer ausdrücken können: »Sie stehen am Scheideweg. Ich rate Ihnen, der Vorladung Folge zu leisten, damit Sie nicht als Deserteur eingestuft werden. Das ist ein schweres Verbrechen, das Ihnen Ihr ganzes Berufsleben zu verderben droht. Wenn Sie nachweisen können, dass Sie weiterstudieren, können Sie noch für ein oder zwei Jahre zurückgestellt werden. Ich beschwöre Sie, das nicht auf die leichte Schulter zu nehmen.« Oberleutnant Marini mit seinem eckigen Kinn, seinem ganz kurz geschnittenen schwarzen Haar, seinem glänzenden, scharfen Blick. Er hatte sich im Gedenken an die Hochzeit der Seelen bereit gefunden, mit Jean Marro zu sprechen. Nicht so sehr zu Ehren von Santos und Jeanne Odile, sondern eher aus Respekt vor Léa Balas, jener Frau, die Schauspielerin gewesen war und ihr Leben wie ein Theaterstück inszeniert hatte. »Ein verdammter Lügner!«, sagte Jean zu seiner Mutter. Sharon blickte ihn verständnislos an. »Weißt du, dass er mir gesagt hat, ich solle mich bei der Wehrdienstbehörde melden? Er weiß genau, dass ich nicht als Deserteur angesehen werde, wenn ich auf die Vorladung nicht reagiere, sondern nur wegen Nichterscheinens gesucht werde.« Jeans Vater ist auf dem Laufenden. Er hat nichts gesagt. Er hatte seine Entlassung beantragt, als England beschloss, seine Jugend in den Dschungel zu schicken, um die kommunistischen Partisanen zu bekämpfen. Oder genauer gesagt, er war dazu gezwungen worden, weil er Lee Meng in Schutz genommen hatte, als sie zum Tode verurteilt wurde. Er war in dieses hübsche Mädchen mit dem Gesicht einer jugendlichen Abenteurerin verliebt gewesen und hatte ihr Foto bis zum Schluss aufbewahrt, sogar noch, als er wieder in Frankreich war und mit Sharon und seinem Sohn zusammenlebte. Jean hätte gern mit ihm gesprochen, ihn nach dieser Geschichte gefragt, aber es war zu spät.

Als Frankreich im Krieg war, hatte er sich jeden Tag über die Repression und die Einziehung von Wehrpflichtigen empört, eine Million junger Männer, die nach Algerien in den Tod geschickt wurden, um die Kolonialmacht zu verteidigen. Jetzt hat ihn die Sklerose besiegt. Er liest nicht einmal mehr den *New Statesman*, der jede Woche in seinem Briefkasten liegt. Er hört noch abends vor dem Essen BBC auf seinem Kurzwellenempfänger. Bom-bom-bom! *Bibici World Service, this is the news.* Es ist davon die Rede, dass Mauritius unabhängig werden soll. Raymond Marro wartet schon seit Jahren darauf, es ist höchste Zeit! Die Wahlen finden Ende des Jahres statt. Jean denkt an Catherine in dem Gemeinschaftsraum im Josaphat. Weiß sie, was dahinten auf ihrer Insel stattfindet? So fern in der Zeit, so fern im Ozean?

Für Jean sind es die letzten Tage, ehe er nach Amerika geht. Er läuft durch die Stadt, greift alle Fäden noch einmal auf. Er weiß, dass bald nichts mehr von dem, was er kannte, zurückbleibt. Jeden Tag verschwindet ein Geschäft, ein Bistro, eine Adresse. Auf den Briefkästen in La Kataviva und anderswo wechseln ständig die Namensschilder.

Der Friseursalon Motosso zum Beispiel. Dort, wo Jeans Vater seine militärische Frisur auffrischen ließ, in der Straße am Hafen. Ein alter vornehmer Südfranzose, der Provenzalisch sprach, immer tadellos gekleidet in weißem

Kittel und mit schwarzen Lackschuhen. Jetzt ist dort das Nuoc-Mam, ein vietnamesisches Restaurant von zweifelhaftem Geschmack mit kleinen Fontänen und Bonsais aus grünem Plastik. Ein anderes Beispiel? Der Drogist an der Straßenecke, an der Place de l'Horloge. Eines schönen Morgens packte er seine Sachen und machte sich mit all seinen O'Cedar-Besen und Rubson-Dosen aus dem Staub. Der Laden steht leer, das Schaufenster ist zertrümmert, jugendliche Rowdys haben Unrat hinter das Gitter geworfen. Die Schusterwerkstatt direkt neben La Kataviva: Jean erinnert sich noch an das Bild, das das Schaufenster schmückte, eine farbige Ansicht der Bucht von Neapel mit dem Feuer speienden Vesuv. Heute ist es ein medizinisches Behandlungszentrum mit diplomierten Krankenschwestern, vor dessen Fassade ein grünes Kreuz aufblinkt, als habe es einen Wackelkontakt. All das ist natürlich nicht sonderlich wichtig. Alles kommt und geht, das Rad dreht sich, der Wind verweht alle Spuren. Aber La Kataviva war wichtig. Das war nichts Nebensächliches. Und nun, da Cathy Marro im Josaphat eingekerkert und Aurore de Sommerville in dieser Besserungsanstalt für schwer erziehbare Zöglinge ist, den Gärtner heiraten und Kinder mit ihm zeugen wird, muss Jean an der Tür vorbeigehen, an dem azurblauen Mosaik, in dem in goldenen Lettern dieser magische Name eingelassen ist, als hätte es all das nie gegeben, als wären es nur Träume gewesen und als wäre es nur irgendeine Tür in einem etwas verfallenen Gebäude in der Rue Reine-Jeanne, in einem Viertel, das vor allem von südostasiatischen Einwanderern bewohnt wird.

Jean schrieb Tante Éléonores neue Adresse auf einen kleinen Zettel. Die Villa Belle Vue, in der Jean sie drei- oder viermal im Jahr besucht hatte, als er noch ein Kind war, und wo sie mit Onkel Vania und ihren sieben Katzen im Souterrain gewohnt hatte, war abgerissen worden. An der Stelle wird ein Hochhaus aus Beton errichtet, ein zukünftiges Hotel, das erstaunlicherweise einen Katzennamen trägt: Angora.

Tante Éléonore war immer das genaue Gegenteil von Catherine Marro gewesen. Mit einer seltenen Gabe für juristische Winkelzüge und ausgeprägtem Überlebensinstinkt hatte sie nach Onkel Vanias Tod mit der Baufirma, die das Haus gekauft hatte, eine Entschädigung von zwei Millionen (alten) Franc ausgehandelt (mit achtzig Jahren konnte man sie nicht mehr vor die Tür setzen) und diese Summe nach einer schweren Bronchitis, die ihr das Aussehen einer Halbtoten verlieh, bei einem Notar als Leibrente angelegt. Diese Anekdote, die ihm seine Mutter erzählt hatte, veranlasst Jean, ihr einen Besuch abzustatten.

Sie wohnt jetzt oben auf den Hügeln in einer alten, von Akanthus umgebenen großen Villa der Belle Époque. Parc des Cédrats, der Park der Zitronatzitronen. Eine Adresse, die gut zu ihr passt, dachte Jean.

Die Villa ist ein heruntergekommenes ehemaliges herrschaftliches Haus, dessen alte goldene Verzierungen und Marmorimitationen den Verfall noch stärker in Erscheinung treten lassen. Und die Bewohner sind eine seltsame Mischung. Ältere Menschen, die in der Vorkriegszeit aus allen Teilen Europas und sogar aus dem vorrevolutionären Russland eingewandert sind, müssen dort mit Gruppen junger Leute zusammenwohnen, straffällig gewordenen Jugendlichen, die aus dem Gefängnis entlassen worden sind, Dealern, Vorbestraften oder steckbrieflich gesuchten Typen, die sich dort versteckt haben. Tagsüber begegnet man eher den älteren Menschen. Aber nachts kommen die Ganoven heraus, und dann bestimmen sie, was dort passiert. Das erklärt Tante Éléonore Jean, und dabei zeigt sie auf das Ochsenauge knapp über dem Fußboden, das auf den Innenhof geht und ihre einzige Lichtquelle darstellt: »Ich überwache sie jeden Abend. Ich kenne alle, die im Haus wohnen, aber wenn sie von woanders kommen, dann weiß ich, dass ich meine Tür zweimal umschließen muss und nicht nach draußen gehen darf.«

Éléonore hat sich kaum verändert seit der Zeit, als Jean sie in der Villa Belle Vue besuchte. Sie hat immer noch die bläulichen Locken, mit denen sie die beiden Stahlklammern verbirgt, womit sie die Haut an den Schläfen strafft, das Gesicht einer ägyptischen Mumie mit einer schmalen Hakennase, Augenbrauen, die sie mit einem dunklen Fettstift nachzieht, und zwei runde rote Puderflecken auf den hervorstehenden Wangenknochen. Als Jean noch klein war, hatte er Angst vor ihr und wagte nicht, ihr einen Kuss auf die Wangen zu drücken. Jetzt empfindet er ein gewisses Mitgefühl für diese Frau, die sich ans Leben klammert. Sie erinnert ihn an Paula, die ehemalige Halbweltdame in dem Pavillon der Demenzkranken im Saint Thomas Hospital.

»Sie kommen manchmal abends, sind betrunken oder was weiß ich, und vergnügen sich damit, die Leute im Haus zu terrorisieren, dann versetzen sie meiner Tür Fußtritte und ich schreie ihnen zu: ›Haut ab, sonst rufe ich die Polizei an‹, aber sie lachen nur höhnisch, denn sie wissen bestimmt, dass ich kein Telefon habe.«

Jean blickt auch durch das Ochsenauge. Der Innenhof ist leer, das Licht, das durch das halb verfallene Glasdach dringt, ist trotz der Mittagssonne fahl. Es ist kein Laut zu hören. Nur die leisen Bewegungen der Katzen in der Wohnung. Wie viele sind es? Als Jean hereinkam, sah er drei, die unters Bett huschten, und kurz darauf im Eingang zur Küche eine kleine schwarzweiße Katze, die den Kopf hervorstreckte. »Das ist meine Emma«, sagte Éléonore. »Sie bettelt, um etwas Futter zu bekommen, die Arme, sie frisst ständig, aber sieh nur, wie mager sie ist.« Jean erinnert sich, wie sein Vater früher erzählte, dass Éléonore in der Villa Belle Vue aus dem Fressnapf ihrer Katzen aß. Auf dem Regal in der Küche hat er ganze Stapel von Dosen mit Katzenfutter gesehen, vermutlich ernährt sich Éléonore noch immer so. Aber was Jean als Kind widerlich erschien, findet er heute eher rührend. Das ist etwas völlig anderes als die Härte von Tante Catherine, die nach Mathildes Tod all deren Katzen vergiftet hat, um ihnen kein unglückliches Leben aufzuzwingen.

Éléonore hat in der kleinen Dachwohnung all ihre Andenken aus der Zeit angehäuft, als sie noch Sängerin an der Oper von Mostaganem war, ehe sie sich mit Onkel Vania Vlatieff verlobte. Die Programmhefte, die Fächer, die Kostümzeichnungen. Sie hat kein magisches Fotoalbum wie Catherine. Ihre vergilbten Bilder liegen in buntem Durcheinander in Schuhkartons. Éléonore im Jahr 1910, als Ukrainerin verkleidet, als junges Mädchen in Skandinavien. Éléonore mit Monsieur Affre, dem Tenor der Oper, auf der Titelseite einer Zeitung. Éléonore, ganz klein, in kurzem Kleid und Spitzenhöschen, einer mit Bändern verzierten Haube auf dem Kopf, hellblond, lächelnd, neben einem streng wirkenden Herrn, der einen langen Mantel und einen Zylinder trägt. »Mein Großonkel Charles Marro, als er aus Mauritius kam. Beim Tod meines Vaters, damals war ich fünf. Das Foto ist im Jardin du Luxembourg aufgenommen worden.«

»Warum hat deine Mutter Mauritius verlassen, Tante Éléonore?«

Sie zuckt die Achseln. »Weißt du, sie hat es nicht bereut, dass sie weggegangen ist. Sie war keine Marro aus Rozilis, sie war arm. Meine Mutter wollte nicht, dass ich dort blieb, sie wollte, dass ich Französin wurde, sie war ziemlich schwierig, wollte keinen Mauritier heiraten und wollte für mich das Gleiche. Und das Ergebnis ist, dass sie einen Offizier geheiratet hat, der an Typhus gestorben ist, und ich …« Sie lachte belustigt. »Anscheinend war ich genauso schwierig wie Catherine, wir haben beide alle Anträge abgelehnt, bis sich eines Tages niemand mehr für uns interessierte!« Sie hat nichts von ihrem galligen Humor verloren. Als Jean sie fragt, was sie über Rozilis weiß, geht sie sofort darauf ein: »Alle haben von dieser Geschichte gesprochen, als die Familie Marro ihr Haus räumen und in alle möglichen Länder auswandern musste, um zu überleben. Uns selbst betraf das nicht, wir besaßen nichts, aber für sie war das sehr hart, vor allem für deinen Großvater und für meinen Onkel Jean Charles.« Deshalb ist Jean gekommen, er weiß, dass Tante Éléonore die Wahrheit kennt. Er fragt: »War dieser Anwalt daran schuld, ein gewisser Chemin?« »Nein, Chemin war das nicht«, sagt Éléonore bestimmt. »Er war nur der Handlanger, wie nennt man das noch? Der Strohmann von Onkel Thadée, weißt du, Charles' jüngster Bruder. Er hat einen Prozess angestrengt, um sein Erbteil einzufordern, seine zweite Frau steckte dahinter, ich habe ihren Namen vergessen, Étiennette oder Antoinette, sie setzte alle Hebel in Bewegung, damit Rozilis von den Banken zum Verkauf angeboten wurde, und unter dem Vorwand, dass das Unternehmen verschuldet war, verhinderte Thadée den Rückkauf und sorgte dafür, dass eine Zwangsversteigerung durch den Anwalt Chemin stattfand, er war sein Schwager. Und die Marros aus Rozilis hatten nicht genug Geld, um es zu kaufen, sie haben alles verloren, das Sägewerk, den Wald und das Haus, in dem sie wohnten, so hat sich das abgespielt, sie gingen weg, und dann ist Simon 1915 umgekommen, er war ein hübscher Junge, ich lernte ihn zu dem Zeitpunkt kennen, als er in die britische Armee eintrat, da besuchte er uns in Paris. Und Jean Charles starb wenig später, an der spanischen Krankheit, glaube ich. Und alle Jungen kamen dann nach Europa, dein Großvater und auch Gildas, um das Priesterseminar zu besuchen. Und Catherine ist in Mauritius geblieben, um sich um ihre Mutter zu kümmern, und als diese starb, ist auch Catherine nach Frankreich gekommen, zusammen mit Mathilde, die krank war, sie haben schwere Jahre in Paris erlebt, auf Mauritius hatten sie schon das Elend kennen gelernt, aber in Frankreich war es noch viel schlimmer …«

Éléonore spricht mit leicht zittriger Stimme, aber ihr Gesicht bleibt kalt und hart wie das einer alten Indianerin. »Ich erzähle dir das alles, aber ich war damals achtzehn und lebte in Paris, ich nahm Gesangsunterricht, ich muss sagen, dass mich das nicht sonderlich interessiert hat. Aber für deinen Großvater und für Catherine und die arme Mathilde war das hart, das stimmt schon, sie kamen aus dem Paradies, und plötzlich saßen sie mitten im Winter in Paris.«

Jean verzichtet darauf, ihr von dem Heft zu erzählen, in dem Tante Catherine alles aufgeschrieben hat, wozu auch? Das ist eine geheime Geschichte, voller Verbitterung und Gespenstern, eine Geschichte, die keinen Abschluss finden kann, eine Wunde, die nicht verheilt. Tante Éléonore ist mit den Gedanken schon woanders. Sie spricht wie im Traum, während ihre Katzen unter den Möbeln herumschleichen.

»Du kannst dir gar nicht vorstellen, wie das Leben in Paris zu jener Zeit war. Als wir noch auf Mauritius waren, sprach meine Mutter nur vom Fieber, sie war immer krank, in Rose Hill regnete es viel, und nach dem Tod meines Vaters waren wir von der Barmherzigkeit der Marros abhängig, wir waren ja nur Joussenels, verstehst du? Daher war Paris für sie und mich die Freiheit, auch wenn wir in der Wohnung in der Rue Didot nur ein winziges Zimmer hatten, aber es gab das Musikzimmer, die Einladungen, man sprach von uns, als hießen wir La Pagerie. Ich erinnere mich noch, ich hatte nach dem Krieg mehrere russische Freundinnen, eine hieß Antonina, sie kam aus Jekaterinburg und war sehr hübsch, ich ging oft mit ihr zum Tanzen, sie nahm auch Gesangsunterricht und hatte eine sehr schöne Stimme, und dann hat sie einen Amerikaner geheiratet, und ich habe sie nie wieder gesehen.«

Das Licht in der kleinen Wohnung wird schon schwächer. Jean beobachtet durch das Ochsenauge den schmalen Innenhof, in dem sich schon der Schatten ausbreitet. Éléonore hat seinen Seitenblick mitbekommen. »Weißt du, ich glaube, heute kommen sie nicht, es ist Sonntag, da haben all die alten Leute Besuch.« Sie gibt einen vielsagenden Seufzer von sich: »Wenn du nur hier wohntest, dann wüssten sie, dass jemand da ist, der mich verteidigen kann, dann würden sie mich in Ruhe lassen.« »Warum beschwerst du dich nicht beim Hausverwalter?« Éléonore zuckt die Achseln: »Paba?« Sie stößt ein verächtliches Lachen aus. »Ich nenne ihn Baba, in Erinnerung an meine russischen Freundinnen, ein richtiger Mistkerl. Er nimmt das Geld für die Miete ein, das ist alles. Je mehr Mieter er in ein Zimmer steckt, umso mehr verdient er. Verstehst du? Daher macht es ihm nicht das Geringste aus, wenn ich ausziehen würde. Dann vermietet er die Zimmer an Gastarbeiter, je zwei pro Bett, er schickt uns ja die Ganoven auf den Hals, damit wir ausziehen.«

Aber Éléonore ist zu stolz, um sich in dramatische Einzelheiten zu verlieren. Plötzlich steht sie auf und wühlt in dem Durcheinander ihrer Andenken. Sie hält ein vergilbtes Blatt Papier in der Hand. Auf dem Blatt steht in großen schmalen Buchstaben: RAVEL, DER BOLÉRO.

»Ich war mit deiner Mutter Sharon bei der Premiere. Dort lernte sie deinen Vater kennen. Er war auf Urlaub in Paris, er war da, um seine Tanten zu besuchen.« Die Zeit vor seiner Geburt ist für Jean wie das Nichts. Für Éléonore ist sie nur eine Erinnerung wie viele andere, die noch gar nicht so lange zurückliegt. Jeans Mutter war achtzehn und Éléonore über fünfzig. Sie hatten sich in der Académie Erato kennen gelernt, in der Éléonore Gesangsunterricht gab. »Für deine Mutter war es das erste Mal, dass sie in ein Konzert ging. Und gleich beim ersten Mal dieses Glanzstück, diese aufrührende Musik, am Schluss sprangen alle im Saal auf, die einen grölend, die anderen klatschend, und als wir rausgingen, war deine Mutter ganz rot, hatte die Augen voller Tränen und zitterte vor Begeisterung, ich glaube, in diesem Augenblick hat sich dein Vater in sie verliebt, er so kühl und in seiner tadellosen englischen Offiziersuniform und sie mit ihrem braunen, leicht wirren Haar und der Hautfarbe einer Andalusierin. Drei Monate später haben sie geheiratet, und sie ist deinem Vater nach Malaysia gefolgt. Und ein paar Jahre danach kamst du dort zur Welt, aber trotzdem bist du das Kind dieser Musik, des Boléro.« Jean kannte diese Geschichte schon, aber sie aus dem Mund von Éléonore zu hören, die dabei gewesen war, macht ihn fast schwindlig. All das ist zu gegenwärtig, zu stark.

Jean verabschiedete sich schnell von Tante Éléonore. Es wurde schon Abend, im Hof des Hauses breitete sich Unruhe aus, auf den Treppen und sogar in den Nischen der Wohnung, in denen die Katzen umherstreiften wie Raubtiere. Auf der Türschwelle drückte ihm Éléonore mit etwas verzweifelter Kraft die Hand: »Kommst du bald wieder?« Er hatte nicht den Mut, ihr zu sagen, dass er jetzt, morgen, übermorgen Frankreich verließ und er sie vermutlich nicht wieder sehen würde. »Natürlich, Tante Éléonore.« Doch vielleicht ließ sie sich nicht täuschen. Sie sagte murrend: »Ja, ja, man kennt euch ja, euch, die Familie Marro, ihr seid nie da, wenn man euch braucht, ihr seid wie der Vogel auf einem Zweig.«

Ein wenig weiter unten am Hügel in dem schicken Viertel, das wie ein Balkon über dem Meer liegt, gelangte Jean zum Summer Palace, in dem Léa Balas immer noch wohnt. Er erinnerte sich noch an die Zeit, als er Santos dort besuchte, erkannte den Eindruck von Langeweile wieder, den diese Eingangshalle auszustrahlen schien, das geschwungene Treppenhaus und den Aufzug, der an der Kupferstange entlanggleitet, lautlos wie der Korb eines Heißluftballons. Jean war sechzehn, als er zum ersten Mal hier war, und Santos siebzehn oder achtzehn. Sie hatten sich in seinem Zimmer geprügelt, nur so, aus Spaß, aber mit fast sexueller Heftigkeit.

Das war der Beginn ihrer Freundschaft, damals kannte Santos Jeanne Odile vielleicht noch nicht. Und jetzt war die Seele von Santos mit Jeanne Odiles Seele vermählt. All das machte einen absurden Eindruck, gehörte unwiederbringlich der Vergangenheit an.

Léa öffnete die Tür. Sie blickte ihn einen Augenblick an, als suche sie in ihrer Erinnerung, dann bat sie ihn herein. Hier war die Sonne noch nicht untergegangen. Sie hüllte das Wohnzimmer in strahlendes Licht, das keine Furcht aufkommen ließ. In der Ferne, über den Dächern der Altstadt, funkelte das spiegelglatte Meer.

Léa hatte sich auch leicht verändert. Sie war schmaler geworden, und die Furchen zu beiden Seiten der Nase waren stärker ausgeprägt. Aber sie war noch schön und hatte wie immer etwas Dramatisches.

Jean wusste nicht, was ihn dazu bewogen hatte, herzukommen. Vielleicht um den schlechten Eindruck wettzumachen, den er hinterlassen hatte, als er Santos' Trauung aus der Ferne beigewohnt hatte. Er wollte sich entschuldigen, aber die Worte kamen ihm nicht über die Lippen. Léa begriff, dass sie reagieren musste, und brachte ihm ein Glas frisches Wasser. Er trank langsam, über das Glas gebeugt.

»Wie geht's, wie steht's?« Diese abgedroschene Phrase nahm angesichts der Umstände eine andere Bedeutung an.

»Ich weiß nicht. Ich müsste eigentlich jetzt meinen Wehrdienst leisten, ich habe meine Einberufung bekommen.«

»Und was haben Sie vor?« Jean trank einen Schluck Wasser.

»Ich weiß noch nicht. Nicht sofort. Ich möchte erst mein … also das zu Ende bringen, was ich gerade mache.« Er spürte sofort, welche Grausamkeit in seinen Worten lag, es war, als hätte er gesagt: »Der Krieg ist zu Ende«, oder »De Gaulle hat das Abkommen von Évian unterzeichnet.« Santos aber war tot, und sie hatten sich auf diese Farce einlassen müssen, damit Jeanne Odiles Kind einen Vater hatte. Er stammelte: »Entschuldigen Sie, ich …« Aber Léa blickte ihn ohne Groll an. Die dunklen Augen in ihrem gealterten Gesicht waren immer noch kohlschwarz und feucht, und Jean erschauerte, als er merkte, wie sehr sie Santos' Augen glichen.

»Ich nehme an, Sie möchten wissen, wie es seiner Frau geht?«, sagte Léa. Sie hatte nicht ihren Namen genannt, sondern nur diesen etwas distanzierten, nicht geringschätzigen, bloß etwas kühlen Ausdruck »seine Frau« verwendet. Da Jean sie anblickte, ohne etwas zu erwidern, fuhr sie fort: »Ja, sie hat einen kleinen Jungen bekommen, er heißt Éric.« Sie fügte gleich hinzu, um die Sache ein für alle Mal klarzustellen: »Sie sind in Israel, in Tel Aviv, bei der Familie meines Exmanns. Ich glaube, sie hat ihr Kunststudium wieder aufgenommen. Ich habe irgendwo ein Foto, aber ich weiß nicht mehr, wo ich es hingelegt habe.«

»Das macht nichts, ich lege keinen Wert darauf, ihr Foto zu sehen.«

Jean hatte das sehr schnell gesagt, so als wolle er es möglichst rasch hinter sich bringen. Er wunderte sich nicht einmal, dass Santos' Sohn nicht wie geplant Jim hieß. All das gehörte der Vergangenheit an. Vermutlich hatte Léa geahnt, warum Jean da war.

»Es ist jetzt acht Jahre her.« Sie blickt Jean an, ihre Augen sind feucht, aber ohne Tränen. Sie haben einen tragischen Glanz. »Wissen Sie, es vergeht nicht ein einziger Tag, an dem ich nicht an ihn denke, keine Stunde. Acht Jahre, das ist eine lange Zeit. Manchmal habe ich den Eindruck, dass das Warten zu Ende geht, dass er gleich hereinkommt, jetzt, sofort, und dass ich das Geräusch seines Schlüssels im Türschloss höre. Darum war ich überrascht, als Sie geklingelt haben, weil ich glaubte, na ja, also Sie haben die gleiche Art zu klingeln, nur einmal ganz kurz, früher habe ich immer zu ihm gesagt: ›Santos, klingle nicht so, man fragt sich jedes Mal, ob man richtig gehört hat, ob es nicht ein Geräusch von draußen ist, ein Vogel oder irgendetwas, was ein klopfendes Geräusch macht‹, und Sie haben genauso geklingelt.«

»Es tut mir Leid«, sagte Jean. Aber Léa hörte ihm schon nicht mehr zu.

»Sie wollte, dass ich mit ihnen dort lebe, aber das kann ich nicht, das übersteigt meine Kräfte, dann hätte ich den Eindruck, dass … was ist, wenn er doch zurückkommt? Hier ist er zu Hause, ich war hier, als es klingelte und die

Gendarmen mir das Papier brachten, auf dem stand, dass er im Ouarsenis-Massiv getötet wurde, und darum muss ich hier bleiben, verstehen Sie? Ich kann nie dorthin fahren.«

Jean zog sich leise zurück, wie auf Zehenspitzen, und Léa hielt ihn nicht zurück. Sie begleitete ihn zur Tür. Sie ist groß und schlank, ein wenig gebeugt, hat aber noch immer die gleiche majestätische Miene und wirkt in ihrer dunkelroten Tunika wie eine libanesische Prinzessin. »Wenn Sie nicht ins Ausland gehen, besuchen Sie mich hin und wieder.«

In dem Augenblick, als Jean ging, küsste er ihr mit der unbeholfenen Geste eines verliebten Schülers die Hand. Sie lächelte ein wenig. »Besuchen Sie mich wieder, Jean.« Die Tatsache, dass sie ihn beim Namen genannt hatte, sich nach all dem, was geschehen war, noch daran erinnerte, löste in ihm einen kurzen Taumel des Glücks aus.

Was bleibt, wenn die Zeit alles unterhöhlt hat und nichts von dem, was einst so intensiv da war, noch zu bestehen scheint? Jean lief durch die Straßen dieser Stadt auf der Suche nach Hinweisen, nach Anzeichen, um den Spuren eines Plans nachzugehen, den er nicht einmal mehr kannte. Die Bar *La Voile* existierte noch immer, aber der Inhaber hatte gewechselt, und die Ganoven aus Marseille trafen sich dort nicht mehr. Eine Abrechnung, sagten die einen. Oder weil jetzt andere Ganoven aus Osteuropa gekommen waren, aus Jugoslawien, Rumänien, aus der Tschechoslowakei. Ein Gangster war dort auf dem Bürgersteig ermordet worden, und die Typen aus Marseille hatten sich weiter nach Westen verzogen, in die Nähe der Barackensiedlungen der Nordafrikaner. Es war der Bund des Südens gegen den Norden.

Die möblierten Wohnungen über der Bar gab es nicht mehr, alles war versteigert worden. Die Algerienfranzosen waren in gastlichere Regionen gezogen, in die Alpen oder in die Gegend von Carcassonne. Rita war weggegangen, ohne eine Adresse zu hinterlassen, und Mélanie hatte geheiratet. All das war vorbei. Vorbei.

Jean suchte die Spur von Kernès, aber seine Eltern waren fortgezogen. Zufällig erfuhr Jean von einem Klassenkameraden namens Gauffret, der Zahnarzt geworden war, dass Hervé Kernès zur Kriegsmarine gegangen war, um sich als Elektroingenieur ausbilden zu lassen. Er war irgendwo auf einer geheimen Militärbasis im Pazifik, vielleicht auf Kerguelen. Er würde nie zurückkommen.

Was Amoretto anging, so führte er in Schweden ein glückliches Leben. Er war mit einer hellblonden jungen Frau verheiratet, sie hatten drei oder vier Kinder. Anscheinend ging es dem alten Sauveur Amoretto, der mit dem Karabiner auf seinen Sohn geschossen hatte, überhaupt nicht gut. Er hatte einen Schlaganfall erlitten und war gelähmt. Der Zahnarzt erzählte, dass Amoretto heimlich über Italien nach Frankreich zurückgekehrt sei, um seinen Vater zu besuchen, aber dieser habe ihn nicht einmal erkannt.

Alle Spuren führten zu der gleichen Leere. Zu der am Abend teerfarbenen Meeresoberfläche, wenn die Vögel ermattet der Abenddämmerung entgegenfliegen.

In dem von Bulldozern aufgewühlten Olivenhain ist der Bau der Residenz Gethsemane fast abgeschlossen (besichtigen Sie die Musterwohnung!). Jean suchte vergebens die alte Aloe, in deren Stamm er an einem trübsinnigen Nachmittag den magischen Namen geritzt hatte, mit dem Santos Balas seine Bilder signierte: ANAXAGORAS WIRD SEIN. Nichts war mehr da. Nur noch ein halb verkohlter Olivenbaum am Rand des Grundstücks.

Die Sonne der Philosophen war in ihre verdunkelte Phase eingetreten. Jean dachte, dass die Umlaufzeit sehr lange dauern werde.

Nauskopie (Ende)

1809

14. Mai

Mit Besorgnis zahlreiche britische Segel gesichtet. Es wird erzählt, dass die Isle de France in England »ein Seeräubernest« genannt wird, das zerstört werden muss.

21. September

Landung der Engländer unter dem Befehl von Koeting auf der Île Bonaparte an der Pointe de galets.

1810

2. Januar

Um elf Uhr vormittags Ankunft der Bellone *und der* Manche *mit ihrer Beute: der* Minerve *und der* Amiral Drury.

13. Januar

Ankunft der Vénus, *Kapitän Hamelin.*

25. Januar

Die abenteuerliche Brigg Fantôme.

26. Januar

Die Entreprenant *mit dem gekaperten Schiff* Ovidor.

7. April

Der amerikanische Dreimaster Ocean *mit Kapitän Macpherson ist gekapert worden.*

20.–28. August

Die Schlacht um Grand-Port hat stattgefunden.

28. November

Früh am Morgen habe ich sechzig feindliche Segel gezählt, die sich Richtung Nordosten bewegen. Der Kampf ist im Voraus verloren. Anne Marie hat panische Angst. Die Nationalgarde ist einberufen worden.

Wir erfahren, dass die Kapitulation am 3. Dezember um 1 Uhr morgens unterzeichnet worden ist. Die Engländer nehmen die Insel in Besitz, das ist das Ende unserer Freiheit.

Kilwa

Mein Name ist Kiambé, jene, die geschaffen wurde, ich bin Uzuri, ich bin Wimbo, ich bin der Krieger Askari, bekleidet mit einem Büffelfell, bewaffnet mit einem Wurfspieß, ich bin Malaika der Engel, Sima der Löwe, Fisi die Hyäne, Twiga die Giraffe, ich bin Moto das Feuer, Tembo, der beim Gehen seine Hauer rasseln lässt, ich bin die Trommel Ngoma, die den Krieg in der Savanne bis zu den Binnenmeeren ankündigt, bis zu den schneebedeckten Gebirgen, bis nach Arusha, bis nach Unguja, das man auch Sansibar nennt, bis nach Songa Mnara, bis nach Kilwa Kisiwani.

Ich bin all diese Namen, all diese Orte, ich habe das Gesicht und den Körper all dieser Männer, aller Frauen, die mich getragen haben, ich bin zugleich *benti*, ihre geliebte Tochter, und *mke*, ihre Frau, ihre Mutter, denn ich habe sie unter Schmerzen auf die Welt gebracht.

Der Herr schlägt mit der Peitsche, einer schweren Peitsche aus Büffelhaut, vier geflochtene Riemen, die am Ende mehrere Knoten haben, um ins Fleisch zu schneiden. Der Herr kann mit seiner Peitsche töten, wen er will. Wenn er das Auspeitschen satt hat, streckt er den Arm aus, und sein Sklave Mbwa der Hund nähert sich, nimmt die Peitsche und macht weiter.

Eines Tages, als ich zehn Jahre alt war, drangen Männer in mein Dorf, sie töteten meinen Vater und nahmen mich nach Arusha mit, um mich an einen Marabu zu verkaufen, der dort lebte.

Ich wohnte in einem großen weißen Haus mit einem

Innenhof, in dem sich ein Becken mit klarem Wasser befand. Frauen gaben mir Brot, Brei und Ziegenmilch. Ich wohnte mehrere Monate in diesem Haus, arbeitete für den Marabu, hackte sein Holz, fegte seinen Hof. Dann schickte er mich mit fremden Frauen und Männern in die Ferne, sie waren groß und mager, hatten Zeichen auf dem Körper, auf dem Gesicht und waren jeweils zu zweit zusammengekettet und nackt. Es war ein langer Weg, die Sonne brannte, und mehrere Männer starben unterwegs, damit Fisi die Hyäne sich von ihnen ernährte. Die Frauen starben nicht. Der Marabu wachte über sie, er ließ uns abwechselnd in Körben reisen, die von Kamelen getragen wurden. Wir machten nur Halt, um zu trinken oder Wasser zu lassen. Die Fremden konnten sich wegen ihrer Halseisen nie hinsetzen. Die Wabwa, die Sklaven, schlugen sie, wenn sie im Schatten eines Baums oder eines Felsens stehen blieben, um sich auszuruhen. Dann wurden ihre Augen weiß, Schaum bedeckte ihre Lippen und die Männer stürzten, an ihr Joch gekettet, jeweils zu zweit auf den Boden, es hörte sich an, als ob man einen trockenen Ast auf die Erde wirft. Ansonsten war kein Laut zu hören, keine Klage, denn der Marabu hatte es verboten. Nur die Stimmen der Wabwa, die wie Hunde, denn das waren sie, hinter uns kläfften: Njo! Aha! Njo! Aha!

Die Nächte waren kalt. Wir schliefen auf der Erde, eine Hand auf das Gesicht gelegt, um uns vor Skorpionen zu schützen. Der Atem der Menschen macht den Skorpion Nge verrückt, deshalb muss man die Hand auf den Mund legen, das hat mich mein Vater gelehrt. Die Fremden blieben jeweils zu zweit auf der Erde sitzen, ohne sich ausstrecken zu können. Manche starben in der Nacht, und ich wusste, dass sie von Nyoka, der Schlange, die bei Vollmond über den Boden kriecht, vergiftet worden waren.

Im Morgengrauen ging der Marabu in seinem langen

weißen Gewand zwischen den Schlafenden umher und schlug sie mit seinem langen Rohrstock. Alle, die nicht aufstanden, wurden losgebunden und zum Fraß für die wilden Tiere zurückgelassen. Wir sind so lange gelaufen, dass ich nicht mehr wusste, was es hieß, sich nicht mehr zu rühren. Ich dachte an meine Mutter, an meine Brüder. Ich dachte an meinen Vater, den die Banditen am Tag meiner Entführung getötet hatten. Ich habe nie geweint.

Wir sind gelaufen, bis der Regen kam. Es regnete zum ersten Mal, als wir vor Kilwa ankamen, in der großen Bucht von Kilwa Masoko, vor der Insel Kilwa Kisiwani. Ich hatte noch nie zuvor das Meer gesehen, ich betrachtete diese glatte, glänzende Oberfläche und dachte, dass sie aussah wie der große See in der Nähe unseres Dorfs in der Provinz Arusha.

Wir liefen bis zur Spitze der Landzunge, und am folgenden Tag brachten uns die Ruderboote des Marabus auf die Insel, mich und die anderen Frauen. Dort gab es eine Stadt, die noch größer war als Arusha, mit vielen weißen Häusern, Palästen und Innenhöfen sowie einem großen, von Säulen umgebenen Platz, auf dem die Sklaven verkauft wurden.

Der Marabu sperrte uns in einen schmutzigen, dunklen Raum und gab uns zu essen und zu trinken. Niemand sagte ein Wort. Eine Frau namens Nengé weinte, weil man ihr ihr Neugeborenes weggenommen hatte und Milch aus ihren Brüsten rann, das tat ihr weh. Ich horchte die ganze Nacht auf ihre Stimme, niemand wagte es, sich ihr zu nähern, ihre Stimme war schrill, als schreie das Baby, das man ihr weggenommen hatte, aus ihrer Kehle.

Nach mehreren Tagen kamen Krieger und vergewaltigten alle Frauen, auch mich nahm man mit Gewalt, und ich dachte, ich würde sterben, weil ich so viel Blut zwischen den Beinen verlor. Dann kam ein anderer Marabu und nahm mich und ein Mädchen, das ich nicht kannte, zu dem Platz mit, wo die Sklaven verkauft wurden. Wir wurden gemeinsam verkauft und in ein anderes Haus in der Nähe des Hafens geführt. Das Mädchen wurde an Bord eines Schiffes gebracht, und ich aß und trank wegen des Fiebers mehrere Tage lang nichts, ich dachte, ich würde bald sterben, aber eine alte Frau, die mchawi, Zauberpriesterin war, gab mir eine sehr bittere Medizin zu trinken, und dann ging das Fieber weg. Sie ist die Einzige, die mich gut behandelt hat, seit ich aus meinem Heimatdorf entführt worden bin, und deshalb wollte ich sie nicht mehr verlassen, ich schmiegte mich an sie und sagte zu ihr: »*Asante mama, asante mama*«, das war das letzte Mal, dass ich etwas in meiner Sprache sagte.

Die Männer des Marabus holten mich und brachten mich auf ein Schiff, wie ich noch keins gesehen habe, größer als ein Haus und voller Sklaven. Im Bauch des Schiffes war es sehr heiß, das Meer sickerte durch die Planken, es war stockdunkel wie im Inneren eines Tieres. Die Frauen und die noch nicht geschlechtsreifen Mädchen waren vorn in einem Raum mit den Reis- und Hirsesäcken untergebracht. Wir wurden nicht angekettet. Trotz der Hitze zitterte ich vor Kälte. Als ich mich an die Dunkelheit gewöhnt hatte, sah ich, dass der Rest des Schiffes in drei Stockwerke eingeteilt war und auf jedem Holzfußboden Männer lagen, die mit einer langen Kette am Arm angebunden waren, sie hatten so wenig Platz, dass sie weder aufstehen noch sich hinsetzen konnten. Ich konnte sie nicht deutlich erkennen, aber ich hörte sie. Sie unterhielten sich nicht, schrien nicht, aber aus ihrer Kehle kam ein unentwegtes Surren, ein Brummen, das das ganze Schiff erfüllte, manchmal sehr laut und dann wieder sanft wie ein Gemurmel, und ich musste an das Summen der Bienen in der Nähe ihrer Waben im Wald denken.

Das Schiff blieb mehrere Tage lang im Hafen, weil es regnete oder weil Piraten Kilwa angriffen. Ich hörte das Grollen des Gewitters. Das Wasser sickerte ständig in den Kielraum des Schiffes, und wir mussten es mit Kalebassen ausschöpfen. Und einmal stellte ich mich dabei hin, war aber bereit, mich sofort wieder zu setzen, um nicht geschlagen zu werden, und betrachtete durch eine Öffnung die Bucht von Kilwa, und da sah ich viele Schiffe wie das unsrige, all diese Masten, wie ein Wald, und in der Ferne die weißen Häuser der Stadt und die Paläste des Königs. Gegen Abend brachten uns Sklaven in langen weißen Gewändern etwas zu essen, einer trug den Kochtopf und der andere einen Holzlöffel und gab uns Hirsebrei in die Hände. Dann kam ein anderer Sklave, der einen Wasserschlauch trug und uns nacheinander trinken ließ. Der Kielraum des Schiffes war schon voller Unrat, und jedes Mal, wenn ein Sklave ihn reinigte und einen Eimer ins Meer schüttete, stank es so sehr, dass man den Atem anhalten musste.

Wegen der Dunkelheit im Bauch des Schiffes wusste ich schon bald nicht mehr, ob es Tag oder Nacht war. Ich schlief nicht und wachte nicht, ich war in einem Traum, in dem die Namen wie Geister zurückkehrten, Malaika, der Name meiner Mutter, Moto das Feuer, Nyati der Büffel, Fisi die Hyäne. Und dann dieses ununterbrochene Summen, manchmal tief, manchmal schrill, dieses Geräusch, das das Schiff erfüllte, in meinen Kopf dröhnte und das ich nie zum Schweigen bringen konnte, selbst wenn ich mir mit aller Kraft die Ohren zuhielt.

Im Hafen von Kilwa sah ich zum ersten Mal einen Mzungu, einen weißen Mann, einen Mzungumbaya, einen bösen Weißen, wie sie genannt werden. Es war am Vortag unserer Abfahrt. Er stieg mit der Leiter in den Bauch des Schiffes hinab, und als er herabkam, drang Sonne durch die Öffnung und beleuchtete ihn, er war ganz in Weiß gekleidet, trug aber kein Gewand wie der Marabu, sondern ein an den Knien sehr enges Kleidungsstück und eine kurze Tunika mit Ärmeln, die an den Handgelenken geschlossen waren, und dann trug er eine aus Haar gefertigte weiße Kopfbedeckung, hatte einen weißen Bart, weiße Brauen und ein knallrotes Gesicht. Er stieg langsam herab und ging in den vorderen Teil des Schiffes, wo sich die Frauen befanden, und wir rührten uns nicht vor Entsetzen, denn er ließ den Blick auf jeder von uns ruhen, er hatte weiße Augen ohne Pupillen wie die Blinden. Wir rückten alle weit nach hinten, um diesem Blick zu entgehen.

Hinter dem Mzungu war der Mann, der mich den Banditen abgekauft hatte, und hinter ihm zwei Männer in Gewändern mit langen Schlachtermessern in der Hand, und alle Frauen stöhnten vor Entsetzen auf, weil sie glaubten, dass die Männer gekommen wären, um sie zu töten und in Stücke zu schneiden. Der Mzungu sprach mit dem Marabu in einer seltsamen Sprache, und der Marabu antwortete ihm in der gleichen Sprache. Die Wabwa, die Sklaven, die die Messer in den Händen hielten, blieben ein wenig im Hintergrund, da hob ich den Kopf, und der Mzungu kam auf mich zu und legte mir die Hand auf den Kopf, hinten in den Nacken, und bei dieser Berührung erschauderte ich, ich spürte einen Strom, der aus meinem Magen in die Kehle aufsteigen wollte. Aber der Mzungu ließ mich wieder los, und ich rannte zurück, versteckte mich inmitten der anderen Frauen und erbrach mich auf den Boden.

Anschließend fuhr das Schiff aus Kilwa ab, aber wir merkten es nur an der Bewegung der Wellen und weil das Meer manchmal durch die Löcher im Deck hereinströmte und über alle stürzte, die sich im Kielraum befanden. Anfangs war allen übel, doch dann beruhigte sich das Meer, oder wir gewöhnten uns daran, und niemand erbrach sich mehr. Aber am dritten Tag breitete sich ein anderes Übel auf dem Schiff aus. Ein Übel, das man bei uns *ndui* nennt und das sehr rasch zum Ausbruch kommt, den Körper mit Wunden übersät, und der Geruch, der von ihnen ausgeht, ist der Geruch des Todes. Das Übel befiel als Erste die Wabwa von der Insel Unguja, aber es verschonte jene, die im Vorderschiff waren und die in Kilwa an Bord gekommen waren. Zunächst starben zwei Männer im Kielraum, und die mit Gewändern bekleideten Sklaven kamen, lösten die Ketten und warfen die Leichen durch die Öffnung neben der Treppe ins Meer. An den folgenden Tagen starben noch weitere Männer, erst zwei, dann drei, dann sechs. Der Wind Pepo, der Wind des Übels, war in das Schiff gedrungen. Und da kam der Mzungu wieder, er sah Furcht erregend aus, hatte sein Gesicht mit einem weißen Tuch umwickelt, das nur zwei Löcher für die Augen freiließ, er ging langsam in den Kielraum wie ein Gespenst, auch seine Hände und Füße waren mit weißen Tüchern umwickelt. Er musterte jeden Sklaven, einen nach dem anderen, und die Wabwa banden all die, auf die er zeigte, los und warfen sie ins Meer, selbst jene, die noch lebten, und man hörte ihre Angstschreie, als die Wellen über ihnen zusammenschlugen. Später sagte ein Sklave, der sie gezählt hatte, dass es über fünfzig waren, die der Mzungu Philibert an jenem Tag ertränken ließ. Aber danach waren die bösen Geister anscheinend besänftigt, denn die Blattern, wie man das Übel hier nennt, forderten kein weiteres Opfer mehr und verließen das Schiff.

Unser Schiff erreichte den Hafen Souillac auf der Insel Mauritius am 10. März 1817, wie man mir später erzählte. Das Schiff sollte eigentlich in Tamarin anlegen, wo das Anlegen leichter ist, außerdem ist die Einfahrt dort windgeschützt, aber wegen der Engländer, die den Verkauf neuer Sklaven verboten hatten, fuhr das Schiff zum Süden der Insel, wo es gegen die Klippen geschleudert wurde.

Das Meer spülte durch eine Bresche im Vorderschiff herein, und durch diese Öffnung verließen wir, wie auch die meisten Männer, die man von ihren Ketten befreit hatte, den Kielraum. Die Küste mit einer Flussmündung lag direkt vor uns, so nah, dass man die Stimmen der Leute hörte, die auf den Felsen standen und uns riefen. Mehrere Sklaven wollten ans Ufer schwimmen und wurden von den Wellen fortgerissen. Vier freie Schwarze, die Charles Lelièvre, ein Farbiger, der einen Hof an dieser Stelle besitzt, zu uns geschickt hatte, retteten uns, indem sie uns den Weg durch die Klippen wiesen. Ich war unter den Ersten, die mit den anderen Frauen das Ufer in der Nähe einer Strohhütte betraten, auf der ein Kreuz angebracht war. Man brachte uns im Dorf der Freigelassenen unter. Alle, die den Schiffbruch überlebt hatten, wurden zunächst auf die Hütten der Landarbeiter des besagten Lelièvre an der Bucht von Souillac verteilt und anschließend an den Pflanzer Hippolyte Cuvillier verkauft. Ich und ein paar ziemlich junge Frauen wurden nach Minissy im Distrikt Moka verkauft, wo ich als Stubenmädchen bis zum Tag des Sklavenaufstands blieb.

Eine Grenze

Die Colonia Guerrero war der ideale Ort, um in eine neue Haut zu schlüpfen. Die Calle Luna, in der Jean eine Unterkunft gefunden hatte, war zu Fuß nur zwanzig Minuten von dem Institut entfernt, in dem er Englisch unterrichtete. Das Viertel mit den Straßen voller Schlaglöcher und den unebenen Bürgersteigen, auf denen ab und zu eine halb abgestorbene Akazie stand, war äußerst sympathisch und recht altmodisch, es setzte sich aus farblosen dreistöckigen Wohnhäusern zusammen, die von finsteren *viviendas* und hier und da von ein paar ansehnlichen, von hohen Zäunen geschützten herrschaftlichen Häusern aus Beton abgelöst wurden.

Als Jean nach den zwei Wochen im Hotel Francis, wo ein Großteil seiner Ersparnisse draufgegangen war, zum ersten Mal hierher kam, hatte er den Eindruck, er wäre in ein Loch gefallen. Doch dann gewöhnte er sich daran. Alles in allem glichen diese Häuser durchaus La Kataviva.

Zwischen dem Aufenthalt im Hotel Francis und dem Umzug in die Calle Luna verbrachte Jean eine ganze Weile im Hotel Uruguay, in der gleichnamigen Straße mitten im Stadtzentrum. Dort wohnte er im obersten Stockwerk unter dem Flachdach in einem schlauchförmigen Zimmer, das ein vergittertes Fenster hatte. Von dort blickte er auf ein gutes Viertel Mexikos, auf die benachbarten Hochhäuser, die in unregelmäßigen Abständen wie schlechte Zähne aus dem flachen Häusermeer aufragten, und inmitten des gelben Dunstes auf den kerzengeraden Lateinamerikaturm.

Die Inhaber des Hotels Uruguay waren zwei Brüder, schweigsame, geizige Spanier, die abwechselnd in der Loge im Eingang saßen und Zeitung lasen oder unentwegt Radio hörten und dabei eine Zigarre rauchten. Aber Jean kam gut mit ihnen aus. Gegen sechs Uhr verschlossen die beiden Brüder die Tür zum Salon und legten sich bis zehn Uhr abends schlafen. Dann nahmen sie eine kleine Mahlzeit ein, die aus Milch und Zuckerbrot bestand, und traten wieder die Nachtwache bis zum frühen Morgen an.

Jean blieb fast vier Monate in diesem Hotel, von August bis Ende November, ohne viel zu unternehmen. Morgens schlenderte er durch den Alameda-Park, dann ging er in die Bibliothek direkt neben dem Hotel, um zu lesen. Er las alles, was er über die Geschichte Mexikos fand, Chroniken und Memoiren. Orozco y Berra, Riva Palacio, Humboldt. Die Bibliothek war düster und streng, aber der Lesesaal jeden Tag mit Gymnasiasten überfüllt, die herkamen, um Comics zu lesen, ihre Hausaufgaben zu machen oder aber, und das kam am häufigsten vor, weil sie ein Rendezvous hatten. Da Jean viel Zeit dort verbrachte, lernte er einige von ihnen kennen. Wenn er sich mit dem Rücken an der Wand in die Sonne setzte, um eine Zigarette zu rauchen, kamen Jungen zu ihm, unterhielten sich auf Englisch mit ihm und stellten ihm Fragen. Gegen drei aß Jean in einem benachbarten Restaurant, in dem die *comida corrida* fünf Pesos kostete, zu Mittag. Durch diese Lebensweise schwand das Geld, das er sich mit Nachtwachen im Saint Thomas Hospital verdient hatte, nicht allzu schnell dahin. Jean hatte sich ausgerechnet, dass er fünf Monate davon leben konnte, vielleicht sogar acht, wenn er sehr sparsam war. Er vermied im Allgemeinen Limonaden und Fruchtsäfte in Dosen, weil sie zu teuer waren, sein einziger Luxus bestand darin, ab und zu einen Cappuccino im Café Sanborns im Stadtzentrum zu trinken. Im August häuften sich am Spätnachmittag die Wolken über der Stadt, dann ging Jean in sein Zimmer und beobachtete durch das Fenstergitter die Blitze, die über dem Talkessel von Mexiko am Himmel zuckten.

Ende September fand er einen Job als Repetitor in einer Privatschule, die den pompösen Namen Internationales Fremdspracheninstitut trug. Die Schule befand sich im Erdgeschoss eines Hauses an der Puente de Alvarado in einer großen Wohnung, die durch Sperrholzplatten in einzelne Kabinen aufgeteilt war. Jean unterrichtete Englisch und hatte nicht sonderlich begabte Schüler, die zumeist aus einfachem Milieu stammten und hofften, durch den Kurs ihre Arbeitsbedingungen zu verbessern: Sekretärinnen, Empfangsdamen, Verkäufer und Kellnerinnen. Er hatte auch ein paar Männer reiferen Alters in seinem Kurs, die aus Neugier kamen oder aber in der Hoffnung, dort Mädchen kennen zu lernen. Der Job war schlecht bezahlt und nicht sehr anstrengend, hatte aber den Vorteil, dass der Leiter des Instituts, ein Mexikaner amerikanischer Abstammung namens Juan Cochran, Beziehungen zur Pass-Stelle im Außenministerium hatte und die alle sechs Monate fällige Verlängerung des Visums F-M 3 erleichtern konnte.

Nachdem Jean die kleine Mietwohnung in der Calle Luna gefunden hatte, lernte er die Routine des Lebens in der Colonia Guerrero schätzen, so wie er das Leben in Jamaica East in London geschätzt hatte. Die einzige Gemeinsamkeit bestand in der ungeheuren Größe der Stadt, die ihn umgab, und dem Eindruck, dass er, was immer er tat und wie lange er auch leben mochte, nicht mehr als ein paar Straßen, ein paar Häuserzeilen und ein paar Gesichter kennen lernen würde. Ansonsten glichen sie sich nicht. Mexiko, zumindest die Colonia Guerrero, Reforma, Alameda und Revolución waren Viertel mit Steinhäusern und Teerstraßen, auf denen sich beträchtliche Menschenmengen drängten, die nicht den Eindruck machten, hierher zu gehören. Mittags erdrückte die Sonne alles durch eine graue Wolkendecke hindurch, die aus dem Talkessel aufstieg und sich wie eine Glocke über das Häusermeer legte, ein verbrauchtes, fahles Licht zurückwarf, die Luft dünner werden ließ, auf die Schläfen drückte und das Atmen erschwerte. Aber die Leute schienen dem keine Beachtung zu schenken. Aus den U-Bahn-Schächten strömten geschäftige Gruppen, auf den Bürgersteigen wurden die Warteschlangen vor den Restaurants immer länger, Menschen rannten über den Fahrdamm auf der Suche nach einem Bus, einem Taxi. In schwarze Tücher gehüllte Bettler liefen psalmodierend an den Warteschlangen entlang, steckten die erhaltenen Münzen in eine Innentasche ihres Kittels. Die Straßenkinder rannten an den Kreuzungen zwischen den Autos hin und her, um ein Scherflein zu erbetteln, Chicles, Streichhölzer oder eine alte Zeitung zu verkaufen. Jean bahnte sich mit den Ellbogen einen Weg. Er hatte den Eindruck, dass auch er zu einer Ameise geworden war, die beim Überqueren eines von der Sonne verbrannten Platzes nur ein paar Sekunden überleben kann.

Die Bibliothek in der Calle Argentina war groß, kühl und still. Es war eine ehemalige, zur Zeit der Revolution requirierte Kirche mit hohen gewölbten Decken, Spitzbogentüren und Säulen aus rosa Stein. Spatzen flogen piepsend von einem Fenster zum anderen, und der Lärm des Straßenverkehrs, die Staus auf der Calle Isabel la Católica und das Hupen der Taxis waren dort kaum zu hören.

Jeden Nachmittag kam Jean nach dem Unterricht hierher, um zu lesen. Die aus all diesen Büchern ausgegrabene Vergangenheit verschmolz mit dem Halbdunkel der Bibliothek, schlich vor dem alten Gemäuer um die Säulen herum. Einen ähnlichen Eindruck hatte er gehabt, wenn er Tante Catherine zuhörte, wie sie von Rozilis erzählte, aus der Zeit, da ihre entfernte Ahnin Marie Anne gemeinsam mit Jean Eudes ihr paradiesisches Reich in Ébène gegründet hatte. Nachdem sich Jean stundenlang in die archaische Sprache von Motolinia, Sahagún und Torquemada versenkt hatte, stand er wieder draußen auf der Straße, geblendet vom Dämmerlicht, benommen vom Lärm der Motoren, dem Wogen der Menge. Er ging zum Alameda-Park, schlenderte durch die Gänge mit den Bänken, auf denen Liebespaare saßen. Beim Anbrechen der Nacht erreichte er die Colonia Guerrero.

Es gab zwei Momente am Tag, die Jean besonders gern hatte, wenn das hektische Pulsieren der Stadt nachließ und sich alles verlangsamte wie abklingendes Fieber, die Luft sanfter und seichter wurde. Das war zunächst einmal morgens gegen acht, wenn Jean aus dem Haus ging, um Brot an der Ecke der Avenida Guerrero zu holen. Es war noch kühl, die alten Leute waren in Decken gehüllt und hatten den Hut bis in die Augen gezogen. Vereinzelte Geschäftsleute in grauen Anzügen und Angestellte des Ministeriums tranken am Rand des Bürgersteigs einen Orangensaft, in dem ein rohes Ei schwamm. Klatschweiber fegten mechanisch den Staub vor ihren Haustüren. Das Dröhnen des Verkehrs hatte noch nicht wirklich eingesetzt, nur ab und zu war das Knattern eines Autobusses oder eines Lastwagens zu hören, der in Richtung Avenida Revolución fuhr. Und vor allem war das Licht noch schön, auch wenn es schon durch einen Filter schmutzigen Dunsts drang, niemand hätte sagen können, ob der Tag anbrach oder ob er bald zu Ende ging.

Der andere Moment war der Einbruch der Nacht bei perlgrauer Dämmerung, wenn die Leute noch eine Zeit lang draußen blieben, ehe sie nach Hause gingen, durch

Mosqueta oder Guerrero schlenderten und die Mädchen sich unter den kümmerlichen Bäumen niederließen, um mit ihren *novios* zu plaudern, wobei diese die Hände auf den Rücken legten und ein wenig mit den Hüften wackelten. Dieselben Klatschweiber fegten denselben Staub vor ihren Haustüren. Und die Meister gekochter Maiskolben und fettiger Tacos widmeten sich an der Avenida Guerrero ihrer Aufgabe. Jeder an seinem Platz, standen sie in regelmäßigen Abständen vor ihren Kochtöpfen, die auf Fahrgestelle montiert und von Karbidlampen erleuchtet waren. All das verbreitete eine wehmütige Stimmung, die alle Ärgernisse des Tages verblassen ließ. Jean dachte, dass er für den wehmütigen Pfiff der Dampfmaschine, die langsam durch die benachbarten Straßen fuhr, alles im Stich lassen könnte, für diese schrille, allmählich tiefer werdende Sirene des *tamales*-Händlers, der durch das Halbdunkel steuerte wie ein auf den Wogen der Nacht dahintreibendes Floß.

In der Bibliothek in der Calle Argentina hatte Jean ein sehr hübsches, seltsames Mädchen kennen gelernt, das geradewegs den indianischen Chroniken entlaufen zu sein schien. Ziemlich hoch gewachsen mit großem Busen, hatte sie schmale Hüften und eine Masse tiefschwarzen Haars, das zu einem Pferdeschwanz gebunden war. Pomadisierte Ponysträhnen waren glatt in die Stirn gekämmt, und auf beiden Seiten des Kopfs zogen Plastikklammern in schockfarbenem Rosa ihr Haar an den Schläfen straff, sodass ihre Augen in zwei schräge, kohlschwarz glänzende Tropfen verwandelt wurden, was ihr einen seitlich gerichteten Blick gab, wie ihn Wölfe haben. Ihr Gesicht war sehr glatt und schokoladenbraun.

Jedes Mal, wenn Jean sie in der Bibliothek sah, trug sie dasselbe elektrischblaue Kleid, hochhackige Schuhe und eine Umhängetasche aus braunem Plastik; ihre Lippen waren ziemlich stark geschminkt, ihre Augen dagegen konnten darauf verzichten; ihre Ohrläppchen wurden von goldfarbenen Halbmonden nach unten gezogen.

Sie kam an manchen Nachmittagen gegen fünf und las englischsprachige Bücher. Jean sprach sie in einer Zigarettenpause an. Sie rauchte nervös, ohne auf die anzüglichen Bemerkungen der Jungen zu achten. Sie hatte einen ganz gewöhnlichen Namen, der bei einem so exotischen Mädchen eine seltsame Bedeutung bekam: Sie hieß Pamela. Sie war zwanzig, wirkte aber durch ihr Make-up und das altmodische Kleid älter. Und manchmal jünger, wenn Jean ihr Gesicht betrachtete. Ihre schräg stehenden Augen, ihre Haarfarbe und die Distanz, die ihr Blick ausdrückte, erinnerten ihn an Aurore de Sommerville.

Eines Nachmittags im Oktober gingen sie gemeinsam durch den strömenden Regen ins Café Sanborns, um einen Cappuccino zu trinken. Pamela erzählte ihm von ihrem Bruder Joaquín, der aufs Polytechnikum in Tlatelolco ging. Sie erzählte auch von ihrem Heimatdorf Tianguistengo und vom Toluca-Tal. Sie sagte, dass sie als Sekretärin bei einem Notar in der Calle Moneda arbeite. Sie und ihr Bruder wohnten bei ihrer Tante in der Avenida Guerrero. Sie sprach mit einer gewissen Zurückhaltung. Vielleicht traute sie ihm nicht, weil er Engländer war oder weil er ihr zu alt vorkam. Irgendwann blickte sie ihn an und fragte ihn: »*¿Qué es tu asunto?* Was für eine Absicht hast du?« Er begriff nicht. *Asunto?* Er wiederholte das Wort, als sei es ein Scherz. Aber sie lachte nicht. Sie blickte ihn mit ernster Miene an, ihre schräg stehenden Augen schienen ein uraltes Rätsel auszudrücken. Er musste wieder an Aurore denken, wurde von einer Art Taumel erfasst.

»Was willst du, wenn du so mit mir sprichst?« Er versuchte die Frage umzukehren: »Nichts, ich will nichts. Muss ich denn einen Grund haben, um mit dir zu sprechen?« Sie blickte ihn weiter an, ohne etwas zu erwidern, und er empfand eine gewisse Scham, als ihm klar wurde, was die Wahrheit war: Hatte Pamela nicht das Recht, ihm diese Frage zu stellen, schließlich hielt er sich ja nur vorübergehend in dieser Stadt auf. Sie war fest in den Bergen rings um Mexiko verwurzelt, mit diesem Ort verbunden durch eine Ungerechtigkeit, die seit Jahrhunderten ertragen wurde. Sie war nicht bloß eine hübsche *Indita,* nach der sich die Männer auf der Straße umdrehten, ein Mädchen, das ein Fremder gegen ein oder zwei Kaffee und eine Kinovorstellung verführen und vielleicht in ein Hotelzimmer mitnehmen konnte. All das schoss ihm plötzlich durch den Kopf, als sie dort im großen Saal des Cafés Sanborns saßen, inmitten der herrschenden Bourgeoisie, all dieser feinen Leute, die sie aus den Augenwinkeln beobachteten, ein Tourist in Begleitung eines Mädchens aus dem Volk in einem billigen Kleid und dem Haar voller rosa Kämme.

»Ich gehe jetzt«, sagte Pamela. Eine Träne der Wut war ihr in die Augen gestiegen. Sie nahm ihre große braune Tasche und verließ das Café, ohne abzuwarten, dass Jean die Rechnung beglich. Sie hatte ihren Cappuccino nicht angerührt. Jean holte sie auf der Straße ein, auf dem Weg zur Wohnung ihrer Tante sagte sie kein Wort.

Joaquín war ein vierzehnjähriger Junge mit ausgeprägt indianischen Zügen, er wirkte ein bisschen wie ein *callejero*. Er trug meist eine rote Nylonjacke, Jeans, Turnschuhe und eine Baseballmütze, kurz gesagt, er war eher sympathisch. Als er Jean zum ersten Mal sah, zeigte er eine gewisse Feindseligkeit gegenüber diesem Gringo, der mit seiner Schwester ausging. Eines Tages, als Jean mit Pamela in Guerrero auf den Markt ging und seinen Rucksack in Joaquíns Obhut zurückließ, war der Rucksack bei seiner Rückkehr auf dem Boden ausgeleert und mit Fußtritten bearbeitet worden. »Warum hast du das getan?«, fragte Jean. Joaquín erwiderte mit einem höhnischen Grinsen: »Ich habe Fußballspielen trainiert.« Jean entgegnete nichts, kaufte aber Joaquín später einen nagelneuen Fußball, und von dem Augenblick an verstanden sie sich etwas besser.

Die Schüler des Polytechnikums waren fast alle Kinder armer Leute aus den umliegenden Dörfern der Hauptstadt oder aus den Vorstädten: Amecameca, Tezcoco, Milpa Alta, Tlayacapan. Trotz ihres hochtrabenden Namens glich die Schule eher einem Waisenhaus mit Zöglingen in graugrüner Schuluniform, mit kahl rasiertem Kopf, hungrigem Aussehen und zornigem Blick. Der Unterricht, den sie erhielten, würde ihnen kaum etwas nützen, viele von ihnen würden zur Armee gehen oder als Lehrlinge arbeiten, und bestenfalls konnten sie »Ingenieure« werden oder, anders ausgedrückt, Facharbeiter. Aber sie waren witzig, pfiffig, gutmütig und sprachen einen Jargon, den Jean nur mit Mühe verstand. Manchmal, wenn Jean mit Pamela und Joaquín die U-Bahn nahm, unterhielten sich die beiden Geschwister auf Nahuatl, einer Sprache, die Jean sehr schön fand und die voller gleitender und zischender Laute war, über die die Leute sich wunderten. Jean hatte Joaquín Gedichte von Nezahualcóyotl gezeigt, um zuzuhören, wie er sie in seinem singenden Tonfall vorlas, mit mouilliertem, ein wenig explosivem tl und einem schwerfälligen chl in *chchlotchitl*, das sich anhörte, als wäre es russisch.

»Wie findest du das?«, fragte Jean. Joaquín erwiderte achselzuckend: »So spricht man heute nicht mehr.« Aber es hatte ihn ganz offensichtlich gerührt, diese alten Verse in einer Sprache lesen zu können, die von allen verachtet wurde. Er sagte zu Jean: »Mein Großvater Don Pedro Olguin schreibt Gedichte, die so ähnlich sind, er war früher, während der Revolution, Volksschullehrer.« »Meinst du, ich könnte ihn besuchen?«, fragte Jean. Joaquín zögerte. »Zur Zeit ist er im Krankenhaus in Toluca. Aber ich frage ihn, ich erzähle ihm von dir.«

Joaquín und Pamela waren ein Herz und eine Seele. Sie hielten es nicht aus, wenn sie sich einen halben Tag nicht sahen. Sie bildeten eine eigene Zelle am Rand der Gesellschaft. Das ermöglichte ihnen, in dieser brutalen Stadt zu überleben, die all die verschlang, die sich wie sie dorthin gewagt hatten, Bauernsöhne aus den Dörfern, Otomís, die als Bettler in der Colonia Cuauhtémoc lebten, Mädchen aus Naucalpan oder Azcapotzalco, die sich in den Bars der Zona Rosa prostituierten, Kinder, die Zementkleber schnüffelten.

Als sie eines Abends alle drei zur Avenida Guerrero zurückgingen, wurden sie von einer Bande jugendlicher Rowdys umringt. Diese hatten Pamela entdeckt, vor allem aber reizte sie die Anwesenheit eines Gringos. Nachdem sie sich eine Weile gegenseitig beschimpft und ein paar Schläge versetzt hatten, schnappte sich einer der Typen Pamela, um ihre Brüste zu betatschen. Jean packte ihn an der Gurgel und Joaquín versetzte ihm Fußtritte. Schließlich konnte sich Pamela befreien und beschimpfte sie unflätig mit schriller Stimme. Jean sah im Halbdunkel eine Messerklinge aufblitzen und riss Joaquín zurück. Inzwischen hatte sich auf der Kreuzung eine Menschenmenge angesammelt, und Autos von Schaulustigen blieben stehen. Die Rowdys begriffen, dass sie leicht den Kürzeren ziehen konnten, nahmen Reißaus und verzogen sich in die benachbarten Straßen.

Wenig später kamen die drei in der Avenida Guerrero 2000 an, wo Joaquíns und Pamelas Tante wohnte. Sie waren außer Atem, Pamela zitterte noch vor Wut oder vor

Angst. »Das waren Arañas«, erklärte Joaquín Jean. »Sie legen es immer darauf an, sich mit Schülern des Polytechnikums zu prügeln. Normalerweise sind sie im Ciudadela-Viertel zu Hause, nicht in Guerrero. Wenn sie noch mal meine Schwester angreifen, bringe ich sie um.« Pamela drückte Jean einen flüchtigen Kuss auf die Wange und sagte: »Danke für deine Hilfe.«

Verwirrt wie ein Schüler über diesen Kuss ging Jean nach Hause. Zugleich kam er sich etwas lächerlich vor.

Wenn Jean nicht im Fremdspracheninstitut unterrichtete, besuchte er oft Padre Andrés im Kloster Guerrero. Er hatte Andrés ein paar Wochen nach seiner Ankunft im Hotel Uruguay kennen gelernt. Als er eines Morgens aus dem Hotel kam, sah er auf dem Bürgersteig diese Leute, die auf Pappdeckeln in einer Nische hockten. Ein junges Paar – der Mann wie auch die Frau waren höchstens fünfundzwanzig – mit zwei Kindern, einem etwa vierjährigen kleinen Mädchen und einem Baby, das die Frau unter ihrem Schultertuch stillte. Sie wirkten nicht wie die üblichen Bettler, die durch die Innenstadt liefen. Sie glichen eher Bauern, der Mann war mit einer Windjacke und einer Leinenhose bekleidet, sie mit einer schwarzen Hose und einem grauen Sweater, und beide trugen Sandalen mit Sohlen aus Reifen. Es war Regenzeit, sie hatten sich unter dem Vordach des Hotels auf ihrer durchnässten Pappe niedergelassen, die Frau nach Art der Indiofrauen kniend. Sie wirkten hilflos, erwarteten nichts. Nur die Kleine, die halb hinter ihrem Vater versteckt war und ihm die Arme um den Hals geschlungen hatte, betrachtete die vorübergehenden Leute. Sie hatte große, erstaunte, ein wenig erschrockene Augen, und wegen ihres Blicks blieb Jean stehen, um mit ihren Eltern zu sprechen. Angesichts dieser Szene beschleunigten die Passanten den Schritt, drängten sich und warfen höchstens einen flüchtigen Blick auf sie. Männer, die mit einer Kollegmappe unter dem Arm zu einer Verabredung gingen, Frauen im Kostüm, die einen kleinen Umweg machten, um nicht zu nah an ihnen vorbeizugehen.

Jean gab dem Mann etwas Geld, ohne zu wissen, ob er ihn dadurch nicht kränkte. Der Mann behielt einen Augenblick den Geldschein in der Hand, dann gab er ihn seiner Frau, die den Schein in die Hosentasche steckte. Jean blieb eine Weile neben dem Mann auf den Fersen hocken und fragte ihn, wo er herkomme. Er hieß Ruiz, kam aus dem Bundesstaat Veracruz und war von dort weggegangen, um im Norden Arbeit zu suchen. Seine Frau hieß Martina und das kleine Mädchen mit den erschrockenen Augen Eva. Sie hatten eine Nacht in einem Hotel in Xochimilco verbracht und jetzt hatten sie kein Geld mehr, um weiterzureisen.

Der Mann zeigte Jean einen Zettel mit einem Namen und einer Adresse, Padre Andrés, Kloster Guerrero, Ecke Calle Mina. Sie waren früh am Morgen mit dem Bus in die Innenstadt gefahren und danach waren sie durch die Straßen geirrt. Sie kannten niemanden, waren erschöpft. Jean ging arbeiten, hatte nicht die Zeit, sie zu begleiten. Er rief ein Taxi herbei, gab dem Fahrer die Adresse und bezahlte die Fahrt im Voraus. Wenige Sekunden später war die ganze Familie fort, auf dem Bürgersteig blieb nur der durchnässte Pappdeckel zurück. Der Hotelinhaber kam nach draußen und entfernte ihn schimpfend: »Jeden Tag kommt solches Gesindel her«, sagte er. Er billigte Jeans Verhalten vermutlich nicht. »Dann sollten Sie das vielleicht besser entfernen«, sagte Jean und zeigte dabei auf das Vordach, unter dem die Familie Zuflucht gesucht hatte. Der Spanier zuckte die Achseln und kehrte ungerührt in seine Loge zurück, um weiter Zeitung zu lesen.

Jean dachte eine ganze Zeit lang nicht mehr an diese Begebenheit. Doch ein paar Wochen später suchte er eines Samstagnachmittags die angegebene Adresse auf. Das Kloster war ein großes, von der Luftverschmutzung geschwärztes Gebäude aus Stein, in dessen Innenhof Nebengebäude aus Beton errichtet worden waren. In der Pförtnerloge hatte niemand etwas von Ruiz und seiner Familie gehört. Vielleicht hatte sie das Taxi für den gleichen Preis zum Bahnhof in Buenavista gebracht, und sie hatten es geschafft, einen Zug in den Norden zu nehmen. Oder der Taxifahrer hatte sich damit begnügt, sie irgendwo abzusetzen und sich mit dem Geld für die Fahrt davongemacht.

So lernte Jean Padre Andrés kennen. Es war nicht leicht, »ehrwürdiger Vater« zu ihm zu sagen, weil er etwa genauso alt war wie Jean. Er wohnte im Kloster, zelebrierte in der Kapelle die Messe für die Nonnen und die Bedürftigen, die dort ein Obdach gefunden hatten. Jean hatte noch nie jemanden kennen gelernt, der Ähnlichkeit mit ihm gehabt hätte. Er war ein recht großer, ein wenig gebeugter junger Mann mit kastanienbraunen Locken und einem blonden Bart, er hatte ein ziemlich schmales Gesicht mit regelmäßigen Zügen und eine Brille. Er trug keine Soutane, sondern einen grauen Pullover und eine Kordhose, seine nackten Füße steckten in *huaraches*, wie sie die Bauern tragen. Das einzige Zeichen, das ihn als Priester auswies, war ein kleines Buchsbaumkreuz, das er an einer Kette um den Hals trug. Jean erzählte von Ruiz und Martina, und Padre Andrés hörte ihm zu, dann sprach er selbst – leise und ohne Nachdruck – und zeigte Jean die Einrichtungen des Klosters. Da es kurz vor zwei war, lud er Jean ein, mit ihm im Refektorium zu essen. Das Essen war einfach, Reis aus der Kelle, ein paar Chayotes, Hühnerbouillon und trockene Tortillas. Im Refektorium saßen vor allem Ordensschwestern in Zivil, jeweils zu viert oder fünft an einem

Tisch, und alte Leute, die im Kloster wohnten oder aus der Nachbarschaft kamen, um dort zu essen.

Andrés sprach nicht über sie und auch nicht über die Probleme, mit denen er konfrontiert war. Er sprach über etwas anderes: über seine Kindheit im Norden, in Torreón, über seine Reise in die USA, als er fünfzehn war, und über die Zeit, in der er Mönch gewesen war. Er wollte wissen, warum Jean Europa verlassen und warum er sein Studium abgebrochen hatte. Trotz der Sprachprobleme hatte Jean den Eindruck, er rede mit jemandem, den er seit langem kannte. Nach dem Mittagessen wurde Padre Andrés gerufen, um einer Frau, deren Tochter schwer krank war, Beistand zu leisten. Er stand auf und drückte Jean die Hand. »Komm wieder, wann du willst, Reis und Tortillas sind immer für dich da.« Er hatte das im Scherz gesagt, aber Jean verließ das Kloster Guerrero mit einem Gefühl von Ruhe und Frieden, das er schon lange nicht mehr empfunden hatte.

Kilwa (Fortsetzung)

Ich bin Kiambé, mein Vater ist Askari, ein Krieger in einem Büffelfell, der einen Wurfspieß aus gehärtetem Holz und in der linken Hand einen Lederschild trägt. Meine Mutter ist Malaika, mein Bruder ist Wimbo, meine ältere Schwester Umoto. Ich habe ihre Namen nicht vergessen.

Mademoiselle Alix gab mir den Namen Balkis, wegen meiner Hautfarbe und der Form meiner Augen. Das sagte sie mir, als ich den Hof des Hauses in Minissy betrat. Sie nahm mich an der Hand und sagte mir, dass ich jetzt ihr gehöre und sie mich beschützen werde. Ich verstand ihre Worte nicht, aber ich verstand ihre sanften Augen und ihr Lächeln. Sie gab mir ein Kleid, das sie getragen hatte, als sie noch ein Kind war, ein langes weißes Kleid mit Puffärmeln, das aus so leichtem Stoff geschneidert war, dass man meinen konnte, es sei aus Spinnfäden gewebt. Aber ich konnte nie Schuhe tragen, meine Füße waren zu breit und zu hart.

Ich kümmerte mich um Mademoiselle Alix. Ich schlief im Vorraum ihres Schlafzimmers auf einer Decke, die auf dem Boden lag. Ich kochte für sie Tee, wusch ihre Wäsche, stärkte die Kragen ihrer Kleider, machte ihr Bett und leerte ihren Nachttopf. Aber sie wollte nicht, dass ich in der Küche arbeitete.

Nachmittags blieb ich zu Füßen meiner Herrin auf der Veranda sitzen. Sie vertrieb sich die Zeit damit, mir Nähen und Sticken beizubringen, was ich sehr gut machte, und mir auch aus ihrem Gebetbuch vorzulesen, was ich sehr anstrengend fand. Und wenn mir der Kopf auf die Brust sank, weil ich einschlief, wurde sie wütend, kniff mich und schrie: »Du Dummerchen, he, du Dummerchen!« Ich sprach jetzt ihre Sprache und hatte auch ein bisschen Englisch gelernt, Sätze, die sie mich auswendig lernen ließ, um damit die Gäste zu belustigen, *Tea if you please, my lady?* Oder *A piece of cake, your honor?* Denn es kamen oft Besucher des Gouverneurs in das Haus in Minissy.

Nicht weit davon waren die Zuckerrohrfelder, die Rumbrennerei und die Felder, auf denen die Sklaven Weizen, Maniok und alle möglichen Gemüsearten anbauten. Madame wollte nicht, dass ich dorthin ging. Sie hatte mir verboten, mit den Sklaven von den Feldern zu reden, und ich hatte Angst vor ihnen, denn Madame sagte, sie seien schlecht und böse, und wenn ich mich dorthin wagte, würden sie mir wehtun und mich umbringen. Aber nachts horchte ich, wenn der Wind die Klänge ihrer Stimmen, ihres Gesangs und ihrer Trommeln herüberwehte. Ich erschauerte, wenn ich ihnen zuhörte, denn ich erinnerte mich an die Zeit meiner Kindheit, bevor ich entführt wurde, ich erinnerte mich an das Dorf, an das Haus meines Vaters, vor dem plötzlich die Wemwizi, die Kinderdiebe, auftauchten, meinen Vater töteten und alles in Brand steckten, um mich in die Sklaverei zu verschleppen.

Eines Nachts riss ich aus und lief zu den Feldern in der Nähe des Flusses. Ich hatte Angst und zugleich hatte ich Lust, dorthin zu gehen, ich konnte nicht widerstehen. Die Hunde bellten, sie hatten mich gewittert und hörten, wie ich durchs Gras lief, es waren die Hunde des Herrn, die darauf abgerichtet waren, Marron-Neger zu jagen. Es war heiß und schwül, die Erde war feucht vom Tau. Ich atmete den Geruch dieser Erde meiner Kindheit ein, nachdem es geregnet hatte. Ich betrachtete den Himmel, an dem der Vollmond die Wolken verschlang. Ich wusste nicht, warum ich über die Felder ging, aber ich war glücklich und ich fand die Namen all derer wieder, die ich früher gekannt hatte, sie kamen mir wieder in den Sinn und schlugen in meiner Brust, in meinem Bauch. Uzuri, Moshi, Mkalamu, Shinyanga, Singida, Kijiji mein Dorf und sie alle, Kipofu der Blinde, Kiziwi der Stumme, Mjomba mein Onkel väterlicherseits, Moto das Feuer, Nzige die Heuschrecke, Mbou die Mücke und Malaika der Engel, meine Mutter, wenn sie Maniokbrei in den Händen rollte und ihn mir in den Mund schob, und ich kaute alles, was weich und süß darin war, und spuckte die Fasern wieder aus, so etwas Süßes habe ich nie wieder gegessen, seit die Banditen mich entführt haben, Tränen füllten meine Augen und rannen mir ungewollt über die Wangen, selbst die süßen Kekse, die mir Mademoiselle Alix gab, wenn ich sie zum Lachen brachte, kamen mir sehr bitter vor. In dieser ersten Nacht ging ich nur bis ans Ende der Felder, an eine Stelle, von der ich die flackernden Feuer vor den Hütten der Sklaven sehen konnte, und lauschte dem Summen ihrer Stimmen, einem leisen Gesang, der fast nur ein Murmeln war, damit sie nicht die Aufmerksamkeit der Aufseher weckten und von ihnen ausgepeitscht wurden. Ich blieb in meinem Versteck im hohen Zuckerrohr, um der Musik zuzuhören und den Geruch des Lagerfeuers zu spüren. Kurz vor Morgengrauen kehrte ich wieder ins Haus meiner Herrin zurück und legte mich lautlos auf meine Decke im Vorzimmer, nachdem ich mir die Füße mit Blättern abgeputzt hatte, um die Spuren der roten Erde zu entfernen.

Und so gewöhnte ich mir an, jede Nacht das Haus zu verlassen, um ins Lager der Schwarzen zu gehen. Ich hatte nicht das Gefühl, etwas Böses zu tun, weil ich mit niemandem sprach, sondern nur in meinem Versteck in den hohen Gräsern blieb, um den Stimmen zuzuhören und den Geruch des Rauchs einzuatmen. Aber als ich eines Morgens zurückkam, stand Madame vor der Tür und wartete auf mich, und neben ihr standen zwei Sklaven, von denen der eine namens Lubin mir Angst einflößte. Sie packten mich, der eine am Arm, der andere an den Haaren, und Madame sagte: »Schämst du dich nicht? Wenn alle schlafen, gehst du auf die Felder und streunst herum wie eine Hündin!« Ich wollte ihr zurufen, dass ich nichts getan hatte, und sie um Verzeihung bitten, aber die Sklaven rissen mich zurück, und ich konnte nur noch schreien und weinen. Ich wollte Mademoiselle Alix anflehen, mir zu Hilfe zu kommen, doch die Sklaven schleppten mich etwas abseits, banden mich an einen Baum und schlugen mich so heftig mit Rohrstöcken, dass ich das Bewusstsein verlor. Und dann ordnete meine Herrin an, ich müsse Lubin heiraten, da ich so ungeduldig sei, und in einer Negerhütte weit weg von Minissy leben. Ich sah Mademoiselle Alix nie wieder. Aber ich hörte von einer Dienerin, dass sie geweint hat. Im selben Jahr gab es einen Orkan, der die Rumbrennerei zerstörte, und Mademoiselle Alix fuhr mit ihrer Mutter weg und ließ sich in Frankreich nieder.

In jenem Jahr 1822 gab es viele Sklavenaufstände, und die Marrons waren in den Bergen. In Villebague lehnten sich die Sklaven auf, weil der Aufseher Dufour Männer zu Tode hatte peitschen lassen. Und mein Mann Lubin betrank sich jede Nacht mit Zuckerbranntwein und schlug mich, er hasste mich, weil ich mich ihm verweigerte, und als ich ein Kind erwartete, ging ich zu einer Zauberpriesterin, die mir eine Mischung aus Erde und Pflanzen gab, um eine Abtreibung zu bewirken. Überall wurden die Sklaven misshandelt und verhungerten, und weil ein

Aufseher namens Cadiou einen zwölfjährigen Jungen zu Tode geprügelt hatte, flohen immer mehr Schwarze und schlossen sich den Marrons in den Bergen an. Nachts sah man die Feuer, hörte das Kriegsgeschrei aus den Bergen oder Sklaven, die wie Hunde bellten und sich gegenseitig von Feld zu Feld antworteten. Eines Tages sagte ein Sklave namens Violette, der mich vor Lubin schützte, zu mir: Ein Mann, der Sohn eines großen Herrschers aus Grand-Terre, ist aus dem Gefängnis ausgebrochen und in die Berge geflüchtet. Er nannte mir den Namen dieses Mannes, Ratsitatane, und dieser Name klang in meinen Ohren wie eine Kriegstrommel. Er hat ein ganzes Heer um sich geschart, die Sklaven aus Villebague, aus Grande Rosalie, aus Belle Vue und aus Embarras in Crève-Cœur, sie alle sind da oben in den Bergen und kommen bald her, um alle Schwarzen zu befreien. Jeden Abend leuchteten Feuer auf, doch die Männer wechselten ständig das Lager, niemand wusste, wo sie waren. Aber Violette sagte mir, was Ratsitatane gesagt hatte, als er aus dem Gefängnis ausgebrochen war: »Kommt mit mir, dann befreie ich euch.« Und dann nannte mir Violette die Namen derer, die sich Ratsitatane angeschlossen hatten: Léveillé, Tulipe, Nelson, Kotovolo und viele andere. Und Violette sagte zu mir, dass er sich ihnen anschließen werde, und bat mich, mit ihm zu kommen.

Und so kochte ich eines Abends, als ich vom Zuckerrohrschneiden zurück war, das Essen für Lubin und tat ihm ein berauschendes Kraut in die Suppe, und als er auf seinem Lager schnarchte, packte ich meine Kleider zusammen und den Vorrat an Maniokkuchen, den ich seit Tagen unter Steinen vor den Ratten geschützt hatte, und dann schlug ich den Weg ins Gebirge ein, in Richtung des Gipfels, der Minissy wie eine düstere hohe Wand überragt. Ich rannte über die Felder, ohne Halt zu machen, bis ich das steinige Gelände der Berge erreichte, meine Füße waren schon ganz blutig. Es begann zu regnen, und da lief ich durch das Flussbett eines Wildwassers zu den Wolken, damit die Hunde der Milizsoldaten nicht meinen Blutspuren folgen konnten. Zwei Tage lang versteckte ich mich in einer Höhle im Wald. Ich hoffte, dass Violette mich finden würde, aber ich sah niemanden. Tagsüber schlief ich und nachts versuchte ich, den Geruch der Feuer der Marrons aufzuspüren. Ich erinnerte mich an meinen Vater Askari und meinen Onkel Mjomba, der mit einem Wurfspieß auf Löwenjagd ging. Ich erinnerte mich auch daran, dass meine Mutter Malaika jagen konnte. Sie war bei mir im Wald, sie bewachte den Eingang der Höhle, während ich schlief. Nur einmal hörte ich das Gebell der Hunde und fing an zu zittern, weil die Milizsoldaten alle Marrons töteten, die sie fanden, und ihnen eine Hand abschlugen, um eine Belohnung zu bekommen. Doch die Hunde folgten der Spur von Wildschweinen und rannten in eine andere Richtung.

Ich war auf dem Berg, den man La Fenêtre nennt, ich war so weit oben, dass ich jeden Abend ganz deutlich die Lichter des Hafens sah. Am dritten Tag war mein Vorrat an Maniokkuchen zu Ende, und ich knabberte Wurzeln. Ich war sehr schwach und dachte, ich würde bald sterben, aber der Tod war mir noch lieber als die Rückkehr in Lubins Hütte. Am vierten Abend, als ich gerade am Wildbach stand, um Wasser zu trinken, öffnete sich plötzlich der Wald, und ich sah mehrere Schwarze, die mich umringten. Ich glaubte, sie wollten mich töten, und schrie vor Angst. Aber sie taten mir nichts. Im Gegenteil, sie trugen mich zu einer Lichtung, wo ich meinen Freund Violette wieder sah. Neben ihm stand ein großer Mann, der in eine rote Decke gehüllt war, ich wusste sofort, dass es der Sohn des großen Herrschers aus Grand-Terre war, der Mann, den man Ratsitatane nennt und der gesagt hatte, er werde alle Schwarzen befreien und uns in unser Land zurückbringen.

Ich bin Kiambé. Ich bin nicht Balkis. Ich bin wieder zu der geworden, die ich vor langer Zeit war, als die Kinderdiebe in mein Dorf kamen und meinen Vater töteten. Mein Vater ist der Krieger Askari mit dem langen Wurfspeer, meine Mutter ist Malaika, ich spüre wieder den Geschmack von der Maniokkugel im Mund, die sie mir gab und dabei sanfte Worte sagte, *kidege kisuri,* hübscher Vogel, *ua mangu,* meine Blume, Namen wie Zucker.

Ratsitatane gab mir all das zurück. Der Wald der Montagne Longue wurde mein wahres Zuhause. Nichts anderes existiert mehr, weder das Haus in Minissy und dessen Gärten noch das Zimmer von Mademoiselle Alix, in dem sie mir ihre Kinderkleider anzog. Und auch nicht Lubins Hütte, das elende Lager, in dem sich Wanzen verbargen, und die Wände aus Ästen, wo Skorpione hausten. All das ist in weite Ferne gerückt, anders geworden, seit ich bei Ratsitatane und den Marrons in den Bergen lebe und ganz unten in den Tälern die Häuser der Pflanzer sehe.

Jeden Tag laufen wir durch den Wald, gehen von Versteck zu Versteck und versperren den Eingang der Höhlen mit Dornenzweigen. Léveillé, Tulipe, Nelson, Kotovolo, sie alle gehören jetzt zu meiner Familie, und Violette ist mein Freund.

Ratsitatane ist unser Herr. Er ist groß und stark, er trägt auf der Brust eine Kette, die ihn unbesiegbar macht, eine Kette aus schwarzem Holz und Obsidian. Als man mich am ersten Tag zu ihm führte, zitterte ich, ich war nackt, weil die Büsche mein Kleid zerrissen hatten, und meine

Füße waren blutig. Er sprach in seiner Sprache sanft auf mich ein, legte mir die Hand auf den Kopf, und ich spürte, wie eine Wärme in mich drang. Die Schwarzen stellten für mich eine Bahre aus Ästen und Blättern her und trugen mich den ganzen Tag, bis wir an die Quelle eines Flusses gelangten. Violette kümmerte sich um mich.

Es waren noch andere Frauen da, sie wuschen mich, pflegten meine Wunden und gaben mir in Asche gebackene Wurzeln und wilde Guajaven zu essen, und ich trank das Quellwasser aus einer Kalebasse.

Im Lager der Marrons waren sehr viele Leute, Männer, Frauen, Kinder, und jeden Tag trafen neue Sklaven ein. Nachts zündeten sie Feuer auf dem benachbarten Berg an, um die Miliz zu täuschen und den Eindruck zu erwecken, dass wir sehr viele waren. Die Weißen aus Port Louis sahen alle diese Feuer aufleuchten und glaubten, dass Ratsitatanes Armee sehr groß war, bald auf die Stadt zumarschieren, alle Häuser verbrennen und anschließend das ganze Land an sich reißen würde.

Jede Nacht wurde der Zorn größer, manche entlaufenen Sklaven brachten Waffen mit, Hakenbüchsen, Haumesser, andere kamen mit Vorräten und Zuckerbranntwein, und wenn die Männer getrunken hatten, tanzten sie und stießen Schreie aus, wie Krieger, bevor sie in die Schlacht ziehen.

Aber Ratsitatane wollte keinen Angriff starten. Er blieb ein wenig abseits, schien nachzudenken. Eines Abends ging ich zu ihm, um ihm Palmwein zu bringen, und da mir kalt war, legte er mir seinen roten Wollmantel um die Schultern, und da ich noch immer zitterte, sprach er sanft in seiner Sprache mit mir, und ich spürte, wie seine Wärme in mich drang, und so ist er mein Mann geworden. Er nannte mich bei meinem Namen, Kiambé, und ich nannte ihn Moumé, *Moumé yangu,* o mein Mann.

Es war das erste Mal, dass ich wirklich einen Ehemann hatte, denn vorher hatten mich die Männer immer mit Gewalt genommen und geschlagen, wie etwa die Sklaven des Marabu aus Kilwa oder Lubin aus Minissy. Und an den folgenden Tagen ging ich mit Ratsitatane auf den Berg La Fenêtre, von dem man das Meer gut sieht. Ratsitatane betrachtete das Meer, ohne sich zu rühren, als wäre er in Gedanken schon auf dem Schiff, das uns nach Grand-Terre zurückbrachte. Und ich dachte, wenn er wieder in seinen Palast zurückkehrt und beim König Radama lebt, würde ich bei ihm bleiben können, und zum ersten Mal, seit ich mein Dorf verlassen hatte, hatte ich Lust zu lachen und zu singen, ich fühlte mich frei und wollte leben. Und jede Nacht schlief ich mit meinem Herrn in seinem Versteck im Schutz seines Mantels, damit er seine Wärme auf mich übertrug.

Wir waren sehr viele, und ich glaubte, dass wir unbesiegbar waren und ich nie wieder eine Sklavin bei weißen Fremden sein würde.

Eines Morgens kam ein Schwarzer namens Laïzaf, ein Mann, dem ich nicht traute. Als ich Maniok auftrug, streute ich etwas Asche auf das Essen, um Ratsitatane zu warnen, dass dieser Mann ein Verräter war, aber er blies die Asche fort, ohne meinen Hinweis zu verstehen. Denn ich hatte schon von diesem Laïzaf gehört und wusste, dass er den Marron-Jägern geholfen hatte, um Geld zu verdienen.

An jenem Tag entfernte sich Laïzaf kurz vor Mittag ein wenig von uns und gab einen Schuss aus seiner Hakenbüchse ab, wie er sagte, war das ein Signal, um den Flüchtlingen im Gebirge den Weg zu weisen, aber es war ein Zeichen, das er mit Orieux und Lescalier, den Anführern der Miliz, verabredet hatte. Er hatte heimlich weiße Tücher an den Bäumen befestigt, angeblich um den Marrons den Weg zu Ratsitatane zu weisen, aber in Wirklichkeit war es ein Signal für die Häscher der Marrons, um ihnen zu zeigen, wo unser König sich versteckte. Und da floh Ratsitatane mit einigen Männern, und ich begleitete ihn bis zur Montagne Longue. Ratsitatane sagte, er wolle alle Marrons um sich versammeln, um dem Heer eine große Schlacht zu liefern, und dass wir als Sieger daraus hervorgehen und frei sein würden. Einer der Priester aus Grand-Terre, der in Ratsitatanes Gefolge war, opferte eine Ziege und ließ das Blut auf die Erde rinnen, er sagte, die Götter der Berge würden uns bald eine große Wolke senden, um uns vor den Augen der Weißen zu verbergen, und anschließend würde ein starker Wind kommen, der alle Soldaten vertrieb, und dann könnten wir an Bord der Schiffe gehen und nach Hause zurückfahren. Anschließend zeichnete der Priester einen Stern, den man Vintana nennt, auf die Erde und sagte zu Ratsitatane, er sei durch den *mandrava,* der zerstört, und den *manitsaka,* der zermalmt, geschützt. Da teilte Ratsitatane seine magische Halskette in zwei Teile und gab mir die eine Hälfte mit den Muscheln und dem schwarzen Holz, damit der Gott von Grand-Terre mich in Schutz nahm.

Das tat er und war traurig, denn er wusste, dass er von Laïzaf verraten worden war und die englischen Soldaten nun durch den Wald den Berg hinaufstiegen, um ihm in den Rücken zu fallen. Er legte mir ein letztes Mal die Hand auf den Kopf, um mir seine Wärme zu geben, dann ging er am anderen Hang des Berges auf der Seite des Mont Ory in Richtung Moka-Fluss und Minissy. Er verschwand mit einigen seiner Männer, Léveillé, Nelson, Kotovolo und anderen, die ihm treu geblieben waren, im Wald. Und ich blieb in der Höhle hinter der Dornentür, und alles, was mir von Ratsitatane noch blieb, waren seine Halskette und der große Mantel, in dem wir jede Nacht geschlafen hatten.

Die Soldaten von General Ralph Darling und die Milizsoldaten von Orieux und Lescalier, die Laïzaf führte, fanden mich dort zwei Tage später, als ich bereit war zu sterben.

Bericht von William Stone, Kanzleileiter im Stab von Hauptmann F. Rossi, über die Ereignisse, die am 20. Februar 1822 bei der Festnahme des Rebellen Ratsitatane stattfanden.

Sobald die Nachricht vom Ausbruch des madagassischen Schwarzen namens Ratsitatane, der in der Festung von Port Louis eingekerkert war, bekannt wurde, erteilten der Generalmajor Ralph Darling sowie der Gouverneur dieser Kolonie, Seine Exzellenz Robert Townsend Farquhar, den Befehl, dass man Ratsitatane um jeden Preis finden und dass jegliches Aufbegehren flüchtiger Sklaven hart bestraft werden müsse, um jedes Risiko eines Aufstands zu vermeiden, wie jenes, dem seinerzeit die Kolonisten von Santo Domingo zum Opfer gefallen waren. Denn alle Einwohner von Port Louis und der umliegenden Distrikte Pamplemousses, Moka und der Plaines Wilhelms waren von einem Angriff der Marron-Neger bedroht. Der Gouverneur ordnete an, eine große Anzahl von Truppen aus dem 56. Regiment unter dem Befehl von Major Darling und Oberstleutnant Dumaresq sowie die Freiwilligen des 82. Regiments des Prince of Wales unter dem Befehl von Generalleutnant Pigot und die Miliz, die von den Herren Orieux und Lescalier befehligt wurde, mobil zu machen. Sie hatten den Auftrag, in Richtung Le Pouce zu marschieren, um den Rebellen die Straße nach Port Louis zu versperren. Die Zivilbeamten der Kolonialmiliz von Baron d'Unienville wurden ebenfalls mobilisiert, um

Ratsitatane tot oder lebendig zu fassen, und ich bekam den Befehl, mich ihnen anzuschließen, denn ich hatte besagten Ratsitatane im Gefängnis aufgesucht und war daher imstande, ihn wiederzuerkennen, falls er den Versuch machen sollte zu fliehen.

Zwei Tage lang lagerten die Kompanien am Fuße des Bergs, um die Stellung der Rebellen zu erforschen, und am Nachmittag des dritten Tages, kurz vor vier, folgten wir dem Lauf der Rivière des Lataniers bis ins Gebirge. In jener Nacht beobachteten wir Feuer auf La Fenêtre und weitere Feuer auf den Hängen von Le Pouce und des Pieter Both. Wir befürchteten folglich, dass die Zahl der Aufständischen sehr hoch war. General Darling schickte einen Teil der Truppen nach Norden, um den Weg zur Montagne Longue auf der Seite der Échelle zu beherrschen. Die Kolonialmiliz und die Männer von Orieux schlugen am Fuße des Rocher de l'Escargot ihr Lager auf, an der Quelle des Ruisseau du Pouce. Am Morgen des 20. Februars erklomm ich bei drückender Hitze mit einer Abteilung des 56. Regiments unter dem Befehl des Quartiermeisters Nesbitt den Berghang von Le Pouce. An dieser Stelle gab es keinen Weg mehr, und wir mussten die Felsen hinaufklettern, wobei wir unsere Hände und Füße zu Hilfe nehmen mussten wie Affen. Kurz vor Mittag hörten wir schließlich Schüsse und erkannten das Signal, das der Schwarze Laïzaf uns gab, um uns Ratsitatanes Schlupfwinkel anzuzeigen. Er hatte auch Tücher an den Büschen befestigt, um uns den Weg zu zeigen. Gegen zwei Uhr erreichten wir den Gipfel des Berges, die Felsen waren bereits mit den Leichen jener Männer übersät, die die Marron-Jäger getötet hatten, um ihre Belohnung zu bekommen. Als das Bataillon den Gipfel des Berges besetzte, ergaben sich die Rebellen einer nach dem anderen, denn sie waren ausgehungert, hatten nichts mehr zu trinken und wirkten völlig verschreckt. Aber zu unserer großen Überraschung nahmen wir nur etwa vierzig Männer gefangen, die uns sagten, dass sie aus dem Haus Villebague stammten. Wir wussten, dass ein Teil der Aufständischen mit ihrem Anführer Ratsitatane und dessen Adjutanten in Richtung Moka geflohen war. Die Gefangenen wurden mit Ketten um den Hals nach Port Louis hinabgeführt. Wir hatten den Befehl, Ratsitatane um jeden Preis zu fassen, ich begleitete das Bataillon des Quartiermeisters Nesbitt in die Täler, um zu den Milizsoldaten von Orieux zu stoßen, die schon in Moka waren. Was den Schwarzen Laïzaf betraf, so lautete der Befehl, dass er festgenommen und ohne Ketten nach Port Louis gebracht werden sollte.

Kurz vor sechs Uhr am Abend desselben Tages fanden die Marron-Jäger von Orieux Ratsitatane und drei seiner Komplizen, die sich in der Schlucht des Cascades-Flusses unweit von Minissy versteckt hatten.

Als ich in der Schlucht ankam, war Ratsitatane an einen Baum gefesselt und hatte blutige Beine, denn die Marron-Jäger hatten ihn mit Steinen geschlagen. Der einzige Grund, weshalb sie ihm das Leben gelassen hatten, war die Belohnung von 1000 Dollar, die der Gouverneur für seine Gefangennahme ausgesetzt hatte, denn er wollte, dass der Rebell öffentlich verurteilt wurde, um ein Exempel zu statuieren. Für die Gefangennahme von Ratsitatanes Adjutanten gab es eine Prämie von 250 Dollar.

Ich erkannte Ratsitatane ohne Mühe wieder, denn trotz der aufreibenden Flucht durch die Berge nahm er nicht die demütige Haltung der flüchtigen Sklaven ein, sondern stand kerzengerade da, und auf seinem Gesicht lag der stolze Ausdruck eines Mannes, der nichts anderes als die Freiheit kennen gelernt hat.

Wir requirierten im Haus in Minissy Fuhrwerke und lieferten noch am späten Abend desselben Tages die Re-

bellen im Gefängnis ein, wo sie auf ihren Prozess warten sollen. Ich füge noch hinzu, dass die Marron-Jäger der Brigade von Orieux am folgenden Tag gegen Mittag zwei Sklaven gefasst haben, einen Mann von etwa vierzig Jahren, der sich Violette nennt, und eine Frau von etwa fünfundzwanzig Jahren, die sich in einer Höhle auf Le Pouce versteckt hatten. Auf meine Befragung hin gab die Frau an, sie heiße Balkis, gehöre zum Haus in Minissy und sei Ratsitatanes Frau. Aber mit Rücksicht auf ihren schlechten Gesundheitszustand und da sie außerdem alle Anzeichen von Demenz aufwies, beschloss ich, sie nicht ins Gefängnis, sondern ins Hospital für Schwarze in Port Louis zu schicken, wo sie in der Abteilung des Chirurgen Haskins interniert wurde. Was den Schwarzen Violette angeht, so wurde er zur Zwangsarbeit im Bagno verurteilt.

Mariam Chérifa
Hôtel Chalet Savoie
Chamonix

12. April

Mariam, ich möchte dir von Naucalpan erzählen. Ich musste einfach hinfahren. Ich habe ständig daran gedacht, seit ich von dieser Stadt der Migranten gehört habe. Padre Andrés erzählte mir davon. Ich suchte nach der Spur von Ruiz und Martina, den Leuten, die ich bei meiner Ankunft auf dem Bürgersteig gesehen und ins Kloster Guerrero geschickt hatte. Padre Andrés sagte mir, sie seien vielleicht in Naucalpan, denn dort landen die Wirtschaftsmigranten, wenn sie nicht mehr wissen, wo sie hinsollen. Sie haben keine andere Wahl. Entweder gehen sie in das Dorf zurück, das sie verlassen haben, oder sie akzeptieren, dass man sie nach Naucalpan in die Wellblechhüttensiedlung schickt. Die Mutigsten, die Jüngsten, versuchen ihr Glück im Norden, versuchen in Nogales oder Juárez an der Grenze unter dem Stacheldrahtzaun durchzukriechen.

Ich habe mir einen Stadtplan von Mexiko im Maßstab 1:20000 gekauft, um den Ort ausfindig zu machen. Ich habe die Karte in meinem Zimmer in der Calle Luna an die Wand geheftet und betrachte jeden Abend diesen ausgefransten großen Fleck mit der nach Südwesten verlaufenden Autopista 130, die nach einem großen Bogen ins Gebirge führt und jenseits davon ins Tal von Toluca. An dieser Stelle, am Rand des großen Flecks, liegt Naucalpan. Ich dachte, ich würde die beiden dort wieder sehen, Ruiz in seiner Windjacke und mit seinem Cowboyhut, trotz der im Freien verbrachten Nächte ordentlich aussehend, und Martina mit ihrem kindlichen Gesicht und ihren sanften Gesten, wenn sie die Brust unter dem Sweater hervorholt, um das Baby zu stillen. Und vor allem die kleine Eva, die hinter ihrem Vater steht. Ihr zerzaustes Haar, ihre großen Augen in dem zerknitterten Puppengesicht, ihr dunkler, eindringlicher Blick, der voller Fragen ist. Ich habe da an dich auf dem breiten Boulevard in Oran gedacht, als die französischen Soldaten ankamen und du fast zu Tode gekommen wärst.

Ich nahm den Bus nach Azcapotzalco, San Juan Tlihuacan, San Pedro Xalpa, San Miguel Amatla. Von der Straße nach Toluca fuhr ich mit einem Gemeinschaftstaxi weiter, am Río Hondo entlang. An jener Stelle sieht man durch einen Schleier aus verschmutzter Luft Ciudad Satelite, rosa und blaue Quader, die wie Spielzeug wirken. Auf dem Berg am Ende der Straße erhebt sich die Kirche Los Remedios. Es ist, als käme man in ein anderes Land, und dennoch ist es die gleiche Stadt mit den gleichen Straßen, den gleichen Häusern und den gleichen Leuten, die am Straßenrand warten. In dem Taxi sagt niemand etwas. Wir sitzen viel zu dicht gedrängt. Die Hitze ist erstickend. Das Taxi ist ein klappriger alter Ford Galaxie, dessen bläulich getönte Windschutzscheibe von Fransen mit roten Perlen eingefasst ist, und auf dem Armaturenbrett befindet sich ein Plastikaltar der Jungfrau Guadalupe, der bei jedem Tritt auf die Bremse aufleuchtet. Der Fahrer ist ein dunkelhäutiger Indio mit einem Handtuch um den Hals. Die Augen halb geschlossen, streckt er während der Fahrt den Oberkörper halb aus dem Seitenfenster und kaut auf seinem Chicle. »*Parada, ¡por favor!*« Wenn jemand ausgestiegen ist, zeigt der Fahrer mit drei Fingern der linken Hand auf den frei gewordenen Platz. Ich glaube, ich könnte in diesem Taxi bis ans Ende der Welt fahren, zu viert auf der Rückbank, knapp am Bürgersteig entlang, und zusehen, wie die Gesichter vorüberhuschen, den beißenden Geruch nach Dieselöl und Schweiß einatmen, während die Silhouetten der Hügel im leuchtenden Mittagsdunst wie Inseln auftauchen und dahinter, in der Ferne, der riesige Bergrücken der Malinche.

Ich denke an dich, Mariam. Als könnte ich mit diesem Taxi bis zu dir nach Chamonix fahren, von *parada* zu *parada*, ich denke daran, was Andrés, der Priester aus Guerrero, zu mir sagte, als ich ihn wiedersah: »Wenn du das Glück hast, eine Frau zu lieben, dann kehre zu ihr zurück, dann ist das deine Lebensaufgabe.« Vielleicht habe ich erst hier in diesem Auto, diesem alten Ford Galaxie, der mich nach Naucalpan bringt, begriffen, was er damit meinte.

Das Taxi setzte uns am Fuß des Aquädukts ab. Die sengende Sonne hüllt den Hügel in eine dumpfe Schwüle. Ich höre verschwommen die Geräusche der Stadt hinter mir, das Dröhnen der Lastwagen ohne Auspuff auf der Straße, die ins Gebirge führt. Es wirkt wie das Grollen eines Erdbebens. Ich gehe den Lehmweg entlang, ein paar Silhouetten laufen mit mir durch den Staub, sie eilen der Stadt der Migranten entgegen. Frauen, die in Tücher gehüllt sind, Männer, die blutige Fleischstücke in Plastiktüten tragen, auf die sich Fliegen setzen. Andere sitzen auf Steinen neben dem Aquädukt. Niemand sieht mich an. Nur ein paar Bengel werfen mit Steinen nach mir und rennen dann lachend davon.

Am Ende des Aquädukts beginnt die Stadt der Migranten. Eine ansteigende staubige Straße führt zwischen unregelmäßigen Reihen von Unterkünften hindurch. Die Nummern der Straßen sind auf Steinblöcke gemalt: 13,

47, 73. Sie sind schwer zu lesen. Es fehlen Nummern. Manche Häuser sehen ziemlich normal aus, bis auf die Tatsache, dass die Steine nicht mit Zement verfugt sind und die Dächer aus Asbestplatten bestehen. Doch weiter oben auf dem Hügel wirken die Behausungen wie Iglus oder wie Backöfen. Bretter, Backsteinbrocken, Lavasteine, nur eine niedrige Tür und keine Fenster. Die Dächer sehen aus, als bestünden sie aus Lehm, der auf alte Lappen aufgetragen ist. Vielleicht ist es auch Pech oder Teer.

Ich gehe über den Hügel, Autos holpern neben mir durch Schlaglöcher. An einer Stelle verteilt ein Tankwagen Wasser. Die Leute müssen bezahlen, um ihre Kanister mit dem Gummischlauch zu füllen. Wenn das Wasser aufhört zu laufen, saugt der Fahrer an dem Schlauch, und weiter geht es. Als ich aus dem Taxi gestiegen bin, habe ich neben dem Aquädukt zwei Flaschen Sodawasser gekauft, um sie Ruiz und seiner Frau mitzubringen. Doch ich bin jetzt so durstig, dass ich mich auf einen Stein am Straßenrand setze und eine Flasche ganz allein austrinke.

An der Straße Nummer 13 frage ich eine alte Frau: »*¿El señor Ruiz?*« Das Gesicht halb unter ihrem Tuch verhüllt geht sie weg, ohne zu antworten. Fast überall steigt Rauch aus den Küchen auf. Frauen kochen Bohnen auf drei Steinen, es riecht nach Petroleum, nach Holzkohle. Ich gehe von Haus zu Haus, klopfe an die Türen und sage: »Ruiz, wissen Sie, wo Ruiz wohnt?« Die Leute schütteln den Kopf, blicken woanders hin.

Oben auf dem Hügel glaube ich die Silhouette von Eva wieder zu erkennen, einen Schatten, der vor mir flieht und sich in einer Bretterhütte versteckt. Ich blicke durch die Türöffnung hinein, im Halbdunkel befindet sich eine hochschwangere Frau mit kränklicher Miene. Sie sitzt auf einem Holzbett, auf dem eine Decke liegt. Neben ihr hockt das kleine Mädchen, das ich für Eva gehalten habe, und sieht mich mit den gleichen erschrockenen Augen an. Ich bin im Begriff, wieder zu gehen, als mich die Frau ruft. »Bitte, Señor!« Ihre Stimme ist klagend, etwas heiser. Die Frau beugt sich hinab und schiebt ein Handtuch zur Seite, das einen Pappkarton zudeckt. Der Pappkarton ist eine Wiege, in der ein winziges Baby liegt, das vor Fieber glüht. Es hat eine seltsame Wunde am Hals, neben der Schulter. Die Frau sagt: »Gestern Abend sind die Ratten gekommen, sie haben versucht, es zu fressen, während ich weg war, um Wasser zu kaufen.« Das Baby wimmert leise, seine geschlossenen Augen sind geschwollen.

Ich gebe der Frau etwas Geld und die Flasche Sodawasser, die mir noch bleibt. Ich versuche mit ihr zu reden, ihr zu sagen, ins Krankenhaus zu gehen, aber sie hört nicht zu. Sie öffnet die Flasche, trinkt zwei Schluck und versucht dann, dem Baby zu trinken zu geben, doch es verschluckt sich. Und da gehe ich rückwärts aus der Hütte, stehle mich davon. Ich weiß nicht mehr, was ich hier zu suchen habe. Wenn man allein ist und aus weiter Ferne kommt, glaubt man vielleicht an Wunder, nur weil man Kurse in einem Londoner Krankenhaus absolviert hat.

Ich gehe die Straßen von Naucalpan wieder zurück. Irgendwann ist Wind aufgekommen und hat alles in eine Staubwolke gehüllt. Mit einem Schlag ist alles verschwunden, als wäre ich allein auf diesem Hügel, umgeben von einem Meer, von einem Ozean aus Staub. Selbst die Sonne ist in die Ferne gerückt.

Ich gehe also wieder zu dem Aquädukt hinab. Die Autos holpern noch immer die Straße entlang, ihre aufgeblendeten Scheinwerfer bohren Löcher in die Staubwolke. Mariam, ich möchte dir jetzt sagen, dass wir heiraten und Kinder haben werden, das erste Kind, das wir bekommen, wird Jemima-Jim heißen zum Gedenken an Jeanne Odile und Santos. Jemima, wenn es ein Mädchen ist, Jim, wenn es ein Junge ist. Wenn es ein Mädchen ist, wird es bestimmt Eva ähneln, mit großen dunklen Augen und strubbeligem Haar. Ich schreib dir, um innezuhalten, um vorauszuschauen. Wenn du bei mir bist, werde ich stark sein, werde nicht mehr diesen Staubwirbel spüren, der über diese Stadt hinwegfegt.

Es ist wieder Regenzeit. Seit der vorigen Regenzeit war Jean drauf und dran abzureisen. Der Beschluss war unvermeidlich geworden, ging eher auf einen Verschleißeffekt als auf eine Notwendigkeit zurück. Das Fremdsprachen-institut war kurz vor dem Konkurs, der Leiter Juan Cochran hatte das sinkende Schiff bereits verlassen und die Kasse mitgehen lassen. Durch die Vermittlung von Marcel Joessel, der Kurse am Institut français d'Amérique latine gab, einem Homosexuellen, der mit einem jungen Entwicklungshelfer namens Aquaviva zusammenlebte und Jean gelegentlich schöne Augen machte, hatte er die Aussicht, einen Vertrag als Dolmetscher bei den Olympischen Spielen im Oktober zu bekommen, was ihn finanziell über Wasser halten könnte, aber das lag noch in weiter Ferne. Außerdem war diese Stadt eine Falle, der man nur schwer entkommen konnte. Sie drängte einen in die Außenbezirke, nagte langsam an der Substanz, und dann spuckte sie einen wieder aus. Naucalpan, Azcapotzalco, Nonoalco, Ciudad Satelite, Indios Verdes, Iztacalco, Iztapalapa. Was immer man auch versuchte, man konnte nicht überall sein. Man musste verschwinden wie Ruiz, wie Martina, wie Eva mit den erschrockenen Augen.

Bei seiner Ankunft hatte Jean gedacht, dass man sich in dieser Stadt wie auf einer einsamen Insel im Ozean fühlen würde, die mit dem Rest der Welt durch das langsame Wogen der Wellen verbunden war oder durch Vibrationen in unterirdischen Gängen (damit meinte er nicht die

U-Bahn-Schächte). Und, so hatte er weiter geträumt, man könne sich dort in einem Krater der Zukunft glauben, in einer brodelnden Caldera, in der alles passieren kann, die Mischung von Rassen, Mythen, Interessen. Ähnlich wie London, aber so groß wie ein ganzes Land, mit hundert Kilometer langen Straßen, Wolkenkratzern, Ruinen, verwahrlosten Feldern, Pyramiden, die die Asphaltdecke der Boulevards durchbrechen, mit schwimmenden Gärten und vor allem mit dieser sich bewegenden Menge, die nie zur Ruhe kommt, sich auf den Trittbrettern der Straßenbahnen drängt und an die Stoßstangen der Busse klammert, die sich wie ein pulsierender Strom durch die Straßen wälzt, eine dunkle, halsstarrige Menge, gedrungen und unförmig, manchmal unglaublich schön, Gesichter antiker Statuen und dämonisch grinsende Masken, manchmal unglaublich hässlich, Bettler, Krüppel ohne Beine auf Holzbrettern mit Rollen, Kinder, die an den Kreuzungen zwischen den Autos hin und her laufen, Prostituierte auf der Plaza Garibaldi, in der Calle Niza, Florencia, Londres, ledige hochschwangere Frauen auf dem Markt von La Merced, Taschendiebe auf Pino Suárez, auf La Villa, Verkäufer von Brillen, die auf dem Markt von La Lagunilla gestohlen worden sind, Händler, die Kugelschreiber, Armbanduhren, Zahnpasta, Musikkassetten, Puppen, verbotene Zeitschriften verkaufen, Interpreten von *corridos*, Mariachis, dickbäuchige Marimba-Spielerinnen, Wahrsagerinnen, *marijuanos* aus Xochimilco, Amerikanerinnen aus San Ángel, französische, spanische und japanische Touristen, die vor der Basilika der Jungfrau Guadalupe Schlange stehen, knallrote, von bunten Federn bedeckte *concheros*, die zum Klang des *teponaztle* tanzen und einen Schild mit einem zuckenden Blitz in der Hand halten, Indiobauern, die aus Nayarit, aus Guerrero oder aus Chiapas stammen, eine Menge, die nachtwandlerisch durch den

Park des Anthropologischen Museums strömt und unter hohen Eukalyptusbäumen endlos auf die Ankunft eines Taxis, eines Busses oder sonst irgendetwas wartet, das sie dort herausholt und sie im Gewirr der benachbarten Straßen verschwinden lässt, so als würde in jeder Sekunde alles neu entstehen, alles sterben und als würde der Muskel dieser Stadt sich in einem Rhythmus, den niemand versteht, dehnen und wieder zusammenziehen.

Señor Rollès-Lalanne wohnte im obersten Stock eines Hochhauses an den Campos Elíseos (so etwas lässt sich nicht erfinden), das den Chapultepec-Park überragt. Jean verdankte die Bekanntschaft mit diesem Mann wieder einmal dem unglaublichen Marcel Joessel. Die Tochter von Rollès-Lalanne, Zoé, brauchte ein paar Nachhilfestunden in Französisch und Englisch, um ihr Abitur im französischen Gymnasium in Polanco vorzubereiten. Joessel hatte für Jean eine Verabredung für einen Abend Anfang Juli getroffen.

In der französischen Gemeinde gingen seltsame Gerüchte über Rollès-Lalanne um. Er war dank seiner mehr oder weniger heldenhaften Vergangenheit als Mitglied der Résistance zum Botschaftsattaché ernannt worden. Er war der Vertraute mehrerer Staatspräsidenten gewesen und hatte, als Acapulco lanciert wurde, viel Geld in das Projekt investiert. Er war kurz mit einer Mexikanerin verheiratet gewesen, bis er die Staatsangehörigkeit erwerben konnte, hatte sich dann scheiden lassen und ins Geschäftsleben gestürzt. Sein größter Coup war der Aufkauf einiger seltener alter Villen am Rand des Chapultepec-Parks gewesen, die er in den fünfziger Jahren den Nachkommen von Spaniern abschwatzen konnte, weil sie ihn so charmant fanden. Nach ihrem Tod hatte er an der Stelle der Villen jenes Hochhaus mit dem Namen Torre de Marfil (sein Elfenbeinturm) errichten lassen und dabei das letzte Stockwerk sich selbst vorbehalten, ein Penthouse, von dem aus er die ganze Stadt überblicken konnte.

Es wurden noch viel zweifelhaftere Dinge über ihn erzählt. Er hatte das Monopol für den Bau neuer Straßen besessen, und ein ganzes Heer von Plünderern, das in seinen Diensten stand, hatte ihn mit archäologischen Funden aus Oaxaca, Tabasco und Chiapas beliefert. Die schönsten Stücke verkaufte er in die USA, ans Peabody Museum oder ans Smithsonian, und den Rest überließ er Mexiko. Es wurde auch erzählt, er besäße eine Flotte von kleinen Flugzeugen im Norden und sei in den Marihuanahandel verwickelt. Aber das war vermutlich nur Klatsch. Es stimmte jedoch, dass er ein eigenes Flugzeug besaß, das er selbst steuerte und mit dem er nach Miami flog, um dort einzukaufen, zum Arzt zu gehen und vermutlich seine sauer verdienten Dollar in Sicherheit zu bringen.

Jean hatte nur mit halbem Ohr zugehört, als Joessel diese Geschichten erzählte. All das war nicht sonderlich spannend, aber er brauchte Geld. Die Nachhilfestunden kamen ihm gerade recht. Im Juli ging er daher an jedem Nachmittag um sechs in das Penthouse und unterrichtete abwechselnd zweieinhalb Stunden Englisch und Französisch. Zoé war ein verwöhntes, feindseliges Mädchen mit finsterer Miene. Sie weigerte sich zu arbeiten.

Eines Tages blieb Jean nach der Nachhilfestunde noch eine Weile da und unterhielt sich mit dem alten Rollès-Lalanne, der ein charmanter und zugleich verabscheuungswürdiger Mensch war. Skrupellos, arrogant, gefährlich, elitär – aber intelligent. Er hatte in seinem Wohnzimmer eine bewundernswerte Kunstsammlung aus präkolumbianischer Zeit hinter einer Glasscheibe ausgestellt, Funde von seinen Baustellen: olmekische Jaguarbabys, Tonfiguren aus Jaina, Terrakottagötzen aus Nayarit. Sein schönstes Stück thronte auf einem Marmorsockel. Es war ein Porphyrkopf der Göttin Teteo Innan, auf dem man noch eine schwarze Spur erkennen konnte, die ihren Mund beschmutzte. »Das ist die Göttin, die die Sünden isst«, erklärte Rollès-Lalanne. »Die Spanier haben sie in die Jungfrau Guadalupe umgetauft. Ihre Lippen sind noch ganz schwarz von den Sünden der Welt.« Er streichelte die Göttin liebevoll mit den Fingerspitzen. Aber im nächsten Augenblick, als Jean ihm von den Nachfahren der Azteken erzählte, die unter elenden Bedingungen in Guerrero leben, lachte Rollès-Lalanne verächtlich: »Bettler und Vagabunden«, sagte er. »Solange die Indios nicht ausgerottet sind, wird dieses Land immer unterentwickelt bleiben.« Jean versuchte seinen Zorn zu unterdrücken und sagte: »Aber sollte man nicht gerade etwas für sie tun? Schließlich sind sie die Nachfahren jener Menschen, die Ihre Göttin gemeißelt haben.« Rollès-Lalanne machte sich einen Spaß daraus, ihn zu provozieren, und sagte: »Die Indios? Sie verdienen nur die Peitsche, mein Lieber! Die Peitsche, nichts anderes!« In seinen grauen Augen leuchtete zugleich ein spitzbübisches Funkeln auf. Jean dachte, dass dieser Halunke vermutlich viel mehr über ihn wusste, als er zu erkennen gab, er war bestimmt über seine Besuche in den Bergdörfern informiert und wusste, dass er in der Colonia Guerrero wohnte, vielleicht war ihm sogar zu Ohren gekommen, dass er sich regelmäßig mit Pamela und Joaquín traf und Kontakte zu den aufsässigen Schülern des Polytechnikums unterhielt. Gleichzeitig stellte er sich die Frage, bis zu welchem Grad man solchen Spott hinnehmen darf. Darf man sich wirklich über alles lustig machen?

Nachdem Jean Zoé drei Wochen lang Nachhilfestunden

gegeben hatte, entließ sie ihn eines Abends. Als er mit seinen Büchern die Wohnung betrat, machte sie einen ungewohnt fröhlichen Eindruck. Sie sagte mit dünner, eisiger Stimme zu ihm: »Mein Vater gibt Ihnen gleich das Geld, das er Ihnen noch schuldet. Das war's dann. Auf Wiedersehen.«

Rollès-Lalanne bezahlte ihm tatsächlich großzügig einen ganzen Monat in bar. Er gab keinerlei Gründe an, aber darauf verzichtete Jean auch gern.

Hinter der geöffneten Fensterwand im Wohnzimmer war der Himmel pechschwarz. Blitze zuckten über den Bergen, tauchten die Stadt in blaues Licht und ließen sie dann wieder im Dunkel versinken.

»Das ist wunderschön, nicht?« Auch Rollès-Lalanne blickte durchs Fenster. Der Donner übertönte selbst den Lärm der großen Verkehrsadern der Stadt. »Um diesen Anblick genießen zu können, habe ich dieses Hochhaus bauen lassen. Ich wollte mir in jeder Regenzeit dieses Schauspiel von hier oben ansehen. Das ist großartiger als alle Meisterwerke der Menschheit, finden Sie nicht?«

Jean sagte ihm nicht, dass das nichts miteinander zu tun habe. Vielleicht, dachte er, sind die beiden Dinge irgendwie miteinander verwandt, aber nicht durch die Macht der Kunst. Der abgeschlagene Kopf von Teteo Innan, der Göttin mit den schwarzen Lippen, hatte trotz des Spotts und der Macht des Geldes noch die Kraft, über der verwahrlosesten Stadt der Welt Blitze tanzen zu lassen.

Es ist schwer zu sagen, wie Tlatelolco begann. Eines Abends gegen Ende Juli war Jean in der Bibliothek in der Calle Salvador, als er die Panzerwagen der Polizei hörte. Die Studenten hatten sich draußen versammelt und warteten, Schreie und Beschimpfungen waren zu hören. Pamela war an jenem Tag nicht gekommen. Als Jean in Richtung Alameda-Park zurückgehen wollte, waren die Hauptstraßen abgeriegelt. Die *granaderos* waren zumeist blutjunge Indios, die wie olmekische Krieger Helme mit Kinnriemen und gepolsterte Umhänge trugen. Ab und zu hörte man das Geräusch vieler rennender Menschen, Detonationen und das Aufheulen von Polizeisirenen.

Jean ging auf einem Umweg zur Colonia Guerrero zurück. Er klopfte an die Tür von Pamelas Tante, aber niemand antwortete. Das Viertel war ruhig, die Meister für *Tacos* und Gurken standen vor ihren fahrbaren Küchen. Aber als sich Jean *tamales* fürs Abendessen holte, fragte ihn der Verkäufer: »Sind Sie für oder gegen die Studenten?« Jean hatte mit seiner Mutter telefoniert und wusste, was in Frankreich geschehen war, die Demos gegen de Gaulle, der Generalstreik, die Studenten, die die Sorbonne besetzt hatten, die Müllberge, die bis zum ersten Stock der Häuser reichten. Er glaubte, dass der Verkäufer davon in den Nachrichten gehört habe, und sagte: »Ich bin natürlich für die Studenten.« Anschließend ging ihm auf, dass von Mexiko die Rede war. Die Straßen rings um den Zócalo waren abgeriegelt, Bataillone der Armee und die *granaderos* hatten den Platz besetzt. Die Studenten der Preparatoria und die Schüler des Polytechnikums hatten sich im Colegio de San Ildefonso verbarrikadiert, andere im Lesesaal in der Calle Argentina oder im Bolívar-Theater. Manche hatten sich sogar ins ehemalige Frauengefängnis in der Calle Lecumberri zurückgezogen.

Als Jean am nächsten Tag zum Puente de Alvrado ging, um seine Kurse zu geben, war das Institut zu. Die Studenten sagten, es sei vorbei, die Schule endgültig geschlossen. Es schien ansteckend zu sein.

Jean traf Pamela in der Calle Uruguay wieder, der Zugang zur Bibliothek war geschlossen. Pamela konnte nicht bei ihrem Notar arbeiten, weil alle Straßen um Justo Sierra und San Ildefonso von Panzerwagen abgesperrt waren. Sie gingen gemeinsam über die Calle Juan de Letran zum Palacio de Bellas Artes. Auch dort war der Zugang zur Innenstadt gesperrt. Nur einige Anwohner wurden durchgelassen, nachdem sie mit den *granaderos* verhandelt hatten. Manchmal entlud sich irgendwo die Gewalt, man hörte Schreie, Aufrufe durchs Megaphon und die aufheulenden Sirenen der Polizeiwagen auf dem Paseo de la Reforma.

Pamela war verzweifelt. Sie versuchte die Sperre der *granaderos* zu passieren, sagte immer wieder: »Mein kleiner Bruder ist da hinten, er hat nichts getan, bitte lasst mich durch, bitte!« Die Indios schoben sie zurück, ohne zu antworten.

Und plötzlich geriet hinter ihnen die Menge in Bewegung. Jean sah eine Gruppe von Männern, keine Studenten, sondern Erwachsene, die Kopfschützer trugen und Taschen voller Steine mitgebracht hatten, mit denen sie die Polizei bombardierten. Und dann kam es zum Angriff: Mit Schilden und Schlagstöcken in der Hand rannten die *granaderos* auf sie los, Jean zog Pamela schnell mit sich in Richtung Alameda-Park. Während sie flohen, hörten sie, wie an der Kreuzung Granaten explodierten. Als Jean sich umwandte, sah er eine helle Wolke, die sich über die Avenue legte. Als sie die Parkmitte erreichten, machten sie atemlos Halt. Sie setzten sich auf eine Bank. An dieser Stelle war alles ruhig, Tauben pickten im Sand, alte Leute saßen auf den Bänken und unterhielten sich in der Sonne. Es war, als wäre nichts geschehen. Pamela sagte weinend: »Was wird mit ihm? Sie sind seit zwei Tagen in der Schule eingeschlossen, haben nichts zu essen und nichts zu trinken. Was soll bloß aus ihnen werden?«

Jean versuchte sie zu beruhigen. Sie war zu müde, um zu Fuß zu gehen, so nahmen sie ein Taxi auf dem Paseo de la Reforma, fuhren bis Cuitláhuac und gingen von dort zu Fuß zur Calle Luna. Pamela hatte Jeans Hand genommen, sie wirkten bestimmt wie *novios*. Zum ersten Mal spürte er sie in solcher Nähe; es erfüllte ihn mit Furcht, als wäre all das nur der Auftakt zu einer Trennung. Er dachte an Mariam, plötzlich hatte er das Gefühl, dass sie weit weg war, in einer anderen Welt. Als sie vor dem Haus ankamen, in dem Jean wohnte, ließ Pamela seine Hand los und sagte: »Ich gehe jetzt zu meiner Tante zurück, vielleicht kommt Joaquín ja doch.« Sie entfernte sich schnell. Sie hatte nicht ihr elektrischblaues Kleid an. Sie trug eine beige Hose und eine blaue Jacke wie irgendein Mädchen ihres Alters, das von einem Einkauf zurückkommt.

In jener Nacht schlief Jean schlecht. Er glaubte, die Sirenen der Polizei zu hören. Er träumte, er renne die Calle Juan de Letran entlang, bis ihm der Atem ausging. Er träumte von den ersten Nächten, die er in dem Dachzimmer im Hotel Uruguay verbracht hatte, als er auf die gleichen Sirenen gehorcht hatte, die ihm wie Schreie wilder Tiere vorgekommen waren.

Tante Catherine starb kurz vor dem Sommer. Sie ging in den frühen Morgenstunden im Schlaf davon, ganz leicht, wie ein Vogel. Das hatte Jeans Mutter ihm in ihrem Brief geschrieben. »Wir haben sie gestern auf dem Ostfriedhof begraben. Es regnete. Dein Vater war zu schwach, um uns zu begleiten. Aber Aurore de Sommerville war mit ihrem Mann da. Weißt du, dass sie im September ein Kind erwartet?«

Da Jean nicht einschlafen konnte, begann er einen Brief an Mariam. Er wollte einen ausführlichen Brief schreiben, möglichst nur einen langen Satz, der bis zum Morgengrauen dauerte. Doch er hielt nicht durch. Er schrieb: »Ich fühle mich weit, sehr weit weg, ich weiß nicht ob.« Dann hörte er auf. Er steckte den nicht beendeten Brief in einen Umschlag und schrieb seine Adresse auf die Rückseite: Apartado Postal 155, Buzón de Correos, Morreo Mayor. Sein Postfach blieb immer leer. Tag für Tag, bis auf Sharons Brief, in dem sie ihm von Catherine berichtet hatte. Und jetzt war das alles unwichtig geworden. Was tot ist, ist tot, hatte Cathy Marro gesagt. Wie wenn jemand eine neue Adresse hat.

Im Morgengrauen, es war der 30. Juli, umstellten die Soldaten der ersten Militärzone unter dem Befehl von General José Hernandez Toledo das Colegio de San Ildefonso. Panzer und Schützenpanzer, die mit 10,1-cm-Geschützen ausgerüstet waren, schlossen den Kreis. Die Innenstadt von Mexiko war in Stille getaucht. Der Himmel rötete sich im Osten, und da es keinen Straßenverkehr mehr gab, tauchten der Popocatépetl und der Iztaccíhuatl mit ihren weiß vereisten Gipfeln langsam aus dem Dunst auf. Gegen sechs Uhr morgens setzte die Truppe zum Sturm an. Die Studenten hatten in der Nacht nicht geschlafen. Manche waren trotz der Angst auf dem Flur eingenickt und hatten sich, um sich vor der Kälte zu schützen, in Anoraks gehüllt. Andere waren wach geblieben und hatten mit leiser Stimme diskutiert oder Karten gespielt. Einer von ihnen hatte eine kleine *jarocho*-Gitarre gespielt und dazu gesummt. Im Augenblick des Angriffs befanden sich viele von ihnen hinter der schweren Eingangstür, die sie mit Möbeln verbarrikadiert hatten. Mit einem Schlag zersplitterten die Fensterscheiben, und die abgeschossenen Tränengasgranaten explodierten in den Klassenräumen und erstickten jene, die dort waren. In der gleichen Sekunde drückte ein *granadero* auf den Abzug seiner Bazooka, und die Granate sprengte die Tür auf und schleuderte die Tische und Stühle der Barrikade auf die Kinder. Blut bespritzte die Wände.

Ende Juli grollten die Gewitter über dem Talkessel von Mexiko-Stadt, aber niemand achtete darauf. Das Gewitter fand in den Köpfen statt.

Die zaghafte, beharrliche Liebe von Marcel Joessel, der Lehrbeauftragter am Institut français war, hatte ihr Gutes: Dank seiner Fürsprache war Jean schließlich vom Komitee für die Olympischen Spiele im Oktober als offizieller Dolmetscher für Französisch eingestellt worden. Joessel hatte Jean sogar in seinem lila Camaro in die Cuidade Pedregal in San Ángel mitgenommen, um dort den Direktor des Komitees zu treffen. Die Bezahlung war ausgezeichnet, entsprach dem Lohn für mehrere Monate Unterricht im eingegangenen Fremdspracheninstitut, außerdem übernahm das Komitee den Aufpreis für den Rückflug Mexiko–Paris, sorgte für die Verlängerung des F-M 3 und stellte Jean eine Unterkunft zur Verfügung, ein Zimmer im benachbarten ehemaligen Krankenhaus des Seguro social in San Jerónimo. Der unglaubliche Joessel hatte sogar anschließend ein paar Freunde zu sich nach Polanco eingeladen, um das Ereignis zu feiern. Es waren ein paar Vertreter der lokalen französischen Gemeinde da, ein paar in Wohltätigkeitsvereinen tätige Damen der frankophilen mexikanischen Bourgeoisie und natürlich der hübsche Aquaviva, der Jean nur zu deutlich an den armen Arosa aus seiner Schulzeit erinnerte. Genau wie dieser errötete Aquaviva bei jeder Gelegenheit und war ständig nervös, vor allem, als er mit einer um die Hüften gebundenen weißen Schürze den Clou des Empfangs hereinbrachte: ein noch dampfendes Soufflé, das sogleich in sich zusammenfiel.

Das Gespräch drehte sich um die Ereignisse, die sich gerade in der Stadt abgespielt hatten, oder, genauer gesagt, darum, dass es unmöglich war zu erfahren, was sich tatsächlich abgespielt hatte.

»Glauben Sie, dass die Olympischen Spiele stattfinden?«, fragte ein Lehrer der Alliance française.

Eine der wohltätigen Damen, die den Spitznamen Lupita trug, rief sogleich voller Protest: »Wie bitte? Glauben Sie vielleicht, dass wir uns von diesen Blagen davon abhalten lassen, von ein paar lumpigen Indiokindern?«

Jean versuchte von den Studenten zu erzählen, von der Brutalität der Polizei, von der Armee, die die Tür der Schule mit einer Bazooka gesprengt hatte.

»Wissen Sie, Señor, Mexiko ist nicht Paris«, sagte Lupita. »Bei Ihnen findet eine Studentenrevolte statt; hier kann das in eine Revolution ausarten, mit Toten, Verletzten und Plünderung.«

Jean rührte das Soufflé nicht an. Ehrlich gesagt, hatte er eher Lust, sich auf die lila Tischdecke von Marcel Joessel zu erbrechen.

Als er abends die Straße betrat, fühlte er sich besser. Auf dem Weg zur U-Bahn-Station auf dem Paseo de la

Reforma betrachtete er das Wetterleuchten. Schwarze Wolken trafen aufeinander, schleuderten Blitze. Vor dem menschenleeren Park ragte das Hochhaus von Rollès-Lalanne so hoch in den Himmel, dass der letzte Stock in den Wolken verschwand. Ringsumher hatte der Strom der Autos wieder eingesetzt, bewegte sich in Richtung Lomas, Palmas und der Talbrücke Miguel Alemán. All das mit solcher Gleichgültigkeit, mit solcher Eile. Lebten diese Leute auf demselben Planeten?

Irgendwann hörte Jean jedoch das Aufheulen einer Polizeisirene, und plötzlich raste, einem fliehenden prähistorischen Tier vergleichbar, ein Bus voller Studenten mit dem Dröhnen eines auf vollen Touren laufenden Motors vorbei und aus den Rückfenstern flatterten Banderilla-ähnliche Spruchbänder, auf denen in roten Lettern stand: ÚNETE PUEBLO und MUERE CUETO. Dann schloss sich der Strom der Autos wieder, und zwei Hubschrauber überflogen den Paseo mit dem nervenden Geräusch großer schwarzer Hummeln und bogen dann nach Norden ab.

»Eine hilfreiche Hand ist ausgestreckt«, lautete die Schlagzeile des *Universal* am 1. August. Währenddessen war Joaquín noch immer nicht zurück. Er saß im Gefängnis, gemeinsam mit den Schülern der Vocacional, des Polytechnikums und den Studenten der UNAM. Díaz Ordaz, der Mann mit der ausgestreckten Hand, hatte die *granaderos* auf die Universität und anschließend auf die *preparatorias* 2 und 5 losgelassen. Panzer und Panzerwagen gegen Kinder, die nur mit Steinen bewaffnet waren. Am 27. August nahm Jean auf dem Paseo de la Reforma am großen Protestmarsch von Chapultepec zum Zócalo teil. Es war eine riesige stumme Menschenmenge. Jean hatte Pamela wieder getroffen, sie gingen Hand in Hand auf den Platz zu. Die *preparatorias* waren da, die Studenten der UNAM, die Schüler aus Chapingo und auch Leute aus dem Volk. Ständig trafen gekaperte Busse ein, die mit Fahnen geschmückt waren. Stimmen wurden laut, schrien: ¡ÚNETE PUEBLO! ¡MUERE CUETO! Wo waren die Generäle Luis Cueto Ramírez und Raúl Mendiolea, die den Befehl gegeben hatten, San Ildefonso anzugreifen? Als Jean mit Pamela den Paseo de la Reforma entlangging, dachte er an Señor Rollès-Lalanne in seinem Penthouse. Vielleicht überkam den alten gerissenen Geschäftemacher ein leichter Schauer, während er dem dumpfen Lärm dieses Protestmarschs direkt unter seinen Fenstern, dieser langsamen und schwerfälligen Wut der Jugend zuhörte, die genug hatte von dieser korrupten Welt, den illegalen Geschäften, den Plünderungen.

An jenem Abend setzten sich Jean und Pamela nach dem Marsch wie Verliebte auf eine Bank im Alameda-Park. Sie sprach über Joaquín, hatte von den Schülern des Colegio de San Ildefenso von ihm gehört. Er war verletzt, lag in der Krankenstation des Gefängnisses. Sie sagte: »Ich gehe fort. Ich nehme ihn mit, möglichst weit weg von hier. Jetzt ist niemand mehr in Sicherheit, sogar in unserem Dorf nicht.«

Es war das letzte Mal, dass Jean sie sah. Mehrmals klopfte er an die Tür des Hauses in Guerrero, doch niemand antwortete. Die Nachbarinnen versteckten sich, als er mit ihnen sprechen wollte. Überall war die Angst zu spüren, ein Klima der Denunziation. Vielleicht wirkte er wie ein Spion oder, noch schlimmer, wie ein verschwörerischer Ausländer.

Mlle Mariam Chérifa
Poste restante
Chamonix (Haute-Savoie)

Mexiko, den 1. Oktober

Ich schreibe dir diesen Brief, obwohl ich nicht sicher bin, ob er dich erreicht. Ich schicke ihn an die Post von Chamonix, aber vielleicht ist es dort schon kalt und du bist mit deiner Mutter nach Paris zurückgefahren. Vielleicht finde ich dich in dieser großen Stadt nie wieder, selbst wenn ich mich ein ganzes Jahr lang an den Rand der Champs-Élysées stelle, ohne mich vom Fleck zu rühren.

Heute Abend ist alles sehr trübselig. Es regnet in San Jerónimo, es ist mild und es regnet. Ich bin in dem großen leeren Krankenhaus, in dem das Olympische Komitee sein Team unterbringen soll. Es ist wie die Kaserne, in die ich mich immer geweigert habe zu gehen. Die Teilnehmer sind noch nicht eingetroffen. Man hatte mir ein Zimmer zugeteilt, das zur Straße hinausgeht, doch ich habe es gegen ein Zimmer eintauschen können, von dem ich einen Blick auf den Garten im Innenhof habe. Das Wort Garten ist übrigens etwas schmeichelhaft. Es ist ein ziemlich kahler Rasen, auf dem Papierfetzen herumfliegen und der von ein paar kümmerlichen, an Stützpfähle gebundenen Sträuchern eingerahmt ist.

Der Wächter von San Jerónimo ist ein alter Soldat aus dem Revolutionsheer, sein Gesicht ist voller Falten, die wie Narben aussehen. Abends sitzt er mit in die Stirn gezogenem Hut und in eine Decke gehüllt, die er bis zum Kinn hochzieht, in seiner Loge. Man könnte ihn für einen Wachposten von Zapata halten. Er sieht ein wenig fern und geht dann im leeren Hof des Krankenhauses auf und ab.

Ich schreibe dir, weil ich jetzt weiß, dass ich Mexiko bald verlasse. Die Regenzeit geht zu Ende. Demnächst bin ich wieder in Frankreich. Vielleicht beende ich auch erst mein Praktikum im Krankenhaus in Southampton, um irgendwo als Arzt zu arbeiten. Ich habe geträumt, du würdest herkommen, aber ich weiß, dass es unmöglich ist.

Die schwermütige Atmosphäre dieser Stadt wird mir am meisten fehlen. Ich glaube, sie würde auch dir gefallen. All dieses Grau, die endlose Abenddämmerung, der Dunst, der alles verwischt. Die Berge ringsumher, die Malinche, der Ajusco, Tizapán, San Bernabe, San Esteban Huitzilacas. Die Vulkane überall im Süden, ich schreibe dir ihre Namen auf und folge dabei der Gebirgskette, die sie um Mexiko-Stadt bilden, wie eine Halskette, die ich dir schenken möchte:

Cuautzin — Yuhualixqui
Tulmiac — Estrella
Ocusacayo — Xictle
Piripitillo — Man Nal
Yecahuazac — Tuxtepec
Suchic — Tezoyo
Oclayuca — Cajete
Ololica — Chalchihuites
Teconzi — Huilote
Ocotecatl — el Aire
Pajonal — Huipilo
Tlaloc — Zoyazal
Huehuel — Ocoxusco
Cohuazalo — Tlapexcua
Ahuezatepetl
Teuhtli

Heute Abend sehe ich Leute vorbeigehen, die zu Fuß in hoch gelegene Bergdörfer steigen, manche davon in solcher Höhe, dass sie in den Wolken verschwinden, sie heißen Santiago Yanhuitlalpan, Huixquilucan. Auch das hätte dir bestimmt gefallen, diese Dörfer in luftiger Höhe mit Straßen, die mit großen schwarzen Steinen gepflastert sind, und die Häuser aus Lehm, ihre mit Schnitzereien verzierten Balken, das Regenwasser, das in Bächen hinabrinnt. Zerlumpte Kinder, die aussehen, als wären sie Tibetaner, mit knallroten Wangen, tiefschwarzem Haar und Indioaugen, und dann all diese alten Leute, die Plastiktüten über ihre Hüte gestülpt haben, um sie vor dem Nieselregen zu schützen.

Ich habe dem Wächter des Krankenhauses nicht gesagt, dass ich bald wegfahre. Er ist nicht jemand, dem man sein Leben erzählt. Er hat in seiner Liste nachgesehen und meinen Namen unter etwa fünfzig anderen angekreuzt. All das ist ihm gleichgültig. Er ist der Wächter des Seguro social und könnte genauso gut Friedhofs- oder Gefängniswärter sein. Ich habe auch nicht mit ihm über das gesprochen, was bei den Studenten passiert. Er hat den Krieg mitgemacht, war zwanzig, als sich die Generäle der Heere aus dem Norden und aus dem Süden, Pancho Villa und Emiliano Zapata, im Palast des Staatspräsidenten trafen und sich auf den vergoldeten Thron von Porfirio Díaz setzten. Für ihn kann nichts mehr von Bedeutung sein. Ich setzte mich zu ihm vor die Loge, mit dem Rücken zum grölenden Fernseher. Ich bot ihm eine Zigarette an, die er ohne übertriebene Höflichkeit annahm wie mein Freund Conrad Ewtchuchenko auf den U-Bahn-Bänken in London. Im Grunde ist auch er so ein hilfloser verirrter Soldat wie jene, mit denen sich die Flüchtlingslager und die Armenhäuser füllen. Sein Krieg ist sehr alt. Wenn ich ihn betrachte, sein Sperberprofil, seine hohen Wangenknochen, seinen zusammengekniffenen Mund ohne ein Lächeln und seine kurzen, kräftigen Hände mit abgebrochenen, schwarzen Fingernägeln, habe ich das Gefühl, ich hätte einen alten Krieger vor mir, der zu jenen gehört, die gegen Alvarado gekämpft haben, als Tenochtitlan und Tlatelolco mit Leichen übersät waren. Ich denke an den Bericht, den ich damals, als ich in dieser Stadt ankam, in der Bibliothek in der Calle Salvador aus einem Buch abgeschrieben habe.

Und da kündigt man ihnen an, dass Huitzilopochtli sein Festtagsgewand angelegt hat. Dann legen sie Huitzilopochtli seinen Schmuck an, seine Papierkleider und all das.

Anschließend beginnen die Mexikaner zu singen. Das taten sie am ersten Tag.

Aber sie taten es nicht am zweiten. Sie begannen zu singen, und dann geschah es, dass die Tenochcas und die Tlatelolcas starben.

Ja, das hätte ich gern dem Wächter vorgelesen. Aber er ist zu sehr in seiner Vergangenheit eingeschlossen. Er würde nicht verstehen, worüber ich spreche. Und daher rauche ich wortlos diese Zigarette mit ihm und starre auf den leeren Innenhof des Krankenhauses, über den sich die Dunkelheit legt.

Mariam: der 4.

Ich bin noch nicht fertig. Ich wusste es nicht. Ich habe nichts gehört, nichts gesehen. Dabei war ich nur ein paar Schritte entfernt, Calle Luna, Calle Letran, und schon wäre ich da gewesen: Tlatelolco. Aber in jener Nacht schlief ich. Ich war sehr müde aus San Ángel zurückgekommen. Die Vorbereitungen für die Olympischen Spiele, die Anweisungen, das Gespräch mit dem Direktor. Gegen vier Uhr aß ich schnell eine Kleinigkeit, gegrillte Maiskolben mit Salz und Zitrone, ein Glas Orangensaft beim Meister der *chinchayotes* an der Ecke der Calle Zarco. Ich habe an dich gedacht, weil es genauso war, wie ich es dir beschrieben habe, dieses sanfte Licht, das den Abend ankündigt, die Leute, die draußen noch ein wenig verweilen, die Glühbirnen, die in den Häusern aufleuchten, der feine Regen, der niedergeht, und der durch die Straßen hallende Schrei des *tamales*-Verkäufers. Niemand wusste, was ein paar Straßen weiter auf der Plaza de las Tres Culturas vor sich ging. Es war die Rede von einem Demonstrationszug gewesen, aber die gab es jeden Tag, Studenten, Schüler, Autobusse zogen mit Fahnen und Spruchbändern die Avenida Insurgentes entlang. Am 18. September hatte die Armee den Campus in San Ángel besetzt. Man wusste, dass es zu weiteren Konfrontationen kommen würde, ich war auf dem Paseo de la Reforma bei dem Schweigemarsch, wo die Mütter und Schwestern der verschwundenen Studenten Gerechtigkeit verlangten. Als die Nacht anbrach, hörte ich ganz leise in der Ferne Polizeisirenen auf dem Paseo de la Reforma in der Nähe von Cuitláhuac. Die Leute bummelten die Calle Zarco, die Avenida Guerrero entlang. Trotz des Regens war es sehr mild.

Ich glaube, die Studenten trafen gegen fünf Uhr auf dem Platz ein. Sie kamen von überall her, aus Garibaldi, Guerrero, sie konnten nicht an der Station Tlatelolco aussteigen, weil die Polizei die bereits gesperrt hatte. Sie kamen auf dem riesigen Platz an, nahmen den ganzen Raum ein. Es waren Studenten da, aber auch Familien mit Kindern. Sie kamen, um den Rednern zuzuhören, es war wie ein Fest, sie warteten darauf, was die Regierung ankündigen würde, die Gefangenen befreien, Cueto und Mendiolea absetzen sowie jene, die das Blut der Opfer des 26. Juli an den Händen hatten. Pamela war bestimmt da, hatte das Foto ihres Bruders an ihren Sweater geheftet. Es waren auch ausländische Journalisten dort, die sich oben auf dem Hochhaus Chihuahua postiert hatten, um die Demonstration zu beobachten. Leute von der *Times*, von *Newsweek*, Filmemacher, Fotografen.

Ich war nicht mal einen Kilometer davon entfernt und wusste nichts davon, habe nichts gehört. Um sechs näherte sich ein Hubschrauber, und diesmal hörte ich das klopfende Geräusch der Rotorblätter, er drehte erst eine Runde über der Plaza de Los Ángeles, ehe er in Richtung Tlatelolco verschwand. Er flog in ziemlicher Höhe wegen der Hochhäuser. Ich erinnere mich noch an den feinen, pulvrigen Regen, der um diese Zeit einsetzte, es war derselbe Regen, der auf Tlatelolco niederging.

Jene, die sangen und tanzten, waren nicht bewaffnet. Sie hatten nichts weiter als einen geschmückten Umhang, Türkise, Lippenschmuck, Halsketten, Federbüsche aus Reiherfedern und Amulette aus Hirschfüßen am Körper. Und jene, die Trommel spielten, die Alten, hatten Kalebassen mit Schnupftabak und ihre Glöckchen dabei …

Um sechs schoss der Hubschrauber der Armee eine grüne Leuchtrakete ab, die den Platz erhellte. Genau in diesem Augenblick strömten tausend Fallschirmjäger von San Juan de Letran auf den Platz und griffen die Menge mit blanken Bajonetten an. Von den Dächern der Hochhäuser an der nördlichen Ecke des Platzes wurde geschossen, und alle, die auf dem Boden gesessen hatten, um den Rednern zuzuhören, ergriffen die Flucht, rannten in Richtung der Pyramide, um sich dort in Gräben zu verstecken, oder versuchten die Tür der Kirche in der Calle Santiago zu öffnen. Die Schüsse wurden gezielter, und die Soldaten begannen mit Maschinenpistolen zu schießen. Alle Fluchtwege waren abgeriegelt, und die Fallschirmjäger drängten die Menge mit Schlagstöcken und Bajonetten in die Enge. Rauch schwebte über dem Platz, die Maschinenpistolen schossen weiter auf die Leute, und vom Dach des Hochhauses Chihuahua brüllte jemand durch ein Megaphon: *»¡No corran, compañeros, no corran!«*

Jene schlugen als Erste zu, schoben sie vor sich her, schlugen auf ihre Hände, ohrfeigten sie und töteten sie dann, und jene, die zuschauten, starben ebenfalls.

Die Maschinenpistolen schossen eine ganze Weile, eine halbe Stunde oder vielleicht noch länger, und niemand konnte den Platz verlassen, die Leute waren zwischen den Gebäuden aus Glas, den Ruinen der Pyramide und der alten Kirche mit den verschlossenen Türen gefangen. Frauen und Kinder hatten sich in den Gräben verkrochen. Auf dem Platz war einem Jungen in Joaquíns Alter mit einem Bajonettstoß die Hand auf das Pflaster genagelt worden, es floss Blut. Andere waren neben dem Gebäude der Relaciones exteriores in die Sperre der Fallschirmjäger geraten, wurden mit Schlagstöcken und Fußtritten misshandelt, ausgezogen und in die blauen Polizeifahrzeuge verfrachtet.

Aber der König Motecuhzoma, begleitet vom Tlacochcalcatl aus Tlatelolco, Itzcohuatzin, der die Spanier mit Lebensmitteln beliefert hatte, schrie: »O Herren! Genug! Was tun Sie? Die armen Menschen aus diesem Volk! Haben sie Schilde? Haben sie Keulen? Sie sind völlig unbewaffnet.«

Anschließend legte sich die Dunkelheit über den Platz. Die Panzerwagen schalteten die Scheinwerfer ein. Überall waren Verwundete, Tote, Kinder, die mit zerschossener Brust auf dem Boden lagen. Und obwohl ich nicht mal einen Kilometer davon entfernt war, habe ich nichts geahnt, selbst als ich mitten in der Nacht das Gerassel der Gleisketten auf dem Paseo de la Reforma und das Dröhnen der

Hubschrauber hörte, die die Leichen der Kinder abtransportierten. An den darauf folgenden Tagen erfuhren wir die Wahrheit. Und es ging noch immer dieser feine Regen auf Mexiko nieder. Eine ungewöhnliche Stille lastete auf der Innenstadt, auf den alten Kulturdenkmälern, der Bibliothek in der Calle Salvador, dem Palacio de Bellas Artes, dem Alameda-Park. Ich weiß nicht, was aus Joaquín, Pamela und all den Schülern aus dem Colegio de San Ildefonso geworden ist. Man sagt, es seien über zweitausend Menschen ins Gefängnis gesteckt worden. Man sagt, es seien dreihundert Tanks und Panzerspähwagen im Einsatz gewesen. Man sagt, es habe dreihundertfünfundzwanzig Tote in Tlatelolco gegeben, und weitere seien im Süden des Tals in der Nähe von Copilco verbrannt worden.

Die Olympischen Spiele werden am 18. Oktober offiziell eröffnet. Ich werde nicht dabei sein. Ich fahre morgen zur Grenze, am Omnibusbahnhof im Norden nehme ich den Bus in Richtung Pachuca, Queretaro. Ich wäre so gern gemeinsam mit dir in Mexiko gewesen, ich denke an dich, Mariam, an die Zeit, die ich verloren habe, an die Zeit, die ich mit dir leben kann, wenn du mich willst. Ich liebe dich.

Sie brachen eines Morgens Ende Oktober in der Dunkelheit auf. Pamela wollte niemandem auf Wiedersehen sagen, nicht einmal ihrer Mutter. Niemand sollte wissen, wohin sie fuhren. Joaquín ging aber trotzdem bei seinem Großvater Don Pedro Loguin vorbei, denn er wusste, dass der alte Mann nicht schlief. Eingehüllt in einen weißen *jorongo* und den Strohhut bis zu den Ohren hinabgezogen, saß er auf einem Baumstumpf vor seinem Haus, sein weißer Spitzbart zitterte im Wind. Er blickte seinen Enkel an, obwohl er ihn wegen des grauen Stars, der seine Augen verschleierte, nicht wirklich sah. »Großvater, wir brechen auf«, sagte Joaquín. Der alte Mann schien sich darüber nicht zu wundern und lächelte. »Und wo wollt ihr hin?« Joaquín hielt sich nicht an Pamelas Anweisung und erwiderte: »In den Norden.« Don Pedro sagte: »So? Nach Pachuca?« Sein Gesicht hatte einen spitzbübischen Ausdruck angenommen. »Bleibt nicht zu lange dort, ich werde nicht ewig da sein, um auf euch zu warten.« Joaquín küsste seine Hand und ging.

Der Bus las sie und ein paar Bauern, die ihre überreifen Birnen in Toluca verkaufen wollten, am Straßenrand auf. Wolken schwebten über dem Tal, hingen in den Bäumen. Tianguistengo war hinter dem Gebirge verschwunden. Der Autobus beschleunigte auf der abschüssigen Schnellstraße, überholte schwere Laster, die mit aufgeblendeten Scheinwerfern fuhren.

Pamela und Joaquín hatten Winterkleider angezogen,

denn auf der anderen Seite war es kalt. Ihr Gepäck bestand nur aus zwei Taschen, Joaquín hatte seinen Schulranzen dabei und sie ihre Umhängetasche aus braunem Plastik. Pamela hatte ihr dichtes Haar zu zwei Zöpfen geflochten, die sie unter einer Schirmmütze verbarg, um möglichst wenig aufzufallen. Es wurde erzählt, dass es an der Grenze Banditen gab, die die Mädchen, die ihnen gefielen, entführten, und später fand man dann deren zerstückelte Leichen in Müllsäcken wieder.

Joaquín hatte ihre Ersparnisse an sich genommen, all das Geld, das Pamela seit zwei Jahren in ihrem Job bei dem Notar Pancho Galvan verdient hatte. Jetzt war es so weit. Das Geld würde dazu dienen, den Bus zu bezahlen, einen Schleuser zu finden und vielleicht sogar einen Stempel zu bekommen, der es ihnen erlaubte, auf der anderen Seite zu arbeiten, in Kalifornien oder im Staat Washington, wo schon Leute aus Tianguistengo lebten.

Sie reisten tagelang, wochenlang in Bussen und Lastwagen. Alle Städte glichen sich, die schäbigen Hotels neben den Omnibusbahnhöfen, die Plätze mit Magnolien und schmiedeeisernen Bänken, die Sonne, der Staub. Als sie Parral hinter sich gelassen hatten, stellte Pamela fest, dass der Winter mit einem Schlag Einzug hielt. Es war nicht mehr das sanfte Grau der Talsenke von Mexiko und auch nicht die schneidende Kälte der Dörfer ringsherum. Hier war der Himmel blau wie Tinte und auf den Baumwollsträuchern glitzerte Eis. Im Morgengrauen brachte sie der Bus in eine bizarre Landschaft, an Pfirsichplantagen vorbei, in denen in regelmäßigen Abständen die Bäume von Ölöfen erwärmt wurden, die beißende blaue Rauchspiralen um die Stämme wickelten. In allen Dörfern wurden Kartons, Obstkisten und voluminöse Pakete ab- und aufgeladen. Die Indiofrauen mit ihren knallroten runden Flecken auf den Wangen hockten auf dem Gang oder quetschten sich zu viert auf eine Sitzbank. Der Fahrer beschimpfte sie, machte sich über sie lustig und brachte den Bus nicht einmal zum Stehen, wenn sie ausstiegen, sondern amüsierte sich darüber, wie sie die Straße entlangstolperten.

Ab und zu legte der Bus eine kurze Pause ein, Joaquín und Pamela nutzten die Gelegenheit und stiegen abwechselnd aus, um Sodawasser und Chips zu kaufen und in ekelhaften Latrinen zu urinieren. Hinter Delicias und Chihuahua stiegen keine Bäuerinnen mehr ein, und es wurden keine Pakete oder Kisten mehr eingeladen. Es waren nur noch Männer und Frauen im Bus, die zur Grenze fuhren. Der Bus raste auf schnurgeradem Weg durch die endlose Wüste.

In Villa Ahumada macht der Bus Halt, um zu tanken, und Joaquín und Pamela stiegen aus, um sich die Beine zu vertreten, und nahmen ihre Taschen mit. In einem Restaurant, das ein wenig tiefer lag und mit Papparkaden verziert war, brieten Frauen Fleischstreifen und bereiteten Tortillas zu. Der kalte Wind brannte in den Augen. Die Fahrgäste aus dem Bus aßen, tranken Soda, ohne mit irgendjemandem zu sprechen. Von jedem Lastwagen, der vorbeifuhr, heulte und zitterte die Erde. Autobusse hielten ein Stück weiter, ließen Fahrgäste aussteigen. Sie glichen sich alle, trugen die gleichen Windjacken, die gleichen abgewetzten Rucksäcke. Und diejenigen, die wussten, dass sie weit zu gehen, durch die steinige Wüste zu laufen hatten, trugen Turnschuhe. Manchmal hielt auch ein Lastwagen, dessen Ladefläche voller Männer und Frauen war, die der weiße Staub in Gespenster verwandelt hatte.

In Juárez mussten sie tagelang inmitten einer dichten Menge vor der Auffahrt zur Brücke warten. In der Ferne sahen sie das große weiße Zollgebäude der USA, das wie ein mitten im Strom von Autos gestrandetes Schiff wirkte. Sie irrten durch die Straßen der Stadt, gingen durch den

Chamizal-Park, der kahl war wie ein verödeter Fleck des Gartens Eden, übersät mit alten Zeitungen und Plastiktüten. Die Brücke war das Ziel, das alle irgendwann im Laufe des Tages ansteuerten, die Leute, die das Recht dazu hatten, jene, die es nie bekommen würden, und jene, die nur kamen, um es zu sehen, etwas zu verkaufen, oder die illusorische Hoffnung hegten, das Abenteuer zu wagen, vielleicht sogar mit Hilfe von Magie, nachdem sie ihren ganzen Körper mit einer Salbe eingecremt hatten, die unsichtbar macht, oder ihre Handflächen mit Sperberfett eingerieben hatten, um all die für sich zu gewinnen, die diese berührten.

Pamela hatte den Brief ihrer Freundin Sandra Wilcox mitgebracht, die einen amerikanischen Soldaten geheiratet hatte, der in Seattle stationiert war. Joaquín seinen Schülerausweis vom Polytechnikum. Sie wurden in dem großen klimatisierten Warteraum mit dreißig weiteren Auswanderungskandidaten eingeschlossen, jeder mit seinen Unterlagen, einem zerknitterten Brief, einem abgelaufenen Ausweis, einem Lohnstreifen, einem zehn Jahre alten Vertrag oder manchmal auch nur mit einem Wort und einer Geste. Der alte Großvater mit seinen beiden zehn- und zwölfjährigen Enkelinnen bringt stotternd sein Anliegen vor, erklärt, dass seine Tochter auf der anderen Seite ist, in Texas, und dass sie ihre Kinder bei ihm vergessen hat und er nur sehen will, wie es ihr geht, und kurz hinfahren will, um ihr die beiden Kinder zu bringen, weil er nicht mehr die Mittel hat, sie zu versorgen, und der Beamte der Einwanderungsbehörde, der ihm mit halbem Ohr zuhört, scheint sich zu langweilen und lässt ab und zu den Blick über die Straße draußen schweifen, auf der die Fahrzeuge wie Glieder einer Kette voranrücken, vielleicht träumt er davon, dass plötzlich jemand auf einen Knopf drückt, die Brückenklappen in die Höhe gehen und diese endlose Mechanik zerstören.

Jeden Tag, jeden Morgen spült die wogende Menschenmenge gegen die Betonwand, die Vorhalle, die sonnenundurchlässigen Scheiben aus Panzerglas, die abgeschlossenen Türen der klimatisierten Räume, und diese Welle flutet zurück, vermischt sich mit dem Strudel der Menge, dem Strom der Autos mit abgewürgten Motoren, in dem immer dieselben Straßenkinder hin und her rennen, um Streichhölzer, Spielkarten, Chicles oder Zahnpasta zu verkaufen.

Eines Morgens vor fünf Uhr holt ein Lieferwagen Pamela und Joaquín auf der Avenida 16 de Septiembre an der Ecke des Markts ab. Sie fahren auf der Straße nach Palomas bis zum Morgengrauen in westliche Richtung. Durch die Löcher in der Plane des Wagens betrachtet Joaquín die graue Landschaft, die Berggipfel, die hell werden. Es ist ein ödes, mit Gestrüpp übersätes Plateau. Sie begegnen keinen anderen Autos. Die Teerdecke ist vom Regen ausgewaschen, sie fahren durch den Staub. Ein Stück vor Palomas biegt der Lieferwagen in einen Cañon ein und folgt einem ausgetrockneten Flussbett. Die Hügel in der Ferne werden von der aufgehenden Sonne beleuchtet. Sie gelangen an die Grenze, einen hohen Zaun, der mit Stahlbetonpfeilern im Boden verankert ist. In regelmäßigen Abständen stehen Schilder, die auf irgendetwas hinweisen, aber sie sind von Revolverschüssen völlig durchsiebt. Alles ist still, und als Pamela mit den anderen aus dem Lieferwagen steigt, ist sie kurzatmig und ihr zittern die Beine. Joaquín zieht sie ziemlich brutal am Arm hinter sich her. »Nun komm schon, bleib nicht stehen!« Der Schleuser ist ein kleiner stämmiger Mann, der den anderen Migranten gleicht, allerdings keinen Rucksack trägt. Niemand darf seinen Namen erfahren. Vor der Abfahrt hat er das Geld eingesammelt, hat die Scheine zusammengerollt und in der

Fahrerkabine versteckt. Er hat eine gleichgültige Miene, sagt keinen Ton. Aber Joaquín hat gesehen, dass er eine Pistole in der Tasche hat und die Flüchtlinge ständig aus den Augenwinkeln überwacht. Etwa auf halber Höhe des Hügels hat der schöne Zaun ein Loch, das unter einem abgerissenen Büschel *chamisa* verborgen ist. Auf der anderen Seite des Zauns glänzt die Wüste, der Himmel ist dunkelblau, und dreißigtausend Fuß über der Erde haben Flugzeuge ein paar Kondensstreifen hinterlassen.

Einer nach dem anderen kriechen die Migranten durch das Loch, das Gesicht im Sand. Dahinter erstreckt sich eine leere Ebene, und dann sieht man das Band einer Autobahn, das sich kaum von der Spur der Flugzeuge am Himmel unterscheidet. Jeder geht einen anderen Weg, um das Risiko zu verringern, entdeckt zu werden. Am Abend erreichen Pamela und Joaquín die andere Seite des hohen Berges, der den Namen Cristo Rey trägt. Sie haben Hunger und Durst, sind staubbedeckt. In Santa Teresa über dem Rio Grande hören sie das Bellen von Hunden. Es ist eine umzäunte Stadt aus Wohnmobilen, die neben einem Autofriedhof auf der trockenen Erde gestrandet sind. Die Straße, die nach Norden führt, liegt auf der anderen Seite des Flusses. Von der Stelle, an der sie sich befinden, können sie ihn hören, ein undeutliches Geräusch von Wind, Sand und Regen.

Dabei ist alles trocken. Die Luft ist so trocken, dass die beiden aufgesprungene, blutige Lippen haben. Sie sind halb verdurstet, haben nur eine Cola auf dem Markt in Juárez getrunken, ehe sie in den Lieferwagen stiegen. In Santa Teresa nimmt sie ein Mann auf, gibt ihnen Brot zu essen und warmes Wasser zu trinken. Sie schlafen unter einem Bretterverschlag am Ende des Grundstücks auf der Erde. Der Mann nennt nicht seinen Namen und will kein Geld annehmen. Am nächsten Morgen fährt er die beiden bei Tagesanbruch zur Greyhound-Station in Las Cruces. Er bleibt ein wenig abseits stehen, während Pamela zwei Fahrkarten nach Denver, Colorado, kauft. Als die beiden jungen Leute in den Bus steigen, kehrt er zu seinem Wagen zurück, ohne ihnen zuzuwinken. Pamela legt den Kopf auf Joaquíns Schulter. Die beiden reisen nach Norden, ihrem Schicksal entgegen, der Bus fährt immer schneller über die Autobahn, die in den Winter vordringt. Sie verschwinden.

Kilwa (Fortsetzung)

Ich bin Balkis, eine Schwarze aus Mosambik, ich weiß nicht mehr, wie mein früheres Leben war. Hier kennt man nicht die Namen der Schwarzen: Sie heißen Bamba, Matouta, Domingue die Inderin von Legrand, Bangue aus Madagaskar, Lemahy, Lajoie, Pons, Vincennes, Cassave, Rose die Marron-Tochter, Phaéton, Innocent Thiouppa aus Pondichéry, Jean Gui, Marin, Galoupe, La Brie, La Gracieuse. Ich weiß nichts mehr von meinem Heimatdorf. Manchmal höre ich nachts Stimmen. Sie rufen mich in einer unbekannten Sprache, singen mit der flüsternden Stimme der Sklaven im Bauch des Schiffes. Aber es sind nur die Wehklagen der Verrückten im Hospital. Wenn sie zu viel Lärm machen, kommen die Wärter ins Haus, ergreifen zwei aufs Geratewohl und peitschen sie draußen im Hof aus. Die Verrückten jaulen wie Hunde, brüllen wie Tiere, denen man die Kehle durchschneidet. Die Wärter kennen meinen Namen, wissen, dass ich mit Ratsitatane in den Bergen war und dass sein Heer die Stadt zerstören und alle Sklaven befreien sollte. Deshalb quälen sie mich oft, vergessen mir zu essen zu geben, versetzen mir Ohrfeigen, kneifen mich in die Wangen oder gießen Brühe über mich. Einer von ihnen ist groß und stark, er hat eine schwarze Haut, aber helle Augen wie die Weißen. Er sagt zu mir: Ratsitatane wird hingerichtet, du wirst zusehen, wenn man ihm den Kopf abschlägt. Er sagt: Er wird in einem großen Feuer vor dem Gefängnis verbrannt, dann werden wir sehen, ob er tatsächlich ein Abgesandter Gottes ist, wie er behauptet.

Jeden Tag schaue ich, ob ich nicht ausbrechen kann. Ich träume, ich wäre ein Vogel und flöge hoch am Himmel. Ich träume, ich wäre ein Affe und könnte in drei Sätzen über die Mauer des Hospitals klettern. Ich träume, ich ginge in das Haus des Gouverneurs Farquhar, in das Schloss, das Mademoiselle Alix mir eines Tages gezeigt hat, als sie mich in ihrer Kutsche mitnahm. Ich komme durch alle Türen und gelange bis zu ihm, und die Wächter lassen mich durch, als sei ich unsichtbar oder als seien sie eingeschlafen, und in den Händen halte ich die magische Halskette, die mein Mann mir gegeben hat. Ich sage kein Wort zu Farquhar, ich knie nur vor ihm nieder und halte ihm die Kette hin, und der Gouverneur schreibt einen Brief, damit Ratsitatane freigelassen wird. Ich weiß nicht, ob er die anderen Sklaven auch befreit und sie mit dem Schiff nach Grand-Terre zurückbringen lässt. Ich spüre, wie mir Tränen aus den Augen rinnen. Ich weine nur, wenn ich träume. Und wenn ich die Augen öffne, sehe ich im spärlichen Licht, das durch ein Loch in der Decke hereinfällt, die schwarzen Wände des Schlafsaals. Ich höre die schlafenden Kranken atmen und die flüsternden Stimmen der Sklaven im Bauch des Schiffes. Manchmal sehe ich Ratsitatane. Er steht vor mir und sieht mich an, und sein Blick ist traurig und abwesend, als sei er schon tot. Er trägt nicht mehr die Kleidung des Bagno. Er steht da im Gewand des Herrschers, in seinem weiten Mantel aus roter Wolle, und auf dem Kopf trägt er eine Krone aus frischen Blättern, und sein Gesicht ist für den Krieg bemalt. Er hält einen Ebenholzstab in der Hand und hat ein langes Messer am Gürtel stecken. Er singt ein seltsames trauriges Lied, mal schrill, mal langsam und tief, und der Wind gehorcht ihm und der Staub wirbelt im Gefängnishof auf. Wenn er weiter singt, wird eine große Wolke diese Stadt bedecken, und der Wind reißt die Dächer der Häuser fort. Die Mauern des Hospitals stürzen ein, und das Meer überflutet die Straßen von Port du Nord-Ouest, und die Wageni, die Weißen, werden alle von dieser Insel vertrieben. Ich höre seine Stimme, die singt, ich spüre den Zorn, der in seinen Augen brennt. Ich spüre die Wärme seines Körpers in mir, so stark, dass mein Gesicht, meine Hände und mein Bauch im Halbdunkel des Hospitals zu glänzen scheinen. Manchmal stoße ich einen lauten Schrei aus, dann legen mir die Frauen aus unserem Raum die Hände auf den Mund, aus Angst, die Wärter könnten kommen und uns schlagen. Ich sage: Er wird kommen, er kommt, um uns zu befreien. Sie glauben mir nicht. Ihre Augen sind voller Hass, sie wissen, dass Ratsitatane mein Mann ist. Sie sagen mit leiser Stimme: Er wird sterben. Er wird morgen sterben, und du musst zusehen, wie er stirbt. Ich weiß, dass das nicht stimmt. Ratsitatane kann nicht sterben. Er ist in die Berge zurückgekehrt, versammelt Männer und Frauen um sich, betet und bringt Opfer, damit der Wind kommt und uns befreit. *Moumé, moumé yangu.* O mein Mann.

Bericht von William Stone, Kanzleileiter

Am heutigen 15. April 1822 begleitete ich nach der Ablösung um halb vier die Abteilung des 52. Regiments unter dem Befehl von Major Darling, um in Gegenwart des Gouverneurs, Seiner Exzellenz Robert Townsend Farquhar, der Vollstreckung der Strafe beizuwohnen, die das Gericht über die aufständischen Schwarzen Latulipe, Kotovolo und ihren Anführer Ratsitatane verhängt hat. Nach Verlesung des Urteilsspruchs wurden die oben genannten Schwarzen mit einer bewaffneten Eskorte, denn es wurde ein Aufstand der farbigen Bevölkerung befürch-

tet, zu dem Ort namens Plaine Verte geführt. Es hatte sich eine beträchtliche Menge eingefunden, die aus den entferntesten Vierteln der Stadt kam und aus ebenso vielen freien Schwarzen oder Sklaven wie Weißen bestand. An der Kreuzung Plaine Verte, wo sich der Weg, der aus Port du Nord-Ouest kommt, und der Weg, der nach Chausée führt, schneiden, war ein einfaches Schafott errichtet worden, das aus mehreren auf Fässern ruhenden Brettern bestand. Die Verurteilten gingen in der Mitte der Abteilung, die Hände und Füße mit Ketten gefesselt, aus diesem Grund trafen sie nach dem Marsch vom Gefängnis erst gegen fünf an der Kreuzung Plaine Verte ein.

Dort wurden die Verurteilten unverzüglich hingerichtet. Als Erster stieg der Anführer Ratsitatane aufs Schafott, er bewies großen Mut und legte, ohne ein Wort zu sagen, selbst den Kopf auf den Richtblock. Der Soldat André Bamba aus dem schwarzen Gardekorps, der sich freiwillig für diese Aufgabe gemeldet hatte, enthauptete den Verurteilten mit einer Axt, doch aus Ungeschicklichkeit oder weil ihm der Gefangene Furcht einflößte, musste er dreimal ansetzen, ehe Ratsitatanes Kopf über die Bretter rollte. Den beiden anderen Verurteilten, Latulipe & Kotovolo, widerfuhr das gleiche Schicksal, doch sie wurden schneller hingerichtet. Anschließend kamen die Leichen auf einen Kippkarren, um an einem geheim gehaltenen Ort unweit des Friedhofs von Cassis verscharrt zu werden. Was die Köpfe anging, so wurden sie auf Befehl des Gouverneurs Farquhar auf Pfähle gespießt und auf Le Pouce an der Stelle zur Schau gestellt, wo die Einwohner von Port du Nord-Ouest an den Felsen die Tücher gesehen hatten, die Laïzaf angebracht hatte, um auf den Versammlungsplatz der Aufständischen hinzuweisen. Diese düsteren Trophäen blieben mehrere Tage dort, doch eines Morgens stellte man fest, dass Ratsitatanes Kopf verschwunden war. Es verbreitete sich das Gerücht, dass sich die Marron-Neger, die dem Angriff am 20. Februar entkommen waren, den Kopf geholt hatten, um ihn für magische Zwecke zu benutzen und weitere Revolten anzuzetteln. Aber ich habe gehört, dass Ratsitatanes Kopf von den Männern jenes selben Laïzaf gestohlen und an den englischen Apotheker Richard Morris verkauft wurde, der ihn in Alkohol mumifiziert in seiner Sammlung seltener Kuriositäten aufbewahrt.

Mein Name ist Kiambé, diejenige, die erschaffen worden ist, Tochter des Kriegers Askari, Tochter von Malaika. Ich habe meinen Namen wieder gefunden wie auch die Namen aller, die in mir sind und die ich tot geglaubt hatte. Mein Onkel Mjomba der Löwenjäger, mein Bruder Ndugu und all die Namen, die in mir leben und mich nie verlassen haben, Moshi, Mkalamu, Singida, Uzuri, Moto, Nzige, Mbou. Ich trage in meinem Bauch Ratsitatanes Wärme, jeden Tag, jede Nacht, seit er verschwunden ist. Wo ist er jetzt? Manchmal tut es weh, ich habe Angst, dass er nie zurückkommt. Als ich das Hospital verließ, trug Doktor Haskins meinen Namen in ein Register ein und gab mir die Freiheit. Er tat das wegen des Kindes, das in meinem Bauch ist, damit es frei zur Welt kommt. Aber er weiß nicht, dass es Ratsitatanes Kind ist, das ist ein Geheimnis, das ich niemandem verraten habe. Da ich nicht wusste, wohin ich gehen sollte, gab mir der Doktor die kleine Hütte, die am Eingang zum Garten des Hospitals steht. Sie besteht nur aus vier Bretterwänden und einem Blätterdach, aber es ist das erste Mal, dass ich ein Haus für mich allein habe. Um die Miete zu bezahlen, halte ich die Gänge im Garten sauber, reiße die Hühnerhirse und anderes Unkraut aus und verbrenne sie auf dem Hof. Ich bringe auch den Kranken im Pavillon der Geistesgestörten das Essen und kann selbst davon essen. Aber ich kehre nicht mehr ins Gefängnis zurück. Ich bin jetzt frei. Ich werde nie mehr jemandem gehören, das hat Doktor Haskins zu mir gesagt. Ich habe noch immer die Hälfte der Halskette aus dunklem Holz, die mir Ratsitatane gegeben hat, ehe er fortging. Ich lege sie nie ab, nicht einmal wenn ich schlafe. Nachts halte ich die Kette in der Hand, und dann sehe ich meinen Mann, der mich betrachtet. Er sagt nichts. Sein Blick ist traurig und abwesend, aber ich spüre seine Wärme im Bauch, wie in der Höhle, in der ich an seiner Seite schlief. Manchmal spüre ich, wie sich das Kind in meinem Bauch bewegt, und wünsche mir, Ratsitatane wäre da und würde mir die Hände auf den Leib legen, um zu spüren, wie das Kind mit den Füßen tritt. Vielleicht kommt Ratsitatane, wenn das Kind geboren ist. Eines Tages sagte mir der Assistent des Doktors, Ratsitatane sei tot, man habe ihm auf einem Platz in der Stadt vor den Augen aller Sklaven den Kopf abgeschlagen. Aber ich lächelte, weil er sich irrte. Ratsitatane kann nicht sterben. Da ist doch dieses kleine Kind, das sich in meinem Bauch bewegt, seine Wärme, die jede Nacht in mir stärker wird. Meine Brüste sind prall von der Milch, die das Kind trinken wird. Wie wäre das alles möglich, wenn Ratsitatane nicht mehr lebte? Es ist unmöglich, dass sie ihn getötet haben. Ratsitatane versteckt sich immer noch in den Bergen, und wenn das Kind geboren und alt genug ist, um getragen zu werden, nehme ich es mit in die Berge und lege es mitten in der Sonne auf einen Stein, und dann biegt Ratsitatane die Büsche auseinander und kommt, um das Kind zu sehen, er nimmt es und überreicht es dem Gott des Himmels, dem Gott des Windes. Er gibt ihm seinen Namen.

Die Jahreszeiten gehen vorbei, der Regen ist wieder da. Bald kommt das Kind auf die Welt. Ich spüre sein Leben, das bereit ist herauszukommen, seine Hände und Füße trommeln gegen die Haut meines Bauchs. Eines Morgens in der Frühe, als ich Wasser für den Tee koche, spüre ich eine große Leere in mir, ich schreie auf vor Schmerz. Dann beiße ich die Zähne zusammen, um nicht zu schreien, denn ich habe gelernt zu schweigen. Ich befestige meine Decke an der Tür und drehe sie zu einem Seil. Ich erinnere mich an Malaika, als mein kleiner Bruder geboren wurde. Sie machte das mit ihrem Kleid, klammerte sich an das Seil und hockte sich mit gespreizten Beinen auf die Fersen. Jetzt erinnere ich mich. Sie sang ein Lied, damit das Kind geboren wurde, und ihre Stimme war wie die meine jetzt, heiser und schrill vor Schmerz und zugleich vor Freude. Nach jedem Lied atme ich tief. Und dann glitt das Kind auf den Boden, mit Blut und Mutterkuchen, und sie biss die Nabelschnur mit den Zähnen durch, dann wusch sie das Kind, und als sie fertig war, legte sie sich mit dem Kind auf dem Bauch auf die Erde und rührte sich nicht mehr, sodass ich glaubte, sie sei tot, und zu weinen anfing.

Moyo wurde am Nachmittag geboren, vor Einbruch der Nacht. Ich habe sie Moyo genannt, Moyangu, mein Herz, wegen des Lieds, das mir Malaika vor langer Zeit vorgesungen hatte. Moyos Geburt war nicht so leicht wie die meines kleinen Bruders. Ich bin bei der Geburt gerissen, und wenn mir niemand geholfen hätte, wäre ich jetzt vielleicht tot. Die alte Jaja, die Köchin des Hospitals, kam, um mir bei der Geburt zu helfen. Sie drückte auf meinen Bauch. Sie gab mir einen Trank aus bitteren Pflanzen, die sie kennt, zu trinken, damit sich mein Bauch öffnet. Sie blieb den ganzen Morgen und den ganzen Nachmittag bis zum Abend bei mir. Sie wusch Moyo nach der Geburt und wickelte sie in ein sauberes Tuch. Sie sagte: Das ist deine Tochter, aber jetzt ist es auch meine kleine Tochter. Sie sagte: Sie hat keinen Vater, aber sie hat zwei Mütter. Als mich die alte Jaja nach dem Namen meiner Tochter fragte, sagte ich Moyo. Aber sie wollte einen weiteren Namen hinzufügen. Sie sagte: Deine Tochter da heißt Zili. Und seitdem heißt sie so, Zili für alle anderen und Moyo für mich und meinen Mann. Ich weiß, dass Ratsitatane eines Tages zurückkommt, dann wird er ihren Namen erfahren und uns mit unseren richtigen Namen auf das große Schiff mitnehmen, das uns nach Grand-Terre bringt.

Ich bin Violette, ein Schwarzer aus Mosambik, Häftling im Bagno. Seit uns die Marron-Jäger im Gebirge gefangen haben, ist nicht ein Tag vergangen, ohne dass ich nach oben zu Le Pouce geblickt habe, als würde ich wieder den Rauch und die Signale sehen, die ankündigen, dass Ratsitatane zurückgekommen ist, um alle Sklaven zu befreien. Alle sagen, er sei tot, aber er werde wieder ins Leben zurückkommen, weil er die Geheimnisse des Gottes von Grand-Terre kennt.

Jeden Morgen öffnen die Wärter die Gittertore des Bagnos, und wir treten im Hof jeweils zu zweit einen Schritt vor, um mit Ketten aneinander gefesselt zu werden. Anschließend werden wir wie Ochsen ins Joch gespannt, um Karren durch die Straßen von Port du Nord-Ouest zu ziehen. Wir gehen langsam durch die Stadt, und die Leute weichen zurück, wenn wir kommen, sogar die freien Schwarzen und die Sklaven, denn wir sind schmutzig und verflucht wie Aussätzige. Ich kenne nicht die Namen derer, mit denen ich angespannt bin. Niemand hat hier einen Namen. Wir sind nackt, der Schlamm und die Exkremente haben auf unserer Haut eine trockene Kruste gebildet, die nicht mehr abgeht. Wenn wir auf der Place d'Armes in der Nähe von Caudan ankommen, verhüllen die Frauen vor Angst und Ekel das Gesicht. Die Kinder spähen hinter Bäumen nach uns aus, pfeifen und bewerfen uns lachend mit Steinen. Die Peitsche der Aufseher schneidet in unsere Schultern, dann laufen wir etwas schneller, während unsere Schultern vom Joch bluten. Schweiß rinnt uns in die Augen, übers Gesicht, dennoch kann er keine Furchen in den Dreck ziehen, der uns bedeckt.

Wenn wir an der großen Grube in der Nähe des Meeres ankommen, schirren uns die Aufseher aus und wir steigen, noch immer zu zweit aneinander gekettet, die Leiter hinab. Das Sonnenlicht dringt kaum bis auf den Grund der Grube. Über unseren Köpfen ist ein Backsteingewölbe, in dem sich in großen Abständen Fenster befinden, die einen Lichtstrahl hereinlassen. Wir stehen bis zu den Hüften in warmem Schlamm, schöpfen mit Eimern die breiige Masse und entleeren sie in die Becher des Göpels, die den Schlamm an die Erdoberfläche befördern. Wir sprechen nicht. Wegen des Gestanks können wir nicht einmal den Mund öffnen. Wir tasten uns in der Grube immer weiter vor, um den Schlamm vom Grund des Kanals zu kratzen. Der Mann, mit dem ich zusammengekettet bin, ist alt und schwach. Manchmal stürzt er in den Schlamm, ich höre seinen keuchenden Atem. Ich stemme mich zurück und ziehe ihn an der Kette hoch, damit er wieder auf die Füße kommt, denn wenn wir beide hinfallen, sterben wir. Falls er stirbt, werde ich versuchen, ihn an der Kette bis zur Leiter zu zerren, damit ein Wärter das Schloss an der Kette aufschließt. Aber der Alte will nicht sterben. Es gelingt ihm immer wieder, nach oben zu klettern, wenn die Arbeit beendet ist. Anschließend gehen wir wieder ins Joch gespannt durch die Straßen, um den Kippkarren an der Flussmündung ins Meer zu entleeren. Vom feuchten Schlamm sind wir schwarz und glänzend wie Aale, die aus dem Fluss gezogen wurden. Wenn der Alte stirbt, wird seine Leiche mit dem Schlamm vom Kippkarren ins Meer geworfen, und ich werde an einen anderen gekettet. Wir sind jeweils zu zweit wie Ochsen beim Pflügen.

Wenn wir ins Bagno zurückkehren, geht der Tag zu

Ende, und wir wenden der Sonne den Rücken zu. Über den Häusern am Ende der Straße sehe ich das Gebirge, das in der untergehenden Sonne glänzt, es sieht aus wie ein großer heller Fleck, auf dem ich jeden Baum, jeden Felsen, jedes Versteck erkennen kann, in dem ich früher mit Ratsitatane war. Und da spüre ich die Peitsche des Kutschers nicht mehr, die mir in den Rücken schneidet, höre nicht mehr das Lachen der Kinder, die Beschimpfungen der Männer. Ich sehe nicht mehr die hübschen Frauen, die ihr Gesicht unter Sonnenschirmen verbergen.

Ich laufe und habe den Eindruck, als könnte ich die Trommeln hören, die die Krieger am Waldessaum schlagen, dort wo Ratsitatane das Lager für die Nacht errichtet hat. Ich rieche die Feuer, die die Krieger in den Felsen entzündet haben, um den Sklaven anzukünden, dass die Stunde der Befreiung naht. Ich höre die Stimme des Priesters, der eine Ziege auf einem flachen Stein geopfert hat und das Blut in alle Himmelsrichtungen versprüht, damit der Gott der Stürme uns beisteht und uns ins Land unserer Vorfahren trägt.

Dann kommen wir vor dem Gittertor an und gehen jeweils zu zweit unter dem schwarzen Gewölbe her. Wir essen und legen uns zum Schlafen auf die Erde wie Tiere, ohne ein Wort zu sagen. Der Kloakengestank hängt noch an uns. Wir schlafen in unseren Schlammhüllen vor den Wänden, und da, wo wir sind, kommen nicht einmal Träume hin, um uns zu überraschen.

Der Sturm, den Ratsitatanes Priester angekündigt hatte, kam genau zwei Jahre nach Ratsitatanes Tod, in der Nacht vom 22. auf den 23. Februar 1824. Zunächst erhob sich ein starker Wind, der sich allmählich in einen Orkan verwandelte. Bei Sonnenaufgang zeigte das Barometer am 23. Februar einen Druck von achtundzwanzig Zoll an, was darauf hindeutete, dass wir mit Sturm zu rechnen hatten, auch wenn der Himmel noch völlig klar und wolkenlos war.

Am Nachmittag fiel das Barometer mit pendelnden Bewegungen noch weiter, ein Zeichen für die extreme Unruhe der Atmosphäre, und es türmten sich tatsächlich dicke Wolken am pechschwarzen Himmel auf. An der Westküste sank das Barometer auf sechsundzwanzig Zoll, neun Linien, neunzig Hundertstel, und in Port Louis las ich am Barometer des Lagerhauses sechsundzwanzig Zoll, zehn Linien, dreißig Hundertstel Grad Réaumur ab, englisches Maß zwanzig Zoll, sieben Linien, ein Hundertstel.

Es war etwa vier Uhr, als ein Wirbelwind in gerader Linie über die Insel fegte, mitten durch das Feldlager Delort direkt auf das Collège royal zu bis auf die Höhen von Le Pouce. Die hölzernen Stockwerke der Schule wurden vom Erdgeschoss abgerissen, und manche Wände stürzten ein. Den Lehrer Bertin traf ein herabfallender Balken am Kopf und verletzte ihn schwer. Direktor Coudray gelang es durch sein beherztes Eingreifen, die vierundvierzig Schüler der Erziehungsanstalt um sich zu versammeln und an einen sicheren Ort zu geleiten.

In der Stadt wurden alle Holzhäuser, die sich auf dem Weg des Wirbelwinds befanden, zerstört, und auch ein paar Steinhäuser stürzten ein. Im Feldlager Delort, wo sich die Miliztruppen von Orieux versammelt hatten, ehe sie zum Angriff auf Ratsitatanes Marron-Sklaven aufbrachen, wurde alles verwüstet, die Häuser stürzten um oder wurden zerstört, die Bäume entwurzelt, die Zuckerrohrplantage und die Gewürznelkenfelder vernichtet, und es gab zahlreiche Tote, sowohl unter der weißen Bevölkerung als auch bei den Kreolen und den freigelassenen Schwarzen.

In der Stadt entstanden Brände, und wegen des Sturms konnten sie nicht schnell gelöscht werden. Unter den Sklaven und den Farbigen verbreitete sich das Gerücht, dass Ratsitatanes Seele zurückgekommen sei, um Rache zu üben, und zahlreiche Sklaven flohen in die Berge, um den Krieg wieder zu beginnen. Sie blieben dort, bis ihre Lebensbedingungen verbessert wurden, das heißt bis zum darauf folgenden Jahr, in dem die Sklaverei endlich von der englischen Regierung abgeschafft wurde, wie Ratsitatane es ihnen vor seinem Tod versprochen hatte.

Marie Anne Naour

Wir haben alles verlassen, um nach Ébène zu ziehen. Wenn ich zu begreifen versuche, warum wir fortgingen, denke ich zunächst an den furchtbaren Sturm im Februar 1824. Dieser Sturm veränderte den Lauf unseres Lebens, nicht so sehr wegen der materiellen Schäden, die Lagerhallen von Port Louis waren zwar davon betroffen, aber wir hatten nur geringe Verluste zu beklagen. Und abgesehen von der Korvette *Delight* der königlichen Marine war kein größeres Schiff gesunken. Durch einen glücklichen Zufall konnte das Postschiff, das auf unsere Insel zusteuerte, zur Kolonie am Kap der Guten Hoffnung umgeleitet und konnten die Waren, die es transportierte, gerettet werden. Gottlob blieb unser Haus in der Rue de Moka von der Überschwemmung verschont, und seine Steinmauern und das Ziegeldach trotzten der Gewalt des Sturms. Unsere Kinder waren bei uns geblieben und außer Gefahr.

Aber sonst hatte es überall schwere Schäden und sogar Opfer gegeben, vor allem in den westlichen Vierteln, in denen die Kreolen wohnen. Ich sah in diesem Sturm den göttlichen Fingerzeig, dass wir diese Stadt verlassen sollten. Ich hasste diese Hafenstadt, von der wir so viel erwartet hatten und die im Laufe der Jahre zum Symbol der Grausamkeit und des Egoismus fast aller unserer Mitbürger geworden war.

Wenn ich meine Kinder in die Stadt begleitete, wurden wir immer wieder Zeugen von Ungerechtigkeit und schlechter Behandlung, die manche Bewohner den Farbigen zuteil werden ließen. Trotz der Anordnung des Gouverneurs Farquhar begegneten wir auf unserem Weg Kolonnen von Sklaven, die schwere Ketten oder Halseisen trugen. Sogar die Frauen erfuhren die gleiche Behandlung. Die öffentlichen Züchtigungen waren nicht abgeschafft worden, wie es das Gesetz verlangte, und ich habe Frauen gesehen, die wegen kleiner Diebstähle auf dem Platz ausgepeitscht, andere, die an den Pranger gestellt wurden und, an einen Holzblock gekettet, mehrere Tage vor den Häusern ihrer Herren in der Sonne verbringen mussten. Morgens begegneten wir auf der Straße oft der Kolonne von Sträflingen, die den großen Abwasserkanal reinigen mussten, Männer, in den Zustand von Tieren herabgewürdigt, nackt, mit Wunden übersät und voller Unrat, an Karren angeschirrt wie Vieh. Und wenn ich mich darüber entrüstete, rief ich den Spott der Frauen der guten Gesellschaft hervor, die zu mir sagten: Was? Nennen Sie diese Giftkröten mit schwarzer Haut und schwarzer Seele etwa unseresgleichen? Auch Jean empörte sich: Habe ich vielleicht deshalb, sagte er, im Namen der Republik an den Grenzen gegen die Tyrannei gekämpft? Nur damit der Tyrann Bonaparte mit einem Federstrich den Erlass der Konvention aufhebt, der die Sklaverei auf dem gesamten französischen Hoheitsgebiet abgeschafft hatte? Damit skrupellose Männer die nächtliche Fischfanggenehmigung, die nach dem Sturm erteilt worden war, ausnutzen, um heimlich in den Buchten der Insel ihre Ladung Sklaven an Land zu schaffen und sie an reiche Grundbesitzer zu verkaufen?

Und da erzählte er mir von den Regionen im Inneren des Landes, die er früher mit dem armen Pelletier besucht hatte: von fruchtbaren Tälern, mit Schwarzholzakazien und Ebenholzbäumen bewaldeten Bergen, Bächen mit klarem Wasser, das in Kaskaden hinabströmte.

So wuchs in unseren Köpfen der Wunsch, Port du Nord-

Ouest zu verlassen und uns im Landesinneren niederzulassen, um dort unsere Oase des Friedens zu gründen und mit unseren Kindern fern von Korruption und Ungerechtigkeit zu leben. Wir sprachen ausführlich darüber. Es war, als gingen wir ein zweites Mal fort, noch weiter weg von unserer Bretagne. Im Landesinneren würden uns die vertrauten täglichen Neuigkeiten fehlen, die Berichte von neu eingetroffenen Reisenden. Wir würden nicht mehr die Schiffe sehen, die am Horizont auftauchten.

Mervin versuchte uns davon abzubringen. »Hast du nicht Angst«, sagte er zu Jean, »dass ihr den Marron-Negern in die Fänge geratet?« »Warum sollten sie uns angreifen?«, erwiderte Jean. »Wir leben dort weit entfernt von der Sklaverei im Einklang mit unserem Gewissen. Wenn die Marrons etwas angreifen, dann eher diese Stadt, die sie zerstören wollen, wie sie es schon versucht haben und wie sie es in Santo Domingo getan haben.« Mervin zuckte die Achseln und widmete sich wieder seinen Geschäften. Da beschloss Jean, eine Konzession an einem Ort namens Ébène zu kaufen, ein Stück Land, das bis hoch ins Gebirge reicht, und dort Edelhölzer anzubauen, Schwarzholzakazien, Kanari-Bäume und Ebenholz. Und so wurde das Haus gegründet, dem wir den Namen des Schiffes gaben, das uns ans Ende der Welt gebracht hatte: Rozilis.

Ehe wir aufbrachen, hielten wir noch eine letzte feierliche Versammlung in unserem Haus in Port du Nord-Ouest ab. Als ich Jean die Sache vorschlug, musste er darüber lächeln. Aber er ging auf meine etwas launenhafte Idee ein, und so versammelten wir uns alle um den großen Tisch, während das Fuhrwerk schon zu drei Vierteln beladen war und der Maulesel auf der Straße ungeduldig wartete, und setzten das Schriftstück auf, das den Beginn unseres neuen Daseins kennzeichnete. Wir beauftragten unseren ältesten Sohn Jean Paul, der als Anwalt in der

Kanzlei von Salvat gearbeitet hatte, dieses Schriftstück aufzusetzen, dessen Inhalt ich hier wiedergebe:

ERKLÄRUNG

Die Unterzeichneten

Jean Eudes Marro, 51 Jahre alt, geboren in Runello, Morbihan, von Beruf Händler,

Marie Anne Naour, 49 Jahre alt, geboren am selben Ort, seine Ehefrau, ohne Beruf,

Jeanne Eugénie, 30 Jahre alt, geboren in Lorient, Morbihan,

Jean Paul, 23 Jahre alt, Édouard, 21 Jahre alt, Lucie, 19, ihre Kinder, alle in Port du Nord-Ouest, Isle de France, geboren,

erklären Folgendes:

Auf dem Grundstück, das als Konzession vom Gemeinderat von Les Plaines Wilhelms unter dem Vorsitz von Pouget de St. André et de Chazal mit der Genehmigung Seiner Exzellenz des Gouverneurs Sir Robert Farquhar erworben wurde, wird ein Haus namens Rozilis errichtet.

Artikel 1: Das oben genannte Haus bleibt nach dem Tod der gegenwärtigen Besitzer ungeteilt, die Kosten für dessen Betrieb und Unterhalt übernimmt die Erbengemeinschaft, den finanziellen Verhältnissen jedes Einzelnen entsprechend.

Artikel 2: Die Obliegenheit des oben genannten Hauses soll im Anbau von Kulturpflanzen bestehen, der daraus resultierende Gewinn wird zu gleichen Teilen unter allen Mitgliedern aufgeteilt.

Der nordwestliche und südöstliche Teil des oben genannten Grundstücks wird dem Holzanbau gewidmet. Aus Afrika werden Ebenholz-Setzlinge eingeführt, um die Qualität des gegenwärtigen Waldbestands zu verbessern. Es sollen auch andere Holzarten aus Ost- und Westindien heimisch gemacht werden: Mahagoni, Makassar-Ebenholz, Cocobo, Johannisbrotbäume, Cedrelabäume, Palisander usw. usw.

Am Fluss Terre Rouge wird ein Sägewerk gebaut. Der Gewinn aus dem Verkauf der Edelhölzer wird zu gleichen Teilen unter allen Mitgliedern aufgeteilt.

Artikel 3: Die Sklaverei sowie jede Form von Zwangsarbeit ist und bleibt auf der ganzen Domäne Rozilis untersagt. Desgleichen ist die Beschäftigung von Sträflingen oder indischen Kulis verboten.

Artikel 4: Da die Gründung dieses Hauses in erster Linie die Verwirklichung der natürlichen Harmonie und die Durchsetzung der Prinzipien von Freiheit und Gleichheit anstrebt, dürfen keine diesen Grundsätzen widersprechenden Praktiken geduldet werden, insbesondere was das Schicksal der Landarbeiter und sonstigen Arbeiter angeht. Jedes Mitglied, das gegen diese Prinzipien der Gewinnverteilung und der Freiheit der Arbeit verstößt, wird ausgeschlossen und sein Anteil wird unter den anderen Mitgliedern aufgeteilt.

Artikel 5: Ein Teil des erzielten Gewinns soll jährlich für wohltätige Zwecke zugunsten der umliegenden Bevölkerung gespendet werden. Ein weiterer Teil soll der Gründung und dem Unterhalt einer Schule für Farbige nach dem Modell der in Port du Nord-Ouest eingerichteten Schule dienen.

Ébène,
Les Plaines Wilhelms,
am 25. April 1825

Nachdem wir alle dieses Schreiben unterzeichnet hatten, brachen wir an einem schönen Aprilmorgen des Jahres 1825 auf, und mitsamt unserer ganzen Habe, unseren Vorräten und Dingen, die uns nützlich sein könnten, schlugen wir den Weg ein, der an der Rivière du Nord-Ouest entlang nach Les Plaines Wilhelms führt. Ich saß mit Jeanne Eugénie und Lucie auf dem Fuhrwerk, das der gute alte Kapoor lenkte, Jean und unsere beiden Söhne begleiteten uns zu Pferde. Die Straße war staubig und stieg sanft zu den höher gelegenen Regionen an, in denen uns ein neues Leben erwartete. Trotz der Angst vor dem Unbekannten, die ich verspürte, wandten wir uns, das kann ich schwören, nicht ein einziges Mal um, während das Fuhrwerk in den Wald eindrang, um noch einen letzten Blick auf die Bucht von Port du Nord-Ouest zu werfen, in der wir knapp dreißig Jahre zuvor an Land gegangen waren.

Rückkehr nach Ébène

In Paris war alles normal, völlig normal. Ein paar Spuren waren noch sichtbar, wie Zeichen nach einem Sturm, gesprungene Schaufenster, halb entwurzelte Bäume auf dem Boulevard Saint-Germain, die verbeulten Eisengitter vor den Auslagen von Fauchon an der Place de la Madeleine, schwärzliche Spuren auf den Wänden, an der Börse, an den Ministerien. In der Nähe der Gymnasien und der Fakultäten hier und dort noch ein paar Gruppen von Studenten, die auf der Straße diskutierten, Erinnerungen heraufbeschworen, wie Vögel, die Reste aufpicken. De Gaulle hatte sich nach Baden-Baden begeben, hatte seine große Frage gestellt, den Leuten den Rücken zugewandt. Es war eine stolze Geste, die man würdigen konnte. Auf jeden Fall war das Fest zu Ende, alles war wieder so geworden wie zuvor.

Malatesta, den Jean zufällig vor dem Panthéon traf, schüttelte ihm in Erinnerung an den Philosophieunterricht auf dem Gymnasium herzlich die Hand. Nach ein paar banalen Bemerkungen über die École Normale Supérieure, an der er studierte, nahm er Jean mit verschwörerischer Miene in ein Café mit. »Was ich dir zu sagen habe, lässt sich nicht auf der Straße erzählen.«

Während er in seinem Milchkaffee rührte, fragte er: »Wo warst du im Mai?« Jean erwiderte leicht spöttisch: »Ich? Am Strand, irgendwo in Mexiko, warum?«

Malatesta hatte große Pläne, die Welt erschien ihm besser, freier, sinnerfüllter.

»Du kannst dir nicht vorstellen, was hier los war, ein richtiges Psychodrama, wir haben die Sau rausgelassen, das war Spitze.«

Er sprach eine rätselhafte Sprache. Er vertraute Jean sogar sein Geheimnis an, einfach so, praktisch dem Erstbesten, als schaffe die Tatsache, dass sie gemeinsam den Krawall im Unterricht des alten Plasma erlebt hatten, ein geheimes Einverständnis. »Ich bin in die Partei eingetreten, man beauftragt mich jetzt mit Missionen. Ich muss zum Beispiel die nächste Rede für einen bedeutenden Mann schreiben, einen zukünftigen Minister.«

Jean sagte mit gespieltem Erstaunen: »So? Einen zukünftigen Minister? Schreibt der seine Reden denn nicht selbst?« Malatesta rauchte eine Zigarette nach der anderen, sein Atem stank. »Sag mal, dir ist wohl nicht klar, wie das läuft! Wenn du in der Politik bist, hast du keine Zeit dazu. Außerdem ist das ein gemeinschaftliches Werk, der Einzelne zählt nicht mehr, sondern die allgemeine Bewegung, die Strömung.« Die Formel schien ihm zu gefallen, er nickte und wiederholte: »Die Strömung, verstehst du?«

Leute gingen auf dem kleinen Platz hin und her. Hier hatte es sicherlich Barrikaden gegeben. Aber die Pflastersteine waren neu verlegt worden. Parolen waren geschrien worden, ohne ein Echo zu hinterlassen, und alte, halb zerfetzte Plakate verschandelten die Wände. Vielleicht hatten die Studenten sogar das Panthéon besetzt.

Jetzt gingen die Leute hin und her, als sei nichts geschehen. Sie rauchten, die Jungen sprachen mit Mädchen, die laut auflachten. Auf dem Boulevard krochen die Autos Stoßstange an Stoßstange voran. Bald würde es Winter werden. Es regnete. Jean dachte an das Blut, das in Tlatelolco auf der Plaza de las Tres Culturas in Strömen geflossen war, er hörte noch das Dröhnen der Hubschrauber, die an jenem Abend über die Dächer der Colonia Guerrero geflogen waren. Er dachte an Joaquín und Pamela, die in Bellingham, im Bundesstaat Washington, einsam in der Kälte saßen. Er dachte an den Platz in Tianguistengo, wenn sich abends die Ziegeldächer von dem schwärzer werdenden Himmel abhoben, während die Dunkelheit den Rauch in die abschüssigen Straßen drängte. Dachte an den alten Don Pedro Olguin, der in seine mit aztekischen Motiven verzierte Decke eingehüllt und mit bis über die Ohren gezogenem Hut auf einem Stein vor seinem Lehmhaus saß.

Ehe er Malatesta seinen Machtträumen überließ, wollte Jean sich noch einen Spaß machen. Diesmal setzte er eine rätselhafte Miene auf, rückte seinen Stuhl heran und fragte in einem Ton, den man anschlägt, um ein Geheimnis zu verraten: »Siehst du all die Leute, die da draußen herumgehen?« Malatesta nickte. »Also, dann will ich dir mal etwas sagen. Sie tun nur so. Das ist nur gespielt. Sie machen sich wichtig, laufen mit ihren Aktenkoffern, ihren Unterlagen herum, die Frauen klappern mit den Absätzen, halten ihre kleine Handtasche unterm Arm, machen eine nervöse Handbewegung, um einen Blick auf die Armbanduhr zu werfen … All das ist nur Bluff.« Malatesta sah Jean mit offenem Mund an. »Willst du den Beweis dafür?«, fuhr Jean mit leiser Stimme fort. »Sobald es im Sommer zu heiß oder im Winter zu kalt ist, verschwinden sie. Sie machen es genau wie wir, sie setzen sich in ein Café, laufen nicht mehr draußen über die Straße.« Malatesta wirkte ein wenig gequält und sagte zu Jean: »Du willst mich wohl auf den Arm nehmen!« Jean schüttelte den Kopf. Er gab Malatesta die Hand und sagte: »Das ist der beste Beweis, denk daran.« Dann machte er sich schnell davon.

Erst eine ganze Weile später, als er den überfüllten Boul' Mich' entlangging, fiel ihm ein, dass er vergessen hatte, sein Getränk zu bezahlen. Er zuckte die Achseln und sagte sogar laut: »Vielleicht versteht er wenigstens Céline jetzt etwas besser.«

Mariam hatte ein kleines Zimmer in dem von Bäumen umgebenen afrikanischen Haus in der Cité Universitaire. Als Jean zu seinen Eltern gefahren war, hatte er einen Brief in ihrer regelmäßigen, ungekünstelten Handschrift vorgefunden, einen Brief, der ihm gut getan hatte. Er bestand nur aus einem Satz: »Ich möchte dich sehen.« Und darunter ihre Telefonnummer im Studentenheim in Paris. Er nahm noch am selben Abend den Zug.

Mariam hatte sich in dieser langen Zeit verändert. Sie war nicht mehr das schüchterne, ängstliche kleine Mädchen, mit dem er einen ganzen Frühling lang um den Flughafen geirrt war. Sie war größer geworden und vermutlich schlanker. Sie trug jetzt modische Kleidung, einen schwarzen Pullover mit V-Ausschnitt und hautenge Jeans mit Schlag. Sie hatte das lange dichte Haar abgeschnitten und trug Ohrringe, zwei goldene Halbmonde, die ihre Ohrläppchen herunterzogen.

Sie gingen aufs Geratewohl um die Cité U. Jean wünschte sich, dass alles wieder genauso wäre wie zuvor. Als hätten sie sich gerade erst getrennt und als wäre die Zeit stehen geblieben. Sie sprachen über belanglose Dinge, Filme, Bücher und das Psychologiestudium, das Mariam an der Sorbonne absolvierte. Sie besuchte auch Tanzkurse. Ihr Adoptivvater Monsieur Manciet war schwer krank, das bereitete ihr Sorgen. Mama Lou hatte ihre Tätigkeit als Krankenschwester wieder aufgenommen.

Mariam hatte jetzt einen Freundeskreis, sie ging viel aus. In Chamonix hatte sie sich einer Bergsteigergruppe angeschlossen, sie hatte vor, eines Tages nach Nepal zu fahren, um den Everest zu besteigen. In ihrem Zimmer im Studentenheim hatte sie eine große Karte an die Wand geheftet, auf der jeder Weg und jeder Gipfel verzeichnet waren.

Die Cité U war fast leer, die meisten Studenten waren zu ihren Eltern oder zu Freunden gefahren, da gerade Herbstferien waren. Jean war müde, weil er die Nacht im Zug verbracht hatte, hin und her geschüttelt auf einer Sitzbank. Mariam schickte ihn in einen großen gekachelten Raum mit türlosen Kabinen unter die Dusche. Es war der Mädchenduschraum, aber ein Typ, dessen magerer Körper von Kopf bis Fuß schwarz behaart war, wusch sich dort gerade ungeniert.

»Normalerweise gibt man einen Hinweis«, erklärte Mariam. »Wenn es eine Hose ist, wissen die Mädchen, dass sie nicht hineingehen sollen. Und wenn es ein Mädchen ist, lässt sie ihren BH oder ihre Schuhe draußen, und dann warten die Typen vor der Tür.« Jean war beeindruckt. Mariam war wirklich eine Studentin geworden, mit dem entsprechenden Jargon und der nötigen Selbstsicherheit.

Im November wird es in Paris schnell dunkel. Sie blieben lange in dem kleinen Zimmer, ohne viel zu sagen. Irgendwann hatte Mariam Hunger, schälte einen Apfel und zupfte Weintrauben in eine Schale, und Jean öffnete eine Dose Ananas in Scheiben. Er hatte schon lange nichts mehr gegessen, das ihm so gut schmeckte.

Später sagte Mariam: »So, ich bin müde. Ich gehe jetzt ins Bett. Kommst du?« Sie zog sich im Halbdunkel aus. Der Schein der Laternen drang durch das große Schiebefenster herein. »Ich habe das Glück, kein Gegenüber zu haben, nur Bäume, ich lasse das Rollo nie herab.« Jean lachte. »Ich erinnere mich noch, dass du für völlige Dunkelheit nichts übrig hast.« Sie sagte: »Es ist schön, mit dem Licht zu leben, das von draußen hereinkommt, sowohl am Tag wie in der Nacht. Ich mag das Laternenlicht, es ist sanft und etwas kühl. Und morgens, wenn das Wasser über die Scheiben rinnt, ist es wie ein Perlenvorhang.«

Jean hatte den Eindruck, als trenne sie eine unsichtbare Wand. Das hatte die Zeit bewirkt. Es würde nicht mehr so einfach sein wie früher. Ein wenig nervös zog er sich ebenfalls aus, ließ seine Kleider am Fuß des Betts auf den Boden fallen. Er glitt erschaudernd unter die Laken, aber das Bett war weich, nicht sehr breit und zu kurz, er spürte sogleich Mariams Haut an seiner Hüfte. Die unsichtbare Wand fiel zusammen.

Vielleicht berührte sie ihn als Erste, sie streichelte seinen Körper von oben bis unten, ihre Finger verweilten ein wenig in der Bauchmulde direkt unter den Rippen, dort wo die Haut ganz weich ist und man das Pulsieren der Adern spürt.

Und plötzlich machte die Liebe wieder alles sehr einfach. Das Begehren, die miteinander verschmelzenden Körper, ein einziges Herz, ein einziger Atem, ein einziger Blick, wie früher, als Mariam sich einen Spaß daraus gemacht hatte, zuzusehen, wie sich seine Pupille vergrößerte, bis sie das ganze Blickfeld einnahm, wenn Mariam mit der Zungenspitze einen bestimmten Punkt auf seinem Gaumen berührte und Jean nicht mehr wusste, ob er in ihr oder sie in ihm war. Nichts anderes mehr, nichts mehr ringsum, weit weg von diesem Studentenheim, sie hatten alles zurückgelassen, waren anderswo, schwebten, flogen, träumten. Es war schon so lange her. Er hatte gedacht, es sei unmöglich geworden, so wie man sagt, dass sich die Geschichte nicht wiederholt, dass nichts wieder von vorn beginnt. Dabei hatte Parmenides aus Elea gesagt: Wo ich auch anfange, ist und bleibt das Seiende; denn darauf werde ich immer wieder zurückkommen. Heraklit. Aber war das der geeignete Moment, um philosophische Fragen zu stellen? Klopfende Herzen, gepresster Atem, verschleierter Blick, Schweiß, der über den Rücken rinnt, die Körper vereint, die Brüste und Schultern glättet und sie wie Kieselsteine glänzen lässt. Auch das Geschlecht der beiden glänzt, ist von Licht erfüllt, glüht wie Feuer, doch die Augen können dieses Feuer und dieses Licht nicht sehen, das Halbdunkel im Zimmer hat nicht nachgegeben, es ist ein Feuer und ein Licht aller Sinne, dem Ursprung nah, ganz nah, aus weiter Ferne gekommen, aus den Anfängen, den Urzeiten, von der ersten Zellteilung, der ersten Geburt. Das Pochen des Herzens tief in der Brust, im Bauch, in der Kehle, ein Pochen, das auf der Netzhaut bebt, in den Drüsen pulsiert.

Und im Kopf: Alles löst sich, wird entwirrt, entknotet, die Hindernisse, die Gewohnheiten, die Erinnerungen. Keine Leere, sondern eine Lösung. Ein leichter Lufthauch, reinigendes Wasser. Ergreifende Träume. Die Flut. Und dann fühlte sich Jean freier. Die falschen Häute, die Hüllen, die Kleider, in denen man sich versteckt, all das war gefallen, er war nackt, sein Haar und seine Glieder hingen nicht mehr an Fäden. Das war es also. Letztlich war alles so einfach. Einen Augenblick, nur einen Augenblick im Leben, um frei zu sein. Um lebendig zu sein, jeden Nerv zu spüren, schnell wie ein rennendes Tier zu sein. Fliegen zu können. Sich der Liebe hinzugeben. In der Gegenwart, in der Wirklichkeit zu sein.

Und dann, nachdem sie gemeinsam den Höhepunkt erreicht hatten, die Entspannung, tränenfeuchte Augen, noch immer eng umschlungen, einer im anderen, klopfende Herzen und keuchender Atem, der verdunstende Schweiß, der die Körper mit einer kleinen kühlen Wolke umgibt. Ohne zu sprechen, ohne zu denken.

Jean schlägt das Heft auf der ersten Seite auf. Sharon hat es ihm gegeben, als er von der Reise zurückkam. Das Einzige, was er von Tante Catherine behalten wollte. Es ist ein Heft mit bräunlichem Deckel, eines von denen, die sie im chinesischen Laden in Quatre Bornes kaufte. Oben auf dem Deckel steht nur *Exercise Book* und unten *64 pages*. Unliniertes Papier, das mit der Zeit grau geworden ist. Die Bleistiftschrift ist entschlossen, ein wenig gekünstelt, eben, wie wenn man zwanzig ist. Es ist lange her, fast sechzig Jahre, und dennoch ist alles so frisch, als hätte sie es gerade geschrieben.

Warum soll man Geschichten erfinden, Geschichten schreiben? Man braucht nur zu lesen. Jean liest laut, nur für sich, in fast neutralem Ton, als handele es sich um eine Reihe von Kurzmeldungen in einer Zeitung. Es ist weder von ihm noch von ihr die Rede, überhaupt von niemandem, den er kennt. Es ist vor langer Zeit geschehen, am anderen Ende der Welt.

Die letzten Tage in Rozilis

Mittwoch, 1. Dezember 1909

Normales Mittagessen. Kein Wein. Als Höhepunkt des Essens gab es gebratenes Geflügel, dann Bohnen und Nudeln. Zum Nachtisch Obst und Baisers vom Vortag.

Heute fuhren wir nach Rose Hill. Nur wenige Leute im Zug. Furchtbare Hitze. Als Hauptmahlzeit gab es 3 Maiskuchen, zwei hatte Mama gebacken und einen ich mit Mauds Hilfe.

2.

Waren in Curepipe. Voll besetzter Zug. Sehr viele Inder. Es war Markttag in Rose Hill. Versuchte, Somapraba zu besuchen, war aber unmöglich.

3.

Den Tag damit verbracht, den Dachboden zu entrümpeln. Drückende Hitze. Hörte nach dem Abendessen den Klang des Grammophons aus dem Garten, Lieder aus der guten alten Zeit. Maud weinte.

4.

Den Vormittag damit verbracht, Bücher einzupacken, die Hervé nach Frankreich senden will. Gopal berichtet mir von einem Gespräch, das Chemins Dienstboten geführt haben. Ihnen zufolge will Chemin den größten Teil der Schwarzholzakazien und der Ebenholzbäume bis zur Schlucht fällen lassen. Es soll nur eine Ebene für die verfluchten Zuckerrohrpflanzer übrig bleiben. Diese Vandalen! Die Toten werden sich im Grab umdrehen.

5.

Ließ am heutigen Sonntagmorgen eine Ladung Bücher in die Stadt bringen. Verbrannte Berge von Papieren, die auf dem Dachboden waren. Meine Hefte, meine Briefe. Die Familie Kmallec fährt heute über das Kap der Guten Hoffnung nach Frankreich. Ich beneide sie sehr!

6.

Bücher weggeschickt. Mit Papa im Glaneur zu Mittag gegessen, genauso gut wie im La Flore (bis auf den Kuchen). Schwüle Hitze.

7.

Weitere Bücher weggeschickt. Wir hackten Holz für die Küche. Gopal bezahlt. Chemin schickte schon Leute her, die die Bäume vor der Schlucht fällen sollen, Eukalyptusbäume, Schwarzholzakazien, Ebenholzbäume. Er will seine Unkosten durch den Verkauf des Holzes decken. Bald ist nichts mehr da.

8.

Schickte heute Morgen Bücher weg. Ging mit Maud und Hervé bis zur Schlucht. Wenn ich daran denke, dass wir in wenigen Tagen all das hier verlassen müssen, um in das Haus in Rose Hill zu ziehen, mein Gott, das ist schlimmer, als ins Exil zu gehen!

9.

Die Männer von Chemin fällten heute Morgen noch mehr Bäume. Sie können nicht einmal warten, bis wir weg sind! Ich half Papa, das kupferne Teleskop abzubauen, das wir behalten können, weil es ein Geschenk ist. Chemin, dieser Halunke, hat vergessen, dass es dieses Instrument gibt, sonst hätte er es ebenfalls auf das Inventar gesetzt.

10.

Heute Vormittag einen Überseekoffer mit Büchern weggeschickt. Wieder wurden Bäume gefällt. Chemin kam, um das Ergebnis zu überprüfen. Ich sah ihn ganz in der Nähe des Hauses, er fuchtelte mit seinem Spazierstock, schien noch auf weitere Bäume zu zeigen, die gefällt werden sollen. Ich kann gar nicht beschreiben, wie traurig mich der Gedanke an all diese bezaubernden Winkel macht, die bald verwüstet sind. Was soll nur aus meinen Vögeln, meinen Turteltauben werden?

11.

Der Wald wird weiter gerodet.

Heute Morgen regnete es, ein Wolkenbruch über dem Pieter Both. Die Flüsse haben Hochwasser, ich lauschte den ganzen Tag dem Rauschen.

12.

Auf der Rückfahrt von der Messe heute Morgen regnete es unterwegs immer noch. Maud und ich nahmen ein Pferdefuhrwerk (das von Somaprabas Vater).

13.

War heute Morgen in Rose Hill, um für Simons Uniform Maß nehmen zu lassen, Simon geht bald zu den MVI. Auf dem Rückweg machten wir auf der Brücke Halt, um den Fluss zu betrachten. Die Wälder in den Schluchten sind unberührt, viele Vögel.

14.

Die Uniform ist Freitag fertig. Simon geht in zwei Monaten nach England zum Bataillon der MVI. Morgen muss er nach Vacoas zu einer fatigue party.

15.

Simon nach Vacoas begleitet. Sie schoben den ganzen Tag Schubkarren und schufteten wie die Ochsen. Das ist Teil der militärischen Ausbildung.

16.

War mit zwei Fuhren Möbeln in Rose Hill. Das Haus dort ist sehr klein, sehr verschmutzt, ein kleines wurmstichiges Dreckloch. Mein Gott! Dort sollen wir wohnen!

17.

War in Rose Hill, habe dem Schneider 3,50 Rupien für die Uniform gegeben. Regnerisches Wetter.

17.–18.

Zwei Tage in Vacoas unter einem Zeltdach gelebt. Floh mit Maud ins Kino, sahen Carmen. *Als wir nach Rozilis zurückkamen, war der Wald zerstört! Alle Ebenholzbäume sind verkauft. Das ist das Ende.*

19.

Konnte am heutigen Sonntag nicht zur Messe fahren. Furchtbares Wetter. Das Observatorium kündet einen Zyklon im Norden und im Zentrum an, der nach Ost-Südosten zieht. Es ist der letzte Sonntag, den wir hier verbringen, wer hätte das geglaubt!

20.

Grässliches Wetter, stürmischer Regen.

21.

Es wird weiterhin gefällt, inzwischen die Feigenbäume hinter dem Pferdestall. Der Hof sieht erbärmlich aus. Überall Klafterholz!

22.

Am heutigen Mittwoch gegen 3 Uhr morgens stürzte das Dach über dem Wohnzimmer ein. Es war wurmstichig, und durch das viele Wasser, das das Holz aufgesaugt hatte, kam es zum Einsturz. Den ganzen Tag damit verbracht, gemeinsam mit den Jungen die Trümmer wegzuräumen.

23.

Schickten das Fuhrwerk mit den Möbeln und der Holztruhe unseres Vorfahren Marro nach Rose Hill. Weitere Feigenbäume werden gefällt. An ihrer Stelle will Chemin ein paar Morgen Kaffeesträucher und Zuckerrohr anpflanzen lassen.

26.

Zur Messe gefahren. Der letzte Sonntag in Rozilis.

27.–31.

Die letzten Vorbereitungen. Hervé, seine Frau und der kleine Raymond wohnen schon in Rose Hill. Sie fahren in einem Monat mit dem Schiff nach Frankreich. Simon geht nach England. Gildas tritt in einen Orden ein. Nur Maud und ich bleiben bei unseren armen Eltern.

1. Januar 1910

Unser letzter Vormittag in Rozilis.

Ich konnte erst um halb zwölf an den Fluss gehen, das Wasser ist kalt, die Schlucht voller Vögel, die durch das Abholzen der Bäume verschreckt sind.

War ein letztes Mal mit Maud im Wald, die untröstlich war. Wir blieben so lange dort, dass das Mittagessen schon vorbei war und Papa und Gopal mit dem Fuhrwerk abgefahren waren. Wir fuhren mit Mama in dem Wagen, den Kmallec uns geliehen hat.

Adieu, Rozilis, adieu, Ébène, adieu für immer, nie wieder werde ich im Schatten deiner Bäume spazieren gehen, nie wieder ein Bad in deinem schönen Fluss genießen.

Alles ist vorbei. Heute beende ich dieses Tagebuch, denn in Zukunft wird es in meinem Leben nichts mehr geben, das sich lohnte, aufgeschrieben zu werden.

Saint-Aubin-du-Cormier, Juli 1968

Er unternahm diese Reise. Er war überzeugt, er müsse diese Suche zu Ende führen, bis zum Schluss dieser Geschichte gehen, zu ihrem Beginn, denn alles ist eins. Zum Ursprung des Märchens, das Tante Catherine Tag für Tag in La Kataviva erzählt hatte.

Runello gibt es nicht mehr. Hat es den Ort je gegeben? Auf den grasbewachsenen Flecken am Ufer der Ellé sieht man Häuser, ein paar majestätische Bauernhöfe aus Granit, deren Fenster mir Hortensien oder rot blühenden Kamelien geschmückt sind. Aber alle Leute, die er befragte, gaben die gleiche Antwort: Die Mühle ist verschwunden, ohne dass noch eine Spur davon zu sehen ist. Im Übrigen heißt hier niemand mehr Marro. Auch den Namen Marie Anne Naour gibt es nicht mehr.

An dem Weg, der an der Ellé entlangführt, entdeckte Jean auf einer kleinen, von Dornensträuchern überwucherten Anhöhe einen einfachen Backofen. Einen bemoosten steinernen Iglu mit einer Öffnung, die groß genug ist, um hineinkriechen zu können. Er ist bestimmt seit Jahrhunderten nicht mehr benutzt worden, ist schmucklos und schön wie ein Mausoleum aus der Zeit der Druiden. Als Jean diesen Backofen entdeckte, sagte er sich, dass die Mühle von Runello nicht weit davon entfernt gewesen sein konnte, vielleicht an diesem Ufer in der Flussbiegung, dort wo der Kanal mündet. Es war schönes, heißes Wetter, kleine weiße Wolken zogen am Himmel entlang, wie an dem Tag, an dem Jean Eudes in den Krieg zog.

Die Rue Fulvy in Lorient gibt es auch nicht mehr. Bei den Bombenangriffen im Krieg wurde alles zerstört, sogar die alten Namen sind verschwunden.

Aber man muss weiter zurückgehen, bis zum Ursprung der ersten Auswanderungen in der Bretagne. Ehe Jean den Mietwagen am Bahnhof in Rennes zurückgab, fuhr er die Straße entlang, die sein Vorfahr damals eingeschlagen hatte, als er 1792 in den Krieg zog. Durch die Wälder von Lanouée und Paimpont, doch anstatt nach La Gravelle weiterzufahren, bog er nach Norden ab, in Richtung Liffré, bis nach Saint-Aubin-du-Cormier.

Er ließ den Wagen auf dem Dorfplatz stehen, vor einem Bistro, in dem ein paar Männer Karten spielten. Einer der Männer wies ihm den Weg nach La Lande de la Rencontre. Er nannte auch einen anderen Namen dafür: La Pierre des Bretons. Die anderen Spieler und die junge Kellnerin hatten nie etwas davon gehört. Die Sache lag zu lange zurück, war in Vergessenheit geraten, sie hatte sich vor genau vierhundertachtzig Jahren abgespielt. Das interessierte sie nicht. Sie konnten sich nicht einmal vorstellen, dass sich in diesem verschlafenen Winkel am 28. Juli 1488 die Geschichte ihres Landes mit einem Schlag geändert hatte.

Jean verließ das Dorf zu Fuß und entdeckte plötzlich hinter einer Kurve die Stelle.

Es ist ein mit Kiefern und Eichen bewachsener Hang, der in einer großen Lichtung endet, die sich bis zum Moor der Heide von Ouée hinabzieht. Eine völlig kahle Ebene, eine Heide, aber man ahnt, dass dieser unbewachsene Hang früher den anderen Heidelandschaften glich, von Stechginster und Dornensträuchern überwuchert, und hier und dort ein paar Eichen oder Holunder. Ringsumher von Norden bis Osten der Wald von Usel, der so dicht ist, dass das Sonnenlicht kaum hineindringt. Ein Wald voller Geheimnisse und Unheil bringender Dinge, wie der Wald von Broceliand. Aber hier hat ein einziges geschichtliches Ereignis Unheil gebracht. Ein scharfer Wind weht im Winter durch die Kiefern und wirbelt den Staub von der trockenen Erde auf.

Hier verloren die Bretonen, von Rohan verraten und vom Heer Charles' VIII. unter dem Befehl La Trémoilles besiegt, am 28. Juli 1488 nach einem erbitterten Kampf ihre Unabhängigkeit. An einem einzigen Nachmittag kamen sechstausend Soldaten des bretonischen Heers um, darunter zahlreiche junge Männer aus dem bretonischen Adel. An jenem Tag fielen auch fünfhundert englische Bogenschützen, die im Dienst von Talbot standen, unter ihnen Lord Scales, und achthundert Deutsche aus dem Heiligen Römischen Reich unter dem Befehl von Hauptmann Blehr sowie achthundert Söldner aus der Gascogne und aus dem Baskenland.

All das liegt so lange zurück, ist in Vergessenheit geraten. Und doch geht Jean durch den Stechginster den Hang hinab zu dem Granitfelsen, von dem der Angriff des französischen Heers ausging. Dort muss La Trémoille zum ersten Mal das bretonische Heer gesehen haben, das oben auf dem Hügel in Schlachtordnung aufgereiht stand, geharnischte Ritter, die schwarzweiße Standarten trugen, an ihren roten Kreuzen zu erkennende englische Söldner mit Bögen in der Hand.

Schlachtfelder sind bekanntermaßen die friedlichsten Orte der Welt. Am Waldessaum glitzerte die Sonne im Gras und auf dem blühenden Ginster, der Himmel war vermutlich hellblau und mit Federwolken bedeckt wie am heutigen Tag. Und dann kommt der Zusammenstoß, die beiden Heere prallen auf dem Hang aufeinander, und Blut glitzert auf den Dornen des Ginsters. Geschrei, die Schläge mit den Streitkolben, der donnernde Lärm der Schlacht, der Tod, der auf beiden Seiten die Soldaten dahinrafft,

Helme und Rüstungen zertrümmert. Wütende Schreie, »Samson! Samson!« und auch »*Warraok!*«, »*Torpen!*« wie im Argonner Wald. Und als dann die französische Kavallerie den Bretonen im blendenden Sonnenlicht in den Rücken fällt, die Flucht in den Wald, und mit dem Rücken an die Bäume gelehnt, kämpfen die Krieger bis zum Letzten und sterben in die feuchte Erde gepresst, und jene, die die französischen Soldaten im Dickicht aufstöbern, die Knappen, die Köche, die Pferdeknechte, werden ohne Mitleid mit Äxten oder Dolchen getötet. Und um sechs Uhr an jenem Tag, die Sonne stand noch hoch im Westen und erwärmte die Erde, war alles vorbei.

Jedenfalls fiel in den folgenden Wochen und Monaten eine Festung nach der anderen: Vitré, Vannes, Saint-Malo.

Jean geht im Schatten des Waldes, beobachtet und lauscht mit allen Sinnen. Hier inmitten dieses Waldes ist alles zu Ende gegangen. Und anschließend folgte der wirtschaftliche und moralische Zusammenbruch der Bretagne. Das Land hatte in Freiheit gelebt, mit seinen Verbündeten im Norden, England und Deutschland, sowie mit Spanien und Portugal Handel getrieben, hatte Segeltuch, Tauwerk und Holz für den Schiffsbau geliefert. Nach dieser Schlacht wurde die Bretagne zu einem fügsamen, fronpflichtigen Land, zu einer fernen, im Stich gelassenen Region des Königreichs, das sie besiegt hatte. Dreihundert Jahre später, etwa zur gleichen Zeit, als Jean Eudes Marro durch die Bretagne geht, um sich dem Revolutionsheer anzuschließen, schreibt der Engländer Young einen Reisebericht, in dem er die Region um Rennes und Mordelles als eine Gegend beschreibt, wie man sie sich ärmer nicht vorstellen kann, mit Kindern, die barfuß und zerlumpt über die Wege laufen und um Brotkrusten betteln, und mit Greisen, die verhungern. Aus diesem Land fliehen die

Bretonen ans Ende der Welt, um zu versuchen zu überleben.

In dem Teil des Waldes, der mit Recht den Namen Charnier, Leichengrube, trägt, geht Jean über die vom Blut der niedergemetzelten Soldaten getränkte Erde. Zwischen den Bäumen glitzert am anderen Ende der Heidelandschaft das sumpfige Wasser der Ouée. Die Sonne ist an diesem späten Nachmittag sehr mild, wie sie es wohl am Abend der großen Schlacht war, der Himmel strahlend mit großen aufreißenden Wolken. Ein einsamer Vogel stößt einen eintönigen Schrei aus, der die Stille mit einem üi? üi? durchdringt. Stille legt sich über die Heide, Stille legt sich über die Geschichte.

Jean ging ins Dorf zurück. Im Bistro kaufte er eine Tafel Schokolade und eine Flasche Wasser. Dann fuhr er in Richtung Rennes zurück. In Paris erwartet ihn Mariam.

Anfang September 1969 gehen Jean und Mariam auf dem Flughafen Plaisance auf Mauritius die Gangway hinab. Sie haben am 30. August auf dem Standesamt des 15. Arrondissements in Paris geheiratet. Jean hatte einen alten Mann in einem Café an der Ecke als Trauzeugen angeheuert, und Mama Lou Manciet war als Trauzeugin für Mariam erschienen. Jean erhielt einen zwanzigtägigen Aufschub für seine Einberufung. Anschließend wird er zum königlichen Kürassierregiment (ja, das gibt es) in Lyon gehen. Nach Ablauf von drei Monaten kann er in der Medizinischen Militärakademie sein Medizinstudium beenden. Die Jahre im Saint Thomas Hospital in London werden ihm nicht angerechnet, aber das ist immer noch besser, als wegen Wehrdienstverweigerung im Gefängnis zu landen oder das Land verlassen zu müssen, wie Oberleutnant Marini zu bedenken gab. Es war sowieso ziemlich absurd, dachte Jean, dass er gemustert wurde, während all diejenigen freigestellt wurden, die wie Amoretto oder Charon aus Angst davor, auf der anderen Seite des Mittelmeers töten zu müssen oder getötet zu werden, sich eine Kugel in den Fuß geschossen oder Seife gegessen hatten, um Epilepsie vorzutäuschen.

Mariam setzt ihr Psychologiestudium fort. Sie jobbt an vier Abenden in der Woche von sieben bis halb eins in einem Bistro namens L'Œil du Cyclope an der Place Denfert-Rochereau. Die beiden können sich alle zwei oder drei Monate sehen, wenn er auf Wochenendurlaub kommt. Die

Fahrt mit dem Zug dauert nicht sehr lange, und Soldaten in Uniform bekommen eine Ermäßigung.

Die Reise nach Mauritius ist gewissermaßen ihre Hochzeitsreise. Jean hatte Oran vorgeschlagen, um die Altstadt zu besichtigen und den großen Boulevard zu sehen, auf dem Mariam ihre Brote verloren hatte. Aber Mariam war dagegen. Vielleicht ist sie noch nicht so weit, dass sie ihrer Vergangenheit ins Auge sehen kann. Oder sie hat Angst, dass ihr die Militärs in Algerien ihren französischen Pass abnehmen.

Mauritius ist einfacher, neutraler. Dort gibt es niemanden mehr, der den Namen Marro trägt. Nur noch Gespenster, aber die Sonne, die üppige Vegetation und die vor kurzem erlangte Unabhängigkeit dürften bestimmt mit den Gespenstern fertig werden.

In Mahébourg mieten sie sich ein Zimmer in einer Pension, die von François-Xavier Liu und seiner Familie geführt wird und die sich auf der ehemaligen Strandpromenade befindet. Von der Terrasse aus sieht man sehr gut die Montagne du Lion und die Reede sowie die kleinen schwarzen Inseln des Barriereriffs, wo 1810 die französische Marine ihren letzten großen Sieg errang. Während jener drei Tage, die die Geschichte der Île de France veränderten, war Jean Eudes noch nicht in Ébène. Vielleicht ritt er am zweiten Tag mit der Nationalgarde nach Grand Port, um die Seeschlacht aus der Nähe zu verfolgen. Vermutlich glaubte auch er an den Sieg, als die Flotte von Willoughby an den Klippen zerschellte und der verletzte Admiral von den Franzosen gefangen genommen wurde.

Heute ist Mahébourg eine kleine sonnige, verschlafene Stadt, die von den Passatwinden etwas Kühlung bekommt. Auf dem Markt drängen sich Frauen und Kinder. Jean geht mit Mariam die Hauptstraße entlang, umgeben von langen rotgoldenen Saristoffen, die im Wind flattern. Auf dem staubigen Platz, auf dem die Autobusse wenden, sieht Mariam die ausgehungerten Hunde, die auf der Suche nach Überresten umherirren.

Am Nachmittag, während sich Mariam in der Pension Liu ausruht, fährt Jean mit dem Bus nach Curepipe, dann mit einem anderen nach Quatre Bornes und macht in Rose Hill in der Nähe der Abzweigung Ébène Halt. Er weiß, dass er dort nichts finden wird. Dennoch klopft sein Herz, als er die von Zuckerrohrfeldern gesäumte Straße entlanggeht, die an den Fluss Terre Rouge führt. Der Arbeitstag ist zu Ende, in *gonis* und Tücher gehüllte Frauen, die auf dem Kopf eine Hacke balancieren, kommen ihm entgegen. Sie werfen einen flüchtigen Blick auf diesen jungen Touristen, der ohne Fotoapparat so weit vom Strand entfernt herumläuft. Sie unterhalten sich in ihrer melodiösen Sprache, lachen ein wenig. Wie in Naucalpan verstecken sich Kinder halb im Gebüsch, auch sie lachen. Doch sie werfen nicht mit Steinen nach ihm. Sie haben runde Gesichter und listige Augen, und wenn sie lachen, blitzen ihre weißen Zähne auf.

Die Straße endet mitten in den Feldern. Der Wind gleitet fast lautlos über das Blätterkleid des Zuckerrohrs. Überall am Horizont schließen bläuliche Berggipfel den Kreis, und Jean sucht in seinem Gedächtnis nach ihren Namen. Im Süden die Trois Mamelles, im Westen der Corps de Garde und die dunstverschleierten Höhen von Floréal. Im Osten die Montagne Blanche und der Piton du Milieu. Und im Norden, direkt vor ihm, der Ory und über der Gebirgskette der Guibbies die höchsten Berge von Mauritius, Le Pouce und Pieter Both. Hier ist es. Ohne es zu merken, hat Jean Ébène betreten. Der Himmel ist endlos weit, Wolken ziehen in raschem Tempo nach Nordwesten. Über den Höhen von Crève-Cœur entlädt eine Wolke ihren Regen.

Auf der anderen Seite, über der nicht sichtbaren Stadt Port Louis, leuchtet ein Sonnenstrahl auf.

Jean geht mitten durchs Zuckerrohr, an manchen Stellen sind die Stängel so hoch, dass sich ihre grauen Federbüschel über seinem Kopf schließen. Die Erde ist trocken, blutrot und mit Lavasteinen übersät. Im Wind stoßen die spitzen Blätter gegeneinander. Die Sonne brennt so heiß, dass Jean manchmal spürt, wie ihm der Schweiß über die Stirn perlt und in die Augen rinnt. Er geht lange aufs Geratewohl, bis er einen Hügel erreicht. Und plötzlich ist er da: Ein paar Meter vor ihm öffnet sich die Schlucht wie eine schwarze Wunde im Zuckerrohrfeld, und auf dem Grund der Schlucht sieht Jean den Fluss. Auf der anderen Seite erstreckt sich das Zuckerrohrfeld bis zu den Schornsteinen von Minissy und Bagatelle. Auf dem Grund der Schlucht wachsen riesige Bäume, Schwarzholzakazien, Ebenholzbäume, Palisander, und der Fluss schlängelt sich zwischen Basaltblöcken hindurch. Um diese Zeit dringt das Licht ungehindert in die Schlucht. Ein Stück flussaufwärts entdeckt Jean am linken Ufer ein paar Ruinen, aber das können unmöglich die Überreste von Rozilis sein. Das Haus war aus Holz und überragte die Schluchten. Die Ruinen gleichen eher einem ehemaligen Hühnerstall oder einem überwucherten Ziegenpferch. Rozilis ist verschwunden. Wenn das Gerücht, das Tante Catherine zu Ohren gekommen ist, zutrifft, wurde das Haus zerstört, als Ébène in Parzellen aufgeteilt wurde, und der Rest liegt unter dem Zuckerrohr begraben. In der Nähe der Straße, die nach Réduit führt, ist viel gebaut worden, einfache Häuser aus Zementsteinen mit Blechdächern, Schuppen und sogar ein Gebäude, das wie eine Schule aussieht, aber wohl eher eine von einem hohen Bretterzaun umgebene Feuerwache ist.

Jean klettert in die Schlucht hinab, klammert sich dabei

an Sträucher und Wurzeln. Er geht am Fluss Terre Rouge entlang. Stellenweise verengt sich die Schlucht, sodass er von Felsblock zu Felsblock springen muss. Rauschend stürzt das Wasser in Kaskaden herab. Auf dem Grund der Schlucht herrscht stickige Schwüle. Es ist ein einsamer Ort, den nichts mit dem heutigen Mauritius verbindet, eine andere Welt, Jean hat das Gefühl, als sähe er mit den Augen seines Vorfahren, was dieser vor hundertfünfzig Jahren betrachtete, als er auf der Suche nach einer Oase des Friedens hierher kam. Eine noch heile Welt, in der er mit Marie Anne und den Kindern die Ungerechtigkeit und die Mittelmäßigkeit vergessen konnte und vermutlich auch seinen Misserfolg, mit dem Verkauf von Kapergut reich zu werden. Fern vom Meer, fern vom Krieg, inmitten der Natur.

Nach der Eisenbahnbrücke und der Straße nach Réduit öffnet sich die Schlucht, wird ein Tal. An der Stelle, an der die Sturzbäche zusammenfließen, strömt das Wasser schneller, ist weiß vor Schaum. An den Ufern stehen hohe Bäume, Überlebende der modernen Verwüstung, sehr hohe glatte Ebenholzbäume mit weit geöffneten weißen Blüten, Terpentinbäume, Kanari-Bäume, Eisenholz, Rosenholz, Fuchsschwanz, Maidou, Makassar. Die Flanken der Schlucht sind steil, mit Pflanzen und Lianen bewachsen. In der Stille ist nur das ununterbrochene besänftigende Rauschen des Wassers zu hören. Jean ist am »Ende der Welt« angelangt, an der Stelle, zu der Catherine früher so oft ging. Er hat den Eindruck, als könne er ihre Anwesenheit spüren, das Geräusch ihrer Schritte hören. Sie hält Somapraba an der Hand, die beiden gehen durch Aranyanys Reich, sind ganz nah am geheimen Tempel inmitten der Felsen. Hier lauschte sie dem Abenteuer Damayantis, die auf der Suche nach ihrem Mann, König Nala, durch den Wald irrte.

Von einem plötzlichen Schwindel erfasst, bleibt Jean jetzt mit klopfendem Herzen stehen. Er befindet sich genau an der Stelle, an der Catherines Leben stehen blieb, als hätte sie einen Teil ihrer selbst dort gelassen. An jenem schicksalhaften 1. Januar 1910, als sie mit ihrer Familie aus dem Paradies vertrieben wurde. An dieser Stelle bilden die Flüsse ein tiefes Becken am Fuß der Basaltfelsen. Das Wasser hat die Farbe des Waldes, der Nacht, es bebt von der Berührung der Mücken und der Goldfische. An einem der Ufer, das ziemlich weit vom Wasserfall entfernt ist, haben Lotusblumen ihre lila Blüten geöffnet. Die Schwarzholzakazien tauchen ihre Wurzeln in dieses Wasser. Das ist der Tempel der Sieben Göttinnen, der erste Tempel, den die indischen Einwanderer, die auf den Stufen des Apravasi Ghat in Port Louis an Land gingen, errichteten und unter die sich zur Zeit von Ratsitatanes Revolte die Seelen der von Major Darling gejagten Marrons mischten.

Jean glüht vor Durst. Er beugt sich über das schwarze Wasser, biegt das Laub und die Gräser zur Seite und trinkt. Er bleibt lange auf dem warmen Felsen liegen, bis sich der Schatten dreht und wieder die Schlucht erfüllt. Dann geht er die Schlucht flussaufwärts, bis er an die Eisenbahnbrücke kommt. Kurz darauf nimmt ein Bus ihn mit, und während er die holprige Straße nach Mahébourg hinabfährt, fühlt er sich glücklich und frei, als habe ihn das Wasser aus dem Becken am Ende der Welt reingewaschen.

Kilwa (Ende)

Ich bin Balkis, die Tochter von Balkis, die Enkelin von Kiambé der Hexenmeisterin.

Ich bin in Candos geboren, einem Viertel von Quatre Bornes, dort habe ich immer gelebt. Mein Vater starb, als ich vier war, ich habe keinerlei Erinnerung an ihn. Er war Zimmermann in Rose Hill, ein Dachbalken hat ihn erschlagen. Wir lebten in Armut, ohne Geld, ohne viel zu essen. Unsere Holzhütte ist mit Blech beschlagen, damit der Regen nicht eindringt. Nach dem Tod meines Vaters bekam meine Mutter noch drei Kinder, drei Jungen von drei verschiedenen Männern. Der Mann meiner Mutter, den ich am liebsten mochte, ist ein Bretone aus Rodrigues namens Le Pann. Meine Brüder heißen Samuel, Emmanuel und der jüngste Jildaz. Jildaz mag ich am liebsten, er hat rote Haut und baumwoll-maisfarbenes Haar. Meine Mutter macht sich über ihn lustig, sie nennt ihn kleine weiße Ratte.

Ich lernte meine Großmutter Kiambé kennen, als ich zwölf war. Meine Mutter wollte nicht, dass ich sie vorher kennen lernte. Vielleicht gefiel es meiner Großmutter nicht, dass meine Mutter so oft den Mann wechselte.

Als ich zwölf war, bekam ich meine ersten Blutungen, und meine Mutter sagte, dass wir meine Großmutter Kiambé in Crève-Cœur besuchen müssten. Aber sie sagte mir nicht, warum. Sie packte Obst, Paprikagebäck, grünen Tee und eine Korbflasche Arak in eine Tasche.

Ich hatte Candos noch nie verlassen, die Busfahrt kam

mir sehr lang vor. Die Straße führte in Kurven durchs Gebirge, die Wolken waren pechschwarz, es regnete und war kalt. Der Bus hielt in Ripailles, und von da aus liefen wir zu Fuß den Berg hinauf. Ich ging barfuß durch den Schlamm, ich hatte Angst, denn ich glaubte, meine Mutter habe beschlossen, mich im Gebirge zurückzulassen, weil wir nicht mehr genug zu essen hatten, wie in den Geschichten, die man den Kindern erzählt. Ich blieb hinter ihr zurück, weil mir die Füße wehtaten, und meine Mutter wurde wütend, zog mich am Arm. Meine Mutter Balkis ist wie ich, sie ist schwarz, groß und schlank. Vom Regen klebte ihr das Haar am Kopf und das Kleid am Körper. Meine Mutter ist trotz ihres Alters gewandt und stark, ihre Beinmuskeln sind wie Taue, das konnte ich sehen, wenn sie sich im Bottich in der Hütte wusch, ich rieb sie mit duftenden Blättern ein, die sie auf dem Berg in Candos pflückt und die, wie sie sagt, von ihren Vorfahren dort angepflanzt wurden, als sie während der bitteren Zeit der Sklaven dort lebten. Meine Mutter Balkis hat vier Kinder geboren und ein fünftes, das bei der Geburt starb, bevor ich auf die Welt kam, und sie ist noch immer schön und stark wie in ihrer Jugend.

Dann kamen wir oben auf dem Berg von Ripaille an, auf der anderen Seite war der Himmel klar, und man sah ein weites grünes Tal mit vielen Häusern und in der Ferne das Meer, es war wie in dem Buch, mit dem ich Lesen und Schreiben gelernt habe und in dem man ein Land sieht, das die Bretagne heißt, mit Feldern und Flüssen und ähnlichen Häusern, aber ich hatte geglaubt, das gäbe es nicht.

Dort machten wir Halt, um uns auszuruhen. Ich saß auf einem großen Felsblock und betrachtete Crève-Cœur und auf der anderen Seite einen Berg, den man Pieter Both nennt und dessen Gipfel kugelförmig ist. Da setzte sich meine Mutter Balkis neben mich, legte mir den Arm um die Schultern und drückte mich an sich wie zu der Zeit, als ich noch klein war, und ich glaubte, dass sie mich hier zurücklassen wollte, und weinte. Aber meine Mutter redete leise mit mir, erzählte mir von meiner Großmutter Kiambé, die eine Hexenmeisterin ist, und von einer anderen Balkis vor ihr und von einer anderen Kiambé vor dieser und von all denen, die vor ihnen geboren waren und vor langer Zeit gelebt hatten, zurück bis zu einer Balkis wie meine Mutter und ich, zu einer Balkis, die als Erste von der anderen Seite der Erde auf diese Insel gekommen ist.

Sie erzählte mir, dass sie mich schon einmal zu meiner Großmutter Kiambé mitgenommen hatte, als ich noch ein Baby war, damit meine Großmutter Gebete sagte und mir all ihre Kraft gab.

Ich lauschte dieser Geschichte und hörte auf zu weinen. Ich konnte es jetzt sogar kaum noch abwarten, nach Crève-Cœur hinunterzugehen, um meine Großmutter zu treffen, und rannte den Weg hinab. Wir kamen unten an, als der Tag zu Ende ging. Meine Großmutter Kiambé wohnt in einer kleinen Hütte außerhalb des Dorfes, auf einer Anhöhe, wo es nur Gestrüpp und schwarze Steine gibt.

Ich dachte, meine Großmutter Kiambé sei wie meine Mutter und ich, groß und etwas Furcht erregend, aber als sie herauskam, sah ich, dass sie sehr alt und ganz klein war und helle Haut hatte wie mein Bruder Jildaz, außer dass sie ein Gesicht voller Flecken hatte wie ein Salamander. Ich sah auch, dass sie blind war. Es wohnte niemand anders in ihrer Hütte, sie lebte von dem, was ihr die Leute jeden Tag zu essen brachten.

Sie schien sich darüber zu freuen, dass ich da war, nahm mich an die Hand und ging mit mir hinters Haus, wo ein großer Mangobaum steht, der größte und älteste, den ich je gesehen habe. Er klammert sich ans Gebirge, mit seinem hoch aufgerichteten Stamm und seinen langen Zweigen voller saftig grüner Blätter, die wie glänzende Hände aussehen.

Meine Mutter war in der Hütte geblieben. Als meine Großmutter und ich bei dem Baum ankamen, sah ich, dass zwischen den Wurzeln eine Höhle war und hinten in der Höhle schwarze Steine lagen, auf denen sich Kerzen und zerbrochene Vasen mit Duftkräutern befanden.

Wir blieben die Nacht über dort. Meine Mutter kochte Reis in der Hütte und brachte uns das Essen. Und als es dunkel wurde, zündete meine Großmutter ein kleines Feuer in der Höhle zwischen den Wurzeln an und sagte, ich solle dem Feuer Reisig zu essen geben. Meine Mutter brachte die Flasche Arak und Zigaretten, und währenddessen betrachtete ich das Tal von Crève-Cœur mit all den Lichtern, die bis zum Fußballplatz neben der Schule aufleuchteten, und gegenüber die hohen Berge, den Pieter Both, die Montagne des Singes und die Montagne Longue, die noch in der Dunkelheit von der Sonne beleuchtet wurden. Und es kam mir vor, als seien es Familienangehörige, die schon seit je über uns wachten. Dann wurde es völlig dunkel, und es war nur noch das Licht des Feuers da, das ich mit Reisig fütterte. Und meine Großmutter begann mit schwacher, sehr hoher Stimme für mich zu singen, einer Stimme, die ich nicht kannte, und ich verstand auch nicht die Worte, aber es war ein Gesang, der in mir steckte, denn ich konnte mitsingen, während ich hinten in der Höhle des Mangobaums das Feuer betrachtete.

Meine Großmutter aß nichts, sie trank nur Arak, spuckte auf die Wurzeln und blies den Zigarettenrauch aus. Dann hob sie etwas Erde neben dem Baum auf und rieb mir damit Stirn und Augenlider ein und ritzte vor dem Feuer mit einem Reis einen großen Stern, den wir Vintana nennen, in die Erde, denn das ist das Zeichen, das sie von ihrer Mutter und ihrer Großmutter empfangen hat, und eine nach der anderen hatten sie sich dieses Zeichen eingeprägt, das ein Zeichen für die Macht Gottes ist. Sie trank, rauchte und sang die ganze Nacht, und als es keine Reiser mehr zu verbrennen gab, ging das Feuer aus, und ich schlief an die Wurzeln des Mangobaums gelehnt ein, ab und zu wachte ich auf und hörte die Stimme meiner Großmutter, die weitersang, als wäre ich noch ein Baby.

Am nächsten Morgen wurde ich von den Sonnenstrahlen geweckt, es war warm in dem Hohlraum zwischen den Wurzeln. Ich merkte, dass meine Großmutter Kiambé nicht mehr da war. Sie hatte sich in ihrer Hütte schlafen gelegt und den Vorhang vor ihrem Bett zugezogen, nicht wegen des Lichts, das sie nicht sah, sondern um für uns nicht sichtbar zu sein.

Und da gab mir meine Mutter Balkis eine Kette, die meine Großmutter für mich gesegnet hatte, und legte sie mir um den Hals. Es war eine Kette aus einem schwarzen Faden, auf den kleine Stücke aus hartem Holz, Muscheln und gelbe Steine, wie ich sie noch nie gesehen habe, aufgezogen waren. Meine Mutter sagte mir, das sei die Halskette der Macht, meine Großmutter habe sie mir gegeben, damit ich sie das ganze Leben lang trage, und wenn ich eines Tages eine Tochter hätte, dann solle die sie tragen. Es sei eine Kette, die uns am Tag des Jüngsten Gerichts zusammenführen werde, wenn sich das Meer auftut und Gott uns den Weg zu dem großen Land zeigt, aus dem wir stammen.

Danach kehrten wir nach Candos zurück, und ich erfuhr, dass meine Großmutter Kiambé ein paar Tage später gestorben ist. Bevor sie starb, hatte sie meiner Mutter einen Traum gesandt, dass ich die Halskette abholen solle. Und jetzt bin ich mit meiner Mutter Balkis und meinen vier Brüdern in der Siedlung Candos, in der Nähe des Gebirges. Ich kenne weder die Gesänge noch die Gebete, ich bin keine Hexenmeisterin. Aber ich kann singen und den Vintana-Stern in die Erde ritzen und in meinen Träumen die Zukunft sehen.

Die Liebe in Mauritius war sehr sanft. Nachts glitt der Wind ins Zimmer, bewegte das Moskitonetz hin und her. Man konnte alles vergessen, sich vom fernen Meeresrauschen auf den Klippen wiegen lassen. Wie zu der Zeit, da Jean Eudes und Marie Anne im Haus der Des Bassins am Tamarin-Fluss waren und horchten, wie der Wind durch die Schuppenblättchen der Kasuarinen strich, die Wellen sich am Strand brachen und ab und zu das Geräusch von Stimmen, das Gebell eines Hundes an ihr Ohr drang.

Das ist schon so lange her. Kann das, was einmal war, wiederkommen? Kann man in mehreren Zeiten gleichzeitig leben?

Heute Morgen fuhren Jean und Mariam mit dem Bus nach Port Louis. Sie stiegen kurz vor der Stadt an der Kirche von Cassis aus. Jean wusste, wohin er wollte. Er hatte oft daran gedacht, als er in der Wohnung seiner Eltern die große Karte von Mauritius betrachtete, die sich sein Vater aus London hatte schicken lassen und über dem Radioapparat, vor dem er saß, um die Nachrichten der BBC zu hören, an die Wand geheftet hatte. Am Stadtrand, hinter der Mündung der Grande Rivière du Nord-Ouest, befindet sich eine Halbinsel, auf der die Engländer ihre Festungen errichtet haben. Inmitten dieser Festungen liegt am Rand des Meeres der Westfriedhof. Dort sind Jean Eudes und seine Frau Marie Anne begraben. Um sie zu besuchen, hat Jean diese lange Reise unternommen.

Es ist ein verkommenes Viertel, das ziemlich öde wirkt.

Neben dem Friedhofstor, direkt vor der hohen Basaltmauer, die den Friedhof umgibt, steht ein kleines Haus aus Zementsteinen mit einem verrosteten Dach, das Gebäude, in dem der Friedhofswärter wohnt. Mitten auf der Kreuzung spielen Kinder in der Sonne Ball. Hunde schlafen mit der Schnauze im Staub im Schatten der Bäume. Hinter der Friedhofsmauer wachsen hohe Bäume, Banyanbäume, Feigen. An manchen Stellen wachsen sie auf der Mauer, so dass diese auf mehreren Metern umgestürzt ist, als habe es ein Erdbeben gegeben.

Der Wärter ist noch ziemlich jung, hat eine beginnende Glatze und fast schwarze Haut. Er sitzt an einem Tisch, auf dem ein Ventilator und ein Teeservice aus einem anderen Zeitalter stehen. Auch wenn ihn die Ankunft der beiden überraschen sollte – Jean, der wie ein französischer Tourist aussieht, und Mariam, die einer Mauritierin indischer Abstammung gleicht –, zeigt er es nicht. Er ist freundlich und fordert sie auf, Platz zu nehmen. Als Jean ihn bittet, das Register aus dem Jahr 1843 einzusehen, steht der Wärter auf und schließt einen vergitterten Schrank auf. Darin stehen die Register, Jahr für Jahr, es sind dicke Bücher mit hautfarbenem Einband, deren Rückendeckel sich in Fetzen auflösen. Das Buch ist so alt, dass die Seiten zerreißen, als der Wärter sie umzublättern versucht. Das ärgert ihn so, dass er Jean das Register reicht. »Suchen Sie besser selbst«, sagt er auf Englisch.

Ab und zu dringt ein heftiger Windstoß in das Büro, Böen aus dem Hafen, die nach Schlick riechen. Jean beugt sich über den Tisch und löst die Seiten voneinander. Handschriftlich mit verschiedener Tinte eingetragene Namen ziehen an seinen Augen vorüber, die Namen all derer, die in jenem Jahr begraben wurden, unbekannte Namen, vermutlich haben Jean Eudes und Marie Anne sie gekannt, die Namen von Männern und Frauen, die hier lebten und einen Beruf ausübten, Menschen, die Kinder, Freunde und Nachbarn hatten. Nur der Name, gefolgt vom Begräbnisdatum und der Nummer der Grabstätte, ohne irgendeinen Kommentar. Richardson, Sedley, Rivoire, Herbert, Chastel, Limonay, Ali Khan, Pérette, Arkan Singh, Loomong, Julienne, Lestrange, Radamsy, Bhurdwaz, Man Shiram, Pitot, Zacharie, Arlanda, Bonamy, Kgaradec, Betuel, Galdemar. Trotz des laut surrenden Ventilators und der Windstöße, die durchs Fenster hereindringen, ist es heiß und stickig. Mariam geht nach draußen, setzt sich auf die Treppenstufen im Schatten, raucht eine Zigarette und schaut den Ball spielenden Kindern zu.

Im ersten Band findet Jean nichts. Er schlägt den zweiten auf, in dem die Umbettungen verzeichnet sind. 1847 ist der Hauptfriedhof von Port Louis wegen des Baus von Verwaltungsgebäuden verlegt worden, und alle Grabstätten wurden auf den Westfriedhof überführt. Und da entdeckt Jean plötzlich auf der zweiten Seite den Namen Marro. Ohne Vornamen, ohne Datum, ohne nähere Bezeichnung. Nur Marro und die Zahl 337, die Nummer der Grabstätte.

Der Wärter ruft einen der Jungen, die Fußball spielen. Es ist ein etwa zwölf- oder dreizehnjähriger Kreole mit rundem Gesicht und lachenden Augen. Er wird ihnen als Führer dienen.

Der Junge geht schnell die Wege entlang, rennt manchmal. Er möchte möglichst schnell zu seinen Kameraden auf der Kreuzung zurück. Mariam hat Mühe, Schritt zu halten. Bis auf den chinesischen Teil des Friedhofs sind die Gräber ungepflegt, verwahrlost. Hohe Bäume ragen in den Himmel, kräftige Banyanbäume senken ihre Wurzeln mitten in die Grabstätten. Die Wege sind von Unkraut, Wandelröschenbüschen und Dornensträuchern überwuchert. An manchen Stellen muss man über die Gräber laufen, von einer Grabplatte zur anderen springen. Es ist eine düstere, finstere Atmosphäre, aus der Erde steigt Fäulnisgeruch auf.

Mariam bleibt zurück, sie will nicht weiter gehen. Aber Jean folgt noch dem Jungen. Als sie das Ende des Friedhofs erreichen, dort, wo die Mauer einen Winkel bildet, bleibt der Führer stehen. Er sagt nichts. Er steht auf dem Rand einer seltsamen großen Gruft, auf der ein beschädigter Engel umzustürzen droht. Jean folgt dem Blick des Jungen und entdeckt eine glatte Basaltplatte, die mitten im Gestrüpp liegt. Im Zentrum der Platte ist ein Name eingemeißelt, der trotz der langen Zeit und auch in dem verwahrlosten Zustand noch gut zu lesen ist:

MARRO

Jean hätte sich keinen schlichteren, keinen schöneren Stein für Jean Eudes und Marie Anne vorstellen können als diese große schwarze Platte, die auf der Erde liegt und von der Sonne beschienen wird, während vom Meer der Wind in den Bäumen ringsumher raschelt. Es ist, als habe es niemanden vor ihnen und niemanden nach ihnen gegeben. Hier unter dieser Grabplatte und nirgendwo anders lebt der Traum von Rozilis weiter.

Der Junge hat sich auf das pompöse Grab gesetzt und wartet auf sein Trinkgeld. Er wird ungeduldig.

Mariam ist jetzt auch da. Sie stellt sich neben Jean, nimmt seine Hand. Er spürt die Wärme ihres Körpers, den Duft ihres Haars, der alle üblen Gerüche vertreibt.

Auf dem Rückweg sehen sie das magische Bergmassiv, das die Stadt überragt, den Corps de Garde, die fast schwarze Montagne des Signaux mit der Felswand, die einer Stirn gleicht, den hinteren Teil von Port Louis mit La Fenêtre, den öden Hang, von dem Ratsitatane auf den Horizont blickte, ehe er starb. Und in der Ferne die Bergspitzen, Le Pouce, Pieter Both, die wie Bilder aus einem Märchenbuch wirken.

Bevor sie den Friedhof verlassen, blicken sie noch einmal zurück auf den tiefblauen Ozean, der sich ohne ein Schiff, ohne ein Segel wie eine unüberwindbare Mauer bis zum Horizont erstreckt.

In dieser Nacht lieben sich Jean und Mariam in dem kleinen weiß gekalkten Zimmer, in dem der Wind den Tüll hin und her bewegt, sie lieben sich sehr sanft, sehr lange, bis sie jenen leuchtenden Punkt erreichen, jenes Erschauern, das niemand erklären kann und das die Menschen manchmal erleben, eine Erfahrung, die ihre Zukunft besiegelt. Viel später, lange danach sollte Mariam sagen, dass es der Augenblick war, in dem Jemima-Jims Dasein begann, der Moment, an dem alles anfing und ein neues Gesicht auf dem Strom ihrer Geschichte auftauchte.

Jean und Mariam verließen den Friedhof von Cassis und fuhren mit dem Bus durch das neu errichtete Industriegebiet Coromandel (das seine Entstehung dem *Export Processing Zones Act* verdankt), gleich darauf kamen sie an der Abzweigung nach Ébène vorbei. Jean warf nur einen kurzen Blick auf die schmale Straße, die durch das reife Zuckerrohr führt und vor der Schlucht endet. Mariam war von der Sonne und vom Seewind müde geworden. Sie legte den Kopf auf Jeans Schulter und schlief auf der holprigen Straße ruhig ein, während die Nacht hereinbrach.

J.M.G. Le Clézio
Fisch aus Gold

Roman
Deutsch von Uli Wittmann
Gebunden

Laïla heißt auf Arabisch die Nacht, und die dunklen Seiten der Welt erfährt die junge Afrikanerin ohne Wurzeln und Identität auf ihrer Odyssee durch Frankreich und Amerika. Le Clézio, der große französische Autor, erzählt die bewegende und aktuelle Geschichte Laïlas, einer illegalen Einwanderin.

»Ein vielschichtiger Roman über Entfremdung und Freiheit, der politischste, den Le Clézio je geschrieben hat.«
Le Monde des Livres

»Le Clézio beweist, das weltanschauliches Engagement und literarische Form kunstvoll zueinander finden können.«
NZZ

Daniel Pennac
Der Diktator und die Hängematte

Roman
Titel der Originalausgabe: *Le dictateur et le hamac*
Deutsch von Eveline Passet
Gebunden

Es könnte die Geschichte eines Diktators sein, der sich doubeln lässt. Es könnte die Geschichte des Doubles sein, das sich seinerseits doubeln lässt. Aber es ist in erster Linie die Geschichte des Autors, der in einer Hängematte dem allem hinterherträumt.
Daniel Pennac hat einen ungewöhnlichen Roman geschrieben, einen Roman über die Kunst des Geschichtenerzählens, über wahre und erfundene Figuren, über Chaplins Film »Der große Diktator«.
Ein poetisches Buch, nachdenklich und flirrend vor Phantasie.